李白诗集
全注全译

下

詹福瑞 刘崇德 葛景春 等 注译

凤凰出版社

六、别　诗

秋日鲁郡尧祠亭上宴别杜补阙、范侍御

【题解】　宋蜀本题下注:"鲁中。"这是一首秋日送人之作,当作于天宝五载(746)。尧祠,在河南道兖州瑕丘县(今属山东)。《元和郡县图志》:"尧祠,在县东南七里,洙水之右。"杜补阙,范侍御,名字不详。补阙,是门下省属官。侍御,御史台属官殿中侍御史、侍御史、监察御史之简称,此处所指未详。

【原诗】　我觉秋兴逸,谁云秋兴悲。山将落日去,水与晴空宜。鲁酒白玉壶,送行驻金羁①。歇鞍憩古木,解带挂横枝。歌鼓川上亭②,曲度神飙吹③。云归碧海夕,雁没青天时。相失各万里,茫然空尔思。

【注释】　① 金羁:原指金饰的马络头,此处借指马。　② 一本无"歌鼓川上亭,曲度神飙吹"十字,却添"南歌忆郢客,东舞见齐姬。清波忽澹荡,白雪纷逶迤。一隔范杜游,此欢各弃遗"三韵。　③ 曲度:曲调。曹丕《典论·论文》:"譬诸音乐,曲度虽均,节奏同检。"王粲《公宴》:"管弦发徽音,曲度清且悲。"飙:指暴风。

【译文】　我觉得感怀秋日会使人放逸,谁却说使人悲愁呢?斜阳远落山外,晴空倒映水中。用玉壶装上鲁酒,为你送行请你暂且驻马。把马鞍放在古树旁,解下锦带挂在横出的树枝上面。水中尧祠亭歌鼓齐鸣,曲调悠扬远飞云天。日暮时云霭渐退向天边,大雁也消失在茫茫的青天中。我们三人分别相距万里,茫然之中只有愁思种种。

留别鲁颂

【题解】 此是赠别之诗,作于开元二十九年(741)。题一作《别鲁颂》。题中"鲁颂",事迹、生平未详。明人朱谏《李诗辨疑》未细审诗意而云诗意圆语滞,今人瞿蜕园、朱金诚《李白集校注》已辨之。诗中将鲁颂喻为鲁仲连,希望其保持美好品质。

【原诗】 谁道太山高①,下却鲁连节②。谁云秦军众,摧却鲁连舌。独立天地间,清风洒兰雪。夫子还倜傥,攻文继前烈③。错落石上松④,无为秋霜折。赠言镂宝刀,千岁庶不灭。

【注释】 ① 太山:即泰山。 ② 鲁连:即鲁仲连。详见《古风五十九首》其十注。下却:即下于、低于。 ③ 前烈:指前代之杰出文学家。 ④ 错落:指树木多节的样子。此喻人之有奇才异行。

【译文】 谁说泰山高崇?比之鲁连的高节它却不如了。谁说秦国军士众多?它也受挫于鲁连的善辩之舌。鲁连飘然独立于天地之间,其清泠之风使人如沐兰香。你也风流俊赏,继承前代杰出文人之风而努力为文。自当如石上之松,不要为秋日之严霜折屈。把临别所赠之言刻在宝刀上,使之千年不灭。

别中都明府兄

【题解】 此诗作于天宝五载(746)诗人将去鲁适越时。中都,今山东汶上县。明府,县令。此中都明府,未详其名。诗中表达了与中都明府分别时难舍难分的惜别之情。

【原诗】 吾兄诗酒继陶君①,试宰中都天下闻。东楼喜奉连枝会②,

南陌还为落叶分③。城隅渌水明秋日,海上青山隔暮云。取醉不辞留夜月,雁行中断惜离群④。

【注释】 ① 陶君:陶渊明。渊明曾为彭泽县令,故诗中以喻中都明府。② 连枝:喻兄弟。《文选》苏武诗:"况我连枝树,与子同一身。"吕向注:"兄弟如木,连枝而同本。" ③ 南陌:南路,诗人欲去鲁而南游吴越,故称南陌。还:一作"愁"。 ④ 雁行:兄弟之序。《礼·王制》:"父之齿随行,兄之齿雁行。"

【译文】 吾兄赋诗饮酒上继渊明之风,治理中都名闻于天下。在东楼喜庆你我兄弟之会,现在却又要因我将南下吴越而像落叶一样散分而愁苦了。城角的渌水照映着秋日,远处青山遮断了暮云。让我们共守这夜时明月,为了聊记兄弟惜别而一醉方休。

梦游天姥吟留别

【题解】 题一作《别东鲁诸公》。约作于天宝五载(746),其时诗人将离东鲁而南游吴越,故作是诗以留别故人。《元和郡县图志·江南道越州剡县》:"天姥山,在县南八十里。"天姥山,为道教名山,被称为"第十六福地"。这首诗以"梦游"为线索,描绘诗人梦游所见。诗末"安能摧眉折腰事权贵,使我不得开心颜"二句点明诗旨,表达诗人蔑视权贵的傲岸性格与对自由生活的热烈憧憬与追求。

【原诗】 海客谈瀛洲①,烟涛微茫信难求。越人语天姥,云霞明灭或可睹。天姥连天向天横,势拔五岳掩赤城②。天台四万八千丈③,对此欲倒东南倾。我欲因之梦吴越,一夜飞度镜湖月④。湖月照我影,送我至剡溪⑤。谢公宿处今尚在⑥,渌水荡漾清猿啼。脚著谢公屐⑦,身登青云梯⑧。半壁见海日,空中闻天鸡⑨。千岩万转路不定,迷花倚石忽已暝。熊咆龙吟殷岩泉⑩,栗深林兮惊层巅。云青青兮欲雨,水澹澹兮生烟[11]。列缺霹雳[12]，丘峦崩摧。洞天石扉[13]，訇然中开。青冥浩荡不见底[14]，日月照耀金银台[15]。霓为衣兮风为马[16]，云之君兮纷纷而来下[17]。虎鼓瑟兮鸾回车[18]，仙之人兮列如麻。忽魂悸以魄动，恍惊起而长嗟[19]。惟觉时之枕席，失向来之烟霞。世间行乐亦如此，古来万事东流水。别君去兮何时还，且放白鹿青崖间[20]，须行即骑访名山。安能摧眉折腰事权贵[21]，使我不得开心颜。

【注释】　① 海客：客游江海的人，即浪游四方者。瀛洲：海上仙山。《十洲记》："瀛洲，在东海中，地方四千里。大抵是对会稽，去西岸七十万里。"② 五岳：中国五大名山的总称。五岳指东岳泰山、南岳衡山、西岳华山、北岳恒山、中岳嵩山。赤城：山名。《元和郡县图志·江南道台州唐兴县》："赤城山，在县北六里，实为东南之名山。"《清一统志·台州府》引孔灵符《会稽记》："赤城山，土色皆赤，状似云霞，望之如雉堞。"为道教名山。③ 天台：《一统志·台州府》："天台山，在天台县北。陶弘景《真诰》：'山高一万八千丈，周八百里，山有八重，四面如一，当斗牛之分，上应台宿，故曰天台。'"　④ 镜湖：又名鉴湖、长湖、庆湖，在今浙江绍兴市会稽山北麓。因湖底淤浅，已多成为耕地。　⑤ 剡溪：在浙江嵊州，即曹娥江之上游。《元和郡县图志·江南道越州剡县》："剡溪，出县西南，北流入上虞县界，为上虞江。"　⑥ 谢公：指谢灵运，谢曾为会稽太守，广游会稽山水。其《登临海峤初发强中作与从弟惠连见羊何共和之》诗有云："暝投剡中宿，明登天姥岑。"　⑦ 谢公屐：谢灵运游山时所穿的一种有齿木屐。《宋书·谢灵运传》："寻山陟岭，必造幽峻，岩嶂千重，莫不备尽。登蹑常著木屐，上山则去前齿，下山去其后齿。"　⑧ 青云梯：谓山岭高峻，如上入青云，故名。⑨ 天鸡：神话中天上的鸡。《初学记》引晋郭璞《玄中记》："桃都山有大树曰桃都，枝相去三千里，上有天鸡。日出照木，天鸡即鸣，天下鸡皆鸣。"⑩ 殷：震动。司马相如《上林赋》："车骑雷起，殷天动地。"郭璞注："殷，犹震也。"　⑪ 澹澹：水波轻轻荡漾的样子。　⑫ 列缺霹雳：形容电闪雷鸣。《汉书·扬雄传》："辟历列缺，吐火施鞭。"应劭注："辟历，雷也。列缺，天隙电照也。"⑬ 洞天：洞中别有天地。这里指仙人居处。　⑭ 青冥：青天、天空。　⑮ 金银台：仙台，仙居之宫阙。　⑯ 霓为衣：以霓为衣。主虹为虹,副虹为霓。《楚辞·九歌·东君》:"青云衣兮白霓裳。" ⑰ 云之君:指仙人。 ⑱ 瑟:古乐器。鸾:这里是仙人所驾乘的仙鸟。 ⑲ 恍:恍然。⑳ 白鹿:游仙者所骑乘。《楚辞·九章·哀时命》:"浮云雾而入冥兮,骑白鹿而容与。" ㉑ 摧眉:低眉。折腰:即弯腰,引陶渊明不为五斗米而折腰事,见《晋书·陶潜传》。

【译文】 江海之客谈起瀛洲,说是烟波渺茫实在难以寻求。越地之人说到天姥,亦是云霞闪烁时或可睹。天姥山高耸入云横列天际,它的气势超过了五岳压倒了赤城。天台山高达四万八千丈,对比天姥也要拜服而倾向东南。因此我想梦游吴越,连夜飞渡镜湖。镜湖之月照着我的身影,把我送到剡溪。当年谢公的住宿处至今犹在,渌水随波荡漾,时闻清猿长蹄。我穿上谢公登山的木屐,攀登耸入云天的山峰。山腰间遥见海中的日出,又听见空中天鸡在鸣啼。千岩万转道路变幻不定,倚石赏花之际忽然日色已暝。熊吼龙啸,响彻山岩和林泉,深林为之战栗,山巅为之惊动。云色苍苍啊天将要下雨,水波荡漾啊生出缕缕云烟。雷疾电闪,山峦顷刻崩塌。神仙洞府的石门,随之訇然打开。青天浩茫无边无际,只看见金银台上日月交辉。彩虹为衣,长风作马,云中的神仙纷纷而下。老虎鼓瑟,鸾凤驾车,仙人的队伍密密麻麻。骤然间我魂魄惊醒,恍然惊起不由得生起长叹:只有睡觉时身边的枕席,哪里有刚才梦中之烟霞?世间行乐之事也是如此,古来万事万物就像是东流之水。与你们分别后何时才能回还?暂且在青崖间放养白鹿,要走时就骑上它寻访名山。怎么能够低头弯腰去侍奉权贵,使我屈曲难展欢颜!

留别曹南群官之江南

【题解】 这首诗是告别曹南群官将赴江南时作。据诗中"十年罢西笑"句,当是李白去朝后十年即天宝十二载(753)所作。按独孤及有《送李白之曹南序》,从中可知李白是自宋城(今河南商丘)之曹南,又由曹南之江南的。此诗备言对朝廷失望,表示自己从此无意人间而要求仙访道之意。

【原诗】 我昔钓白龙,放龙溪水傍①。道成本欲去,挥手凌苍苍。时来不关人,谈笑游轩皇②。献纳少成事,归休辞建章③。十年罢西笑④,揽镜如秋霜。闭剑琉璃匣⑤,炼丹紫翠房⑥。身佩豁落图⑦,腰垂虎盘囊⑧。仙人借彩凤,志在穷遐荒⑨。恋子四五人,徘徊未翱翔⑩。东流送白日,骤歌兰蕙芳。仙宫两无从⑪,人间久摧藏⑫。范蠡脱勾践,屈平去怀王⑬。飘飘紫霞心⑭,流浪忆江乡。愁为万里别,复此一衔觞⑮。淮水帝王州,金陵绕丹阳⑯。楼台照海色,衣马摇川光。及此北望君,相思泪成行。朝云落梦渚⑰,瑶草空高唐⑱。帝子隔洞庭,青枫满潇湘⑲。怀归路绵邈,览古情凄凉。登岳眺百川,杳然万恨长。却恋峨眉去,弄景偶骑羊⑳。

【注释】 ① 钓白龙:用陵阳子明事。《列仙传》:"陵阳子明者,铚乡人也。好钓鱼,于旋溪钓得白龙。子明惧,解钩拜而放之。后得白鱼,腹中有书,教子明服食之法。子明遂上黄山采五石脂,沸水而服之。三年,龙来迎去。"这二句诗人是借陵阳子明以写自己求仙访道。 ② 时:谓时运。不关人:犹云不由人。轩皇:原指黄帝,此代指玄宗。二句写自己奉诏入朝。 ③ 献纳:向皇帝建言。班固《两都赋》:"朝夕论思,日月献纳。"建章,代指朝廷。这二句写自己去朝。 ④ 罢西笑:言对朝廷失望。桓谭《新论》:"人闻长安乐,则出门西向而笑。"李白自天宝三载去朝至天宝十二载恰好十年,故言。 ⑤ 闭剑:把剑装入。琉璃匣:指盛剑的盒子。 ⑥ 炼丹:炼药求丹,道教云食之可以不老。紫翠房:指道士居所。《十洲记》:"又有墉城,金台玉楼相映,如流精之阙,光碧之堂,琼华之室,紫翠丹房。锦云烛日,朱霞九光。西王母之所治也。" ⑦ 豁落图:道教的符箓。道经言凡欲修行《大洞真经》三十九章,《雌一玉检五老宝经》《元母简》《十二上愿》,佩神虎金虎符、豁落七元流金火铃。 ⑧ 虎盘囊:道徒装束。《神仙传》:王远冠远游冠,朱衣,虎头鞶囊王色绶,带剑。《通典》:按:汉代著鞶囊者,侧在腰间,或云旁囊,或云绶囊,然则以此囊盛绶也。盘,通"鞶"。 ⑨ 穷遐荒:穷尽僻远之地。指广游天下。 ⑩ 徘徊:犹言犹豫。 ⑪ 仙:指求仙。宫:指朝廷。 ⑫ 摧藏:摧伤、挫伤。《乐府诗集》汉王嫱《昭君怨》:"离宫绝旷,身体摧藏。" ⑬ 范蠡事见卷二《古风五十九首》其十八注,屈平事见《古风五十九首》其五十一注。　⑭ 紫霞心：即指求仙之心。
⑮ 衔觞：饮酒。　⑯ 淮水：指秦淮河水，源出茅山，流经金陵入江。丹阳：
地名，在今江苏。这两句语序原为"金陵帝王州，淮水绕丹阳"，因用韵需要
而倒置。　⑰ 梦渚：云梦之渚。　⑱ 高唐：即高唐之观。二句谓平生壮志
已如朝云没于云梦之渚，瑶草凋于高唐之观。　⑲ 帝子：谓娥皇、女英。
《九歌·湘夫人》："帝子降兮北渚。"王逸注："帝子，谓尧女也。"《述异记》：
"舜南巡，葬于苍梧之野。尧之二女娥皇、女英追之不及，相与恸哭。"二句
以舜与二妃生死相隔托喻君国之思。　⑳ 骑羊：《列仙传》："葛由者，羌人
也。周成王时，好刻木羊卖之。一旦骑羊而入西蜀，蜀中王侯贵人追之上绥
山。山在峨嵋山西南，高无极也。随之者不复还，皆得仙道。"二句用葛由
事表示自己放息人事，而去求仙。

【译文】　我曾像仙人陵阳子明一样钓得白龙，又把龙放入溪水中。修得仙
道原拟离世，举身于茫茫云端之上的仙界。时运来到不由得人，谈笑之中就
游身于皇帝身边。建言不为上所重，便辞别朝廷而归去。现在离开朝廷已
经十年，揽镜而照，头发已如秋霜。把倚身之宝剑装入琉璃之匣，在紫翠房
中炼丹学仙。身上佩戴豁落图，腰间垂着虎盘囊。向仙人借彩凤，去实现广
游天下之志。因眷恋诸君，未忍远去翱翔。东流之水送走了白日，屡次歌咏
兰蕙之芬芳。求仙、从政两无所成，居于人间又久遭挫伤。范蠡脱身于勾
践，屈原也离开了昏庸的怀王。我凌霞之心飘摇无定，流浪之中忆念着江
南。与诸君远别心思愁苦，还是再次举杯以解离忧。淮水环绕丹阳，金陵为
帝王之州。楼阁台榭映照海色，衣马轻肥倒映水光。我在此江南之地北望
诸君，因思念而泪水成行。朝云落没于云梦之渚，瑶草凋谢于高唐之观。洞
庭阻隔了寻舜的尧女，潇湘水旁长满了青枫。心存归念却路远迢迢，游览古
迹而情成凄凉。身登高山而眺望百川，渺茫无尽如万恨长长。恋峨眉而远
去，随葛由而骑羊。

留别于十一兄逖裴十三游塞垣

【题解】 天宝十载(751)秋作于大梁(今河南开封)。于十一逖,开元天宝间人,久居大梁,老而未仕。裴十三,名字不详。时李白将北游幽州(塞垣),与于、裴告别。其时安禄山拥有重兵,位高权重,积极招纳要士,以谋反,然其时反迹未露,故士人中热中功名者一时竞相趋附。李白虽对安禄山有提防之心,然建功之情难遏,故虽冒险而不以为惜。此诗为考察李白北游幽州之缘由、情绪之重要诗篇。

【原诗】 太公渭川水①,李斯上蔡门②。钓周猎秦安黎元,小鱼獩兔何足言③。天张云卷有时节,吾徒莫叹羝触藩④。于公白首大梁野⑤,使人怅望何可论。即知朱亥为壮士⑥,且愿束心秋毫里。秦赵虎争血中原,当去抱关救公子⑦。裴生览千古,龙鸾炳天章⑧。悲吟雨雪动林木,放书辍剑思高堂⑨。劝尔一杯酒,拂尔裘上霜。尔为我楚舞,吾为尔楚歌⑩。且探虎穴向沙漠⑪,鸣鞭走马凌黄河。耻作易水别,临歧泪滂沱⑫。

【注释】 ①太公:谓吕尚,周初人。《韩诗外传》:"太公望少为人婿,老而见去。屠牛朝歌,赁于棘津,钓于磻溪。文王举而用之,封于齐。" ②李斯:秦丞相,微时有出上蔡东门行猎之事。事见《史记·李斯列传》。 ③小鱼:与"钓周"对言;獩兔,与"猎秦"对言。獩(jùn):狡兔。 ④羝(dī)触藩:比喻处境困厄。《周易·大壮》:"羝羊触藩,羸其角。"孔颖达《正义》:"藩,藩篱也。羸,拘累缠绕也。" ⑤大梁:古城名,战国时魏曾建都于此,故址在今河南开封市西北。后代称开封。 ⑥朱亥:战国时魏人,以屠为业。秦围赵邯郸,魏君遣晋鄙率兵救赵,因惧秦兵,不敢进。信陵君既以计盗兵符,帅魏军,又虑晋鄙不肯受代,侯嬴荐亥至魏军中杀鄙,遂进军破秦救赵。 ⑦抱关救公子:侯嬴,战国时魏人,年七十而家贫,为大梁夷门抱关者。秦军围赵时因荐朱亥杀鄙而建功。公子,指魏公子信陵君。这里以侯嬴拟于逖,谓其日后当建奇功。 ⑧龙鸾:指文章华美。《文选》吴质《答魏太子牋》："摛藻下笔,鸾龙之文奋矣。"李善注:"鸾龙,鳞羽之有五彩,设以喻焉。"天章:天文。　⑨ 高堂:谓父母。　⑩ "尔为"二句:《史记·留侯世家》:"戚夫人泣,上曰:'为我楚舞,吾为若楚歌。'"二句本此。⑪ 探虎穴:指赴身险危之地。《三国志·吴书·吕蒙传》:"蒙曰:'贫贱难可居,脱误有功,富贵可致。且不探虎穴,安得虎子?'"沙漠:这里指幽州。⑫ 易水别:用荆轲事。荆轲往刺秦王,燕太子丹及宾客送至易水之上,高渐离击筑,荆轲和而歌,士皆垂泪涕泣。事见《史记·刺客列传》。

【译文】　姜太公在渭川之滨垂钓,李斯在上蔡门行猎。他们志在安定天下百姓,哪里是在意于小鱼和狡兔?风云际会,感应时势,会有时机,我们不要为处身困厄而悲叹。于公白首而依然困处大梁之野,使人怅恨不已,哪里还能再申论?侯嬴即知朱亥是壮士,仍然拘羁于笔砚之间。秦赵两国龙虎相争血染中原,于公当会如侯嬴那样终建奇勋。裴君历览千古诗章,文采华美炳映天文。悲吟雨雪,林木为之感动;放下书本,摘下宝剑,转而想念父母。请你喝一杯酒,为你拂去裘衣上的霜痕。请你为我起舞,我为你放歌高吟。我将要赴身沙漠去探虎穴,扬鞭跃马凌越黄河。我们不要像当年荆轲易水一别时众士那样垂泪涕泣,那是多么令人羞愧的事啊!

留别王司马嵩

【题解】　白诗中又有《酬坊州王司马与阎正字对雪见赠》诗,两王司马当为一人,如此则知王嵩曾为坊州司马。此诗作年难以遽定,从诗中"孤剑托知音"看,有干谒之意,当在入朝前。或云作于开元十八、十九年(730—731)间。诗中表达了功成身退的思想感情。

【原诗】　鲁连卖谈笑①,岂是顾千金。陶朱虽相越,本有五湖心②。余亦南阳子,时为《梁甫吟》③。苍山容偃蹇④,白日惜颓侵。愿一佐明主,功成还旧林。西来何所为,孤剑托知音。鸟爱碧山远,鱼游沧海深。呼鹰过上蔡⑤,卖畚向嵩岑⑥。他日闲相访,丘中有素琴⑦。

【注释】　①鲁连：见《古风五十九首》其十注。卖谈笑：夸示倜傥之才。②陶朱：陶朱公，即范蠡，越王勾践谋臣。详见《古风五十九首》其十八注。③南阳子：指诸葛亮，曾躬耕南阳，好为《梁父吟》。详见《读诸葛武侯传书怀赠崔少府叔封昆》诗注。李白曾居于南阳，故称南阳子。　④倨塞：骄傲、傲慢。郭璞《客傲》："庄周倨塞于漆园。"　⑤呼鹰：李斯曾牵黄犬、臂苍鹰，出上蔡东门而猎。　⑥卖畚(běn)：用前秦符坚相王猛事。王猛少贫贱，以卖畚为业。尝从洛阳远赴嵩山取畚值。见《晋书·王猛传》。畚，即畚箕。以草绳或竹编成的盛器。　⑦素琴：不加装饰之琴。《文选》左思《招隐诗》："丘中有素琴。"李善注："《尚书大传》：子夏曰：虽退而岩居河、济之间，深山之中作壤室，尚弹琴其中，以歌先王之风，则可以发愤矣。"

【译文】　鲁仲连谈笑而退却秦军，哪里是为了讨得平原君千金之赏？范蠡虽然任越国之相，原本即有乘扁舟浮五湖之心。我像诸葛亮一样曾巢居南阳，吟咏过《梁甫吟》。青山宽容倨塞之人，白日西沉使人悯惜时光流逝。希望能够有机会辅佐明主，功成后返归旧时的林中。这次西来所为何事？欲把孤剑托赠给知音。鸟爱飞茫茫之青山，鱼喜游深广之沧海。李斯虽相秦也曾过上蔡而放鹰，王猛辅符坚也曾赴嵩山取畚值。将来闲暇时你若相访，我会在山中把琴轻弹。

还山留别金门知己

【题解】　此诗在《李白集》中凡两见：一见于别类，即此篇；一见于乐府类，题名《东武吟》。二诗题下均注明"一作《出金门后书怀留别翰林诸公》"。其中仅有个别字句差异，此处注译从略。二首均见于《文苑英华》，一题作《东武吟》，一题作《出金门后书怀留别翰林诸公》，则是诗之重出自宋时已然。此诗作于天宝三载(744)李白准备离京还山之前。诗中回顾了宫廷生活之经历，表达了归隐之思。

【原诗】　好古笑流俗，素闻贤达风。方希佐明主，长揖辞成功。白日

在青天,回光瞩微躬。恭承凤凰诏,欻起云萝中。清切紫霄迥,优游
丹禁通。君王赐颜色,声价凌烟虹。乘舆拥翠盖,扈从金城东。宝马
骤绝景,锦衣入新丰。倚岩望松雪,对酒鸣丝桐。方学扬子云,献赋
甘泉宫。天书美片善,清芳播无穷。归来入咸阳,谈笑皆王公。一朝
去金马,飘落成飞蓬。宾友日疏散,玉樽亦已空。长才犹可倚,不惭
世上雄。闲来《东武吟》,曲尽情未终。书此谢知己,扁舟寻钓翁。

夜别张五

【题解】 诗约作于开元十九年(731)。张五,疑为张说第三子张垍,岑
仲勉《唐人行第录》即作此说,或是。诗中所写"把酒轻罗霜",也颇合于
张垍贵族公子气派。

【原诗】 吾多张公子①,别酌醋高堂。听歌舞银烛,把酒轻罗霜。横
笛弄秋月,琵琶弹《陌桑》②。龙泉解锦带③,为尔倾千觞。

【注释】 ① 多:犹重也。《汉书·爰盎传》:"诸公闻之,皆多盎。"颜师古
注:"多,犹重。" ②《陌桑》:乐府曲名《陌上桑》之省称。《乐府杂录》:琵
琶古曲,有《陌上桑》。 ③ 龙泉:宝剑名。传说欧冶子、干将凿茨山,泄其
溪,取铁英,作铁剑三枚。一曰龙泉,二曰太阿,三曰工布。龙泉,即龙渊,唐
人避高祖讳而改称。

【译文】 我推重张公子,在高堂之上备酌醋饮。烛光之下听歌起舞,举着
酒杯霜罗飘动。手把玉笛对月吹,琵琶弹出《陌上桑》。我且解下龙泉之
剑,再为你倾尽千杯酒。

魏郡别苏少府因

【题解】　题又作《魏郡别苏明府因北游》《魏郡别苏因》。苏因其人无考。此诗为李白北赴幽州行至魏郡时告别苏因之作。魏郡，即魏州，属河北道，即今河北邯郸魏县。诗盛称魏郡人物山河之美，并以苏秦许苏因。

【原诗】　魏都接燕赵^①，美女夸芙蓉^②。淇水流碧玉^③，舟车日奔冲。青楼夹两岸，万室喧歌钟。天下称豪贵，游此每相逢。洛阳苏季子^④，剑戟森词锋。六印虽未佩，轩车若飞龙。黄金数百镒，白璧有几双。散尽空掉臂，高歌赋还邛^⑤。落魄乃如此^⑥，何人不相从。远别隔两河，云山杳千重。何时更杯酒，再得论心胸。

【注释】　① 魏都：魏郡郡治在贵乡县，为战国魏武侯别都，故称。　② 美女：《西京杂记》："卓文君姣好，眉色如望远山，脸际常若芙蓉。"　③ 淇水：流经河北道相州、卫州，于卫县南入御河。御河通永济渠，渠流经贵县，故云。　④ 苏季子：即苏秦，字季子，战国时洛阳人。曾游说赵肃侯，赵王乃饰车百乘，黄金千镒，白璧百双，锦绣千纯，以约诸侯。六国遂合纵并力以叛秦。苏秦为纵约长，并相六国。喟然叹曰："使我有雒阳负郭田二顷。吾岂能佩六国相印乎？"事见《史记·苏秦列传》。这几句以苏秦拟苏因，谓其善辞令，且豪富。　⑤ 还邛：卓文君奔司马相如，相如家居徒四壁立，后俱之临邛，酤酒为生。见《史记·司马相如列传》。谢朓诗："还邛歌赋似。"　⑥ 落魄：谓放浪不羁。

【译文】　魏都地接燕、赵，美女艳丽胜似芙蓉。淇水清澈宛如碧玉，车马行船日日来往穿梭。显贵之家闺阁耸立，夹满淇水两岸，万家之中歌舞喧声不绝于耳。天下可称豪贵之人的，常常游于此地而相逢。你如洛阳苏秦，言词犀利恰似剑戟。虽未居六国之相，依然乘飞龙之轩车。家中黄金数百镒，白璧更有几多双。虽然散尽千金，两手空空，依然赋还邛之高歌。你如此放浪不羁,谁能不相从以游呢? 你我今日分别,长河阻隔,云山重重。什么时候才能共饮以抒胸怀呢?

留别西河刘少府

【题解】 从"白衣千万乘,何事去天庭"二句可知,此诗当作于天宝三载(744)李白去朝之后。西河,唐时为汾州,今山西汾阳。西河为刘少府之郡望。诗云"闲倾鲁壶酒",可知刘少府为东鲁之县尉,留别之地亦在东鲁。诗写其去朝后携妾浪游及归隐之志。

【原诗】 秋发已种种①,所为竟无成。闲倾鲁壶酒,笑对刘公荣②。谓我是方朔,人间落岁星③。白衣千万乘,何事去天庭④。君亦不得意,高歌羡鸿冥⑤。世人若醯鸡⑥,安可识梅生⑦。虽为刀笔吏⑧,缅怀在赤城⑨。余亦如流萍,随波乐休明。自有两少妾,双骑骏马行。东山春酒绿⑩,归隐谢浮名。

【注释】 ①种种:此言稀少。《左传·昭公三年》:"余发如此种种,余奚能为?"杜预注:"种种,短也。" ②刘公荣:名昶,晋人。为人通达,仕至兖州刺史。与人饮酒,杂秽非类,人或讥之。答曰:"胜公荣者,不可不与饮;不如公荣者,亦不可不与饮;是公荣辈者,又不可不与饮。"故终日共饮而醉。见《世说新语·任诞》。这里是借指刘少府。 ③方朔:东方朔,汉武帝文学侍臣,以诙谐滑稽著名,后人传其异闻甚多,方士以为岁星之精。见《汉书·东方朔》《列仙传》及《汉武帝内传》等。 ④天庭:此指朝廷。 ⑤鸿冥:鸿飞于冥,脱身于世网之意。扬雄《法言·问明》:"治则见,乱则隐。鸿飞冥冥,弋人何篡焉?" ⑥醯(xī)鸡:小虫名。 ⑦梅生:梅福,汉人,任南昌尉,王莽专政时,弃家而去,不知所终,传以为仙。见《汉书·梅福传》。这里以梅福比刘少府。 ⑧刀笔吏:主办文案之官吏。《史记·萧相国世家》:"萧相国何于秦时为刀笔吏,录录未有奇节。"《汉书》颜师古注:"刀所以削书也。古者用简牒,故吏皆以刀笔自随也。" ⑨赤城:道教传说中之仙山。《初学记》引《登真隐诀》:"赤城山下有丹洞,在三十六洞天数,其山足丹。" ⑩ 东山:晋时谢安早年隐居之地。后世因以东山泛指隐居地。

【译文】 头发已渐稀少,努力所为竟无所成。闲来无事与你对坐,共饮东鲁的酒。你说我是汉朝的东方朔,是落入人间之岁星。我以一介布衣游说皇上,却不知何故离开了朝廷。你也不称意,放声高咏意欲脱身世尘。世人就像小虫子,哪里能识得你有梅生之仙姿?虽然只是文书小吏,依然心怀求仙之志。我亦像随波而流的浮萍,尽情享受这盛世的清明。我有两个小妾,双双骑马随我而行。东山之地春酒碧绿,我将辞谢浮名去那里归隐。

颍阳别元丹丘之淮阳

【题解】 宋蜀本题下注:"河南。"元丹丘,著名道士,白之契友,诗中屡称许之。颍阳,县名,属河南府,在今河南登封。元丹丘在颍阳有别业,见白《题元丹丘颍阳山居》诗。淮阳,即陈州,在今河南周口。此诗备言失意之苦与访仙求药之意,然从"悠悠市朝间,玉颜日缁磷"二句看,诗当作于待诏翰林前。

【原诗】 吾将元夫子①,异性为天伦②。本无轩裳契③,素以烟霞亲。尝恨迫世网,铭意俱未伸④。松柏虽寒苦,羞逐桃李春。悠悠市朝间⑤,玉颜日缁磷⑥。所失重山岳,所得轻埃尘。精魄渐芜秽,衰老相凭因。我有锦囊诀⑦,可以持君身⑧。当餐黄金药⑨,去为紫阳宾⑩。万事难并立,百年犹崇晨⑪。别尔东南去,悠悠多悲辛。前志庶不易⑫,远途期所遵⑬。已矣归去来,白云飞天津⑭。

【注释】 ①将:与。 ②天伦:兄弟。 ③轩裳:犹轩冕,卿大夫车服。此代指官位爵禄。 ④铭意:指誓老云海之志。 ⑤市朝:市场与官场。《战国策·秦策》:"臣闻争名者于朝,争利者于市。" ⑥缁磷:言日渐衰老。《论语·阳货》："不曰坚乎？磨而不磷。不曰白乎？涅而不缁。"磷，谓因磨而至损；缁，谓因染而变黑。　⑦ 锦囊诀：指仙灵之方。《太平广记》引《汉武帝内传》："帝见王母巾器中有一卷书，盛以紫锦之囊。帝问：'此书是仙灵之方耶？'"　⑧ 持身：修身。　⑨ 黄金药：谓仙药。《抱朴子·仙药》："仙药之上者丹砂，次则黄金……"　⑩ 紫阳：即胡紫阳。胡紫阳为开元间随州道士，李白诗中屡见。　⑪ 崇晨：犹崇朝。从天亮到早饭之间，喻时间短促。《诗经·卫·河广》："谁谓宋远，曾不崇朝。"　⑫ 前志：即老身云海之志。　⑬ 所遵：指元丹丘。　⑭ 天津：星名。《尔雅·释天》："箕、斗之间汉津也。"二句言终当归隐。

【译文】　我与元丹丘，虽是异姓而情同手足。原本即与仕途不合，平素喜好山水，以烟霞相亲。曾怅恨拘羁于世间俗务，未得伸展老于云海之志。松柏虽历严冬之苦寒，却不屑与桃李争春。整日混迹于市朝之间，容颜已逐渐衰老。我们所失去的重如山岳，而在世间所得却轻如尘埃。精神日渐杂乱，衰老因此相凭而临。我有仙灵之方，可以助你修身。应当餐食仙药，去做紫阳真人之宾友。古来万事难以并立，百年之长邃如崇朝。与你作别去东南，心中悲辛哪可论说？身老云海之志永不移易，我在远途期待你的到来。自尘世脱身而去，像白云在星辰之间自由飘浮。

留别广陵诸公

【题解】　宋蜀本题下注："淮南。"题一作《留别邯郸故人》。诗云"攀龙忽堕天"，当是天宝六载(747)诗人南游时所作。广陵，即扬州。诗中对其少年豪宕、中年落魄以及待诏翰林、去朝求仙等经历均作了叙述。

【原诗】　忆昔作少年，结交赵与燕。金羁络骏马①，锦带横龙泉②。寸心无疑事，所向非徒然。晚节觉此疏，猎精草《太玄》③。空名束壮士，薄俗弃高贤。中回圣明顾，挥翰凌云烟。骑虎不敢下④，攀龙忽堕天⑤。还家守清真，孤洁励秋蝉⑥。炼丹费火石，采药穷山川。卧海不关人,租税辽东田⑦。乘兴忽复起,棹歌溪中船⑧。临醉谢葛彊,山公欲倒鞭⑨。狂歌自此别,垂钓沧浪前。

【注释】 ① 金羁:金饰的马龙头。 ② 龙泉:指宝剑。见《夜别张五》注。 ③ 猎精:猎取精华妙义。《太玄》:扬雄规模《周易》而作。此句用扬雄事。《汉书·扬雄传》:"时雄方草《太玄》,有以自守,泊如也。" ④ 骑虎:郭宪《汉武洞冥记》记东方朔仙游紫泥海:"乃饮înfg天黄露半,合,即醒。既而还,路遇一苍虎息于路傍,儿骑虎还。"骑虎,原意为骑虎仙游,这里是指居身朝廷。 ⑤ 堕天:此指去朝。 ⑥ 励:自励。 ⑦ 二句用管宁事。《文选》谢朓《郡内登望》:"方弃汝南诺,言税辽东田。"李善注:"《魏志》曰:'管宁闻公孙度令行海外,遂至于辽东。'皇甫谧《高士传》曰:'人或牛暴宁田者,宁为牵牛著凉处,自饮食也。'" ⑧ 棹歌:行船时所唱之歌。 ⑨ 二句用山简事。《晋书·山简传》:简镇襄阳,"优游卒岁,唯酒是耽。诸习氏,荆土豪族,有佳园池。简每出嬉游,多之池上,置酒辄醉,名之曰高阳池。时有童儿歌曰:'山公出何许?往至高阳池。日夕倒载归,茗芋无所知。时时能骑马,倒著白接䍦。举鞭向葛彊,何如并州儿?'彊家在并州,简爱将也"。

【译文】 回忆我青年时代,结识的皆为燕赵之豪杰。身骑饰金骏马,腰佩龙泉宝剑。心中没有疑难事,所向之处决非徒然而返。到得晚岁觉此粗俗,遂细究玄理,吸取奥义妙理。无实之名束缚了壮士,轻薄之俗委弃了高贤之才。中年时曾赢得皇帝的垂顾,挥洒妙笔气凌云烟之上。骑得猛虎不敢贸然而下,意欲攀龙却忽然自天坠落。还得家中固守真朴,像秋蝉蜕秽一样励我素洁之志。为炼丹砂广费火石,为采药而走遍了山水。高卧云海事不关人,就像管宁那样隐居山谷自耕而食。乘着逸兴忽然再次起身,在溪水之船上放吟高歌。我像当年山简一样逢酒则饮,醉不知处。狂歌一曲自此与诸公分别,我要临沧浪而垂钓。

广陵赠别

【题解】 李白出蜀后有江南之游,时在开元十四、十五年间(726—727)。观诗中"系马垂杨下,衔杯大道间。天边看绿水,海上见青山"几句,颇有少年豪迈之气,诗或当于初游江南时在扬州送别友人所作。

【原诗】 玉瓶沽美酒①,数里送君还。系马垂杨下,衔杯大道边。天边看绿水,海上见青山。兴罢各分袂②,何须醉别颜。

【注释】 ① 沽美酒:买来美酒。 ② 分袂:分手,分别。袂:衣袖口。

【译文】 用玉瓶买来美酒,一程一程送你而还。且把马系在垂杨之下,在大道边上我们衔杯同饮。远处遥看,可见盈盈绿水,淡淡青山。我们尽兴即各自分手,无须醉颜相别!

感时留别从兄徐王延年、从弟延陵

【题解】 诗作于至德元载(756)秋。安史乱起,李白曾打算避乱于剡中,这首诗是他在杭州留别徐王延年、延陵而作的。徐王延年,唐高祖第十子元礼的曾孙,至德初为余杭郡司马。延陵,为其弟。此诗七十二句以一韵贯之,为白五言诗之鲜见者,后人盛称,谓:"盛唐大方家之作,无出其右者,惟杜子似之。"(朱谏《李诗选注》)

【原诗】 天籁何参差,噫然大块吹①。玄元包橐籥②,紫气何逶迤③。七叶运皇化④,千龄光本支⑤。仙凤生指树⑥,大雅歌《螽斯》⑦。诸王若鸾虬⑧,肃穆列藩维⑨。哲兄锡茅土⑩,圣代含荣滋。九卿领徐方⑪,七步继陈思⑫。伊昔全盛日,雄豪动京师。冠剑朝凤阙⑬,楼船侍龙

池⑭。鼓钟出朱邸⑮，金翠照丹墀⑯。君王一顾盼，选色献蛾眉⑰。列
戟十八年，未曾辄迁移⑱。大臣小暗呜，谪窜天南垂⑲。长沙不足
舞⑳，贝锦且成诗㉑。佐郡浙江西㉒，病因绝趋驰。阶轩日苔鲜，鸟雀
噪檐帷㉓。时乘平肩舆㉔，出入畏人知。北宅聊偃愒㉕，欢愉恤茕嫠㉖。
羞言梁苑地，烜赫耀旌旗㉗。兄弟八九人，吴秦各分离㉘。大贤达机
兆㉙，岂独虑安危。小子谢麟阁，雁行忝肩随㉚。令弟字延陵，凤毛出
天姿㉛。清英神仙骨，芬馥苣兰蕤㉜。梦得春草句，将非惠连谁㉝。深
心紫河车㉞，与我特相宜。金膏犹罔象，玉液尚磷缁㉟。伏枕寄宾馆，
宛同清漳湄㊱。药物多见馈，珍羞亦兼之。谁道溟渤深㊲，犹言浅恩
慈。鸣蝉游子意，促织念归期㊳。骄阳何火赫，海水烁龙龟㊴。百川
尽凋枯，舟楫阁中逵㊵。策马摇凉月，通宵出郊圻㊶。泣别目眷眷，伤
心步迟迟。愿言保明德，王室仁清夷㊷。掺袂何所道㊸，援毫投此辞。

【注释】　①天籁：自然之音响。大块：犹言大地。《庄子·齐物论》："子
綦曰：'……汝闻人籁，而未闻地籁；汝闻地籁，而未闻天籁夫！'子游曰：'敢
问其方。'子綦曰：'夫大块噫气，其名为风，是唯无作，作则万窍怒号。'"
②玄元：指老子。道教以老子为教主，唐时皇帝推崇道教，尊老子为"太上
玄元皇帝"。见《旧唐书·高宗纪》。橐籥：古代冶炼所用鼓风之器。《老
子》："天地之间，其犹橐籥乎？"王弼注："橐籥，冶铁所用，致风之器也。"橐：
外面的箱子。籥：里面的送风管。　③紫气：祥瑞之气。司马贞《史记索
隐》："《列仙传》：老子西游，关令尹喜望见有紫气浮关，而老子果乘青牛而
过也。"　④七叶：七世，唐自高祖至肃宗凡七帝。　⑤千龄：犹言千年。
王充《论衡·感类》："古者谓年为龄。"本支：原指树木的根干和枝叶，这里
指嫡系与庶出的子孙。《诗经·大雅·文王》："文王孙子，本支百世。"《毛
传》："本，本宗也。支，支子也。"　⑥指树：《初学记》引《龟山元录传》：
"老君托从李母生，李母无婿，老君指李树曰：此为我姓。"　⑦螽斯：《诗
经·周南·螽斯》："螽斯羽，诜诜兮。宜尔子孙，振振兮。"《序》云："《螽
斯》，后妃子孙众多也。"　⑧鸾虬：鸾，凤属。虬，龙子无角者。　⑨藩
维：即维藩。《诗经·大雅·板》："价人维藩，大师维垣。"毛传："藩，屏
也。"　⑩哲兄：谓徐王延年。锡茅土：谓延年开元二十六年封嗣徐王。

《后汉书·祭祀志》颜师古注："《独断》曰……封诸侯者，取其土，苴以白茅，授之以立社其国，故谓之受茅土。" ⑪九卿：古时中央政府九种高级官职。徐方：即徐州。胡三省《通鉴注》：古语多谓州为方。 ⑫七步：《世说新语·文学》："(魏)文帝尝令东阿王七步中作诗，不成者行大法。应声便为诗曰：'煮豆持作羹，漉菽以为汁。萁在釜下然，豆在釜中泣。本自同根生，相煎何太急。'"陈思，即曹植。太和三年封东阿王，六年封陈王，谥思，世称陈思王。这里是以誉徐王才学之美。 ⑬凤阙：这里代指朝廷。⑭龙池：玄宗登帝位前所居之宅在皇城内兴庆宫，宅东有井，忽涌为小池，常有云气，或见黄龙出其中。景龙中其沼浸广，因名龙池。见《唐六典》兴庆宫注。 ⑮朱邸：古时诸侯王与达官所居之屋，皆饰以朱，故曰朱邸。⑯丹墀：古代宫殿前的石阶，漆成红色，称为丹墀。 ⑰选色：择容颜之美者。献蛾眉：犹言献宠。 ⑱列戟：排列众戟于门前以增威仪。十八年：开元二十六年延年封嗣徐王，迄至德元载恰好十八年。唐制，嗣王、郡王，皆列戟于门。《通典》："天宝六年四月，敕改仪制令……嗣王、郡王……门十四戟。" ⑲喑呜：小怒。指李林甫上奏请贬徐王。南垂：南疆、南界。⑳长沙：《史记·五宗世家》："长沙定王发……以其母微无宠，故王卑湿贫国。"裴骃《集解》引应劭曰："景帝后二年，诸王来朝，有诏更前称寿歌舞。定王但张袖小举手，左右笑其拙。上怪问之，对曰：'臣国小地狭，不足回旋。'帝以武陵、零陵、桂阳属焉。"此以喻徐王。指余杭郡司马不足展其才也。 ㉑贝锦：《诗经·小雅·巷伯》："萋兮斐兮，成是贝锦。彼谮人者，亦已大甚。"《笺》："喻谗人集作己过以成于罪，犹女工之集采色以成锦文。"后世遂以贝锦喻故意编造，入人于罪的谗言。此指李林甫构诮徐王。㉒佐郡：司马为郡守之辅佐，故名。 ㉓檐帷：檐下的帘幕。 ㉔肩舆：用人力抬杠的代步工具。 ㉕北宅：《南齐书·豫章文献王嶷传》："自以地位隆重，深怀退素。北宅旧有园田之美，乃盛修理之。"偃憩：闲居安息。㉖茕嫠：无兄弟或无夫之人，引申为孤苦伶仃之人。 ㉗梁苑：一名梁园，汉梁孝王规模皇宫而筑，极为华丽豪奢，见《史记·梁孝王世家》。烜赫：声威盛大。 ㉘吴秦：吴指杭州，秦指京城。 ㉙大贤：谓徐王。机兆：犹言祸福之征兆。 ㉚雁行：谓兄弟。肩随：与人并行而略后，以表敬意。 ㉛凤毛：先人遗下的风采。《世说新语·容止》："王敬伦风姿似父，作侍中,加授桓公公服。从大门入,桓公望之曰:大奴固自有凤毛。" ㉜ 茝(chǎi)兰:茝、兰皆为香草。蕤:草木花下垂的样子。 ㉝ 惠连:谢惠连,谢灵运之族弟。钟嵘《诗品》引《谢氏家录》:"康乐每对惠连,辄得佳语。后在永嘉西堂,思诗竟日不就。寤寐间,忽见惠连,即成'池塘生春草'。故尝云:'此语有神助,非我语也。'"此以惠连比延陵。 ㉞ 紫河车:仙药。见《古风五十九首》其四注。 ㉟ 金膏:也仙药。罔象:虚无。《文选》王褒《洞箫赋》:"薄索合沓,罔象相求。"李善注:"罔象,虚无罔象然也。"玉液:仙药。磷缁:喻受外界条件影响而起变化。 ㊱ 伏枕:病而卧也,漳:水名。湄:水草相接的地方。刘桢《赠五官中郎将》:"余婴沉痼疾,窜身清漳滨。" ㊲ 溟渤:指渤海。 ㊳ "鸣蝉"二句:谓鸣蝉、促织之候触动游子念归之意。 ㊴ 烁:热而发烫之意。 ㊵ 阁:通"搁"。中逵:大道之中。 ㊶ 通宵:谓乘夜。郊圻:都城周围之地。 ㊷ 清夷:清平、太平。 ㊸ 掺袂:持袂,手拿住衣袖口。

【译文】 自然之音声何其多致,唯有大地上噫然之风最具伟力。老君以天地为橐籥,所行之处天上祥瑞之气相随不绝。唐皇之德政教化已历七世,千年时间光大了王室本宗与支子。老君出生时指李树以为姓,《诗经》中也有《螽斯》之咏。诸王孙宛若龙凤之子威严肃穆,并列藩维。吾兄睿智受封嗣为徐王,在圣明之代葆含荣耀。你位列于九卿之上而官于徐州,才思敏捷上继曹植。想到过去你得志称意之时,雄风豪气名动京师。戴冠佩剑身列朝廷,乘着楼船游玩于龙池。你的宅第歌舞喧阗声传于外,红色的石阶上映耀着金光翠色。君王偶尔属意于美女,便择其美者而献宠。你府前列戟十八年,从未有什么变化。王公大臣怒而上奏,你即被贬至此。你遭人构陷,就像没有依靠的长沙定王身处卑湿南国,余杭司马位低无以展你雄才。在余杭辅佐郡守,病卧在家而门前冷落,无人探望。石阶栏杆之上长出苔藓,屋檐帘幕空寂只听见鸟雀飞鸣。偶尔乘坐肩舆,出入谨慎怕人知晓。尚有旧宅聊可闲居安息,欢愉时顾惜孤苦伶仃之人。汉代梁孝王的梁苑声威壮大、旌旗耀眼,说起他你深以为羞。你有八九个兄弟,分离于吴、秦两地,你大智大慧、洞识事机之先兆,哪里只是顾虑一人之安危? 小子我辞别麒麟阁后,自愧与你并肩而行。令弟延陵英姿超人,有令先尊之风采。清雅英俊有仙家风骨,如兰花苣草内怀宜人之香气。当年谢灵运梦中得"池塘生春草"之名句,令弟正如他所梦到的惠连一样。究心于道家仙药,此与我特别相投。只是所炼金膏恍然无实,未为纯粹,玉液也时而变化,尚未得成。我寄身馆舍病卧枕上,恰如窜身漳水之湄。承蒙照顾,受赠许多药物与珍馐佳肴。渤海虽说很深,比之你垂顾之恩却很浅。秋蝉之声触动我游子之意,促织之鸣又使我心念归家之期。烈日当头,骄阳似火,海水因此发热,龙龟为之不安。百川尽已干涸,舟楫都搁弃于路旁。在凉月之下我们乘夜策马而行,来到杭州城郊。分别时眷恋不已,伤心而泣,行步缓缓。恳望你兄弟二人保持贤明之德,王室倚此而清平。我手把袖口所道为何?援笔而写下这一首诗。

别储邕之剡中

【题解】　诗作于自广陵(即今扬州)往越中时。当是李白出蜀后初游越中之作,时为开元十四年(726)。储邕,其人无考。白又有《送储邕之武昌》诗,可参看。剡中,即剡县,属会稽郡,在今浙江嵊州西南。

【原诗】　借问剡中道,东南指越乡。舟从广陵去,水入会稽长。竹色溪下绿,荷花镜里香。辞君向天姥①,拂石卧秋霜。

【注释】　① 天姥:见《梦游天姥吟留别》注。天姥位近于剡中,故代指剡中。

【译文】　向你探问去剡中的道路,你举手示意遥指东南方的越地。乘船由扬州而南下,长长的流水一直通向会稽。溪水清澈,掩映着丛丛绿竹,水明净如镜,映着荷花的倒影,传出阵阵清香。与君辞别前往天姥,抖尽石尘我将高卧于秋日的霜露之中。

留别金陵诸公

【题解】 此诗作年未详,或云作于天宝八、九载间(749—750),李白辞朝后游历江南时,恐亦未确。诗中历叙六代纷争与金陵(即南京)人文遗迹,虽为赠别之作,却胸襟豪迈,颇有怀古之致。

【原诗】 海水昔飞动①,三龙纷战争②。钟山危波澜③,倾侧骇奔鲸。黄旗一扫荡,割壤开吴京④。六代更霸王,遗迹见都城⑤。至今秦淮间⑥,礼乐秀群英。地扇邹鲁学⑦,诗腾颜谢名⑧,五月金陵西,祖余白下亭⑨。欲寻庐峰顶⑩,先绕汉水行⑪。香炉紫烟灭⑫,瀑布落太清⑬。若攀星辰去,挥手缅含情⑭。

【注释】 ①"海水"句:《文选》扬雄《剧秦美新》:"海水群飞。"李善注:"海水喻万民,群飞言乱。" ②三龙:言三国时之魏、蜀、吴。二句谓三国时局。 ③钟山:又名蒋山、紫金山等,位于南京城东。 ④黄旗:帝王之旗。吴京:指金陵。因吴人所都,故云吴京。二句谓吴帝孙权在金陵建都,其时名建业。 ⑤六代:指吴、东晋、宋、齐、梁、陈,亦称六朝。"遗迹见都城"一作"遗都见空城"。 ⑥秦淮:秦淮河,经金陵城中而入大江。 ⑦扇:炽盛。邹:孟子故里。鲁:孔子故里。意谓金陵儒学之盛。 ⑧颜谢:南朝宋时诗人颜延之、谢灵运。 ⑨祖余:为我饯行。白下亭:驿亭。白下,地名,故址在今南京城北。 ⑩庐峰:谓庐山。 ⑪汉水:此指长江。 ⑫香炉:庐山香炉峰有四,此为南香炉峰。日照气暖而升,薄薄望如紫烟。 ⑬太清:指天空。 ⑭缅:遥望。

【译文】 往昔海水群飞而动,魏、蜀、吴三龙纷争,天下为之大乱。波涛汹涌,危急钟山,巨鲸奔突,两岸为之惊骇。吴帝黄旗扫荡一过,割出金陵留作京都。六代纷纷,霸王更迭,遗迹还留存在金陵城中。至今秦淮河岸、金陵城中,崇礼尚乐之风依然秀出,远胜他方。金陵地盛邹鲁之学,诗人涌出名腾颜谢之上。金陵五月,诸公在白下亭为我饯酒送行。我将依江而上,去寻庐山的峰顶。香炉峰上紫烟云绕时隐时现,瀑布訇然自天空而落。欲要攀星辰而升天,挥手示意,心含别情。

口 号

【题解】 口号,即口占之意。此诗《万首唐人绝句》题作《留别金陵诸公》。或与前篇为同时之作。

【原诗】 食出野田美,酒临远水倾①。东流若未尽,应见别离情。

【注释】 ① 远水:向远而流之水。

【译文】 到了荒野之田食则味美,临远流之水饮酒则更有兴致。眼前之水东向而流,绵绵无尽,其中包含了我们几多离别之情。

金陵酒肆留别

【题解】 诗作于开元十四年(726)春。李白首次游金陵,拟赴扬州。酒肆,即酒馆。诗中描写金陵子弟劝酒相送之情谊。"请君试问东流水,别意与之谁短长"两句,以具体之景拟抽象别情,颇耐寻味,后人多有仿效者。

【原诗】 风吹柳花满店香①,吴姬压酒唤客尝②。金陵子弟来相送,欲行不行各尽觞。请君试问东流水,别意与之谁短长。

【注释】 ① 风吹:一作"白门"。 ② 吴姬:吴地美女。压酒:压槽取酒。

【译文】 春风吹拂,柳絮轻扬,酒店里弥漫着浓郁的花香。吴女捧出刚压的美酒,邀请宾客尽情地品尝。金陵朋友为我送行,欲别又止,各自饮尽杯中酒。请你试问东流之水,与我们的别情相比,哪个短来哪个长?

金陵白下亭留别

【题解】 此诗作年难以确知,或与《留别金陵诸公》为一时之作。白下亭,驿亭,在今江苏南京城北。

【原诗】 驿亭三杨树①,正当白下门②。吴烟暝长条,汉水啮古根③。向来送行处,回首阻笑言。别后若见之,为余一攀翻④。

【注释】 ① 驿亭:古时驿传有亭,为行旅、休息之所。此指白下亭。② 白下门:泛言金陵城门。武德九年,曾改金陵为白下县,故称。 ③ 汉水:此指长江。 ④ 攀翻:谓攀折以寄远。

【译文】 亭边有三株杨树,正对着金陵城门。吴地烟云笼罩着树枝,长江流水吞啮着树根。向来临别送行之处,使人见了都黯然心伤。分别之后若再见到,请为我折寄一枝以慰别情。

别东林寺僧

【题解】 诗当作于天宝八、九载间(749—750)游庐山时。东林寺,在庐山,为晋时惠远和尚所建。李白另有《庐山东林寺夜怀》诗,可参看。

【原诗】 东林送客处,月出白猿啼。笑别庐山远,何烦过虎溪①。

【注释】 ① 虎溪:溪水名,在东林寺近旁。此句用惠远事,传说他送客至虎溪而止。

【译文】　东林寺送客的地方,夜月初升猿啼声声。微笑着与庐山渐渐远离,又何烦把我送过虎溪呢?

窜夜郎于乌江留别宗十六璟

【题解】　乾元元年(758)春白因从永王璘获罪而流放夜郎,首途时告别妻宗氏弟宗璟而作此诗。乌江,在浔阳(今江西九江),即今浔阳江。宗璟,即李白妻弟。此诗于研究李白家室颇为重要。

【原诗】　君家全盛日,台鼎何陆离[①]。斩鳌翼娲皇,炼石补天维[②]。一回日月顾,三入凤凰池[③]。失势青门傍,种瓜复几时[④]。犹会旧宾客,三千光路歧。皇恩雪愤懑,松柏含荣滋[⑤]。我非东床人[⑥],令姊忝齐眉[⑦]。浪迹未出世,空名动京师[⑧]。适遭云罗解,翻谪夜郎悲[⑨]。拙妻莫邪剑[⑩],及此二龙随[⑪]。惭君湍波苦[⑫],千里远从之。白帝晓猿断[⑬],黄牛过客迟[⑭]。遥瞻明月峡[⑮],西去益相思。

【注释】　① 台鼎:旧称三公为台鼎。陆离:美盛貌。宗璟之祖宗楚客在武则天当政与中宗时曾三次拜相,故云。　②"斩鳌"二句:《淮南子·览冥训》:"往古之时,四极废,九州裂,天不兼覆,地不周载……于是女娲炼五色石以补苍天,断鳌足以立四极。"翼,辅也。娲皇,指武则天。二句谓宗楚客于武后有辅翼之功。　③ 凤凰池:谓中书省。日月:喻武则天。宗楚客曾坐赃流于岭外,寻遇赦还而大得幸,凡三为相。　④"失势"二句:《三辅黄图》:"长安城东出南头第一门霸城门,民见门色青,名曰青城门,或曰青门。门外旧出佳瓜。广陵人邵平,为秦东陵侯,秦破为布衣,种瓜青门外,瓜美,故时人谓之东陵瓜。"宗楚客附韦后,韦后败,被杀。此二句言宗氏失势。　⑤ 宗楚客附韦后而被杀,并未得昭雪,李白此处是为亲者讳,不得不然。　⑥ 东床:《世说新语·雅量》:"郗太傅在京口,遣门生与王丞相书,求女婿,丞相语郗信:'君往东厢,任意选之。'门生归,白郗曰:'王家诸郎亦皆可嘉,闻来觅婿,咸自矜持,唯有一郎在东床上坦腹卧,如不闻。'郗公云:'正此好。'访之,乃是逸少,因嫁女与焉。"　⑦令姊:指李白妻宗氏。齐眉:此处指结为夫妻。《后汉书·梁鸿列传》:"(鸿)每归,妻为具食,不敢于鸿前仰视,举案齐眉。"后世以齐眉喻夫妇和好。　⑧"浪迹"二句:言李白待诏翰林事。　⑨云罗:密罗如云。二句谓己始脱狱又遭流放。⑩莫邪剑:《吴越春秋》:"莫耶,干将之妻也。干将作剑,采五山之铁精,六合之金英,候天伺地,阴阳同光,百神临观,天气下降,而金铁之精不销沧流。于是干将不知其由……莫耶曰:'夫神物之化,须人而成。今夫子作剑,得无得其人而后成乎?'干将曰:'昔吾师作冶,金铁之类不销,夫妻俱入冶炉中,然后成物。至今后世即山作冶,麻绖葌服,然后敢铸金于山。今吾作剑不变化者,其若斯耶?'莫耶曰:'师知铄身以成物,吾何难哉?'于是干将妻乃断发剪爪,投于炉中,使童女童男三百人鼓橐装炭,金铁乃濡,遂以成剑。阳曰干将,阴曰莫耶。"　⑪二龙:指干将、莫邪二剑。　⑫湍波苦:风浪颠沛之苦。　⑬白帝:即白帝山,在重庆奉节县城东瞿塘峡口。　⑭黄牛:山名,在今湖北宜昌市西北八十里,峙江而立,亦称黄牛峡。　⑮明月峡:在今四川广元。《太平御览》引李膺《益州记》:"峡前南岸壁高四十丈,其壁有圆孔,形若满月,因以为名。"

【译文】　你家兴旺时,位列三公何其美盛。斩断鳌足辅佐娲皇,炼五色之石以补天维。一朝得日月垂顾,竟能三入中书省。虽然在青门旁得失势,但像邵平种瓜青门外又有几时? 依然与旧时宾客相会,三千之众光大了大路小路。天恩昭雪得抒愤懑,松柏因之也葆含荣华。我非如王逸少,却有幸与你姐结为夫妻。浪迹天下尚未出世,名声已惊动了京师。适才自狱中而出,却又遇流放夜郎之悲。拙妻如莫邪剑,与我如二龙相随而行。感愧你受此浪打风吹之苦,千里之远前来送我。白帝山中猿声断,黄牛峡前过客迟。遥望明月峡,向西而行益增相思。

留别龚处士

【题解】 诗作于乾元元年(758)流放夜郎途中。龚处士,名字、事迹不详,从诗中看是闲居之士。

【原诗】 龚子栖闲地,都无人世喧。柳深陶令宅①,竹暗辟彊园②。我去黄牛峡,遥愁白帝猿③。赠君卷施草,心断竟何言④。

【注释】 ① 陶令宅:陶令谓陶渊明,陶曾为彭泽令,宅旁有五柳树。② 辟彊:即东晋人顾辟彊。《世说新语·简傲》:"王子敬自会稽经吴,闻顾辟彊有名园。"《吴郡志》:"顾辟彊园,自西晋以来传之,池馆林泉之盛,号吴中第一,晋、唐人题咏甚多。" ③ 黄牛峡、白帝:俱见前诗所注。 ④ 卷施草:《尔雅·释草》:"卷施草,拔心不死。"邢昺疏:"卷施草,一名宿莽,拔其心亦不死也。"

【译文】 龚子栖居于闲逸之处,全然没有世人之喧闹。杨柳深深望似陶令之宅,竹林茂密又如辟彊之园。我离开黄牛峡、白帝山,断肠之猿声使我为之遥愁。赠送给你卷施草,我心痛断欲说却又无言。

赠别郑判官

【题解】 作于乾元元年(758)长流夜郎途中。题中之郑判官,名字与事迹未详。杜甫有《缆船苦风戏题四韵奉简郑十三判官》,不知二者是否同为一人。

【原诗】 窜逐勿复哀,惭君问寒灰①。浮云本无意,吹落章华台②。远别泪空尽,长愁心已摧。三年吟泽畔③,憔悴几时回。

【注释】 ① 寒灰：冷却之灰烬。比喻身世与处境之凄凉。 ② 章华台：春秋时楚灵王造，故址在今湖北监利西北。 ③ 三年：一作"二年"。吟泽畔：用屈原被放行吟于泽畔事。

【译文】 遭流放已不再悲哀，身世凄凉承蒙问候使我感愧。本是天上无心无意之浮云，如今却被吹落于楚灵王所建的章华台。与你远别泪已流尽，长长的愁思已使我心摧。三年行吟于泽畔之间，身心交悴何时能够返回？

黄鹤楼送孟浩然之广陵

【题解】 诗题下有"江夏岳阳"之注，作于开元十六年（728）春。黄鹤楼，故址在今湖北武汉市蛇山，临长江。相传有仙人子安尝乘黄鹤过此，故名。一说蜀费文祎登仙，尝驾黄鹤憩此。孟浩然，年长于李白，李白又有《赠孟浩然》诗，对孟怀有景仰之情，此诗亦然。广陵，即扬州。

【原诗】 故人西辞黄鹤楼，烟花三月下扬州①。孤帆远影碧空尽，唯见长江天际流。

【注释】 ① 烟花：春时薄雾霭霭，鲜花掩映于其中。

【译文】 旧友告别了黄鹤楼向东而去，在烟花似锦、春景如织的三月，顺流漂向扬州。扁舟一叶渐渐消失于水天相连之处，只望见悠悠不尽的长江水流向渺渺天际。

将游衡岳，过汉阳双松亭，留别族弟浮屠谈皓

【题解】 诗为乾元二年（759）秋自江夏将游衡岳时而作。衡岳，即衡山，五岳中之南岳，位于湖南衡山县西。浮屠谈皓，俗名与事迹不详。浮

屠是梵语音译,即佛徒。诗中李白以玉之高洁自比,叙写自己的不幸遭遇。

【原诗】 秦欺赵氏璧,却入邯郸宫①。本是楚家玉,还来荆山中②。符彩照沧溟③,精辉凌白虹④。青蝇一相点⑤,流落此时同。卓绝道门秀,谈玄乃支公⑥。延萝结幽居,剪竹绕芳丛。凉花拂户牖⑦,天籁鸣虚空⑧。忆我初来时,蒲萄开景风⑨。今兹大火落⑩,秋叶黄梧桐。水色梦沅湘⑪,长沙去何穷⑫。寄书访衡峤⑬,但与南飞鸿。

【注释】 ① 战国赵惠文王时,得楚和氏璧玉。秦昭王闻之,使人遗赵王书,愿以十五城易璧。秦王与赵王会于章华台,秦王得玉而无意偿赵城,赵臣蔺相如智取回玉,并以与玉同尽相胁,卒使秦王计谋落空而完璧归赵。事见《史记·廉颇蔺相如列传》。邯郸宫:赵以邯郸为都,故称。 ② 楚家玉:谓和氏璧。楚人卞和得玉璞于荆山,两献楚王,两遭刖足。见《鞠歌行》注。 ③ 符彩:谓玉之纹理光彩。《山海经·西山经》:"瑾瑜之玉……五色发作,以和柔刚。"郭璞注引《符应》曰:"赤如鸡冠,黄如蒸栗,白如割肪,黑如醇漆,玉之符彩也。" ④ 白虹:天之白气。《礼记·聘仪》:"气如白虹,天也。"孔颖达《正义》:"白虹,谓天之白气,言玉之白气似天白气也。" ⑤ 青蝇:谓谗言。 ⑥ 道门:此谓佛门。支公:晋僧人支遁,字道林。以清谈著称于世。见《赠宣州灵源寺仲濬公》注。 ⑦ 户牖:谓门窗。 ⑧ 天籁:谓自然界之音声。见《感时留别从足徐王延年从弟延陵》注。 ⑨ 景风:谓夏至以后和暖之风。《淮南子·天文训》:"清明风至四十五日,景风至。" ⑩ 大火:星名,即心宿。夏五月黄昏时火见于南方,秋七月黄昏,则西降,谓之流火。 ⑪ 沅湘:即沅水、湘水。沅水源于贵州都匀市云雾山,上游称清水江,至湖南黔阳县下始称沅水。湘水源于广西兴安县海阳山。二水皆入洞庭湖。此即指洞庭湖及其以南地区。 ⑫ 长沙:郡名,即潭州,今之湖南长沙市。 ⑬ 衡峤:即衡山。

【译文】 秦国以欺诈而得和氏璧,但璧最终又返归赵国。和氏璧原是楚国之玉,来自荆山中。它光彩华丽,直照沧海,辉凌苍穹。青蝇相点,污白成黑,遂致流落他处。你品性卓绝,秀出佛门,论道谈玄宛如支公道林。延引青萝来建筑幽静的居室,剪来绿竹围绕着花丛。秋花盛开随风飘拂于门窗之上,大自然之音声鸣响于天空。想我刚来的时候,正值葡萄初结夏风徐吹。现在心星已西向而落,梧桐叶在秋风中变黄了。梦想沅湘的水色山光,此去长沙路远几迢? 我欲寻访衡岳,寄书与南飞之大雁一同而行。

江夏别宋之悌

【题解】 诗作于开元二十二年(734)。江夏,在今武汉。宋之悌,为诗人宋之问弟。本年宋之悌坐事流朱鸢(属交趾郡,今属越南),途经江夏,与白相遇。诗中对之悌之遭遇表示了同情。

【原诗】 楚水清若空,遥将碧海通①。人分千里外,兴在一杯中。谷鸟吟晴日②,江猿啸晚风。平生不下泪,于此泣无穷。

【注释】 ① 将:与。 ② 谷鸟:山间或水间的鸟。

【译文】 楚地之水清澈见底,似若空无,直与远处的大海相通。你我将远别于千里之外,兴致却同在眼前的杯酒之中。谷鸟天晴时不停地鸣叫,江岸之猿却向晚而哀号。我一生从不流泪,现在却泣涕不止。

留别贾舍人至二首

【题解】 这两首诗,根据李白行踪以及诗中涉及的贾至行踪,两者有矛盾、不合之处,或云系托名李白之伪作。第一首诗"徘徊苍梧野,十见罗浮秋"。罗浮山位于今广东惠州一带,李白与贾至皆未尝至。第二首"君为长沙客,我独之夜郎"。按,贾至贬岳阳在乾元二年(759),而李白流放夜郎则在乾元元年(758),乾元二年秋时李已遇赦,不应有"我独之夜郎"之语。贾至,唐代文学家,李白友人,李白集中与贾至唱和诗颇多。

其 一

【原诗】 大梁白云起①,飘飖来南洲。徘徊苍梧野,十见罗浮秋。鳌抃山海倾②,四溟扬洪流③。意欲托孤凤,从之摩天游。凤苦道路难,翱翔还昆丘。不肯衔我去,哀鸣惭不周。远客谢主人,明珠难暗投。拂拭倚天剑,西登岳阳楼④。长啸万里风,扫清胸中忧。谁念刘越石,化为绕指柔⑤。

【注释】 ① 大梁:今河南开封。 ②《楚辞·天问》:"鳌戴山抃,何以安之?"《尔雅翼》:"抃者,两手相击也。言鳌以首戴山,倘用前两手相击,则山上之仙圣何以安乎?" ③ 四溟:四海。 ④ 岳阳:在今湖南。 ⑤ 刘越石:即刘琨,晋时诗人。其《重赠卢谌》诗云:"何意百炼钢,化为绕指柔。"

【译文】 大梁之地白云横起,飘摇而至南国。徘徊于苍梧之地,又曾十历罗浮之秋。巨龟两爪相击,山海为之倾倒,四海扬起巨大水流。本打算托求于凤,随从它一起遨游苍穹。凤苦于道路艰难,就飞还至昆山。它不肯衔我远去,连一丝的哀鸣也未给我。远地之客谢过主人,光明之珠岂能暗投?擦拭净倚天的宝剑,向西登上岳阳楼。万里长风呼啸而过,吹尽了我胸中的烦忧。谁会念起刘越石?百炼钢可化为绕指柔。

其 二

【原诗】 秋风吹胡霜,凋此檐下芳。折芳怨岁晚,离别凄以伤。谬攀青琐贤①,延我于此堂。君为长沙客,我独之夜郎。劝此一杯酒,岂唯道路长。割珠两分赠,寸心贵不忘。何必儿女仁②,相看泪成行。

【注释】 ① 青琐:代指宫廷。 ② 儿女仁:妇孺不忍之心。曹植《赠白马王彪》:"忧思成疾疹,无乃儿女仁。"

【译文】 秋风把北地之霜吹至南国,屋檐下的花草随之凋枯了。摧折了的芳草埋怨时节已晚,此时你我离别使人伤悲。误攀得宫中之贤人,延引我至于此堂。你如汉代贾谊贬谪至此,我独自前去夜郎。劝你饮下这杯酒,哪里仅因为前路长长?切割玉珠每人持一份,以珠比心永志不忘。哪里是只有妇孺才有不忍之心?此时你我执手相看泪水已成行。

渡荆门送别

【题解】 此诗题下原有"荆州"之注,作于开元十二年(724)秋季,时李白初出巴蜀沿江东下,诗中所写即是船过荆门的景色。荆门,山名,在今湖北宜都西北长江南岸,与北岸虎牙山相对峙。

【原诗】 渡远荆门外,来从楚国游①。山随平野尽,江入大荒流。月下飞天镜②,云生结海楼③。仍怜故乡水,万里送行舟。

【注释】 ① 楚国:长江出蜀后即进入历史上的楚国界内,故称。 ② 此句写月映江中之景。 ③ 此句状江面上云彩变化之形。海楼,即海市蜃楼。

【译文】 远自蜀地而来渡此荆门,到了昔日之楚国尽情漫游。山势随着平原渐渐地消失,江水进入广袤的荒野汹涌奔流。明月倒映江中宛如镜子自天而下,江面上云雾弥漫结成了海市蜃楼。我深爱着这故乡的水,感念它不辞万里之远送我行舟。

闻李太尉大举秦兵百万出征东南,懦夫请缨,冀申一割之用,半道病还,留别金陵崔侍御十九韵

【题解】 李太尉,谓李光弼,唐时著名将领。光弼上元二年(761)五月为河南副元帅、太尉兼侍中,都统河南、淮南、荆南、浙江等八道节度使,出镇临淮。是年秋李白往投李光弼,半道因病而止,还于金陵,与金陵群官辞别他往。诗即作于是年之秋。或谓李光弼出征东南系指宝应元年(762)秋平浙江袁晁之乱,而白从军未果金陵辞别后往依族叔李阳冰,诗当作于宝应元年(762)。崔侍御,名字不详,或为崔侍郎之误,时或为润州刺史。此诗于考察李白晚年行迹与思想非常重要。

【原诗】 秦出天下兵,蹴踏燕赵倾①。黄河饮马竭,赤羽连天明②。太尉仗旄钺③,云旗绕彭城④。三军受号令,千里肃雷霆⑤。函谷绝飞鸟⑥,武关拥连营⑦。意在斩巨鳌⑧,何论鲙长鲸。恨无左车略⑨,多愧鲁连生⑩。拂剑照严霜,雕戈鬘胡缨⑪。愿雪会稽耻⑫,将期报恩荣。半道谢病还,无因东南征。亚夫未见顾⑬,剧孟阻先行⑭。天夺壮士心,长吁别吴京⑮。金陵遇太守⑯,倒屣欣逢迎⑰。群公咸祖饯⑱,四座罗朝英。初发临沧观⑲,醉栖征虏亭⑳。旧国见秋月㉑,长江流寒声。帝车信回转,河汉复纵横㉒。孤凤向西海,飞鸿辞北溟。因之出寥廓,挥手谢公卿。

【注释】 ①秦:谓长安。燕赵:谓安史叛军盘踞之地。二句谓李光弼遣军击史朝义叛军而败之。蹴踏:奔跑、行走。 ②赤羽:军旅旗帜上之羽饰。 ③太尉:谓李光弼。旄钺:军中仪仗,旄为饰以旄牛尾之旗,钺为方形大斧。此指大将出征时之符信。 ④彭城:今徐州。 ⑤"三军"二句:谓光弼军令严明。《旧唐书·李光弼传》:"光弼御军严肃,天下服其威名。每申号令,诸将不敢仰视。" ⑥函谷:谓函谷关,故址在今河南灵宝市南。 ⑦武关:在今陕西丹凤县东南,二句谓李光弼军队护卫京师之功。 ⑧巨鳌:指代史朝义。 ⑨左车:李左车,秦末汉初人。初在赵,封广武君。汉

使韩信、张耳率兵击赵,左车献计赵王断绝汉兵粮道,未被采纳,赵终为韩信所败。李左车后归韩信,信用其计而得燕地。事见《史记·淮阴侯列传》。⑩ 鲁连生:谓鲁仲连。见《古风五十九首》其十注。 ⑪ 雕戈:刻镂之戟。鬘胡缨:武士装饰。《庄子·说剑》:"垂冠,缦胡之缨。"司马彪注曰:"缦胡之缨,谓粗缨无文理也。"鬘,通"缦"。 ⑫ 会稽耻:春秋时吴败越,越王降于会稽。后以指亡国之耻。此或指浙地袁晁之乱。⑬ 亚夫:周亚夫,汉代将领。 ⑭ 剧孟:汉时洛阳人,以任侠名。文帝时,吴、楚反,周亚夫得剧孟而平之。见《史记·游侠列传》。 ⑮ 吴京:指金陵。三国时吴以建业(即金陵)为都,故称吴京。 ⑯ 太守:此指崔侍御。 ⑰ 倒屣(xǐ):急于出迎,把鞋子穿倒,后以形容待客非常热情。 ⑱ 祖饯:以酒饯行。⑲ 临沧观:即新亭,吴时所筑,南朝宋时改为临沧观。在金陵南劳劳山上,故又谓劳劳亭,古时送别之处。 ⑳ 征虏亭:故址在今江苏南京。东晋时征虏将军谢石所建,故名。 ㉑ 旧国:谓金陵。 ㉒ 帝车:即北斗星。《史记·天官书》:"斗为帝车,运于中央。"

【译文】 长安遣出天下的精兵,足迹践踏,燕赵为之倾覆。战马喝尽了黄河之水,遍地的赤羽把天都映明。太尉执领军之旄钺,漫如云海的旗帜环绕着彭城。太尉号令既出,势若雷霆的三军随之肃穆。函谷关口连飞鸟也绝迹,武关之地驻扎了连片的军营。意欲斩除如巨鳌的叛军,将如长鲸的敌人消灭就更不在话下。怨恨自己没有左车那样的谋略,惭愧自己缺乏鲁连那样的才能。擦拭宝剑映照着严酷的寒霜,武士们执戟而立。希望一洗会稽之耻,为国报恩以此荣光。走到半途中因病辞还,无法随军远征东南。未得亚夫的器重,我虽如剧孟也无法前行。老天夺去了壮士之心,我长叹而别离金陵。在金陵遇到了崔侍御,为迎接我而匆忙穿倒了鞋。诸公以酒为我饯行,四座皆是朝中英豪。从临沧观出发,又醉卧于征虏亭。身临金陵见秋夜之明月,长江水流闻之声寒。北斗之星果真回转,又见银河纵横天上。孤凤去向西海,飞鸿辞别北溟。我欲随之飞出天宇,与诸公挥手相别。

别韦少府

【题解】 此诗作年难以确定,从诗中所写之"句溪月""敬亭猿"看,当作于宣州。时或在天宝十二、十三载(753—754)间。韦少府,名字不详,当是宣州某属县之县尉。

【原诗】 西出苍龙门①,南登白鹿原②。欲寻商山皓③,犹恋汉皇恩。水国远行迈,仙经深讨论④。洗心句溪月⑤,清耳敬亭猿⑥。筑室在人境,闭关无世喧⑦。多君枉高驾⑧,赠我以微言⑨。交乃意气合,道因风雅存。别离有相思,瑶瑟与金樽⑩。

【注释】 ①苍龙门:此处代指长安东门。 ②白鹿原:亦称灞上,在长安东南。 ③商山皓:即商山四皓,汉时隐者。 ④仙经:即道经。 ⑤洗心:谓清除尘念。《周易·系辞》:"圣人以此洗心,退藏于密。"句溪:水名,在宣城东。 ⑥敬亭:山名,在宣城。 ⑦"筑室"二句:与陶渊明《饮酒》诗"结庐在人境,而无车马喧"相类。 ⑧枉驾:屈驾,别人来访之敬称。 ⑨微言:精微奥义之言。 ⑩瑶瑟:以玉为饰之瑟。

【译文】 西自长安苍龙门而出,向南登上白鹿原。想要追寻商山四皓的足迹,心里依然眷恋汉皇的恩德。远行至南方水乡泽国,细心探究道经的奥妙。洗尽心中尘念欣赏句溪之月,静心倾听敬亭山的猿啸。在尘世间筑室而居,关闭门窗就没有世间喧闹的声音。你多次屈驾前来造访,赠送我精微奥义之言。重意气则交合,尚风雅则道存。离别之后怀有相思之情,我只有醉心歌酒以解离愁。

南陵别儿童入京

【题解】 诗题一作《古意》。这是李白奉诏入京前在东鲁所作,时在天宝元年(742)秋。南陵,旧说在宣州,此与李白行踪不合。今人定其在东鲁。诗中之"会稽愚妇",或谓白妻刘氏夫人,或谓"鲁一妇人"。此诗表达了奉诏入京的得意之情,富有直致之趣。

【原诗】　白酒新熟山中归①,黄鸡啄黍秋正肥。呼童烹鸡酌白酒,儿女嬉笑牵人衣②。高歌取醉欲自慰,起舞落日争光辉。游说万乘苦不早③,著鞭跨马涉远道。会稽愚妇轻买臣④,余亦辞家西入秦。仰天大笑出门去,我辈岂是蓬蒿人⑤。

【注释】　①山中:或指泰山中。　②儿女:谓平阳及其弟伯禽。　③游说:古时策士向统治者陈述政治主张。万乘:指皇帝。　④会稽愚妇:汉代会稽郡朱买臣的妻子瞧不起不得志的丈夫,嫌他贫贱而离开了他,后来朱买臣受到汉武帝的重用,做了会稽太守。见《汉书·朱买臣传》。此句借以写自己终于得到了施展抱负的机会。　⑤蓬蒿人:生老于草间之人,比喻一生困顿贫寒。

【译文】　白酒刚酿成时我自山中归来,啄黍的黄鸡秋时长得正肥。要童儿把鸡烹熟再斟满白酒,儿女们欢笑嬉戏牵着我的衣服手舞足蹈。放吟高歌聊且以酣醉自我安慰,纵情起舞要与落日共争光辉。可恨我没有及早向皇帝游说,于今有了机会立即扬鞭跃马跋涉于远道。会稽的愚妇轻视朱买臣,如今我也辞别家人西入长安。仰天大笑着出门而去,像我这样的哪是草野之人!

南陵五松山别荀七

【题解】　诗作于天宝十三、十四载(753、754)间。其时李白由金陵转游宣城,于南陵五松山别荀七而作此诗。南陵,在今安徽南陵县。荀七,名字不详,或为隐居之贤士。李白另有《宿五松山下荀媪家》一诗,或谓荀七即荀媪之子。

【原诗】　六即颍水荀①,何惭许郡宾②。相逢太史奏,应是聚贤人③。玉隐且在石,兰枯还见春。俄成万里别,立德贵清真④。

【注释】　① 六即:未详所指,或云"六"是草书"君"字之讹。颍水荀:谓荀淑。淑字季和,东汉颍川颍阴人,安帝时征拜郎中,再迁当涂长。此处以荀淑喻荀七。　② 许郡宾:谓陈寔。陈寔字仲弓,东汉颍川许人。曾为闻喜长,再迁太丘长。此亦以陈寔喻荀七。　③《异苑》:"陈仲弓从诸子侄造荀季和父子,于时德星聚,太史奏:'五百里内有贤人聚。'"此以贤人比荀七。④ 立德:树立圣人之德。清真:朴素淡泊。

【译文】　你就如汉时颍川之荀淑,与许郡陈寔相比又有何惭呢! 你我相逢于此,定有太史奏称有贤人相聚。玉虽隐身仍从石中可见,兰花枯谢还会再见到春天。须臾之间你我将分手远别,希望你树立明德以朴素淡泊为贵。

别山僧

【题解】　此诗为天宝十三、十四载(753、754)间作于宣州泾县之水西寺。其时李白游泾县,于水西寺与寺僧游,临别作此诗。李白另有《寻山僧不遇作》诗,题中"山僧"或与此诗中之"山僧"为一人。

【原诗】　何处名僧到水西①,乘舟弄月宿泾溪。平明别我上山去②,手携金策踏云梯③。腾身转觉三天近④,举足回看万岭低。谑浪肯居支遁下⑤,风流还与远公齐⑥。此度别离何日见,相思一夜暝猿啼。

【注释】　① 水西:即水西山,在泾县西五里。　② 平明:天明。　③ 金策:禅杖。　④ 三天:佛教称色界、欲界、无色界为三天。这里是指高空。⑤ 支遁:东晋名僧,常隐于剡中。好养马而不乘放,人或讥之,遁曰:"贫道重其神骏。"见《世说新语·言语》注。　⑥ 远公:即慧远,东晋名僧。居庐山东林寺,与刘遗民、宗炳、慧永等结白莲社,被净土宗推为初祖。

【译文】 你是何处的名僧来到水西山?乘着扁舟而赏月,宿于泾溪。天亮时分与我分别上山去,手持禅杖攀登山中磴道。向上腾起身体顿觉离天很近,抬足向回而视只见众多的山岭很低很低。戏谑放浪哪里肯居支遁之下?风流俊赏与远公慧远齐名。你我此番别离何日才能相见?相思难眠唯听得猿声阵阵。

赠别王山人归布山

【题解】 诗作年不详,或以为作于待诏翰林后期。王山人,名字不详。布山,汉县名,即今广西桂平。

【原诗】 王子析道论,微言破秋毫①。还归布山隐,兴入天云高。尔去安可迟,瑶草恐衰歇②。我心亦怀归,屡梦松上月。傲然遂独往,长啸开岩扉③。林壑久已芜,石道生蔷薇。愿言弄笙鹤④,岁晚来相依。

【注释】 ① 微言:精妙之论。刘歆《移书让太常博士》:"夫子没而微言绝。"秋毫:喻事物之细微者。 ② 瑶草:仙草,也泛指珍异之草。 ③ 岩扉:岩洞之门。 ④ 弄笙鹤:用王子乔事。王子乔为周灵王太子,好吹笙作凤鸣,后乘白鹤而升天成仙。见《列仙传》。

【译文】 王子解析道之奥义,语言精妙而析理细微。将要还归布山隐居,逸兴崇高直入云天。你回去不可太迟,否则山上仙草就可能枯衰。我也心怀归隐之意,多次梦见山上的松月。傲然特立独往而行,长啸之声开启了岩洞之门。山林涧谷早已荒芜,石径上面长出了蔷薇。希望你像王子乔那样吹笙乘鹤,晚岁时再来与我相依。

七、送　诗

南阳送客

【题解】 这首五言律诗化用《古诗十九首》的诗句,表达出诗人送客远行时的依依伤别之情。一般认为此诗为李白开元末游南阳时所作。

【原诗】 斗酒勿为薄①,寸心贵不忘。坐惜故人去②,偏令游子伤。离颜怨芳草,春思结垂杨。挥手再三别,临歧空断肠③。

【注释】 ① 斗:古代酒器。 ② 坐:深。 ③ 临歧:临当分别之际。歧,歧路。

【译文】 请不要嫌这杯酒还不够醇厚,重要的是要把我们的友情牢记在心头。我与老朋友深深惜别,心中也更生天涯游子的思乡之愁。萋萋的芳草映着我们离别的愁颜,依依的眷恋又多么像这春天的垂柳。当你踏上征途这一令人断肠的时刻,我只有挥手再挥手,告别再告别。

送张舍人之江东

【题解】 张舍人,名字不详。舍人,官名,此指太子属下的中书舍人或舍人,为太子亲近的属官。此诗为开元二十二年(734)李白游襄阳时所作。

【原诗】 张翰江东去,正值秋风时①。天清一雁远,海阔孤帆迟。白日行欲暮,沧波杳难期②。吴洲如见月③,千里幸相思。

【注释】 ① 张翰:晋朝人。《世说新语·识鉴》记载,张翰在洛阳齐王手下任职时,见到秋风吹来,因此想到吴中的莼菜羹和鲈鱼脍,就说:人生贵在适意,何必做官跑到这千里外追求虚名!于是立即动身返回吴中。诗中是以张翰比拟张舍人,可见张舍人当是吴人。 ②"白日"二句:一作"白日行已晚,欲暮杳难期"。 ③ 吴洲:即吴中。

【译文】 你这次回江东就像当年因为想吃鲈鱼脍而辞官的张翰,况且这阵阵秋风又惹动思乡的波澜。天清气爽,一雁远远飞去;海阔天高,载你的孤帆迟迟不舍离去。眼看白日就要落山了,江水东流不再复返,我们不知何日再能相见。你在吴洲的家中无论何时见到那一轮明月时,总不要忘掉这月光中有我对你的一番相思之情。

送王屋山人魏万还王屋

【题解】 魏万,又名魏颢,号王屋山人。后受李白之嘱于上元初编成《李翰林集》,今有《李翰林集序》传世。这首长诗是李白于天宝十三载(754)与魏万同游秦淮、金陵后相别时所作。诗中赞美了魏万的"爱文好古,浪迹方外",叙述了他与李白的友情。

【原序】 王屋山人魏万,云自嵩、宋①沿吴相访,数千里不遇。乘兴游台、越②,经永嘉③,观谢公石门④,后于广陵相见,美其爱文好古,浪迹方外,因述其行而赠是诗。

【原诗】 仙人东方生⑤,浩荡弄云海。沛然乘天游,独往失所在。魏侯继大名⑥,本家聊摄城⑦。卷舒入元化⑧,迹与古贤并⑨。十三弄文史,挥笔如振绮。辩折田巴生,心齐鲁连子⑩。西涉清洛源⑪,颇惊人世喧。采秀卧王屋⑫,因窥洞天门⑬。揭来游嵩峰⑭,羽客何双双。朝携月光子⑮,暮宿玉女窗⑯。鬼谷上窈窕⑰,龙潭下奔潈⑱。东浮汴河水,访我三千里。逸兴满吴云,飘飖浙江汜⑲。挥手杭越间,樟亭望潮还⑳。涛卷海门石㉑,云横天际山。白马走素车,雷奔骇心颜。遥闻会稽美,一弄耶溪水㉒。万壑与千岩,峥嵘镜湖里。秀色不可名,清辉满江城。人游月边去,舟去空中行。此中久延伫,入剡寻王许㉓。笑读曹娥碑㉔,沉吟黄绢语㉕。天台连四明㉖,日入向国清㉗。五峰转月色,百里行松声。灵溪恣沿越㉘,华顶殊超忽㉙。石梁横青天㉚,侧足履半月。眷然思永嘉,不惮海路赊。挂席历海峤,回瞻赤城霞㉛。赤城渐微没,孤屿前嶢兀。水续万古流,亭空千霜月。缙云㉜川谷难,石门最可观㉝。瀑布挂北斗,莫穷此水端。喷壁洒素雪,空蒙生昼寒。却思恶溪去㉞,宁惧恶溪恶。咆哮七十滩,水石相喷薄。路创李北海㉟,岩开谢康乐㊱。松风和猿声,搜索连洞壑。径出梅花桥㊲,双溪纳归潮㊳。落帆金华岸㊴,赤松若可招。沈约八咏楼㊵,城西孤岩峣。岩峣四荒外,旷望群川会。云卷天地开,波连浙西大。乱流新安口㊶,北指严光濑㊷。钓台碧云中,邈与苍岭对㊸。稍稍来吴都,徘徊上姑苏。烟绵横九疑㊹,潋滟见五湖㊺。目极心更远,悲歌但长吁。回桡楚江滨,挥策扬子津㊻。身著日本裘㊼,昂藏出风尘。五月造我语,知非俗儜人㊽。相逢乐无限,水石日在眼。徒干五诸侯,不致百金产。吾友扬子云㊾,弦歌播清芬㊿。虽为江宁宰,好与山公群○51。乘兴但一行,且知我爱君。君来几何时,仙台应有期○52。东窗绿玉树,定长三五枝。至今天坛人○53,当笑尔归迟。我苦惜远别,茫然使心悲。黄河若不断,白首长相思。

【注释】　①宋:宋州,今河南商丘。　②台:台州,今浙江临海。越:越州,今浙江绍兴。　③永嘉:永嘉郡,今浙江温州。　④石门:山名,在永嘉,大诗人谢灵运曾游此山,故称谢公石门。　⑤东方生:指东方朔,传说其有仙术,后来乘龙飞去。　⑥魏侯:指春秋时晋国的毕万,他曾受赐魏大夫。此句言魏万继承了毕万的大名。　⑦聊摄:聊城(今山东聊城)与摄城（今山东聊城茌平）。 ⑧ 元化：自然之变化。 ⑨ 并：一致。
⑩ "辩折"句：说魏万像当年鲁连子折服田巴一样能言善辩。田巴是战国
时齐国有名的辩士。当时年仅十二岁的鲁连子去问田巴：我听说堂上的粪
不除掉，就不去锄郊外的野草；如果白刃交在眼前，就不去救流箭。这是什
么缘故呢？因为急者不救，则缓者非务。如果现在楚军屯于南阳，赵军攻打
高唐，燕军十万围困聊城而不退，国家危在旦夕，请问先生将怎么办？田巴
答道：无可奈何。鲁连子说：像你这样不能使国家转危为安，就不要为贵学
士了。我现在将罢南阳之师，却高唐之兵，退聊城之众。谈辩所贵在此。像
你所谓的能言善辩，只不过是使人厌恶的猫头鹰的鸣叫罢了。从此田巴终
生不再空谈。 ⑪ 清洛：即洛水，黄河在河南的支流。 ⑫ 王屋：王屋山，
在今山西阳城西南。 ⑬ 洞天：传说王屋山有仙宫洞天，号称小有清虚洞
天。 ⑭ 朅（qiè）来：即去来。 ⑮ 月光子：传说中的仙童，常在天台，时
亦往来嵩山。 ⑯ 玉女窗：传说古代嵩山有玉女窗，汉武帝曾于此见玉女。
⑰ 鬼谷：在今河南鹤壁淇县，传说战国时鬼谷先生曾住此。 ⑱ 龙潭：
又称九龙潭，在嵩山。奔潈（cōng）：奔流到一起。 ⑲ 浙江汜：钱塘江
边。汜，通"涘"，水边。 ⑳ 樟亭：又名浙江亭，古驿名，在今浙江杭州钱
塘南。 ㉑ 海门：指钱塘江入海口。 ㉒ 耶溪：又称若耶溪，在今浙江绍
兴南。 ㉓ 剡：地名，今浙江嵊州。王许：指王羲之与许询。这两人曾隐
居于此。 ㉔ 曹娥碑：在浙江余姚，为纪念东汉孝女曹娥所立。 ㉕ 黄绢
语：东汉文学家蔡邕曾为曹娥碑题辞为："黄绢幼妇，外孙齑臼。"暗寓"绝妙
好辞"四字。 ㉖ 四明：天台山支脉，在今浙江宁波西南。 ㉗ 国清：寺
名，在天台山南麓。 ㉘ 灵溪：水名，在今浙江天台县。 ㉙ 华顶：即华顶
峰，为天台山最高峰。 ㉚ 石梁：指天台山北峰之石桥。 ㉛ 赤城：赤城
山，为天台山南门，土色皆赤，状似云霞。 ㉜ 缙云：山名，在今浙江缙云。
㉝ 石门：山名，在今浙江青田。 ㉞ 恶溪：指丽水，今称好溪，源于浙江丽
水。古有五十六濑，极富险名。 ㉟ 李北海：即李邕，在其任括州（今浙江
丽水）太守时曾在这一带开山修路。 ㊱ 谢康乐：即谢灵运，因其袭爵康
乐公，故名。他曾游恶溪，遗迹有康乐岩。 ㊲ 梅花桥：桥今无考，大致在
今浙江金华梅花溪上。 ㊳ 双溪：在今浙江金华南，一为东港，一为南港。
㊴ 金华：山名，在今浙江金华，传说为仙人赤松子得道处。 ㊵ 沈约：南

朝诗人。他曾于金华玄畅楼题八咏诗,后人将玄畅楼改名八咏楼。㊶ 新安口:指新安江口,新安江为钱塘江上游之支流。 ㊷ 严光濑:又称七里滩,为汉代高士严光垂钓处,在今浙江桐庐。 ㊸ 苍岭:指括苍山,在今浙江临海。 ㊹ 九疑:即九嶷山,在湖南宁远县南。 ㊺ 五湖:此指太湖。 ㊻ 扬子津:古长江渡口,在今江苏仪征。 ㊼ 日本裘:李白自注"裘则朝卿所赠,日本布为之"。朝卿即朝衡,又称晁衡,日本遣唐僧人。㊽ 佁儗(chì ài):此指痴呆貌。 ㊾ 扬子云:汉代文学家扬雄,诗中借指李白的朋友杨利物,当时他正任江宁(今江苏南京)县令。 ㊿ 弦歌:孔子学生子游任武成宰时曾用弦歌教化民众,后人便以弦歌指县令的教化。清芬:比喻县令的德政。 (51) 山公:即山简。见《襄阳歌》注。 (52) 仙台:仙境。(53) 天坛:王屋山的绝顶。

【译文】 古代有个仙人叫东方朔,曾遨游在浩荡的云海中。但他早已乘龙升天而去,再也寻不到他的踪影。如今又有魏万先生,生长在聊摄古城,并且还继承了春秋晋国魏大夫毕万的大名。性格舒卷合于造化,行为又处处与古代贤哲相同。从十二三岁开始学习文史,下笔成文,如同锦绣五彩纷呈。能言善辩,像当年的鲁连子,一言使田巴折服终生。你清风高蹈早已厌倦了世人的嚣喧,于是西涉洛水,隐居访道于王屋仙山,从此徜徉于仙府洞天。有时如同仙人羽客,翩翩往来嵩山云峰。清晨与仙童月光子一同观看东升的旭日,傍晚又从玉女窗中窥视玉女的倩影。探遍了鬼谷的深幽,看惯了九龙潭水汇聚时的汹涌。当你想会见我这谪仙人时,又东渡汴河,行程三千里来江南寻访我的游踪。逸兴像一片行云,刚刚把吴地踏遍,又荡游到钱塘江边。在杭州越州之间流连忘返,先到樟亭观看了钱塘江的大潮,那巨涛狂浪把山石拍卷,像是乱云横满天际的群山。那白浪又像白马拉着素车狂奔,涛声像雷鸣使人心震撼。你又遥闻会稽山水美丽,于是来游当年西施浣纱的耶溪。山光水色看不尽,你荡舟在映着峥嵘山影的镜湖里。当那月光笼罩着会稽山城时,其情其景真不可名状。真如同人游月边,舟行天上。你不仅沉醉于这里的自然风光,还遍寻王羲之、许询这些历史名人的遗迹。还曾到曹娥碑前,极有兴味地体会蔡邕题辞的隐语。天台山、四明山都尽兴游遍,还到国清寺听那古老的朝鼓暮钟。当然永远忘不了那五峰的月色、百里的松声、曲折穿越台越的灵溪、超忽耸天的华顶。那石桥如同横在天上，走在上面就像在一弯半月上漫行。忽然想到永嘉也有迷人的景色，于是不怕海路的曲折遥远。乘船绕过了一个又一个海岛，终于望见色赤如霞的赤城山。当赤城山从视野中消逝之后，孤屿山又突现在面前。那山间的流水虽然千古不断，但曾在这里游赏的古贤却不知何往，只有空亭对着秋月。更有那缙云山川谷的幽险和石门山的壮观。瀑布高悬，如同从北斗垂下，莫测其源。其喷薄四溅的水珠如同素雪漫天，迷迷茫茫散着清寒。当决心去恶溪一游时，又哪里管它险恶无情？那里有七十险滩，水石相击，激荡汹涌。何处去寻李北海开山筑路与谢灵运游览题诗的遗迹？这里只有恶溪山谷上的猿啼与松声。经过梅花桥，还可领略双溪汇流的壮景。当停舟在金华岸边，望着金华山就感到仙人赤松子招手相迎。当年沈约题诗的八咏楼，便在金华的城西突兀高耸。如果登楼向四野眺望，就会看到群川在这里汇拢。水涌浙西，铺天盖地，浪翻云涌。随着乱流穿过新安江口，向北便来到严光濑上，那里有当年严光垂钓的钓台，在云端与苍括山相望。离开浙西又来到当年吴国的都城，逍遥地登上姑苏山。遥见九疑山烟云茫茫，太湖波涛澹荡浩瀚，极目远眺往往引起无限的思绪，伴随着松涛与山风的常常是魏侯的长歌短叹。又乘着游兴溯长江而上，停泊在扬子津。身着一身日本裘，风度超凡不群。今年五月你来我这里一席长谈，我知道你并非痴妄之人。我们相逢相知的欢乐，就在于山水泉石中的流连。我们虽然也与权贵来往，但不是为了捞取金钱。我有一位好友杨利物，他为官用德政很有贤名。虽然现任江宁县令，他的兴趣却与晋代的山公相同。如果你有意，咱俩到他那一游，也正显示一下我们之间的友情。你此次出游已很久，你所居住的仙境必期待你早日归去。你房前东窗下的绿玉仙树，也一定发芽长出了新枝。我如果一味挽留你，势必伤害你的思归之意。再见吧，魏侯！我对你的思念之情终生不断，就像黄河流水一样永不停息。

送当涂赵少府赴长芦

【题解】 赵少府即赵炎。长芦在唐代有二，一为在今河北沧州的长芦县，一为在今江苏南京六合的长芦街道，在长江边上。诗中所言长芦当指后者。这首诗与《送王屋山人魏万还王屋》大致写于同时。为李白在扬州送赵炎回当涂所作。题中"赴长芦"三字恐为衍字。

【原诗】 我来扬都市①，送客回轻舠②。因夸楚太子，便睹广陵涛③。仙尉赵家玉④，英风凌四豪⑤。维舟至长芦，目送烟云高。摇扇对酒楼，持袂把蟹螯⑥。前途傥相思，登岳一长谣⑦。

【注释】 ① 扬都市：即扬州。 ② 舠（dāo）：小舟。 ③ 广陵：指扬州。这两句典出枚乘《七发》"楚太子有疾而吴客往问之……客曰：将以八月之望，与诸侯远方交游兄弟，并往观涛乎广陵之曲江"，说自己得以胜览扬州景物。 ④ 仙尉：本指汉代梅福，此借指赵炎。 ⑤ 四豪：指战国时代信陵君、平原君、孟尝君、春申君四公子。 ⑥ 蟹螯：蟹的前爪。《世说新语·任诞》门中说："毕茂世云：一手持蟹螯，一手持酒杯，拍浮酒池中，便足了一生。" ⑦ 长谣：长歌。

【译文】 我这次的扬州之行，是为送朋友溯江返回归程。他像当年楚公子听人夸耀广陵潮水，专程来听扬州的涛声。这位朋友叫赵炎，他现任当涂县令。有汉代仙尉梅福一样的道骨仙风，又有气压战国四豪的英名。令人难忘的是停船在长芦，一起登上长芦寺塔远眺天际的烟云。又一起饮酒尽兴，手持蟹螯。再见吧，朋友！当你想起我李白之时，就登高长歌来抒发思念之情。

送友人寻越中山水

【题解】　越中,指今浙江绍兴一带。诗中所送友人及本诗的写作时间均已无考。这首诗赞美了越中山水之美和友人的逸兴。

【原诗】　闻道稽山去①,偏宜谢客才②。千岩泉洒落,万壑树萦回③。东海横秦望④,西陵绕越台⑤。湖清霜镜晓,涛白雪山来。八月枚乘笔,三吴张翰杯⑥。此中多逸兴,早晚向天台⑦。

【注释】　① 稽山:即会稽山,在今浙江绍兴。　② 谢客:即谢灵运,其名客儿。此借指友人。　③ "千岩"二句:借古人语句描述会稽山水之美。《世说新语·言语》:"顾长康从会稽还,人问山川之美。顾云:千岩竞秀,万壑争流。"　④ 秦望:山名,在绍兴南。　⑤ 西陵:春秋越时范蠡所筑固陵城遗址,在今浙江杭州萧山区。越台:即越王台,在会稽山上。　⑥ "八月"二句:以枚乘笔、张翰杯赞美友人的文才与逸兴。参见《送当涂赵少府赴长芦》与《张舍人之江东》注。　⑦ 天台:即天台山。

【译文】　听说你将去游览会稽名山,这真是当今诗坛的一件盛事。会稽山水美如画卷,恰恰你又有诗人谢灵运的才思。会稽山水盛美,千岩有飞瀑悬泉之奇,万壑在绿荫曲回之中。秦望山遥对着东海,西陵古城墙绕着越王台。湖面明澈如镜,潮水如雪山崩倾而来。你尽可以拿起枚乘之笔、张翰之杯,以抒发在浙中山水中的逸兴。什么时候再往天台山一游呢?那里的仙境幽趣,更适合你的诗兴逸怀。

送族弟凝之滁求婚崔氏

【题解】　这首诗为李白在天宝四载(745)辞朝后居东鲁时所作。滁,唐代州名,即今安徽滁州。族弟凝,指李凝,右长史李防之子。

【原诗】　与尔情不浅,忘筌已得鱼①。玉台挂宝镜②,持此意何如。坦腹东床下③,由来志气疏。遥知向前路,掷果定盈车④。

【注释】　①"与尔"二句:用《庄子·外物》中"得鱼而忘筌"之意,表示两人的交情之深已在形迹之外。筌,捕鱼的工具。　②"玉台"句:晋代温峤丧妻,向其族姑之女求婚,曾以玉台镜一枚为聘礼。此句以其事喻婚事得谐。　③坦腹东床:晋代郗鉴到王导家选婿,诸子弟皆自作矜持,唯有王羲之在东床坦腹吃东西,若无其事。于是郗鉴说:这正是我所要选的佳婿。此喻李凝。　④"掷果"句:晋代潘安仁美貌非凡,每次出门,老妇们都掷果满车。

【译文】　我们的友情不像一般人那样肤浅,而是心神相交,如同捕鱼人的得鱼忘筌。你既已置备了玉台宝镜般的礼物,此次婚事必似晋代温峤求婚那样的美满。如果崔家要选择坦腹东床的王羲之式的佳婿,你向来就放荡散漫。况且你又有潘安仁那般的美貌,说不定一路上还会出现夹道欢迎、掷果满车的场面。

送友人游梅湖

【题解】　此诗写作时间与友人姓名已不可考。梅湖,从诗中涉及的"新林浦""金陵月"看,当在今江苏南京附近。

【原诗】　送君游梅湖,应见梅花发。有使寄我来①,无令红芳歇。暂行新林浦②,定醉金陵月。莫惜一雁书,音尘坐胡越③。

【注释】　①《荆州记》记载,南朝宋时陆凯与范晔交好,曾给长安的范晔寄去一枝梅花,并赠诗道:"折花逢驿使,寄与陇头人。江南无所有,聊赠一枝春。"　②新林浦:在其时金陵白鹭洲附近。　③坐:以致。胡越:古代胡在北,越在南,诗中用以比喻远隔而不相闻之意。

【译文】　你此次游梅湖,一定赶得上那里梅花盛放。最好能让驿使寄一枝鲜花来,也让我领略一下梅花的冷香。你一旦经过新林浦,还会被金陵的月色迷上。我将日日盼望你的书信,不要杳无消息使我悲伤。

送崔十二游天竺寺

【题解】　崔十二,名字无考。天竺寺,此指现在浙江杭州西南天竺峰的下天竺寺。此诗为李白在开元中所作,表现了对杭越名胜的向往。

【原诗】　还闻天竺寺,梦想怀东越①。每年海树霜②,桂子落秋月③。送君游此地,已属流芳歇④。待我来岁行,相随浮溟渤⑤。

【注释】　①东越:指杭州,以其在古越地之东,故称。　②海树:指海榴树,即石榴树。　③桂子:天竺寺中秋天桂花极盛,传说其桂子为月中所落。　④流芳歇:群芳衰落。　⑤溟渤:指大海。

【译文】　只因为听说天竺寺的胜境,便日日都梦见东海之滨的杭州。我向往那月中洒落的桂子,还有那经霜的石榴。现在送你奔赴那里,已到了群芳零落的暮秋。待我明年也去饱览杭州胜景时,我们还可以再到大海中一游。

送杨山人归天台

【题解】　杨山人,名字不详。李白集中有《驾去温泉宫后赠杨山人》《送杨山人归嵩山》,诗所赠或皆为此人。一般依据詹锳《李白诗文系年》的说法,认为诗中"小阮"指李良,定此诗为李白开元二十七年(739)于楚地遇杨山人而作。但查李良生平并无"剖竹赤城边"宦历,故此诗创作时间尚待重新考定。

【原诗】 客有思天台,东行路超忽。涛落浙江秋①,沙明浦阳月②。今游方厌楚,昨梦先归越。且尽秉烛欢,无辞凌晨发。我家小阮贤③,剖竹赤城边④。诗人多见重,官烛未曾然⑤。兴引登山屐⑥,情催泛海船⑦。石桥如可度⑧,携手弄云烟。

【注释】 ① 浙江:指钱塘江。 ② 浦阳:即浦阳江,在今浙江杭州南。③ 小阮:谓晋代阮籍之侄阮咸,叔侄共为"竹林七贤",后人称叔为大阮,侄为小阮。 ④"剖竹"句:言任台州刺史。剖竹,即剖符,此指授官,任刺史。符为竹制,古代授官将符一剖为二,帝王与诸侯各执其一。赤城边,此谓台州,因其在赤城山边。 ⑤ 官烛:谢承《后汉书》记载东汉巴祇为扬州刺史时甚节俭,"不燃官烛"。 ⑥ 登山屐:史载谢灵运喜欢登山,制作了一种木屐,上山去其前齿,下山去其后齿。 ⑦"情催"句:用晋代谢安与孙兴公等人泛海事,当时风起浪涌,诸人皆惊恐,只有谢安吟啸自若。见《世说新语·雅量》。 ⑧ 石桥:即石梁。顾恺之《启蒙记》:"天台山石桥,路径不盈尺,长数十步,步至滑,下临绝冥之涧。"

【译文】 我的朋友想念天台山,就要回到路途迢迢的东越。一路上有看不尽的潮退涛平的钱塘秋水,和那笼罩平沙的浦阳明月。你今日虽然还在已经倦游的楚地,昨日的梦中早已踏上越地的田野。我们且秉烛尽欢通宵畅饮,不要推辞说明晨就要离别。此行代我向台州刺史问好,那是我的侄儿为官到赤城山边。他器重诗人,为政清廉,有谢灵运登山玩水的逸兴,像谢安泛海时那样气度非凡。你此行定能得道度过石梁,成为逍遥云烟中的神仙。

送温处士归黄山白鹅峰旧居

【题解】 这首诗是李白天宝十三载(754)在宣州所写。温处士,名字不详。白鹅峰位于白鹅岭的左侧,为黄山七十二峰之一。

【原诗】 黄山四千仞,三十二莲峰①。丹崖夹石柱,菡萏金芙蓉②。

伊昔升绝顶,下窥天目松③。仙人炼玉处④,羽化留余踪。亦闻温伯雪⑤,独往今相逢。采秀辞五岳⑥,攀岩历万重。归休白鹅岭,渴饮丹沙井⑦。风吹我时来⑧,云车尔当整。去去陵阳东⑨,行行芳桂丛。回溪十六度,碧嶂尽晴空。他日还相访,乘桥蹑彩虹⑩。

【注释】　①莲峰:黄山群峰耸立如莲花花瓣,故称莲峰。　②菡萏(hàn dàn)、芙蓉:皆荷花别称。黄山峰如莲形,又有称为莲花峰、芙蓉峰者。　③天目:天目山,在浙江杭州西北。　④炼玉:指炼丹。　⑤温伯雪:即温伯雪子,春秋时人,曾得到孔子的赞赏,诗中借指温处士。　⑥采秀:即采芝,指隐居。　⑦丹沙井:指黄山朱砂泉,今称黄山温泉,在紫云峰下,水温而含朱砂。　⑧凤吹:吹笙。《列仙传》:"王子乔者,周灵王太子晋也。好吹笙作凤凰鸣。"　⑨陵阳:山名,在安徽泾县西南,为陵阳窦子明得道成仙处。　⑩"乘桥"句:言黄山天桥如彩虹。天桥又称仙人桥、仙石桥,为黄山景中绝险处。

【译文】　黄山山高四千仞,更有三十二险峰。红色的山崖夹着石柱,像朵朵莲花插入空中。当初我曾登上黄山绝顶,俯望天目山上的青松。还见到仙人炼丹的遗迹,这些仙人早已得道而去,再也寻不到他们的游踪。我早就听说有个独来独往的温处士,今日有幸在这里与你相逢。你曾走遍五岳求仙访道,千山万险,不畏攀登。你现在准备归隐黄山的黄鹅峰,日日汲水于温泉迸涌的朱砂井。今后当有人吹着仙乐探访你时,你要驾着云车相迎。再见吧,当你路途迢迢地绕过陵阳山,穿过芳香弥漫的桂丛,渡过十六条曲折的溪水,就置身于黄山的凌云碧峰之中。他日相思还会相访,回首石桥已化为彩虹。

送方士赵叟之东平

【题解】　方士,方术之士,属道士之流。赵叟,名字生平不详。东平,即今山东东平,唐代为郓州治所。此诗大约为李白辞朝居东鲁时的作品。

【原诗】　长桑晚洞视,五藏无全牛①。赵叟得秘诀,还从方士游。西过获麟台②,为我吊孔丘。念别复怀古,潸然空泪流③。

【注释】　①"长桑"二句:言赵叟方术高妙。长桑,即长桑君。五藏,五藏即五脏。长桑君授药与秘方给扁鹊,扁鹊服药后给人看病,能用肉眼看清病人五脏症结。全牛,《庄子·养生主》中说庖丁精通剖牛术后,目中无全牛。②获麟台:遗址在山东菏泽巨野,传为春秋时鲁哀公获麟之处。　③潸然:流泪的样子。

【译文】　长桑君晚年能用肉眼透视病人的五脏,就像庖丁目中没有全牛一样。赵叟曾得到这些禁方秘诀,向来又喜欢与方士们来往。我拜托赵叟此行路过获麟台时,为我凭吊一下孔丘,表示对圣人教诲的念念不忘。当此怀古与离别之情交织在一起之际,我心中充满了无限的悲伤。

送韩准裴政孔巢父还山

【题解】　宋蜀本题下注:"鲁中。"此诗为李白开元末居东鲁时所作。还山,指归徂徕山。韩准、裴政、孔巢父、张叔明、陶沔曾与李白共隐徂徕山,号"竹溪六逸"。

【原诗】　猎客张兔罝①,不能挂龙虎。所以青云人,高歌在岩户。韩生信英彦,裴子含清真。孔侯复秀出,俱与云霞亲。峻节凌远松,同衾卧盘石。斧冰漱寒泉,三子同二屐②。时时或乘兴,往往云无心。出山揖牧伯③,长啸轻衣簪④。昨宵梦里还,云弄竹溪月⑤。今晨鲁东门,帐饮与君别⑥。雪崖滑去马,萝径迷归人。相思若烟草,历乱无冬春。

【注释】　①兔罝(jū):捕野兔的网。　②二屐:指登山屐,见《送杨山人归天台》注。　③牧伯:指州郡长官。　④衣簪:借指权贵。　⑤竹溪:在今山东徂徕山中。　⑥帐饮:古人送别时有在郊野设帐宴饮的习俗。

【译文】 捕捉兔子的罗网,绝对不能缚住龙虎。所以志趣高洁之人,大都隐居而摆脱了仕途。韩君是真正的英才,裴君有清高的胸襟。孔巢父先生更有出色的才质,三人都喜欢亲近山林。高风亮节超过傲霜的青松,一起露宿山岩,领略刺骨的山风。一起凿冰取水,在寒泉边洗漱,三人的足迹体现一种豪情逸兴。就像随意流淌的溪水,又像无心飘浮的山云。有时出山会见州县的长官,有时轻藐敲开权贵的朱门。我昨夜梦见回到徂徕,徘徊在月下的竹溪边。今日在鲁城东门帐饮,送我的好友还山。陡滑的雪崖需要攀登,还要寻找那布满藤萝的归径。我此刻眷恋之情如同连绵不断的春草,无论寒暑都蔓延无际。

送杨少府赴选

【题解】 杨少府,名字不详。安旗《李白全集编年注释》认为此人“当为安陆县尉而赴吏部铨选者”,则此诗可能是李白开元间居安陆时的作品。

【原诗】 大国置衡镜^①,准平天地心。群贤无邪人,朗鉴穷清深。吾君咏《南风》,衮冕弹鸣琴^②。时泰多美士,京国会缨簪^③。山苗落涧底,幽松出高岑^④。夫子有盛才,主司得球琳^⑤。流水非郑曲^⑥,前行遇知音。衣工剪绮绣^⑦,一误伤千金。何惜刀尺余^⑧,不裁寒女衾^⑨。我非弹冠者^⑩,感别但开襟。空谷无白驹^⑪,贤人岂悲吟。大道安弃物,时来或招寻。尔见山吏部^⑫,当应无陆沉^⑬。

【注释】 ① 大国:此指唐朝朝廷。衡镜:用衡的公平和镜的明洁比喻铨选。 ② 南风:古代舜时诗名。衮冕:君主的礼服。《淮南子·泰族训》:“舜为天子,弹五弦之琴,歌《南风》之诗,而天下治。”这两句言当代君主如舜时无为而治。 ③ 缨簪:这里借指官吏。 ④ “山苗”二句:反用晋代左思《咏史》“郁郁涧底松,离离山上苗”诗意,说明当今因材授职,高下得当。 ⑤ 球琳:美玉,比喻贤才。 ⑥ 流水:即伯牙所奏琴曲,此指雅乐,喻人品之高尚。郑曲:即郑声,此指俗乐,喻人品之低下。 ⑦ 衣工:比喻负责铨选的大臣。剪绮绣：指识别、选拔人才。　⑧ 刀尺余：铨选之余。
⑨ 寒女：喻寒士，指在野的贤才。　⑩ 弹冠者：指汉代贡禹，他与王吉为
好友。王吉被任为益州刺史，贡禹拂净冠帽以待。王吉于是向朝廷推荐了
贡禹。当时流传"王阳(即王吉，其字子阳)在位，贡禹弹冠"的话。　⑪ 白
驹：比喻贤士。这句反用《诗经·小雅·白驹》"皎皎白驹，在彼空谷"之
意，言贤士无离开朝廷之念。　⑫ 山吏部：指晋代山涛，《晋书》上说他为
吏部尚书，"前后选举，周遍内外，而并得其才"。　⑬ 陆沉：无水而沉，语
本《庄子·则阳》，原意是隐于市朝之意，这里引申为埋没贤才。

【译文】　我大唐所定铨选官吏的制度，像秤和镜子一样，使天下人感到公
平。铨选中又能明察秋毫，不让一个奸邪混入官吏当中。当今皇上像舜帝
那样无为而治，喜欢唱《南风》，穿着礼服，弹着五弦琴。如此的太平之世必
然也人才荟萃，这次铨选就是一次群英在京城的盛会。将把青松一样的高
才提拔到要位，让山草一样的劣才落选，沉于底层。杨老先生你这样的大
才，必定是主选官理想的精英。《高山》《流水》这样的高雅音乐虽然不如流
俗的郑音在世间流行，但能得到知音的赏识。你这样的高洁之士，也必然得
到明主的甄拔。主选官选拔人才就像衣工剪裁锦绣那样，一旦失误，就会造
成难以挽回的损失。我想他们在铨选之余还会想到在野的贤才，就像衣工
在剪裁锦绣之余也会顾及寒女的衣服一样。这次离别我虽然不像当年贡禹
那样弹冠相庆，但也并不悲伤。既然朝廷能够选贤任能，贤臣们就不会有
《诗经》中"皎皎白驹，在彼空谷"的怨言。贤明的政治是不会遗弃任何一个
人才的，你这次赴选就是一次显达高升的机遇。你看山涛那样的主选官，从
不使一个贤才埋没。

对雪奉饯任城六父秩满归京

【题解】　任城，即今山东济宁。六父，六叔，今已不知所指。此诗为李
白辞朝后居东鲁时送任城六父任满回长安所作。

【原诗】 龙虎谢鞭策①,鹓鸾不司晨②。君看海上鹤,何似笼中鹑。独用天地心,浮云乃吾身。虽将簪组狎③,若与烟霞亲。季父有英风,白眉超常伦④。一官即梦寐,脱屣归西秦。窦公敞华筵⑤,墨客尽来臻。燕歌落胡雁,郢曲回阳春⑥。征马百度嘶,游车动行尘。踌躇未忍去,恋此四座人。饯离驻高驾,惜别空殷勤。何时竹林下,更与步兵邻⑦。

【注释】 ① 谢:拒绝。 ② 鹓(yuān)鸾:凤鸟。 ③ 簪组:喻权贵。 ④ 白眉:指三国蜀汉马良,其眉中有白毛。兄弟五人,当时流传"马家五常,白眉最良"。 ⑤ 窦公:一说即《鲁郡尧祠送窦明府薄华还西京》之窦薄华。 ⑥ 燕歌:指北方之音乐。郢曲:指南方之音乐。 ⑦ 步兵:指阮籍。此以阮籍拟六父,自比小阮。参见《送杨山人归天台》注。

【译文】 龙虎不是驾车的牛马,凤凰更不是司晨的凡鸡。你看那展翅于海上的仙鹤,绝不能和笼中的鹌鹑相比。我的心胸像天地一样广阔无际,我的行迹像浮云那样飘游不定。我虽然也与权贵交往,但还是喜爱隐居山林。我家六叔风度英迈,在诸兄弟中最为突出,就像蜀汉时的马良被誉为"马家五常,白眉最良"。六叔视这一任地方官为一场梦,卸任就如同脱掉了沉重的靴子。在六叔即将轻装回到京都之际,窦公特地准备了盛大的欢送筵席,文人墨客也来参加饯行。席上北方情调的乐曲高亢嘹亮,就像雁鸣长空;南方情调的乐曲则温柔委婉,使人如置身春回大地之境。门前整装待发的马匹一阵阵嘶鸣,街上滚动的车轮震动着人心。六叔此时因眷恋四座的朋友,迟迟不忍离去。饯行之筵可以使你暂停临行的车马,但依依惜别之情不能将人挽留。天下没有不散的筵席,也不知我们叔侄何时再能相聚。

鲁郡尧祠送吴五之琅琊

【题解】 鲁郡,即今山东兖州。尧祠,遗址在今山东济宁兖州东北。琅琊,唐代郡名,即今山东临沂。吴五,名字不详。此诗为天宝五载(746)

李白居东鲁时所作。

【原诗】 尧没三千岁,青松古庙存。送行奠桂酒①,拜舞清心魂。日色促归人,连歌倒芳樽。马嘶俱醉起,分手更何言。

【注释】 ① 奠桂酒:切桂放在酒中以祭神。

【译文】 尧帝去世虽已三千多年,祭祀他的古庙仍是香火不断,庙中的古松依然苍翠长青。在为我的朋友送行之际,祭上一杯桂酒,拜舞在尧帝神像前,以消解一下我们的伤悲。落日已催促人们纷纷归去,而我们仍沉浸在对歌畅饮之中。声声的马鸣又在催促行程,于是宾主在醉中分手告别,此时此刻还有什么话要说呢?

鲁郡尧祠送窦明府薄华还西京

【题解】 题下自注:"时久病初起作。"明府,唐代对县令的尊称。窦薄华,疑与前诗"窦公敞华筵"之窦公为一人。此诗与上一首作于同年,诗中说"尔向西秦我东越",可知李白此时将赴东越。

【原诗】 朝策犁眉騧①,举鞭力不堪。强扶愁疾向何处,角巾微服尧祠南②。长杨扫地不见日,石门喷作金沙潭③。笑夸故人指绝境,山光水色青于蓝。庙中往往来击鼓,尧本无心尔何苦。门前长跪双石人,有女如花日歌舞。银鞍绣毂往复回④,簸林蹴石鸣风雷⑤。远烟空翠时明灭,白鸥历乱长飞雪。红泥亭子赤栏干,碧流环转青锦湍。深沉百丈洞海底,那知不有蛟龙盘。君不见绿珠潭水流东海⑥,绿珠红粉沉光采。绿珠楼下花满园,今日曾无一枝在。昨夜秋声阊阖来⑦,洞庭木落骚人哀⑧。遂将三五少年辈,登高送远形神开。生前一笑轻九鼎⑨,魏武何悲铜雀台⑩。我歌《白云》倚窗牖⑪,尔闻其声但挥手。长风吹月渡海来，遥劝仙人一杯酒。酒中乐酣宵向分，举觞酹尧尧可闻。何不令皋繇拥篲横八极[12]，直上青天挥浮云。高阳小饮真琐琐[13]，山公酩酊何似我。竹林七子去道赊，兰亭雄笔何足夸[14]。尧祠笑杀五湖水，至今憔悴空荷花。尔向西秦我东越，暂向瀛洲访金阙[15]。蓝田太白若可期[16]，为余扫洒石上月。

【注释】　①犁眉骍(guā)：黄身黑眉的骏马。　②角巾：有棱角的头巾，隐士所戴。微服：平民的服装。　③石门：鲁郡东门外的水门，遗址在今山东济宁兖州。金沙潭：为尧祠南面一个大池潭，水由石门流出。　④银鞍绣毂：指贵族所用豪华车马。　⑤簸林：撼动树林。　⑥绿珠：即洛阳昭仪寺池，池南有绿珠楼，楼为晋时石崇为爱妾绿珠所建，遗址今已不存。　⑦阊阖：指西风。　⑧洞庭木落：《楚辞·九歌·湘夫人》中有"袅袅兮秋风，洞庭波兮木叶下"的句子。　⑨九鼎：禹铸九鼎，象征九州，后世成为传国之宝，国家权力的象征。　⑩铜雀台：三国时曹操建。遗址在今河北临漳西南。　⑪白云：白云谣。《穆天子传》记载说，穆天子与西王母宴饮于瑶池，西王母曾为穆天子唱《白云谣》。　⑫皋繇(yáo)：即皋陶，舜时执法官。拥篲：拿着扫帚。　⑬高阳：高阳池。山公：山简。俱见《襄阳曲》注。　⑭兰亭雄笔：指王羲之所写《兰亭集序》。　⑮瀛洲、金阙：见《登高丘而望远海》注。　⑯蓝田：即今陕西蓝田山。太白：指今陕西宝鸡眉县东南之太白山。

【译文】　我清晨乘着犁眉骍骏马，举鞭无力，强撑着病体，角巾便服地来尧庙。只见柳丝垂地绿荫遮天，石门喷进的流水在此汇成金沙潭。这里山清水秀，我的老朋友果然为我们选择了一处绝妙佳景。庙中不断地有人来击鼓求福，其实尧本无心受人祭拜，你们这又是何苦呢？庙前又有双跪石人，如花的美女不停地在表演歌舞。权贵们的豪华车马往来不绝，撼动着林木山石发出轰鸣。远望潭中，长烟与碧波交织，时明时灭。白鸥群翔，如同纷纷扬扬的飞雪。红亭赤栏，置于碧流青水之间。这潭水深过百丈能通彻海底，说不定其中会有蛟龙盘踞。置身于此，令人不禁想起昔日的绿珠潭，那潭水似乎是一下子都流入了东海，至今遗址无存。那粉面红妆的绿珠又到哪里去了呢？当年绿珠楼下的满园鲜花，也一枝难寻。昨夜秋风已经自西吹来，洞庭波起树叶纷落。当此之时，携同三五少年，登高远望，定会心旷神怡。生前若能一笑而轻视功业富贵，曹操又何必在铜雀台上空自悲哀呢？我现在倚窗长歌一曲《白云谣》，你要随着歌声挥手相应。当此清风朗月之时，更当人仙共醉，举杯遥劝，仙人自当不辞。酒酣情畅已近夜半，更应举杯祭告尧帝，然而尧安得而知？尧倘有知，则应命令皋陶手执扫帚，廓清宇内，扫清遮掩青天的浮云。今日的盛会，实为空前。古代山简曾筑高阳池，那只算琐琐小饮，其酩酊醉态怎能与我相比？竹林七贤的聚会远不如我们，《兰亭集序》所叙的雅集也无足夸耀。金沙潭水的清澈胜过太湖，但水边只剩下憔悴的荷花。此次相别，你归西秦，我将奔赴东越，向瀛洲探寻仙人之迹。将来蓝田、太白若是你我相会之处，请先为我把石上的月光擦拭，令它更加光洁。

金乡送韦八之西京

【题解】　金乡，唐时属兖州，即今山东济宁金乡。韦八，名字生平不详。诗中说："狂风吹我心，西挂咸阳树。"当是李白去朝居东鲁时的作品。

【原诗】　客自长安来，还归长安去。狂风吹我心，西挂咸阳树。此情不可道，此别何时遇。望望不见君，连山起烟雾。

【译文】　我曾在这里欢迎你这来自长安的客人，今天又要送你回长安去。我也曾到过长安，我的心常常随狂风西去，飘落在长安巷陌的寻常草树上。我此时此刻的心情难以用语言来表达，此次一别不知何时何地再能相遇。你西去的身影已渐渐消逝，我只望见遮掩群山的烟雾弥漫而起。

送薛九被谗去鲁

【题解】 薛九,名字生平不详。从诗所言战国四公子好客来看,薛九似乎是为谋求幕客之职来鲁者。此诗当与前诗写于同时。

【原诗】 宋人不辨玉①,鲁贱东家丘②。我笑薛夫子,胡为两地游。黄金消众口③,白璧竟难投④。梧桐生荄藜,绿竹乏佳实。凤凰宿谁家,遂与群鸡匹。田家养老马⑤,穷士归其门。蛾眉笑躄者,宾客去平原。却斩美人首,三千还骏奔⑥。毛公一挺剑,楚赵两相存⑦。孟尝习狡兔,三窟赖冯谖⑧。信陵夺兵符,为用侯生言⑨。春申一何愚,刎首为李园⑩。贤哉四公子,抚掌黄泉里。借问笑何人,笑人不好士。尔去且勿喧,桃花竟何言⑪。沙丘无漂母⑫,谁肯饭王孙。

【注释】 ①"宋人"句:宋人得到燕石,误以为玉而收藏起来。参见《古风五十九首》其五十注。 ②东家丘:指孔子,孔子在世时,鲁人轻视他,称他为东家丘。 ③"黄金"句:《国语·周语》引当时的谚语说:"众心成城,众口铄金。"说经众人的语言诋毁,即使黄金也抵挡不住,将被销融。 ④白璧:指薛九。 ⑤田家:指田子方家。《韩诗外传》记载说,田子方外出,见道旁有老马,叫声似乎不得意。于是问牵马人,牵马人说因为马老无用,而将它赶出马棚。田子方说:"少尽其力而老弃其身,仁者不为也。"花钱买下老马。贫士闻听此事,都愿意投奔他。 ⑥"蛾眉"四句:用战国赵之平原君事。平原君邻家平民有跛者,平原君的美妾在楼上见到,笑其跛行。跛者见平原君,要求杀掉其美妾以道歉。平原君不肯,一年间平原君的门客纷纷离去,问其原因,门客说:"以君为爱色而贱士,士即去耳。"于是平原君杀掉美妾向跛者道歉,门客又渐渐回来。 ⑦毛公:指毛遂。秦围邯郸,平原君赴楚求救,其门客毛遂自荐随往。谈判中毛遂按剑立在楚王面前,折服楚王出兵救赵。 ⑧孟尝:战国齐之孟尝君。冯谖:孟尝君的门客。冯谖为孟尝君到薛地收债时,将债券当场烧焚。一年后孟尝君到薛,人们扶老携幼夹道欢迎。孟尝君非常感激冯谖,冯谖说:狡兔有三窟才能免于一死,现在您才有一窟,我再为您营造二窟。于是又游说梁王三次派人来齐聘孟尝君,齐王听闻后任命孟尝君为相国。冯谖又劝孟尝君向齐王求先王的祭器,立宗庙于薛。于是三窟造就。　⑨ 信陵:信陵君。侯生:侯嬴,此指信陵君用侯嬴窃符救赵事。参见《侠客行》注。　⑩ 春申:战国楚之春申君。楚考烈王无子,李园献其妹给春申君,怀孕后又献给楚考烈王,生下男孩,立为太子。李园受宠后暗地收养杀手,想杀害春申君,门客朱英劝春申君早作防备,春申君不听,终被杀害。　⑪ "桃花"句:用《史记·李广列传》中"桃李无言,下自成蹊"的话劝薛九。　⑫ 漂母:在水边洗棉絮的妇人。韩信少年贫贱时,曾受到漂母饭食接济。

【译文】　宋国人曾把石头当作玉,鲁国人曾将孔圣人称为东家丘。我奇怪你这薛老夫子,为何跑到这两个不识货的地方谋职呢? 众人的诋毁能够把金子销融,你这块白璧怎保不被玷污? 梧桐树上长了蒺藜,绿竹也不生精妙的练实,高贵的凤鸟还向哪里栖息呢? 那只有和觅食于篱落间的群鸡为伴了。田子方因为收养他人遗弃的老马,而使贫士愿意归于门下。平原君纵容美妾讥笑跛者,其门客纷纷离他而去。当平原君杀掉美妾向跛者谢罪后,其客又立即返回。平原君门客中的毛遂,拔剑折服楚王,使楚王出兵救赵,于是赵楚两相依存。孟尝君用"狡兔三窟"之计保存了自己,还全靠门客冯谖。信陵君夺兵符救赵,也是用门客侯嬴的计策。可惜春申君太糊涂,他没有听从门客朱英的劝告,而被李园谋杀。多么英明的战国四公子,可惜早已埋骨黄泉。请问你李白在笑谁呢? 我在笑天下那些不爱士之人。薛九你且离开东鲁不必辩解,你不是记得《史记》中有"桃李无言,下自成蹊"的话吗? 鲁地没有当年给韩信送饭的漂母,有谁来挽留和接济你这落魄公子呢?

单父东楼秋夜送族弟况之秦

【题解】　单父即今山东单县。族弟李况,生平不详,从诗意看,李况当为自长安到东鲁作短暂停留者。此诗为李白在天宝四载(745)与杜甫偕游梁宋时所作。诗中表达了李白自伤曾为近臣而今流落天涯的身世之感。

【原诗】 尔从咸阳来,问我何劳苦。沐猴而冠不足言①,身骑土牛滞东鲁②。况弟欲行凝弟留,孤飞一雁秦云秋。坐来黄叶落四五③,北斗已挂西城楼。丝桐感人弦亦绝④,满堂送客皆惜别。卷帘见月清兴来,疑是山阴夜中雪⑤。明日斗酒别,惆怅清路尘。遥望长安日,不见长安人。长安宫阙九天上,此地曾经为近臣。一朝复一朝,白发心不改。屈原憔悴滞江潭⑥,亭伯流离放辽海⑦。折翮翻飞随转蓬,闻弦虚坠下霜空⑧。圣朝久弃青云士,他日谁怜张长公⑨。

【注释】 ①沐猴而冠:沐猴即猕猴。此语原意是以猕猴不能久戴冠巾来说徒有其仪表。《汉书·伍被传》:"以为汉廷公卿列侯皆如沐猴而冠耳。" ②身骑土牛:喻政治上不得意,参见《赠宣城赵太守悦》注。 ③坐来:恰才,正当其时。 ④丝桐:指琴。 ⑤山阴夜中雪:用晋代王子猷事。《世说新语·任诞》说,王子猷居山阴时,夜大雪,忽乘兴而访戴安道,夜乘小船前往,至门不入,兴尽而返。 ⑥"屈原"句:《楚辞·渔父》说:"屈原既放,游于江潭,行吟泽畔,颜色憔悴,形容枯槁。"江潭即江边。 ⑦亭伯:汉代崔骃字亭伯,他因向窦宪提意见而被放逐到辽东任长岑长。 ⑧闻弦虚坠:言更赢射雁事。《战国策·楚策》记载,更赢与魏王在京台上见到一群飞雁,就说能用虚弦射下雁来。一只雁飞来,更赢果然引弓虚发而将其射下。魏王感到奇怪,更赢说:这是一只受伤的雁,我见它飞得慢而叫得悲哀,飞慢是受伤,哀鸣是久失群。它听到弦声而高飞,所以疮裂而坠落。 ⑨张长公:指汉代张挚,字长公。其官至大夫,被免职,由于不能取容当世,终生未再任职。

【译文】 吾弟李况这次从京都来,特意慰问我,问我有哪些苦恼。我因为不愿等同于朝廷中那些沐猴而冠者,便只好滞留于东鲁,沦为平民。况弟即将回到京都,凝弟还将留下来,况弟此行就如同孤雁飞向秦地的秋空。此刻又值北斗高挂,黄叶纷落,悲秋的琴声时时传来,使在座之人更加依依惜别。皎洁的月光从窗外照进来使人顿生逸兴,这情景就如同当年王子猷在会稽看到的雪景。为明日的分别而干杯,李凝兄弟就要回到我久久想念的长安。那里弥漫的尘埃使我惆怅不已,我只能望见长安的日色而望不见我所思念的人。长安的宫阙高入九天,我曾在那里做皇上身边的侍臣。时光日复一日地推移,而我对皇上的忠爱之情始终未渝。我现在的心境如同屈原的沉吟泽畔,又如同崔骃被放逐到辽东的海边。我像那折断翅膀的鹏鸟,随处翻飞如转蓬;又像那受伤而孤飞的秋雁,闻虚弓也会坠落。既然朝廷早已把高洁之士弃之山野,恐怕我会终生像张长公一样默默无闻了。

送族弟凝至晏堌单父三十里

【题解】　族弟凝,指李凝,右长史李防之子。晏堌,单父一带地名。此诗当写于天宝四载(745)的冬季,当时李白从单父送李凝三十里至晏堌。

【原诗】　霜满原野白,戎装出盘游①。挥鞭布猎骑,四顾登高丘。兔起马足间,苍鹰下平畴。喧呼相驰逐,取乐销人忧。舍此戒禽荒②,征声列齐讴③。鸣鸡发晏堌,别雁惊涞沟④。西行有东音⑤,寄与长河流。

【注释】　① 戎装:军人装束。盘游:游乐。　② 禽荒:纵情于田猎。③ 齐讴:齐地之民歌。　④ 涞沟:即涞河,在今山东单县。　⑤ 东音:东归的音讯。

【译文】　原野上已蒙上一层白霜,游猎的人全副武装。主将挥鞭布置猎手们各就各位,接着又登上高丘四面瞭望。这时野兔从猎手的马足间腾起,苍鹰又将其驱赶到平野上。人们喧呼着驱赶野兽,欢声中早就把忧愁遗忘。还是以歌舞娱乐为好,似这种纵情田猎就是古人力戒的禽荒。明天清晨李凝兄弟就要从晏堌启程,分别在涞河旁。这次西行倘有东归的消息,就让滚滚东流的河水转告给我。

鲁城北郭曲腰桑下送张子还嵩阳

【题解】 鲁城,指曲阜。张子,当指张谓,字正言,河南人,少读书嵩山,天宝二年登进士第,官至礼部侍郎。嵩阳,指嵩山之南面。此诗为天宝元年(742)李白居东鲁时所作。

【原诗】 送别枯桑下,凋叶落半空。我行惝道远,尔独知天风①。谁念张仲蔚②,还依蒿与蓬。何时一杯酒,更与李膺同③。

【注释】 ① 天风:《文选·饮马长城窟行》:"枯桑知天风,海水知天寒。"李善注:"枯桑无枝,尚知天风。" ② 张仲蔚:东汉平陵人,学识广博,好作诗赋,与同郡魏景卿一起隐居不仕,所居蓬蒿没人。此喻张子。 ③ 李膺:字元礼,东汉襄阳人,在朝中独持风裁,以声名自高,因党祸免官。曾隐居嵩山。后与窦武谋诛宦官未成,被杀。

【译文】 我们在半枯的曲腰桑下话别,黄叶正从高枝上纷落飘零。我心中感到前程迷茫遥远,不如枯桑独能感知天风。有谁顾念我们的张子像张仲蔚一样,栖身蒿蓬之中?何时我们能到洛阳把酒共饮,一领李膺的高风豪情?

送鲁郡刘长史迁弘农长史

【题解】 刘长史,名字不详。长史,唐代在上州和中州设长史一职,上州长史为从五品上,中州长史为正六品上。弘农,郡名,天宝元年由虢州改称,即今河南灵宝。此诗当与前诗写于同时。

【原诗】 鲁国一杯水①,难容横海鳞②。仲尼且不敬,况乃寻常人。白玉换斗粟,黄金买尺薪③。闲门木叶下④,始觉秋非春。闻君向西迁,地即鼎湖邻⑤。宝镜匣苍藓⑥,丹经埋素尘⑦。轩后上天时⑧,攀龙遗小臣。及此留遗爱,庶几风化淳。鲁缟如白烟⑨,五缣不成束⑩。临行赠贫交,一尺重山岳。相国齐宴子,赠行不及言⑪。托阴当树李,忘忧当树萱⑫。他日见张禄,绨袍怀旧恩⑬。

【注释】 ① 一杯水:喻鲁地之小。 ② 横海鳞:海鲸一类的大鱼,以此比喻刘长史才大难容。 ③"仲尼"四句:喻鲁地不能尊圣尚贤。 ④ 木叶下:树叶凋落。 ⑤ 鼎湖:在弘农郡西北湖城县境,今属河南灵宝。 ⑥ 宝镜:古代传说黄帝所制镜。《皇帝内传》:"(帝)既与王母会于王屋,乃铸大镜十二面,随月用之。" ⑦ 丹经:炼丹的仙经,传说黄帝得自王屋山。 ⑧ 轩后:即黄帝。《史记·封禅书》上说黄帝采首山铜在荆山下铸鼎,有龙从天上下来接黄帝,群臣、宫妃随从黄帝骑上龙身者共七十余人。其余小臣抓住龙须,把龙须拔坠,坠下黄帝之弓。后世将此地命名鼎湖,弓名乌号。 ⑨ 鲁缟:产于鲁地的素绢,非常轻细。 ⑩ 五缣:缣为黄色之绢。五缣即五匹绢。 ⑪ 赠行:《晏子春秋》记载,曾子将要启程,晏子送行时说:君子用车送人,不如用语言。曾子说:我要求送语言。晏子说:晏婴听说君子居必择邻,出门必依靠士。择居为了求士,求士为了避患。 ⑫ 树李:比喻有德能之士。树萱:比喻有才华之士。 ⑬ 张禄:即范雎。他贫贱时曾在魏国中大夫须贾手下服务。后入秦为相,秦人称之张禄。后来须贾出使秦国,范雎便服相访,须贾拿出绨袍送他说:范叔还是那样贫苦吗?范雎后来放须贾回国,说:你所以得不死,是这件绨袍表示出老朋友之情。绨袍,粗袍。

【译文】 鲁地狭小如一杯水,怎能容下横海的大鱼?鲁人未曾尊重孔仲尼,对寻常的人才又怎会放在眼里!鲁人也辨不清白玉黄金与斗粟尺薪的价值。黄叶已落满闲庭,我才知道明媚春光已被萧瑟寒秋代替。听说你将在此刻离开鲁地,调往与鼎湖邻近的弘农。黄帝遗留下来的宝镜已被苔藓布满,丹经也已被厚厚的尘土沉埋。只有他造鼎时遗留的鼎湖未被世人遗忘。他在此升天时曾留下未能爬上龙背的小臣,也就把黄帝的恩泽留在这里,使这里保留着淳厚的风俗。这鲁缟轻薄如烟云,并且仅有五匹,作为送行的礼物实不成敬意,但它一尺一寸都代表重如山岳的情谊。齐相晏子与曾子分别时曾送他许多有意义的话,而今天我要对你说的是:如果想要树荫就要栽种桃李,如果想要忘忧就要栽种萱草。他日倘再见到前途无量的刘长史,希望你会如张禄见到绨袍时那样,不把故友之情忘掉。

送族弟单父主簿凝摄宋城主簿,至郭南月桥, 却回栖霞山,留饮赠之

【题解】 主簿,县长官的副职。摄,代理。宋城,今河南商丘。月桥,据诗,当在单父城南。栖霞山,在今山东菏泽单县。此诗为李白在天宝五载(746)所写。

【原诗】 吾家青萍剑①,操割有余闲②。往来纠二邑③,此去何时还。鞍马月桥南,光辉歧路间。贤豪相追饯,却到栖霞山。群花散芳园,斗酒开离颜。乐酣相顾起,征马无由攀。

【注释】 ①青萍剑:古代宝剑名,这里比喻李凝。 ②操割:借指治理。 ③纠:督察。二邑:指单父与宋城。

【译文】 我家兄弟如同一把青萍剑,治理单父游刃有余。又被任命代理宋城主簿而往来于两县,这次到宋城赴任,不知何时再回单父?鞍马停在月桥之南,月光洒在两县交叉的路口上。这时县里贤豪也赶来饯行,于是车马来到栖霞山下。园中花树散发芬芳,杯中美酒驱散人们的离愁。酒兴正酣,宾主相扶而起,这时已沉醉得爬不上马鞍。

鲁郡东石门送杜二甫

【题解】 此诗当为天宝四载(745)秋李白在鲁郡东石门送杜甫所作。石门,鲁郡东门外的水门,遗址在今山东济宁兖州。

【原诗】 醉别复几日,登临遍池台。何时石门路,重有金樽开。秋波落泗水①,海色明徂徕②。飞蓬各自远,且尽手中杯。

【注释】 ① 泗水:水名,系淮河的一大支流。 ② 徂徕:山名,指生长栋梁之材的大山。

【译文】 辞行的酒虽已喝过,但我的游兴犹酣。几日来登山游水,把这里名胜几乎走遍。此次一别,不知何时再相聚这石门,把酒尽欢。秋风吹过,泗水的碧波已渐低落,而远处的徂徕山却一片苍翠海蓝。在这就要各自踏上飞蓬般的旅程之际,让我们再一次把酒杯斟满。

鲁郡尧祠送张十四游河北

【题解】 张十四,当指张谓。河北,即唐代河北道,东并海,南临黄河,西距太行、恒山,北通渝关、蓟门。此诗当为开元末李白入京前所写。

【原诗】 猛虎伏尺草,虽藏难蔽身。有如张公子,肮脏在风尘①。岂无横腰剑,屈彼淮阴人②。击筑向北燕,燕歌易水滨。归来泰山上,当与尔为邻。

【注释】 ① 肮脏(kǎng zǎng):高亢刚直貌。 ② 淮阴人:韩信少时身材高大,好带刀剑,但曾在淮阴市上受屠中少年胯下之辱。

【译文】 猛虎栖身于浅草中,即使躲藏也难隐没其雄伟的身躯。这如同我们的张公子,即使委身在风尘之中,也不能削弱他的雄心壮志。有时像当年韩信一样受辱于淮阴市侩胯下,并非因为没有超人的武功。现在你又要循着荆轲的足迹,奔赴幽燕,击筑高歌在易水之滨。希望你后面归来,能定居在泰山脚下,与我相伴相邻。

杭州送裴大择,时赴庐州长史

【题解】 宋蜀本题下注:"吴中。"裴大择,生平不详。杭州,即今浙江杭州。庐州,即今安徽合肥。

【原诗】 西江天柱远①,东越海门深。去割慈亲恋,行忧报国心。好风吹落日,流水引长吟。五月披裘者,应知不取金②。

【注释】 ① 天柱:山名,又称潜山、皖山,在今安徽潜山西北。 ② "五月"二句:用《论衡·书虚》中的故事:传说吴太子延陵季子出游,见路有遗金。当时正当五月的夏季,有一披着羊皮袄而砍柴者。延陵季子让砍柴者将金拾起,砍柴者大怒道:我在炎热的夏季披着羊皮袄砍柴,怎么会拾地上的金子呢!五月披裘者,喻高洁之士。

【译文】 你将去往的天柱山,在远离钱塘江畔的长江之北。此去将要割舍慈母的亲情,为的是实现自己的报国之心。清风吹着迟迟的落日,拂动我对老朋友的眷恋,淙淙的流水引我吟咏离别之歌。你在庐州任上倘遇到五月披裘砍柴之士,应当明辨其高尚清廉的气节。

灞陵行送别

【题解】 宋蜀本题下注:"长安。"灞陵,汉文帝葬此,又称霸陵,在今陕西西安东郊白鹿原。此诗为李白天宝三载(744)春写于长安。

【原诗】 送君灞陵亭,灞水流浩浩①。上有无花之古树,下有伤心之春草②。我向秦人问路歧,云是王粲南登之古道③。古道连绵走西京,紫阙落日浮云生④。正当今夕断肠处,骊歌愁绝不忍听⑤。

【注释】 ①灞水：亦作霸水，黄河支流渭河的支流。 ②春草：此句用江淹《别赋》意："春草碧色，春水渌波，送君南浦，伤如之何。" ③王粲：东汉末诗人。东汉末年，长安战乱，他南下荆州依靠刘表。当时写有《七哀》诗。诗中有"南登霸陵岸，回首望长安"的句子。 ④紫阙：帝王所居宫城。浮云：喻朝廷中奸邪。 ⑤骊歌：即骊驹之歌，古代别离之歌。

【译文】 我和你相别在灞陵亭上，灞河水在不停地流淌。无花的古树发人思古之幽情，萋萋的春草更能引起离人的感伤。我向路人询问脚下的小路通向何方，路人告诉我这是当年王粲南下时的古道。原来这古道还曲曲折折通向长安城中的宫殿，可惜宫殿已被浮云遮蔽笼罩。这西下的夕阳已使我愁肠断绝，何况又不知从何处传来了离歌声声呢？

送贺监归四明应制

【题解】 贺监，贺知章，唐代诗人，官至太子宾客、银青光禄大夫兼正授秘书监。天宝三载（744）春贺知章归越，唐玄宗诏令在长乐坡饯别贺知章，并赋诗赠送。李白当时正在朝任翰林，也应诏写诗赠别。四明，山名，在浙江宁波西南。

【原诗】 久辞荣禄遂初衣①，曾向长生说息机②。真诀自从茅氏得③，恩波宁阻洞庭归。瑶台含雾星辰满④，仙峤浮空岛屿微。借问欲栖珠树鹤⑤，何年却向帝城飞。

【注释】 ①初衣：即初服，未做官时的服装。《楚辞·离骚》："进不入以离尤兮，退将复修吾初服。" ②息机：摆脱世事。 ③茅氏：三茅君，传说为汉朝时仙人，得道后执掌句曲山。 ④瑶台：仙台，传说在昆仑仙山上。 ⑤珠树：仙树，传说生长在昆仑仙山。

【译文】 你一贯有放弃仕途、隐居静养的主张，今日辞官归去的要求终于如愿以偿。这种长生不老的真诀得自三茅真君,皇恩浩荡,一定不会阻挠你回到自己的故乡。星空中的瑶台仙境缥缈朦胧,时隐时现在海面上的仙岛令人向往。请问你这只将栖身在珠树上的仙鹤,何年何月再向皇城上面飞翔?

送窦司马贬宜春

【题解】 司马,州郡的辅佐官,在别驾、长史之下。窦司马,名字不详。宜春,即今江西宜春。此诗为李白在朝廷任翰林时所作,意在宽慰被贬官的窦司马。

【原诗】 天马白银鞍①,亲承明主欢。斗鸡金宫里,射雁碧云端②。堂上罗中贵③,歌钟清夜阑。何言谪南国,拂剑坐长叹。赵璧为谁点④,隋珠枉被弹⑤。圣朝多雨露,莫厌此行难。

【注释】 ① 天马:指御马。 ② 斗鸡、射雁:皆为唐玄宗的爱好。③ 中贵:中贵人,指有权势的太监。 ④ 赵璧:和氏璧。点:通"玷",玷污。 ⑤ 隋珠:隋侯之珠,即明月珠。

【译文】 你曾骑过御赐的白龙马,受到当今皇上的亲自夸奖与接见。也曾与皇上一起在宫中斗鸡,一起到野外打猎射雁。你的家中常常坐满权倾朝廷的宦官,歌舞欢宴往往是通宵达旦。不知何故忽然被贬谪南方,使你为一朝失势而拂剑长叹。你白璧无瑕的人品究竟是遭到谁的诬陷,使你这如同明月珠的英才遭到如此责谴?算了,不必管了,我们英明的君主会降恩宽恕你的,所以不必忧虑此次南行宜春的艰难。

送羽林陶将军

【题解】　羽林,皇宫近卫军名。陶将军,名字不详。

【原诗】　将军出使拥楼船①,江上旌旗拂紫烟。万里横戈探虎穴,三杯拔剑舞龙泉②。莫道词人无胆气③,临行将赠绕朝鞭④。

【注释】　① 楼船:战舰。因船高首宽、外观似楼而得名。　② 龙泉:宝剑名。　③ 词人:诗人,李白自指。　④ 绕朝:人名,战国时秦大夫。晋国士会投奔秦国,晋人设计要秦王派士会出使晋国。绕朝识破晋国阴谋而秦不听劝阻。当士会临出发赴晋时,绕朝送给士会一把鞭子,以表示不要晋国小视秦国无人。

【译文】　将军将要代表朝廷出使敌方,乘坐的楼船旌旗就要飘拂在紫烟笼罩的江面上。为你的长驱万里、深入虎穴干上一杯,酒酣舞剑,意气昂扬。不要以为我这个诗人没有胆气,我会像当年的秦大夫绕朝那样,送你一只马鞭,以代表大唐帝国的脊梁。

送程刘二侍御兼独孤判官赴安西幕府

【题解】　侍御,指侍御史,御史台属员。判官,唐代节度使辅佐官。程、刘、独孤三人,名字不详。安西,唐代西域藩镇,府治龟兹,在今新疆库车。

【原诗】　安西幕府多才雄,喧喧唯道三数公。绣衣貂裘明积雪①,飞书走檄如飘风②。朝辞明主出紫宫,银鞍送别金城空③。天外飞霜下葱海④,火旗云马生光彩⑤。胡塞尘清计日归,汉家草绿遥相待。

【注释】　① 绣衣:指侍御史,始自汉代。《汉书·百官公卿表》:侍御史有绣衣直指。　　②飞书走檄：谓在军中起草文书。檄，檄文，军中告示、战书。
③金城：此指长安。　　④葱海：即葱岭，帕米尔高原的古称。　　⑤火旗云
马：谓旗赤似火，马多如云。

【译文】　安西幕府中雄才不少，名声最大的要数程、刘、独孤三位先生。
程、刘两位侍御史的皮袍洁白如昆仑山顶的积雪，独孤判官起草军中檄文快
如沙漠疾风。今晨你们就要奔赴安西，离开朝廷辞别英明的君主，满朝文
武都来相送，倾动整个京城。一夜之间笼罩葱岭的飞霜从天而降，那如火
的战旗、如云的战马更增添了边塞的莽莽风情。西域战火平息之日就是
你们的归朝之时，那时满朝文武仍将在这绿茵里为你们接风庆功。

送侄良携二妓赴会稽戏有此赠

【题解】　李良，曾在开元间任杭州刺史。此诗或为天宝二年（743）春
季作。

【原诗】　携妓东山去①，春光半道催。遥看二桃李，双入镜中开②。

【注释】　①东山：在今浙江绍兴上虞。　　②镜中：指镜湖，即鉴湖。

【译文】　你带着两位美女去游东山，中途就已春光烂漫。遥想你到达会稽
时，那两位美女如桃李一样盛放在镜湖之畔。

送贺宾客归越

【题解】　贺宾客，即贺知章，本诗与《送贺监归四明应制》为同时所作。

【原诗】　镜湖流水漾清波，狂客归舟逸兴多①。山阴道士如相见，应

写《黄庭》换白鹅②。

【注释】 ① 狂客：指贺知章，其号为"四明狂客"。 ②"山阴"二句：用王羲之故事赞美贺知章的书法。山阴道士养了一群鹅，王羲之非常喜欢，道士要王羲之为其书写《黄庭经》来换鹅。贺知章善草隶，深得时人珍爱。

【译文】 镜湖水面清如明镜，四明狂客归来荡舟尽情。古代曾有王羲之写《黄庭经》向山阴道士换鹅的韵事，你到那里一定也有这样的逸兴。

送张遥之寿阳幕府

【题解】 张遥，生平不详。寿阳，即寿州寿春郡，府治寿阳，今安徽寿县。

【原诗】 寿阳信天险，天险横荆关①。苻坚百万众，遥阻八公山②。不假筑长城，大贤在其间③。战夫若熊虎，破敌有余闲。张子勇且英，少轻卫霍孱④。投躯紫髯将⑤，千里望风颜。勖尔效才略⑥，功成衣锦还。

【注释】 ① 荆关：楚关，指前句中的寿阳。 ②"苻坚"二句：指公元383年东晋与前秦的淝水之战。当时秦王苻坚率兵进攻东晋，先克寿阳，与晋兵隔淝水相峙。晋兵在谢玄指挥下大败秦兵。秦兵见八公山上草木，皆以为晋兵。八公山，在寿县北。 ③大贤：指东晋主帅谢安。 ④卫霍：汉将卫青、霍去病。孱：懦弱。 ⑤紫髯将：谓孙权，此借指寿阳驻军主帅。 ⑧勖(xù)：勉励。

【译文】 寿阳是地道的天险，故而成为雄踞荆楚的边关。当年击溃苻坚率领的百万秦兵，晋兵就驻扎在这里的八公山。这一仗并非借助万里长城，而靠的是名臣谢安。在他的指示下战士个个勇如熊虎，足以压倒敌人，勇往直前。张先生一向英勇果敢,从小就有压倒卫青、霍去病的烈胆。何况你这次又是投奔像孙权一样的主帅,他有震慑千里的威严。此行一定能施展雄才大略,我在这里恭候你早日班师凯旋。

送裴十八图南归嵩山二首

【题解】　裴图南,生平不详。诗中提到送裴图南的地点为"长安青绮门",诗当为李白天宝初年在长安时的作品。

其　一

【原诗】　何处可为别,长安青绮门①。胡姬招素手,延客醉金樽。临当上马时,我独与君言。风吹芳兰折,日没鸟雀喧②。举手指飞鸿③,此情难具论。同归无早晚,颍水有清源④。

【注释】　①青绮门:长安城东门。　②"风吹"二句:王琦注:"'风吹芳兰折',喻君子被抑,不得伸其志也。'日没鸟雀喧',喻君暗而谗言竞作也。"　③飞鸿:比喻超脱世外的隐士。晋代郭瑀隐居于临松薤谷,前凉国主张天锡派使者来征召他,使者来到山上时,郭瑀指着飞鸿暗示自己:"这是一只自由飞翔的鸟,怎能把它放入笼中呢?"随即逃无踪迹。　④颍水:在今河南境内,发源于嵩山。

【译文】　何处是我们分手的地方?正是在这京城的青绮门。胡姬扬着莲藕般的手臂,把我们招进酒楼醉饮。当你上马即将东行的时刻,请听一听我的肺腑之言:你看那芳兰正被狂风摧折,日边的树枝上则聚集着喧叫的雀群。你一定记得晋代郭瑀手指飞鸿的故事,而我这笼中之鸟的心里正充满矛盾。颍水源头将是我们共同的归隐之地,同样归去何必有早晚之分?

其　二

【原诗】　君思颖水绿,忽复归嵩岑①。归时莫洗耳②,为我洗其心。洗心得真情,洗耳徒买名。谢公终一起③,相与济苍生④。

【注释】　① 嵩岑:即嵩山。　② 洗耳:古代高士许由事。参见《行路难三首》其三注。　③ 谢公:指晋代谢安,其字安石。中丞高崧曾和他戏言:你隐居在东山,人们都说:安石不肯出,将如苍生何?　④ 苍生:本指草木生处,后借指百姓。

【译文】　你怀念久别的颖水,又要回到颖水源头嵩山归隐。到了颖水边不要像许由那样用清水洗耳,一定要洗一洗自己的心。洗耳只不过是徒买虚名,洗心才能心纯情真。高隐东山的谢公终究要被起用,因为他忘不了解救苍生的重任。

同王昌龄送族弟襄归桂阳二首

【题解】　此诗又题作《同王昌龄崔国辅送李舟归郴州》。王昌龄,唐代诗人。李襄,生平不详。此诗大约为王昌龄在天宝初由江宁县丞任入京,与李白相遇,李白与其共同送人出京而作。

其　一

【原诗】　秦地见碧草,楚谣对清樽①。把酒尔何思,鹧鸪啼南园②。予欲罗浮隐③,犹怀明主恩。踌躇紫宫恋,孤负沧洲言④。终然无心云,海上同飞翻。相期乃不浅,幽桂有芳根。

【注释】　① 楚谣:楚地民歌。桂阳郡在今湖南郴州,属古楚国地,故说楚谣。　②"鹧鸪"句:晋人崔豹《古今注》说:鹧鸪出在南方,叫起来像是呼叫自己的名字,常朝太阳飞。 ③ 罗浮:山名,在今广东惠州西北。传说晋代葛洪曾在此山修道。 ④“孤负”句:孤负,即辜负。沧洲,水边,借指隐居之地。

【译文】 春风吹拂着秦地的碧草,饯行的帐饮中听你唱起楚地的歌谣。举杯对饮之际你在想些什么?此刻你真像一只朝南飞啼的鹧鸪鸟。我虽然也打算立刻就到罗浮山隐居,但英明的君主对我的恩宠怎能忘掉?至今不能实现归隐的诺言,就因为我现在对这紫宫金殿的留恋未消。但我终究还是一片无心的白云,一定会和你一起在大海上空自由飞飘。这一天我相信不会太远,那芬芳的桂树已把根在山中扎牢。

其 二

【原诗】 尔家何在潇湘川,青莎白石长江边①。昨梦江花照江日,几枝正发东窗前。觉来欲往心悠然,魂随越鸟飞南天。秦云连山海相接,桂水横烟不可涉②。送君此去令人愁,风帆茫茫隔河洲。春潭琼草绿可折,西寄长安明月楼。

【注释】 ①“尔家”二句:潇水、湘水与桂阳(今湖南郴州)相近,故以此泛指李襄家乡。长江,此指潇、湘二水。 ② 桂水:《水经注·钟水》:“桂水出桂阳县北界山,山壁高耸,三面特峻,石泉悬注,瀑布而下。”

【译文】 你的家是不是就在潇湘水边,那里有长着莎草的白沙滩?昨夜我忽然梦见来到日出照江花的江南,还看见几枝红杏怒放在东窗前。醒来后对梦境更加向往,不由得心魂已随南归的鸟群飞向南天。秦云连山一直飘到大海,而我眼望烟波浩渺的桂水,欲渡艰难。你今一去使我无限伤感,风帆茫茫,隔山隔水不能相见。桂阳春潭岸边的春草嫩若琼枝,请你折取一棵寄到长安来,以宽慰我的思念。

送外甥郑灌从军三首

【题解】 郑灌,生平不详。这三首诗一般认为是李白天宝初在长安时所写。

其 一

【原诗】 六博争雄好采来①,金盘一掷万人开。丈夫赌命报天子,当斩胡头衣锦回。

【注释】 ① 六博:古代的一种赌博游戏。共十二个棋子,六黑六白,双方各六个,以掷采出棋,所以诗中提到"好采""一掷"。

【译文】 六博要想获胜全凭好采,筹码往金盘上一掷众人高叫如排山倒海。大丈夫决胜负应该在战场,用生命报效天子,手斩胡人的头颅立功归来。

其 二

【原诗】 丈八蛇矛出陇西①,弯弧拂箭白猿啼②。破胡必用《龙韬》策③,积甲应将熊耳齐④。

【注释】 ① 陇西:郡名,在今甘肃陇西东南。 ② "弯弧"句:《淮南子·说山训》中说,楚王射白猿,白猿夺弓而笑。射手养由基射白猿,才开始调整弓箭,未射而白猿就抱柱号叫。此句用典故说明郑灌箭术高超,足以威震敌人。弧,木弓。 ③《龙韬》:古代兵书有《六韬》,传为吕尚(姜太公)所撰,《龙韬》是其中的一篇。 ④ 熊耳:山名,为秦岭东段支脉,在今河南西部。《后汉书·刘盆子列传》记载,刘盆子向汉光武帝(刘秀)投降时,"积兵甲宜阳城西,与熊耳山齐"。

【译文】 大丈夫即将手提丈八长矛奔赴陇西战场,你的箭术像养由基射猿,使敌人惊慌。如果使用姜太公《龙韬》中的战略,一定能打败敌人,那时缴获的敌人武器会堆得如同熊耳山一样。

其　三

【原诗】 月蚀西方破敌时,及瓜归日未应迟①。斩胡血变黄河水,枭首当悬白鹊旗②。

【注释】 ①及瓜:来年瓜熟的时候,《左传·庄公八年》记载:齐侯派连称、管至父戍葵丘,让他们瓜熟时前往,明年瓜熟时回来。所以古代用瓜熟指代任期届满、等候移交的时间。　②枭首:斩首后悬于木竿上。

【译文】 现在月食出现在西方,正是击败敌人的征兆,明年瓜熟时你一定会如期立功回朝。那时敌人的阵营将会血染成河,使黄河都变成红色,你还要砍下敌人首领的头颅挂在树梢。

送于十八应四子举落第还嵩山

【题解】 于十八,名字、生平不详。四子举,又称道举。据《通典》载,唐玄宗自开元二十九年在长安设崇玄观,诸州设道学,主要学习《老子》《庄子》《文子》《列子》,叫"四子学"。其待遇与国子监同,这种应举考试就叫四子举。此诗为李白天宝初在长安时所作。

【原诗】 吾祖吹橐籥①,天人信森罗。归根复太素②,群动熙元和③。炎炎四真人④,摛辩若涛波⑤。交流无时寂,杨墨日成科⑥。夫子闻洛诵⑦,夸才才故多。为金好踊跃⑧,久客方蹉跎。道可束卖之,五宝溢山河。劝君还嵩丘,开酌眄庭柯。三花如未落⑨,乘兴一来过。

【注释】 ①"吾祖"句：吾祖，指老子。老子姓李名耳，所以李白称其为"吾祖"。橐籥（tuó yuè）：古代冶炼时的鼓风器。橐是风囊，籥是吹管。② 太素：原始的素质。 ③ 熙元和：熙，和悦的样子。元和，指阴阳会合。④ 炎炎：形容言论美盛。《庄子·齐物论》："大言炎炎。"四真人：指庄子、文子、列子与庚桑子。天宝元年，唐玄宗下令称庄子为南华真人、文子为通玄真人、列子为冲虚真人、庚桑子为洞灵真人。 ⑤ 摛（chī）辩：展开辩论。⑥ 杨墨：疑为副墨。《庄子·大宗师》："闻诸副墨之子。"墨是墨翰，即文字，副是辅助的意思。这里喻指文字并非道的本身，而是传播道的工具。科：科举，指四子科。 ⑦ 洛诵：即络诵，反复诵读。《庄子·大宗师》："副墨之子闻诸洛诵之孙。" ⑧"为金"句：用《庄子·大宗师》寓言中金踊跃应冶，借指于十八踊跃应四子举。原句为："今之大冶铸金，金踊跃曰：'我且必为镆铘。'" ⑨ 三花：即三花树，又称贝多树。据北朝齐贾思勰《齐民要术》载，有外国僧人携带贝多子来，种在嵩山西脚下，长出四株树，一生开三次花，所以人们把它叫作三花树。

【译文】 我的祖宗老子像鼓风机那样鼓吹自己的学说，历代得道之人便多得如同棋布星罗。他的学说能使人们的本性返璞归真，能让万物阴阳相谐合。最能发扬老子学说的是庄子、列子、文子、庚桑子这四大真人，他们善于论辩，口若悬河。他们的学说如同无止境的流水，他们的著作如今已成为科举的固定学科。于先生你早就以多才多艺闻名于世，况且又把诵读四子之书作为每天的功课。你就像寓言中好铜踊跃将自己铸成宝剑一样，参加四子科考试，为此而久离家乡又遭受挫折。你要牢记"道虽可束卖以取功名，而作为德的象征的五宝却满溢山河"。我劝你还是回到嵩山旧居，像当年陶渊明那样一边看着庭院中的树木，一边自饮自酌。当那三花树盛开之时，我还可以乘兴过去坐一坐。

送　别

【题解】　此诗所送之人无考。从诗的内容看,当为李白于天宝九载(750)由金陵往寻阳(今江西九江)时所作。

【原诗】　寻阳五溪水①,沿洄直入巫山里。胜境由来人共传,君到南中自称美②。送君别有八月秋,飒飒芦花复益愁。云帆望远不相见,日暮长江空自流。

【注释】　① 寻阳五溪:萧士赟认为是巫峡五溪,即青溪、赤溪、绿萝溪、沧茫溪、姜诗溪,原因是"盖谓别者由寻阳上五溪而入巫山也"。　② 南中:古地名,相当今云南、贵州及四川西南部。

【译文】　从寻阳五溪出发,曲折向上便到达巫峡。长江三峡的胜景为人所共知,而再向上到达南中一带,那里的幽美会使你惊讶。送别时正当八月中秋,风吹着江岸的芦花更使人添愁。当你的船帆消逝在天际云中时,只有这长江水在苍茫的暮色中不停奔流。

送族弟绾从军安西

【题解】　绾,一作"琯"。按李琯,据《新唐书·宰相世系表》曾任吏部郎中,出于陇西李氏姑臧房。安西,唐方镇名,辖西域龟兹、疏勒、于阗、焉耆四镇。

【原诗】　汉家兵马乘北风,鼓行而西破犬戎①。尔随汉将出门去,剪虏若草收奇功。君王按剑望边色,旄头已落胡天空②。匈奴系颈数应尽③,明年应入蒲桃宫④。

【注释】 ① 犬戎：古族名，古戎人的一支，曾是周朝的劲敌。此借指西北诸国。 ② 旄头：星宿名，又作髦头，即昂星。古人认为昂宿七星为胡星，即象征胡人、与胡地相应的星宿。 ③ 系颈：擒获，制服。《汉书·贾谊传》："陛下何不试以臣为属国之官以主匈奴？行臣之计，请必系单于之颈而制其命。" ④ 蒲桃宫：汉宫名，在上林苑西，匈奴单于来朝，曾舍于此。此诗借指唐代宫苑。

【译文】 大唐兵马乘风西进，鼓舞士气大破敌军。你今天随将军奔赴前线，杀敌如同剪草必建功勋。我们英明的君主时刻按剑瞭望天象，西部天空的旄头星已暗淡无光，这说明敌人的气数已尽。明年一定会用绳子系住敌人首领的脖颈，将他捉到长安宫中囚禁。

送梁公昌从信安王北征

【题解】 梁昌，生平不详。从他随从信安王北征来看，当为信安王的幕僚。信安王即信安郡王李祎，其北伐奚、契是开元二十年（732）正月之事。此诗为李白于此年正月写于洛阳。

【原诗】 入幕推英选，捐书事远戎。高谈百战术，郁作万夫雄。起舞莲花剑①，行歌明月宫。将飞天地阵，兵出塞垣通②。祖席留丹景③，征麾拂彩虹。旋应献凯入，麟阁伫深功④。

【注释】 ① 莲花剑：古代长剑剑柄首端用玉作井鹿卢形，上刻木作山形，其状如莲花未放时，故称莲花剑。 ② 天地阵：古代阵法。据《六韬·龙韬》所载："日月，星辰，斗杓，一左一右，一向一背，此谓天阵。丘陵水泉，亦有前后左右之利，此谓地阵。" ③ 祖席：饯行的宴席。古代行路之前祭路神叫祖。丹景：即太阳。 ④ 麟阁：即麒麟阁。汉武帝时建，汉宣帝时画十一名功臣像于其上。诗中是借指唐代凌烟阁，据记载，唐太宗时亦"图功臣于凌烟阁"。

【译文】 你作为信安郡王幕府中的精英,现在就要投笔随军远征。席间人们听你高谈各种战术,看来你又将是一个了不起的将领。酒后你手持莲花宝剑翩翩起舞,信安郡王宫邸中激荡着高亢的歌声。即将飞驰战场布下天地阵,出奇兵将敌人的要塞打通。饯行宴席的盛况使夕阳也不舍得落下,出征的战旗飘扬,与彩虹相映。你不久定会凯旋,凌烟阁上将为你画像记功。

送白利从金吾董将军西征

【题解】 白利,生平不详。董将军,名字无考。金吾将军是京城卫戍部队的将领,按《新唐书·百官志》所载,左右金吾卫各设上将军一人、大将军一人、将军二人。宋蜀本题下注:"长安。"此诗当是李白天宝初年在长安时所作。

【原诗】 西羌延国讨①,白起佐军威②。剑决浮云气③,弓弯明月辉。马行边草绿,旌卷曙霜飞。抗手④凛相顾,寒风生铁衣。

【注释】 ① 西羌:汉朝人对羌人的泛称,唐朝又概指吐蕃为西羌,原因如《旧唐书·吐蕃列传》所说:"吐蕃,在长安之西八千里,本汉西羌之地也。"② 白起:战国秦之名将,曾为秦始皇统一天下立下战功。这里借指白利。③"剑决"句:《庄子·说剑》:"天子之剑……上决浮云,下绝地纪,此剑一用,匡诸侯,天下服矣。" ④ 抗手:举手示意。

【译文】 吐蕃将要受到我大唐帝国的征讨,你这白起将军的后代也佐助军威奔赴战场。举起倚天长剑斩断浮在敌人阵地上的妖氛,拉满弓弦如同明月,箭镞闪着凛冽的光芒。战马驰骋在边塞的原野上,旌旗在霜晨中飘扬。当将士们招手相看时,铠甲上吹过阵阵寒风。

送张秀才从军

【题解】 秀才是唐朝人对进士的通称。此诗中的张秀才即至德二载 (757) 李白在寻阳狱所写《送张秀才谒高中丞并序》之张秀才。张秀才名孟熊,生平不详。此诗也为同时所写。

【原诗】 六驳食猛武①,耻从驽马群②。一朝长鸣去,矫若龙行云。壮士怀远略,志存解世纷。周粟犹不顾③,齐珪安肯分④。抱剑辞高堂,将投崔冠军⑤。长策扫河洛,宁亲归汝坟⑥。当令千古后,麟阁著奇勋⑦。

【注释】 ① 驳(bó):传说中的兽名,《尔雅·释畜》:"驳,如马,倨牙,食虎豹。"因《诗经·秦风·晨风》有"隰有六驳"的句子,所以习称六驳。猛武:即猛虎。因唐高祖的父亲名虎,所以唐朝人讳虎。 ② 驽马:劣马。③ "周粟"句:用伯夷、叔齐事。伯夷、叔齐在周武王灭商后,义不食周粟,饿死在首阳山。 ④ "齐珪"句:齐是指战国时的齐国,珪是古代郡守的符信。这句是说鲁仲连帮助齐国攻取聊城,齐王想对他封爵,但他拒绝了。晋代左思《咏史》诗中在歌颂鲁仲连时有"对珪不肯分"的句子。 ⑤ 崔冠军:唐代有冠军大将军一职,崔冠军不详何人。王琦注本为"霍冠军",即汉将霍去病,他曾被封为冠军侯。也有人认为此处借指高适。 ⑥ 宁亲:使父母安宁。汝坟:汝水之滨。坟,大堤。汝水在今河南西部,汝水一带当时正被安禄山军队占据。 ⑦ 麟阁:即麒麟阁。

【译文】 六驳样子像马,但可以吃掉猛虎,它决不肯与那些劣马为伍。一旦它高声鸣叫而去,就如同蛟龙腾云驾雾。自古以来壮士都有远大的谋略,志在将世道的纷乱排除。既有伯夷、叔齐不食周粟的气节,还有那鲁仲连不受封赏的风骨。我所敬仰的张秀才抱剑负书辞别了双亲,去投奔崔将军的队伍。总有一天你会挥动长鞭扫清黄河洛水之间的乱军,再回到汝水之滨孝敬自己的父母。你的美名一定会千古流芳,你一定会以奇功载入凌烟阁的功臣图。

送崔度还吴，度故人礼部员外国辅之子

【题解】 宋蜀本题下注："幽燕。"当为李白在天宝十一载（752）十月游幽燕时送老朋友崔国辅之子崔度归吴而作。崔国辅，吴郡人，曾任应县令、许县令，官至集贤直学士、礼部员外郎。因受近亲王铣牵连，被贬为竟陵郡司马。

【原诗】 幽燕沙雪地，万里尽黄云。朝吹归秋雁，南飞日几群。中有孤凤雏①，哀鸣九天闻。我乃重此鸟，彩章五色分。胡为杂凡禽，鸡鹜轻贱君。举手捧尔足，疾心若火焚。拂羽泪满面，送之吴江濆②。去影忽不见，踌躇日将曛。

【注释】 ① 孤凤雏：借指崔度。 ② 吴江濆（fén）：吴江边。濆，沿河的高地。

【译文】 幽燕大地到处是一片白茫茫的荒沙，放眼万里都在黄云笼罩之下。晨风吹着南飞的雁群，一队又一队地飞向海角天涯。天空中有一只孤飞的凤雏，它的哀叫声好像要把九天震塌。我因此特别看重这只鸟，它美丽的花纹是那样的五彩焕发。到底是什么原因使你和那些凡鸟夹杂，使你遭受那些家鸡和野鸭的欺压？我把你的双足捧在手里，我心里痛苦得真是如同火焚针扎。我抚摸着你的羽毛不禁泪流满面，恨不得立即送你回吴江之滨的家。你还是独自向南飞去了，一直到我再也望不见你的踪影，只有我一个人不知所措地对着满天的晚霞。

送祝八之江东赋得浣纱石

【题解】 祝八，名字、生平不详。江东即江南。浣纱石，传说西施浣纱的地方。遗迹在今浙江绍兴。赋得为一种诗体，起初以摘取古人成句为题叫赋得,后发展到以古人成句命题的联吟。唐代以来亦将即景即物命题之诗也称赋得,此诗即以浣纱石为题。宋蜀本题下注:"峡西。"诗中说"君去西秦适东越",此诗当为李白天宝初年在长安时所作。

【原诗】　西施越溪女,明艳光云海。未入吴王宫殿时,浣纱古石今犹在。桃李新开映古查①,菖蒲犹短出平沙。昔时红粉照流水,今日青苔覆落花。君去西秦适东越,碧山清江几超忽②。若到天涯思故人,浣纱石上窥明月。

【注释】　① 查:即槎,水中浮木。　② 超忽:形容遥远。

【译文】　西施本是越溪农家女子,她的艳丽像彩云和大海。当她未被选入吴王宫殿时在溪边浣纱的那个石头,现在仍然保存了下来。石边盛开的桃李与浸浮在水中的千年古木相映,溪岸沙石上的菖蒲刚刚生出短芽。昔日石下的流水曾每日照见西施的倩影,而今石面的青苔上覆满了落花。你今天就要离开西秦去往浣纱石所在的东越,到那遥远而又山清水秀之地。在那里你要是想念远在天涯的老朋友,就到浣纱石上向那明月致意。

送侯十一

【题解】　宋蜀本题下注:"梁宋。"侯十一,名字、生平不详。此诗当为李白开元末江淮之行经过陈地时所作。

【原诗】　朱亥已击晋,侯嬴尚隐身。时无魏公子,岂贵抱关人①。余亦不火食,游梁同在陈②。空余湛卢剑③,赠尔托交亲④。

【注释】　①"朱亥"四句:此以侯嬴喻侯十一。朱亥、侯嬴、魏公子,见《侠客行》注。　②"余亦"二句:火食,熟食。《庄子·山木》:"孔子围于陈、蔡之间,七日不火食。"陈,古国名,辖今河南东部及安徽一部分。　③ 湛卢剑：古代宝剑名，为越王五把宝剑之一，相传为欧冶子所铸，后被吴王所得，又传于楚。　④交亲：相亲。

【译文】　朱亥击杀晋鄙救赵的事情已过去千年，而你这推荐朱亥的侯嬴还在埋名隐身。当今已没有魏国公子信陵君，谁还会看重侯嬴那样的看守城门之人？我游梁经过陈地和你相遇，孔子当年就是在这里受过七天吃不到熟食的围困。现在我手里只有这把湛卢宝剑，赠与你以表达对你的相敬相亲。

鲁中送二从弟赴举之西京

【题解】　诗题一作《送族弟锽》。宋蜀本题下注："再至鲁中。"此诗当为李白在天宝三载（744）至天宝五载（746）之间，由长安返鲁时的作品。诗中说"舞袖拂秋月，歌筵闻早鸿"，此诗当写于秋天。

【原诗】　鲁客向西笑①，君门若梦中。霜凋逐臣发，日忆明光宫②。复羡二龙去③，才华冠世雄。平衢骋高足，逸翰凌长风④。舞袖拂秋月，歌筵闻早鸿。送君日千里，良会何由同。

【注释】　①向西笑：即西向笑，对京都长安的向往之意。桓谭《新论》："人闻长安乐，则出门西向而笑。"　②明光宫：汉宫名，汉武帝所建。诗中借指唐代宫殿。　③二龙：比喻赴举之二从弟。《世说新语·赏誉》："谢子微见许子将兄弟，曰：'平舆之渊有二龙焉。'"　④逸翰：展翅。

【译文】　虽然寓居东鲁，但是我的心仍然留在京城，连梦中都是当日在君主身边的情景。自从放还回来我的头发已白如霜染，这是因为日日都在思念宫廷。令人羡慕的是你们二位前去应举，真如同两条出渊的蛟龙，何况你俩又有冠绝当世的才情。试场上你们如奔驰在平坦大道上的骏马，又像展翅迎风的鲲鹏。酒后展袖在秋月下起舞，歌舞尽兴又从天边传来阵阵雁鸣。今日欢送你们到千里之外去赴试，不知何日能在这样的盛会中相逢？

奉饯高尊师如贵道士传道箓毕归北海

【题解】　宋蜀本题下注："齐州。"诗当为李白于天宝三载(744)冬,在齐州(今山东济南)紫极宫受高天师如贵道士传道箓后作。北海,郡名,在今山东青州。道箓,又称真箓,凡入道者必受箓。

【原诗】　道隐不可见①,灵书藏洞天②。吾师四万劫③,历世递相传。别杖留青竹④,行歌蹑紫烟。离心无远近,长在玉京悬⑤。

【注释】　①"道隐"句:此句用《老子》"道常无名"及《庄子》"道不可见,见而非也",说明真正的道是深隐难晓的。　②灵书:仙书。《太平御览》引《后圣道君列记》:"刻以紫玉为简,青金为文,龟母按笔,真童拂筵,玉童结编,名之曰灵书。"　③四万劫:劫是佛教名词,指世界毁灭到生成的一个周期。四万劫谓时间的悠久。　④"别杖"句:东汉费长房曾随一仙翁进深山,辞归时,仙翁送他一只竹杖,告诉他:骑上它可以到任何地方。到达后,把它投到葛陂中就可以了。费长房骑竹杖归后,即把它投入葛陂,回头一看,原来是一条龙。　⑤玉京:道教称天帝居住的地方。

【译文】　真道深隐而不可见,灵书秘藏在神仙的洞天。高天师手握真经,这是世世代代经过四万劫的真传。你手中的竹杖应该是当年仙翁送给费长房的仙杖,你边走边歌,脚踏紫烟。今虽相别,我们的心还是在一起的,一起在天上的玉京往还。

金陵送张十一再游东吴

【题解】　张十一,一作"张十",名字、生平不详。宋蜀本题下注:"金陵。"诗为李白天宝六载(747)或八载(749)寓居金陵时所作。

【原诗】　张翰黄花句^①,风流五百年^②。谁人今继作,夫子世称贤。再动游吴棹,还浮入海船。春光白门柳^③,霞色赤城天^④。去国难为别,思归各未旋。空余贾生泪^⑤,相顾共凄然。

【注释】　①"张翰"句:此指晋代诗人张翰所写《杂诗》:"暮春和气应,白日照园林。青条若总翠,黄华如散金。"　②五百年:张翰为西晋人,西晋到唐代天宝年间相距约五百年。　③白门:金陵南门,即六朝时京城建康之宣阳门,习称白门。　④赤城:山名。参见《送王屋山人魏万还王屋》注。　⑤贾生:即汉代贾谊,其被贬为长沙王太傅后,曾写《吊屈原赋》以自伤。

【译文】　张翰曾写过一首咏黄花的杂诗,传诵至今已有五百年。如今谁还能写出这样的好诗呢?只有张先生你的高才真正得到世人的称赞。今天你忽然又萌发再次去往吴地的游兴,就要乘上东航入海的商船。眼前白门的柳色一片嫩绿,当看到赤城山时它正被一天晚霞所染。我们这些寓居他乡之人难于叙述别情,因为思归的愿望都未实现。只有空怀当年贾谊那样无穷的伤感,在这相别之际泪眼相看。

送纪秀才游越

【题解】　纪秀才,名字、生平不详。此诗写作时间、地点无考。

【原诗】　海水不满眼,观涛难称心。即知蓬莱石,却是巨鳌簪^①。送尔游华顶^②,令余发舄吟^③。仙人居射的^④,道士住山阴^⑤。禹穴寻溪入^⑥,云门隔岭深^⑦。绿萝秋月夜,相忆在鸣琴。

【注释】　①"即知"二句:传说东南大海中有巨鳌,用背驮负着蓬莱山,四周千里。　②华顶:华顶峰。参见《送王屋山人魏万还王屋》注。　③舄(xì)吟:庄舄思越之声。参见《赠崔侍御》注。　④射的:山名,在浙江绍兴南,其状如箭靶,山之西部有石室,传为仙人游憩处。　⑤"道士"句:用王羲之书《黄庭经》换鹅事。参见《送贺宾客归越》注。　⑥禹穴：在浙江绍兴之会稽山，传为禹葬身之所，一说为禹藏书之处。　⑦云门：山名，在浙江绍兴南，亦名东山，山中有云门寺。

【译文】　连大海都不放在眼里的人，观看江涛更难称他的心愿。这正像那横亘在东海中的蓬莱山，只不过是巨鳌背上的一支玉簪。今日送你去游越中的华顶峰，也引发我对越中山水的思念。山阴有用鹅向王羲之换字的道士，射的山石洞中住着过往的神仙。顺溪可以寻到禹王藏书的禹穴，云门寺深掩在云门山间。在那秋月映照的绿萝下面，你一定会把对老朋友的相思相忆寄托在琴弦。

送长沙陈太守二首

【题解】　长沙，唐代郡名，在今湖南长沙。陈太守，名字、生平不详。从此诗的内容看，陈太守当为在朝廷新领长沙太守任而赴职，故此诗为李白天宝初在长安时的作品。

其　一

【原诗】　长沙陈太守，逸气凌青松。英主赐五马①，本是天池龙②。湘水回九曲③，衡山望五峰④。荣君按节去⑤，不及远相从。

【注释】　①五马：太守的代称。　②天池龙：喻马，又转指陈太守。庾信《春赋》：“马是天池之龙种。”　③“湘水”句：《水经注·湘水》：“衡山东南二面，临映湘川，自长沙至此，江湘七百里中，有九向九背。故渔者歌曰：‘帆随湘转，望衡九面。’”　④“衡山”句：衡山五峰指紫盖、天柱、芙蓉、石廪、祝融五峰。　⑤按节：按住缰绳，使马慢行中节。《史记·司马相如列传》：“案节未舒。”司马贞《索隐》引郭璞曰：“言顿辔也。”司马彪云：“案辔徐行得节，故曰案节。”

【译文】 长沙太守陈先生,志气高洁超过青松。英明的君主赐给你太守的高位,驾车的五马是天池的龙种。湘水曲折流九重,重重都能望见衡山的五峰。我羡慕你按住车马缓行而去,可惜不能随你赴任远行。

其　二

【原诗】 七郡长沙国①,南连湘水滨。定王垂舞袖,地窄不回身②。莫小二千石③,当安远俗人。洞庭乡路远,遥羡锦衣春④。

【注释】 ① 长沙国:汉代诸侯国,其辖地相当唐代潭州中都督府,共辖七郡,即潭州长沙郡、衡州衡阳郡、郴州桂阳郡、永州零陵郡、连州连山郡、道州江华郡、邵州邵阳郡。　②“定王”二句:定王即汉长沙定王。据《汉书·长沙定王传》载:“长沙定王发,母唐姬,故程姬侍者……以其母微无宠,故王卑湿贫国。”应劭注:“景帝后二年,诸王来朝,有诏更前称寿歌舞,定王但张袖小举手,左右笑其拙。上怪问之,臣曰:‘臣国小地狭,不足回旋。’帝乃以武陵、零陵、桂阳益焉。”　③ 二千石:汉代太守俸禄为二千石,后世便以二千石代指太守。　④ 锦衣:朝廷命服。《诗经·秦风·终南》:“君子至止,锦衣狐裘”。毛传:“锦衣,采色也。狐裘,朝廷之服。”

【译文】 湖南七郡本为汉代的长沙国,南方的边界便是湘水之滨。当初长沙定王在汉景帝面前不能伸展舞袖,就是因为长沙国地小不足回身。你还是不要小看长沙太守这个职位,要安于做一个远在他乡之人。我的心中并不是看重洞庭的遥远,而是羡慕你这锦衣的朝廷命臣。

送杨燕之东鲁

【题解】 此诗为李白天宝六载(747)寓居金陵时的作品。从诗中看,杨燕是汉代杨震的后裔,世居华阴。杨燕前往东鲁,引起李白对居于鲁门东的子女的思念。

【原诗】 关西杨伯起①,汉日旧称贤。四代五公族②,清风播人天。夫子华阴居,开门对玉莲③。何事历衡霍④,云帆今始还。君坐稍解颜,为君歌此篇。我固侯门士,谬登圣主筵。一辞金华殿⑤,蹭蹬长江边⑥。二子鲁门东⑦,别来已经年。因君此中去,不觉泪如泉。

【注释】 ①"关西"句:关西,俗指函谷关以西。杨伯起,即杨震,东汉弘农华阴(今属陕西)人,人称"关西孔子杨伯起"。 ②"四代"句:杨震曾为司徒、太尉,其子杨秉曾为太尉,杨秉子杨赐曾为司空、司徒,杨赐子杨彪曾为司空、司徒、太尉,所以称"四代五公族"。五公为太傅、太尉、司徒、司空、大将军,此为泛指。 ③玉莲:华山玉女峰、莲花峰,代指华山。 ④衡霍:即衡山。 ⑤金华殿:汉代宫殿名,此借指唐代朝廷。 ⑥蹭蹬(cèng dèng):潦倒失意的样子。 ⑦二子:指李白的女儿平阳与儿子伯禽。

【译文】 你的祖先杨伯起,在汉代有"关西孔夫子"之称。四代人曾将汉代的五公高位做遍,高洁的风范人间闻名。杨先生你世代居住在华阴,开门就能见到西岳华山的美景。又是为了什么要去游历南岳衡山?今天返程经过这六朝古都金陵。在席间稍放轻松,请听我向你诉一诉衷情。我曾为奔走公卿间的文士,偶然被天子看中,成为宫廷的侍从。一旦辞朝出来,就在长江边沦为如此处境。我与两个儿女已经分别一年,他们还独自居住在鲁门之东。因为你要路经那里代我慰问他们,我激动得不禁泪如泉涌。

送蔡山人

【题解】 蔡山人,名字不详,高适集中也有《送蔡山人》一诗,所赠当为同一人。从内容看,诗当为天宝三、四载间李白初出朝时所作。

【原诗】 我本不弃世,世人自弃我。一乘无倪舟①,八极纵远舵②。燕客期跃马,唐生安敢讥③。采珠勿惊龙,大道可暗归④。故山有松月,迟尔玩清晖⑤。

【注释】 ① 无倪:无边际。 ② 八极:最边远之处。《淮南子·地形训》:"八纮之外,乃有八极。" ③ "燕客"句:此以战国时代的燕国人蔡泽借指蔡山人,言其日后当富贵无比。《史记·蔡泽列传》上说,蔡泽遍干诸侯而不被所用,于是请唐举给他相面。唐举说:先生蝎鼻、巨肩、高额、蹙齃,两膝弯曲。我听说圣人不入相,恐怕就是先生这样的人。蔡泽知道这是唐举和他开玩笑,就又问他:富贵我所自有,我所不知道的是寿命,请您告诉我。唐举说:先生的寿命,从今往后四十三年。蔡泽笑谢而去,后来做了秦国之相。 ④ "采珠"二句:用《庄子》中的寓言劝蔡山人在求仕上不要躁进,要顺道而得。《庄子·列御寇》中说,有一个人觐见宋王,宋王赐给他车十乘,他向庄子炫耀。庄子说:河滨有一家穷人靠织苇席而生活,其子潜于水中,得到一枚价值千金之宝珠。其父对其子说,拿石头来把宝珠砸碎。价值千金之宝珠,必在九重深渊的骊龙颔下,你能得此珠,必然是遇到它熟睡的时刻,如果当时骊龙醒来,你的命早就没了。而宋国之深,不止九重渊;宋王的凶猛,不止一条骊龙。你能得到车,必然是在他深睡之时,假使宋王醒来,你早粉身碎骨了。 ⑤ 迟:等待。

【译文】 我本没有抛弃世人,而是世人抛弃了我。一旦乘上没有止境的航船,就会放开驶向那遥远的八极的船舵。当年燕人蔡泽曾向人占卜前程,那已看出其必将富贵的唐举怎敢轻易评说?采集宝珠千万不可将骊龙惊醒,人生的规律是一切需在自然中获得。故乡松间的明月是多么诱人,等待着你在其清辉下对酌。

送萧三十一之鲁中兼问稚子伯禽

【题解】 萧三十一,名字、生平不详。此诗为李白在天宝八载(749)所写。

【原诗】 六月南风吹白沙,吴牛喘月气成霞①。水国郁蒸不可处,时炎道远无行车。夫子如何涉江路,云帆袅袅金陵去②。高堂倚门望伯鱼③,鲁中正是趋庭处④。我家寄在沙丘旁⑤,三年不归空断肠。君行既识伯禽子,应驾小车骑白羊⑥。

【注释】 ①吴牛喘月:形容天气炎热。参见《丁都护歌》注。 ②金陵去:离开金陵。 ③高堂:谓父母。倚门:倚门而望,言父母期望子女归来之迫切心情。《战国策·齐策》载王孙贾年十五,去闵王处做侍臣。其母说:你朝出而晚来,则吾倚门而望;你暮出而不还,则吾倚闾而望。伯鱼:孔子的儿子,这里借指萧三十一。 ④趋庭:指父亲的教导。《论语·季氏》中孔子"尝独立,鲤趋而过庭,曰:'学诗乎?'对曰:'未也。''不学诗,无以言。'鲤退而学诗"。 ⑤沙丘:在今山东济宁兖州区。 ⑥"应驾"句:《世说新语·容止》刘孝标注引《卫玠别传》说,卫玠七八岁时,曾乘白羊车于洛阳市上。此句说伯禽已能够做乘白羊车的游戏。

【译文】 六月的南风吹着水边的白沙,吴牛热得见月而喘,湿气在烈日下变成彩霞。水乡闷热得实在难以居住,天热路长不见车马。不知萧先生你是如何踏上江船,袅袅云帆就要从金陵出发。高堂老母倚门把你切望,鲁中还有严父在家。我的家就寄住在沙丘附近,离家已经三年,想起儿女就心如刀扎。你这次去沙丘我家,一眼就会认出我的儿子伯禽,他一定在那驾着羊车玩耍。

送杨山人归嵩山

【题解】 杨山人,名字、生平不详,李白还有《驾去温泉宫后赠杨山人》一诗,高适集中也有《送杨山人归嵩阳》诗,所赠当为同一人。此诗一般认为是李白天宝初年在长安时的作品。

【原诗】 我有万古宅,嵩阳玉女峰①。长留一片月,挂在东溪松。尔去掇仙草,菖蒲花紫茸②。岁晚或相访,青天骑白龙③。

【注释】　①玉女峰:嵩山支脉太室山二十四峰之一,因峰北有石如女,故名。　②"菖蒲"句:葛洪《抱朴子·仙药》:"韩终服菖蒲十三年,身生毛,日视书万言,皆诵之,冬袒不寒。又菖蒲生须得石上,一寸九节已上,紫花者尤善也。"紫茸,即紫花。此二句一作"君行到此峰,餐霞驻衰容"。③"青天"句:用东汉瞿武故事。据《广博物志》载,瞿武七岁便不再吃粮食,专服黄精紫芝,入峨眉山修道,由天竺真人授以仙诀,乘白龙而去。

【译文】　我有万古不坏的仙宅,那就是嵩山之阳的玉女峰。那挂在东溪松间的一轮明月,一直留在我的心中。杨先生你又要去那里采集仙草,去餐食紫花的菖蒲保持青春的面容。年底时我将到嵩山之阳拜访你,那时你可能在青天上乘着白龙来相迎。

送殷淑三首

【题解】　殷淑,李白友人。此诗安旗《李白全集编年注释》定在上元二年(761),当时李白正游金陵,并往来于宣城、历阳二郡间。

其 一

【原诗】　海水不可解,连江夜为潮。俄然浦屿阔①,岸去酒船遥。惜别耐取醉②,鸣榔且长谣③。天明尔当去,应有便风飘。

【注释】　①浦:水边。　②耐取醉:值得一醉。　③鸣榔:渔人敲击船头铁器以惊鱼。

【译文】　海水不停涌来,到夜晚与江水一起成为大潮狂涌。瞬间将江岸岛屿吞没,江面豁然空阔,载酒的小舟已向江心漂行。在这依依惜别之际一醉方休,敲打起渔人的鸣榔来伴我的歌声。天亮时你就要离去,祝你一路顺风。

其 二

【原诗】 白鹭洲前月①,天明送客回。青龙山后日②,早出海云来。流水无情去,征帆逐吹开。相看不忍别,更进手中杯。

【注释】 ① 白鹭洲:古代长江中的沙洲,唐时在金陵西南,遗址在今江苏南京水西门外。 ② 青龙山:在今江苏南京东南。

【译文】 白鹭洲前的明月因为送客而更加光洁,直到天明还在空中留连徘徊。从青龙山后升起的一轮红日,又早早地从海云中跳跃出来。江水无情地向东流去,行人的征帆已在风中张开。主客相看不忍相别,请再喝一杯酒,浇一浇愁怀。

其 三

【原诗】 痛饮龙筇下①,灯青月复寒。醉歌惊白鹭,半夜起沙滩。

【注释】 ① 龙筇(qióng):江边土堆名,今已不详所在。

【译文】 我们在龙筇下痛饮,船上的青灯相伴月色凄楚。醉时高歌一曲划破夜空,惊起睡在沙滩上的白鹭。

送岑征君归鸣皋山

【题解】 此诗与《鸣皋歌送岑征君》为同时所作,参看其诗题解。

【原诗】 岑公相门子①,雅望归安石②。奕世皆夔龙③,中台竟三拆④。至人达机兆⑤,高揖九州伯⑥。奈何天地间,而作隐沦客。贵道皆全真⑦,潜辉卧幽邻⑧。探元入窅默⑨,观化游无垠。光武有天下,严陵为故人。虽登洛阳殿,不屈巢由身⑩。余亦谢明主,今称偃蹇臣⑪。登高览万古,思与广成邻⑫。蹈海宁受赏⑬,还山非问津。西来一摇扇,共拂元规尘⑭。

【注释】 ①"岑公"句:此句是说岑征君为贞观时中书令岑文本的后代。岑文本贞观时官中书令,封江陵县子。其侄岑长倩永淳时官至兵部侍郎、同中书门下平章事,垂拱中拜文昌右相,封邓国公。其孙岑羲官至右散骑常侍、同中书门下三品,景云间进侍中,封南阳公。 ②安石:指晋代谢安。《晋书·谢安传》:"安虽处衡门……自然有公辅之望。" ③奕世:累世。夔(kuí)、龙:舜时两位大臣,夔为乐官,龙为谏官。 ④中台:又称中阶,古代用三台星宿借指相位。 ⑤机兆:事机的征兆。 ⑥"高揖"句:用尧时许由事,尧曾封许由为九州长,他辞让不就。揖,辞让。九州伯,九州首长。 ⑦全真:保全真性。 ⑧邻:一作"鳞"。 ⑨探元:即探玄,探索玄微之道。窅(yǎo)默:形容深远玄奥。《庄子·在宥》:"至道之精,窈窈冥冥;至道之极,昏昏默默。" ⑩"光武"四句:言东汉光武帝与严光事,参见《箜篌谣》注。 ⑪偃蹇:傲世超俗。 ⑫广成:即广成子,仙人名。⑬蹈海:言鲁仲连事,详见《古风五十九首》其七注。 ⑭元规:晋代庾亮字元规。《晋书·王导传》说庾亮虽然在外镇,但仍执掌朝廷大权,既居上位,又拥有强大军队,所以朝廷内多数都趋附他。唯有王导不服,常常在西风吹起尘土时,举扇自蔽,说:元规尘污人。

【译文】 岑公是相门之后,又像晋代谢安那样有雅望,深得人心。家族中人历代都是夔、龙一样的国家栋梁,担任宰相的就有三人。至贤至圣之人能预见事机,帝尧时许由曾辞谢九州长的重任。为何在如此广阔的天地之间,却偏偏要高卧隐沦? 这是因为尊重道才能保持全真,蛟龙为了不露真相而在九渊中潜隐。探索道的玄微必须深入窅默,观察自然的变化才能畅游于无垠之门。汉光武取得天下时,严子陵和他交往最深。即使汉光武登上洛阳宝殿,严子陵也不肯改变巢由一样的隐逸之身。我也曾辞谢当今英明君主的器重,也可称为当代的傲世高洁之臣。我登高俯览千古,还是思慕与广成子这样的仙人接近。鲁仲连连排忧解难岂为受赏?陶渊明辞官归隐并非把世外桃源追寻。岑公西来本为摇起王导的羽扇,一起拂去庾亮污人的灰尘。

送范山人归泰山

【题解】 范山人,李白在东鲁时的友人,名字、生平不详。李白诗中有《寻鲁城北范居士失道落苍耳中见范置酒摘苍耳作》之范居士,杜甫诗中有《与李十二白同寻范十隐居》之范十,与此范山人可能同为一人。此诗为李白辞朝归东鲁时所作。

【原诗】 鲁客抱白鸡①,别余往泰山。初行若片雪,杳在青崖间。高高至天门②,海日近可攀③。云山望不及,此去何时还。

【注释】 ① 抱白鸡:《抱朴子·仙药》:"欲求芝草,入名山……带灵宝符,牵白犬,抱白鸡,以白盐一斗及开山符檄,著大石上,执虞唐草一把以入山。山神喜,必得芝也。" ② 天门:指泰山的南天门。 ③ "海日"句:海日,一作"日观"。日观即日观峰,泰山峰名。

【译文】 东鲁范山人抱着求仙的愿望,告别我又要回到泰山。入山群岩如片雪,山路杳在青崖间。高上南天门,海上之日近如可攀。多少云山望而不及,此去不知何时回还?

送韩侍御之广德

【题解】 韩侍御,即韩云卿,曾任监察御史、礼部郎中,为中唐诗人韩愈的叔父。广德为东汉时所置县,隋废,唐至德二载(757)改绥安县重置。

李白另有《金陵听韩侍御吹笛》一诗,与此诗同为上元间在金陵所作。

【原诗】　昔日绣衣何足荣①,今宵贳酒与君倾②。暂就东山赊月色,酣歌一夜送泉明③。

【注释】　① 绣衣:侍御史的代称。汉代曾设绣衣直指一职,本由侍御史充任,故又称绣衣御史,后世于是用绣衣代指侍御史。　② 贳(shì):赊欠。③ 泉明:即渊明,指陶渊明。唐人避唐高祖李渊讳,改渊为泉。此句以陶渊明借指韩云卿。

【译文】　昔日的绣衣御史有什么值得荣耀? 看我赊酒与你共度今宵。再向东山暂借些月色,高歌一夜欢送当代陶渊明赴任远道。

白云歌送友人

【题解】　此诗与《白云歌送刘十六归山》字句基本相同,当为同一首诗分写两处。注译从略。

【原诗】　楚山秦山多白云,白云处处长随君。君今还入楚山里,云亦随君渡湘水。水上女萝衣白云,早卧早行君早起。

送通禅师还南陵隐静寺

【题解】　通禅师,生平不详。南陵,唐县名,在今安徽芜湖繁昌。隐静寺,旧址在今芜湖五华山中。寺为杯渡禅师建,旧称为“江东第二禅林”。

【原诗】　我闻隐静寺,山水多奇踪。岩种朗公橘①,门深杯渡松②。

道人制猛虎③,振锡还孤峰④。他日南陵下,相期谷口逢⑤。

【注释】　①朗公:晋代禅师。据萧士赟《分类补注李太白诗》注引《冥祥记》:"沙门康法朗,晋永嘉人也。"　②杯渡:南朝刘宋时禅师。据《法苑珠林》载,其可乘大木杯渡水,故名。　③"道人"句:唐时将僧人亦称作道人。据《法苑珠林》载,晋代高阳僧人竺法兰夜间坐禅时,虎入其室,蹲在其座前,竺法兰用手抚摩虎顶,虎奋耳而伏,数日乃去。　④振锡:拄着锡杖。⑤谷口:此指山谷之口。

【译文】　我久闻隐静寺的盛名,那里有很多古迹名胜。山间有朗公亲自种植的橘树,寺前有杯渡禅师手栽的古松。听说那里的僧人还能用禅念伏虎,你今天又要手持锡杖回到山中。他日我到南陵相访,我们约定在谷口相逢。

送友人

【题解】　安旗《李白全诗编年注释》认为此诗:"诗题疑为后人妄加。细玩诗意,似非送友人,应是别友人,其赋别之地当在南阳。"并将此诗创作时间定为开元二十六年(738)。

【原诗】　青山横北郭,白水绕东城。此地一为别,孤蓬万里征。浮云游子意,落日故人情。挥手自兹去,萧萧班马鸣①。

【注释】　①班马:离群之马。《左传·襄公十八年》:"有班马之声,齐师其遁。"杜预注:"班,别也。"后世引申为分离之马。

【译文】　青山横亘城北,白水流过东城。我们就要在此分别,一去万里,将要登上孤独的行程。那飘忽不定的浮云正是游子的心境,而依依不肯落下的夕阳蕴含老朋友的眷恋之情。此刻挥手离去,我耳边只听到离群之马的哀鸣。

送　别

【题解】　此诗又见于岑参集中，题为《送杨子》，当为岑参诗误收李白集中者。故只存原诗，不加注译。

【原诗】　斗酒渭城边，垆头醉不眠。梨花千树雪，杨叶万条烟。惜别倾壶醑，临分赠马鞭。看君颍上去，新月到家圆。

江上送女道士褚三清游南岳

【题解】　女道士褚三清，生平不详。南岳即衡山。

【原诗】　吴江女道士，头戴莲花巾。霓衣不湿雨，特异阳台神①。足下远游履，凌波生素尘②。寻仙向南岳，应见魏夫人③。

【注释】　①阳台神：指巫山神女。宋玉《高唐赋》："妾，巫山之女也……旦为朝云，暮为行雨。朝朝暮暮，阳台之下。"　②"凌波"句：谓褚三清步履轻盈。曹植《洛神赋》："凌波微步，罗袜生尘。"　③魏夫人：晋代仙人。据《太平广记》引《集仙录》说，魏夫人为晋司徒剧阳文康公舒之女，名华存，字实安。成仙后领上真司命南岳夫人。

【译文】　吴江有这样一个女道士，她头戴道冠莲花巾。身穿霓裳羽衣不招惹云雨，这不同于巫山女神。脚穿道家的远游履，微步轻盈不起风尘。今天又将去南岳寻访神仙的踪迹，一定会遇上司命南岳的真仙魏夫人。

送友人入蜀

【题解】 此送友人入蜀之处在秦地,诗当为李白天宝初在长安时所作。

【原诗】 见说蚕丛路①,崎岖不易行。山从人面起,云傍马头生。芳树笼秦栈②,春流绕蜀城③。升沉应已定,不必访君平④。

【注释】 ① 蚕丛:传说中的蜀先王。详见《蜀道难》注。 ② 秦栈:古代用木柱架筑的山路,叫作栈道。以其为由秦入蜀之道,所以叫秦栈。③ 蜀城:指成都。 ④ 君平:严君平。汉代卜者,曾卜筮于成都市。

【译文】 我早就听人说过蜀道的艰难,它崎岖危险不易登攀。山道上云雾涌来直扑马头,峰岩陡立贴着人面。现在蜀城已被春水环绕,由秦入蜀的古栈道上正是春花烂漫。你的仕途浮沉既已确定,到成都后就没有必要请严君平那样的卜人占卜推断。

送赵云卿

【题解】 此篇与《赠钱征君少阳》相重,为宋人编李白诗集时失检。此处只录原诗,不作译注。

【原诗】 白玉一杯酒,绿杨三月时。春风余几日,两鬓各成丝。秉烛唯须饮,投竿也未迟。如逢渭川猎,犹可帝王师。

送李青归华阳川

【题解】 华阳川,即古华阳薮,在古华阳之地,今陕西商洛一带。李青,生平不详。

【原诗】 伯阳仙家子^①，容色如青春。日月秘灵洞，云霞辞世人。化心养精魄，隐几窅天真^②。莫作千年别，归来城郭新^③。

【注释】 ① 伯阳：老子姓李，名耳，字伯阳。此处借指李青。 ② 隐几：凭坐在几凳上。隐，凭。几，坐凳。《庄子·齐物论》："南郭子綦隐几而坐。" ③ "莫作"二句：用丁令威事。据《搜神记》载，丁令威本为辽东人，学道于灵虚山。后来化成一只鹤飞回辽东，落在城门华表柱上，有一少年举弓要射这只鹤，鹤于是飞在空中徘徊，说道："有鸟有鸟丁令威，去家千年今始归。城郭如故人民非，何不学仙冢垒垒。"说完冲向云霄而去。

【译文】 当代的伯阳本来就是仙子，你的容貌一直保持着青春。在幽深的山洞中度过了日日月月，与云霞相伴远离了世人。改变心性涵养精神魂魄，凭几静坐中深藏着一片天真。你千万不要像丁令威那样化鹤归来，千年后的世道城郭又已更新。

送舍弟

【题解】 题中舍弟当为从弟，现在并无李白有胞弟的材料，诗中所用谢灵运写诗典故也说明此诗是写给从弟的。但此从弟究竟指谁，已无可查考。

【原诗】 吾家白额驹^①，远别临东道。他日相思一梦君，应得池塘生春草^②。

【注释】 ① 白额驹：此句用李暠借指其弟。《晋书·李玄盛传》载，李暠字玄盛，为汉前将军李广十六世孙。一次太史令郭黁与李玄盛及其胞弟李宗繇同宿，郭黁对李宗繇说："君当位极人臣，李君有国土之分，家有骓草马生白额驹，此其时也。"后来李玄盛被推为敦煌太守，而犹豫不敢就任，李宗繇对李玄盛说:"兄忘郭黁之言耶? 白额驹今已生矣。"李玄盛于是就任敦煌太守。　②据《南史·谢灵运传》记载:谢灵运十分赏识其族弟谢惠连的文才,每见到他就能得佳句。其在永嘉西堂写《登池上楼》时,竟日不就,忽然梦见谢惠连,于是写出"池塘生春草"这一千古名句。

【译文】　今天和我家的白额驹相别,你就要朝着东去的大道奔向远方。什么时候我写出"池塘生春草"那样的佳句,一定是梦见你又在我的身旁。

送　别

【题解】　此诗写作时间和所送何人,已无从考证。诗题后注:"得书字。"意谓当时几人联吟,李白分得"书"字韵而写成此诗。

【原诗】　水色南天远,舟行若在虚。迁人发佳兴,吾子访闲居。日落看归鸟,潭澄怜跃鱼。圣朝思贾谊,应降紫泥书①。

【注释】　① 紫泥书:即诏书。

【译文】　远望南方的天际,水色与天光连在一起,水中的舟船也如同行驶在虚幻之中。先生来拜访我这闲居江湖之人,因为一个迁客忽发游览山水的佳兴。在这日落之际我们目送归鸟飞去,又欣喜地看到跃出水面的鱼儿,赞叹这潭水的清澄。总有一天当今天子会像汉天子想起贾谊一样,用紫泥诏书召你回朝廷。

送鞠十少府

【题解】　鞠十少府,名字、生平不详。清人黄锡珪《李太白年谱》一书所附《李太白编年诗集目录》定此诗为天宝五载(746)六月,"白在淮阴作"。

【原诗】　试发清秋兴,因为吴会吟①。碧云敛海色,流水折江心。我有延陵剑②,君无陆贾金③。艰难此为别,惆怅一何深。

【注释】　①吴会:指会稽(今浙江绍兴)一带。因东汉时将会稽郡分为吴与会稽两郡,后人合称这一带为吴会。　②延陵剑:延陵,即春秋时吴公子季札。此用季札挂剑徐君墓树之典。详见《陈情赠友人》。　③陆贾金:陆贾,汉朝人,《汉书》记载,陆贾有五个儿子,其卖掉出使越地的行装,得千金,每个儿子分给二百金,作为谋生的本钱。

【译文】　你的吴会之行,忽然引发我清秋时节的诗兴。碧云聚集了海水的色彩,激荡的流水在江心回荡涌腾。你此行并没有像陆贾那样有千金留给子女,而我徒有延陵季子赠剑给徐君的真情。我们相别在这彼此潦倒之际,失落的心情是多么沉重!

送张秀才谒高中丞并序

【题解】　张秀才即此诗序中所说的张孟熊。高中丞即高适,当时为扬州大都督府长史、淮南节度使。宋蜀本题下注:"寻阳。"诗当为至德二载(757)李白在寻阳狱中所作。

【原序】　余时系寻阳狱中,正读《留侯传》①。秀才张孟熊蕴灭胡之策②,将之广陵谒高中丞③。余喜子房之风④,感激于斯人,因作是诗以送之。

【原诗】　秦帝沦玉镜⑤,留侯降氛氲⑥。感激黄石老⑦,经过沧海君。壮士挥金槌⑧,报仇六国闻。智勇冠终古,萧陈难与群⑨。两龙争斗时⑩,天地动风云。酒酣舞长剑,仓卒解汉纷⑪。宇宙初倒悬,鸿沟势将分⑫。英谋信奇绝,夫子扬清芬⑬。胡月入紫微⑭,三光乱天文⑮。高公镇淮海,谈笑却妖氛⑯。采尔幕中画⑰,戡难光殊勋⑱。我无燕霜感^⑲,玉石俱烧焚。但洒一行泪,临歧竟何云。

【注释】 ①《留侯传》:指《史记·留侯世家》,留侯即张良,他帮助刘邦建立汉朝后,被封为留侯。 ②蕴灭胡之策:胸怀平定安史之乱的大略。 ③广陵:即扬州,高中丞指高适,因其兼任御史中丞,所以称高中丞。 ④子房:即张良,其字子房。 ⑤玉镜:比喻清明的政治。《尚书·帝命验》:"桀失五镜,用其噬虎。"郑康成:"玉镜,谓清明之道。"此句一作"六雄灭金虎"。 ⑥降氛氲:给汉朝带来强盛。氛氲,盛貌。 ⑦黄石老:张良刺杀秦始皇未成,逃匿下邳,在桥上遇一老人,授其《太公兵法》,并说:十三年后你来见我,济北谷城山下黄石就是我。 ⑧"经过"二句:张良本为韩国丞相的后代,少年时为报秦灭韩之仇,东见沧海君,得到一个大力士,能使用一百二十斤重的铁椎。秦始皇东巡,张良与大力士狙击秦始皇于博浪沙(今河南原阳境内),误中副车而未成。秦始皇大怒,下令全国通缉张良。金椎,《水经注》记载张良刺秦王用金椎。 ⑨萧、陈:指萧何、陈平,皆为辅佐刘邦建立汉朝的功臣,并都担任过丞相。 ⑩两龙争斗:指刘邦与项羽争夺天下。 ⑩"酒酣"二句:指张良设计使刘邦摆脱在鸿门宴上被刺杀的危险。"舞长剑"言项庄在鸿门宴上拔剑起舞,意在刺刘邦事。 ⑫鸿沟:古运河名,刘邦与项羽争天下时楚汉两军的分界,旧址在今河南荥阳。 ⑬清芬:高尚的德行。陆机《文赋》:"咏世德之骏烈,诵先人之清芬。" ⑭"胡月"句:胡月,指安史叛军。紫微,星宿名,即紫微垣,其象征帝王,此借指唐玄宗代表的唐廷。 ⑮三光:指日、月、星。 ⑯却妖氛:扫除妖氛,指平定安史之乱。 ⑰幕中画:军幕中的长策。画,通"划",谋划。 ⑱戡(kān)难:铲除战乱。 ⑲燕霜感:指燕地降霜的感应。据《太平御览》记载,邹衍为燕国所用,上天为之降霜。

【译文】 秦始皇丧失了政治上的明镜,而张良则给天下带来新生的希望。他曾受黄石老人传授平定天下的策略,还得到过沧海君的帮忙。他招来壮士用金椎行刺秦皇在博浪沙,这一报仇的举动震惊了天下。他智勇双全自古没有,萧何、陈平也没有他的功劳大。楚汉相争如同两龙相斗,战云一时布满天地之间。在鸿门宴上项庄舞剑对准刘邦,是他的妙计使刘邦仓猝间解脱了危难。如果没有张良,当时就会以鸿沟为界而天下分裂,民众又要遭受宇宙的倒悬。张良确为奇绝之才,而张夫子你又像他那样大勇大贤。当前安禄山率胡兵叛变朝廷,天上日、月、星三光的运行已经紊乱。高公现正坐镇淮海,他指挥平定叛军只在谈笑之间。他也一定会采纳你平叛安民的高策,平定战乱,立功而还。我不能像邹衍一样感动天公降下霜雪,恐怕要在这寻阳狱中玉石俱焚。临别之际我再也没有什么话可讲,只有这一行老泪表达我的心。

寻阳送弟昌岠鄱阳司马作

【题解】 李昌岠,为大郑王李亮六世孙,曾为辰锦观察使。此诗为上元元年(760)李白流放夜郎遇赦返回寻阳时所作。

【原诗】 桑落洲渚连①,沧江无云烟②。寻阳非剡水③,忽见子猷船④。了见欲相近⑤,来迟杳若仙。人乘海上月,帆落湖中天。一睹无二诺,朝欢更胜昨。尔则吾惠连,吾非尔康乐⑥。朱绶白银章⑦,上官佐鄱阳。松门拂中道⑧,石镜回清光。摇扇及干越⑨,水亭风气凉。与尔期此亭,期在秋月满。时过或未来,两乡心已断。吴山对楚岸,彭蠡当中州⑩。相思定如此,有穷尽年愁。

【注释】 ①桑落洲:长江中洲名,在今江西九江东北长江中。 ②沧江:指江水。 ③剡水:即剡溪,在今浙江嵊州。 ④子猷船:言王子猷乘船往剡溪访戴安道事。参见《秋山寄卫尉张卿及王征君》注。 ⑤"了见":一作"飘然"。 ⑥"尔则"二句:拿自己与李昌岠和南朝宋时的谢灵运与谢惠连相比。康乐,即谢灵运。谢惠连幼时聪明有才而轻薄,不被其父谢方明所重视。谢灵运到会稽拜访族叔谢方明时,见到谢惠连,大加赞赏,对族叔谢方明说:阿连如此聪明有才,您不能像对待一般儿童那样对他。 ⑦"朱绶"二句:朱绶,朱色的绶带,借指朱色的衣裳。白银章,即银印。上官,即上任。司马,州太守的辅佐。 ⑧松门:山名,位于鄱阳湖的南北湖分界处。上有石镜,光可照人。　⑨ 干越:据《太平寰宇记》载:干越渡,在江西余干县西南,干越亭在县东南。　⑩ 彭蠡:古泽薮名。在江西彭泽西,即今鄱阳湖一带。

【译文】　桑落洲与江渚相连,江水清清不起波澜。这寻阳江水虽然不是剡溪,却忽然见到了王子猷访问戴安道的游船。眼看就要到我的面前,又迟迟缓缓飘然如神仙。人在船上如同在云海中的月上,白帆又如同从天上降落人间。我们一见面就意气相投,早晨的欢聚更胜过昨晚。我虽然配不上诗人谢灵运,你却是我的谢惠连。你现在穿着朱色朝服,佩带银制官印,来到鄱阳任太守的副官。松门山已为你扫清了道路,山上的石镜也清光照人如水面一般。摇着扇子送你走向干越渡口,干越水亭的凉风清爽扑面。我们相约今后在这里相见,约定为中秋月圆的时间。如果逾期不能相见,我们分处两地就会如同肠断。我们今天对着吴山楚江,对着这彭蠡湖发出誓言。我们的相思之情就像它们,山高水长直到永远。

饯校书叔云

【题解】　李云,生平不详。从诗题看,其官居校书郎。《新唐书·宗室世系表》中有道王李元庆曾孙李云,继承祖爵敷城郡公,但不知与此李云是否为同一人。从诗中"不知忽已老"句看,此诗当为李白晚年所作。

【原诗】　少年费白日,歌笑矜朱颜。不知忽已老,喜见春风还。惜别且为欢,徘徊桃李间。看花饮美酒,听鸟临晴山。向晚竹林寂[①],无人空闭关[②]。

【注释】　① 竹林:此处写景与用典相关。《晋书》记载阮咸与其叔父阮籍共为竹林之游,世称大小阮。此诗中李白自比小阮。　② 闭关:即闭门。江淹《恨赋》:"闭关却扫,塞门不仕。"

【译文】　少年时代不知珍惜时光,日日欢乐夸示朱颜。如今不知不觉已进入老境,但还是喜欢春光来到人间。在此依依惜别之际,且作短暂的欢聚,留连在这桃红柳绿的小园。一边赏花一边饮美酒,面对晴山听着鸟喧。临近日暮竹林中只剩下我们两个,闭门的小园已是沉寂一片。

送王孝廉觐省

【题解】　宋蜀本题下注:"庐江。"王孝廉,名字不详。觐省,即省亲,探视父母。此诗写于上元元年(760),可能是王孝廉由彭蠡附近往苏州探亲,太白送他而写。

【原诗】　彭蠡将天台①,姑苏在日边②。宁亲候海色③,欲动孝廉船。窈窕晴江转,参差远岫连。相思无昼夜,东注似长川。

【注释】　① 将:与。　② 姑苏:即苏州,以其近东海日出之地,故称日边。③ 宁亲:省亲。

【译文】　你的行踪由天台到彭蠡,现在又要到日边的苏州。为了省视父母而临近大海,马上就要启动归舟。晴江曲折,一路看不尽美妙的风景,远山不断,一路上在视野中连绵起伏。再见了,我对你的相思会永远不断,就像这江水,日夜不停地东流。

同吴王送杜秀芝举入京

【题解】　吴王,指李祗,其为李世民三子吴王李恪之孙、张掖郡王李琨之子,袭封吴王。天宝中曾为庐江太守。此诗即天宝七载(748)李白西游霍山,至庐江郡谒太守李祗时所作。杜秀芝,生平不详。李白诗中有《答杜秀才五松山见赠》,此杜秀才或即同一人。

【原诗】　秀才何翩翩,王许回也贤。暂别庐江守①,将游京兆天②。秋山宜落日,秀水出寒烟。欲折一枝桂③,还来雁沼前④。

【注释】　① 庐江:庐江郡,即庐州,今安徽合肥。　② 京兆:此指京城长安。　③ 折桂:喻科举及第。《晋书·郤诜传》:"武帝于东堂会送,问诜曰:'卿自以为何如?'诜对曰:'臣举贤良对策,为天下第一,犹桂林之一枝,昆山之片玉。'"后人遂以折桂代表科举得第。　④ 雁沼:汉孝王园中有雁池,此用来指吴王府宅。

【译文】　杜秀才你风度翩翩,吴王总像赞赏颜回那样称你才高德贤。今天你就要暂时告别庐江太守吴王,为参加科举考试而到京城长安。城外秋山映着落日,秀水笼着寒烟。希望你此去一举折桂,再荣归吴王面前。

洞庭醉后送绛州吕使君杲流澧州

【题解】　宋蜀本题下注:"江夏。"乾元二年(759)秋作于洞庭。当时,李白流放夜郎,遇赦得还,在洞庭遇见流放澧州的吕杲。同为天涯沦落之人,故诗中表达了惜别的感情。绛州,唐属河东道,治所在今山西新绛县。澧(lǐ)州,唐属江南西道,治所在今湖南澧县。吕杲,事迹不详。

【原诗】　昔别若梦中,天涯忽相逢。洞庭破秋月,纵酒开愁容。赠剑刻玉字,延平两蛟龙①。送君不尽意,书及雁回峰②。

【注释】　① 两蛟龙:用晋张华得宝剑事。详见《梁甫吟》注。　② 雁回峰:即回雁峰,衡山七十二峰之一。相传雁飞至此峰而止,遇春北归。或说此峰势如大雁回转,故云回雁峰。

【译文】　昔日的分别如在梦中,如今我们又在天涯偶然相逢。洞庭泛舟冲破一轮秋月,开怀纵酒一解失意愁容。所赠宝剑刻着玉字,分明是延平津的两条蛟龙。今日相送不能尽述我深厚的情意,再追写一封信随你到雁回峰。

与诸公送陈郎将归衡阳并序

【题解】 此诗为上元元年(760)春作于江夏。《文苑英华》和《唐文粹》选录此诗序文,俱题作《春于南浦与诸公送陈郎将归衡岳序》。南浦,在武昌城南。序中说:孔子和周文王都有生非其时的困窘之时,诗人不及圣贤,其遭流放更是在情理之中了。身世令人愁,登高送远又增愁,故诗中表达了临歧惆怅之情。但诗的妙笔在前四句,写衡山俊秀,想象奇异,最见李白飘逸诗风。陈郎将,名字无考。据《新唐书·百官志》,左右十四卫及太子左右率府都有郎将,官五品。衡阳,唐郡名,属江南西道,即衡州,治所在今湖南衡阳。

【原序】 仲尼旅人,文王明夷①。苟非其时,圣贤低眉。况仆之不肖者,而迁逐枯槁,固非其宜。朝心不开,暮发尽白。而登高送远,使人增愁。陈郎将义风凛然,英思逸发。来下曹城之榻②,去邀才子之诗。动清兴于中流,泛素波而径去。诸公仰望不及,连章祖之③。序惭起予,辄冠名贤之首。作者嗤我,乃为抚掌之资乎!

【原诗】 衡山苍苍入紫冥,下看南极老人星④。回飙吹散五峰雪⑤,往往飞花落洞庭。气清岳秀有如此,郎将一家拖金紫⑥。门前食客乱浮云,世人皆比孟尝君⑦。江上送行无白璧,临歧惆怅若为分⑧。

【注释】 ①明夷:《易》卦名。夷,伤之意。太阳沉入地中,其明则伤。喻有德之人遭乱而受贬抑。 ②下榻:东汉陈蕃为太守,特为郡中名士徐稚设一榻,其来则下榻,去则悬起。见《后汉书·徐稚列传》。 ③祖:设帐饯行。 ④老人星:又称南极星,南部天空的星名。古人认为它象征长寿,故又名寿星。此星见,主太平。《史记·天官书》:"狼比地有大星,曰南极老人。老人见,治安;不见,兵起。" ⑤五峰:衡山有七十二峰,祝融、紫盖、云密、石廪、天柱五峰最著名。 ⑥ 金紫：金印和紫绶。陆机《谢平原内史表》："怀金拖紫，退就散辈。" ⑦ 孟尝君：战国时齐公子，好客养士，有食客数千人。详见《史记·孟尝君列传》。 ⑧ 若为：唐人熟语，犹怎能。

【译文】 衡山苍苍插入紫色云空，朝下俯视南极老人星。狂风吹散五峰白雪，常常似飞花飘落洞庭。衡山就是这样气清山秀，所以郎将一家怀金拖紫。门前的食客多如浮云，天下人都把你比作孟尝君。江上送行，可惜我没有白璧相赠，歧路惆怅，怎能忍受分离！

江夏送倩公归汉东 并序

【题解】 此诗并序写于乾元二年（759）李白流放遇赦回江夏之时。江夏，今湖北武汉。汉东，即随州，天宝元年改汉东郡，乾元元年复为随州，治所在今湖北随县。倩公，即李白《汉东紫阳先生碑铭》中提到的贞倩，是随州僧人。序中说：诗人与倩公之游，如晋时谢安与支遁之游。倩公归汉东，诗人心中很忧伤。倩公是继胡紫阳之后汉东的又一杰出人物。他重然诺，轻产业，好贤攻文。诗人和他气味相投，把平生著述尽与倩公。现在诗人已遇赦，希望有一天能与倩公同隐于新松山。

【原序】 昔谢安四十，卧白云于东山；桓公累征，为苍生而一起①。常与支公游赏②，贵而不移。大人君子，神冥契合，正可乃尔。仆与倩公一面，不忝古人。言归汉东，使我心痗③。夫汉东之国，圣人所出④。神农之后，季良为大贤⑤。尔来寂寂，无一物可纪。有唐中兴，始生紫阳先生⑥。先生六十而隐化，若继迹而起者，惟倩公焉。蓄壮志而未就，期老成于他日。且能倾产重诺，好贤攻文。即惠休上人与江、鲍往复⑦，各一时也。仆平生述作，罄其草而授之。思亲遂行，流涕惜别。今圣朝已舍季布⑧，当征贾生⑨。开颜洗目，一见白日。冀相视而笑于新松之山耶⑩？作小诗绝句，以写别意。

【原诗】 路入汉东国⑪,川藏明月辉⑫。宁知丧乱后,更有一珠归。

【注释】 ①"谢安"四句:《世说新语·赏誉》引刘孝标注引《续晋阳秋》:"初,安优游山水,以敷文析理自娱。桓温在西蕃,钦其盛名,讽朝廷请为司马。以世道未夷,志存匡济,年四十,起家应务也。" ②支公:即支遁,字道林,俗姓关。事佛,隐居余杭山,与谢安等游处。 ③瘝(mèi):忧伤。 ④圣人所出:传说神农生于随州。 ⑤季良:《左传》作"季梁",春秋时随国贤者,谏随侯修政务农,楚不敢伐。 ⑥紫阳:即胡紫阳,为著名道士李含光弟子。李白有《汉东紫阳先生碑铭》。 ⑦惠休:南朝梁僧人,俗姓汤,善属文,与江淹、鲍照等交游。 ⑧季布:秦汉时人,为项羽部将。汉立,为刘邦赦免。 ⑨贾生:贾谊,汉文帝时人。贬长沙,后被召回。两句以季布、贾谊自喻流放赦还。 ⑩新松山:当在随州以东。 ⑪路入:一作"彼美"。 ⑫明月:夜明珠名。江汉盛产珍珠,故云。

【译文】 倩公生入汉东,汉东的河中就藏入明月宝珠。谁知道经历战乱,又有一颗珍珠回归随州。

送赵判官赴黔府中丞叔幕

【题解】 这首诗当写于天宝十三载(754),送别之地在金陵。黔府,即黔州,为下都督府,管十五州,奄有今贵州、湖北南部和湖南西部地。黔府中丞,即赵国珍。天宝中任黔府都督,中丞是其兼衔。赵判官,名字不详。诗中反映了李白离开长安后困顿的生活,以及离开险恶世事、作东山之隐的决心。

【原诗】 廓落青云心①,结交黄金尽。富贵翻相忘②,令人忽自哂。蹭蹬鬓毛斑③,盛时难再还。巨源咄石生④,何事马蹄间。绿萝长不厌,却欲还东山⑤。君为鲁曾子⑥,拜揖高堂里。叔继赵平原⑦,偏承明主恩。风霜推独坐⑧,旌节镇雄藩⑨。虎士秉金钺⑩,蛾眉开玉樽。

才高幕下去,义重林中言⑪。水宿五溪月⑫,霜啼三峡猿。东风春草绿,江上候归轩⑬。

【注释】　① 廓落:孤寂貌。　② 翻:反而。　③ 蹭蹬(cèng dèng):困顿失意。　④ 巨源:魏末晋初人山涛,字巨源。据《晋书·山涛传》:曹魏末,太傅司马懿与大将军曹爽争权。涛与石鉴共宿,夜起蹴鉴曰:“今为何等时而眠邪!知太傅卧何意?”鉴曰:“宰相三不朝,与尺一令归第,卿何虑也?”涛曰:“咄!石生无事马蹄间邪!”投传而去。未二年,司马懿果诛曹爽及其党羽。　⑤ 东山:东晋名臣谢安早年曾隐居会稽东山。经朝廷屡次征聘,方从东山出,官至司徒要职。但隐居东山的思想始终不渝,每每形于言色。　⑥ 曾子:孔子的弟子曾参,以能尽孝道著名。　⑦ 赵平原:战国时赵公子平原君赵胜。喜宾客,宾客至数千人。见《史记·平原君列传》。　⑧ 独坐:专席而坐。《后汉书·宣秉列传》:“光武特诏御史中丞与司隶校尉、尚书令会同并专席而坐,故京师号曰‘三独坐’。”　⑨ 旌节:旌与节。唐制,节度使赐双旌双节,旌以专赏,节以专杀。《旧唐书·职官志》:“天宝中,缘边御戎之地,置八节度使。受命之日,赐之旌节,谓之节度使,得以专制军事,行则建节符,树六纛。”　⑩ 虎士:力士。金钺:古代仪仗用的金色大斧。　⑪ 林中:《晋书·阮籍传》:“阮咸任达不拘,与叔父籍为竹林之游。”　⑫ 水宿:宿于舟中。　⑬ 轩:一种供大夫以上乘坐的有帷幕的车子。

【译文】　孤寂了凌云的心志,散尽了结交天下士的黄金。如今反而遗忘了富贵,想起来就自己嘲笑自己。两鬓头发在困顿的日子中又白了许多,青春永不回头地逝去。晋时山巨源责怪石鉴,为什么要在马蹄间求生活? 只有绿萝永远让人流连,因此我要似谢安一样东山归隐。你如同鲁国的孝子曾参,在双亲前尽孝尽礼。而你的叔叔则是今天的平原君,最受英明君主的恩宠。风清霜严,专席而坐,奉旌持节镇守边藩。力士手持金钺侍立,美女开启玉樽于席前。如今你这位高才要到御史的幕下,重义守诺,与从叔同游。夜宿舟中,赏玩五溪清月;穿行霜秋中的三峡,听两岸猿啼哀哀。待到东风吹来,春草又绿,我要到江上迎候你归来的轩车。

送陆判官往琵琶峡

【题解】 陆判官,名字不详。琵琶峡,据《方舆胜览》,在巫山,对蜀江之南,形如琵琶,故名。从诗的后二句看,此诗当写于赐金放还后,故诗中流露出对朝廷的怀念。

【原诗】 水国秋风夜①,殊非远别时。长安如梦里,何日是归期。

【注释】 ① 水国:水乡。

【译文】 秋风吹过水乡的夜晚,这样的时辰绝不适合别离。远隔长安恍如梦里,什么时候才是归还的日期?

送梁四归东平

【题解】 梁四,名字不详。东平,唐郡名,治所在今山东东平县西北。从诗的后四句看,此诗当写于开元年间未奉诏入京前,表达了强烈的功名思想。

【原诗】 玉壶挈美酒,送别强为欢。大火南星月①,长郊北路难。殷王期负鼎②,汶水起垂竿③。莫学东山卧④,参差老谢安⑤。

【注释】 ① 大火:星宿名,即心宿。仲夏黄昏时,大火见于南方。 ② 殷王:指汤。负鼎:负鼎之臣,指伊尹。伊尹名阿衡,想见汤而找不到机会,就做了有莘氏的媵臣,背负鼎俎见汤,借用烹调向汤陈说王道之事,辅佐汤取得天下。详见《史记·殷本纪》。 ③ 汶水:即今山东西部大汶河。伊尹未做汤臣时,曾耕于莘野(今山东曹县一带),而汶水自今东平县西南流注入济水,故莘野亦可称为汶水之地。 ④ 东山卧:据《晋书·谢安传》:谢安曾高卧会稽东山,无处世意。及谢万黜废,始有仕进之意,时年已四十多了。 ⑤参差:蹉跎。

【译文】 玉壶里携满了美酒,为你送别,强作欢颜。正是大火星居南的仲夏,伸向北方的长途将有多么艰难! 商汤渴盼着负鼎的大臣,在汶水之滨起用了垂钓的伊尹。不要像谢安那样东山高隐,蹉跎了岁月,浪费了青春。

江夏送友人

【题解】 此诗写于开元二十二年(734)。江夏,唐郡名,属江南西道,治所在今湖北武汉。

【原诗】 雪点翠云裘,送君黄鹤楼。黄鹤振玉羽①,西飞帝王州②。凤无琅玕实③,何以赠远游。徘徊相顾影,泪下汉江流。

【注释】 ①黄鹤:喻友人。 ②帝王州:当指长安。 ③凤:李白自指。琅玕:似珠的美石。传说凤以为食。《艺文类聚》:"南方有鸟,其名为凤,所居积石千里。天为生食,其树名琼枝,高百仞,以璆琳、琅玕为实。"

【译文】 点点白雪飘落翠云裘上,我送你送到黄鹤楼旁。你是一只黄鹤张开雪白的翅膀,向西飞往长安帝乡。我虽是凤鸟却没有琅玕相赠,用什么来送你走向远方? 徘徊江岸,目送你离去的身影,泪水滚滚如同滔滔的汉江。

送郗昂谪巴中

【题解】 此诗为乾元元年(758)秋流放途中作于洞庭。郗昂,字高卿。举进士,历任拾遗、员外、郎中、谏议大夫、中书舍人等职。乾元元年,郗昂自拾遗贬清化尉。唐清化县属山南西道巴州,故白诗称巴中。清化县,治所在今四川南江县西南。李白之送郗昂,是逐臣送谪臣,故诗中以皇恩会降安慰友人和自己。

【原诗】 瑶草寒不死①,移植沧江滨②。东风洒雨露,会入天地春。予若洞庭叶,随波送逐臣。思归未可得,书此谢情人。

【注释】 ① 瑶草:传说为仙境中的珍异之草。此喻郗昂。 ② 沧江:指江水。

【译文】 无论多么寒冷,瑶草也不会冻死,现在把它移植到江边上了。东风挥洒泽被万物的雨露,瑶草也会迎来天地同在的春天。我好似洞庭湖上一片孤零零的落叶,随波漂泊相送放逐的大臣。想要归去,却又如何办得到? 写下此诗辞别友人。

江夏送张丞

【题解】 此诗写于开元二十二年(735)。张丞,名祖,《唐文粹》作张承祖。李白另作有《暮春江夏送张祖监丞之东都序》。诗中表达了对友人依依惜别之情。

【原诗】 欲别心不忍,临行情更亲。酒倾无限月,客醉几重春。藉草依流水①,攀花赠远人。送君从此去,回首泣迷津。

【注释】 ① 藉草:以草铺地而坐。

【译文】 要分别时心中难割难舍,临行之际更觉朋友情亲。酒杯中洒满无限月色,客人沉醉于浓浓的春夜。坐在草上,依傍流水;手折鲜花,赠给远行的人。送你而去从此一别,我回首泣泪于迷蒙的渡口。

赋得白鹭鸶送宋少府入三峡

【题解】 此诗为至德元载(756)作于溧阳。宋少府,詹锳《李白诗文系年》疑为溧阳尉宋陟,白有《赠溧阳宋少府陟》诗。少府,即县尉。赋得,凡指定、限定的诗题,例在题目上加"赋得"字样。诗以鹭鸶喻宋少府特立高洁。

【原诗】 白鹭拳一足,月明秋水寒。人惊远飞去,直向使君滩①。

【注释】 ① 使君滩:滩名,一名虎臂滩,在今重庆万州区以东长江中。

【译文】 月光明亮,秋水生寒,白鹭蜷起一足独立水间。听到人声惊得向远飞去,一直飞到万县的使君滩。

送二季之江东

【题解】 此诗为开元二十二年(734)作于江夏。二季,李白的两个兄弟,名字不详。江东,指今安徽芜湖、江苏南京长江段以东地区。

【原诗】 初发强中作①,题诗与惠连②。多惭一日长③,不及二龙贤④。西塞当中路⑤,南风欲进船。云峰出远海,帆影挂清川。禹穴藏书地⑥,匡山种杏田⑦。此行俱有适,迟尔早归旋⑧。

【注释】 ① 强中:地名,在今浙江嵊州。谢灵运有《登临海峤初发强中作与从弟惠连见羊何共和之》诗。 ② 惠连:谢惠连,谢灵运堂弟。 ③ 多:不过。 ④ 二龙:誉二季。《世说新语·赏誉》:"谢子微见许子将兄弟曰:'平舆之渊,有二龙焉。'" ⑤ 西塞:山名,一名道士矶,在今湖北大冶东长江南岸。 ⑥ 禹穴:指会稽宛委山。相传禹于此穴得黄帝之书,复藏于此穴。　⑦匡山：即庐山。相传三国时吴国的董奉隐居山下，不种田，每日为人治病，亦不取钱，但使治愈者栽杏五株。如此数年，计得十余万株，郁郁成林，董奉即以杏换谷。　⑧迟：等待。

【译文】　谢灵运初离强中时，曾题诗赠给他的堂弟惠连。而我十分惭愧，徒然年长几日，哪里比得上你们的才华！西塞山就在此去的中途，南风频吹正好行船。云峰涌出远海上空，帆影投射到清澄的川前。禹穴是黄帝和大禹藏书的宝地，匡山是董奉栽杏的园田。此一去你们沿途游赏多有适意，不过我还是等待你们早日归来。

江西送友人之罗浮

【题解】　宋蜀本题下注："南昌。"疑为上元元年（760）寓居豫章时作。江西，江南西道省称，治洪州，即今江西南昌。罗浮，即今广东广州罗浮山。诗人在回忆自己长安放还经历时，重申了憩名山、巢云壑的疏放之志。

【原诗】　桂水分五岭①，衡山朝九疑②。乡关眇安西③，流浪将何之。素色愁明湖④，秋渚晦寒姿。畴昔紫芳意，已过黄发期⑤。君王纵疏散⑥，云壑借巢夷⑦。尔去之罗浮，我还憩峨眉。中阔道万里，霞月遥相思。如寻楚狂子⑧，琼树有芳枝。

【注释】　①桂水：即今广西漓江、桂江。五岭：越城、都庞（一说揭阳）、萌渚、骑田、大庾五岭的总称。在湘、赣与桂、粤等省交界处。　②衡山：在今湖南衡阳。九疑，山名，又名苍梧山，在今湖南宁远县南。　③安西都护府，唐贞观十四年（640）置，治所在西州，今新疆吐鲁番市东南高昌故城。显庆三年（658）移治龟兹，今新疆库车市东郊皮朗故城。咸亨元年（670）移治碎叶镇，今吉尔吉斯斯坦托克马克。又还治龟兹。李白生于西域，故有此说。　④明湖：指彭蠡湖。　⑤黄发：指高寿。　⑥"君王"

句：指唐玄宗赐金放还李白事。　⑦ 巢夷：古隐士巢父、伯夷。巢父，尧时
人，筑巢树上而居，时人称为巢父。伯夷，商时孤竹君长子。武王灭商，伯夷
与其弟叔齐耻食周粟，饿死首阳山。　⑧ 楚狂：即陆通，字接舆，春秋时楚
国隐士。据《列仙传》：接舆好养生，遍游名山，在峨眉山上，世世见之，历数
百年仙去。

【译文】　桂水分开五岭，衡山朝向九疑。遥远的安西是我的故乡，一生流
浪将往何方？白色使彭蠡湖更加惨淡，秋天的水渚晦暗寒冷。昔日我曾有
隐逸修道的志向，现在已经过了头发由白转黄的年纪。君王放我还山，终得
闲散放达，纵逸云壑，成为当代的巢父、伯夷。你离开此地前往罗浮，我则想
回去憩息峨眉。道路迢遥，相隔万里；朝霞夕月，两地相思。假若你要寻找
我这个楚狂接舆，琼树上自有等待你的满枝鲜花。

陪侍御叔华登楼歌

【题解】　本诗一般题作《宣州谢朓楼饯别校书叔云》，据《文苑英华》校
改。所登之楼即宣城谢朓楼。李华，唐代著名散文家。李白去世后，曾
作《故翰林学士李君墓志》。据《新唐书·李华传》：天宝十一载，李华
迁监察御史。累转侍御史。为奸党所忌，不容于御史府。此诗就是李华
转为侍御史后所作，时在天宝十二载（753）至十四载（755）之间。《文苑
英华》诗题所称李华官职与史传相合，当以此题为是。此诗兴比超忽，
抒发了巨大的迁逝之悲和壮志难酬的深沉苦闷。

【原诗】　弃我去者昨日之日不可留，乱我心者今日之日多烦忧。长
风万里送秋雁，对此可以酣高楼。蓬莱文章建安骨①，中间小谢又清
发②。俱怀逸兴壮思飞，欲上青天览明月③。抽刀断水水更流，举杯
消愁愁更愁。人生在世不称意，明朝散发弄扁舟④。

【注释】　① 蓬莱：海上神山，传说仙府秘籍均藏于此山，故东汉时称宫廷

藏书校书处东观为老氏藏室、道家蓬莱山。见《后汉书·窦章列传》。建安，东汉末献帝的年号（196—220）。当时曹氏父子与建安七子的诗文，词情慷慨，语言劲健，形成了刚健俊爽的风格，世称"建安风骨"。　②小谢：南齐诗人谢朓。唐人称谢灵运为大谢，谢朓晚于谢灵运，称为小谢。谢朓诗风格清丽。　③览：通"揽"，摘取。　④散发：去冠披发，指隐居不仕。扁舟：小舟。

【译文】　昨天的日子离我而去，无法系留；今天的日子扰乱我心，充满烦忧。长风万里吹送南飞的大雁，对此秋景，岂不应酣饮高楼？两汉的文章，建安的风骨，其间又有小谢的诗清新秀发。到了我们，更加逸兴满怀，壮思飞腾，要上青天摘取明月。抽刀断水，水更汹涌；用酒消愁，愁上增愁。人生在世不如意，不如散发挂冠，泛舟江湖！

宣城送刘副使入秦

【题解】　唐代节度使、安抚使、观察使、团练使、防御使下，皆有副使一人。上元二年（761），季广琛为宣城刺史充浙江西道节度使，刘副使当是季广琛下的副使。此诗亦当写于上元二年。诗中盛赞刘副使统兵御敌的功勋，并为自己与刘副使的贵贱之交而感激。

【原诗】　君即刘越石①，雄豪冠当时。凄清《横吹曲》②，慷慨《扶风词》③。虎啸俟腾跃，鸡鸣遭乱离④。千金市骏马，万里逐王师。结交楼烦将⑤，侍从羽林儿⑥。统兵捍吴越⑦，豺虎不敢窥。大勋竟莫叙⑧，已过秋风吹。秉钺有季公⑨，凛然负英姿。寄深且戎幕⑩，望重必台司⑪。感激一然诺⑫，纵横两无疑。伏奏归北阙⑬，鸣驺忽西驰⑭。列将咸出祖，英寮惜分离⑮。斗酒满四筵，歌笑宛溪湄⑯。君携东山妓⑰，我咏《北门》诗⑱。贵贱交不易，恐伤中园葵⑲。昔赠紫骝驹，今倾白玉卮⑳。同欢万斛酒，未足解相思。此别又千里，秦吴眇天涯。月明关山苦，水剧陇头悲㉑。借问几时还，春风入黄池㉒。无令长相思,折断绿杨枝㉓。

【注释】 ① 刘越石:《晋书·刘琨传》:刘琨,字越石。少得俊朗之评,与范阳祖纳,俱以雄豪著名。此以刘越石拟刘副使。 ② 横吹曲:今不存。据《晋书》:刘琨曾在晋阳被胡骑包围。刘琨乘月登楼清啸,胡骑闻之,皆凄然长叹。中夜奏胡笳,胡骑又流涕歔欷,有怀土之切。或以为"凄清《横吹曲》",即指吹胡笳而言。 ③ 扶风词:刘琨有《扶风歌》九首。 ④ 鸡鸣:《晋书·祖逖传》:祖逖与刘琨俱为司州主簿,中夜闻荒鸡鸣起舞。 ⑤ 楼烦:古代北方部族名,精于骑射。此指军中善骑射的将领。 ⑥ 羽林:宫廷禁军。 ⑦ "统兵"句:上元中,宋州刺史刘展余党张景超、孙待封攻陷苏、湖,进逼杭州,为温晁、李藏用击败。刘副使当时或在军中。 ⑧ "大勋"句:言其虽立功勋,未得叙功论奖。 ⑨ 季公:季广琛。《旧唐书·肃宗纪》:"(上元)二年春正月……辛卯,温州刺史季广琛为宣州刺史,充浙江西道节度使。" ⑩ 戎幕:节度使的幕府。 ⑪ 台司:三公之位。 ⑫ 然诺:表示应允,言而有信。 ⑬ 北阙:宫殿北面的门楼,是臣子等候朝见或上书奏事之处。 ⑭ 鸣驺:随从官员出行并传呼喝道的骑卒。 ⑮ 寮:通"僚"。 ⑯ 宛溪:水名,在宣州南。 ⑰ 东山妓:谢安在东山畜有女妓,常携妓游肆。 ⑱ 北门:《诗经·邶风》篇名。据《北门序》,此诗刺士不得志。 ⑲ "恐伤"句:《古诗》:"采葵莫伤根,伤根葵不生。结交莫羞贫,羞贫交不成。" ⑳ 卮(zhī):古代盛酒器。 ㉑ 陇头:陇山,六盘山南段的别名。《太平御览·地部》引《辛氏三秦记》曰:"陇西关,其坂九回,不知高几里,欲上者七日乃越。高处可容百余家,下处数十万户。上有清水四注。俗歌曰:'陇头流水,鸣声幽咽。遥望秦川,心肝断绝。'去长安千里,望秦川如带。又关中人上陇者,还望故乡,悲思而歌,则有绝死者。" ㉒ 黄池:即黄池河,在今安徽当涂县南。 ㉓ 古有折柳送行和寄远风俗。

【译文】 你就是刘越石,以雄豪著名当时。《横吹曲》凄凉清越,《扶风歌》慷慨悲壮。猛虎长啸山林,待时乘风奋起,你闻鸡起舞于时世乱离。千金购买骏马,万里追随王师。结交楼烦骁将,侍从羽林卫士。统领军队捍卫吴、越,豺狼虎豹一样的叛军怎敢窥视?大功虽建,却未能叙功获奖,现在已是秋风吹过,时近冬季。执掌兵权的季公广琛,英姿雄迈,令人敬畏。你寄托深厚,不过是暂时寄居节度使幕府;名高望重,必然成为辅弼大臣。感奋激发,言必有信,纵横天下终不会使人生疑。你上书奏事要回朝廷,骑士喝道向西飞驰。众将倾营祖饯,同僚依依惜别。美酒摆满了宴席,宛溪畔传遍歌声笑语。你携东山之妓,富贵显荣当世;我咏《北山》之诗,感叹士不逢时。贵人与寒士交往谈何容易?羞辱贫贱就像采葵伤根。过去你曾送我紫骝马,如今又在一起共举酒杯。开怀畅饮,也不足以宽解分别后的相思。更何况此次分别一去千里,秦地吴地远若天涯。关山月明,旅途正苦;陇头水激,悲从中来。请问你此去归在何时?怕是要到春风吹入黄池河的时候。不要使朋友们长久思念,折柳寄远,催你速回。

泾川送族弟锌

【题解】　此诗题下李白自注:"时卢校书草序,常侍御为诗。"诗作于天宝十四载(755)。泾川,即泾溪,在今安徽宣城泾县西南。诗中描写了泾川优美的景色,表达了惜别的感情。

【原诗】　泾川三百里,若耶羞见之①。锦石照碧山,两边白鹭鸶。佳境千万曲,客行无歇时。上有琴高水②,下有陵阳祠③。仙人不见我,明月空相知。问我何事来,卢敖结幽期④。蓬山振雄笔⑤,绣服挥清词⑥。江湖发秀色,草木含荣滋。置酒送惠连⑦,吾家称白眉⑧。愧无海峤作⑨,敢缺河梁诗⑩。见尔复几朝,俄然告将离。中流漾彩鹢⑪,列岸丛金羁⑫。叹息苍梧凤⑬,分栖琼树枝⑭。清晨各飞去,飘然天南垂⑮。望极落日尽,秋深暝猿悲。寄情与流水,但有长相思。

【注释】　①若耶:若耶溪,在今浙江绍兴市南。　②琴高水:即琴溪,在今安徽泾县东北,为青弋江东岸支流之一。琴高,赵人,能鼓琴,后于涿水乘鲤归仙。琴溪流过琴高山下,因以为名。传说琴高于溪中投药淬化而为鱼。又传此溪为琴高控鲤之处。　③陵阳祠:今安徽宣城市内有陵阳山,相传为陵阳子明升仙之处。唐天宝间在山上建仙坛宫。陵阳祠,当指此仙坛宫。　④卢敖:秦时燕方士,相传为始皇入海求神仙药而不返。　⑤蓬山:指朝廷校书处。此句谓卢校书草序。　⑥绣服:御史所服。此句谓常侍御作诗。　⑦惠连:南朝宋诗人谢惠连,谢灵运堂弟。　⑧白眉:指三国时蜀国马良。《三国志·蜀书·马良传》:"马良,字季常……兄弟五人并有才名。乡里为之谚曰:'马氏五常,白眉最良。'良眉中有白毛,故以称之。"　⑨海峤作:谢灵运有《登临海峤初发强中作与从弟惠连见羊何共和之》。　⑩河梁诗:指《文选》中所收李陵《与苏武诗》,诗中有"携手上河梁,游子暮何之"句。　⑪彩鹢:船头画有鹢鸟的彩船。　⑫金羁:谓马。　⑬苍梧凤:苍梧,山名,即九嶷山,在今湖南永州宁远县境内。陆机《云赋》有"翼灵凤于苍梧,起滞龙于潢污"句。喻卓异的人才。　⑭琼树:玉树。　⑮垂:通"陲"。

【译文】　泾水长流三百里,若耶溪羞于见到它。锦石辉映青山,河岸点缀着白色的鹭鸶。水流千转,处处有胜境,游客舟行,怎会有闲时?上有琴高控鲤的溪水,下有纪念陵阳子明的仙祠。可惜两位仙人不来见我,只有明月成为我的相知。问我为什么来到此处,我说与卢敖曾有隐逸的约期。船上卢校书振笔草序,常侍御挥毫赋诗。船外江湖发出秀色,草木生长葳蕤。摆酒饯送族弟,你就是我们家族最有才华的"白眉"。惭愧我写不出谢灵运海峤诗那样的篇什,但也不能缺少李陵送苏武的别诗。见到你才有几天?忽然间你就要与我分离。彩船漂流河中,马匹系在岸上。我们同是苍梧的凤凰,可叹却要分开在琼树上栖息。更何况清晨就要天各一方,你飘然飞到南天的边际。极目远望,一直到落日沉尽。深秋的夜晚,猿啼更觉悲凄。我把深情寄予这割不断的流水,我的心中只有长久的相思。

五松山送殷淑

【题解】　五松山,在今安徽铜陵。殷淑,道士李含光的门人,道名中林子。李白有《三山望金陵寄殷淑》《送殷淑》等诗。此诗詹锳《李白诗文系年》系于天宝十三载(754)。

【原诗】　秀色发江左①,风流奈若何。仲文了不还②,独立扬清波。载酒五松山,颓然《白云歌》③。中天度落月,万里遥相过。抚酒惜此月,流光畏蹉跎。明日别离去,连峰郁嵯峨。

【注释】　①江左:江南。　②仲文:殷仲文。据《晋书·殷仲文传》:仲文为南蛮校尉顗之弟,少有才藻,美容貌。　③白云歌:即《白云谣》,西王母为穆天子所唱之歌。

【译文】　秀美的容色多生在南国,你风流潇洒,真令人无话可说。殷仲文一去而不返,唯有你独立于世,激扬清波。带着酒来到五松山上,醉中高唱《白云歌》。中天的月亮已经偏西,但仍遥隔万里拜访你我。手把酒壶流连这轮明月,唯恐把大好的时光蹉跎。明天你就会离我而去,只剩下高峻的山岭连绵不绝。

送崔氏昆季之金陵

【题解】　此诗诗题一作《秋夜崔八丈水亭送崔二》。诗作于天宝十二载(753),送别之地在宣城。昆季,兄弟。可见另题中的"崔二"当为"二崔"。崔氏,当即司户参军崔文。李白另有《赠崔司户文昆季》诗。此诗笔情萧爽,表现了崔氏兄弟扁舟待发、诗人相送的情景。

【原诗】　放歌倚东楼,行子期晓发。秋风渡江来,吹落山上月。主人出美酒,灭烛延清光①。二崔向金陵,安得不尽觞。水客弄归棹②,云帆卷轻霜。扁舟敬亭下③,五两先飘扬④。峡石入水花,碧流日更长。思君无岁月,西笑阻河梁⑤。

【注释】　①延:引入。　②水客:船夫。　③敬亭:山名,在今安徽宣城。　④ 五两：古代的测风器。将鸡毛五两系于高竿顶上，借以观测风向和风力。　⑤ 西笑：语本桓谭《新论·祛蔽》：“人闻长安乐，则出门西向而笑；知肉味美，则对屠门而嚼。”长安是汉京城，西望长安而笑，谓渴慕京都。河梁：桥梁。陆云《答兄平原诗》：“南津有绝济，北渚无河梁。”

【译文】　身倚东楼放声吟唱，行人约定到天明出发。秋风阵阵吹过江来，刮近了天上的月亮。主人捧出美酒，吹灭蜡烛引进清明的月光。崔氏兄弟要去金陵，怎能不邀朋友喝上几杯？船夫摆弄着船棹，船帆漫卷着一层薄霜。小舟就停在敬亭山下，测风器已经顺风飘扬。岸石侵入水中激起阵阵浪花，碧水日夜流向远方。我将日日夜夜思念你们，想要西归却受阻于没有桥梁。

登黄山陵歊台送族弟溧阳尉济充泛舟赴华阴

【题解】　宋蜀本题下注：“当涂。”安旗谓此诗作于天宝九载（750）五月李白自金陵往庐山途经当涂时。当涂，县名，今属安徽。黄山，在当涂北。旧传仙人浮丘公在此牧鸡，亦名浮丘山。上有宋孝武帝避暑离宫及陵歊台遗址。李白《溧阳濑水贞义女碑铭》有“县尉……丹阳李济”语，即其人。当时，秦地大旱，李济奉命由运河输粮救济关中。诗中记载此事，赞扬君王辅相心系民苦，并对李济泛舟之役表示关心。写道别一段，情景并到。

【原诗】　鸾乃凤之族①，翱翔紫云霓。文章辉五色②，双在琼树栖③。一朝各飞去，凤与鸾俱啼。炎赫五月中，朱曦烁河堤④。尔从泛舟役⑤，使我心魂凄。秦地无草木，南云喧鼓鼙⑥。君王减玉膳，早起思鸣鸡⑦。漕引救关辅⑧，疲人免涂泥⑨。宰相作霖雨⑩，农夫得耕犁。静者伏草间⑪，群才满金闺⑫。空手无壮士，穷居使人低。送君登黄山，长啸倚天梯。小舟若凫雁，大舟若鲸鲵⑬。开帆散长风，舒卷与云齐。日入牛渚晦⑭，苍然夕烟迷。相思在何所，杳在洛阳西。

【注释】 ① 鹓:传说中凤凰一类的鸟。《禽经注》:"鹓者,凤凰之亚,始生类凤,久则五彩变易。" ② 文章:羽毛的色彩。五色:传说凤羽五色。 ③ 琼树:玉树。 ④ 朱曦:太阳。 ⑤ 泛舟役:《左传·僖公十三年》:"秦于是乎输粟于晋,自雍及绛相继,命之曰'泛舟之役'。"此言李济将任漕运之役,输粟于秦地。 ⑥ 喧鼓鼙(pí):求雨的一种仪式。据《春秋繁露》:求雨,开神山神渊,积薪,夜击鼓噪而燔之。 ⑦ 鸣鸡:谓君王为大旱而寝食不安。《诗经·齐风·鸡鸣》:"鸡既鸣矣,朝既盈矣。匪鸡则鸣,苍蝇之声。"诗用此意。 ⑧ 漕引:犹漕运,从水路运输粮食,供应京城。关辅:关中及三辅地区。 ⑨ 疲人:疲困之民。 ⑩ "宰相"句:《尚书·说命》:"爰立(傅说)作相,王置诸其左右,命之曰:'……若岁大旱,用汝作霖雨。'"句谓贤相如甘霖。 ⑪ 静者:隐居者。 ⑫ 金闱:代指朝廷。 ⑬ 鲸鲵:即鲸鱼,雄曰鲸,雌曰鲵。 ⑭ 牛渚:即今安徽马鞍山市西南采石。

【译文】 鹓本是凤的同类,所以双双在九霄展翅翱翔。羽毛闪烁着五色光辉,栖息于琼树的枝条上。一旦要分开各自飞去,凤与鹓都感到无限忧伤。正是五月中,天气十分炎热,太阳把河堤烤得滚烫。正是这样的季节,你去从事运河输粮的工作,怎不使我牵动心肠!秦地干旱草木枯萎,祈求老天降雨,鼓声沸扬。君王减少了饮食,鸡鸣则起,寝不安床。从水路调运粮食供济京畿,挽救饥民于水深火热之中。贤相辅政如久旱降甘霖,农民们才得安心农桑。似我这样的隐逸者虽然潜身草泽,众多的人才却挤满了朝堂。赤手空拳不能成为壮士,穷窘困顿自然使人无法头昂。此行送你一同登上黄山,身倚山路,长啸激昂。远望大江,小舟如游弋的野鸭,大船则如吞海的鲸鱼。扯开船帆,长风鼓荡,高与云齐的是舒卷的帆樯。太阳落山,牛渚昏暗,夕烟弥漫,大地苍茫。此一去相思在什么地方? 远在西方的洛阳。

送储邕之武昌

【题解】 此诗詹锳《李白诗文系年》系于上元元年(760),认为是此年春季作于巴陵附近。武昌,唐属江南西道鄂州,在今湖北鄂州。此诗以古风起法运作排律,自然流畅地表现了诗人对武昌的怀念和对储邕的留恋。

【原诗】 黄鹤西楼月,长江万里情。春风三十度,空忆武昌城。送尔难为别,衔杯惜未倾。湖连张乐地①,山逐泛舟行。诺谓楚人重②,诗传谢朓清③。沧浪吾有曲④,寄入棹歌声。

【注释】 ① 张乐:奏乐。《庄子·天运》:"帝张咸池之乐于洞庭之野。"谢朓《新亭渚别范零陵》:"洞庭张乐地,潇湘帝子游。" ②"诺谓"句:《史记·季布列传》:"楚人谚曰:'得黄金百斤,不如得季布一诺。'" ③"诗传"句:谓谢朓诗以清丽著名。 ④ 沧浪曲:即《沧浪歌》。《孟子·离娄上》:"有孺子歌曰:'沧浪之水清兮,可以濯我缨。沧浪之水浊兮,可以濯我足。'"又见《楚辞·渔父》。此言自己志向高洁,不与世同流合污。

【译文】 黄鹤楼西天的月亮,长江万里的流水,那就是我的心、我的情!春风三十多次去了又来,这些年里我徒然怀念着武昌城。现在来送你,分别实难,举起酒杯不忍一下子喝空。湖水连着黄帝置乐的洞庭,山崖追逐着流荡的行舟。作为楚人,你最重视自己的诺言,你的诗如谢朓一样清丽。我也有一曲《沧浪歌》,一边行船,一边吟唱。

八、酬　答

酬谈少府

【题解】　宋蜀本题下注："襄汉。"据詹锳《李白诗文系年》，本诗为天宝九载(750)所作。少府，县尉。谈少府，名字不详。诗中赞美谈少府不为仕官所羁、情寄江海，其诗后生可畏。

【原诗】　一尉居倏忽，梅生有仙骨①。三事或可羞②，匈奴哂千秋③。壮心屈黄绶④，浪迹寄沧洲⑤。昨观荆岘作⑥，如从云汉游。老夫当暮矣，蹀足惧骅骝⑦。

【注释】　①梅生：汉人梅福。据《汉书·梅福传》：梅福为南昌尉，王莽时，弃官而去，世传成为仙人。　②三事：古称三公为三事大夫，以其虽无职掌而参与政事，故称。　③千秋：武帝时人，既无才学，又无功劳门望，几月间而为丞相，封富民侯。汉使者到匈奴，单于问使者：千秋何以得新拜相？使者曰：因上书言事。单于曰：苟如是，汉置丞相，非用贤也。见《汉书·车千秋传》。　④黄绶：黄色印绶。《汉书·百官公卿表》：凡吏秩，比二百石以上皆铜印黄绶。　⑤沧洲：指隐者居处。　⑥荆岘：荆山，在今湖北南漳县西。岘山，在今湖北襄阳市南。　⑦蹀(dié)足：疾行。骅骝(huá liú)，千里马。

【译文】　你任县尉未多久就休官了，如同梅福有仙风道骨。高居三公也有不称职者，车千秋就受到了匈奴的嘲讽。你空有雄心大志却屈任辅佐小尉，所以浪迹天下，寄情江湖。昨天读你在岘山、荆山的诗作，如同随你去了江汉漫游。我的确年老了,千里疾驰,如何赶得上你这样的骅骝!

酬宇文少府见赠桃竹书筒

【题解】　此诗当是李白少年居蜀时作。宇文少府,名字不详。桃竹书筒,桃枝竹做的书筒。唐时书籍作卷,故可入筒。此诗描绘书筒,以细巧为工。

【原诗】　桃竹书筒绮绣文,良工巧妙称绝群。灵心圆映三江月^①,彩质叠成五色云。中藏宝诀峨眉去^②,千里提携长忆君。

【注释】　① 灵心:指空的竹心。三江:当指蜀之三江,即岷江、涪江和沱江。　② 宝诀:指道教修炼的秘诀。

【译文】　桃枝书筒的花纹如同锦绣,良工巧妙高超的技艺堪称冠世绝伦。圆圆的筒心映进三江明月,彩色的筒身叠成五色祥云。藏好宝诀前往峨眉山,千里带着它使我永远怀念你。

五月东鲁行答汶上翁

【题解】　宋蜀本题下注:“鲁中。”此诗是开元年间李白初到东鲁时作。东鲁,指鲁郡,在今山东济宁兖州。汶,汶水,即今大汶河,在兖州北。在这首诗中,李白自比鲁仲连,表示不屑于富贵,而要发挥自己的政治才能,施展宏图大举。

【原诗】　五月梅始黄,蚕凋桑柘空^①。鲁人重织作,机杼鸣帘栊^②。顾余不及仕,学剑来山东^③。举鞭访前涂^④,获笑汶上翁。下愚忽壮士^⑤,未足论穷通^⑥。我以一箭书,能取聊城功^⑦。终然不受赏,羞与时人同。西归去直道,落日昏阴虹⑧。此去尔勿言⑨,甘心如转蓬⑩。

【注释】　① 蚕凋:指蚕事已毕。桑柘(zhè):桑树和柘树,叶子都可以喂蚕。　② 机杼:指织布机。栊(lóng):窗户。　③ 山东:唐代指华山以东的广大地区。　④ 访前涂:问路。　⑤ 下愚:儒家分人三等,以天生愚蠢而不可改变者为下愚,《论语·阳货》:"唯上知与下愚不移。"此指汶上翁。忽:轻视。壮士:李白自指。　⑥ 穷通:指政治上的通达与否。　⑦《史记·鲁仲连列传》:战国时,燕将攻下齐国聊城,因被谗言,不敢回燕。后齐田单攻打聊城,一年未下,死伤众多。鲁仲连便修书缚于箭上射进城中,说明死守没有出路。燕将见信,连哭三日而自杀。聊城乱,田单得以攻下聊城。齐王欲封鲁仲连。鲁仲连以为与其富贵而屈于人,不如贫贱而轻世肆志,逃隐于海上。此以鲁仲连自比。　⑧"落日"句:隐喻政治黑暗。一说此句写实。⑨ 尔:指汶上翁。　⑩ 转蓬:随风飘转的蓬草。

【译文】　五月里梅子开始发黄,蚕事完毕,桑柘叶也被采空了。鲁地人重视纺织,家家窗里透出机杼声。只因为我无法走上仕途,为学剑术来到山东。举起马鞭向人问路,却不料受到汶上翁的嘲讽。下愚之辈轻视有为的壮士,怎值得以此判断穷困与亨通?我能像鲁仲连那样缚信箭上,获得攻下聊城的大功。最终不肯接受君主的封赏,只因羞与世俗之人相同。我将要踏上大道向西奔往长安,哪怕落日被阴虹遮掩得一片昏蒙。此去用不着你向我多说什么,我甘心如飘转的飞蓬。

早秋单父南楼酬窦公衡

【题解】　此诗作于开元间李白寓居东鲁时。单父,县名,治所在今山东单县南。窦公衡,曾任剡县尉、户部员外郎。诗中表现了李白闭帘读书的清寂生活。中四句突写山之嶙峋、海之波澜,飞逸奇绝。

【原诗】　白露见日灭,红颜随霜凋。别君若俯仰①,春芳辞秋条。太山嵯峨夏云在,疑是白波涨东海。散为飞雨川上来,遥帷却卷清浮埃②。知君独坐青轩下,此时结念同怀者③。我闭南楼著道书④,幽帘清寂若仙居。曾无好事来相访⑤,赖尔高文一起予⑥。

【注释】 ① 俯仰:喻时间之短暂,若俯首与抬头之间。 ② 遥帷:远山。 ③ 结念:思念。 ④ 著:一作"看"。 ⑤ 好事:《汉书·扬雄传》:"家素贫,嗜酒,人希至其门,时有好事者载酒肴从游学。" ⑥ 起:启发。《论语·八佾》:"子曰:起予者,商也,始可与言《诗》已矣。"

【译文】 白露一见到太阳就瞬间干了,红颜也随着霜雪而凋零。离开你不过是抬头俯首之间,如同春花与秋枝辞别。只有高耸的泰山上还夏云汹涌,好似东海涨起的雪白波峰。散成飞雨降临川上,远山卷起清清的浮尘。知道你此时一个人坐在青轩之下,我们的思念如此相同。我此时封闭南楼写作道书,帘内清静幽寂如同仙境。不曾有好事者载酒造访,多亏有你高妙的文章可以启发我。

山中答俗人

【题解】 诗题一作《答问》,一作《山中问答》。诗以问答形式抒发李白隐居生活的自在天然情趣。诗境似近而实远,诗情似淡而实浓。

【原诗】 问余何意栖碧山①,笑而不答心自闲。桃花流水窅然去②,别有天地非人间。

【注释】 ① 何意:一作"何事"。 ② 窅(yǎo)然:深远貌。

【译文】 问我为什么隐居碧山,我微笑不答,心境自在悠闲。桃花盛开,流水窅然远去,此中别有一番天地,岂是人间!

答友人赠乌纱帽

【题解】 乌纱帽,南朝宋始有,隋前均为官服。唐武德九年(626)后,曾士庶均用。此诗写生活细节,富有情致。

【原诗】 领得乌纱帽,全胜白接䍦①。山人不照镜②,稚子道相宜。

【注释】 ① 接䍦:白帽。 ② 山人:李白自谓。

【译文】 戴上了乌纱帽,真是比白色接䍦好得多。我并不去照镜子,因为小儿子已经说很合适了。

酬张司马赠墨

【题解】 宋蜀本题下注:"吴中。"张司马,名字不详。

【原诗】 上党碧松烟①,夷陵丹砂末②。兰麝凝珍墨③,精光乃堪掇④。黄头奴子双鸦鬟⑤,锦囊养之怀袖间⑥。今日赠余兰亭去⑦,兴来洒笔会稽山⑧。

【注释】 ① 上党:唐郡名,治所在今山西长治。制墨用的松烟,唐代以上党松心为贵。 ② 夷陵:唐郡名,治所在今湖北宜昌。丹砂:朱砂。 ③ 兰麝:即麝香,制墨原料之一。凝一作"疑"。 ④ 精光:墨的上等光色。《墨经》:"凡墨色,紫光为上,墨光次之,青光又次之,白光为下。" ⑤ 黄头奴子:即童仆。双鸦鬟:发黑如鸦的双髻。 ⑥ 养之怀袖:保存墨,当天晴风多时,宜以手润泽,经常置放在衣袖中。 ⑦ 兰亭:在今浙江绍兴西南兰渚山上。东晋王羲之曾与谢安等人修禊于此,作《兰亭集序》。 ⑧ 会稽山:在今浙江绍兴东南。

【译文】 上党的松烟,夷陵的朱砂,再加上麝香,凝结成珍稀的墨。它精美的光色,简直可以拾取。童仆梳着双髻,用锦囊盛着它养在衣袖里。今天你把它送给了我我便去往兰亭,兴致来时我会在会稽山挥洒笔墨。

答湖州迦叶司马问白是何人

【题解】 湖州,治所在今浙江湖州。唐时,湖州隶江南东道,为上州,佐职有司马一人,从五品下。迦叶,西域姓氏。迦叶司马问李白是何人,李白冲口作答,近似戏谑,但其高自标持的性情跃然纸上。

【原诗】 青莲居士谪仙人[①],酒肆藏名三十春。湖州司马何须问,金粟如来是后身[②]。

【注释】 ① 青莲居士:李白自号。居士,居家的佛教徒。谪仙人:贬谪世间的仙人。李白初到长安时,诗人贺知章见而惊呼为"谪仙人"。见李白《对酒忆贺监诗序》。 ② 金粟如来:即维摩诘大士,意译为"净名"。《维摩诘经》中说他是毗耶离城中的一位大乘居士,和释迦牟尼同时。尝以称病为由向释迦派来问讯的舍利弗和文殊师利等宣扬教义。为佛典中现身说法、辩才无碍的代表人物。

【译文】 青莲居士是天上贬谪下来的仙人,藏身酒肆已经三十个冬春。湖州司马不必问我是谁,我就是金粟如来的后身。

答长安崔少府叔封游终南翠微寺
太宗皇帝金沙泉见寄

【题解】 宋蜀本题下注:"长安。"即作于李白在长安时。一入长安说者认为作于天宝初,二入长安说者认为是开元间李白一入长安时作。崔叔封,长安县尉。终南山,为秦岭山脉的一段。翠微寺,在终南山太和谷,武德八年(626)置,初名太和宫。贞观十年(636)废。二十一年复置,改名翠微宫,后废为寺。金沙泉,当为近寺之泉,已湮没无可考。诗中写翠微寺一带的幽峻风景,颇近谢灵运诗风。

【原诗】 河伯见海若①,傲然夸秋水。小物暗远图,宁知通方士②。多君紫霄意③,独往苍山里。地古寒云深,岩高长风起。初登翠微岭,复憩金沙泉。践苔朝霜滑,弄波夕月圆。饮彼石下流,结萝宿溪烟。鼎湖梦渌水④,龙驾空茫然。早行子午关⑤,却登山路远。拂琴听霜猿,灭烛乃星饭⑥。人烟无明异,鸟道绝往返。攀崖倒青天,下视白日晚。既过石门隐,还唱石潭歌。涉雪搴紫芳⑦,濯缨想清波⑧。此人不可见,此地君自过。为余谢风泉,其如幽意何。

【注释】 ① 河伯:河神。海若:海神。《庄子·秋水》:"秋水时至,百川灌河。泾流之大,两涘渚崖之间,不辩牛马。于是焉河伯欣然自喜,以天下之美为尽在己。顺流而东行,至于北海,东面而视,不见水端。于是焉河伯始旋其面目,望洋向若而叹曰:'野语有之曰"闻道百,以为莫己若"者,我之谓也……吾非至于子之门,则殆矣。吾长见笑于大方之家。'北海若曰:'井蛙不可以语于海者,拘于虚也;夏虫不可以语于冰者,笃于时也;曲士不可以语于道者,束于教也。今尔出于崖涘,观于大海,乃知尔丑,尔将可与语大理矣。'" ② 通方士:通晓大道的人。 ③ 多:赞美。 ④ 鼎湖:黄帝铸鼎升天之处,传说在今河南灵宝阌乡南的荆山下。据《史记·封禅书》:黄帝采首山铜,铸鼎于荆山下。鼎既成,有龙垂胡髯下。黄帝上骑,群臣后宫从上者七十余人。后因名其处曰鼎湖。贞观二十三年(649)四月,唐太宗幸翠微宫,五月崩于含风殿。此与下句借以言太宗驾崩事。 ⑤ 子午关:一作"子午间"。汉平帝元始五年开辟关中到汉中的南北通道,称子午道。自今陕西西安南穿秦岭,通往今安康。子午关,因道而置。 ⑥ 星饭:于星光下进餐。 ⑦ 搴:采摘。紫芳:紫芝。 ⑧ 濯缨:见《送储邕之武昌》注。

【译文】 河伯见到海若时,骄傲地夸说秋水之大。小东西不知道更远大的志向,哪里了解通晓大道的方家?赞美你心怀高远的遐思,独身一人前往苍翠的终南山。古老的土地凝聚着深深的寒云,高高的山岩掀起了浩浩的长风。翠微岭上刚刚留下你艰苦攀登的足迹,金沙泉旁又看见你憩息的身影。清晨,洒上白霜的苍苔,踏上去又光又滑;晚上,水中的月亮又明又圆,令人赏玩不已。渴了,就喝那石下甘冽的流水;累了,便睡在藤萝结烟的溪谷。太宗鼎湖升天的地方,你也许梦见那一片清澈的湖水。天子驾龙飞去了,只留下陈迹,令人茫然。次日早晨来到子午关,此后你沿着山路越攀越远。弹起琴声,听见秋猿哀啼;灭掉蜡烛,就着星光吃饭。人烟也许没有明显的不同,天险鸟道却已断绝了往来。攀上山崖,青天如在脚底;俯视下界,已到了红日西没的傍晚。有的人既到过石门隐居,又唱过石潭之歌。他踏过白雪去摘取食之长生的紫芝,在清澈的水中洗濯冠缨。这样的人已经没有缘分见到了,但这样的地方你已亲自登临。请代我向那风泉道歉,我徒有幽栖之意,却又无可奈何。

酬崔五郎中

【题解】 此诗为酬答崔五郎中《赠李十二》诗而作。崔五郎中,即崔宗之。崔宗之是李白好友,兄弟间排行第五,官右司郎中。《李白诗文系年》系此诗于天宝六载(747):"盖白去朝以后,犹思再被起用也。"郁贤皓《李白选集》系诗于开元十九年(731),疑为初入长安时酬答崔宗之而作。功业未成而壮心飞扬,故诗中写己写人状景,皆超迈豪放。

【原诗】 朔云横高天,万里起秋色。壮士心飞扬,落日空叹息。长啸出原野,凛然寒风生。幸遭圣明时,功业犹未成。奈何怀良图①,郁悒独愁坐②。杖策寻英豪③,立谈乃知我。崔公生人秀④,缅邈青云姿⑤。制作参造化⑥,托讽含神祇⑦。海岳尚可倾,吐诺终不移。是时霜飙寒,逸兴临华池⑧。起舞拂长剑,四座皆扬眉。因得穷欢情,赠我以新诗。又结汗漫期⑨,九垓远相待⑩。举身憩蓬壶⑪,濯足弄沧海。从此凌倒景⑫，一去无时还。朝游明光宫⑬，暮入阊阖关⑭。但得长把袂，何必嵩丘山⑮。

【注释】 ①良图：远大的谋略。 ②郁悒：忧闷。 ③杖策：执鞭，指驱马而行。左思《招隐诗》："杖策招隐士，荒涂横古今。" ④生人：众人。 ⑤缅邈：遥远貌。青云：谓高远。颜延年《五君咏·阮始平》："仲容青云器，实禀生民秀。" ⑥制作：著述。造化：天地。《后汉书·张衡列传论》："崔瑗之称平子曰：数术穷天地，制作侔造化。" ⑦托讽：托物讽咏。神祇：神灵。 ⑧逸兴：超逸豪放的意兴。 ⑨汗漫期：约为世外之游。《淮南子·道应训》："卢敖游乎北海，经乎太阴，入乎玄阙，至于蒙谷之上。见一士焉……顾见卢敖，慢然下其臂，遁逃乎碑。卢敖就而视之，方倦龟壳而食蛤梨。卢敖与之语曰：'唯敖为背群离党，穷观于六合之外者，非敖而已乎？敖幼而好游，至长不渝，周行四极，唯北阴之未碑，今卒睹夫子于是，子殆可与敖为友乎？'若士者耸然而笑曰：'……吾与汗漫期于九垓之外，吾不可以久驻。'若士举臂而竦身，遂入云中。"高诱注："汗漫，不可知也。" ⑩九垓：九天之外。 ⑪蓬壶：古代传说中的海上仙山。 ⑫倒景：倒影。人在天上，下视日月，故影倒在下。 ⑬明光宫：犹丹丘，神仙居地，其地日夜常明。 ⑭阊阖关：天门。 ⑮嵩丘山：即嵩山。崔宗之《赠李十二》诗云："我家有别业，寄在嵩之阳。"知嵩山有崔氏别墅，曾邀李白同游。李白不愿，故有此语。

【译文】 高远的天空横亘北方的云，茫茫大地已是苍凉的秋色。壮士见此心情激荡，面对落日徒然叹息。长啸一声来到原野，原野上刮起肃肃寒风。我有幸生活在英明天子的时代，然而至今仍未建业立功。胸怀雄图大略又能怎样？只能心情郁闷地坐在这里发愁。扬鞭驱马，寻找到你这个英豪，倾谈片刻，马上成为知音。崔公是众人中的精英，风神高远，姿容绝群。文章与天地同在，托物讽咏如有神灵。高山大海尚可以倾倒，你的诺言却经久不渝，掷地有声。此时虽然正寒风四起，可我们还是怀着超逸豪放的兴致来到华池。手拂长剑起舞，四座皆为欢腾。欢愉之情抒发得酣畅淋漓，因此有了你赠给我的新诗。你又邀我作世外之游，九天之外把我等待。隐居蓬莱仙山,濯足在那沧海。从此飞到日月星辰之上,这一去就再也不会回来。早晨漫游明光宫,晚上进入阊阖关。只要我们常得相聚,又何必要去嵩丘山?

以诗代书答元丹丘

【题解】 元丹丘,道隐者,李白挚友。旧说据"离居在咸阳,三见秦草绿",认为此诗作于长安。一入长安说者认为写于天宝四载(745),二入长安说者认为作于开元十八年(730)。但"离居"二句乃言元丹丘,不是李白自指。故此诗写作的时间和地点,尚不能定。

【原诗】 青鸟海上来①,今朝发何处。口衔云锦字②,与我忽飞去。鸟去凌紫烟,书留绮窗前③。开缄方一笑,乃是故人传。故人深相勖④,忆我劳心曲。离居在咸阳⑤,三见秦草绿。置书双袂间,引领不暂闲。长望杳难见,浮云横远山。

【注释】 ① 青鸟:指信使。《汉武故事》:"七月七日,上于承华殿斋。日正中,忽见有青鸟从西来。上问东方朔,朔对曰:'西王母暮必降尊像。'" ② 云锦字:指书简。 ③ 绮窗:雕镂花纹的窗子。 ④ 勖:勉励。 ⑤ 咸阳:秦都城,故址在今陕西咸阳东北的渭城故城。此指长安。

【译文】 青鸟从海上飞来,现在要去哪里?口里衔着远方的书简,交给我,又忽地飞去。青鸟飞走了,直入紫色的云霄;送来的书简就留在绮窗的前面。打开信封不由得笑起来,这封信原来是老朋友发来的。在信中,友人一再情深意切地勉励我,说他因怀念我而心中忧伤。分别后他就住在咸阳,如今已三次见到秦地的草绿草黄。我把这封信珍重地藏在袖里,渴望见到友人,眺望远方。伫望虽久,哪里有友人的身影?只有浮云缠绕着远方的山岗。

金门答苏秀才

【题解】 金门,即金马门,汉宫门名,因其门旁有铜马,故名。汉朝廷征召来京者,都待诏公车,只有才能优异的人待诏金马门。此代指唐翰林院,当时李白正供奉翰林。苏秀才,名字不详。因供奉翰林,故诗人对实现自己的青云之志抱有极大希望,但仍欣羡隐居的欢乐。诗中描写闲居之况,幽静可爱;体玄悟道,亦臻妙境;表达了功成身退的理想。

【原诗】 君还石门日,朱火始改木①。春草如有情,山中尚含绿。折芳愧遥忆②,永路当自勖。远见故人心,平生以此足。巨海纳百川,麟阁多才贤③。献书入金阙④,酌醴奉琼筵⑤。屡忝白云唱⑥,恭闻黄竹篇⑦。恩光煦拙薄⑧,云汉希腾迁。铭鼎傥云遂⑨,扁舟方渺然。我留在金门,不去卧丹壑⑩。未果三山期⑪,遥欣一丘乐⑫。玄珠寄罔象⑬,赤水非寥廓⑭。愿狎东海鸥⑮,共营西山药⑯。栖岩君寂蔑,处世余龙蠖⑰。良辰不同赏,永日应闭居⑱。鸟吟檐间树,花落窗下书。缘溪见绿筿⑲,隔岫窥红蕖⑳。采薇行笑歌㉑,眷我情何已。月出石镜间,松鸣风琴里。得心自虚妙,外物空颓靡。身世如两忘,从君老烟水。

【注释】 ①朱火:即火。改木:改换钻木取火的木头。《论语·阳货》注引马融曰:“《周书·月令》有更火之文:春取榆柳之火,夏取枣杏之火,季夏取桑柘之火,秋取柞楢之火,冬取槐檀之火,一年之中,钻火各异木,故曰改火也。”此指春夏之交的季节。 ②折芳:折花相赠。《楚辞·山鬼》:“折芳馨兮遗所思。” ③麟阁:汉未央宫中的麒麟阁,藏秘书、处贤才处。此指唐翰林院。 ④金阙:天子所居的宫阙。 ⑤琼筵:天子的宴席。琼,言其珍美。 ⑥忝:谦辞。白云唱:穆天子做客西王母处,酒饮瑶池,西王母为穆天子唱《白云谣》。见《穆天子传》。 ⑦黄竹篇:《穆天子传》:“日中大寒,北风雨雪,有冻人,天子作诗三章以哀民。”每章首句均作“我徂黄竹”。 ⑧煦:一作“照”。拙薄:性拙才薄。自谦之词。 ⑨铭鼎:在钟鼎上刻铸文辞,以传后世。此言功成勒铭于鼎。　⑩丹壑:指隐居的山野。　⑪三山:指海上仙山蓬莱、方壶、瀛洲。　⑫一丘乐:隐居之乐。《汉书·叙传》:"若夫严子者……渔钓于一壑,则万物不奸其志;栖迟于一丘,则天下不易其乐。"　⑬玄珠:道家所喻的道。罔象,亦作象罔,《庄子》寓言中人物,含无心、无形迹之意。《庄子·天地》:"黄帝游乎赤水之北,登乎昆仑之丘而南望,还归,遗其玄珠。使知索之而不得,使离朱索之而不得,使吃诟索之而不得也。乃使象罔,象罔得之。"　⑭赤水:神话传说中的水名。　⑮狎:亲近。鸥:水鸟。《列子·黄帝》:"海上之人有好沤鸟者,每旦之海上,从沤鸟游。沤鸟之至者百住而不止。"　⑯西山药:仙药。曹丕《折杨柳行》:"西山一何高,高高殊无极。上有两仙童,不饮亦不食。与我一九药,光耀有五色。服药四五日,胸臆生羽翼。轻举乘浮云,倏忽行万亿。流览观四海,茫茫非所识。"　⑰龙蠖(huò):《周易·系辞》:"尺蠖之屈,以求信也;龙蛇之蛰,以存身也。"因以龙蠖指屈伸。　⑱闲居:一作"闲居"。　⑲绿筱(xiǎo):小竹。　⑳红蕖(qú):荷花。　㉑"采薇"句:《诗经·召南·草虫》:"陟彼南山,言采其薇。未见君子,我心伤悲。"

【译文】　你回归石门的日子,正是改木钻火的初夏。春草对你似乎怀有深情,含绿山中等待你的归来。我折一枝芳香的花赠给你,虽然相思,愧疚不能相随;漫长的路途,只能靠你自己勉励自己。知道你我两心相通,凭此今生今世我也就满足了。翰林院广纳当世的贤才,如同千万条江河广汇大海。献书朝廷,我得以登上金銮殿;在天子的宴席上,也有幸酌酒侍陪。常常向皇帝奉上自己的诗歌,恭听皇帝关心民生的德音。性拙才疏我沐浴着皇帝的恩泽,希望有一天成就自己的青云之志。如果勒铭钟鼎的愿望得以实现,我就会像范蠡一样泛舟五湖。现在,我留在朝中供奉翰林;你离开长安,到山野里隐居。求仙三神山的期约虽未实现,却遥遥地欣羡你栖迟山林的适意。昔日无心、无形迹的象罔得到了大道玄珠,由此可见赤水也并非空旷无际。因此,我希望能毫无机心地与海鸥狎玩于东海,共炼西山之药以求长命百岁。你栖隐岩泉,甘于清静寂寞;我入世仕宦,如同龙蠖时屈时伸,顺时而动。虽有良辰美景却不能共同欣赏,我想你会整日闭门闲居。檐前的树间听小鸟啾鸣,窗下的书上见花瓣飘临。沿着溪谷见绿竹可爱,隔着山穴看荷花喜人。有时一边采薇一边行吟,那时眷念我的感情一定难以遏止。月亮从光滑如镜的石间升起,风过松林弹奏起如琴的声韵。心灵自在清寂自然会得到玄妙的境界,牵累外物徒然使人颓唐萎靡。有一天若我能忘却尘世忘却自己,我将随你在烟水中终老此生。

酬坊州王司马与阎正字对雪见赠

【题解】 宋蜀本题下注:"陕右。"坊州,唐上州,属关内道,治所在今陕西黄陵县东南。王司马,名嵩,生平未详。唐官制,上州有司马一人,从五品下。阎正字,名不详。正字,官名。唐秘书省、东宫官属司经局均有正字,掌典校书籍。阎正字当为东宫中正字。《李白诗文系年》认为此诗是天宝四载(745)游坊州时所作。也有人认为是开元年间初入长安由邠州至坊州时所作。诗中希望能得到王嵩帮助,以实现自己辅佐帝王的大志。

【原诗】 游子东南来①,自宛适京国②。飘然无心云,倏忽复西北。访戴昔未偶③,寻嵇此相得④。愁颜发新欢,终宴叙前识。阎公汉庭旧⑤,沉郁富才力。价重铜龙楼⑥,声高重门侧。宁期此相遇,华馆陪游息。积雪明远峰,寒城冱春色⑦。主人苍生望,假我青云翼。风水如见资,投竿佐皇极⑧。

【注释】 ① 游子:李白自谓。 ② 宛:秦汉时县名,唐代为南阳县,属邓州,治所在今河南南阳。 ③ 访戴:《世说新语·任诞》:"王子猷居山阴。夜大雪,眠觉,开室命酌酒,四望皎然,因起彷徨,咏左思《招隐诗》,忽忆戴安道。时戴在剡,即便夜乘小船就之,经宿方至。" ④ 寻嵇:《世说新语·简傲》:"嵇康与吕安善,每一相思,千里命驾。" ⑤ 汉庭:代指唐朝。 ⑥ 铜龙楼:汉太子宫名,以其门楼上有铜龙,故名。此指东宫。 ⑦ 冱(hù):凝聚。一作"锁"。 ⑧ 皇极:指天子之位。

【译文】 我这个游子来自东南,经由南阳到达京城。像一朵飘然无碍的云彩,转瞬间又来到西北的坊州。昔日拜访戴安道不曾相遇,此次寻找嵇中散恰好相逢。我愁容尽扫绽开了新的欢颜,和故人一直到席散还唠叨着过去的友情。阎公本来是朝廷的旧臣,才学富赡,蕴藉深沉。在东宫有尊贵的身份,在朝中也有很高的名声。哪里想到在此偶然相遇,相陪相伴,游息于华馆之中。此时,远山的积雪明光闪闪,寒意未尽的城内春色渐浓。司马贤主人寄托着苍生的重望,推贤举能,一定会给我一对腾飞青云的翅膀。假如能够得到你的帮助,我当投竿而起,辅佐朝纲。

酬中都小吏携斗酒双鱼于逆旅见赠

【题解】 宋蜀本题下注:"齐鲁。"诗当作于天宝五载(746)。中都,县名,治所即今山东汶上县。诗中写脍鱼情景,栩栩如生。

【原诗】 鲁酒若琥珀,汶鱼紫锦鳞①。山东豪吏有俊气,手携此物赠远人。意气相倾两相顾,斗酒双鱼表情素。酒来我饮之,脍作别离处②。双鳃呀呷鳍鬣张③,跋剌银盘欲飞去④。呼儿拂机霜刃挥,红肥花落白雪霏⑤。为君下箸一餐罢,醉著金鞍上马归。

【注释】 ① 汶:汶水。据《元和郡县图志》,汶水北离中都县二十四里。② 脍:把鱼切成薄片。 ③ 呀呷:吞吐开合貌。 ④ 跋剌:鱼尾摆动声。⑤ 白雪:张协《七命》:"尔乃命支离,飞霜锷,红肌绮散,素肤雪落。"李白诗意本于此,谓剖开的鱼红者如花,白者如雪。

【译文】 鲁地的酒色如琥珀,汶水的鱼紫鳞似锦。山东小吏豪爽俊逸,提来这两样东西送给客人。我们意气相投,两相顾惜,两条鱼一斗酒以表情意。酒来我便饮,在别离之地把鱼脍。鱼儿吞吐双鳃,振起鳍鬣,跋剌一声,要从银盘中跳去。唤儿擦净几案挥刀割肉,红的如同花落,白的好似雪飞。为你下箸吃足了酒,著鞍上马,醉醺醺地归去。

酬张卿夜宿南陵见赠

【题解】　此诗当为去朝后居东鲁时作。南陵,在东鲁。张卿夜宿南陵,有诗赠李白,李白以此诗酬答,勉励张卿终有一展长策之时。

【原诗】　月出鲁城东①,明如天上雪。鲁女惊莎鸡②,鸣机应秋节。当君相思夜,火落金风高③。河汉挂户牖,欲济无轻舠④。我昔辞林丘,云龙忽相见⑤。客星动太微⑥,朝去洛阳殿。尔来得茂彦⑦,七叶仕汉余⑧。身为下邳客⑨,家有圯桥书。傅说未梦时⑩,终当起岩野。万古骑辰星⑪,光辉照天下。与君各未遇,长策委蒿莱⑫。宝刀隐玉匣,锈涩空莓苔。遂令世上愚,轻我土与灰。一朝攀龙去,蛙黾安在哉⑬。故山定有酒,与尔倾金罍⑭。

【注释】　①鲁城:指兖州治所瑕丘县,在今山东济宁。　②莎鸡:蟋蟀。③火落:火,大火星,为夏季南天之标识。到了七月,大火星则偏西下行。故以火落谓炎暑消失,初秋来临。　④舠(dāo):小船。　⑤云龙:喻君臣之遇合。　⑥客星:本谓天空新出现的星,此特指东汉隐士严光。据《后汉书·逸民列传》:严光,字子陵。少有高名,曾与汉光武帝一同游学。及光武即位,隐身不见。帝思其贤,遣使聘之。引光入,论道旧故,相对累日。因共偃卧,光以足加帝腹上。明日,太史奏客星犯御坐甚急。太微:古代星官名,三垣之一。位于北斗之南,轸、翼之北,大角之西,轩辕之东。诸星以五帝座为中心,古以为天子之宫廷。　⑦茂彦:茂才美士。　⑧“七叶”句:用张汤事。《汉书·张汤传》:“自宣、元以来,为侍中、中常侍、诸曹散骑,列校尉者凡十余人。功臣之世,唯有金氏、张氏亲近宠贵,比于外戚。”左思《咏史诗》:“金张藉旧业,七叶珥汉貂。”此喻张卿家世。　⑨下邳客:指张良。据《史记·留侯世家》:良匿于下邳,游圯桥,遇黄石公,受《太公兵法》。　⑩傅说:殷时贤相。殷王武丁思得良辅,梦天赐贤人,姓傅名说。访诸天下,于傅岩之野得傅说,举以为相。详见《太平御览·帝王部》。　⑪骑辰星:《庄子·大宗师》:“傅说得之,以相武丁,奄有天下,乘东维,骑箕尾,而比于列星。" ⑫ 长策:犹良计。 ⑬ 蛙黾(měng):蛙类动物。比喻世上愚人。 ⑭ 金罍:酒器。

【译文】 月亮升起于鲁城东,像天上的雪一样光明。鲁地的女子惊闻蟋蟀鸣叫,应着秋天的节气织布声声。你思念我的夜晚,正是大火星西流、空中刮起金风之时。银河低垂就挂在窗外,想要渡河访你,却无小船送行。昔时,我曾辞别山林来到长安,待诏金殿,云龙相逢。好似严光足加帝腹,客星犯了帝座,一朝离开朝中又归隐富春。张氏家族从来就多茂才美士,汉朝时七世富贵,历朝受封。你如同张良暂隐下邳,家中藏有圯桥得到的旷世奇书。现在不过是傅说未入武丁梦境,终有一天会起自山野,大济苍生。魂寄辰尾而比于列宿,把永久的光辉照遍世人。我与你现在都是生不逢时的处境,徒有良策却困顿草莽。如同宝刀藏在玉匣里,锈迹斑斑,苍苔丛生。因此引来那些世上的愚人轻视,把我们看作尘土与灰埃。必将一朝攀龙而起飞黄腾达,世上的愚人如同蛙类何足道哉! 故乡的山上一定有酒相待,我当与你倾杯一醉。

酬岑勋见寻,就元丹丘对酒相待,以诗见招

【题解】 此诗当作于天宝四载(745)。地点在河南嵩山。岑勋,南阳人。元丹丘,李白好友。《将进酒》中的"岑夫子,丹丘生"即此二人。岑勋仰慕李白,千里寻访,遇元丹丘于嵩山。饮酒间思念李白,写信邀请。白即赴邀欢聚,并写此诗,以叙朋友间相得之情。

【原诗】 黄鹤东南来,寄书写心曲。倚松开其缄,忆我肠断续。不以千里遥,命驾来相招。中逢元丹丘,登岭宴碧霄。对酒忽思我,长啸临清飙①。塞余未相知,茫茫绿云垂。俄然素书及②,解此长渴饥。策马望山月,途穷造阶墀。喜兹一会面,若睹琼树枝③。忆君我远来,我欢方速至。开颜酌美酒,乐极忽成醉。我情既不浅,君意方亦深。相知两相得,一顾轻千金。且向山客笑,与君论素心。

【注释】 ① 清飙：清风。 ② 素书：信。素，绢。古人用绢写信，故云。③ 琼树枝：《文选》江淹《杂体诗三十首》之一《古离别》："愿一见颜色，不异琼树枝。"李周翰注："琼树，玉树也，在昆仑山，故难见。言君行之远，思见之难，不异琼树枝也。"

【译文】 黄鹤从东南飞来，寄信抒写自己的心曲。我身倚松树打开信封，知道你思念我意切情真。不怕路途遥远，驱驰车马前来寻访，途中遇到元丹丘，被拉上嵩山宴饮。喝酒时，忽然又想起我，心情激昂，长啸于清风。可我并不知道这些，正茫然面对缭绕的绿云。你的信正在此时不期而至，我长久渴盼的心田也终于得到了甘霖。鞭催骏马，仰望嵩山的明月，走到路尽头处再登台阶。很高兴今日能见上一面，就好像见到了琼树的树枝。怀念友人我从远方赶来，因为欢欣我才这么快到来。笑吟吟斟上美酒，快乐至极，都喝得醉醺醺。我的感情如此淳厚，你们的心意也很深。相知的友人贵在相得甚欢，一面之交重过千金。向着山客我笑逐颜开，向你们说一说我对友人的一片真心。

答从弟幼成过西园见赠

【题解】 此诗当写于天宝间去朝归东鲁后。西园亦当在东鲁。情怀淡泊，故觉农家生活无不欢乐；村邻亲情，无不淳厚。诗风颇近陶渊明。

【原诗】 一身自萧洒，万物何嚣喧。拙薄谢明时，栖闲归故园。二季过旧壑①，四邻驰华轩。衣剑照松宇，宾徒光石门②。山童荐珍果③，野老开芳樽。上陈樵渔事，下叙农圃言。昨来荷花满，今见兰苕繁④。一笑复一歌，不知夕景昏。醉罢同所乐，此情难具论。

【注释】 ① 二季：李白从弟幼成和令问。 ② 石门：山名，在今山东曲阜东北。 ③ 荐：送上。 ④ 兰苕：兰花。

【译文】 我一身洒脱不拘,超逸绝俗,相比之下外在的世界又是何等嚣喧!才薄性拙终于被这圣世所遗弃,栖隐赋闲又回到了故园。两位从弟到西园来问候我,四邻闻讯也都乘车而来。锦衣宝剑令松木屋增色,宾客们使石门山顿生光辉。山里的孩童送来珍稀的果品,村野老汉打开喷香的酒樽。一会儿谈砍柴渔猎,一会儿又说菜圃农田。昨天来时,荷花开得正盛,今天又看见兰花满园。开怀地笑一阵又放声地歌一曲,不知不觉间已经日落西山。我们共同享受了醉酒而罢的欢乐,这种情致怎么能用语言说清?

酬王补阙惠翼庄庙宋丞泚赠别

【题解】 王琦注:"诗题疑有舛错。""惠翼"当作"翼惠"。翼,王补阙之名。惠庄,唐睿宗之子申王李㧑的谥号。李㧑开元八年(720)死,谥惠庄太子。宋泚为惠庄太子庙丞。此诗当作于天宝三载(744)李白离京时,王翼、宋泚与白赠别,白作此酬答之诗。诗中对淳朴无存的世风表示了极大的失望,因此决心飘然远行,并劝王翼、宋泚不要涉足时政。

【原诗】 学道三十春,自言羲和人①。轩盖宛若梦②,云松长相亲。偶将二公合,复与三山邻③。喜结海上契,自为天外宾。鸾翮我先铩④,龙性君莫驯。朴散不尚古,时讹皆失真。勿踏荒溪波⑤,褐来浩然津⑥。薜带何辞楚⑦,桃源堪避秦。世迫且离别,心在期隐沦。酬赠非炯诚⑧,永言铭佩绅⑨。

【注释】 ①羲和人:一作"羲皇人",即陶渊明所谓"羲皇上人"。羲皇,指伏羲氏。古人想象羲皇之世其民皆恬静闲适,故隐逸之士自称羲皇时人。《宋书·陶潜传》:"常言,五六月中,北窗下卧,遇凉风暂至,自谓是羲皇上人。" ②轩盖:显贵者所乘带篷盖的车。 ③三山:即蓬莱、方壶、瀛洲三神山。 ④"鸾翮"句:化用颜延年《五君咏·嵇中散》"鸾翮有时铩,龙性谁能驯"诗句。铩,剪除鸟羽。　⑤荒溪波:小水。　⑥朅来:即去来意,此偏在来上。浩然津:大水。　⑦薜带:用屈原语。屈原《九歌·山鬼》:"被薜荔兮带女萝。"言山鬼被薜荔衣,以女萝为带。此用其意,指屈原以薜荔为带。　⑧炯诚:明诚。　⑨佩绅:佩带。绅,大带。以带束腰,垂其余以为饰,谓之绅。《论语·卫灵公》:"子张书诸绅。"邢昺疏:"子张以孔子之言书之绅带,意其佩服无忽忘也。"

【译文】　学道已经三十年了,自谓如陶渊明可做羲皇上人。我虽曾供奉翰林,享轩车之贵,但往事如同幻梦,内心仍与云松相亲。今天偶然与二公相遇,又与海上仙山为邻。喜与二公结海上之约,将成为天外的仙人飘然远行。我的锋芒先遭摧折,如鸾凤的羽毛被人剪除;二公性格高傲,如同龙性绝非驯顺。如今淳厚风气已失,谁又崇尚古朴?大家都虚伪欺诈,失去了本性的纯真。所以二公不要涉足时政,踏入泥沼;何不漫游江海,自在其身?以薜荔为带的屈原为何离开楚国?桃花源中为何成为逃避秦乱的村庄?世事所迫,不得不离别故乡以求自全,更何况本心还在隐居山林!今日酬答二公赠别的诗虽不是明诚,诚愿二公写在佩带上永志不忘。

答王十二寒夜独酌有怀

【题解】　宋蜀本题下注:"再入吴中。"唐玄宗后期,李林甫为相。天宝六载(747),杀害北海太守李邕和曾任刑部尚书的裴敦复。八载(749)六月,陇右节度使哥舒翰攻破吐蕃石堡城,士卒伤亡惨重。当时正是安史之乱前夕,唐王朝政治的奢侈腐败已达极点。此诗写于天宝八载冬。诗中揭露和批判了黑暗的政治现实,抒发了遭谤受谗的愤慨,表示出对功名富贵的极大蔑视。王十二,李白的朋友,名字不详。他写了一首《寒夜独酌有怀》诗寄给李白,李白写此诗作答。

【原诗】　昨夜吴中雪①,子猷佳兴发②。万里浮云卷碧山,青天中道流孤月。孤月苍浪河汉清③,北斗错落长庚明④。怀余对酒夜霜白,玉床金井冰峥嵘⑤。人生飘忽百年内，且须酣畅万古情。君不能狸膏金距学斗鸡⑥，坐令鼻息吹虹霓⑦；君不能学哥舒⑧，横行青海夜带刀⑨，西屠石堡取紫袍⑩。吟诗作赋北窗里，万言不直一杯水⑪。世人闻此皆掉头，有如东风射马耳⑫。鱼目亦笑我⑬，请与明月同⑭。骅骝拳跼不能食⑮，蹇驴得志鸣春风⑯。《折杨》《皇华》合流俗⑰，晋君听琴枉《清角》⑱。巴人谁肯和《阳春》⑲，楚地犹来贱奇璞⑳。黄金散尽交不成，白首为儒身被轻。一谈一笑失颜色，苍蝇贝锦喧谤声㉑。曾参岂是杀人者㉒，谗言三及慈母惊。与君论心握君手，荣辱于余亦何有。孔圣犹闻伤凤麟㉓，董龙更是何鸡狗㉔。一生傲岸苦不谐，恩疏媒劳志多乖㉕。严陵高揖汉天子㉖，何必长剑拄颐事玉阶㉗。达亦不足贵，穷亦不足悲。韩信羞将绛灌比㉘，祢衡耻逐屠沽儿㉙。君不见李北海㉚，英风豪气今何在。君不见裴尚书㉛，土坟三尺蒿棘居。少年早欲五湖去㉜，见此弥将钟鼎疏㉝。

【注释】 ① 吴中：吴郡，今江苏苏州一带。这里指王十二所在的地方。② 子猷(yóu)：东晋王徽之，字子猷。据《世说新语·任诞》载：一个大雪天的晚上，他忽发佳兴，乘船从家乡山阴（今浙江绍兴）到剡溪（今浙江嵊州）拜访老朋友戴逵。船行一夜到剡溪，却因兴尽不入戴逵之门而返。此言王十二寒夜独酌怀念自己，与王子猷雪夜访戴相似。 ③ 苍浪：有沧凉清冷意。 ④ 长庚：古时把黄昏时分出现于西方的金星称为长庚星。⑤ 玉床：装饰精美的井架。 ⑥ 狸膏：狸油。狸能捕鸡，斗鸡时涂狸油于鸡头，令敌手恐惧而退。金距：装在鸡爪上的金属芒刺，以便在斗鸡时刺伤对方。唐玄宗喜欢斗鸡，时盛斗鸡之风，有些人（如贾昌辈）因此而得宠幸。⑦ 坐：因此。李白《古风五十九首》其二十四："路逢斗鸡者，冠盖何辉赫。鼻息干虹霓，行人皆怵惕。"讽刺同一现象。 ⑧ 哥舒：哥舒翰，玄宗时边将，突厥人。他曾任陇右、河西节度使。其时有民谣曰："北斗七星高，哥舒夜带刀。吐蕃总杀却，更筑两重壕。"后降安禄山，被杀。 ⑨ 青海：即青海湖，这里泛指陇右、河西一带。 ⑩ 石堡：又名铁刃城，在今青海西宁西南，为唐与吐蕃交通要道。据《旧唐书·哥舒翰传》：天宝八载，哥舒翰率军十万攻下吐蕃据点石堡城，双方死伤甚众。哥舒翰因功封御史大夫。紫袍:唐代三品以上官员服紫色朝服,御史大夫从三品,故服紫。　⑪直:同"值"。　⑫东风射马耳:闻而无觉意。　⑬鱼目:鱼眼。喻平庸之人。⑭请:一作"谓"。明月:明月珠。李白自喻。　⑮骅骝:周穆王八骏之一,此指良马。挛跼:曲而不伸。　⑯蹇(jiǎn):跛足。　⑰《折杨》《皇华》:古代的两支通俗曲名。《庄子·天地》:"大声不入于里耳,《折杨》《皇华》则嗑然而笑。"　⑱《清角》:相传为黄帝所作乐曲,有德之君方能听之,德薄之人听了要有灾难。春秋时,晋平公强迫师旷为他奏此曲,使晋三年大旱,晋平公亦病。详见《韩非子·十过》。　⑲《阳春》:曲调高雅的古代乐曲。宋玉《对楚王问》:"客有歌于郢中者,其始曰《下里》《巴人》,国中属而和者数千人……其为《阳春》《白雪》,国中属而和者不过数十人。"巴人:即唱《巴人》乐曲者。　⑳"楚地"句:据《韩非子·和氏》载:楚国玉工卞和在山中得到玉璞,献给楚厉王。厉王使玉工看,说是石头。厉王以其欺君,砍其左足。楚武王即位,卞和又献武王,玉工仍说是石,武王砍其右足。文王即位,卞和抱玉璞在楚山下哭了三天三夜。后来文王使玉工治璞,才发现是块宝玉,因名之曰卞和玉。　㉑苍蝇:即青蝇。喻进谗言的小人。《诗经·小雅·青蝇》:"营营青蝇,止于樊。岂弟君子,无信谗言。"贝锦:花纹如贝壳的锦缎。《诗经·小雅·卷伯》:"萋兮斐兮,成是贝锦。彼谮人者,亦已大甚。"比喻谗人罗织人的过失构成罪状。　㉒曾参:孔子弟子,郑国人。有与曾参同姓名者杀了人。有人向曾参母亲报信。前二次,曾母不信,第三次不得不信,跳墙逃走。事见《战国策·秦策》。　㉓伤凤麟:孔子因不为世用,曾叹"凤鸟不至"。见《论语·子罕》。鲁哀公十四年(前481),鲁人打猎获得麒麟,孔子叹息"吾道穷矣",见《史记·孔子世家》。㉔董龙:十六国时前秦的奸臣,官右仆射。据《十六国春秋》载:前秦宰相王堕性刚峻正直,对奸臣右仆射董荣(小字龙)疾之如仇。每次上朝,都不同他说话。有人劝王堕敷衍一下,王堕骂道:"董龙是何鸡狗,而令国士与之言乎!"后王堕被董龙借故杀害。　㉕"思疏"句:出《楚辞·湘君》:"心不同兮媒劳,恩不甚兮轻绝。"媒劳,指引荐的人徒然辛苦地奔走。　㉖严陵:即东汉隐士严光。光字子陵,曾与汉光武帝刘秀一同游学。秀即帝位,屡召方进朝,见刘秀长揖不拜。　㉗长剑挂颐:佩剑很长,几乎触着面颊。玉阶:代指朝廷。　㉘韩信:汉初名将。绛:绛侯周勃。灌:颍阴侯灌婴。

韩本被刘邦封为齐王,徙封楚王,后被贬为淮阴侯。韩信由此心中怨愤,常称病不朝,羞与周勃、灌婴同居侯位。见《史记·淮阴侯列传》。　㉙祢衡:东汉末年人。据《后汉书·文苑列传》:祢衡到曹操的统治中心许都,有人劝他与当时名士陈群、司马朗交往,他说:"吾焉能从屠沽儿耶!"　㉚李北海:北海郡太守李邕。任御史时曾声援名相宋璟弹劾张昌宗兄弟,书法文章很出名,是当时名士。天宝六载被李林甫陷害杖杀。李白曾作有《上李邕》诗。　㉛裴尚书:刑部尚书裴敦复,与李邕同时遇害。　㉜五湖:此用春秋时范蠡典。据《国语·越语》:春秋时,越国大夫范蠡助越王勾践灭吴,功成身退,乘舟泛于五湖,人莫知其所终。　㉝钟鼎:即钟鸣鼎食。古代贵族之家饮食时鸣钟列鼎。此指荣华富贵。

【译文】　昨天夜里,吴中下了一场大雪,你像王子猷一样兴致勃发。浮云万里环绕着青山,天空的正中游动着一轮孤月。孤月沧凉清冷,银河清朗澄明,太白星晶莹明亮,北斗星错落纵横。白霜洒地的夜晚你对酒思念我,金雕玉塑的井台上冰冻峥嵘。人生百年不过是飘忽瞬间,要痛饮美酒来宣泄万古的愁情。你不会狸膏金距效法斗鸡之徒,因谄佞获宠,鼻孔出气吹到天上的霓虹。你不能学那陇右武夫哥舒翰,跨马持刀,横行青海,血洗石堡换紫袍。你只能在北窗之下吟诗作赋,纵有万言不如杯水顶用!世人听到诗赋皆掉头而去,就好像马耳边吹过一阵东风。鱼目混珠之辈居然也来嘲笑我,夸说他们的才能与明月宝珠相同。千里马屈身弓背不能饮食,跛腿驴却在春风里得意长鸣。《折杨》《皇华》这样的曲子才合流俗的口味,《清角》这样的琴曲,晋平公怎配去听!唱惯《巴人》曲的人怎肯应和《阳春》雅曲?楚国人从来就轻视珍奇的玉石。黄金散尽却没交到知音,白发飘飘的读书人还是被人看轻。一谈一笑之间举止不慎,马上就有苍蝇一样的小人罗织罪名。曾参怎么能是杀人犯?可是三进谗言还是使他的母亲震惊。握住你的手告诉你心里话,对我来说,荣与辱早已是身外之物。听说孔圣人还感伤生不逢时,董龙这小子又是什么鸡和狗!一生傲岸难与权贵相处,皇帝疏远,举荐徒劳,壮志难酬。严子陵长揖不拜汉家天子,我又何必长剑拄着下巴去把皇帝侍候!显达也不足贵,穷困也不足愁。当年韩信羞与周勃、灌婴为伍,祢衡耻于交往屠沽小儿。你不见李北海,英风豪气今在何处?你不见裴尚书,三尺土坟上长满了蒿草荆棘!年轻时我就想学范蠡漫游五湖,看到这些更想远离功名富贵。

酬裴侍御对酒感时见赠

【题解】 宋蜀本题下注:"金陵。"非。此诗当作于乾元二年(759)秋李白流放遇赦回到岳阳之时。裴侍御,名字不详。诗中以申包胥哭于秦庭以救楚,比己之参与永王璘军事,对友人表达了自己忠君爱国的一片孤愤凄楚之情。

【原诗】 雨色秋来寒,风严清江爽。孤高绣衣人①,萧洒青霞赏②。平生多感激,忠义非外奖③。祸连积怨生,事及徂川往。楚邦有壮士④,鄢郢翻扫荡⑤。申包哭秦庭,泣血将安仰。鞭尸辱已及,堂上罗宿莽⑥。颇似今之人,蟊贼陷忠谠⑦。渺然一水隔,何由税归鞅⑧。日夕听猿愁,怀贤盈梦想。

【注释】 ① 绣衣人:指裴侍御。汉武帝天汉年间,民间起事者众,地方官员督捕不力,因派直指使者衣绣衣,持斧仗节,兴兵镇压。绣衣,表示地位尊贵。直指使者由侍御史充任,故称绣衣御史。 ② 青霞:喻高远。 ③ 非外奖:谓出自本心,并非由于外界的激励。 ④ 壮士:谓伍子胥。据《史记·伍子胥列传》:伍子胥,楚人。父名伍奢。楚平王听信费无忌谗言,杀伍子胥父兄,伍子胥逃到吴国。后兴师伐楚至郢,掘楚平王之墓,鞭尸三百。申包胥求救于秦,秦不许。申包胥立于秦庭哭七日七夜,秦哀公怜之,遣车五百乘救楚击吴。 ⑤ 鄢郢:指楚都。春秋楚文王定都于郢(今湖北江陵县西北),惠王之初曾建都于鄢(今湖北宜城市南),因以"鄢郢"指楚都。 ⑥ 宿莽:楚人称经冬不死的草为"宿莽"。 ⑦ 蟊贼:本指吃禾苗的两种害虫,后喻危害国家的人。 ⑧ 税归鞅:《文选》谢朓《京路夜发》:"行矣倦路长,无由税归鞅。"李周翰注:"税,息。鞅,驾也。"

【译文】 潇潇秋雨使秋天增加寒意,瑟瑟劲风令清江爽朗。孤独高傲的绣衣御史身姿潇洒,志意高远,令人神往。一生常常感激奋发,忠义发自内心,并非外界激励。祸事连着积怨而产生,不过此事已随着时光流淌。楚国曾有伍子胥那样的壮士,国都鄢郢反而遭到了他的扫荡。秦庭上申包胥哭了七天七夜,眼里哭出了血,又把谁仰仗? 遇到了掘墓鞭尸的污辱,经冬不黄的草长满了朝堂。细思历史,古今多么相似,害国祸民的贼子陷害了忠良。我与你渺然一水相隔,什么时候才能驻马停车不再流浪? 夜晚到来,猿啼哀哀更增人愁绪,思念你一直到梦乡。

酬崔侍御

【题解】 此诗是李白对崔成甫《赠李十二》的答诗。郁贤皓《李白丛考》推测:天宝五载(746),李林甫构陷韦坚,崔成甫当于此时受累被贬。此诗当是天宝六载(747)所作。崔成甫从潇湘来到金陵,与李白相遇,于是有诗唱和。崔侍御,即崔成甫,崔沔之子,倜傥有才名,进士擢第,曾任校书郎、陕县尉,摄监察御史。在诗中,李白以严子陵自比,表现了自己不受羁勒之性与高傲疏狂之态,真传神之笔。

【原诗】 严陵不从万乘游①,归卧空山钓碧流。自是客星辞帝座,元非太白醉扬州②。

【注释】 ① 严陵:东汉人严光,字子陵。参见《古风五十九首》其十一注。② 扬州:此处指金陵。

【译文】 严子陵不与万乘之君交游,归卧富春山垂钓碧流。本来是客星辞别了帝王的宫殿,不是太白星醉卧扬州。

玩月金陵城西孙楚酒楼,达曙歌吹,日晚乘醉
著紫绮裘乌纱巾,与酒客数人棹歌
秦淮,往石头访崔四侍御

【题解】 此诗与《酬崔侍御》当为同时之作。孙楚酒楼,酒肆名,在金陵城西。紫绮裘,绣有花纹的紫色皮衣。乌纱巾,即乌纱帽,唐时为贵贱皆着的便帽。秦淮,即今秦淮河,在南京注入长江。石头,即石头城,故址在今南京清凉山。崔四侍御,崔成甫。因在同祖兄弟中排行第四,曾摄监察御史,故称。此诗极为生动地描写了李白谑浪笑傲的生活。

【原诗】 昨玩西城月,青天垂玉钩①。朝沽金陵酒,歌吹孙楚楼。忽忆绣衣人,乘船往石头。草裹乌纱巾,倒披紫绮裘。两岸拍手笑,疑是王子猷②。酒客十数公,崩腾醉中流③。谑浪掉海客④,喧呼傲阳侯⑤。半道逢吴姬,卷帘出揶揄⑥。我忆君到此,不知狂与羞。月下一见君,三杯便回桡。舍舟共连袂,行上南渡桥。兴发歌《绿水》⑦,秦客为之谣。鸡鸣复相招,清宴逸云霄。赠我数百字,字字凌风飙。系之衣裳上,相忆每长谣。

【注释】 ①玉钩:初月。鲍照《玩月城西门廨中》:"始出西南楼,纤纤如玉钩。" ②王子猷:王徽之。此用子猷雪夜访戴典。 ③崩腾:杂乱貌。 ④谑浪:戏谑不敬。 ⑤阳侯:波涛神。据《淮南子·览冥训》高诱注:阳侯,陵阳国侯,其国近水,因溺死,化为波神。一说阳侯为古诸侯,有罪投江而死,化为波神,见《汉书·扬雄传》应劭注。 ⑥揶揄:戏弄,嘲笑。 ⑦《绿水》:古雅曲名。

【译文】 昨天夜里赏玩西城上的月色,纤纤初月像青天挂着的一弯玉钩。早晨买来金陵美酒,边唱边喝在孙楚酒楼。忽然想起你这位绣衣御史,于是乘上小船划往石头。我的头上草草裹着乌纱巾,身上倒披紫花皮裘。两岸人见了全都拍手而笑,怀疑我就是当年雪夜访戴的王子猷。与我同船的酒

客有十几位,一个个东倒西歪醉在船头。戏谑放浪摇动了航海的人,叫嚣呼喊傲视波神阳侯。途中遇见吴地的女子,卷帘出来把我们嘲弄。我思念你才来到这里,哪里顾什么狂傲与害羞! 在月光下一旦见到你,连饮三杯便可掉转小舟。有时手拉着手来到岸上走,一起登上南渡桥头。兴致勃发,唱一支《绿水》曲,秦客为我曼声吟和。鸡鸣时,我们又相聚在一起,清宴上逸兴直冲云霄。你赠给我数百字的诗章,字字激昂,欲凌狂飙。我把它系在我的衣裳上,每当思念你时,就把它放声歌唱。

江上答崔宣城

【题解】　此诗作于至德元载(756),其时李白方由宣城至江上,即赋诗答崔宣城。崔宣城,名钦,天宝末为宣城令。

【原诗】　太华三芙蓉①,明星玉女峰。寻仙下西岳,陶令忽相逢②。问我将何事,湍波历几重。貂裘非季子③,鹤氅似王恭④。谬忝燕台召⑤,而陪郭隗踪⑥。水流知入海,云去或从龙⑦。树绕芦洲月⑧,山鸣鹊镇钟⑨。还期如可访,台岭荫长松⑩。

【注释】　① 太华:即西岳华山,因西有少华山,故称太华。三芙蓉:指华山芙蓉、明星、玉女三峰。　② 陶令:即陶渊明,曾做彭泽县令,故称。此指宣城县令崔钦。　③ 季子:指战国时说客苏秦,季子为其字。据《战国策·赵策》:李兑送苏秦明月珠、和氏璧、黑貂裘、黄金百镒,西入于秦。　④ 鹤氅:《世说新语·企羡》:"孟昶未达时,家在京口。尝见王恭是乘高舆,被鹤氅裘。于时微雪,昶于篱间窥之,叹曰:'此真神仙中人!'"　⑤ 燕台:战国时燕昭王筑黄金台,以招纳天下贤才。　⑥ 郭隗(wěi):燕昭王的谋臣。据《史记·燕召公世家》:燕昭王即位,卑身厚币以招者。郭隗曰:"王必欲致士,先从隗始。况贤于隗者,岂远千里哉!"昭王为隗改筑宫而师事之。　⑦ "云去"句:《周易·乾》:"云从龙,风从虎,圣人作而万物睹。"喻君臣风云际会。　⑧ 芦洲:指今安徽芜湖繁昌获港一带江面。其间多洲渚,长满芦苇。　⑨ 鹊镇:镇名,在安徽芜湖繁昌临江南岸。　⑩ 台岭:即浙江天台山。孙绰《游天台山赋》:"藉萋萋之纤草,荫落落之长松。"

【译文】　太华山开出三朵莲花:芙蓉、明星、玉女三峰。我从华山寻仙东来江上,偶然与你这个陶彭泽相逢。你问我要去做什么,为什么要涉过道道险水急流。我虽然穿着貂皮裘,却不是纵横游说以求富贵的苏秦,倒似披着鹤氅裘的神仙中人王恭。不才的我有愧于燕昭王的征召,不过我还是要作为谋臣,追随郭隗的行踪。水流千里自知汇入大海,君臣相遇如云之从龙。树绕芦洲,洲上是澄明的月亮;钟鸣山谷,谷中回响着鹊镇的钟声。归来时你如果来寻找我,我将在天台山落落的松林中。

答族侄僧中孚赠玉泉仙人掌茶并序

【题解】　此诗当写于天宝八载(749)前后,李白时居金陵。李白的族侄、僧人中孚送当阳玉泉山特产的仙人掌茶兼赠诗,李白因答有此诗。序与诗中,均叙述了仙人掌茶生长的特异环境及饮此茶振枯还童的作用。

【原序】　余闻荆州玉泉寺近清溪诸山①,山洞往往有乳窟②,窟中多玉泉交流。中有白蝙蝠,大如鸦。按《仙经》,蝙蝠一名仙鼠,千岁之后体白如雪。栖则倒悬,盖饮乳水而长生也。其水边处处有茗草罗生③,枝叶如碧玉。惟玉泉真公常采而饮之④,年八十余岁,颜色如桃花。而此茗清香滑热,异于他者,所以能还童振枯,壮人寿也。余游金陵,见宗僧中孚,示余茶数十片,拳然重叠,其状如手,号为仙人掌茶。盖新出乎玉泉之山,旷古未觌,因持之见遗,兼赠诗,要余答之,遂有此作。后之高僧大隐,知仙人掌茶发乎中孚禅子及青莲居士李白也。

【原诗】　常闻玉泉山,山洞多乳窟。仙鼠如白鸦,倒悬深溪月⑤。茗生此中石,玉泉流不歇。根柯洒芳津,采服润肌骨。楚老卷绿叶⑥,枝枝相接连。曝成仙人掌,似拍洪崖肩⑦。举世未见之,其名定谁传。宗英及禅伯,投赠有佳篇。清镜烛无盐⑧,顾惭西子妍⑨。朝坐有余兴,长吟播诸天。

【注释】　①玉泉寺:在玉泉山,其山在今湖北当阳。清溪诸山:在今湖北南漳县南。　②乳窟:石钟乳丛生的洞穴。《述异记》:荆州清溪秀壁诸山,山洞往往有乳窟,窟中多玉泉交流。中有白蝙蝠,大如鸦。按《仙经》云:蝙蝠一名仙鼠,千载之后,体白如银,栖即倒悬,盖饮乳水而长生也。③茗:茶芽。　④玉泉真公:王琦注:"吕温《南岳弥陀寺承远和尚碑》:开元二十三年,至荆州玉泉寺谒兰若真和尚,即玉泉真公也。"　⑤深溪:一作"清溪"。清溪,山名,相传鬼谷子隐居此山,晋人郭璞亦尝游此山,赋《游仙诗》。　⑥楚老:一作"丛老"。　⑦洪崖:传说为皇帝臣子伶伦的仙号。郭璞《游仙诗》:"左挹浮丘袖,右拍洪崖肩。"　⑧无盐:战国时齐宣王后钟离春。因是无盐人,故名。其人有德貌丑,传说白头深目,长指大节,印鼻结喉,肥项少发,折腰出胸,皮肤若漆。此以无盐自喻。　⑨西子:西施。春秋时越国美女。越王勾践败于会稽,范蠡取西施献吴王夫差,使其迷惑忘政。越遂亡吴。后与范蠡同游五湖。事见《吴越春秋》。

【译文】　我常听说玉泉山中多有钟乳丛生的石窟,洞中有一种状如白鸦的仙鼠在清溪的月光下倒悬。乳窟旁的山壁上生长着茶树,树下就是洞中汩汩流出的乳泉。乳水润泽着茶树的根干,采下此茶喝,润人肌骨,永葆青春容颜。楚地的老人卷起绿叶,把枝与枝互相牵连起来。这样的绿叶晒成了仙人掌茶,真好似仙人的手掌拍打洪崖的肩。世上有几人见过仙人掌?然而它的名字一定会有人流传。宗族中的英才本是有道僧人,赠我此茶,兼有优秀的诗篇。在你的诗面前,我的诗就好似被清朗的镜子照出的奇丑无盐,看看佳丽西子,更觉得羞愧难言。早起闲坐恰有未尽的余兴,长吟此诗,传之于天。

酬裴侍御留岫师弹琴见寄

【题解】 此诗为乾元二年(759)秋作于巴陵。裴侍御,名字不详,或认为即李白《流夜郎至西塞驿寄裴隐》诗中的裴隐。岫师,僧人,事迹不详。

【原诗】 君同鲍明远①,邀彼休上人②。鼓琴乱《白雪》③,秋变江上春。瑶草绿未衰,攀翻寄情亲④。相思两不见,流泪空盈巾。

【注释】 ① 鲍明远:即南朝宋诗人鲍照。 ② 休上人:即惠休。宋僧人,俗姓汤,善诗文,辞采绮艳,与鲍照齐名,时人称休上人。鲍照作有《秋日示休上人诗》《答休上人菊诗》。 ③ 白雪:琴曲名。 ④ 攀翻:攀折。

【译文】 你好似鲍明远,邀请来休上人。鼓琴奏一曲《白雪》,方感到春天早已逝去,秋已来临。珍美的芳草此时仍含着碧绿,采摘来寄给亲爱的友人。两地相思,却不能相见,徒然令眼泪沾满了佩巾。

张相公出镇荆州,寻除太子詹事,余时流夜郎,行至江夏,与张公相去千里,公因太府丞王昔使车寄罗衣二事,及五月五日赠余诗,余答以此诗

【题解】 宋蜀本题下注:"流夜郎至江夏。"乾元元年(758)夏,李白流夜郎至江夏,张镐通过太府丞王昔赠送李白衣物及诗,李白写此诗作答。张相,即张镐,至德初位至中书侍郎同中书门下平章事。乾元元年五月肃宗以其不切事机,罢相,授荆州大都督府长史,寻征为太子宾客。诗题曰太子詹事,或为李白因传闻致误。太府丞,太府寺属官。

【原诗】 张衡殊不乐①，应有《四愁诗》②。惭君锦绣段③，赠我慰相思。鸿鹄复矫翼，凤凰忆故池④。荣乐一如此，商山老紫芝⑤。

【注释】 ① 张衡：东汉文学家。此拟张镐。 ②《四愁诗》：张衡《四愁诗序》："张衡不乐久处机密，阳嘉中出为河间相……时天下渐弊，郁郁不得志，为《四愁诗》。" ③ 锦绣段：《四愁诗》："美人赠我锦绣段，何以报之青玉案。" ④ 凤凰池：指中书省。《晋书·荀勖传》："以勖守尚书令。勖久在中书，专管机事，及失之，甚惘惘怅怅。或有贺之者，勖曰：'夺我凤凰池，诸君贺我邪？'"张镐罢中书侍郎，故有此言。 ⑤ 商山：在今陕西商洛。汉初东园公等四皓隐居于此。紫芝：《乐府诗集·琴曲歌辞》载四皓《采芝操》："晔晔紫芝，可以疗饥。唐虞往矣，吾当安归？"据《古今乐录》：四皓隐居商山，汉高祖聘之，四皓不甘，仰天叹而作歌。

【译文】 你为天下事闷闷不乐，所以才似张衡写了《四愁诗》。千里之外以锦绣赠我，表达你对我的一片相思之情。你出镇荆州不久复为詹事，如同鸿鹄又展开翻上青云的翅膀；刚出中书又进东宫，好似飞出的凤凰怀恋过去的华池。荣华快乐如果都似你这样，恐怕商山上的紫芝到老也无人去采摘了。

醉后答丁十八以诗讥予捶碎黄鹤楼

【题解】 此诗杨慎谓为宋初人伪作，不可从。要之，此为醉语，故颇多幻想与狂语，出人意表。然逸兴遄飞，仍是太白本色。乾元二年（759），李白《江夏赠韦南陵冰》诗有"我且为君捶碎黄鹤楼，君亦为吾倒却鹦鹉洲"语，丁十八所讥或为此诗。如此，则此诗作年当与《江夏赠韦南陵冰》相去不远，安旗系于上元元年（760），可从。丁十八，名字不详。据诗看，当为"少年"。黄鹤楼，故址在今武汉蛇山。

【原诗】 黄鹤高楼已捶碎，黄鹤仙人无所依①。黄鹤上天诉玉帝，却放黄鹤江南归。神明太守再雕饰,新图粉壁还芳菲。一州笑我为狂客,少年往往来相讥。君平帘下谁家子②,云是辽东丁令威③。作诗掉我惊逸兴④,白云绕笔窗前飞。待取明朝酒醒罢,与君烂漫寻春晖。

【注释】 ① 黄鹤仙人:传说费祎登山,曾驾鹤憩于黄鹤楼。又传仙人子安乘黄鹤过此。 ② 君平:即汉隐士严君平。据《汉书·王贡两龚鲍传》:严君平卜筮于成都市,得百钱足自养,则闭肆下帘而授《老子》,博览无不通。依老子、庄周之旨,著书十余万言。 ③ 丁令威:《搜神后记》:“丁令威,本辽东人,学道于灵虚山,后化鹤归辽,集城门华表柱。时有少年举弓欲射之,鹤乃飞,徘徊空中而言曰:‘有鸟有鸟丁令威,去家千里今始归。城郭如故人民非,何不学仙冢垒垒。’遂高上冲天。” ④ 掉:震动。

【译文】 黄鹤高楼已被我捶碎,黄鹤仙人无所归依。黄鹤上天向玉帝控告,玉帝又把它放归了江南。明智如神的太守重修黄鹤楼,新近图画的粉壁重放芳菲。一州的人都嘲笑我是狂客,有一个少年也常常来把我讥讽。严君平帘下学道的是谁家的少年?回答说是辽东学道化鹤归来的丁令威。写的诗打动我,引发我的逸兴,于是笔端生云绕着窗子飞。等到明天酒醒之后,我要与你一起寻找烂漫明媚的春光。

答裴侍御先行至石头驿,以书见招,期月满泛洞庭

【题解】 此诗作于乾元二年(759)。石头驿,在今湖北嘉鱼县西南。裴侍御月初至石头驿,以信约李白速行,十五日同游洞庭。李白错过了约期,故答以此诗表示遗憾。

【原诗】 君至石头驿,寄书黄鹤楼。开缄识远意,速此南行舟。风水无定准,湍波或滞留①。忆昨新月生,西檐若琼钩。今来何所似,破镜悬清秋②。恨不三五明③,平湖泛澄流。此欢竟莫遂,狂杀王子猷④。巴陵定近远⑤,持赠解人忧。

【注释】　①或：一作"成"。　②破镜：喻残月。　③三五：谓十五日。《古诗十九首》："三五明月满，四五蟾兔缺。"　④王子猷：王徽之。此用王子猷雪夜访戴事。　⑤巴陵：县名，治所即今湖南岳阳。

【译文】　你到达石头驿，寄信到黄鹤楼。打开信封知道了你远方的心意，催我加快乘船南行的速度。然而天上的风、水中的浪哪有个定准？水大浪急滞留了我的行舟。回想新月初生的时候，悬在西檐上，好似纤纤的玉钩。现在的月亮又成了什么？像一面残破的镜子挂在秋夜的天空。当十五日月明的夜晚，很遗憾未能与你泛舟平阔澄澈的洞庭。这样的欢聚竟未能如愿，真是委屈了王子猷。巴陵至此并不是太远，寄上此信以解你的忧愁。

答高山人兼呈权顾二侯

【题解】　此诗为天宝十三载（754）作于金陵。高山人，名字不详。权，权昭夷，天水人，事迹不详。李白另作有《独酌清溪江石上寄权昭夷》诗、《金陵与诸贤送权十一序》，所寄所送与此权侯是一人。顾侯，名字不详。诗中叙开元政局变化及个人奉诏入京被谗出京经历，直写胸怀，一谥愤惋。末句凄婉犹有楚调；而其骨气英特，直追正始。

【原诗】　虹霓掩天光①，哲后起康济②。应运生夔龙③，开元扫氛翳④。太微廓金镜⑤，端拱清遐裔⑥。轻尘集嵩岳⑦，虚点盛明意。谬挥紫泥诏⑧，献纳青云际⑨。谗惑英主心，恩疏佞臣计。彷徨庭阙下，叹息光阴逝。未作仲宣诗⑩，先流贾生涕⑪。挂帆秋江上，不为云罗制⑫。山海向东倾，百川无尽势。我于鸱夷子⑬，相去千余岁。运阔英达稀，同风遥执袂。登舻望远水，忽见沧浪枻⑭。高士何处来，虚舟渺安系⑮。衣貌本淳古，文章多佳丽。延引故乡人，风义未沦替⑯。顾侯达语默⑰，权子识通蔽。曾是无心云⑱，俱为此留滞。双萍易飘转，独鹤思凌厉⑲。明晨去潇湘⑳，共谒苍梧帝㉑。

【注释】 ①虹霓:亦作虹蜺。旧以虹蜺生于日旁,能够乱日之气,象征作乱或蔽惑君王的邪恶势力。 ②哲后:贤明的君主。 ③夔龙:虞舜时的二臣,夔为乐官,龙为谏官。此指权、顾二侯。 ④开元:玄宗即位所改年号。氛翳:阴霾之气。 ⑤太微:古星官名。诸星以五帝座为中心,作屏藩状。古代多用指朝廷。金镜:喻明道。 ⑥端拱:正身拱手,谓玄宗庄严临朝,清简为政。遐裔:边远之地。 ⑦"轻尘"句:李白自喻。裴骃《史记集解序》:"譬嚖星之继朝阳,飞尘之集华岳。"《正义》:"西岳华山极高大。裴氏自喻才藻轻小,如飞尘之集华岳,亦能成其高大。" ⑧紫泥诏:即诏书。古人用紫泥封书诏。 ⑨献纳:献言以供朝廷采纳。 ⑩仲宣:建安七子之一王粲,字仲宣。其《七哀诗》云:"西京乱无象,豺虎方遘患。复弃中国去,远身适荆蛮。" ⑪贾生:即贾谊。据《汉书·贾谊传》:贾谊为梁怀王太傅,数上疏陈政事,疏中有"臣窃惟事势,可为痛哭者一,可为流涕者二"等句。 ⑫云罗:高入云天的罗网。 ⑬鸱夷子:即范蠡。据《史记·越王勾践世家》:范蠡助越王勾践灭吴后,以为大名之下,难以久居,乃浮海出齐,变姓名,自谓鸱夷子皮,耕于海畔。 ⑭沧浪枻(yì):用《楚辞·渔父》典。参见《沐浴子》注。枻,船桨。 ⑮虚舟:任其漂流的船。 ⑯沦替:衰落,废弃。 ⑰语默:语本《周易·系辞》:"君子之道,或出或处,或默或语。"谓说话或沉默。 ⑱无心云:谓浮云。陶渊明《归去来兮辞》:"云无心以出岫,鸟倦飞而知还。" ⑲凌厉:凌空高飞。 ⑳潇湘:湘水与潇水于零陵合流,谓之潇湘。 ㉑苍梧帝:谓虞舜。据《史记·五帝本纪》:舜践帝位三十九年,南巡狩,崩于苍梧之野。苍梧,在今湖南宁远县。

【译文】 群邪当政,如虹霓掩住了天光,英明的君主振起安抚四邦。夔和龙那样的辅弼大臣应运而生,扫除阴霾,新创开元的大唐。推行明道,犹如廓清太微高悬明镜;庄严临朝,清简为政,四宇清朗。我才薄人微,忝列朝堂,好似轻微的尘土集于嵩岳,徒然有辱天子的盛明。误蒙供奉翰林起草天子的诏命,献纳忠言给高高在上的圣皇。无奈卑鄙的谗言迷惑了英明的君主,恩宠遂衰,中了小人的阴谋。我身不自安,在庭阙之下彷徨,叹息盛时难逢,如今却蹉跎大好时光。还未写王粲去国怀乡的诗歌,却已似贾谊眼泪盈巾为时忧伤。在秋天的江上扯起离去的风帆,这一去再也不怕那织入云天的罗网。群山东向,大海也向东倾,千江百水滔滔不绝地流淌。我与鸱夷子皮虽然相隔上千年,然而世运疏阔,英才达士稀少,我和他风操相同,可以隔世把袂,引为知音。我登上船头眺望远方的流水,忽然看见青苍色的江面上摆动着一双船桨。不知道高山人从什么地方而来?随任漂流的小舟又系于哪一个遥远的地方?容貌高古,衣装也如古人一样淳朴,文章却反而写得精美又漂亮。邀请我这个故乡人,仍保持着重视情谊的古道热肠。顾侯懂得进退的妙理,可言则言,不可言就沉默;权子通达顺逆的天机,时通则通,时不通则藏。大家都是无牵无碍的浮云,偶尔滞留在这个地方。顾、权二侯如同一对浮萍易于飘转,高山人则是孤独的鹤鸟想要凌空飞翔。明天早晨,我们荡起船桨共向潇湘而去,一同去拜谒葬在苍梧的虞舜帝王。

答杜秀才五松山见赠

【题解】　宋蜀本题下注:"五松山,南陵铜坑西五六里。宣城。"五松山,在今安徽铜陵。据《舆地纪胜》:山旧有松,一本五枝,苍鳞老干,翠色参天。李白因以名"五松山"。杜秀才,名字不详。天宝十三载(754)夏,李白由金陵经秋浦抵南陵五松山,写此诗以酬答杜秀才,诗中叙述了李白奉诏进京、被谗出京以及南游皖南的经历。并飞腾想象,表现了五松山冶铜场面。出于惺惺相惜的心理,赞扬了杜秀才刚直不群的性格。诗的谋篇微有冗杂,但叙事之流畅、写人之传神、写景之奇特,仍充分体现了李诗的特色。

【原诗】　昔献《长杨赋》①,天开云雨欢。当时待诏承明里②,皆道扬雄才可观。敕赐飞龙二天马③,黄金络头白玉鞍④。浮云蔽日去不返⑤,总为秋风摧紫兰。角巾东出商山道⑥,采秀行歌咏芝草⑦。路逢园绮笑向人⑧,而君解来一何好。闻道金陵龙虎盘⑨,还同谢朓望长安⑩。千峰夹水向秋浦⑪,五松名山当夏寒。铜井炎炉歊九天⑫,赫如铸鼎荆山前⑬。陶公攫烁呵赤电⑭,回禄睢盱扬紫烟⑮。此中岂是久留处，便欲烧丹从列仙。爱听松风且高卧，飕飗吹尽炎氛过^⑯。登崖独立望九州，《阳春》欲奏谁相和^⑰。闻君往年游锦城^⑱，章仇尚书倒屣迎^⑲。飞笺络驿奏明主^⑳，天书降问回恩荣。肮脏不能就珪组^㉑，至今空扬高道名。夫子工文绝世奇，五松新作天下推。吾非谢尚邀彦伯^㉒，异代风流各一时。一时相逢乐在今，袖拂白云开素琴，弹为《三峡流泉》音^㉓。从兹一别武陵去，去后桃花春水深。

【注释】 ①《长杨赋》：汉代扬雄作。据《汉书·扬雄传》：汉成帝时，有人举荐扬雄，扬雄待诏承明殿，随从汉成帝至长杨宫射熊馆，上《长杨赋》。此以扬雄自喻。 ②承明：即承明殿，在未央宫内。 ③飞龙：唐代御厩名。据《旧唐书·职官志》，开元时有飞龙、祥麟、凤苑、鹓雏、吉良、六群等六御厩。 ④黄金络头：乐府古辞《陌上桑》："青丝系马尾，黄金络马头。" ⑤浮云蔽日：喻君主为谗言所蒙蔽。《文子》："日月欲明，浮云蔽之。河水欲清，沙土秽之。丛兰欲修，秋风败之。" ⑥角巾：隐士的冠饰。《晋书·羊祜传》："尝与从弟琇书曰：'既定边事，当角巾东路，归故里，为容棺之墟。'" ⑦采秀：即采芝草。 ⑧园绮：此指秦末的商山四皓东园公、绮里季、夏黄公、甪里先生。此四人当秦乱世，避入商山，以待天下安定。⑨金陵龙虎盘：形容金陵形势。《太平御览》引晋吴勃《吴录》："刘备曾使诸葛亮至京，因睹秣陵山阜，叹曰：'钟山龙盘，石头虎踞，此帝王之宅。'"⑩谢朓望长安：谢朓《晚登三山还望京邑》诗有"灞涘望长安，河阳视京县"句。 ⑪秋浦：唐县名，以秋浦水得名，治所在今安徽池州。 ⑫铜井：铜井坑，在今安徽铜陵，古代为炼铜场。歊(xiāo)：热气升腾貌。 ⑬荆山：在今河南灵宝阆乡南。相传黄帝曾在此山采铜铸鼎。 ⑭陶公：传说中的仙人。《列仙传·陶安公》："陶安公者，六安铸冶师也。数行火，火一旦散，上行紫色冲天，安公伏冶下求哀。须臾，朱雀止冶上，曰：'安公安公，冶与天通，七月七日，迎汝以赤龙。'至期，赤龙到，大雨，而安公骑之东南上，一城邑数万人众共送，祖之，皆与辞决云。" ⑮回禄：火神。睢盱：神情傲慢，不可一世。 ⑯飕飗(sōu liú)：风声。 ⑰《阳春》：古代一种高雅的曲名。宋玉《对楚王问》："其为《阳春》《白雪》，国中属而和者不过数十人而已。" ⑱锦城：锦官城的简称。故址在今四川成都市南。三国蜀汉时管理织锦之官驻此,故名。后即用作成都的别名。　⑲章仇尚书:指章仇兼琼。天宝五载(746),以剑南节度使章仇兼琼为户部尚书。　⑳络驿:一作"络绎"。　㉑肮脏(kǎng zǎng):高亢刚直貌。　㉒谢尚:晋阳夏人,字仁祖,谢鲲子。彦伯,袁宏字。据《晋书·袁宏传》:袁宏有逸才,文章绝美。少孤贫,以运租为业。谢尚镇守牛渚,秋夜乘月泛江,闻袁宏在船上讽咏,声既清越,辞又藻拔。派人询问,知是袁宏吟其《咏史诗》。乃请宏来谈论,由夜达旦。谢尚任安西将军、豫州刺史,引宏参其军事。　㉓《三峡流泉》:《乐府诗集·琴曲歌辞》有《三峡流泉歌》,并引《琴集》曰:《三峡流泉》,晋阮咸所作也。

【译文】　昔日,我曾似扬雄献赋给朝廷,龙颜大悦,君臣欢融。那时我供奉翰林,待诏承明殿里,大家都称许我这个扬雄才华出众。皇帝赏赐我飞龙厩的御马,黄金为马笼头,白玉镶马鞍,何等荣宠!然而,谗言蒙蔽了圣聪,如同浮云蔽日,使我永远离开了朝廷;都是因为才华出众,好像开得鲜美的兰花招来嫉妒的秋风。头戴角巾东出商山古道,采一路芝草,扬一路采芝的歌声。路上遇见了东园公和绮里季,他们笑着说:你来此处多么好!听人说金陵势如龙盘虎踞,我就如谢朓一样登上三山,回望京城。沿着水路穿过千山来到秋浦,夏天的五松山上,我感受到山高林密的寒冷。铜井坑冶铜的火焰直冲天空,红色亮眼,可是那黄帝铸鼎炼铜?仙人陶安公身姿勇健呵斥着赤电,火神回禄傲慢地挥扬着紫烟。这里哪里是久留之处?所以我想效法仙人学道炼丹。高卧山林,欣喜地听着松间的风声,飕飕的山风扫净了炎热的天空。独立山崖眺望神州大地,想奏一曲《阳春》,有谁和鸣?听说你当年到过锦官城,忙得章仇尚书倒拖着鞋相迎。飞驰奏书给英明君主,诏书问讯,给了你无上恩荣。可是你性情高傲,不肯俯就官职,至今仍高扬遗世独立的空名。你工于文辞,奇才冠绝当世,五松山新作令天下人推崇。我们不能与谢尚邀请袁宏相比,然而一个时代各领一个时代的风流。今日相逢就欢乐在今日,袖拂白云打开素琴,弹一支《三峡流泉》的曲子。今日分别我将往武陵,去往春水桃花的深处。

至陵阳山登天柱石,酬韩侍御见招隐黄山

【题解】　陵阳山,在今安徽宣城,相传为汉窦子明升仙处。天柱石为其山峰之一。韩侍御,王琦注谓韩云卿,即韩愈的叔叔,曾为监察御史、礼部郎中。此诗有"天子昔避狄,与君亦乘骢"句。乘骢,指侍御史。据《后汉书·桓典列传》,桓典拜侍御史。是时宦官专权,桓典却无所回避。常乘骢马,京师畏惮,为之语曰:"行行且止,避骢马御史。"后因以"乘骢"指侍御史。韩云卿曾为侍御史,但李白未尝做侍御史,故王琦疑非李白之作,或字句有讹误。《李白诗文系年》认为或是唐人所误。姑存而不注译。

【原诗】　韩众骑白鹿①,西往华山中②。玉女千余人③,相随在云空。见我传秘诀,精诚与天通。何意到陵阳,游目送飞鸿④。天子昔避狄,与君亦乘骢,拥兵五陵下⑤,长策遏胡戎。时泰解绣衣⑥,脱身若飞蓬。鸾凤翻羽翼⑦,啄粟坐樊笼。海鹤一笑之,思归向辽东⑧。黄山过石柱,巘崿上攒丛。因巢翠玉树,忽见浮丘公⑨。又引王子乔⑩,吹笙舞松风。朗咏《紫霞篇》⑪,请开蕊珠宫⑫。步纲绕碧落⑬,倚树招青童⑭。何日可携手,遗形入无穷⑮。

酬崔十五见招

【题解】　此诗作于天宝十四载(755)。崔十五,名字不详。崔十五邀请李白饮酒,李白以诗作答,表达了他对友谊的珍重。时在宣城。

【原诗】　尔有鸟迹书①,相招琴溪饮②。手迹尺素中③,如天落云锦④。读罢向空笑,疑君在我前。长吟字不灭,怀袖且三年⑤。

【注释】 ① 鸟迹书：鸟篆，篆体古文字，形如鸟的爪迹，故称。 ② 琴溪：在今安徽泾县北琴高山下，相传为仙人琴高控鲤之处。 ③ 尺素：古人用以写信的小幅绢帛。 ④ 云锦：朝霞。 ⑤ "怀袖"句：言重视而珍藏。《古诗十九首》："置书怀袖中，三岁字不灭。"

【译文】 你寄来鸟迹书，邀我到琴溪饮酒。手迹留在了绢帛上，好像云霞飘落九天。读了信我向着蓝天而笑，好似你就站在我的面前。我将永远不忘你的情意，保存袖中，长吟多年。

九、游　宴

游南阳白水登石激作

【题解】 南阳,唐郡名,即邓州,今河南南阳。白水,俗名白河,在南阳东。石激亦在城东。白水环流,为南阳胜景。此诗当作于开元二十八年(740),诗中创造了一种心闲景清的意境。

【原诗】 朝涉白水源,暂与人俗疏。岛屿佳境色,江天涵清虚①。目送去海云,心闲游川鱼。长歌尽落日,乘月归田庐。

【注释】 ① 清虚:清净虚空。

【译文】 清晨涉水来寻白水源头,暂时远离世人与俗务。岛屿上有极佳的景致,江水与蓝天清朗虚无。目送白云悠然飘去,心随水中的鱼儿自在浮游。在长歌声中夕阳悄然落了,乘着月光回到田间的草屋。

游南阳清泠泉

【题解】 此诗与上首当为同时之作。清泠泉,在今南阳东北的半山下。流连清泉,情寄云月,表现了李白悠闲自在的心境。

【原诗】 惜彼落日暮,爱此寒泉清。西辉逐流水①,荡漾游子情②。空歌望云月,曲尽长松声。

【注释】 ①"西辉"句:一作"西耀游水流"。西辉,夕阳余晖。 ②荡漾:言感情随水波起伏。

【译文】 流连太阳落山的景致,喜爱这寒泉的清澈。夕阳的余晖逐着水波闪烁,荡漾的流水如我游子的心情。望着云和月唱起了歌,歌声落了,又响起松声。

寻鲁城北范居士,失道落苍耳中,见范置酒摘苍耳作

【题解】 宋蜀本题下注:"鲁中。"诗为天宝四载(745)作于兖州。鲁城,指兖州治所瑕丘县,在今山东济宁。范居士,名不详。苍耳,一种菊科草本植物,果实有刺,易附于人的身上。与李白寻范居士的还有杜甫,杜甫写有《与李十二白同寻范十隐居》诗。范十,为范居士的兄弟排行。诗中描写访友迷失道路以及与友人相会后纵酒欢歌的情景,真切感人。

【原诗】 雁度秋色远,日静无云时。客心不自得①,浩漫将何之②。忽忆范野人③,闲园养幽姿。茫然起逸兴,但恐行来迟。城壕失往路④,马首迷荒陂⑤。不惜翠云裘⑥,遂为苍耳欺。入门且一笑,把臂君为谁。酒客爱秋蔬⑦,山盘荐霜梨。他筵不下箸,此席忘朝饥⑧。酸枣垂北郭,寒瓜蔓东篱⑨。还倾四五酌,自咏《猛虎词》⑩。近作十日欢⑪,远为千载期。风流自簸荡⑫,谑浪偏相宜⑬。醉来上马去,却笑高阳池⑭。

【注释】 ①客:诗人自谓。 ②浩漫:广大深远貌。 ③野人:隐居乡野之人。 ④城壕:城池。 ⑤荒陂(bēi):荒坡。 ⑥翠云裘:饰有翠云纹彩的皮衣。 ⑦酒客:诗人自谓。 ⑧朝饥:早晨未吃饭的饥饿。 ⑨寒瓜:泛指秋瓜。 ⑩猛虎词:即《猛虎行》,古乐府《相和歌辞》曲调名。内容多述贫士坚守节操,不为环境所变。 ⑪十日欢:战国时,秦昭王曾致书平原君说:"寡人愿与君为十日之饮。"见《史记·范雎蔡泽列传》。

⑫ 簸荡：摇荡。鲍照《拟行路难》："阳春天冶二三月，从风簸荡落西家。"
⑬ 谑浪：戏谑放浪。 ⑭ 高阳池：池名，在湖北襄阳，原是汉侍中习郁的养鱼池。晋山简镇襄阳，唯酒是耽，常置酒池上，大醉而归，名其池为高阳池，取郦食其高阳酒徒之意。时有童歌曰："山公出何许？往至高阳池。日夕倒载归，酩酊无所知。时时能骑马，倒著白接羅。"

【译文】 大雁南飞，秋色无际，高空晴朗无云，周围一片寂静。面对此景我忽然心情惆怅，回顾茫茫，不知要去哪里。忽然想起范居士闲居田园的清幽身姿。超逸豪放的意兴顿时勃发，匆匆赶路，马鞭急催。来到城池时却迷了路，策马来到荒芜的山坡。误入苍耳丛里，被苍耳子沾满了皮衣。进门后，居士忍俊不禁，握住我的手臂说："你这一身苍耳为了谁？"我爱吃秋天的蔬菜水果，盘中摆上了甜甜的雪梨。别的宴席我不会喜欢，这顿饭却要连早餐补齐。环顾院落，酸枣累累垂挂院北，寒瓜爬满了东边的竹篱。面对此景还要再喝四五杯，情不自禁地吟起《猛虎词》。我和你欢饮十日美酒，再约一个千年的期会。手舞足蹈都是潇洒韵致，戏谑笑浪与我辈偏偏相宜。醉酒后上马离开城北，此情此景，山简的高阳池岂及？

鲁东门泛舟二首

【题解】 本诗为开元间李白居东鲁时作。鲁东门，一作"东鲁门"。鲁东门，指兖州东门。泛舟月中，寻溪迂转，由迥绝清境，而生子猷访戴雅兴。写清景逸兴，飘然飞动。

其 一

【原诗】 日落沙明天倒开①，波摇石动水萦回②。轻舟泛月寻溪转，疑是山阴雪后来③。

【注释】 ①天倒开：天空倒映水中。 ②萦回：萦绕回旋。 ③"疑是"

句:《世说新语·任诞》:"王子猷居山阴,夜大雪……忽忆戴安道。时戴在剡,即便夜乘小船就之。"

【译文】 夕阳落了,白沙更亮,天空倒映水中;水波摇,石影动,流水回旋萦绕。驾起小舟,乘着月光,沿着溪水迂转,恍如王子猷山阴雪后寻访戴安道。

其 二

【原诗】 水作青龙盘石堤,桃花夹岸鲁门西。若教月下乘舟去,何啻风流到剡溪①。

【注释】 ① 何啻(chì):何止。剡溪:又名戴溪,在今浙江嵊州曹娥江上游。

【译文】 水似青龙盘绕着石堤,鲁门之西桃花夹岸。若在这晶莹月色中泛舟而去,子猷雪夜访友的潇洒又岂能比拟!

秋猎孟诸夜归,置酒单父东楼观妓

【题解】 此诗当作于天宝间居东鲁之时。孟诸,即孟诸泽,在今河南商丘东北、虞城西北。唐时,湖面周围五十里。单父,县名,治所在今山东单县。同猎者或有杜甫、高适。杜甫《昔游》诗云:"昔者与高李,晚登单父台。"与此诗时间、地点相合。因时光飞逝,服药延年不可得,而走马射猎、观妓留欢以求一时之乐,是本诗主旨。诗人描写秋猎场景,豪纵英发,充满浪漫气息。

【原诗】 倾晖速短炬①,走海无停川。冀餐圆丘草②,欲以还颓年。此事不可得,微生若浮烟。俊发跨名驹③,雕弓控鸣弦。鹰豪鲁草白,狐兔多肥鲜。邀遮相驰逐④,遂出城东田。一扫四野空,喧呼鞍马前。

归来献所获,炮炙宜霜天⑤。出舞两美人,飘飘若云仙⑥。留欢不知疲,清晓方来旋。

【注释】 ① 倾晖:指斜阳。 ② 圆丘草:仙山圆丘所生长的芝草,食之可以延年。 ③ 俊发:英俊风发。一作"骏发"。 ④ 邀遮:阻拦。 ⑤ 炮炙:烧烤。 ⑥ 飘飘:举止轻盈洒脱貌。

【译文】 太阳迅速西斜,如同燃烧易尽的短炬;时光飞逝,好似不停流向大海的河川。我想要服食圆丘山上的芝草,以此来延长自己的年寿。这样的事情本来就办不到,微小的生命是转瞬飘灭的浮烟。我们何不英俊风发跨上快马,手持雕弓,扯开弓弦?迅猛的猎鹰,灰黄的鲁地秋草,狐狸和兔子正是又肥又鲜的时候。驰马奔突,追逐拦截禽兽,一行人打猎来到了城东。空阔的四野迅疾掠过,聚在鞍马的前面又叫又喊。所获猎物尽抛地上,这样的霜夜正好烧烤美餐。脚步轻盈走出两位美人,舞袖飘摇好似云中的神仙。留此寻欢不知疲倦,直到清晨才放马归来。

游泰山六首

【题解】 诗题一作《天宝元年四月从故御道上泰山》。泰山,古称东岳,在今山东泰安。此诗状写泰山雄奇景色,冥想神仙境界,亦真亦幻,亦虚亦实。既描写了雄奇的泰山景象,又表现了诗人旷渺高逸的情性,读之使人心胸浩浩落落,飘然欲仙。

其 一

【原诗】 四月上泰山,石平御道开①。六龙过万壑②,涧谷随萦回。马迹绕碧峰,于今满青苔。飞流洒绝巘③,水急松声哀④。北眺崿嶂奇⑤,倾崖向东摧。洞门闭石扇,地底兴云雷。登高望蓬瀛⑥,想象金箓台⑦。天门一长啸⑧,万里清风来。玉女四五人⑨,飘飘下九垓⑩。

含笑引素手,遗我流霞杯⑪。稽首再拜之⑫,自愧非仙才。旷然小宇宙,弃世何悠哉。

【注释】 ① 御道:指唐玄宗开元十三年东封泰山时走过的道路。石平:一作"石屏"。 ② 六龙:指皇帝车驾。天子所乘之车多用六马,马八尺称龙,故称六龙。 ③ 绝巘:极高的山峰。 ④ 水急:一作"水色"。 ⑤ 峥嵘:犹峰峦。 ⑥ 蓬瀛:古代神话中的海上仙山蓬莱和瀛洲。 ⑦ 金箓台:一作"金银台",传说中以金银砌成的神仙居处。 ⑧ 天门:泰山十八盘尽处有南天门,上即泰山绝顶。 ⑨ 玉女:仙女。 ⑩ 九垓:九重天。 ⑪ 流霞:传说为天上神仙的饮料。王充《论衡·道虚篇》:"有仙人数人,将我上天,离月数里而止……口饥欲食,仙人辄饮我以流霞一杯,每饮一杯,数月不饥。" ⑫ 稽首再拜:稽首,古时一种跪拜礼,叩头至地。稽首再拜,是行稽首礼后又先后拜两次,以示礼节隆重。

【译文】 四月,我来攀登泰山,见天子走的路在石壁上凿开。皇帝车驾翻越山壑,溪谷随着回绕盘旋。青山留下的马蹄痕迹,如今已盖满青苔。悬空的瀑布飞下高高的山顶,水流湍急,松涛声哀。向北眺望,峰峦奇崛,危崖险壁向东倾斜。山洞石门紧闭,大地的深处升起云烟,滚动着沉雷。到了高处远望海上的神山,眼前浮现出神仙的居处金银台。来到南天门放声长啸,清风万里吹入胸怀。四五个仙女轻盈地飞下九天,含笑捧给我盛满流霞的玉杯。我心中充满感激,稽首再拜,惭愧自己是一个无法升仙的凡胎。然而此时心胸开阔,视宇宙如芥子,摒绝世务,何等闲适!

其 二

【原诗】 清晓骑白鹿①,直上天门山。山际逢羽人②,方瞳好容颜③。扪萝欲就语,却掩青云关。遗我鸟迹书④,飘然落岩间。其字乃上古,读之了不闲⑤。感此三叹息,从师方未还。

【注释】 ① 白鹿:传为仙人所骑。 ② 羽人:仙人。传说人得道升仙,身生羽毛。　③方瞳：传说仙人方眼瞳。　④鸟迹书：即鸟篆。篆体古文字,形如鸟的爪迹,故称。　⑤闲：通"娴",熟习。

【译文】　我清晨骑着白鹿,一直登上天门山。山顶上遇到羽化成仙的人,方方的眼瞳,容颜似儿童。我手攀青萝想靠近他说话,他却掩入青云里。给我留下的鸟迹书,像云朵一样飘落石岩。上面全是上古的文字,读了令人一片茫然。我有感于此叹息不止,将要拜师学道永辞人间。

其　三

【原诗】　平明登日观①,举手开云关②。精神四飞扬,如出天地间。黄河从西来,窈窕入远山③。凭崖览八极④,目尽长空闲。偶然值青童⑤,绿发双云鬟⑥。笑我晚学仙,蹉跎凋朱颜⑦。踌躇忽不见,浩荡难追攀⑧。

【注释】　①日观：泰山东南顶峰,观海上日出处。　②云关：谓云雾拥蔽如关。　③窈窕：深远貌。　④八极：八方极远之地。　⑤值：遇到。青童：仙童。　⑥云鬟：高耸的环形发髻。　⑦蹉跎：虚度时光。⑧浩荡：空阔貌。

【译文】　天刚亮我就登上日观峰,举起手拨开雄关一样的浓云。此时,我的精神四处飞扬,想要突出天地间。黄河如带从西飘来,又远远地流入大山。身凌山崖纵览天际,目光所极空旷无边。我在此偶然遇到了仙童,乌黑的头发梳成了高高的云鬟。他笑我学仙太晚,年华虚度,老了容颜。我正犹豫时仙童忽然消失,广阔的天地间到哪里去追寻攀从?

其　四

【原诗】　清斋三千日①,裂素写道经②。吟诵有所得,众神卫我形。云行信长风,飒若羽翼生。攀崖上日观,伏槛窥东溟③。海色动远山④,天鸡已先鸣⑤。银台出倒景⑥,白浪翻长鲸。安得不死药,高飞向蓬瀛。

【注释】 ① 清斋:谓素食。《太平广记》引《集仙录》:"青童君、太极四真人、清虚王君令夫人清斋五百日,读《大洞真经》。" ② 素:白绢。 ③ 东溟:东海。 ④ 海色:海上晓色。 ⑤ 天鸡:《太平御览》引《玄中记》:"东南有桃都山,上有大树名曰桃都,枝相去三千里。上有天鸡,日初出照此木,天鸡即鸣,天下鸡皆随之鸣。" ⑥ 倒景:即倒影。

【译文】 素食长斋三千天,扯下白绢书写大道真经。吟诵道经有所收获,神仙就会护卫我的身形。乘上云彩任凭长风吹送,如生双翅迅疾飞行。攀上石崖来到日观峰,俯在栏杆上眺望东海。海上的曙光在远山间闪动,桃都山的天鸡已经报晓声声。银砌的仙宫倒映水中,长鲸搅得大海巨浪翻腾。怎样才能得到不死之药,使我飞向海上仙山蓬瀛?

其 五

【原诗】 日观东北倾,两崖夹双石。海水落眼前,天光遥空碧。千峰争攒聚①,万壑绝凌历②。缅彼鹤上仙③,去无云中迹。长松入霄汉,远望不盈尺。山花异人间,五月雪中白。终当遇安期④,于此炼玉液⑤。

【注释】 ① 攒聚:丛聚。 ② 凌历:形容气势雄伟。 ③ 缅:思念。 ④ 安期:即古代仙人安期生。传说为秦、汉间齐人,一说琅琊阜乡人。曾从河上丈人习黄帝、老子之说,卖药东海边。秦始皇东游,与语三日夜,赐金璧数千万,皆置之阜乡亭而去,留书及赤玉舄一双为报。秦始皇遣使入海求之,未至蓬莱山,遇风波而返。 ⑤ 玉液:道家炼成的所谓仙液。《太平广记》引《神仙传》:太真夫人于东岳岱宗山峭壁石室中谓和贤君曰:"有安期先生烧金液丹法,其方秘要,立可得用。"

【译文】　日观峰倾向东北,山崖间夹着两块巨石。海水就在眼前浮动,晨光闪烁在遥远的碧空。上千座山峰争着丛聚一起,万道山谷雄奇无比。面对此景思念起驾鹤的仙人,他在云中来去,绝无踪迹。高高的松树插入云汉,远远望去不足一尺。山上的花朵也与人间不同,在五月的雪中闪放着白色。终有一天会遇到安期生,与他在这里共同烧炼仙丹玉液。

其　六

【原诗】　朝饮王母池①,暝投天门阙②。独抱绿绮琴③,夜行青山月④。山明月露白,夜静松风歇。仙人游碧峰,处处笙歌发。寂听娱清辉⑤,玉真连翠微⑥。想象鸾凤舞,飘飘龙虎衣。扪天摘匏瓜⑦,恍惚不忆归。举手弄清浅⑧,误攀织女机⑨。明晨坐相失,但见五云飞⑩。

【注释】　① 王母池:一名瑶池,在泰山东南麓。　② 天门阙:一作"天门关"。　③ 绿绮琴:琴名。傅玄《琴赋序》:"司马相如有琴曰绿绮,蔡邕有琴曰焦尾,皆名器也。"　④ 青山月:一作"青山间"。　⑤ 寂听:一作"寂静"。　⑥ 玉真:道观名,此泛指泰山上的道观。翠微:形容山光水色青翠缥缈。　⑦ 匏(páo)瓜:星名,一名天鸡。　⑧ 清浅:《古诗十九首·迢迢牵牛星》:"河汉清且浅。"此指银河。　⑨ 织女:指银河西岸的织女星。⑩ 五云:五色祥云。

【译文】　早晨喝瑶池的水,傍晚投宿天门关。怀里抱着绿绮琴,走在月下的青山间。山洒月光,白露闪闪;风歇松林,夜晚静好。此时也许有仙人漫游青山吧? 笙乐歌声处处传遍。静静欣赏音乐,欣赏清凉的月色,看掩映在青翠缥缈山光中的道观。恍惚中身边似有鸾凤起舞,绣有龙虎花纹的仙衣轻盈飘转。手摸青天摘下匏瓜五星,神智迷离,流连忘返。双手掬起清浅的银河水,又把织女的机子误攀。次日清晨这些幻景忽然失去,只看见五色祥云飞绕山前。

秋夜与刘砀山泛宴喜亭池

【题解】 此诗当作于天宝间李白离京东归,与杜甫、高适同游梁、宋之时。砀山,县名,唐属宋州,治所在今安徽砀山县东。刘砀山,砀山县令,名不详。宴喜亭,故址在今安徽砀山县东。据《江南通志》:宴席台上有石刻三个大字,相传为李白手笔。秋夜泛舟月下,水天一色,遂有飘飘之想。

【原诗】 明宰试舟楫①,张灯宴华池。文招梁苑客②,歌动郢中儿③。月色望不尽,空天交相宜。令人欲泛海,只待长风吹。

【注释】 ① 明宰:谓刘县令。 ② 梁苑客:指李白、杜甫、高适等人。 ③ 郢中:楚国都城郢都。此指宋州。宋州一带战国时属楚国,故云。

【译文】 贤明的县令小试舟楫,张灯设宴于华美的水池。文章招致梁园的骚客,歌声打动了郢中的儿郎。眺望不尽无边的月色,池水与天空交映宜人。面对此景使人想泛舟江海,只待长风吹来飘然飞去。

携妓登梁王栖霞山孟氏桃园中

【题解】 栖霞山,在今山东单县东。相传梁孝王曾游于此,故称梁王栖霞山。诗中抒发了巨大的迁逝之悲,要以歌酒消释这种悲哀,当是天宝间放还东鲁时作。

【原诗】 碧草已满地,与柳梅争春。谢公自有东山妓①,金屏笑坐如花人。今日非昨日,明日还复来。白发对绿酒,强歌心已摧。君不见梁王池上月,昔照梁王樽酒中。梁王已去明月在,黄鹂愁醉啼春风。

分明感激眼前事②,莫惜醉卧桃园东。

【注释】 ① 谢公：东晋名臣谢安。谢安隐居东山之时,畜有女妓,每当放情丘壑,必有妓女相随。事见《晋书·谢安传》和《世说新语·识鉴》。② 分明：显然。

【译文】 百草绿遍了大地,要与那柳和梅争春。谢公隐居东山自有妓女相随,如今我身边的金饰屏风里也笑坐着花一样的美人。今天已不是昨天,明天还要相逼。一头白发对此碧酒,强歌一曲,心已哀极。你不见梁王池上那轮明月,昔日曾经映在梁王的酒杯里?梁王作古明月依旧在,如愁似醉的是黄鹂的哀啼。此情此景如何不让人感动?把酒痛饮在桃园里醉卧一夕。

观鱼潭

【题解】 此诗以闲适的笔调描写观鱼潭的乐趣。作年不详。

【原诗】 观鱼碧潭上,木落潭水清。日暮紫鳞跃,圆波处处生。凉烟浮竹尽,秋月照沙明。何必沧浪去,兹焉可濯缨①。

【注释】 ①"何必"二句：《孟子·离娄上》："有孺子歌曰：'沧浪之水清兮,可以濯我缨。沧浪之水浊兮,可以濯我足。'"又见《楚辞·渔父》。

【译文】 在碧波漪漪的水潭上观鱼,秋叶飘落,潭水清清。夕阳落山时紫鳞频频跃出水面,这里那里留下一圈圈波纹。凉凉的浮烟飘到竹枝上消逝,秋天的月亮把沙滩照得明明。为什么一定要泛舟沧浪之水?这里就可以一洗我的尘俗之心。

与从侄杭州刺史良游天竺寺

【题解】 宋蜀本题下注："吴中。"诗作于开元二十七年(739)秋,其时李白漫游越中。李良,开元年间任杭州刺史。天竺寺,晋时名僧慧理始建,隋时真观法师又广之,位于杭州府城西十五里。诗中表现了李白游天竺寺的欢愉之情。

【原诗】 挂席凌蓬丘①,观涛憩樟楼②。三山动逸兴③,五马同遨游④。天竺森在眼,松风飒惊秋。览云测变化,弄水穷清幽。叠嶂隔遥海,当轩写归流。诗成傲云月,佳趣满吴洲⑤。

【注释】 ① 挂席:行舟扬帆。《文选》木华《海赋》:"维长绡,挂帆席。"李善注:"随风张幔曰帆,或以席为之,曰帆席也。"蓬丘:谓蓬莱山。 ② 樟楼:即樟亭,在今杭州,为观潮之所。 ③ 三山:传说中仙人在东海所居之地,指蓬莱、方壶、瀛洲三神山。 ④ 五马:太守的代称。旧时太守出乘五马,故以五马代指太守。 ⑤ 吴洲:指吴越之地。

【译文】 扬帆放舟直凌蓬莱仙山,为观看海涛而休憩于樟亭。东海上三神山触动了我放逸的兴致,我与太守一同恣意遨游。天竺森严矗立于眼前,秋风吹来松林飒然作响。仰观云层推想云气之变化,俯视水流穷尽清幽之意境。天竺寺层峦叠嶂与海远隔,山泉淙淙自栏前流向大海。新诗作罢笑傲风云烟月,放眼远望顿觉吴越之地满是清佳之趣。

同友人舟行游台越作

【题解】 诗题一作《同友人舟行》。天宝六载(747),李白去朝后三年游历越中,与友人同游而作此诗。台越,台州和越州,治所分别在今浙江临海、绍兴。诗中自比失志之屈原、谢灵运,表达了超世之想。

【原诗】　楚臣伤江枫①，谢客拾海月②。《怀沙》去潇湘③，挂席泛溟渤④。寨予访前迹⑤，独往造穷发⑥。古人不可攀，去若浮云没。愿言弄倒景⑦，从此炼真骨。华顶窥绝冥⑧，蓬壶望超忽⑨。不知青春度⑩，但怪绿芳歇。空持钓鳌心⑪，从此谢魏阙⑫。

【注释】　① 楚臣：谓屈原。宋玉《招魂》："湛湛江水兮上有枫，目极千里兮伤春心。"　② 谢客：指谢灵运，谢小名客儿。其《游赤石进帆海》诗云："扬帆采石华，挂席拾海月。"海月：海贝。　③ 怀沙：《楚辞·九章》有《怀沙》之篇，谓屈原去潇湘而赋《怀沙》。此句应首句。　④ 挂席：谓行舟扬帆。溟渤：海。此句应次句。　⑤ 寨：发语词，无实义。　⑥ 穷发：谓极荒远之地。《庄子·逍遥游》："穷发之北有冥海者，天池也。"　⑦ 倒景：山临水而有倒影。弄倒景，即泛舟。　⑧ 华顶：山峰名。《方舆胜览》："华顶峰，在天台县东北六十里。盖天台第八重最高处，高一万丈，绝顶东望沧海，俗号望海尖。"绝冥：远海。　⑨ 蓬壶：即蓬莱、方壶。　⑩ 青春：此谓春光。　⑪ 钓鳌心：比喻建功立业之志。见《登高丘而望远海》诗注。　⑫ 魏阙：指朝廷。《庄子·让王》："身在江海之上，心居乎魏阙之下。"

【译文】　楚臣屈原睹江枫而心伤，谢灵运临大海而拾贝。屈原远谪潇湘赋《怀沙》之篇，灵运失志放舟扬帆直泛沧海。我亦是失意者，此来寻访前人之足迹，一个人穷尽荒远之地。古时之人高不可攀，像浮云一样一去而隐没了。希望能泛舟海上，从此以后修炼我的仙骨。登上华顶峰远望沧海，蓬壶仙山缥缈旷远。青春不知不觉已经逝去，竟然还惊异于芳草之衰歇。徒自怀有济世建业之心，从此以后将永绝朝廷。

下终南山过斛斯山人宿置酒

【题解】　诗作年难以确定，或谓作于开元年间隐居终南山时，或谓作于天宝初供奉翰林时。斛斯山人，名不详，或谓此斛斯山人即杜甫《过斛斯校书庄》《闻斛斯六官未归》中之斛斯融。

【原诗】 暮从碧山下,山月随人归。却顾所来径①,苍苍横翠微②。相携及田家,童稚开荆扉③。绿竹入幽径,青萝拂行衣。欢言得所憩,美酒聊共挥④。长歌吟松风,曲尽河星稀。我醉君复乐,陶然共忘机⑤。

【注释】 ① 却:回首。 ② 翠微:谓青山。 ③ 荆扉:柴门。 ④ 挥:即倾杯饮酒。《礼记·曲礼》:"饮玉爵者弗挥。"郑玄注:"振去余酒曰挥。" ⑤ 机:机巧之心。

【译文】 日暮时从碧绿的终南山上下来,山月伴随我而行。回首观望来时途经的小路,只见苍苍莽莽一片青翠。月光伴我来到田家,小童为我打开柴门。穿过绿竹踏入幽静的小路,青萝摇曳轻拂我的衣衫。欢然交谈得以休憩,畅饮美酒频频举杯。放声歌吟林中的松声,唱毕时已是云淡星稀。我醉了酒你很高兴,欣然地忘却世俗名利。

朝下过卢郎中叙旧游

【题解】 诗作于李白供奉翰林期间,时在天宝二、三载(743、744)间。卢郎中,名字不详。郎中,尚书省官名,从五品上。诗中表达了对玄宗"云雨恩"的感激之情以及对林泉山水的怀念。

【原诗】 君登金华省①,我入银台门②。幸遇圣明主,俱承云雨恩。复此休浣时③,闲为畴昔言④。却话山海事,宛然林壑存。明湖思晓月,叠嶂忆清猿。何由返初服⑤,田野醉芳樽。

【注释】 ① 金华省:朝廷省署泛称,此指尚书省。 ② 银台门:指翰林院。《旧唐书·职官志》:"翰林院,天子在大明宫,其院在右银台门内。" ③ 休浣:即休沐,官吏之休假。《唐会要》:"永徽三年二月十一日,上以天下无虞,百司务简,每至旬假,许不视事,以与百僚休沐。" ④ 畴昔:犹言往昔、往日。 ⑤ 返初服：谓辞官归隐。曹植《七启》："愿返初服，从子而归。"

【译文】 你为官于尚书省，我待诏于翰林院。幸而得遇圣明之主，都能蒙承雨露之恩情。在此休沐之时，我们闲来共话往昔。话及山海之事，山川林壑宛然如现眼前。怀想那明净湖面上一轮晓月，忆念层峦叠嶂的山岭中传出清冽的猿声。何时才能辞官归隐，在田野之中酣饮取醉？

侍从游宿温泉宫作

【题解】 诗作于天宝元年(742)李白待诏翰林时。温泉宫，即华清宫，因有温泉，又名温泉宫，故址在今陕西西安临潼区。诗中描写了唐玄宗驾幸温泉宫的威严仪仗和赫然声势。

【原诗】 羽林十二将①，罗列应星文②。霜仗悬秋月③，霓旌卷夜云④。严更千户肃⑤，清乐九天闻⑥。日出瞻佳气⑦，葱葱绕圣君。

【注释】 ① 羽林：皇帝卫军的名称。唐设左、右羽林卫，也叫羽林军，掌统北衙禁兵，督摄仪仗。 ② 星文：《晋书·天文志》："羽林四十五星，在营室南，一曰天军，主军骑，又主翼王也。垒壁阵十二星，在羽林北，羽林之垣垒也，主军卫为营壅也。" ③ 霜仗：谓仪卫肃穆。 ④ 霓旌：旗杆顶部彩饰。《文选》司马相如《上林赋》："拖蜺旌，靡云旗。"李善引张揖注："析羽毛，染以五采，缀以缕，为旌，有似虹蜺之气也。" ⑤ 严更：督行夜之鼓。《文选》班固《西都赋》："卫以严更之署。"李善引薛综注："严更，督行夜鼓也。" ⑥ 清乐：清商乐，古代起源于民间的音乐。唐代清乐承隋制而来，为九部乐之一。《新唐书·礼乐志》："清商伎者，隋清乐也。有编钟、编磬、独弦琴、击琴、瑟、秦琵琶、卧箜篌、筑、筝、节鼓，皆一；笙、笛、箫、篪、方响、跋膝，皆二。歌二人，吹叶一人，舞者四人。" ⑦ 佳气：祥瑞之气。《后汉书·光武帝纪》："望气者苏伯阿为王莽使，至南阳，遥望见春陵郭，唶曰：

'气佳哉！郁郁葱葱然。'"

【译文】 卫军十二将肃穆排列,阵形上与羽林星宿相对应。秋月笼罩下仪卫肃穆威整,五彩的旗帜随风翻卷如夜天之云。督巡夜之鼓声使千家万户为之肃静,袅袅的清商之乐声传至九天。天明日出只见祥瑞之气郁郁葱葱,围绕着圣明之君。

邯郸南亭观妓

【题解】 宋蜀本题下注:"燕赵。"诗作于天宝十一载(752)。其时李白北上塞垣,此诗即途经邯郸时所作。邯郸,战国时赵都。诗中表现了及时行乐的思想。

【原诗】 歌鼓燕赵儿,魏姝弄鸣丝①。粉色艳日彩,舞袖拂花枝。把酒领美人,请歌邯郸词。清筝何缭绕,度曲绿云垂②。平原君安在③,科斗生古池。座客三千人,于今知有谁。我辈不作乐,但为后代悲。

【注释】 ① 魏姝:魏地美女。弄鸣丝:弹奏琴瑟。鸣丝,即琴瑟等弦乐器。 ② 度曲:唱曲。张衡《西京赋》:"度曲未终,云起雪飞。" ③ 平原君:战国时赵公子。善养士,宾客至者达数千人,敢死之士三千人。见《史记·平原君列传》。

【译文】 燕赵儿郎击鼓放歌,魏地美女弹奏琴瑟。脸色红艳比太阳还富于光彩,舞袖轻飘就像轻风拂动的花枝。我手持美酒环视美人,请美人为我吟唱邯郸词。筝声清越缭绕不绝,美人唱曲垂着浓密的长发。昔日的赵公子平原君早已不在,歌乐之池久已废弛,如今徒有蝌蚪嬉戏。座上三千之客,如今还知道有谁呢? 我们这辈子不享乐,后代就会为我们悲伤。

春游罗敷潭

【题解】　此诗作年难以确定。或谓作于开元年间,或谓作于天宝三载(744)李白去朝后。罗敷潭,王琦注:"王阮亭曰:罗敷谷水在华州。"或据此认为罗敷潭在华州(今陕西渭南华州)。或谓罗敷潭俗称龙池,在今河北邯郸西北。未详孰是。

【原诗】　行歌入谷口①,路尽无人跻②。攀崖度绝壑,弄水寻回溪。云从石上起,客到花间迷。淹留未尽兴③,日落群峰西。

【注释】　① 行歌:边行走边歌唱。　② 跻:登。　③ 淹留:停留、滞留。

【译文】　边走边歌我进入山谷口,路已绝尽无人再向上攀登。我攀上悬崖又越过涧谷,拨弄着水寻找回曲的溪流。云雾从石上升起,人行到花丛中而迷路。因滞留而未得尽兴,西边群山耸峙太阳已落下。

春陪商州裴使君游石娥溪

【题解】　题下有"时欲东游,遂有此赠"之注。诗作于天宝三载(744)李白去朝后取道商州东下时。商州,即上洛郡,治所上洛县,即今陕西商洛商州。裴使君,名字未详,或疑为裴延庆。石娥溪,又名仙娥溪,即丹江,在商州西仙娥峰下。

【原诗】　裴公有仙标①,拔俗数千丈。澹荡沧洲云②,飘飘紫霞想③。剖竹商洛间④,政成心已闲。萧条出世表⑤,冥寂闭玄关⑥。我来属芳节⑦,解榻时相悦⑧。褰帷对云峰⑨,扬袂指松雪。暂出东城边,遂游西岩前⑩。横天耸翠壁,喷壑鸣红泉⑪。寻幽殊未歇,爱此春光发。

溪傍饶名花,石上有好月。命驾归去来,露华生绿苔⑫。淹留惜将晚,复听清猿哀。清猿断人肠,游子思故乡。明发首东路⑬,此欢焉可忘。

【注释】　① 仙标:仙家风神。　② 澹荡:犹荡漾。沧洲:滨水之地,隐者多居于此,后遂指称隐居地。　③ 紫霞想:求仙升天之想。　④ 剖竹:受官之谓。古代以竹为符证。剖而为二,授官时,一给本人,一留官府。故以剖竹为受官之称。商洛:商山、洛水,俱在商州。　⑤ 萧条:闲逸。　⑥ 冥寂:静默。玄关:泛指门户。　⑦ 芳节:阳春时节。　⑧ 解榻:谓礼贤下士或热情接待宾客。东汉陈蕃任豫章太守时,不接待宾客,只有南州高士徐稚来时特设一榻,徐走后即悬挂起来。此处"解榻"即指把悬起的榻解下来以待宾客。　⑨ 褰(qiān)帷:提起帷幕。　⑩ 西岩:山名,在仙娥峰的对面。⑪ 红泉:红色的泉水。传说东方朔小时掘井,陷落于地下,有人欲引往采仙草,中隔红泉不得渡,其人以一履与之,遂泛红泉,至仙草之处,采而食之。事见《汉武洞冥记》。　⑫ 露华:露水。　⑬ 首东:向东。《汉书·韩信传》:"北首燕路。"颜师古曰:"首,谓趣向也。"

【译文】　裴公有仙家风神,远远超拔于尘俗之上。像沧洲这一隐逸之处的浮云自由飘荡,怀仙求升的念头在心中荡漾。为官于商山洛水间,政绩已成心中闲散。仪容闲逸颇有出世之表,关闭门户独守静默。阳春时节我来到商州,你像汉代陈蕃对待徐稚那样设榻相待,彼此之间甚为欢洽。掀起窗帷面对入云的山峰,抬手远指山上的松雪。偶然来到东城边,于是前去游览西岩山。葱绿的山壁横天耸立,红色的泉水轰然从山谷间喷出。探幽览胜一直没有间歇,心里喜爱这明媚的春光。溪流旁长满了种种珍异的花木,山石上面映着皎洁的月光。御者驾车还归的时候,翠苔之上已生出点点露珠。意欲再驻足停留只可惜天色已晚,山谷里又闻得清猿的哀号声。猿声悲哀让人痛断肝肠,远游在外的人由此触动了乡思。明天我将起身东去,然而与你同游之欢又怎么能让我忘记?

陪从祖济南太守泛鹊山湖三首

【题解】 诗作于天宝四、五载(745、746)。其时李白去朝后游济南,与太守同游。济南太守为李白之从祖,名字不详。鹊山湖,在今济南西北鹊山前。

其 一

【原诗】 初谓鹊山近①,宁知湖水遥。此行殊访戴,自可缓归桡②。

【注释】 ① 鹊山:又名崵山,在今山东济南。俗云每年七、八月间,乌鹊翔集于此,故名鹊山。 ② 访戴:用王子猷雪夜乘船访戴安道事。《世说新语·任诞》:"王子猷居山阴,夜大雪,眠觉,开室命酌酒,四望皎然,因起彷徨,咏左思《招隐诗》,忽忆戴安道。时戴在剡,即便夜乘小船就之。经宿方至,造门不前而返。人问其故,王曰:'吾本乘兴而行,兴尽而返,何必见戴!'"桡:船桨,此代指船。

【译文】 起初听说鹊山很近,哪里知道鹊山湖那么遥远?此游自不同于王子猷夜访戴安道,因而可以尽兴游赏不必早归。

其 二

【原诗】 湖阔数十里,湖光摇碧山。湖西正有月,独送李膺还①。

【注释】 ① 李膺:《后汉书·郭泰列传》:"郭泰,字林宗……游于洛阳,始见河南尹李膺,膺大奇之,遂相友善,于是名震京师。后归乡里,衣冠诸儒送至河上,车数千两。林宗唯与李膺同舟而济,众宾望之,以为神仙焉。"

【译文】 湖面宽阔达数十里,鹊山倒映湖中,湖水轻波荡漾。湖的西面明月高照,我与太守在鹊山湖上泛舟游览,正如同汉代郭林宗与李膺同舟而济。

其 三

【原诗】 水入北湖去,舟从南浦回①。遥看鹊山转,却似送人来。

【注释】 ① 南浦:在鹊山湖之南。

【译文】 湖水自南向北湖流去,我们乘船从南浦返回。远远望去鹊山在转动,恰似要为我们送行。

春日陪杨江宁及诸官宴北湖感古作

【题解】 诗作于天宝十三载(754)。杨江宁,名利物,为润州江宁县(在今南京)令,与李白多有往还,李白诗中多次提及。北湖,即玄武湖,在今南京市内。

【原诗】 昔闻颜光禄,攀龙宴京湖①。楼船入天镜,帐殿开云衢②。君王歌《大风》③,如乐丰沛都④。延年献佳作,邈与诗人俱。我来不及此,独立钟山孤。杨宰穆清风,芳声腾海隅⑤。英僚满四座,粲若琼林敷⑥。鹢首弄倒景⑦,蛾眉缀明珠⑧。新弦采梨园,古舞娇吴歈⑨。曲度绕云汉⑩,听者皆欢娱。鸡栖何嘈嘈,沿月沸笙竽。古之帝宫苑,今乃人樵苏⑪。感此劝一觞,愿君覆瓢壶⑫。荣盛当作乐⑬,无令后贤吁。

【注释】 ① 颜光禄:颜延之,字延年,南朝宋人。官至金紫光禄大夫,故称颜光禄,为宋时著名诗人,与谢灵运并称为“颜谢”。京湖:即玄武湖。

② 帐殿：皇帝行幸所在,以帐为殿。云衢：犹言大路。　③ 君王：指刘宋皇帝。《大风》:《史记·高祖本记》:"高祖还归过沛,留。置酒沛宫,悉召故人父老子弟纵酒,发沛中儿得百二十人,教之歌。酒酣,高祖击筑,自为歌诗曰:'大风起兮云飞扬,威加海内兮归故乡,安得猛士兮守四方!'令儿皆和习之。"　④ 丰沛：汉高祖刘邦故里。　⑤ 芳声：美好的名声。　⑥ 琼林：皇帝于琼林苑宴请及第进士,称为琼林宴。此处"琼林数"是指座中诸位皆国之英才。　⑦ 鹢首：船头,此指船。《文选》张衡《西京赋》:"浮鹢首,翳云芝。"李善引薛综注:"船头象鹢鸟,厌水神。"弄倒景：即泛舟。　⑧ 蛾眉：此指美女。　⑨ 吴歈(yú)：春秋吴国的歌。此处泛指吴地的歌。《楚辞·招魂》:"吴歈蔡讴,奏大吕些。"王逸注:"吴、蔡,国名也。歈、讴,皆歌也。"　⑩ 曲度：谓曲调。　⑪ 樵苏：砍柴刈草。　⑫ 覆瓢壶：倾樽倒瓮之意。　⑬ 荣盛：闻达显盛。

【译文】　过去听闻当年颜延之,为求闻达而宴权贵于北湖。楼船倒映于湖面,通向帐殿之路大开。君王高吟《大风》之诗,如汉高祖回到家乡丰沛。颜延年献佳作于皇上,这与古时《诗经》中歌功颂德的雅颂诗一样。现在我来到这里已无法追及古人之遗风,只有默默独立于钟山前。杨县令温煦和美,如清风化养万物一般,美好的声誉传遍各方。僚佐英武坐满周围,每个人都英才俊发。于湖中荡舟赏乐,美人缀有灿烂的明珠。弹起梨园新曲,跳着古舞唱着吴歌。曲调悠扬高飞云汉之上,听者皆娱乐欢笑。傍晚时月亮出来,笙竽之声又起。古时皇帝的宫苑,如今已成为砍柴刈草之地。想到此请你端起杯酒,希望你倾杯而饮。闻达显盛之时自当及时行乐,不要让后世贤者吁叹。

宴郑参卿山池

【题解】　此诗作年未详,或云作于开元二十四年(736)游太原时。郑参卿,名字不详。参卿,官名,即参军,唐人诗中多有以参卿称参军者。此诗表现了诗人欲及时行乐的思想。

【原诗】　尔恐碧草晚,我畏朱颜移。愁看杨花飞,置酒正相宜①。歌声送落日,舞影回清池。今夕不尽杯,留欢更邀谁。

【注释】　① 置酒：陈设酒宴。

【译文】　你担忧岁晚碧草枯萎,我害怕红颜暗自衰老。看见杨花纷纷飞落心里为之愁苦,此时陈设酒宴岂不正是时候?婉转的歌声之中太阳已经落下,优美的舞姿又回到了清池。今日不倾尽杯酒,还要留欢邀请谁呢?

游谢氏山亭

【题解】　此诗为李白晚年于当涂(今属安徽)所作,或谓作于广德元年(763)春。谢氏山亭,亦名谢公亭,故址位于当涂青山南谢公祠。陆游《入蜀记》:"游青山,山南小市有谢玄晖故宅基……由宅后登山……至一庵……庵前有小池曰谢公池,水味甘冷,虽盛夏不竭。绝顶又有小亭,亦名谢公亭。"

【原诗】　沧老卧江海①,再欢天地清。病闲久寂寞,岁物徒芬荣②。借君西池游,聊以散我情。扫雪松下去,扪萝石道行③。谢公池塘上,春草飒已生④。花枝拂人来,山鸟向我鸣。田家有美酒,落日与之倾。醉罢弄归月,遥欣稚子迎。

【注释】　① 沧老：犹言衰老。　② 芬荣：指草木茂盛。　③ 扪：手持。　④ 谢公：指谢灵运。其《登池上楼》诗云："池塘生春草,园柳变鸣禽。"这里二句即用"池塘生春草"句意。

【译文】　年老时隐卧于江海之上,再次欢喜天地清一。闲居养病久处于寂寞之中,徒见万物繁茂欣荣。借得你的西池游览,聊且舒散我的郁闷之情。把落雪扫入松树下面,手持藤萝漫步于石道之上。谢公的池塘之上,已微微生出春草。春花满枝似在引人前来,山中小鸟亦欢快地向我鸣叫。田家捧出醇香的美酒,与夕阳举杯对饮。酒醉之后伴月而归,稚子远远迎来心中欣喜。

把酒问月

【题解】 题下有"故人贾淳令予问之"之注。此诗作年不详,或谓作于天宝三载(744)。诗中感慨人生短促,表达了当及时行乐、不负明月美酒的思想。诗中深蕴哲理,历来为人激赏。

【原诗】 青天有月来几时,我今停杯一问之。人攀明月不可得,月行却与人相随。皎如飞镜临丹阙①,绿烟灭尽清辉发②。但见宵从海上来,宁知晓向云间没。白兔捣药秋复春③,姮娥孤栖与谁邻④。今人不见古时月,今月曾经照古人。古人今人若流水,共看明月皆如此。唯愿当歌对酒时⑤,月光长照金樽里。

【注释】 ①丹阙:赤色的宫门。 ②绿烟:指暮霭。 ③白兔捣药:古代传说月宫中有白兔捣药。傅玄《拟天问》:"月中何有?白兔捣药。"④姮娥:神话中的仙人。原为后羿之妻,因偷吃仙药,飞入月宫中而成仙。⑤当歌对酒:曹操《短歌行》:"对酒当歌,人生几何?"

【译文】 青天上的明月你何时出现?我现在停下酒杯向你探问。人要攀于明月之上自不可得,月亮却与人紧紧相随。就像皎洁的明镜飞临丹阙,暮霭散尽时散发出清冷的光辉。只见夜间从海上升起,哪知早晨又隐没于云间。白兔捣药自秋而春,姮娥孤居与谁为邻?今人见不到古时之月,今月却曾经照过古时之人。古人与今人像流水一样流逝,所看见的月亮却都一样。只愿放歌酣饮的时候,月光能长照我的酒杯之中。

同族侄评事黯游昌禅师山池二首

【题解】　诗作年不详。《文苑英华》只载其一而不载其二,且题中"侄"作"弟"。评事,谓大理寺评事。李黯,《新唐书·宰相世系表》柳城李氏有李黯,景州刺史,乃太尉兼侍中李光弼孙,宿州刺史李汇子,未知是否即此人。昌禅师,亦未知其详。此诗写游佛家山池,充满禅悦趣味。

其　一

【原诗】　远公爱康乐①,为我开禅关②。萧然松石下,何异清凉山③。花将色不染,水与心俱闲。一坐度小劫④,观空天地间⑤。

【注释】　① 远公:即慧远。康乐:指谢灵运。《莲社高贤传》:谢灵运为康乐公主孙,袭封康乐公。至庐山,一见远公,肃然心服,乃即寺筑台,翻《涅般经》,凿池种白莲。时远公诸贤同修净土之业,因号白莲社。　② 禅关:禅定之法门。《释门正统》:"然启禅关者,虽分宗不同,挹流寻源,亦不越乎经论之禅定,一度与今家之定釜一行也。"　③ 清凉山:即五台山。《华严经疏》:"清凉山,即代州雁门郡五台山也……以岁积坚冰,夏仍飞雪,曾无炎暑,故日清凉。"　④ 小劫:佛教以"劫"为假设的记时之号。谓人的寿命从十岁增至八万,复从八万还至十岁,经二十返为一小劫。具体说法尚有不同,合成大劫为时则一。　⑤ 观空:观照诸法之空相。《天台仁王经》疏:"言观空者,谓无相妙慧,照无相境,内外并寂,缘观共空。"

【译文】　昌禅师像远公爱康乐一样喜爱我,为我开启禅关,指点禅之奥义。松石之下萧然冷寂,与佛土清凉山又有何异? 山池之上花不染色,我的心与水一样闲逸。坐于山池上经历一次小劫,放眼天地之间,万物皆为空相。

其　二

【原诗】　客来花雨际^①，秋水落金池^②。片石寒青锦^③，疏杨挂绿丝。高僧拂玉柄^④，童子献霜梨^⑤。惜去爱佳景，烟萝欲暝时。

【注释】　① 花雨：佛教中诸天为赞叹佛说法之功德而散花如雨。此指花落如雨的季节。　② 金池：山池的美称。　③ 青锦：喻青苔，色如锦缎，故称。　④ 玉柄：麈尾，执以驱虫、掸尘的一种工具。　⑤ 霜梨：即梨，因霜后收取，故称。

【译文】　我来时正是花落如雨的秋季，绵绵秋雨洒落金池之中。山石长满青苔透出寒气，杨树上还稀疏地挂着几枝残绿。昌禅师手执玉麈尾，童子又献来霜梨给我。流连往还于美好的景致却不知时已将晚，山萝笼罩在一片暮霭之中。

金陵凤凰台置酒

【题解】　此诗作年难以确定，然据诗中对朝廷的怨望之情以及自己的失意不平，当作于去朝后的漫游时期。凤凰台，在金陵西南。相传宋元嘉十六年(440)，有三鸟翔集山间，文彩五色，状如孔雀，时人谓之凤凰，起台于山，谓之凤凰台。

【原诗】　置酒延落景^①，金陵凤凰台。长波写万古，心与云俱开。借问往昔时，凤凰为谁来。凤凰去已久，正当今日回。明君越羲轩^②，天老坐三台^③。豪士无所用，弹弦醉金罍^④。东风吹山花，安可不尽杯。六帝没幽草^⑤，深宫冥绿苔。置酒勿复道，歌钟但相催^⑥。

【注释】　① 延：邀请。落景：落日的余晖。　② 羲轩：伏羲、轩辕，与神农合称三皇。　③ 天老：谓朝廷重臣。《列子·黄帝》："黄帝既寤，怡然自得,召天老、力牧、太山稽。"张湛注:"三人,黄帝相也。"三台:指三公之位。
④ 金罍:酒器。 ⑤ 六帝:六代帝王。 ⑥ 歌钟:歌乐之声。

【译文】 在金陵凤凰台之上,陈酒设宴延请落日余晖。浩浩长波万古常流,我的心与高天之云一样开阔。试问往昔之时,凤凰是为谁而飞抵这里的呢? 凤凰飞去已经很久,正当今天飞回来。圣明之君超过了伏羲、轩辕,贤相居于三公之位。即便是豪士也已无所施用,只好弹弦歌乐一醉金罍。东风吹落片片山花,怎么能不倾尽酒杯呢! 六代的帝王已殁于幽凄的荒草中,深宫里也生满了青苔。只管举杯饮酒,不要再说什么了,歌钟之声正催促我们去赏乐呢!

秋浦清溪雪夜对酒,客有唱鹧鸪者

【题解】 诗约为天宝十三载(754)冬游秋浦时所作。秋浦,县名,以秋浦水得名,即今之池州。清溪,指流经秋浦的清溪河畔之清溪镇。鹧鸪,即《山鹧鸪》,曲名,南地之新声。

【原诗】 披君貂襜褕①,对君白玉壶。雪花酒上灭,顿觉夜寒无。客有桂阳至②,能吟《山鹧鸪》。清风动窗竹,越鸟起相呼③。持此足为乐,何烦笙与竽。

【注释】 ① 襜褕(chān yú):短衣。 ② 桂阳:郡名,即郴州,今湖南郴州。 ③ 越鸟:即鹧鸪,因以越地为多,故谓之越鸟。或谓越鸟即泛称南方之鸟。

【译文】 披上貂皮短衣,与你举杯对饮。雪花飘落于酒上而消融,饮尽杯酒顿时驱散了冬夜的寒气。有从桂阳来的客人,能吟唱《山鹧鸪》曲辞。歌声如清风吹动窗前的细竹,越鸟也闻声而起欢呼雀跃。有此即足已使人快乐了,哪里还需要笙竽伴奏呢?

与周刚青溪玉镜潭宴别

【题解】　题下有"潭在秋浦桃树陂下,予新名此潭"之注。此诗题一作《秋浦与周生宴青溪玉镜潭》,约作于天宝十三载(754)冬游秋浦时。周刚,其人不详。青溪,即清溪,流经秋浦之水。玉镜潭,《江南通志》:"玉镜潭,在池州府城西南七十里,过白面渡汇为秋浦。"

【原诗】　康乐上官去,永嘉游石门①。江亭有孤屿②,千载迹犹存。我来憩秋浦,三入桃陂源。千峰照积雪,万壑尽啼猿。兴与谢公合,文因周子论。扫崖去落叶,席月开清樽③。溪当大楼南④,溪水正南奔。回作玉镜潭,澄明洗心魂。此中得佳镜,可以绝嚣喧。清夜方归来,酣歌出平原。别后经此地,为予谢兰荪⑤。

【注释】　①康乐:谓谢灵运。上官:谓受命上任。永嘉:谢灵运任永嘉太守。石门:即石门山,在永嘉境内,即今浙江青田县。　②孤屿:山名。《太平寰宇记》:"孤屿山,在(温)州南四里永嘉江中……屿有二峰。"谢灵运有《登石门最高顶》《登江中孤屿》诗。　③席月:月下布席而坐。陶弘景《解官表》:"席月涧门,横琴云际。"　④大楼:山名,在秋浦县南。　⑤兰荪:香草,后常以喻贤俊之士。此喻周刚。

【译文】　康乐在永嘉为官时,曾登游石门山。孤屿山顶有他建的江亭,千年以来亭迹依然留存了下来。我到秋浦之地游赏,三次来到桃陂源。这里众多的山峰映照着积雪,无数的山间壑谷回响着清猿的啼声。我的逸兴与谢公相合,因与周君共论为文。扫去山崖间坠落的树叶,明月当空在座席之上开樽饮酒。青溪在大楼山的南面,溪水自北向南而流。溪水回曲之处做成了玉镜潭,潭水清澈明净可以洗人心魄。此地得一佳妙之境,能够远绝尘世的喧嚣之声。夜深之时方才返归,高声放歌走入平坦之地。别离之后若经过此地,请为我向兰荪致以谢意。

游秋浦白笴陂二首

【题解】　此诗约作于天宝十三载(754)冬游秋浦时。白笴坡,又名白笴堰,在池州府西南二十五里处。今或有人谓白笴陂在池州城南八十里处之曹村,因近处之白笴山得名,山有岩穴,传为李白观景处,岩壁上有"太白石床""太白长啸处"两处摩崖石刻。

其　一

【原诗】　何处夜行好,月明白笴陂。山光摇积雪,猿影挂寒枝。但恐佳景晚,小令归棹移①。人来有清兴②,及此有相思。

【注释】　① 小令:小曲。　② 清兴:清雅逸兴。

【译文】　夜中行游何处为好?要数明月之下的白笴陂。月光与山顶上的积雪交相辉映,山中的寒枝犹挂着清猿的影子。只怕这里的美景佳致将晚,唱着小曲把归棹转动。人来到这里会顿生清雅逸兴,不由产生留恋之情。

其　二

【原诗】　白笴夜长啸,爽然溪谷寒①。鱼龙动陂水,处处生波澜。天借一明月,飞来碧云端。故乡不可见,肠断正西看②。

【注释】　① 爽然:爽快舒畅。　② 西看:李白故乡在巴蜀,位于秋浦之西,故言西看。

【译文】　夜晚长啸于白笴陂边,溪谷透出寒气使人爽快舒畅。鱼龙嬉戏来回游动,使得陂水之中处处生出波浪。向天借来一轮明月,飞到碧云的上面朗照陂水。故乡绵邈遥远不可见,向西遥看痛断肝肠。

宴陶家亭子

【题解】 此诗或谓作于开元二十四年(736)李白初游东鲁时。据诗意，陶家亭子盖一"高门大士家"之园林。诗以石崇之金谷别馆喻之，极尽赞美之词。

【原诗】 曲巷幽人宅，高门大士家。池开照胆镜①，林吐破颜花②。绿水藏春日，青轩秘晚霞③。若闻弦管妙，金谷不能夸④。

【注释】 ① 照胆镜：用《西京杂记》所载咸阳方镜事，详见《白头吟二首》其二注。此处是借言池水之清，照人若镜。 ② 破颜花：《五灯会元》："世尊在灵山会上拈花示众，是时众皆默然，唯迦叶尊者破颜微笑。"借言花色之美，令人颜悦。 ③ 青轩：谓亭子。秘：闭，即藏之意。 ④ 金谷：晋石崇金谷别馆，以奢华著称于世，其地在洛阳。

【译文】 巷子深曲如隐士之宅，门楼高大又像官人之府。池水清澈如可照见人胆之镜，园中花木繁茂令人颜悦。碧绿的池水留住了春天，水旁的亭子闭藏了晚霞。要是再能听到美妙的弦管之声，就是晋代石崇的金谷园也难以比美。

在水军宴韦司马楼船观妓

【题解】 宋蜀本题下注："永王军中。"此诗系至德二载(757)初作于永王璘军中。韦司马，疑即《赠韦秘书子春》诗中之韦子春，曾奉永王之命赴庐山邀李白入幕。诗中写军中纵乐之事，但透露出来的不是及时享乐思想，而是一股豪迈之气。

【原诗】 摇曳帆在空，清流顺归风。诗因鼓吹发①，酒为剑歌雄。对舞青楼妓,双鬟白玉童②。行云且莫去,留醉楚王宫③。

【注释】 ①鼓吹:即鼓吹乐,以鼓、钲、箫、笳等乐器合奏。军中多用之,以壮声威。 ②双鬟:年轻女子头上的两个环形发髻。 ③行云:用宋玉《高唐赋》中楚王梦神女事,借以指"青楼妓"。

【译文】 船帆摇曳如在空中,乘着长风顺江流而下。激昂的鼓吹之乐触动了我的诗兴,倚剑长歌以酒为雄。青楼妓女相对而舞,头上梳两个环形发髻,宛如白玉之童那样娇艳。请你们不要像神女那样化作行云而离去,酒醉之后留夜于楚王宫中。

流夜郎至江夏,陪长史叔及薛明府宴兴德寺南阁

【题解】 本诗为乾元元年(758)夏李白流放至江夏(今湖北武汉武昌)时作。题中长史叔与薛明府,名字均不详。长史,为郡守之佐。此诗虽作于流放途中,却无悲愁感,而是情绪闲适,可算是流放诗中之别调。

【原诗】 绀殿横江上①,青山落镜中。岸回沙不尽,日映水成空。天乐流香阁②,莲舟飐晚风③。恭陪竹林宴④,留醉与陶公⑤。

【注释】 ①绀(gàn)殿:谓寺院。绀,青红色。 ②天乐:《华严经》:"百万天乐,各奏百万种法,相续不断。" ③莲舟:采莲船。 ④竹林宴:用阮咸与叔父阮籍同游竹林事。《晋书·阮籍传》:"咸任达不拘,与叔父籍为竹林之游。"此以阮籍比长史叔,自比阮咸。 ⑤陶公:谓陶渊明。陶曾为彭泽令,此喻薛明府。

【译文】 青红的寺院横立在江岸之上,青山倒映在明澈如镜的水中。江岸回曲黄沙绵延无尽,太阳映入水中看似空无。天乐流播至香阁,莲舟在晚风中漂荡。就像阮咸陪阮籍游宴竹林,我也谨陪长史叔宴饮于此,与薛

明府共求一醉。

泛沔州城南郎官湖_{并序}

【题解】　序中记叙作时、作地及诗之本事、作意甚详。沔州,州治在汉阳,即今武汉汉阳。郎官湖,原名南湖,在今汉阳东南,明正德以后渐干涸,仅同沟渠。

【原序】　乾元岁,秋八月,白迁于夜郎,遇故人尚书郎张谓出使夏口①,沔州牧杜公、汉阳宰王公,舣于江城之南湖②,乐天下之再平也。方夜水月如练,清光可掇,张公殊有胜概,四望超然,乃顾白曰:"此湖,古来贤豪游者非一,而枉践佳景,寂寥无闻。夫子可为我标之嘉名,以传不朽。"白因举酒酹水③,号之曰郎官湖,亦犹郑圃之有仆射陂也④。席上文士辅翼、岑静以为知言,乃命赋诗纪事,刻石湖侧,将与大别山共相磨灭焉⑤。

【原诗】　张公多逸兴,共泛沔城隅。当时秋月好,不减武昌都⑥。四坐醉清光,为欢古来无。郎官爱此水,因号郎官湖。风流若未减,名与此山俱⑦。

【注释】　①张谓:字正言,河南人,时为尚书郎。夏口:即鄂州。　②牧:州刺史。宰:县令。杜公、王公名皆不详。　③酹:以酒沃地。　④郑圃:指管城县之李氏陂,后魏孝文帝以此陂赐仆射李冲,故俗呼为仆射陂。管城唐时属郑州,故称。　⑤大别山:《元和郡县图志·江南道沔州汉阳县》:"鲁山,一名大别山,在县东北一百步,其山前枕蜀江,北带汉水。"在今湖北武汉汉阳东北汉江西岸。　⑥武昌都:三国吴帝孙权改鄂县(即今湖北鄂州)置武昌,迁都于此,故言武昌都。　⑦此山:即大别山。诗人泛舟南湖可望见大别山。

【译文】 张公多有飘逸之兴致,我们一起泛舟于沔城边。时值秋季夜空明月朗照,比之武昌也毫不逊色。座中诸君陶醉于清亮的光辉中,恣意为欢前无古人。郎官喜爱这里的湖水,因此命名为郎官湖。诸君风流俊爽一如当年,英名将与大别山同在。

陪侍郎叔游洞庭醉后三首

【题解】 本诗为乾元二年(759)秋作于岳州(今湖南岳阳)。侍郎叔,谓刑部侍郎李晔,本年四月以事贬岭下尉,秋间过岳州而与李白相遇。诗中以阮籍、阮咸叔侄喻李晔及自己,抒写其豪兴。

其 一

【原诗】 今日竹林宴①,我家贤侍郎。三杯容小阮②,醉后发清狂。

【注释】 ① 竹林宴:用阮籍、阮咸叔侄同饮于竹林事。此以阮咸自喻,以阮籍比李晔。 ② 小阮:即阮咸,与阮籍相对,故称小阮。

【译文】 今日与我家贤侍郎共为竹林之宴饮,就像阮咸与叔父阮籍一样。酒过三杯,请容许我有醉后放逸不羁之态。

其 二

【原诗】 船上齐桡乐①,湖心泛月归。白鸥闲不去,争拂酒筵飞。

【注释】 ① 桡(ráo)乐:谓舟子行船之歌。桡,舟楫。

【译文】 船上齐唱行船之歌,我们乘着月色自湖心泛舟而归。湖面上白鸥悠闲不远飞,争相在我们酒筵的上方盘旋飞翔。

其 三

【原诗】 刬却君山好①,平铺湘水流②。巴陵无限酒③,醉杀洞庭秋。

【注释】 ① 刬(chǎn)却:削去。君山:一名洞庭山、湘山,位于洞庭湖中。② 湘水:洞庭湖主要由湘水潴成,此处即指洞庭湖水。 ③ 巴陵:岳州唐时曾改为巴陵郡,治所即今湖南岳阳。

【译文】 把君山削去该有多好,可让洞庭湖水平铺开去望而无边。巴陵的美酒饮不尽,我们共同醉倒于洞庭湖的秋天。

夜泛洞庭寻裴侍御清酌

【题解】 此诗作于乾元二年(759)秋诗人游历岳州(今湖南岳阳)时。裴侍御,名字不详。李白与其多有往还,赠诗颇多。诗中称之"裴逸人",或许其时裴已去官。白有《答裴侍御先行至石头驿,以书见招,期月满泛洞庭》诗,可知李白是应约而来泛洞庭湖,可以参见。

【原诗】 日晚湘水绿①,孤舟无端倪②。明湖涨秋月,独泛巴陵西。遇憩裴逸人,岩居陵丹梯③。抱琴出深竹,为我弹《鹍鸡》④。曲尽酒亦倾,北窗醉如泥。⑤人生且行乐,何必组与珪⑥。

【注释】 ① 湘水:此指洞庭湖水。 ② 端倪:边际。《文选》谢灵运《游赤石进帆海》诗:"溟涨无端倪。"李周翰注:"端倪,犹崖际也。" ③ 丹梯:即山。《文选》谢朓《敬亭山诗》:"即此陵丹梯。"李善注:"丹梯,谓山也。"吕延济注:"丹梯,谓山高峰入云霞处。" ④《鹍鸡》:"琴曲调名。《文选》嵇康《琴赋》:"鹍鸡游弦。"李善注:"古《相和歌》有《鹍鸡曲》。"李周翰注:"琴有《鹍鸡》《鸣雁》。" ⑤ 北窗:陶渊明《与子俨等书》:"常言五六月中,北窗下卧,遇凉风暂至,自谓是羲皇上人。" ⑥ 组珪:谓富贵。组,佩印之丝条。珪,帝王诸侯所持之玉版。

【译文】 天晚之时洞庭湖水碧绿清澈,一叶孤舟漂荡于无边的湖光水色中。秋月高悬把满湖的水都照明了,我独自一人泛舟于这巴陵西的洞庭湖。裴逸人栖息于此,隐居山中而身登云峰。从竹林深处抱琴而出,为我弹奏一曲《鹍鸡》。曲子终了时酒也已倾尽,我像陶渊明一样下卧北窗而烂醉如泥。人生自当及时行乐,哪里需要身贵如执珪之帝王诸侯呢?

陪族叔刑部侍郎晔及中书贾舍人至游洞庭五首

【题解】 此组诗并作于乾元二年(759)秋之岳州(今湖南岳阳)。与前诗《陪侍郎叔游洞庭醉后三首》为先后之作。乾元二年春李白于流放途中遇赦,秋时由江夏至岳州。逢贾至由汝州刺史贬为岳州司马,刑部侍郎李晔贬岭下尉经由此地,三人同游洞庭,白遂作此组诗。

其 一

【原诗】 洞庭西望楚江分①,水尽南天不见云。日落长沙秋色远,不知何处吊湘君②。

【注释】 ① 楚江:指长江,以其地古属楚国,故称。长江西来至岳阳,与洞庭之水合,而又东行,故言分。 ② 湘君:湘水之神。传说舜妃娥皇、女英死于江湘间,为湘水之神,世称湘君。或谓舜即湘君,也有仅以娥皇为湘君者。

【译文】 自洞庭湖西望,见长江分而东流,南面水天一线上无白云。日落时分一派秋色,望来长沙正远,不知哪里可去凭吊湘君?

其 二

【原诗】 南湖秋水夜无烟①,耐可乘流直上天②。且就洞庭赊月色,将船买酒白云边。

【注释】 ① 南湖:指洞庭湖,因在岳州西南而称。 ② 耐可:安得、怎么能够。

【译文】 南湖秋水夜来澄明无烟,怎么才能够沿着湖水直上云天? 姑且就着洞庭湖光来赊点月色,驾船买酒,醉在那白云天边。

其 三

【原诗】 洛阳才子谪湘川①,元礼同舟月下仙②。记得长安还欲笑,不知何处是西天③。

【注释】 ① 洛阳才子:指汉代贾谊,曾贬谪长沙。贾谊才华颇富,因是洛阳人,故称洛阳才子。此处代指贾至,至亦是洛阳人,故以谊比之。 ② 元礼:谓东汉河南尹李膺。膺字元礼,与郭泰相善,膺由洛阳还故乡,至河边相送之车辆达数千,膺独与郭泰同舟而济,时人美之,谓之如仙。 ③ 长安:桓谭《新论》:“人闻长安乐,则出门向西而笑。”二句用此,又翻进一层,说忆起长安还想笑,而不知西天在何处。意即此中泛舟游赏之乐即同西天之乐。

【译文】 洛阳才子贬谪至湘川,与我泛舟共游恍如月下之仙。二君犹记长安,欲西向而笑,却不知西天在何处。

其 四

【原诗】 洞庭湖西秋月辉,潇湘江北早鸿飞。醉客满船歌《白纻》①,不知霜露入秋衣。

【注释】 ①《白纻》：清商调曲，为江南吴地歌舞。

【译文】 洞庭湖西秋月朗照，光辉满天，潇湘江北赶早的大雁已经南飞。满船的醉客吟唱《白纻》之曲，霜露悄悄浸湿秋衣而浑然不知。

其　五

【原诗】 帝子潇湘去不还①，空余秋草洞庭间。淡扫明湖开玉镜，丹青画出是君山②。

【注释】 ①帝子：谓舜妃娥皇、女英。《楚辞·九歌·湘夫人》："帝子降兮北渚。"王逸注："帝子，谓尧女也……尧二女娥皇、女英，随舜不反，没于湘水之渚，因为湘夫人。" ②丹青：指绘画用的颜料。君山：又名湘山，在洞庭湖中。《水经注·湘水》："（洞庭）湖中有君山……是山湘君之所游处，故曰君山矣。"参见本卷《陪侍郎叔游洞庭醉后三首》其三诗注。

【译文】 帝子一去潇湘而身不返，漫漫的洞庭湖中只留有无尽的秋草。明月淡扫湖面宛如打开的玉镜一样明澈，湖中的君山仿佛由丹青画出。

楚江黄龙矶南宴杨执戟冶楼

【题解】 此诗作年未详。诗中首句"五月入五洲"，胡三省《通鉴注》："五洲当在今黄州、江州之间。"诗当作于此地。楚江，即指长江。杨执戟，名字、事迹不详。执戟，侍卫之官。或谓此杨执戟指西汉赋家杨雄，恐非。李白当不会在诗题中用典。

【原诗】 五月入五洲①，碧山对青楼。故人杨执戟，春赏楚江流。一见醉漂月，三杯歌棹讴②。桂枝攀不尽③，他日更相求。

【注释】 ① 五洲:在湖北蕲水县西四十里兰溪西大江中。《水经注·江水》:"江中有五洲相接,故以五洲为名。" ② 棹讴:摇桨行船所唱之歌。③ 桂枝:《文选》刘安《招隐士》:"攀援桂枝兮聊淹留。"李善注:"配托香木,誓同志也。"此喻故人之高节。

【译文】 五月之时来到五洲,只见青山碧绿遥对青楼。春意浓浓,故人登楼赏游,眺望楚江东流。我们初一相见便在月下醉饮,三杯酒喝下后便唱起摇桨行船之歌。攀援桂枝难以穷尽,留待将来还可相求。

铜官山醉后绝句

【题解】 此诗约为天宝十四载(755)作于宣州。铜官山,在宣州南陵县西南八十五里,今属铜陵。此诗以夸张笔法描写醉酒兴致。

【原诗】 我爱铜官乐,千年未拟还。要须回舞袖①,拂尽五松山②。

【注释】 ① 要须:必定、总会。 ② 五松山:在今安徽铜陵南。

【译文】 我爱赏乐于铜官山,即便长达千年也不拟回还。舞袖回旋,千年之后必定可以把五松山拂平。

与南陵常赞府游五松山

【题解】 题下有"山在南陵铜井西五里,有古精舍"之注。此诗约作于天宝十三、十四载(754、755)之宣州,南陵为宣州属县。常赞府,南陵县丞,其名不详。诗写五松山之清幽景色。

【原诗】 安石泛溟渤①,独啸长风还。逸韵动海上②,高情出人间。

灵异可并迹,澹然与世闲。我来五松下,置酒穷跻攀。征古绝遗老③,因名五松山。五松何清幽,胜境美沃洲④。萧飒鸣洞壑,终年风雨秋。响入百泉去,听如三峡流。剪竹扫天花⑤,且从傲吏游⑥。龙堂若可憩⑦,吾欲归精修⑧。

【注释】 ① 安石:谓谢安。谢安,字安石。溟渤:海。 ② 逸韵:清闲脱俗之韵致。 ③ 征古:征信往古。遗老:此指年老历练的人。 ④ 沃洲:山名,在今浙江新昌县南。白居易《沃洲山禅院记》:"沃洲山在剡县南三十里……南对天台,而华顶、赤城列焉。" ⑤ 天花:佛教语,谓天界仙花。 ⑥ 傲吏:孤傲的官吏。 ⑦ 龙堂:精舍名,在五松山上。 ⑧ 精修:精诚修行。

【译文】 谢安泛舟于沧海,乘长风独啸而还。清闲脱俗之韵致惊动海上,高远的情怀远出群伦。倾心于探究神奇怪异之事,心境淡泊以闲适来处世。我来到五松之下,设置酒宴登山历览。向年老历练的老者征求往古之事,因此命名此山为五松山。五松山景致清幽,佳妙之处胜过沃洲山。风声萧瑟鸣于洞壑,一年四季如沐秋风秋雨。山上百泉流出音声宏大,听来如同三峡的洪流。剪下细竹扫去天界仙花,我且与孤傲的官吏一同游赏。龙堂精舍如果可以休憩,我打算归入其中精诚修行。

宣城清溪

【题解】 诗题一作《入清溪山》,或将此诗与《清溪行》合为《宣城清溪二首》。诗约作于天宝十三载(754)游秋浦时。清溪,秋浦县内水名。诗中描写了清溪的奇异风光。从"白猿初相识"句看,可知为诗人初游秋浦时作。

【原诗】 清溪胜桐庐①,水木有佳色。山貌日高古②,石容天倾侧③。彩鸟昔未名,白猿初相识。不见同怀人④,对之空叹息。

【注释】 ① 桐庐：谓桐庐水,即桐溪,在睦州桐庐县(今属浙江)。 ② 高古：谓山苍然高耸。 ③ 倾侧：此处指倾斜欲倒之势。 ④ 同怀人：怀抱、志趣相投之人。谢灵运《登石门最高顶诗》："惜无同怀客,共登青云梯。"

【译文】 清溪胜过桐溪,水秀林清景色佳妙。山的形貌苍然高耸,山石磊砢自然倾侧。前所未见的五彩鸟不知其名,现在才初识白猿。不见怀抱志趣相投之人,对此美妙的山光水色只能空自叹息。

与谢良辅游泾川陵岩寺

【题解】 诗约作于天宝十四载(755)游泾县(今属安徽)时。谢良辅,唐诗人,天宝十载(751)进士。泾川,即泾溪,在泾县西南一里。陵岩寺,即天官水西寺,在泾县水西山上,泾溪在其下。

【原诗】 乘君素舸泛泾西①,宛似云门对若溪②。且从康乐寻山水③,何必东游入会稽④。

【注释】 ① 素舸：不加装饰的船。谢灵运《东阳溪中赠答》："可怜谁家郎,缘流乘素舸。" ② 云门：即云门寺。若溪：即若耶溪。二者均在越州会稽县南。 ③ 康乐：谓谢灵运。 ④ 会稽：郡名,今浙江绍兴。谢灵运任永嘉太守时肆志遨游郡内之名山水。

【译文】 登上君之素舸流荡于泾西的泾溪中,溪水与陵岩寺相对,恰似云门寺对着若耶溪。我且效从谢康乐寻游山水胜景,哪里需要东游而入会稽呢?

游水西简郑明府

【题解】　诗约为天宝十四载(755)游泾县时作。水西,即首句之"天宫水西寺",位于泾县西五里之水西山中,又名凌岩寺、陵岩寺,南齐永平元年淳于棼舍宅建。郑明府,即溧阳县令郑晏,与李白往还颇多。简,即寄简,寄赠信札,此是以诗代简。

【原诗】　天宫水西寺,云锦照东郭①。清湍鸣回溪,绿竹绕飞阁②。凉风日潇洒,幽客时憩泊③。五月思貂裘,谓言秋霜落。石萝引古蔓,岸笋开新箨④。吟玩空复情⑤,相思尔佳作。郑公诗人秀,逸韵宏寥廓⑥。何当一来游,惬我雪山诺⑦。

【注释】　① 云锦:朝霞。《文选》木华《海赋》:"若乃云锦散文于沙汭之际。"张铣注:"云锦,朝霞也。"此谓光彩映发如朝霞。东郭:东边的城郭,指泾县城。因为天宫水西寺在泾县城西,泾县城在东,故言。　② 飞阁:形容寺阁凌空耸立,有欲飞之势。　③ 幽客:隐逸之人。憩泊:栖息。　④ 箨(tuò):笋皮。　⑤ 吟玩:沉吟把玩。　⑥ 逸韵:高逸之风韵。　⑦ 雪山:原指喜马拉雅诸山,传说释迦牟尼在此苦行,后指佛教圣地或僧侣住地。雪山诺,谓邀郑明府来佛寺中畅谈。

【译文】　天宫水西寺如朝霞一般光彩映发,直照东边的城郭。泾溪回环曲折,水流清澈,鸣声淙淙;绿竹掩映环绕,势如欲飞的寺阁。清风凉爽使人舒畅快意,隐逸之人时时栖息于此。五月中竟让人想要穿貂皮衣,时令好像已是秋霜叶落时。石萝上缠绕着蔓生的野草,溪岸竹林里竹笋长出细细的笋皮。沉吟玩味此间山水使我空自生情,心里希望看到你的佳作。你是诗人中的秀出者,风韵高逸,宏阔如天。何时你能来此一游,满足我与你寺中畅谈诗文之愿。

九日登山

【题解】 此诗为天宝十二载(753)重阳日作于宣城。王琦云:"玩诗义,当是偕一宗室为宣城别驾者,于九日登其所新筑之台而作,诗题应有缺文。"所言似是。李白另有《宣城九日闻崔四侍御与宇文太守游敬亭,余时登响山,不同此赏,醉后寄崔侍御二首》,与此诗情景相接,可参见。

【原诗】 渊明《归去来》①,不与世相逐。为无杯中物,遂偶本州牧②。因招白衣人,笑酌黄花菊③。我来不得意,虚过重阳时。题舆何俊发④,遂结城南期。筑土接响山,俯临宛水湄⑤。胡人叫玉笛⑥,越女弹霜丝。自作英王胄⑦,斯乐不可窥。赤鲤涌琴高⑧,白龟道冰夷⑨。灵仙如仿佛,莫酹遥相知⑩。古来登高人,今复几人在。沧州违宿诺,明日犹可待。连山似惊波⑪,合沓出溟海⑫。扬袂挥四座,酩酊安所知。齐歌送清觞,起舞乱参差。宾随落叶散,帽逐秋风吹⑬。别后登此台,愿言长相思。

【注释】 ①《归去来》:陶渊明有《归去来分辞》,表达归隐之志。②杯中物:指酒。本州牧:陶渊明为彭泽令,郡遣督邮至县,当束带见之,渊明叹曰:"吾不能为五斗米折腰。"即解印去县,乃赋《归去来分辞》。州刺史王弘慕其为人,自访之,渊明称疾不见。弘遣人携酒,候渊明于道。渊明既遇酒,便引酌野亭,弘乃出与相见,遂欢宴终日。见《晋书·陶潜传》。本州牧,即指州刺史王弘。偶:指与之往还。 ③白衣人:陶渊明尝九月九日无酒,出宅旁菊丛中,摘菊盈把,坐其侧。久之,望见白衣人至,乃刺史王弘送酒,即便就酌,醉而后归。见《艺文类聚》引《续晋阳秋》。 ④题舆:用汉代周景事。《太平御览》引谢承《后汉书》:"周景为豫州刺史,辟陈蕃为别驾,不就,景题别驾舆曰:'陈仲举座也。'不复更辟。蕃惶惧,起视职。"⑤响山:在今安徽宣城,其下临宛溪。宛水:即宛溪。 ⑥叫:吹。 ⑦胄:帝王、贵族的后嗣。此句文义不明,王琦注疑"作"为"非"字之讹,当是。 ⑧琴高:《列仙传》:"琴高者,赵人也。以鼓琴为宋康王舍人。行涓彭之术,浮游冀州、涿郡之间二百余年。后辞入涿水中取龙子,与诸弟子期曰:'皆洁斋待于水傍设祠。'果乘赤鲤来出坐祠中,旦有万人观之。留一月余,复入水去。"或谓宣州泾县琴溪即琴高乘鲤之所。　⑨白龟:宣城之南,响山之西,有柏山,"左难当拒辅公祏于此,时有白龟履雪之异,因名白龟城"。见《宁国府志》。此诗盖用此事。冰夷:传说中的河神,即冯夷。《山海经·海内北经》:"从极之渊,深三百仞,维冰夷恒都焉。冰夷人面,乘两龙。"郭璞注曰:"冰夷,冯夷也。《淮南》云:'冯夷得道,以潜大川。'即河伯也。"　⑩奠酹:即奠酒,以酒洒地以祭神。　⑪连山:木华《海赋》:"波如连山。"此反用,谓连山似波。　⑫合沓:重叠、攒聚。　⑬帽逐秋风:用孟嘉事。《晋书·桓温传》:"孟嘉……为征西桓温参军,温甚重之。九月九日,温燕龙山,僚佐毕集。时佐吏并著戎服,有风至,吹嘉帽堕落,嘉不之觉。温使左右勿言,欲观其举止。嘉良久如厕,温令取还之,命孙盛作文嘲嘉,著嘉坐处。嘉还见,即答之,其文甚美,四坐嗟叹。"此喻宾客离散。

【译文】　渊明赋《归去来兮辞》,不与世人追逐名利。只因为杯中没有酒喝,才与本州刺史往还。招来白衣刺史王戎,与他微笑着在菊丛边就菊饮酒。我来到这里心中不得意,值此重阳之时只能虚度佳节。你为别驾俊美豪放,与我约定同游城南山水。筑土与响山相接,响山之下与宛水相临。胡人吹着玉笛,越女弹奏琴瑟。我非帝王贵族之后嗣,这样的享乐哪里能窥见一点儿呢!琴高在琴溪乘鲤,冯夷在响山之西由白龟引路。神灵和仙人如在眼前,我以酒洒地聊以祭奠,虽然相隔遥远他们也知道。自古以来登高游赏的人,现在还有几个存在?避世归隐背离我的凤愿,未来依然可以期待。群山相接如波涛狂涌,相互攒聚高出沧海。挥起衣袖示意座中诸君,但求酩酊大醉别无他顾。一起纵酒狂歌,带醉作舞。宾客似秋叶四处散落,就如同孟嘉的帽子被秋风吹走。分别之后若再登此台,我会长久地思念我们的相聚。

九　日

【题解】　此诗约作于宝应元年(762)或广德元年(763)之重阳日,其时诗人在当涂县(今属安徽)。此诗与《九日龙山饮》语意多同,当为一时之作。

【原诗】　今日云景好,水绿秋山明。携壶酌流霞①,搴菊泛寒荣②。地远松石古,风扬弦管清。窥觞照欢颜,独笑还自倾。落帽醉山月③,空歌怀友生④。

【注释】　① 流霞:仙人所饮,此指酒。　② 搴菊:以手折取菊花。寒荣:犹言寒花。　③ 落帽:用孟嘉事,见《九日登山》注。　④ 友生:即友人。

【译文】　秋日风物景色宜人,山清水绿分外明朗。我携带玉壶酌饮美酒,折取菊花泡入酒中。地势偏远山上松石苍古,秋风吹拂弦管音声清切。看着杯中酒照出我的欢颜,独自欢笑自饮美酒。秋风吹落我的帽子,我醉酒于山月之下,空自歌咏怀念友人。

九日龙山饮

【题解】　此诗与前诗《九日》或为同时之作。龙山,在当涂县。《元和郡县图志·江南道宣州当涂县》:"龙山,在县东南十二里,桓温尝与僚佐九月九日登此山宴集。"

【原诗】　九日龙山饮,黄花笑逐臣①。醉看风落帽,舞爱月留人。

【注释】　① 黄花:谓菊花。逐臣:诗人自称。

【译文】 九日在龙山宴饮,黄色的菊花盛开似在嘲弄我这个逐臣。醉眼看着秋风把我的帽子吹落,月下醉舞,明月留人。

九月十日即事

【题解】 本诗为宝应元年(762)或广德元年(763)作于当涂。前一日有《九日龙山饮》诗,故而有此诗之言。李白两度登高饮酒,正见其愁怀之难以排解,

【原诗】 昨日登高罢,今朝更举觞。菊花何太苦①,遭此两重阳②。

【注释】 ① 何太苦:菊花两遇宴饮,两遭采撷,故而言太苦。 ② 两重阳:《岁时广记》引《岁时杂记》:"都城士庶,多于重九后一日再集宴赏,号小重阳。"

【译文】 昨天刚登龙山宴饮,今日又举起了酒杯。菊花为何这样受苦,遭遇两个重阳的采撷?

陪族叔当涂宰游化城寺升公清风亭

【题解】 本诗为天宝十四载(755)夏作于当涂。族叔当涂宰,即李明化。化城寺,据《太平府志》载,在当涂县城内向化桥西礼贤坊,吴孙权时建。天宝时寺僧清升建清风亭于寺旁西湖上。升公,即《化城寺大钟铭并序》所云之化城寺寺主升朝。

【原诗】 化城若化出①,金榜天宫开②。疑是海上云,飞空结楼台③。升公湖上秀,粲然有辩才。济人不利己④,立俗无嫌猜⑤。了见水中

月⑥,青莲出尘埃⑦。闲居清风亭,左右清风来。当暑阴广殿,太阳为徘徊。茗酌待幽客,珍盘荐雕梅⑧。飞文何洒落⑨,万象为之摧。季父拥鸣琴⑩,德声布云雷⑪。虽游道林室⑫,亦举陶潜杯⑬。清乐动诸天⑭,长松自吟哀。留欢若可尽,劫石乃成灰⑮。

【注释】　①化城:佛法化出之城。佛教谓一切众生成佛之所为宝所,到此宝所,道途悠远险恶,恐行人疲倦退却,于途中变作一城郭,使之止息,于此处蓄养精力以达宝所。此谓化城寺。　②金榜:以黄金制成之匾额。《神异经·中荒经》:"中央有宫,以金为墙,有金榜,以银镂题,曰天皇之宫。"此处指化城寺金榜高悬,有如天宫。　③楼台:高大的台榭,此处指海市蜃楼。　④济人:助人。　⑤立俗:立身于俗世。　⑥水中月:《维摩诘经》:"菩萨观众生为若此,如智者见水中月。"此以喻升公清净之品性。　⑦青莲:青色莲花。此以喻升公洁净无染。　⑧珍盘:谓美味的佳肴。　⑨飞文:行文如飞,喻才华出众。　⑩季父:叔父,谓当涂宰李明化。拥鸣琴:谓其政绩甚伟。《吕氏春秋·察贤》:"宓子贱治单父,弹鸣琴,身不下堂而单父治。"　⑪德声:德行和名声。布云雷:比喻名声甚高,直至云天。　⑫道林:晋名僧支遁。道林室,喻佛门。　⑬陶潜杯:陶渊明善饮酒,故言。　⑭诸天:佛教谓三界共有三十二天,自四天王天至非有想非无想天,总谓之诸天。　⑮劫灰:劫火的余灰。《高僧传·竺法兰》云:"昔汉武穿昆明池底,得黑灰,问东方朔。朔云:'不知,可问西域胡人。'后法兰既至,众人追以问之,兰云:'世界终尽,劫火洞烧,此灰是也。'"

【译文】　化城寺好像是佛法化出而成的,金榜高悬有如天宫顿开。又像是海上的云气,飞腾至空中结成了海市蜃楼。升公是西湖之秀出者,粲然微笑颇为善辩。一心助人不谋私利,立身俗世了无疑忌。清净如水中之月,又如出于尘埃的青莲洁净无染。闲散独居于清风亭,日日得沐徐来的清风。暑热之时居于阴凉的高殿中,纵然太阳往返不止,也可避开暑热。用茶、酒来招待幽隐之客,珍美的盘子里盛着雕梅。行文如飞何其洒落,自然界的万象都为敏捷的文思驱使。叔父抱鸣琴而治当涂,德政之名声响亮如云天之雷。

虽然时常寄迹于佛门,仍然像渊明一样举杯而畅饮。清妙的音乐惊动诸天,风吹长松,如吟哀声。留下的欢乐似若到头了,历经劫难的石头已经变成了尘灰。

十、登　览

登锦城散花楼

【题解】 作于开元八年(720)春初游成都时。锦城,又名锦官城,成都的别称。散花楼,一名锦亭、锦楼,隋末蜀王杨秀所建,故址在今成都市区东北隅。诗以华丽言辞写所见景物,颇切合青年李白身份。

【原诗】 日照锦城头,朝光散花楼。金窗夹绣户①,珠箔悬琼钩②。飞梯绿云中③,极目散我忧。暮雨向三峡④,春江绕双流⑤。今来一登望,如上九天游。

【注释】 ①金窗:华美的窗。绣户:雕饰华美的门户。 ②珠箔:即珠帘,用珍珠缀饰的帘子。琼钩:玉制之钩。 ③飞梯:高梯,指通往高处的台阶。 ④三峡:指长江三峡。其说不一,今以瞿塘峡、巫峡、西陵峡为三峡,在重庆奉节至湖北宜昌之间。 ⑤双流:县名,属成都府,因县在二江(郫江、流江)之间,故名双流。

【译文】 红日高照锦官城头,朝霞把散花楼染得光彩夺目。散花楼上华美的窗间夹着雕饰繁丽的门户,珍珠缀饰的帘子间悬挂着玉钩。台阶高耸直入云端,我登高尽目远望舒散忧愁。日暮时潇潇细雨飘向三峡,春时江水漫漫环绕着双流。今天我来此登楼而望,如同身游于九天之上。

登峨眉山

【题解】 本诗为开元八年(720)作。是年春李白游成都,随即又登览峨眉。此诗写诗人登山所见及对仙界的怀想。

【原诗】 蜀国多仙山,峨眉邈难匹①。周流试登览②,绝怪安可悉③。青冥倚天开④,彩错疑画出。泠然紫霞赏⑤,果得锦囊术⑥。云间吟琼箫⑦,石上弄宝瑟。平生有微尚⑧,欢笑自此毕。烟容如在颜⑨,尘累忽相失⑩。倘逢骑羊子⑪,携手凌白日。

【注释】 ①邈:绵远。 ②周流:周游。陆贾《新语·本行》:"夫子……周流天下,无所合意。" ③绝怪:绝特怪异。 ④青冥:青而暗昧的样子。 ⑤泠然:轻举貌。江淹《杂体诗》:"泠然空中赏。" ⑥锦囊术:成仙之术。《汉武内传》载:汉武帝曾把西王母和上元夫人所传授的仙经放在紫锦囊中。 ⑦琼箫:即玉箫,箫的美称。 ⑧微尚:谦词。指学道求仙之愿。 ⑨烟容:古时以仙人托身云烟,因而称仙人为烟客。此处烟容即指脸上的烟霞之气。 ⑩尘累:尘世之烦扰。 ⑪骑羊子:即葛由。《列仙传》:"葛由者,羌人也。周成王时,好刻木羊卖之。一旦骑羊而入西蜀,蜀中王侯贵人追之上绥山。绥山在峨眉山西南,高无极也。随之者不复还,皆得仙道。"

【译文】 蜀国有很多仙山,但都难以与绵邈的峨眉相匹敌。试登此山周游观览,其绝特奇异的风光景致哪里能全部领略?青苍的山峰展列于天际,色彩斑斓如同出自画中。飘然登上峰顶赏玩紫霞,恰如果真得到了修道成仙之术。我在云间吹奏玉箫,在石上弹起宝瑟。我平生素有修道学仙的愿望,自此以后将结束世俗之乐。我的脸上似已充满烟霞之气,尘世之牵累忽然间已消失。倘若遇上仙人骑羊子,就与他相互携手凌跨白日。

大庭库

【题解】　宋蜀本题下注:"鲁中。"此诗作于天宝四载(745)之曲阜(今山东曲阜)。炎帝号神农氏,一曰大庭氏。曲阜县即古炎帝之墟,春秋时鲁国于其处作库,因地势高显,故可登以望气。《左传·昭公十八年》记,宋、卫、陈、郑有火灾,梓慎曾登大庭库望之而预言。

【原诗】　朝登大庭库,云物何苍然①。莫辨陈郑火②,空霾邹鲁烟③。我来寻梓慎,观化入廖天。古木翔气多④,松风如五弦。帝图终冥没⑤,叹息满山川。

【注释】　①　云物:天象云气之色。《周礼·春官·保章氏》:"以五云之物,辨吉凶水旱降丰荒之祲象。"注:"物,色也。视日旁云气之色。"苍然:苍茫的样子。　②　陈郑火:《左传·昭公十八年》:"宋、卫、陈、郑皆火。梓慎登大庭氏之库以望之,曰:'宋、卫、陈、郑也。'数日皆来告火。"　③　霾:遮掩。　④　翔气:祥瑞之气。　⑤　帝图:帝业。冥没:幽暗不明。

【译文】　早晨登上大庭库,天象云气何其苍茫。放眼远望难以辨认陈、郑之火,云气已遮掩了邹、鲁的烟云。我来此地追寻梓慎,观察天运时变直入寥廓长天。古老的林木多祥瑞之气,清风吹过松林恰如五弦奏起的琴瑟之音。帝王之霸业终会黯淡消歇,面对山川令人慨叹不已。

登单父陶少府半月台

【题解】　此诗作年未定,或谓作于开元二十八年(740),或谓作于天宝五载(746)。陶少府,名字未详,或谓即"竹溪六逸"之一的陶沔,不详所据。单父,宋州属县(今山东单县)。半月台,据《明一统志》,在旧单县治东北隅。

【原诗】　陶公有逸兴①，不与常人俱。筑台象半月，迥向高城隅②。置酒望白云，商飙起寒梧③。秋山入远海，桑柘罗平芜④。水色渌且明，令人思镜湖⑤。终当过江去，爱此暂踟蹰⑥。

【注释】　①陶公：此指陶少府。逸兴：清闲脱俗的兴致。　②迥：远。向：《文苑英华》作"出"，是。　③商飙：秋风。陆机《园葵诗》："时逝柔风戢，岁暮商飙飞。"　④桑柘：桑木与柘木。平芜：草木丛生的平旷原野。罗：分布、分散。　⑤镜湖：在越州会稽郡。　⑥踟蹰：此处意为逗留、停留。

【译文】　陶公有清闲脱俗的兴致，与常人了不相同。筑起台榭形状像是半月，远出于高城之边隅。设酒置宴远望苍天白云，秋风兴起于天寒时候的梧林中。秋山没入于远处的云海中，桑柘分散在草木丛生的平原旷野。水色清澈澄明，让人忆念越州的镜湖。我将过江而南去，只是喜爱这里而作短暂停留。

天台晓望

【题解】　宋蜀本题下注："吴中。"此诗或谓作于入京前游会稽时，或谓作于天宝六载（747）。天台，即天台山，在台州唐兴县北。诗借描绘天台山景表达游仙之想。

【原诗】　天台邻四明①，华顶高百越②。门标赤城霞③，楼栖沧岛月④。凭高远登览，直下见溟渤⑤。云垂大鹏翻⑥，波动巨鳌没⑦。风潮争汹涌，神怪何翕忽⑧。观奇迹无倪⑨，好道心不歇。攀条摘朱实⑩，服药炼金骨。安得生羽毛，千春卧蓬阙⑪。

【注释】　①四明：四明山，在今浙江宁波西南。山有石窗，四面玲珑，中通日月星辰之光，故名四明山。　②华顶：天台山峰名。《方舆胜览》："华顶峰在天台县东北六十里,盖天台第八重最高处,高一万丈,绝顶东望沧海,俗名望海尖。"百越:越人所居之地,约当今浙闽粤桂一带。 ③ 赤城:山名。在台州唐兴县北六里。 ④ 沧岛:海岛。 ⑤ 溟渤:海。 ⑥ 大鹏:《庄子·逍遥游》:"鹏之背,不知其几千里也,怒而飞,其翼若垂天之云。" ⑦ 巨鳌:传说渤海之东有五座仙山,因五山之根无所连著,常随波涛上下往还,不得暂峙。山上仙圣诉于天帝,帝乃命巨鳌十五举首而载之,五山始峙。而龙伯之国有大人一钓而连六鳌,遂使五山中岱舆、员峤二山流于北极,沉于大海中。见《列子·汤问》。 ⑧ 翕忽:迅疾快速。 ⑨ 无倪:无边际。 ⑩ 朱实:红色的果实。陶渊明《读山海经》:"丹木生何许,乃在崟山阳。黄花复朱实,食之寿命长。" ⑪ 蓬阙:仙宫。

【译文】 天台山与四明山相邻,华顶峰高出于百越之地。赤城的霞光掩映着山门,海岛的月光又笼罩着山楼。我身登高处放眼远望,直见山下茫茫沧海。天空中大鹏翱翔天宇,巨大的翅膀遮天蔽日,如垂天之云,大海中波涛震荡巨鳌时隐时现。海水随风而起波涛汹涌,其中的神灵怪物何其迅疾。观览奇异踪迹无有边际,学仙好道之心没有止歇。攀上枝条摘取果实,服食丹药炼我仙骨。怎么才能身上生出羽毛,千年卧于仙宫?

早望海霞边

【题解】 此诗当与前诗同时而作。从诗开首"四明三千里,朝起赤城霞"看,似是诗人登览四明山而望海上朝霞。诗由眼前奇异景色而生发一片幻想,充满了游仙之趣。

【原诗】 四明三千里,朝起赤城霞。日出红光散,分辉照雪崖。一餐咽琼液①,五内发金沙②。举手何所待,青龙白虎车③。

【注释】 ① 琼液:玉液,道家仙药,传说饮之可以长生、成仙。 ② 金沙:丹砂,仙药。 ③ 青龙白虎车:仙人所乘。《太平广记》引《神仙传》

云,沈羲升天时,有仙人来迎,其度世君司马生乘青龙车,送迎使者徐福乘白
虎车。

【译文】　四明山绵延三千里,早晨升起赤城的霞光。日出时分红光四射,
光辉直照青山雪崖。我饮咽琼液作为饭食,仙药的药力自我的体内往外散
发。挥手向天遥望在等待什么? 是在等待迎我升天的青龙白虎车。

焦山杳望松寥山

【题解】　诗题一作《焦山望松寥山》。此诗约于天宝六载(747)作于润
州(今江苏镇江)。焦山,在镇江府城东北九里江中,因东汉时焦先隐于
此而得名。松寥山,又名海门山、夷山,为焦山东支,位于镇江东北长江
中。诗写游仙之想。

【原诗】　石壁望松寥,宛然在碧霄①。安得五彩虹,驾天作长桥。仙
人如爱我,举手来相招。

【注释】　① 碧霄: 天空。

【译文】　在焦山的石壁边远望松寥山,松寥山好像在高高的蓝天中。怎能
得到五色的彩虹,驾于天边作长桥? 天上的仙人似乎喜爱我,挥手相待招引
我升天。

杜陵绝句

【题解】　诗为天宝二年(743)秋在长安作。杜陵,汉宣帝陵,在今陕西
西安曲江乡三兆村南。

【原诗】 南登杜陵上,北望五陵间①。秋水明落日,流光灭远山。

【注释】 ① 五陵:汉代五位皇帝的陵墓。《后汉书·班固列传》:"南望杜霸,北眺五陵。"李贤注:"杜、霸谓杜陵、霸陵,在城南,故南望也。五陵谓长陵、安陵、阳陵、茂陵、平陵,在渭北,故北眺也。"

【译文】 向南登上杜陵,向北眺望五陵。落日斜照把秋水照得晶莹明澈,流光闪灭后远山冥没不见。

登太白峰

【题解】 诗为开元十八年(730)秋作于西游邠、歧途中。太白山,又名太乙山、太一山,属秦岭,横跨今陕西太白、眉县、周至三县。诗中表达了他向往自由、摆脱尘世束缚,以及留恋现实的矛盾心境。

【原诗】 西上太白峰,夕阳穷登攀。太白与我语①,为我开天关。愿乘泠风去②,直出浮云间。举手可近月,前行若无山。一别武功去③,何时复更还。

【注释】 ① 太白:太白星,即金星。 ② 泠风:轻微之风。 ③ 武功:县名,在今陕西。

【译文】 向西攀登太白峰,在日落时分才登上峰巅。太白星向我问候,要为我打开天关。我愿乘那清风而去,飞行于浮云之间。举起手就可以接近月亮,向前飞行似乎已无山峦阻碍。一旦离别武功而远去,什么时候才能再返回呢?

登邯郸洪波台置酒观发兵

【题解】　宋蜀本题下注："燕赵。时将游蓟门。"此诗为天宝十一载 (752)北游幽州途中作。洪波台,《元和郡县图志·河东道洺州邯郸县》云:"洪波台,在县西北五里。"在今河北邯郸。诗中抒发了诗人志在报国的豪情。

【原诗】　我把两赤羽①,来游燕赵间。天狼正可射②,感激无时闲③。观兵洪波台,倚剑望玉关④。请缨不系越⑤,且向燕然山⑥。风引龙虎旗⑦,歌钟昔追攀⑧。击筑落高月⑨,投壶破愁颜⑩。遥知百战胜,定扫鬼方还⑪。

【注释】　① 赤羽:把羽染成赤色的箭。　② 天狼:原是星名,此喻残暴者。《楚辞·九歌·东君》:"举长矢兮射天狼。"王逸注:"天狼,星名,以喻贪残。"　③ 感激:感奋激昂。　④ 玉关:泛言边地。　⑤ 请缨:用汉代终军事。终军自请于朝曰:"愿受长缨,必羁南越王而致之阙下。"见《汉书·终军传》。　⑥ 燕然山:即今蒙古国境内之杭爱山。此句用汉代窦宪事。东汉永元元年,车骑将军窦宪率大军与匈奴大战于稽落山,大胜,遂登燕然山,刻石勒功,纪汉威德,班固为作《封燕然山铭》。　⑦ 龙虎旗:绘有龙虎之形的旗帜。　⑧ 歌钟:歌乐声。　⑨ 击筑:筑是一种弦乐器,形似筝,以竹尺击之,声音悲壮。　⑩ 投壶:古代宴乐礼制,也是一种娱乐活动。座中宾主依次用矢投向盛酒的壶口,以投中多少决胜负,负者饮酒。⑪ 鬼方:即远方。《诗经·大雅·荡》:"内奰于中国,覃及鬼方。"毛传:"鬼方,远方也。"

【译文】　我手拿两支赤羽箭,向北游历燕赵之地。正可以射杀如天狼星的作乱之贼,心怀感奋激昂无有已时。在洪波台观兵,倚剑远望边地。我请缨求战不是像终军那样去拘羁南越王,而是像窦宪击歼匈奴那样北向燕然山。往昔曾追求歌乐之声,如今却在随风飘行的龙虎旗帜下前进。高月已落我还奋力击筑示怀，投壶为戏破开了我的愁颜。遥知远方战地会百战百胜，一定会扫平远方乱者而凯旋。

登广武古战场怀古

【题解】　题一作《登广武楚汉古城》。诗约作于开元十九年(731)由梁宋西游嵩山途中。广武，山名，在今河南荥阳。古战场，楚汉相争时两军对垒处。《元和郡县图志·郑州荥泽县》："东广武，西广武二城，各在一山头，相去二百余步，在县西二十里。汉高祖与项羽俱临广武而军，今东城有高坛，即是项羽坐太公于上，以示汉军处。"诗借赞颂刘邦的雄才大略而抒发自己的宏志豪情。

【原诗】　秦鹿奔野草①，逐之若飞蓬。项王气盖世，紫电明双瞳②。呼吸八千人③，横行起江东。赤精斩白帝④，叱咤入关中⑤。两龙不并跃，五纬与天同⑥。楚灭无英图，汉兴有成功。按剑清八极⑦，归酣歌《大风》⑧。伊昔临广武，连兵决雌雄。分我一杯羹，太皇乃汝翁⑨。战争有古迹，壁垒颓层穹⑩。猛虎啸洞壑，饥鹰鸣秋空。翔云列晓阵，杀气赫长虹。拨乱属豪圣，俗儒安可通。沉湎呼竖子，狂言非至公⑪。抚掌黄河曲，嗤嗤阮嗣宗⑫。

【注释】　① 秦鹿：《史记·淮阴侯列传》："秦失其鹿，天下共逐之，于是高材疾足者先得焉。"张晏曰："以鹿喻帝位也。"　② 紫电：形容目光炯炯有神。双瞳：即重瞳，目有二瞳子。《史记·项羽本纪》："闻项羽亦重瞳子。"　③ 呼吸：谓指挥。八千人：《史记·项羽本纪》："籍与江东子弟八千人渡江而西。"　④ 赤精：谓汉高祖刘邦。《汉书·哀帝记》："待诏夏贺良等言赤精子之谶。"颜师古注引应劭曰："高祖感赤龙而生，自谓赤帝之精。"斩白帝：高祖被酒，夜径泽中，遇蛇当径而斩之，有一老妇哭之，谓己子乃白帝子，化为蛇挡道而为赤帝子所斩。事见《史记·高祖本纪》。　⑤ 叱咤：怒斥貌，形容气势很盛。关中：指居于众关之中的地域，今陕西渭河流域一带。《史记·项羽本纪》:"人或说项王曰:关中阻山河四塞,地肥饶,可都以霸。"《集解》引徐广曰:"东函谷,南武关,西散关,北萧关。" ⑥ 五纬:金、木、水、火、土五星。《文选》张衡《西京赋》:"高祖之始入也,五纬相汁以旅于东井。"李善注:"五纬,五星也。"古人以五星相会为帝王应天受命之兆。⑦ 按剑:犹言提剑。八极:形容极偏远的地方。这里泛言天下。 ⑧ 歌大风:高祖十二年过故乡沛,招亲友饮。酒酣,击筑而歌:"大风起兮云飞扬,威加海内兮归故乡,安得猛士兮守四方!"见《史记·高祖本纪》。⑨ 一杯羹:楚汉相争,俱临广武而军,相守数月。项王患之。为高俎,置太公其上,告汉王曰:"今不急下,吾烹太公。"汉王曰:"吾与项羽俱北面受命怀王,曰约为兄弟。吾翁即若翁,必欲烹而翁,则幸分我一杯羹。"项王怒,欲杀之。项伯曰:"天下事未可知,且为天下者不顾家,虽杀之无益,只益祸耳。"太皇,即指刘邦父。 ⑩ 层穹:高空。 ⑪ 沉湎:饮酒过度,谓阮籍。籍性嗜酒。竖子:对人的鄙称,犹言小子。《晋书·阮籍传》:"(籍)尝登广武,观楚汉战处,叹曰:'世无英雄,使竖子成名。'"狂言:狂放偏激之言。⑫ 抚掌:笑谈。嗤嗤:讥笑声。嗣宗:阮籍字。

【译文】 帝位如鹿奔于荒野草地之中,豪杰之士若逐飞起的蓬草一样穷追。项王雄气盖过世界,双目明亮炯炯有神。指挥八千人自江东而起横行于天下。高祖被酒夜斩白帝子,风云叱咤进入关中之地。两条龙不能并而跃起,天上五星之象也是这样。楚王被消灭未得展雄图,汉王兴盛得以成就王霸之业。手提宝剑平定天下,回归家乡纵酒击筑而高歌大风。往昔君临广武,双方集结众兵欲决一雌雄。汉王为天下而不顾家,说如果你项王要烹我太公,也请分一碗汤给我,我父亲也是你父亲。战争已过留下的只有古迹,当年战时军营的围墙在高空之下早已倒塌。高祖如猛虎号啸于洞壑,又如饥饿的雄鹰鸣叫于秋日高空。云气腾翔布列于阵前,腾腾杀气如长虹一样威吓。平定祸乱属大圣人所为,浅陋而迂腐的儒士哪里能受此大任? 阮籍沉湎于酒中呼刘邦为竖子,这种狂放偏激之言是不公正的。身临曲折的黄河我抚掌而谈,阮嗣宗真是很可笑。

登新平楼

【题解】 此诗约作于开元十八年(730)秋西游邠州时。新平,郡名,即邠州,今陕西彬州。诗写登新平城楼时远望帝都长安所见的景象。

【原诗】 去国登兹楼①,怀归伤暮秋。天长落日远,水净寒波流。秦云起岭树②,胡雁飞沙洲③。苍苍几万里,目极令人愁。

【注释】 ① 去国:离开国都。兹楼:指新平楼。 ② 秦云:秦地的云。新平等地先秦时属秦国。 ③ 胡雁:北方的大雁。

【译文】 离开国都登上这新平城楼,面对寥落暮秋心怀归念使我心伤。天空辽阔,夕阳在远方落下,寒波微澜河水在静静流淌。云朵从山岭的树林上升起,北来的大雁飞落在沙洲。苍苍茫茫的几万里大地,极目远望使我忧愁。

谒老君庙

【题解】 此诗《文苑英华》以为唐玄宗《过老子庙》诗。今人也认为此诗或非李白诗。老君庙,即老子庙,唐时道教特盛,道教以老子为教主,奉为老君,立老君庙以祭祀。

【原诗】 先君怀圣德①,灵庙肃神心②。草合人踪断,尘浓鸟迹深。流沙丹灶灭③,关路紫烟沉④。独伤千载后,空余松柏林。

【注释】 ① 先君:指老子。圣德:圣明之德。 ② 神心:犹心神。③ 流沙:《列仙传》:"关令尹喜……与老子俱游流沙,化胡,服苣胜实,莫知其所终。"丹灶:道士炼丹之灶。 ④ 关路:《太平御览》引《关令内传》:真人尹喜,周大夫也,为关令。少好学,善天文秘纬。鬼神无以匿其情状,瑰杰不检,荣戚不形于色。志怀逍遥,天性玄湛,忽登楼四望,见东极有紫气西迈,喜曰:"应有异人过此。"乃斋戒扫道以候之。及老子到关,喜先戒关吏曰:"若有翁乘青牛薄板车者,勿听过,止以白之。"果至,吏曰:"愿少止。"喜带印绶,设师事之道,老子重辞之。喜曰:"愿为我著书,说大道之意,得奉而行焉。"于是著《道德经》。

【译文】　老聃内怀圣明之德,置身灵庙让我心神肃穆。杂草丛生人踪早已断灭,尘土聚集上面留下深深的鸟迹。流沙的炼丹之灶已消失,关路之紫烟也早已沉寂。看到千年之后,现在只有松柏之林,令人为之伤悲。

秋日登扬州西灵塔

【题解】　此诗开元十四年(726)作于扬州。西灵塔,即栖灵寺塔,建于隋文帝时,在今江苏扬州西北。诗中表现了诗人浓厚的礼佛情绪。

【原诗】　宝塔凌苍苍,登攀览四荒①。顶高元气合,标出海云长②。万象分空界,三天接画梁③。水摇金刹影,日动火珠光④。鸟拂琼檐度,霞连绣拱张⑤。目随征路断,心逐去帆扬。露浩梧楸白,霜催橘柚黄。玉毫如可见,于此照迷方⑥。

【注释】　① 四荒:四方荒远之地。　② 标:指佛寺塔尖。　③ 空界:佛教语,空大。三天:佛教谓欲界、色界、无色界为三天。此处泛指高空。画梁:绘有彩饰的屋梁,此指西灵塔绘有彩饰。　④ 金刹:又称刹竿、刹柱,表彰寺院之竿柱。其上以金铜造宝珠焰形,立于寺前。火珠:即火齐珠,宫殿、塔庙建筑正脊上作装饰用的宝珠。有两焰、四焰、八焰等不同形式。⑤ 琼檐:玉檐,塔檐饰有玉。栱:斗栱,柱上方木,所以栱持栋梁。绣栱,彩绘之斗栱。　⑥ 玉毫:《慧琳音义》:"玉毫者,如来眉间白毫毛也。皓白光润,犹如白玉。佛从毫相,放大光明,照十方界。"迷方:犹言迷途、迷津。

【译文】　宝塔上凌茫茫苍天，我攀登而上历览四方。塔顶高耸，上与天宇间混沌之气相合，塔尖高出直入海天之云。世间一切现象皆分自空界，高空与宝塔之梁相接。金刹的影子映入水中随波摇荡，红日照耀，宝珠泛出光彩。飞鸟在塔檐间轻拂而过，日之霞光照耀彩绘的斗拱而光芒四射。我的眼睛望断了征路，心追随着远去的船帆而飞扬。浩浩珠露使梧树、楸树随之而白，秋霜催促橘柚由绿而黄。如果能见到如来眉间的白毫毛，我要在这里照亮迷途。

登金陵冶城西北谢安墩

【题解】　题下自注："此墩即晋太傅谢安与右军王羲之同登，超然有高世之志，余将营园其上，故作是诗。"诗约作于天宝六载（747）。冶城，在金陵西，今江苏南京市内朝天宫一带。因本为铸冶之地而得名。谢安墩，在金陵半山。此诗极力称颂谢安之伟业，表达自己功成身退的志向。

【原诗】　晋室昔横溃①，永嘉遂南奔②。沙尘何茫茫，龙虎斗朝昏。胡马风汉草③，天骄蹙中原④。哲匠感颓运⑤，云鹏忽飞翻。组练照楚国⑥，旌旗连海门⑦。西秦百万众⑧，戈甲如云屯⑨。投鞭可填江⑩，一扫不足论。皇运有返正，丑虏无遗魂。谈笑遏横流⑪，苍生望斯存。冶城访古迹，犹有谢安墩。凭览周地险，高标绝人喧⑫。想象东山姿，缅怀右军言⑬。梧桐识嘉树，蕙草留芳根。白鹭映春洲⑭，青龙见朝暾⑮。地古云物在⑯，台倾禾黍繁。我来酌清波，于此树名园。功成拂衣去，归入武陵源⑰。

【注释】　①晋室：晋代王室。横溃：原指河水旁决，此喻西晋末年晋室八王之乱。　②永嘉：晋怀帝年号。《晋书·怀帝记》："永嘉五年（311），刘曜、王弥入京师，帝开华林园门，出河阴藕池，欲幸长安，为曜等所追及。曜等遂焚烧宫庙，逼辱妃后……百官士庶死者三万余人。"又《晋书·王导传》："俄而洛京倾覆，中州士女避乱江左者十六七。"　③风：放逸。谓胡马驰突于中原。　④天骄：谓胡人匈奴。《汉书·匈奴传》："胡者，天之骄子也。"蹙：进逼。公元316年，匈奴人刘曜俘晋愍帝而西晋亡。318年，刘曜于长安建前赵。　⑤哲匠：明智贤能之人。此指谢安。　⑥组练：组甲、被练，皆为战服。《左传·襄公三年》："组甲三百，被练三千。"贾逵疏："组甲，以组缀甲，车士服之。被练，帛也，以帛缀甲，步卒服之。"楚国：指古楚国之地。　⑦海门：指海口。　⑧西秦：谓前秦，其主苻坚尝谓其"有众百万"，见《晋书·苻坚载记》。　⑨屯：聚也。云屯，言众多。　⑩投鞭：苻坚将伐东晋时，尝曰："以吾之众旅，投鞭于江，足断其流。"　⑪谈笑：谓谢安从容破敌事。《晋书·谢安传》："时苻坚强盛，疆场多虞，诸将败退相继。安遣弟石及兄子玄等应机征讨，所在克捷……坚后率众，号百万，次于淮肥，京师震恐。加安征讨大都督。玄入问计，安夷然无惧色，答曰：'已别有旨。'既而寂然。玄不敢复言，乃令张玄重请，安遂命驾出山墅，亲朋毕集，方与玄围棋赌别墅……至夜乃还，指授将帅，各当其任。玄等既破坚，有驿书至，安方对客围棋，看书既竟，便摄放床上，了无喜色，棋如故。"遏：遏制，阻止。横流：比喻动荡的局势。此指苻坚犯东晋。　⑫高标：清高脱俗的风范。　⑬东山姿：谓谢安风姿。谢安尝隐于东山，故言。右军言：右军谓王羲之。《世说新语·言语》："王右军与谢太傅共登冶城，谢悠然远想，有高世之志。王谓谢曰：'夏禹勤王，手足胼胝；文王旰食，日不暇给。今四郊多垒，宜人人自效，而虚谈废务，浮文妨要，恐非当今所宜。'谢答曰：'秦任商鞅，二世而亡，岂清言致患邪？'"　⑭白鹭洲：在金陵城西大江中。　⑮青龙：即青龙山，在金陵东南。朝暾：初升的太阳。　⑯云物：景物，景色。　⑰武陵源：用陶渊明《桃花源记》故事，谓归隐也。

【译文】　往昔晋代发生溃乱，永嘉年间向南逃奔而避难。沙尘惊起，弥漫天宇，龙虎相争早晚不绝。胡马放逸于汉地之草，胡人又挥骑南下进逼中原。明智之贤臣意识到晋室衰败之势，像云中大鹏高飞展志。组甲、被练相互辉映照亮古楚国之地，旌旗漫漫直与海口相连。前秦军有百万之众，金戈铠甲屯聚如云。投下马鞭可以填塞河水，却被谢公率军一扫而空，根本不用费力。皇运又由衰颓返而转正，丑陋的敌人被消灭得精光。笑谈之间就轻易地遏止了晋朝动荡的局势，真是苍生所望万民赖存。我今天来到冶城寻访古迹,依然见到留存下的谢安墩。登临览眺周围险要之地,清高脱俗远离人世的喧闹繁杂。想象谢安登临此处的风姿,缅怀王右军对谢安所说的话。梧桐繁茂,蕙草留芳。江中白鹭洲映着春色,青龙山沐浴着初升之朝阳。这里年代久远而景色犹在,墩台倾塌周围长满繁茂的禾黍。我来这里临清波而饮酒,将在这里营筑园林。功成后拂衣而去,到陶渊明的武陵源那里归隐。

登瓦官阁

【题解】　此诗约作于开元十三年(725)游金陵时。瓦官阁,在金陵城西南隅瓦官寺中,为梁代所建,高二十五丈。此诗主要是赞美瓦官阁的雄伟气势。

【原诗】　晨登瓦官阁,极眺金陵城[①]。钟山对北户[②],淮水入南荣[③]。漫漫雨花落,嘈嘈天乐鸣[④]。两廊振法鼓[⑤]。四角吟风筝[⑥],杳出霄汉上,仰攀日月行。山空霸气灭[⑦],地古寒阴生。寥廓云海晚,苍茫宫观平。门余阊阖字[⑧],楼识凤凰名[⑨]。雷作百山动,神扶万栱倾[⑩]。灵光何足贵[⑪],长此镇吴京[⑫]。

【注释】　① 极眺:尽目远望。　② 钟山:又名蒋山,在南京城东。③ 淮水:此指秦淮河。源出宝华山、东庐山,流经南京城内而入长江。南荣:《文选》司马相如《上林赋》:"暴于南荣。"郭璞注:"荣,屋南檐也。"句谓秦淮波光映入南檐之下。　④ 雨花:诸天于空中散花供养。若雨之从天而下,故曰雨花。天乐:《阿弥陀经》:"彼佛国土,常作天乐,黄金为地。昼夜六时,雨天曼陀罗华。"　⑤ 法鼓:佛寺大鼓。《法严经·序品》:"今佛世尊欲说大法,雨大法雨,吹大法螺,击大法鼓,演大法义。"　⑥ 风筝:悬于檐间的金属片,也称"铁马""风铁""风琴",俗称"风马儿"。杨慎《升庵诗话》:"古人殿阁檐棱间有风琴、风筝,皆因风动成音,自谐宫商。"　⑦ 霸气:王霸之气。金陵曾为六朝帝都,故云。　⑧ 阊阖:宫门名。《景定建康志》：按《宫苑记》：晋成帝修新宫，南面开四门，最西曰西掖门，正中曰大司马门，次东曰南掖门，最东曰东掖门。南掖门，宋改阊阖门，陈改端门。　⑨凤凰：楼台名，在凤凰山上，宋元嘉时建。　⑩栱：楼的立柱与横梁之间成弓形的承重结构。《汉书》扬雄《甘泉赋》："炕浮柱之飞榱兮，神莫莫而扶倾。"颜师古注："言举立浮柱而驾飞榱，其形危竦，有神于暗莫之中扶持，故不倾也。"　⑪灵光：谓鲁灵光殿，汉景帝子恭王所建。王延寿《鲁灵光殿赋》："遭汉中微，盗贼奔突，自西京、未央、建章之殿，皆见隳坏，而灵光岿然独存。"　⑫吴京：指金陵。因吴时建都于此故名，其时名建业。

【译文】　清晨登上瓦官阁，极目远眺金陵城的风光。钟山耸立在瓦官阁的北面，秦淮河水波光闪耀映于它南檐之下。细雨漫漫如花散落，天上音乐嘈嘈而鸣。阁廊两边法鼓振响，四角发出风筝的鸣声。楼阁高耸直入云天之上，仰首攀登见日月运行。山已空寂金陵王霸之气已息，这里岁月已久生出阴寒之气。傍晚时分云海寥廓高远，宫观上与苍茫暮霭平齐。门前尚留有"阊阖"二字的遗迹，楼前还标"凤凰"的名字。雷霆发作，万山为之震动，阁栱倾而不塌如有神扶。灵光殿哪里称得上珍贵？瓦官阁永远镇守金陵。

登梅岗望金陵赠族侄高座寺僧中孚

【题解】　诗约于天宝八载（749）春夏之交将去金陵时作。梅岗，在金陵城南雨花台山麓。高座寺，原名甘露寺，后西竺僧尸黎密据高座说法，世称高座道人，因其死后葬于此而得名高座寺。诗写金陵山川形势，赞颂中孚风骨特秀，表达惜别之情。

【原诗】　钟山抱金陵，霸气昔腾发①。天开帝王居，海色照宫阙。群峰如逐鹿，奔走相驰突②。江水九道来③，云端遥明没。时迁大运去，龙虎势休歇④。我来属天清⑤，登览穷楚越⑥。吾宗挺禅伯⑦，特秀鸾凤骨。众星罗青天⑧，朗者独有月。冥居顺生理⑨，草木不剪伐。烟窗引蔷薇，石壁老野厥。吴风谢安屐⑩，白足傲履袜⑪。几宿一下山，萧然忘干谒⑫。谈经演金偈⑬,降鹤舞海雪。时闻天香来⑭,了与世事绝。佳游不可得,春去惜远别。赋诗留岩屏,千载庶不灭。

【注释】　①霸气:王霸之气。金陵曾为六朝帝都,故云。　②驰突:快跑猛冲。　③九道:即九派,长江在江西九江的一段有九个支流,故称九派。也泛指长江。鲍照《登黄鹤矶》:"三崖隐丹磴,九派引沧流。"　④大运:天运。二句谓岁月迁改,天运转移,金陵昔日霸气已尽。　⑤天清:天气晴朗。　⑥楚越:金陵之地,古为吴地,其西为楚,其南为越。　⑦禅伯:对有道僧人的尊称。　⑧罗:分布。　⑨冥居:即隐居。生理:生命生成与变化之理。　⑩谢安展:《晋书·谢安传》载谢安闻淝水之战胜利,了无喜色。既罢,还内,过户限,心喜甚,不觉展齿之折。这里是借言之。　⑪白足:《高僧传·释昙始》:"始足白于面,虽跣涉泥水,未尝沾湿,天下咸称白足和尚。"　⑫萧然:悠然。干谒:古代求仕进的一种方式,交接名流、官宦以求闻达。　⑬偈(jì):佛经中有韵的颂辞。金谒:即是佛所说的韵语颂辞。　⑭天香:天上之香。《法严经·法师功德品》:"亦闻天上诸天之香。"

【译文】　钟山环抱着金陵,往昔金陵王霸之气腾涌奔发。上天在此开设帝王之居,江海之色映照宫殿。众多的山峰就像群鹿一样驰奔猛冲。长江由九条支流汇合而来,九道之水远在云端时隐时现。历史使天运变迁而去,金陵龙蟠虎踞之势也随之止歇。天气晴朗之时我来到这里,登高览望放眼楚、越的风光。你拔出佛门众僧之上,卓异秀发富有鸾凤仙骨。就像青天中布列着繁星,可是却只有月亮明光四射。隐逸而居顺应生命生成变化之理,就像草木自然生成不受剪伐。窗间雾气缭绕露出蔷薇,石壁之上生满了变老的野蕨草。脚穿谢公展颇有吴地风情,穿着鞋袜像昙始一样。在这里住宿几天而下山,就会悠然自得忘却干谒。谈论佛经,演说佛说之韵词,如同仙鹤来降飞舞于漫天雪海中。时时闻得天上之香传来,这里与尘世之事远绝。难得这样一次佳妙的游览,春日将去你我也将惜别。把所赋之诗留在山中岩屏间,使它流传千年而不迹灭。

登金陵凤凰台

【题解】　此诗作年未详,或谓作于天宝六载(747)。凤凰台,在今江苏南京城西南隅。相传南朝宋元嘉十六年(439)有三鸟翔集于此,文彩五色,状如孔雀,时人谓之凤凰。起台于山,谓之凤凰台,山称凤凰山。李白登台有感而作此诗,风格近于崔颢《黄鹤楼》。

【原诗】　凤凰台上凤凰游,凤去台空江自流。吴宫花草埋幽径^①,晋代衣冠成古丘^②。三山半落青天外^③,一水中分白鹭洲^④。总为浮云能蔽日^⑤,长安不见使人愁。

【注释】　① 吴宫:三国吴建都建业(即金陵),故言吴宫。　② 衣冠:原指衣服和礼帽,这里借指达官贵人、社会名流。　③ 三山:在今南京西南长江东岸。因三峰排列,南北相连,故称三山。　④ 白鹭洲:在今南京水西门外原长江中,秦淮河入江,白鹭洲横截其间,分流为二。因江水外移,现已为陆地。　⑤ 浮云:既指诗人西北望长安所见实景,又喻皇帝身边拨弄是非、蒙蔽皇帝的奸佞之人。陆贾《新语》:"邪臣之蔽贤,犹浮云之障日月也。"

【译文】　金陵的凤凰台上,曾经有凤凰来游。如今凤已飞去,台已空荒,只有江水还在空自流淌。吴国宫苑的花草丛,已踏成幽僻的小径,东晋的显达名流也只留下一座座坟丘。三山隐约半落于青天之外,江分二水中间隔着白鹭洲。太阳普照天下却总被那浮云遮住,遥望长安却不得见使我愁思茫茫。

望庐山瀑布二首

【题解】　其一题一作《瀑布水》,无其二。诗作年未详,或谓开元十三年(725)游庐山而作。《元和郡县图志·江南道江州浔阳县》:"庐山,在县东三十里,本名鄣山。昔匡俗字子孝,隐沦潜景,庐居此山,汉武帝拜为大明公,俗号庐君,故山取号。"

其 一

【原诗】 西登香炉峰,南见瀑布水①。挂流三百丈,喷壑数十里。欻如飞电来,隐若白虹起②。初惊河汉落③,半洒云天里。仰观势转雄,壮哉造化功。海风吹不断,江月照还空。空中乱潈射④,左右洗青壁。飞珠散轻霞,流沫沸穹石⑤。而我乐名山,对之心益闲。无论漱琼液,还得洗尘颜。且谐宿所好⑥,永愿辞人间。

【注释】 ①香炉峰:庐山香炉峰有四,此指南香炉峰。因烟云聚散,如香炉之状,故名。 ②欻(xū):迅急貌。沈约《被褐守山东》:"掣曳泻流电,奔飞似白虹。"二句化用其意。 ③河汉:指银河。 ④潈(cōng):水汇也。谓众水冲击,水沫飞溅。 ⑤穹石:大石。 ⑥宿所好:旧友。

【译文】 向西登上香炉峰,看见南面瀑布的流水。瀑布高挂达三百丈,喷射的水流有数十里长。飞流迅疾如同闪电,时而隐现恰如天空中升起的白虹。初看去还以为是银河从九天落下,半洒在云天高处。抬头仰观气势更加雄伟,大自然造化之功多么壮伟。海天之风吹不断瀑布的水练,江上明月照来如同空无。瀑布在空中四溅乱射,冲洗着两侧青色的石壁。水珠飞溅如同轻霞四散,流淌的水沫冲击着巨石。我素来喜爱游览名山,今天面对瀑布更觉心里闲逸。不要说可以吸饮这如琼浆一样的流水,还可以用它来洗去世俗的容态。还是与旧友相携一道隐于此,永远辞别人间。

其 二

【原诗】 日照香炉生紫烟①,遥看瀑布挂长川②。飞流直下三千尺,疑是银河落九天③。

【注释】　①香炉：即香炉峰。　②长川：一作"前川"。　③九天：极言天高。

【译文】　太阳照耀香炉峰生出袅袅紫烟,远远望去瀑布像长河悬挂于山前。三千尺水流飞奔直下,莫非是银河从九天垂落山崖间?

望庐山五老峰

【题解】　此诗作年未详,或谓作于开元十三年(725)。五老峰,位于庐山牯岭东南,五峰突出悬崖,如五人相逐罗列,故而得名,为庐山胜景。诗描绘了五老峰雄奇秀绝的风光。

【原诗】　庐山东南五老峰,青天削出金芙蓉①。九江秀色可揽结②,吾将此地巢云松。

【注释】　①芙蓉：莲花。山峰秀丽,其色黄,故以金芙蓉为喻。　②九江：长江自江西九江而分九派,故称。九江在庐山北面。揽结：把取,收取。

【译文】　五老峰坐落于庐山的东南,巉峭壁立如青天削出,就像一朵盛开的金色莲花。登上峰顶可以揽取九江的秀丽景色,我将在这里隐居于云松之间。

江上望皖公山

【题解】　此诗作年未定,或谓作于肃宗至德二载(757)流放夜郎之前。皖公山,一名皖山,在今安徽潜山。与潜山、天柱山相连,三峰鼎峙,空青积翠,瑰奇秀丽。此诗描绘了皖公山的奇丽风光,表现了意欲隐居的思想感情。

【原诗】 奇峰出奇云,秀木含秀气。清宴皖公山^①,巉绝称人意^②。独游沧江上,终日淡无味。但爱兹岭高,何由讨灵异。默然遥相许,欲往心莫遂。待吾还丹成^③,投迹归此地^④。

【注释】 ① 清宴:犹清晏,谓天气晴朗。晏,无云也。 ② 巉(chán)绝:高峭险峻。 ③ 还丹:道家炼丹之术,以九转丹再炼,化为还丹,服之可以白日升天。 ④ 投迹:举步前往,投身。

【译文】 奇异的山峰间孕化出奇丽的云彩,林木秀美饱含清秀之气。皖公山天气清润朗丽,山峰高峭险峻使人称心如意。我独自游览于长江之上,整天平平淡淡了无趣味。只是喜爱皖公山岭的高峻,如何能够去寻异探奇讨得它的灵异之致呢?心中默默许下誓愿前去登览,但是难以成行。等到我将来炼成还丹,再举步前往归身于此地。

望黄鹤山

【题解】 诗作于肃宗上元元年(760)春,其时李白自零陵归巴陵、江夏。黄鹤山,即黄鹤矶,又名黄鹄山,在鄂州江夏县东九里,即今武汉蛇山。传说昔有仙人控黄鹤于此,故得名黄鹤山。诗中描绘了黄鹤山的雄伟气势与壮美景色。

【原诗】 东望黄鹤山,雄雄半空出^①。四面生白云,中峰倚红日。岩峦行穹跨^②,峰障亦冥密^③。颇闻列仙人,于此学飞术^④。一朝向蓬海^⑤,千载空石室。金灶生烟埃^⑥,玉潭秘清谧^⑦。地古遗草木,庭寒老芝术。寒余羡攀跻^⑧,因欲保闲逸。观奇遍诸岳,兹岭不可匹。结心寄青松,永悟客情毕。

【注释】 ① 雄雄:气势雄伟。 ② 穹跨:跨于空中。 ③ 峰障:高峻的山峰。冥密:深幽茂密。 ④ 飞术:仙术,求仙升天之术。 ⑤ 蓬海:即蓬莱仙山,因位于海中,故称蓬海。 ⑥金灶:即丹灶,道家炼取丹药之灶。
⑦清谧:清静安宁。 ⑧寒(jiǎn):句首语助词。跻:登。

【译文】 向东眺望黄鹤山,只见黄鹤山威势雄伟横出于半空之中。山的四面环绕着白云,中间的山峰托着天上的太阳。山峦峭立高跨于空中,高峻的山峰深幽邃密。常听说许多仙人在这里学习升天之术,一朝成仙飞向蓬莱仙境,留下的石室千年以来空空荡荡。丹灶早已生出尘埃,清澈的水潭也已寂静无声,失去了先前的生气。地宅荒古长满了杂草,庭中苦寒,芝术之类的药草皆已老去。我很想登临此山,借以保养我的闲逸之致。观览奇异遍及各个名山,所见都不能与这座山匹敌。我寄心于山上青松,由此悟认不会再有客旅情怀了。

鹦鹉洲

【题解】 此诗是李白上元元年(760)自零陵至江夏时所作。鹦鹉洲,在今湖北武汉汉阳西南,建安时期著名文士祢衡作《鹦鹉赋》于此,因以为名。明代时为水冲没,现已不可见。诗中描绘了鹦鹉洲周围的美丽景色,表达了漂泊无定的孤独心境。

【原诗】 鹦鹉来过吴江水①,江上洲传鹦鹉名。鹦鹉西飞陇山去②,芳洲之树何青青③。烟开兰叶香风暖,岸夹桃花锦浪生④。迁客此时徒极目⑤,长洲孤月向谁明。

【注释】 ①吴江:此指武昌一带的长江,因三国时属吴国,故称。②陇山:又名陇坻、陇坂,六盘山南段,位于陕西陇县至甘肃平凉一带。相传鹦鹉产于陇西。 ③芳洲:洲上芳草繁茂,故称芳洲。崔颢《黄鹤楼》:"晴川历历汉阳树,芳草萋萋鹦鹉洲。" ④锦浪:花瓣落入江中因风而随波荡漾,故曰锦浪。 ⑤迁客:被谪迁的人,这里是诗人自称。

【译文】 鹦鹉曾经来到吴江的岸边,江中的小洲流传着鹦鹉的美名。鹦鹉已向西而飞,回到陇山,鹦鹉洲上花香四溢草木青青。春风和暖烟云缭绕,飘来阵阵兰香。两岸桃花落入江中形成层层锦浪。被迁谪的旅人此时只有徒然远望,长洲上孤月朗照究竟为谁而明呢?

九日登巴陵置酒望洞庭水军

【题解】 题下有注:"时贼逼华容县。"此诗作于肃宗乾元二年(759)。巴陵,今湖南岳阳。时荆、襄二地作乱,叛将张嘉延袭破荆州,进逼华容,李白滞留巴陵,遂作此诗。诗中表达了意欲起身报国的豪情。

【原诗】 九日天气清,登高无秋云。造化辟川岳,了然楚汉分①。长风鼓横波,合沓蹙龙文②。忆昔传游豫③,楼船壮横汾④。今兹讨鲸鲵⑤,旌旆何缤纷⑥。白羽落酒樽⑦,洞庭罗三军。黄花不掇手⑧,战鼓遥相闻。剑舞转颓阳,当时日停曛⑨。酣歌激壮士,可以摧妖氛。握蠲东篱下,渊明不足群⑩。

【注释】 ① 楚汉:谓楚地之山与汉水,汉水指长江。 ② 合沓:重叠攒聚。龙文:谓水之波纹。蹙:急促,紧迫。 ③ 游豫:谓帝王游乐。 ④ 楼船:《文选》汉武帝《秋风辞》:"上行幸河东,祠后土,顾视帝京,欣然。中流与群臣饮燕,上欢甚,乃自作《秋风辞》曰:'……泛楼船兮济汾河,横中流兮扬素波。'" ⑤ 鲸鲵:鱼中之凶猛者,这里喻叛贼。 ⑥ 旌旆(jīng pèi):谓军中战旗。 ⑦ 白羽:箭也。《文选》司马相如《上林赋》:"弯蕃弱,满白羽。"李善注引文颖曰:"以白羽为箭,故言白羽也。"这里指代军队。 ⑧ 黄花:谓菊花。俗于重阳时登高赏菊。掇手:拾取、手握。 ⑨ 转颓阳:使下落的太阳回转。二句用鲁阳挥戈返日事。《淮南子·览冥训》:"鲁阳公与韩构难,战酣,日暮,援戈而撝之,日为之反三舍。"曛:落日。停曛,即太阳停止下落。 ⑩ 握蠲:通"龌龊",谓气量局狭。东篱:陶渊明《饮酒》:"采菊东篱下,悠然见南山。"不足群:不足为伍。

【译文】 九九重阳之时天气晴朗,登上巴丘山只见秋高气爽万里无云。大自然的创造化育辟开了山川,楚山与江水判然而分。长风吹过鼓起波浪,相互重叠攒聚,一浪赶过一浪。忆起往昔传说皇帝外出游乐,楼船相接,气势雄壮,横陈于汾河之上。现在讨伐如鲸鲵一样凶猛的叛逆之贼,旌旗漫卷迎风招展。白羽箭影倒映于杯酒之中,洞庭之上三军罗列待发。无暇再采摘菊花来欣赏,鼓声隆隆很远都能听到。挥剑冲杀太阳为之回转,就像鲁阳挥戈时,太阳不再下落。纵酒高歌壮士斗志激昂,可以摧毁叛贼的嚣张之气。渊明整日沉湎于东篱之下,气量狭促哪里可以与之为伍呢!

秋登巴陵望洞庭

【题解】 此诗作于肃宗乾元二年(759)秋。巴陵,指巴陵郡(今湖南岳阳)的巴丘山。巴丘山,位于岳阳南,又名巴蛇冢。传说羿曾屠巴蛇于洞庭,蛇骨久积成丘,故得名。诗中描绘了登高所见的景色,表达了悲秋的感情。

【原诗】 清晨登巴陵①,周览无不极②。明湖映天光,彻底见秋色。秋色何苍然,际海俱澄鲜③。山青灭远树,水渌无寒烟。来帆出江中,去鸟向日边。风清长沙浦④,霜空云梦田⑤。瞻光惜颓发,阅水悲徂年⑥。北渚既荡漾⑦,东流自潺湲⑧。郢人唱《白雪》⑨,越女歌《采莲》⑩。听此更断肠,凭崖泪如泉。

【注释】 ①巴陵:谓巴丘山。 ②周览:纵览,四面瞭望。 ③际海:岸边与水中。 ④长沙浦:指由长沙而入洞庭之湘水。 ⑤云梦:泽名,江汉平原上古代湖泊群的总称。 ⑥徂年:流年、年华。 ⑦渚:小洲,水中小块陆地。 ⑧潺湲:水流动貌。 ⑨"郢人"句:参见《古风五十九首》其二十一注。郢,春秋时楚国国都。 ⑩《采莲》:梁武帝所制乐府《江南弄》七曲中有《采莲曲》。此指江南女子采莲时所唱之歌。

【译文】 清晨登上巴丘山,极目远眺四周的景物无不尽收眼底。湖面明净倒映着天光,湖水清澈见底可以映现秋色。秋天的物色多么苍茫,岸上与水色都明丽清朗。山色青翠掩映了远处的林木,水色碧绿没有清冷的烟气。帆船轻漂,自江中向这里驶来,小鸟远去飞向日边。长沙浦边秋风清朗,云梦田上霜迹已空。观览秋光使人叹惜头发脱落,注目湖水流过又令人悲悯流年已逝。北边的小洲随波荡漾,湖水向东潺潺流淌。郢人唱起《白雪》,越女歌唱《采莲曲》。听到这些歌声更让人肠断,凭临山崖泪如泉涌。

与夏十二登岳阳楼

【题解】 此诗作于肃宗乾元二年(759)秋,李白时在岳阳。岳阳楼,在岳州郡治西南。西面洞庭,左顾君山,为江南名胜。夏十二,名字不详。此诗描写了诗人游赏玩乐的情景。

【原诗】 楼观岳阳尽①,川迥洞庭开②。雁引愁心去,山衔好月来。云间连下榻③,天上接行杯④。醉后凉风起,吹人舞袖回。

【注释】 ① 岳阳:即岳州,以在天岳山之南,故名。治所在巴陵,即今湖南岳阳。 ② 迥:远。 ③ 下榻:用汉代陈蕃礼徐稚、周璆事。参见《春陪商州裴使君游石娥溪》注。 ④ 行杯:谓传杯饮酒。

【译文】 登上岳阳楼览尽四周风光,江水辽远通向开阔的洞庭。大雁南飞引起我的忧愁之心,远处的山峰又衔来一轮好月。在高入云间的楼上下榻设席,在天上传杯饮酒。醉酒之后刮起了凉风,衣袖随风舞动我们随风而回。

登巴陵开元寺西阁赠衡岳僧方外

【题解】 此诗作年未详,或谓作于乾元二年(759)秋。此诗与《登瓦官阁》,《文苑英华》题李宾作,今人已辨其误。开元寺,《唐会要》:"天授元年十月二十九日,两京及天下诸州各置大云寺一所,开元二十六年六月一日,并改为开元寺。"衡岳,即衡山。

【原诗】 衡岳有开士①,五峰秀真骨②。见君万里心,海水照秋月。大臣南溟去③,问道皆请谒。洒以甘露言④,清凉润肌发。明湖落天镜,香阁凌银阙⑤。登眺餐惠风⑥,新花期启发。

【注释】 ① 开士:菩萨的异称。以能自开觉、又可开他人生信心,故称。后为对僧人之敬称。 ② 五峰:《五灯会元·慧可大祖禅师》:"年三十二,却返香山,终日宴坐,又经八载,于寂默中倏见一神人,谓曰:'将欲受果,何滞此邪?大道匪遥,汝其南矣。'祖知神助,因改名神光。翌日,觉头痛如刺,其师欲治之。空中有声曰:'此乃换骨,非常痛也。'祖遂以见神事白于师,师视其顶骨,即如五峰秀出矣。" ③ 南溟:南海。此句中"大臣"殊不可解,或以为"臣"当为"师"之误。 ④ 甘露言:谓佛语如甘露沁人也。⑤ 银阙:仙界之城阙。 ⑥ 惠风:和风,春天和煦之风。

【译文】 你是衡岳之开士,内怀真骨秀出五峰。看见你志在万里之心,如同秋月照耀海水。大师前去南海,求师问道请求拜谒的人很多。你的话如同甘露一样,清凉宜人浸润人们的肌肤和头发。湖面明净如同天镜自天而落,香阁高耸直凌云天之上。我攀登而上远眺四周,呼吸着和煦的春风,新花满目,正待开放。

与贾舍人于龙兴寺剪落梧桐枝望洞湖

【题解】 诗作于乾元二年(759)。贾舍人,即诗人贾至,时由汝州刺史贬为岳州司马,此诗即是李白在岳州与贾至相酬之作。龙兴寺,《舆地纪胜》:"岳州法宝寺,唐曰龙兴,下瞰洞湖。"在今湖南岳阳。洞湖,一名瀙湖、翁湖,在巴陵南,今岳阳市南。

【原诗】 剪落青梧枝,洞湖坐可窥。雨洗秋山净,林光澹碧滋。水闲明镜转①,云绕画屏移②。千古风流事,名贤共此时。

【注释】 ① 闲:静。明镜:谓洞湖。 ② 画屏:原指有画饰的屏风,这里是借指山光水色有如画屏。

【译文】 剪落眼前的青梧枝条,可以坐着俯视洞湖的风光。细雨过后秋山爽洁明净,林木清润碧绿。湖面平静如同明镜转动,烟云缭绕秋山又如画屏。这是千古以来的风流韵事,名流贤达共此良辰美景,陶醉其中。

挂席江上待月有怀

【题解】 此诗或谓作于天宝七载(748)秋,其时李白在金陵。诗描写江中怀人之情。前人或谓诗是身在江海而心存魏阙之意,细玩味,所言未当。

【原诗】 待月月未出,望江江自流。倏忽城西郭①,青天悬玉钩②。素华虽可揽③,清景不同游。耿耿金波里④,空瞻鳷鹊楼⑤。

【注释】 ① 郭:外城。 ② 玉钩:谓初月,其形如钩,故言。 ③ 素华:谓月光。 ④ 耿耿:明亮的样子。金波:月光似波,故称金波。 ⑤ 鳷鹊楼:汉观名,此指金陵楼观。谢朓《暂使下都夜发新林至京邑赠西府同僚》:"金波丽鳷鹊。"李白诗本此。据诗意,所怀之人当在金陵。

【译文】 江中待月月还没有升起,眼望长江江水默默流淌。突然间城西头的外城上,青天已悬挂一轮弯如玉钩的月亮。月光挥洒可以揽握,然而对此清丽之景却未能与友人同游。明亮的月光里,只有空自面对鳷鹊楼。

金陵望汉江

【题解】 此诗作年未详。或谓作于开元十三年(725),或谓作于天宝十五载至至德二载(756—757)之间。汉江,此指长江。此诗用意较为深曲,诗旨众说不一,其要当是表达怀抱未伸的怨望之情。

【原诗】 汉江回万里,派作九龙盘①。横溃豁中国②,崔嵬飞迅湍③。六帝沧亡后④,三吴不足观⑤。我君混区宇⑥,垂拱众流安⑦。今日任公子,沧浪罢钓竿⑧。

【注释】 ①派:支流。长江自庐江、浔阳而分为九。 ②横溃:大水旁决泛滥。豁:开。 ③崔嵬:本指山峦高耸貌,此指波涛。迅湍:水流甚急,激流。二句以长江泛滥喻六朝时战乱局面。 ④六帝:吴、东晋、宋、齐、梁、陈六代帝王。 ⑤三吴:《水经注·江水》:"世号'三吴':吴兴、吴郡、会稽其一焉。"二句谓自六朝以后,江东已无昔日之盛。 ⑥混区宇:统一天下。 ⑦垂拱:垂衣拱手。形容不费力气,无所事事。此喻帝王无为而治。 ⑧任公子:《庄子·外物》:"任公子为大钩巨缁,五十犗以为饵,蹲乎会稽,投竿东海,旦旦而钓,期年不得鱼。已而大鱼食之,牵巨钩,錎没而下,骛扬而奋鬐,白波若山,海水震荡,声侔鬼神,惮赫千里。任公子得若鱼,离而腊之,自制河以东,苍梧已北,莫不压若鱼者。"此白以自喻,言天下已治,无事可为。

【译文】 长江延绵曲折长达万里,分作九条支流就如同九条巨龙盘踞。江水四溢,泛滥于中国,波涛汹涌迅疾奔流。六代的帝王沉寂沦亡之后,三吴已没有了昔日之盛,无足称赏。我朝圣明之君统一天下,垂衣拱手无为而治。今天的任公子,已无需沧海垂钓而罢竿了。

秋登宣城谢朓北楼

【题解】 诗为天宝十三载(754)秋李白游宣城时作,或云天宝十二载(753)作。北楼,即高斋,南齐诗人谢朓任宣城太守时所建,故址在今安徽宣城陵阳山麓。谢朓有《高斋视事》等诗。此诗描绘了诗人登楼所见的自然风光。

【原诗】 江城如画里[1],山晚望晴空。两水夹明镜[2],双桥落彩虹[3]。人烟寒橘柚,秋色老梧桐。谁念北楼上,临风怀谢公[4]。

【注释】 [1] 江城:指宣城,宣城在水阳江畔,故称。 [2] 两水:谓环绕郡城之宛溪与句溪。 [3] 双桥:谓横跨宛溪上之凤凰、济川二桥。 [4] 谢公:即谢朓。

【译文】 宣城临近江边美丽如画,傍晚时分登山览望万里晴空。宛溪与句溪如同明镜环抱着宣城,凤凰与济川两座桥梁横跨溪上如同落入人间的两道彩虹。村落间泛起薄薄寒烟缭绕于橘柚间,梧桐树在深沉的秋色里已经枯老。登上北楼临风而立,所怀想的是谁呢? 正是南齐诗人谢公。

望天门山

【题解】 诗为开元十三年(725)李白初出巴蜀赴江东经当涂(今在安徽)而作。天门山,位于当涂县西南,由长江东岸的博望山和西岸的梁山组成,两山夹江对峙,岩石突入江中,势如天门,故名。诗中描写天门山雄奇壮丽的景色,体现了诗人初出巴蜀时豪迈矫健的精神风貌。

【原诗】　天门中断楚江开①,碧水东流至此回。两岸青山相对出,孤帆一片日边来。

【注释】　① 中断:从中间断开。楚江:安徽古为楚地,故称流经这里的长江为楚江。

【译文】　天门山从中间断裂,是楚江把它冲开,碧水向东奔流到这里回旋徘徊。夹岸高耸的青山隔着长江相峙矗立,我乘着一叶孤舟从日边而来。

望木瓜山

【题解】　天宝后期李白游览池州,在青阳望木瓜山而作此诗。木瓜山,在青阳县木瓜铺。诗中描写诗人客居的酸楚之感。

【原诗】　早起见日出,暮见归鸟还。客心自酸楚,况对木瓜山①。

【注释】　①“客心”二句:客居他乡,内心本自已经酸楚,再看到木瓜山,想起酸涩的木瓜,心中就更不堪了。木瓜:《尔雅》郭璞注:“木实如小瓜,酢而可食。”

【译文】　早晨起来看见太阳升起,傍晚时分看见归鸟还巢。身在异乡内心本已酸楚,何况还面对着木瓜山。

登敬亭山二小山，余时客逢崔侍御，并登此地

【题解】 天宝后期李白游览宣城，客遇崔侍御，遂同游而作此诗。敬亭，山名，在宣城北十里。崔侍御，即崔成甫，是李白好友。诗中描绘了与旧友纵酒游山的喜悦与豪迈气概。

【原诗】 送客谢亭北①，逢君纵酒还。屈盘戏白马②，大笑上青山。回鞭指长安，西日落秦关③。帝乡三千里④，杳在碧云间。

【注释】 ① 谢亭：即谢公亭，在宣城北，相传为谢朓送范云处。谢朓集中有《新亭渚别范零陵》诗。 ② 屈盘：曲折盘旋，此谓山行。 ③ 秦关：秦地关塞。 ④ 帝乡：此指长安。

【译文】 在谢公亭的北面送客上路，与你相逢我们纵酒酣饮而还。山路曲折盘旋，我们大声笑语，乘着白马登上青山。马上扬鞭指向长安，西边已日落秦地关塞。帝京长安在三千里外，缥缈遥远只在那高天碧云边。

过崔八丈水亭

【题解】 此诗是李白天宝后期在宣城时所作，从诗中"檐飞宛溪水，窗落敬亭云"二句可知。崔八丈，名字未详，当是当地排行第八的老者。水亭，指倚水而建的亭子。诗描绘了水亭的胜景。

【原诗】 高阁横秀气①，清幽并在君。檐飞宛溪水②，窗落敬亭云。猿啸风中断，渔歌月里闻。闲随白鸥去，沙上自为群。

【注释】 ① 横：充溢，充塞。 ② 宛溪水：在宣城东。

【译文】　亭阁高耸充溢清秀之气,凭亭览望你可赏清幽之景。宛溪绿水飞过阁檐,敬亭山的云朵落在窗前。清风徐吹猿啸之声时断时续,明月朗照渔歌阵阵传来。闲逸之时自可随白鸥而去,在沙岸上与鸟为群。

十一、行　役

安州应城玉女汤作

【题解】 安州应城,即今湖北应城。玉水汤,又称玉女泉,据《明一统志》记载,"其泉热沸,野老相传,玉女炼丹之地"。此诗当为开元十八年(730)李白居安陆时所写。

【原诗】 神女殁幽境①,汤池流大川。阴阳结炎炭,造化开灵泉②。地底烁朱火,沙旁歊素烟③。沸珠跃明月,皎镜涵空天。气浮兰芳满,色涨桃花然。精览万殊入④,潜行七泽连⑤。愈疾功莫尚,变盈道乃全⑥。濯缨掬清泚⑦,晞发弄潺湲⑧。散下楚王国,分浇宋玉田⑨。可以奉巡幸,奈何隔穷偏。独随朝宗水⑩,赴海输微涓⑪。

【注释】 ①"神女"句:神女亡没于此事不知所本。按《艺文类聚》引盛弘之《荆州记》言新阳县(今湖南宁乡)惠泽中有温泉,"世传昔有玉女乘车,自投此泉。今人时见女子,姿仪光丽,往来倏忽",或为同一传说。 ②"阴阳"二句:此二句由贾谊《鵩鸟赋》"天地为炉兮造化为工,阴阳为炭兮万物为铜"演化而成。 ③歊(xiāo):气上冲的样子。 ④万殊:万物。《淮南子·泰族训》:"天地所包,阴阳所呕,雨露所濡,以生万物。" ⑤七泽:司马相如《子虚赋》:"楚有七泽。" ⑥"变盈"句:此句本自《易经·需传·谦》象辞:"地道变盈而流谦。"变盈,改变盈亏,使之谦平。 ⑦濯(zhuó)缨:洗涤系冠的绳子,以示高洁。《楚辞·渔父》:"沧浪之水清兮,可以濯吾缨。" ⑧晞(xī)发:晒干刚洗的头发。《九歌·少司命》:"与汝沐兮咸池,晞汝发兮阳之阿。"此句引申为洗发。 ⑨宋玉田:宋玉《小言赋》中说,楚襄王登上云阳台。召集诸大夫景差、唐勒、宋玉等,说:"有能为小言赋者,赐之云梦之田。"于是宋玉为赋,楚襄王赐以云梦之田。　⑩ 朝宗:古代诸侯见天子,春天叫朝,夏天叫宗。《尚书·禹贡》中用此比喻长江、汉水流入大海时说:"江汉朝宗于海。"后世常以朝宗言江河入海。⑪ 微涓:涓涓细流。

【译文】　神女曾葬身于此地幽境,有一条温泉流成了大川。这是天地阴阳交合结成的炭火,烧热了这神奇的灵泉。这里地下闪着朱红色的火焰,沙岸上腾起束束的白烟。沸腾的水珠在明月下闪烁,皎洁如镜的水面映出整个蓝天。浮动的空气散发着兰花的芬芳,水光雾色又如同桃花开遍。如镜的水面可以照见万物,水下的潜流又与楚国的七泽相连。治病的功效无与伦比,而流水不溢又是变盈之道的体现。我捧起一把清水洗一洗冠缨,再让我的头发沐浴一下这潺潺流动的神泉。啊,美丽的神泉,你应该流遍楚国大地,分浇楚王赐与宋玉的云梦之田。你应该奉献给巡视四方的皇帝享用,但无奈你处在这穷乡僻壤之间。你只好默默投入朝宗的江水,用涓涓细流作出微薄的贡献。

之广陵宿常二南郭幽居

【题解】　宋蜀本题下注:"淮南。"广陵,即扬州,参见前注。常二,名字生平不详。

【原诗】　绿水接柴门,有如桃花源①。忘忧或假草,满院罗丛萱②。暝色湖上来,微雨飞南轩。故人宿茅宇,夕鸟归杨园③。还惜诗酒别,深为江海言。明朝广陵道,独忆此倾樽。

【注释】　① 桃花源:陶渊明《桃花源记》中描写的世外桃源。　②"忘忧"二句:言院内种满萱草。萱草,阿福花科,其花橘黄色,花蕾可食用,即金针菜,或称黄花菜。古人认为此草可使人忘忧。稽康《养生论》:"合欢蠲忿,萱草忘忧。" ③ 杨园:《诗经》中提到的园名,借指郭二幽居小园。《诗经·小雅·巷伯》:"杨园之道,猗于亩丘。"

【译文】 我沿着绿水走到你家柴门,真像置身于《桃花源记》中描写的世外仙境。满园的萱草丛丛开着黄花,更使人将一切忧愁忘得干干净净。当那暮色降临湖面上时,一阵微雨又敲打着南面的窗棂。我的老朋友就归宿在这茅草屋里,夕鸟也归栖在这小园的树丛中。我所深深感动的是今晚互相以诗酒告别,和那有如江海的誓盟。明天清晨我就要踏上奔赴广陵的旅途,那时我头脑中一定还会不停地浮现我们相聚痛饮的情景。

夜下征虏亭

【题解】 征虏亭,在金陵(今南京),为东晋征虏将军谢石所建,故名。据《资治通鉴》胡三省注:"自玄武湖头大路北出,至征虏亭。"诗当为李白开元十四年(726)游金陵时作。

【原诗】 船下广陵去①,月明征虏亭。山花如绣颊②,江火似流萤③。

【注释】 ① 广陵:即扬州。 ② 绣颊:疑为批颊,即戴胜鸟。 ③ 江火:指江上的渔火。

【译文】 小舟朝广陵驶去,明月照着征虏亭。远望山花如美丽的批颊鸟,江上的渔火像点点流萤。

下途归石门旧居

【题解】 宋蜀本题下注:"吴中。"石门,此指横山,即横望山中的石门,在今江苏南京江宁区丹阳镇。李白天宝九载(750)曾隐居在此石门,故称石门旧居。此诗为天宝十三载(754)在金陵时作。王琦注:"题下似缺别人字。"至于此诗所别为何人,郭沫若《李白与杜甫》曾认为此诗为李白逝世之年与吴筠诀别之作。安旗先生《李白全集编年注释》认为是李白别其友人元丹丘所作。二说皆不为确论。

【原诗】　吴山高,越水清,握手无言伤别情。将欲辞君挂帆去,离魂不散烟郊树。^①此心郁怅谁能论,有愧叨承国士恩^②。云物共倾三月酒^③,岁时同饯五侯门^④。羡君素书常满案,含丹照白霞色烂^⑤。余尝学道穷冥筌^⑥,梦中往往游仙山。何当脱屣谢时去,壶中别有日月天^⑦。俯仰人间易凋朽,炉峰五云在轩牖^⑧。惜别愁窥玉女窗^⑨,归来笑把洪崖手。隐居寺,隐居山,陶公炼液栖其间^⑩。灵神闭气昔登攀,恬然但觉心绪闲。数人不知几甲子^⑪,昨来犹带冰霜颜^⑫。我离虽则岁物改,如今了然识所在。别君莫道不尽欢,悬知乐客遥相待^⑬。石门流水遍桃花,我亦曾到秦人家。不知何处得鸡豕,就中仍见繁桑麻^⑭。翛然远与世事间^⑮,装鸾驾鹤又复远。何必长从七贵游^⑯,劳生徒聚万金产。挹君去^⑰,长相思,云游雨散从此辞。欲知怅别心易苦,向暮春风杨柳丝。

【注释】　①烟郊树:郊野的烟树,烟树即春树。　②国士:国中杰出人士。《战国策·赵策》:"豫让曰:'……知伯以国士遇臣,臣故国士报之。'"③云物:景物。　④岁时:节候。《礼记·哀公问》:"岁时以敬祭礼,以序宗族。"　⑤"羡君"二句:王琦《李太白诗集注》:"古人以绢素写书,故谓收曰素书。含丹者,书中之字以朱写之。白者绢色,丹白相映,烂然如霞矣。"　⑥冥筌:道家理论与行迹。江淹《许征君询自叙》:"一时排冥筌,泠然空中赏。"　⑦"壶中"句:宋张君房《云笈七签》记载:张申常悬一壶如五升器大小,变化为天地,中有日月,如世间,夜宿其内,自号壶天。　⑧炉峰:一作"钟峰",即钟山,在今南京城东。　⑨玉女窗:在嵩山。洪崖:相传三皇时仙人。　⑩陶公:指陶弘景,南朝齐人,曾隐居茅山,自号华阳隐居,所隐之山后称隐居山,所居之处后称隐居寺。　⑪甲子:古代干支纪年法,以六十年为一甲子。《左传·襄公三十年》记载绛县一长寿老人的话说:"臣生之岁,正月甲子朔,四百有四十五甲子矣。" ⑫ 冰霜颜:形容貌如神仙。《庄子·逍遥游》:"藐姑射之山,有神人居焉。肌肤若冰雪,绰约若处子。" ⑬ 悬知:预知。 ⑭ "石门"四句:借用陶渊明《桃花源记》中世外桃源景物比拟石门。 ⑮ 翛(xiāo)然:自由自在的样子。《庄子·大宗师》:"翛然而往,翛然而来。" ⑯ 七贵:泛指把持朝政的贵族。《文选》潘岳《西征赋》:"窥七贵于汉廷。"李善注:"七姓谓吕、霍、上官、赵、丁、傅、王也。" ⑰ 抶:同"挥"。

【译文】　吴山高,越水清,握手无言难以抑制别离时的伤情。就要告别你扬帆而去,离魂正萦绕着春郊的树丛。此时我心中的郁结有谁知晓呢? 真是有愧于当初承受你对我以国士相待的恩情。为赏春我们一起在春城三月畅饮,每当迎接节候,我们一起接受王公贵族的宴请。我常常羡慕你案上摆满素帛道书,那上面的朱字与素帛就像云霞在空中相映。我也曾为学道而钻研道经与修仙,往往梦中都在仙山上游行。总盼着有一天会得道解脱而去,进入那壶中别有日月的仙境。人生本来短暂,如花一样易于凋零,又如同这窗前钟山上的白云,飘忽聚散不定。前次伤别是你去嵩山玉女窗访仙学道,归来时我兴奋地对你这洪崖仙子握手相迎。隐居山,隐居寺,那里曾留下陶公当年炼丹修行的踪影。当初我诚心诚意地在那里攀登,顿时觉得心旷神怡,恬然清静。那里一些人已长寿得说不清自己的年龄,一个个肌肤如冰雪,还带着处子的面容。自从我离开那里,一年年发生了变化,但今天我还是能够将那一木一石辨清。莫要悲伤今天的相别不能尽欢,我预料那里自有朋友对我远接高迎。石门就像《桃花源记》里描写的那样,到处是溪水绕着桃花,我要访问的人家也是不知有汉有唐,更不知世间的情景。不知从哪里弄来的鸡肉、猪羊招待我,人家周围是一片片桑麻丛生。他们自由自在地生活在世外,有时又骑鸾驾鹤,不知道游踪。有这么好的地方,我何必整天和那些权贵打交道呢? 费心尽力,即使能聚万贯家产也是徒劳。告别你,长相思,往日的欢聚就像云散雨停。要想知道我在此别离时心情有多悲伤,你可以看看那傍晚的杨柳在春风中依依舞动的情景。

客中作

【题解】 此诗为李白于开元二十八年(740)移居东鲁时所作。

【原诗】 兰陵美酒郁金香①,玉碗盛来琥珀光。但使主人能醉客,不知何处是他乡。

【注释】 ①"兰陵"句:此句是说兰陵美酒浮动着郁金香的香气。兰陵,故址在今山东枣庄南。郁金香,香草名。《唐会要》:"(贞观中)伽毗国献郁金香。叶似麦门冬,九月花开,状如芙蓉,其色紫碧,香闻数十步,华而不实。"

【译文】 兰陵美酒散发出郁金香的芬芳,用玉碗盛来闪动着琥珀般的清光。只要主人你能使我醉倒在这美酒之中,我恐怕会错把兰陵当作故乡。

太原早秋

【题解】 宋蜀本题下注:"并州。"开元二十三年(735)五月,李白偕友人元演游太原,至第二年五月离开。此诗当为此年初秋时写。太原又称并州,开元十一年(723)曾改称北都,天宝元年(742)又改称北京。

【原诗】 岁落众芳歇,时当大火流①。霜威出塞早,云色渡河秋。梦绕边城月,心飞故国楼。思归若汾水②,无日不悠悠。

【注释】 ①大火:又称火,星名,即心宿中的第二星。《诗经·豳风·七月》:"七月流火。"朱熹《诗集传》:"流,下也。火,大火,心星也。以六月之昏,加于地之南方,至七月之昏,则下而西流矣。" ②汾水:黄河第二大支流。源出管涔山,经太原南流到新绛折向西,在河津西流入黄河。

【译文】　秋来百花开始凋谢,大火星位也开始向西斜倾。塞外的早霜凛冽而威严,渡河的阴云又给河西带来了秋风。客居的残梦还萦绕着边城的冷月,游子的归心早已飞回故乡的家中。我的思归之情就像这眼前的汾水,日日夜夜奔流不停。

奔亡道中五首

【题解】　宋蜀本题下注:"江东。"至德元载(756),安禄山在洛阳称帝,李白携妻子宗氏南奔,往来于宣城、当涂之间,此五首诗为其奔亡道中作。

其　一

【原诗】　苏武天山上①,田横海岛边②。万重关塞断,何日是归年。

【注释】　①"苏武"句:苏武,字子卿,西汉时人,出使匈奴,被扣留,在北海牧羊十九年始归。此句以天山借指匈奴所居之地,不是实指。　②田横:战国齐田氏之后,秦末,与其兄田儋起兵复齐。刘邦灭项羽称帝以后,田横率部下五百人逃往海岛。后田横羞为汉臣而自杀,岛中五百人也自尽。事见《史记·田儋列传》。

【译文】　苏武曾被放逐到荒无人烟的北海,田横曾经逃亡到海岛边。如今关塞重重,交通又被战火阻断,真不知哪一年才能返回自己的家园。

其　二

【原诗】　亭伯去安在①,李陵降未归②。愁容变海色,短服改胡衣。

【注释】　①亭伯:即崔骃,其字亭伯。东汉时人,曾任车骑将窦宪主簿,后来被任命为长岑县令,自以为不得意,于是辞官而归故里。 ②李陵:字少卿,与苏武同时代人。汉武帝时为骑都尉,率兵出击匈奴,被困投降。武帝族灭其家,李陵病死匈奴。

【译文】 辞官而归的崔亭伯如今在什么地方?反正李陵投降匈奴,是死在了他乡。海水也和我一样满面愁容,看那中原之人已换上了胡装。

其 三

【原诗】 谈笑三军却①,交游七贵疏②。仍留一只箭,未射鲁连书③。

【注释】 ①"谈笑"句:言鲁仲连却秦军事参见《齐有倜傥生》注。②七贵:见《下途归石门旧居》注。 ③"仍留"二句:用鲁仲连助田单攻下聊城事。《史记·鲁仲连列传》:"齐田单攻聊城岁余,士卒多死而聊城不下。鲁连乃为书,约之矢以射城中……燕将见鲁连书……喟然叹曰:'与人刃我,宁自刃。'乃自杀。"

【译文】 我本来也有鲁仲连谈笑间退敌的良策,无奈所交往的权贵疏远了我。但我心里仍保留一只退敌的箭,总有一天把鲁仲连助齐攻燕的战书发射。

其 四

【原诗】 函谷如玉关,几时可生还①。洛川为易水,嵩岳是燕山②。俗变羌胡语,人多沙塞颜。申包惟恸哭③,七日鬓毛斑。

【注释】 ①"函谷"二句:说中原已被安史叛军占领,关内的函谷反成了边塞。《后汉书·班超列传》:"超自以久在绝域,年老思土,十二年上疏曰:'……臣不敢望到酒泉郡,但愿生入玉门关。'"函谷,关名,战国时秦置,故址在今河南灵宝东北。玉关,即玉门关,汉武帝置,故址在今甘肃西北小方盘城。　②洛川：洛水，即今河南黄河支流洛河。易水：在今河北西北部，发源于易县，南入拒马河。嵩岳：即嵩山。燕山：燕山山脉，在河北平原北侧，由潮白河口到山海关，东西走向。　③申包：指申包胥。《左传·定公四年》记载，吴兵入侵楚国，申包胥代表楚国到秦国请求援兵，秦国不出兵，申包胥立在宫廷墙边而哭，日夜不绝声，勺饮不入口七日，秦国于是出兵援楚。

【译文】　中原沦陷，函谷关已成了玉门关；收复无望，不知何年何月我才能从那里进入长安。洛水已经变成了易水，嵩山也被视作燕山。中原流行说羌胡的语言，人们的面容都带着塞外的风沙。现在有的只是申包胥终日的痛苦，哭得两鬓斑白也是枉然。

其　五

【原诗】　森森望湖水①，青青芦叶齐。归心落何处，日没大江西。歇马傍春草，欲行远道迷。谁忍子规鸟②，连声向我啼。

【注释】　①森(miǎo)森：水大貌。　②子规：即杜鹃鸟。啼声哀苦，好像在叫"不如归去"，使客居他乡之人心生凄恻。

【译文】　湖水渺渺一望无际，青青的芦叶整齐地生长。我的思乡之情归到哪里？就在那大江之西日落的地方。歇马在这嫩绿的草地旁，这遥远的行程已辨不清方向。更不能让人忍受的是那杜鹃鸟的叫声，声声凄苦断人心肠。

郢门秋怀

【题解】　宋蜀本题下注："荆州、江夏、岳阳。"郢门，即荆门，代指荆州，今湖北江陵附近。此诗为开元二十七年(739)李白游荆汉一带时所作。

【原诗】 郢门一为客,巴月三成弦①。朔风正摇落,行子愁归旋。杳杳山外日,茫茫江上天。人迷洞庭水,雁度潇湘烟。清旷谐宿好②,缁磷及此年③。百龄何荡漾,万化相推迁。空谒苍梧帝,徒寻溟海仙④。已闻蓬岳浅⑤,岂见三桃圆⑥。倚剑增浩叹,扪襟还自怜。终当游五湖,濯足沧浪泉⑦。

【注释】 ① 三成弦:月缺似弦,故人们称每月初七、初八为上弦,二十二、二十三为下弦,三成弦指一月有余。 ② 清旷:指山林。《后汉书·仲长统列传》:“欲卜居清旷,以乐其志。” ③ 缁磷:比喻岁月流逝使人衰老。《论语·阳货》:“不曰坚乎?磨而不磷。不曰白乎?涅而不缁。” ④“空谒”二句:安旗《李白全集编年注释》:“苍梧帝、溟海仙,均代指此行所拜访之诸侯。二句谓干谒无成。” ⑤ 蓬岳浅:《神仙传》:“麻姑自说云:‘接待以来,已见东海三为桑田。向到蓬莱,又水浅于往日会时略半耳,岂将复为陵陆乎?’” ⑥ 三桃圆:《汉武故事》:“王母种桃,三千年一结子。” ⑦“濯足”句:《楚辞·渔父》:“沧浪之水清兮,可以濯吾缨。沧浪之水浊兮,可以濯吾足。”

【译文】 自从客游到荆门,月亮又已三次成弦。北风吹着摇落的树叶,游子时刻都在思念自己的家园。落日杳杳挂在青山之外,茫茫江水与天际相连。洞庭的波涛使旅人迷茫,潇湘水云上飞着南去的群雁。隐居山林是我多年的愿望,岁月消磨,此事却未实现。人生本来就多变幻,万事又无常难遂人愿。我此行又白白地拜谒了苍梧帝子,空自寻找那溟海神仙。我早就听说过沧海变桑田的故事,王母的仙桃三千年一熟,我岂能三次看见?我只好倚剑倍加长叹,抚着胸襟自我哀怜。总有一天我会像范蠡那样荡舟五湖,像渔父那样濯足在沧浪泉。

至鸭栏驿上白马矶赠裴侍御

【题解】 鸭栏驿,白马矶,遗址在今湖南临湘市。裴侍御,名字生平不详。此诗为乾元二年(757)李白流夜郎遇赦途中作。

【原诗】　侧叠万古石,横为白马矶。乱流若电转,举棹扬珠辉。临驿卷缇幕①,升堂接绣衣②。情亲不避马③,为我解霜威。

【注释】　① 缇(tí)幕:浅绛色的幕。　② 绣衣:借指御史。参见《送韩侍御之广德》注。　③ 避马:指回避官吏。

【译文】　险仄重叠的石块经历了千百年,变成了白马矶横在江边。江中的湍流漩涡如雷鸣电闪,举桨荡起水珠一片片。江边驿站卷起浅绛色的帷幕,正在迎接裴御史你这朝廷的命官。因为友情深厚也用不着回避的礼节,你也为我消除了司法官一副冷如冰霜的面颜。

荆门浮舟望蜀江

【题解】　荆门,荆门山,在今湖北宜都西北,长江西岸。蜀江,指流经蜀地的长江河段。此诗为开元十三年(725)李白经巴渝出峡时作。

【原诗】　春水月峡来①,浮舟望安极。正见桃花流②,依然锦江色③。江色绿且明,茫茫与天平。逶迤巴山尽④,摇曳楚云行。雪照聚沙雁,花飞出谷莺。芳洲却已转,碧树森森迎。流目浦烟夕,扬帆海月生。江陵识遥火⑤,应到渚宫城⑥。

【注释】　① 月峡:即明月峡,在今四川广元。　② 桃花流:即桃花水。《汉书·沟洫志》:"来春桃华水盛,必羡溢。"颜师古注:"《月令》:仲春之月,始雨水,桃如华。盖桃方华时,既有雨水,川谷冰泮,众流猥集,波澜盛长,故谓之桃华水耳。"　③ 锦江:即锦水,流经成都,南与郫江合流。　④ 巴山:又称大巴山,在川陕交界处,此泛指蜀中之山。　⑤ 江陵:即荆州,在今湖北江陵。　⑥ 渚宫城:指渚宫,楚王别宫,故址在今江陵故城南。

【译文】 暮色已到明月峡,站在船上一望,景色无穷。眼前的这一派桃花水,和锦江春水没有什么不同。江水呈现出鲜明的绿色,渺渺茫茫与天际相平。起伏连绵的蜀山至此而尽,飘然摇曳的楚云又从此弥漫东行。日照如雪的沙滩上聚着群雁,山谷的花丛中又飞出一只只黄莺。刚刚转过水中的芳洲,又是一片森茂的碧树扑面相迎。暮色中的浦岸从眼前闪过,行驶中又见一轮明月挂在天空。远处的一片江火应是江陵,到那里应该看一看楚王当年的渚宫。

上三峡

【题解】 三峡,即长江三峡,指长江上游的瞿塘峡、巫峡和西陵峡。此诗为乾元元年(758)李白长流途中所写。

【原诗】 巫山夹青天①,巴水流若兹。巴水忽可尽②,青天无到时。三朝上黄牛③,三暮行太迟。三朝又三暮,不觉鬓成丝。

【注释】 ① 巫山:在今重庆、湖北交界处,长江穿流其中,成为三峡。② 巴水:指三峡一带长江水,此处为古三巴地区,故称。 ③ 黄牛:指黄牛山,又称黄牛峡,在今湖北宜昌西北。《水经注·江水》:"江水又东径黄牛山,下有滩名曰黄牛滩。南岸重岭叠起,最外高崖间有石,色如人负刀牵牛,人黑牛黄,成就分明。既人迹所绝,莫得究焉。此岩既高,加以江湍纡回,虽途径信宿,犹望见此物,故行者谣曰:'朝发黄牛,暮宿黄牛。三朝三暮,黄牛如故。'言水路纡深,回望如一矣。"

【译文】 巴水穿过巫山,巫山夹着青天。巴水忽然像是到了尽头,而青天依然被夹在上面。三个早晨行在黄牛峡,三个晚上还在黄牛峡打转。这样的三天三夜出不了黄牛峡,怎能不使人愁得两鬓斑斑?

自巴东舟行经瞿塘峡,登巫山最高峰,晚还题壁

【题解】 巴东,指夔州,古为巴东郡,即今重庆奉节。瞿塘峡,长江三峡之一,在今重庆奉节东。关于此诗的写作时间有两种说法,一认为是李白开元十三年(725)出蜀经三峡时作,一认为是李白乾元二年(759)长流夜郎途经瞿塘峡而作。

【原诗】 江行几千里,海月十五圆①。始经瞿塘峡,遂步巫山巅。巫山高不穷,巴国尽所历②。日边攀垂萝,霞外倚穹石③。飞步凌绝顶,极目无纤烟。却顾失丹壑,仰观临青天。青天若可扪,银汉去安在。望云知苍梧④,记水辨瀛海。周游孤光晚⑤,历览幽意多。积雪照空谷,悲风鸣森柯。归途行欲曛⑥,佳趣尚未歇。江寒早啼猿,松暝已吐月。月色何悠悠,清猿响啾啾。辞山不忍听,挥策还孤舟。

【注释】 ①"海月"句:言已见十五次月圆,即一年有余的意思。 ②巴国:古国名,在今重庆、四川一带。 ③穹石:大石。《汉书·司马相如传》:"触穹石。"张揖注:"穹石,大石也。" ④苍梧:山名,即九嶷山,在今湖南宁远县。 ⑤孤光:古代诗文中指月光或日光,此处指日光。 ⑥曛:黄昏。

【译文】 江上的行程已是几千里,我已见到了十五次江上的月圆。先是饱览了瞿塘峡的风光,随后便又登攀巫山。巴国的大地虽已走遍,而这巫山却是高得难以达到顶端。身倚巨石好像在云霞之外,手攀垂下的藤萝又像已接近日边。飞步登上巫山山顶,极目远望没有丝毫的遮掩。回头不见了暗红色的山壑,仰望看到的只是青天。青天近得似乎可以用手摸到,不知银河离这里还有多远。望着白云飞去的地方可以辨知苍梧山,随着滚滚东去的江水可以辨知大海。游历到日光西斜,仍然有许多幽境值得徘徊。悲风吹着树枝作响,空谷里的积雪还白光闪闪。踏上归途时已是黄昏,此时的游兴依然未减。寒江两岸的猿声早早地啼起,一轮明月已出现在昏暗的松间。

月光是多么清悠,猿啼又是多么凄惨。我实在不忍听这猿啼而匆忙下山,快步回到我的小船。

早发白帝城

【题解】 此诗一作《白帝下江陵》。白帝城,在今重庆奉节。乾元二年(759)三月,李白流放夜郎途中遇赦,由白帝城返还江陵而作此诗。

【原诗】 朝辞白帝彩云间,千里江陵一日还。两岸猿声啼不尽①,轻舟已过万重山。

【注释】 ① 尽:后来一些选本作"住",无据。《水经注·江水》:"自三峡七百里中,两岸连山,略无阙处,重岩叠嶂,隐天蔽日,自非停午夜分,不见曦月。至于夏水襄陵,沿溯阻绝,或王命急宣,有时朝发白帝,暮到江陵,其间千二百里,虽乘奔御风,不以疾也……每至晴初霜旦,林寒涧肃,常有高猿长啸,属引凄异,空谷传响,哀转久绝。故渔者歌曰:'巴东三峡巫峡长,猿鸣三声泪沾裳。'"可与此诗对读。

【译文】 早晨告别了彩云中的白帝城,到达江陵虽说有千里远,那只是一日的行程。两岸的山猿还在不住地鸣叫,我乘坐的轻舟已驶过了万重山峰。

秋下荆门

【题解】 荆门,又称郢门,即荆州。此诗为李白于开元十三年(725)出蜀经三峡到荆门所作。

【原诗】 霜落荆门江树空,布帆无恙挂秋风①。此行不为鲈鱼脍②,

自爱名山入剡中③。

【注释】　① 布帆无恙：用晋顾恺之故事。《晋书·顾恺之传》记载，顾恺之曾任殷仲堪参军。殷仲堪在荆州时，顾恺之因事请假回家，殷仲堪特将布帆借给他。到达破冢这一地方时，遇到大风，船坏。顾恺之给殷仲堪写信道："地名破冢，真破冢而出。行人安稳，布帆无恙。"　② 鲈鱼脍：用晋张翰事，张翰字季鹰，据《世说新语·识鉴》记载，张翰在洛阳任齐王东曹掾时，见到秋风起，因而思念吴中的莼菜羹、鲈鱼脍，说："人生贵得适意尔，何能羁宦数千里以要名爵？"　③ 剡（shàn）中：指剡县，今浙江嵊州市与新昌县一带。

【译文】　霜降荆门，江树已经凋零，我也因布帆无恙而一路顺风。这次出川不是为了吴地的鲈鱼脍，而是因爱名山去游剡中。

江行寄远

【题解】　此诗大概为开元十三年（725）李白出川后寄给蜀中友人之作。

【原诗】　刳木出吴楚①，危槎百余尺②。疾风吹片帆，日暮千里隔。别时酒犹在，已为异乡客。思君不可得，愁见江水碧。

【注释】　① 刳（kū）木：《易经·系辞》："刳木为舟。"此引申为乘舟。刳木：将木剖开而挖空。　② 危槎（chá）：高大的桅杆。槎本指筏，后也泛指船。危，高。

【译文】　刳木为舟驶向吴楚，桅杆有百余尺高。急风吹动着高大的船帆，一日间已离开千里之遥。我现在已在异乡为异客，尽管分别时的酒意还未消。思念我的朋友而不得相见，因为忧愁不敢看那碧绿的江涛。

宿五松山下荀媪家

【题解】 宋蜀本题下注："宣州。"五松山，在今安徽铜陵南。媪，老妇人。此首为上元二年(761)，李白往来于宣城、历阳之间时的作品。

【原诗】 我宿五松下，寂寥无所欢。田家秋作苦，邻女夜春寒。跪进凋胡饭①，月光明素盘。令人惭漂母②，三谢不能餐。

【注释】 ① 凋胡：即菰米。《西京杂记》："太液池边，皆是凋胡、紫荇、绿节之类。菰之有米者，长安人谓为凋胡。" ② 漂母：在水边漂洗丝絮的妇人。《史记·淮阴侯列传》记载韩信少年贫贱时，有城下垂钓，一群妇人在水边漂洗丝絮。"有一母见信饥，饭信，竟漂数十日。信喜，谓漂母曰：'吾必有以重报母。'母怒曰：'大丈夫不能自食，吾哀王孙而进食，岂望报乎！'"

【译文】 我寄宿在五松山下的农家，心中感到十分苦闷孤单。农家秋来的劳作更加繁忙，邻家的女子整夜在春米，不怕秋夜的清寒。房主荀媪给我端来菰米饭，装着它的是像月光一样明洁的素盘。这不禁使我惭愧地想起接济韩信的漂母，一再辞谢而不敢进餐。

下泾县陵阳溪至涩滩

【题解】 陵阳溪，在今安徽泾县西南。涩滩，在今泾县西九十五里。此诗为天宝十四载(755)，李白在宣城一带所写。

【原诗】 涩滩鸣嘈嘈，两山足猿猱①。白波若卷雪，侧石不容舠②。渔人与舟人，撑折万张篙。

【注释】 ①猿猱(náo):即猿猴。猱,猿类,善攀折。 ②舠:小船。

【译文】 涩滩的流水嘈嘈不休,两岸山上到处跑着猿猴。陵阳溪水卷起的浪花如白雪,巨石侧立在水中不能穿过小舟。渔人和船夫,一年里恐怕要撑折一万支船篙在这里头。

下陵阳沿高溪三门六刺滩

【题解】 此诗与上一首为同时之作。三门,山名。六刺滩,在涩滩上游。

【原诗】 三门横峻滩,六刺走波澜。石惊虎伏起,水状龙萦盘。何惭七里濑①,使我欲垂竿。

【注释】 ①七里濑(lài):一名七里滩,在浙江桐庐严陵山西,传为严子陵垂钓处。

【译文】 三门山横在险峻的滩头,六刺滩的波澜奔腾不休。怪石像惊起的伏虎,水势翻滚,像有蛟龙盘踞在里头。这里哪一点不如七里濑呢? 使得我打算在这里垂下严子陵的钓钩。

夜泊黄山闻殷十四吴吟

【题解】 黄山,此指今安徽当涂之小黄山。又名浮丘山,传仙人浮丘翁牧鸡于此。殷十四,名字生平不详。此诗为天宝十三载(754)李白往来于宣城诸处而作。

【原诗】 昨夜谁为吴会吟①,风生万壑振空林。龙惊不敢水中卧,猿啸时闻岩下音。我宿黄山碧溪月,听之却罢松间琴。朝来果是沧洲逸②,酤酒提盘饭霜栗。半酣更发江海声,客愁顿向杯中失。

【注释】 ① 吴会:泛指吴地。参见《送鞠十少府》注。 ② 沧洲:滨水之地,古人借指隐士居处。参见《江上吟》注。

【译文】 昨夜是谁发出吴地的歌吟声?就像千山万壑起秋风,把空林震动。蛟龙惊起不敢在水中静卧,山猿也不时停下鸣叫侧耳倾听。我宿在黄山明月照着的碧溪,听到你的歌吟也停下琴弦而徘徊在松林中。早晨见到你果然是一位隐逸山林的高士,于是沽酒提着菜肴与你相聚,并一起品尝霜栗尽兴。酒至半酣你又发出江涛海啸般的歌吟,使我的旅思客愁顿时消失得无踪无影。

宿虾湖

【题解】 虾湖,其遗址今已不详。据王琦《李太白全集》注认为:"黄山在池州府城南九十里,大楼山在池州府城南七十里,清溪在池州府城北五里,虾湖当与之相去不远"。此诗为天宝十三载(754)秋李白由当涂赴秋浦途中作。

【原诗】 鸡鸣发黄山,暝投虾湖宿。白雨映寒山,森森似银竹。提携采铅客①,结荷水边沐②。半夜四天开,星河烂人目。明晨大楼去③,岗陇多屈伏。当与持斧翁,前溪伐云木。

【注释】 ① 采铅客:指炼丹人,道士炼丹以铅、汞为主要原料,故称。② 结荷:长满莲荷。此借指船。鲍照《登大雷岸与妹书》:"栈石星饭,结荷水宿。" ③ 大楼:山名,在旧贵池县(即秋浦)城南四十里。

【译文】 鸡鸣时从黄山出发,日落时来到虾湖。白茫茫的暮雨映着寒山下个不停,密密麻麻像一片通天的银竹。人们领着我这炼丹的客人,在湖边的船上投宿。半夜时仰望着四周的天空,星光灿烂,夺人眼目。第二天早晨又朝大楼走去,那里岗陇相连,山路起伏。这时我多么想随着手持斧头的老樵夫,一起到前溪去伐木。

十二、怀　古

西　施

【题解】　宋蜀本题下注："吴越。"西施,春秋末越国苎萝(今浙江诸暨)人。越王勾践为报亡国之仇,将西施献给吴王夫差,得以讲和。西施既受吴王夫差之宠,吴王终日沉湎于酒色,越王勾践则卧薪尝胆,得以复国。越灭吴后,西施随越大夫范蠡入五湖而去。此诗即为题咏西施的作品。

【原诗】　西施越溪女,出自苎萝山①。秀色掩今古,荷花羞玉颜。浣纱弄碧水,自与清波闲。皓齿信难开,沉吟碧云间。勾践征绝艳,扬蛾入吴关②。提携馆娃宫③,杳渺讵可攀。一破夫差国,千秋竟不还。

【注释】　① 苎(zhù)萝山:在今浙江诸暨南。　② 扬蛾:扬眉。沈约《湘夫人》:"扬蛾一含睇,嫣娟好且修。"　③ 馆娃宫:遗址在今江苏苏州灵岩山,传为西施所建。

【译文】　西施本是越溪农家的女子,她生长在苎萝山。美丽的容貌盖过古今所有的美女,连荷花在她的美貌前都感到羞惭。日日在碧水中浣纱,生活就像溪中的微波一样清闲。孤高自赏,很少有破颜而笑的时候;顾影自怜,常常沉吟在青山碧云之间。自从勾践将她选中,于是扬眉在吴王夫差面前。吴王修建馆娃宫来安置她,宠信的地位高不可攀。一旦夫差的吴国被勾践所灭,她又随范蠡泛舟五湖,再没有回到越溪边。

王右军

【题解】　王右军即王羲之,字逸少,晋代琅邪人。因其曾任右军将军,故后世称他王右军。长期居住在会稽,为我国历史上著名书法家,人称书圣。此诗所述王羲之写《黄庭经》与山阴道人换鹅事,参见《送贺宾客归越》注。

【原诗】　右军本清真①,潇洒在风尘。山阴遇羽客②,要此好鹅宾③。扫素写道经④,笔精妙入神。书罢笼鹅去,何曾别主人。

【注释】　① 清真:纯真朴素。《世说新语·赏誉》:“山公举阮咸为吏部郎,目曰:‘清真寡欲,万物不能移也。’”　② 山阴:县名。今属浙江绍兴。羽客:称道士。　③ 要:通“邀”。　④ 扫素:在素绢上写字。

【译文】　王右军的本性自然纯真,生活在世间不染纤尘。在山阴路上与养鹅的道士相遇。道士便以鹅换字,邀请这位爱鹅的贵宾写字。张开素绢信手写成《道德经》,笔笔精妙,俊逸入神。王右军写罢笼鹅而去,也用不着告别主人。

上元夫人

【题解】　上元夫人,古代神仙,传为老子的弟子,总管道籍,地位亚于龟台金母。《汉武帝内传》记载其于元封元年(前110)曾与西王母一起降临汉宫。

【原诗】　上元谁夫人,偏得王母娇。嵯峨三角髻,余发散垂腰。裘披青毛锦,身著赤霜袍①。手提嬴女儿②,闲与风吹箫。眉语两自笑,忽然随风飘。

【注释】 ①"嵯峨"四句:描写上元夫人的装束。《汉武帝内传》描写上元夫人为:"年可二十余,天姿精耀,灵眸绝朗。服青霜之袍,云彩乱色,非锦非绣,不可名字。头作三角髻,余发散垂至腰。" ②赢女儿:秦穆公女儿,秦王姓嬴,故称。参见《凤凰曲》注。

【译文】 不知上元夫人是谁的夫人?受到西王母如此的宠娇。她梳着高高的三角髻,散下的缕缕青丝垂到后腰。披着青毛锦的裘衣,衣着如云似霞的赤霜袍。手里领着秦穆公的女儿弄玉,闲时对着凤凰吹箫。刚刚看到她们眉眼露出微笑,忽然又随风而去,只剩下这余香缥缈。

苏台览古

【题解】 苏台,即姑苏台,吴王阖闾所建。遗址在今江苏苏州姑苏山上。

【原诗】 旧苑荒台杨柳新,菱歌清唱不胜春。只今惟有西江月①,曾照吴王宫里人。

【注释】 ①西江:指长江,因其在苏州西,故称。

【译文】 山上旧苑荒台对着新绿的杨柳,山下采菱人的歌声中一派春光锦绣。当日这里的欢歌盛舞何处去寻?只有那曾照吴王宫里人的一轮江月还依然如旧。

越中览古

【题解】 越中,指现在的浙江绍兴一带,为春秋时代越国的都城所在。

【原诗】 越王勾践破吴归,义士还家尽锦衣。宫女如花满春殿,只今惟有鹧鸪飞。

【译文】 越王勾践灭掉吴国凯旋,六千义士都衣锦封官。当初满殿的宫女如花似玉,而今只有鹧鸪飞落在这败壁残垣。

商山四皓

【题解】 商山四皓,指秦汉之际隐居商山的东园公、甪里先生、绮里季、夏黄公四人,他们曾辅佐汉惠帝巩固了太子的地位。商山,又名商洛山,在今陕西商洛东南。此诗为天宝三载(744)李白出京时经商山而作。

【原诗】 白发四老人,昂藏南山侧①。偃卧松云间②,冥翳不可识③。云窗拂青霭,石壁横翠色。龙虎方战争,于焉自休息。秦人失金镜④,汉祖升紫极⑤。阴虹浊太阳⑥,前星遂沦匿⑦。一行佐明两⑧,欻起生羽翼⑨。功成身不居,舒卷在胸臆。窅冥合元化⑩,茫昧信难测。飞声塞天衢,万古仰遗迹。

【注释】 ①昂藏:气度轩昂的样子。 ②偃卧:高卧。 ③冥翳(yì):形容幽深。 ④失金镜:比喻失道。《文选》李善注引《洛书》曰:"秦失金镜。"郑玄注曰:"金镜,喻明道也。" ⑤紫极:比喻王者所居之宫。 ⑥阴虹:《分类补注李太白诗》杨齐贤注:"阴虹,以喻戚夫人。" ⑦前星:指汉太子刘盈。《晋书·天文志》:"心三星……前星为太子,后星为庶子。" ⑧明两:本为《易经·离》传辞上的话,后世借指帝王。《文选》谢瞻《张子房诗》:"明两烛河阴,庆霄薄汾阳。"李善注:"明两、庆霄皆喻宋高祖。" ⑨欻(xū)起:忽然。生羽翼:汉高祖见太子刘盈有商山四皓辅佐,谓其羽翼已成。 ⑩窅(yǎo)冥:幽深貌。元化:造化。

【译文】 这是四个白发苍苍的老人,他们傲然隐居在南山之中。高卧在松雪深处,深深隐藏自己,世人不了解他们的真情。他们的住所窗外弥漫着青霭,石壁上映着松间的翠色青青。楚汉似龙虎相斗,战争不息,四个老人则躲在这里避世养生。秦始皇失道,汉高祖夺得天下,入主紫极宫。吕后像阴虹一样遮住了太阳,太子也险被高祖除名。四人此时一起出来辅佐明主,使太子忽然羽翼长成。功成不居,自有云水舒卷在胸中。他们的深意高情与造化相合,这一深意确实渺茫难明。四皓的名声飞扬,传遍朝廷,也使世人万古景仰他们的遗踪。

过四皓墓

【题解】　此诗与前一首为同时之作。四皓墓的遗址在今陕西商洛。

【原诗】　我行至商洛①,幽独访神仙。园绮复安在②,云萝尚宛然。荒凉千古迹,芜没四坟连。伊昔炼金鼎③,何言闭玉泉④。陇寒唯有月,松古渐无烟。木魅风号去,山精雨啸旋。《紫芝》高咏罢⑤,青史旧名传。今日并如此,哀哉信可怜。

【注释】　① 商洛:商洛山,即商山。　② 园绮:东园公、绮里季,此以概括四皓。　③ 伊昔:在昔。　④ 闭玉泉:指葬身地下。　⑤《紫芝》:四皓所作歌名,据《高士传》载,其歌辞为:"莫莫高山,深谷逶迤。晔晔紫芝,可以疗饥。唐虞世远,吾将何归。驷马高盖,其忧甚大。富贵之畏人,不如贫贱之肆志。"

【译文】　我此行经过商洛山,独自深入山中寻访神仙。不知东园公等四皓如今在何处?只见条条云萝攀援森茂,好像千古未变。眼前也是千年的古迹,只有四座荒凉的古坟相连。当年曾在金鼎里炼过长生不老药,怎能说四位已葬身黄泉?坟前只有寒月照着荒垄,数株古松也要渐渐衰朽枯干。一阵呼号的旋风像是木魅经过,一阵哮啸的暴雨又像是山精归还。四皓的一生正如他们的一首《紫芝歌》,青史将他们的美名流传。今日的世道也不过如此,真是令人哀叹。

岘山怀古

【题解】 岘山,在今湖北襄阳。李白一生多次游襄阳,此诗不知作于何时。

【原诗】 访古登岘首①,凭高眺襄中②。天清远峰出,水落寒沙空。弄珠见游女③,醉酒怀山公④。感叹发秋兴,长松鸣夜风。

【注释】 ① 岘首:岘山之巅。鲍照《从拜陵登京岘》:"晨登岘山首。" ② 襄中:指襄阳。 ③ "弄珠"句:《文选》张衡《南都赋》:"游女弄珠于汉皋之曲。"李善注:"《韩诗外传》曰:郑交甫将南适楚,遵彼汉皋台下,乃遇二女佩两珠,大如荆鸡之卵。" ④ 山公:即山简,见《襄阳歌》注。

【译文】 我为游览名胜登上岘山山顶,凭高眺望襄阳的风景。天空晴朗,远处的山峰都浮现在眼前,江水低落,沙岸上一片寂静。临水让人想见弄珠的游女,登山又使人怀念醉酒的山公。眼前的秋景更引发人的感叹,高大的松树正在夜风中哀鸣。

自广平乘醉走马六十里至邯郸登城楼览古书怀

【题解】 宋蜀本题下注:"燕赵。"广平,郡名,郡治在今河北邯郸。此诗为李白天宝十一载(751)北游幽燕时经此而作。

【原诗】 醉骑白花骆①,西走邯郸城。扬鞭动柳色,写鞚春风生②。入郭登高楼,山川与云平。深宫翳绿草③,万事伤人情。相如章华巅,猛气折秦嬴。两虎不可斗,廉公终负荆④。提携裤中儿,杵臼及程婴。

空孤献白刃，必死耀丹诚⑤。平原三千客，谈笑尽豪英。毛君能颖脱，二国且同盟⑥。皆为黄泉土，使我涕纵横。磊磊石子岗⑦，萧萧白杨声。诸贤没此地，碑版有残铭。太古共今时，由来互衰荣。伤哉何足道，感激仰空名。赵俗爱长剑，文儒少逢迎。闲从博徒游，帐饮雪朝醒。歌酣易水动，鼓震丛台倾⑧。日落把烛归，凌晨向燕京⑨。方陈五饵策⑩，一使胡尘清。

【注释】 ① 骆：黑鬃的白马。《诗经·小雅·皇皇者华》："我马维骆。"毛传："白马黑鬣曰骆。" ② 写鞚（kòng）：放马。写，解的意思。鞚，马勒。 ③ "深宫"句：宋蜀本注："一作雄都半古冢。" ④ "相如"四句：言蔺相如与廉颇故事。据《史记·廉颇蔺相如列传》记载，蔺相如完璧归赵后，被封为上卿，在廉颇之上。廉颇不服，一再折辱蔺相如，蔺相如说："夫以秦王之威，而相如廷叱之，辱其群臣，相如虽驽，独畏廉将军哉？顾吾念之，强秦之所以不敢加兵于赵者，徒以吾两人在也。今两虎共斗，其势不俱生。吾所以为此者，以先国家之急而后私雠也。"廉颇听后，肉袒负荆，至蔺相如家谢罪说："鄙贱之人，不知将军宽之至此也。"章华，王琦注疑为章台之误。 ⑤ "提携"四句：言公孙杵臼与程婴救赵氏婴儿事。《史记·赵世家》记载，屠岸贾杀赵朔，灭其族。赵妻刚生一子名赵武。公孙杵臼与程婴设计用他人婴儿代替赵武，由公孙杵臼藏匿起来，然后程婴故作告密，屠岸贾杀害公孙杵臼及他人婴儿，而赵武得救。赵武长大后，射杀屠岸贾，报了仇。程婴于是对赵武说："昔下宫之难，皆能死。我非不能死，我思立赵氏之后。今赵武既立，为成人，故复位，我将下报赵宣孟与公孙杵臼。"于是自杀。 ⑥ "平原"四句：言毛遂事，见《送薛九被谗去鲁》注。 ⑦ 石子岗：又作石子冈，故址在河北邯郸西，上有赵简子墓。 ⑧ 丛台：传为赵武灵王所筑，在河北邯郸旧城东北隅。 ⑨ 燕京：指战国时燕国都城，在今北京一带。 ⑩ 五饵策：言破敌之策。《汉书·贾谊传》："施五饵三表以系单于。"颜师古注："赐之盛服车乘，以坏其目；赐之盛食珍味，以坏其口；赐之音乐妇人，以坏其耳；赐之高堂、邃宇、府库、奴婢，以坏其腹；于来降者，上以召幸之，相娱乐，亲酗而手食之，以坏其心。此五饵也。"

【译文】　趁着酒意骑着白花青鬃马，向西奔驰到邯郸城。扬鞭欣赏道旁的柳色，纵马迎着扑面的春风。进城登楼远望，山川开阔与云相平。披在残破宫墙上的绿草伸向远方，往事万端使人心绪不能平静。蔺相如献璧在章台，勇敢与正气折服了秦王嬴政，为御强秦不愿将相两虎相斗，最终使廉颇到门前负荆请罪。为救赵氏襁褓中的孤儿，出现了义士公孙杵臼与程婴。献假婴，公孙杵臼惨死白刃下，程婴抚育赵氏孤儿成人，又以死表达了自己的丹心和赤诚。当年平原君有三千门客，个个是笑谈间可退敌的英雄。毛遂能在与楚国的谈判中脱颖而出，使得楚赵得以结成同盟。可惜这些风云人物已是黄泉下面一抔土，因此使我不禁涕泪纵横。乱石相叠的石子冈上，风吹白杨萧萧声不停。赵简子等名贤就埋在这里，遍地的断碑残铭可以证明。自从远古而至如今，从来都是兴衰荣损交替运行。个人的怀古伤今何足道？我只是仰慕前贤的义举与空名。赵地的习俗是爱好剑术武功，很少遇到舞文弄墨的儒生。闲暇时只好随从赌徒们一起游戏，在野外的帐饮一醉彻夜不醒。酒酣高歌震荡着易水，击鼓声使丛台都阵阵颤动。日落以后点着烛光归到住处，明日凌晨就又要奔向燕京。我正在酝酿向朝廷进献像贾谊五饵策一样的良策，一举平定胡尘使天下太平。

苏　武

【题解】　苏武，见《奔亡道中五首》其一注。

【原诗】　苏武在匈奴，十年持汉节①。白雁上林飞②，空传一书札。牧羊边地苦，落日归心绝。渴饮月窟水③，饥餐天上雪。东还沙塞远，北怆河梁别④。泣把李陵衣，相看泪成血⑤。

【注释】　①　节：符节，古代使者所持的凭证。汉代的符节以毛为之，上下相重，取象竹节。　②　上林：指上林苑，汉代宫苑，遗址在今陕西蓝田以西、周至以东终南山麓，北越渭河到兴平一带。　③　月窟：西方月出之处。扬雄《长杨赋》："西厌月窟，东震日域。"　④　河梁：桥梁。《文选》李陵《与苏武诗》:"携手上河梁,游子暮何之?"后世以河梁借指分别之地。 ⑤ 泪成血:李陵《答苏武书》:"此陵所以仰天椎心而泣血也。"

【译文】 苏武被扣留在匈奴,手持汉节十年心不变。一只白雁从匈奴飞到上林,空把苏武的书信带到天子身边。牧羊北海边吃尽了苦头,日复一日归心已断。渴饮西域月窟冷水,饥时便吞食地上的雪团。一旦从遥远的沙漠东归,悲伤地相送在大河北岸。把住李陵的衣袖泣不成声,两人泪已成血,默默地握手相看。

经下邳圯桥怀张子房

【题解】 宋蜀本题下注:"淮泗。"下邳,县名,在今江苏睢宁西北。圯(yí)桥,桥名,遗址在今睢宁县北古下邳城东南小沂水上。张子房,即张良,参看《送张秀才谒高中丞》注。

【原诗】 子房未虎啸,破产不为家。沧海得壮士,椎秦博浪沙。报韩虽不成,天地皆振动。潜匿游下邳,岂曰非智勇①。我来圯桥上,怀古钦英风。唯见碧流水,曾无黄石公②。叹息此人去,萧条徐泗空③。

【注释】 ① "子房"八句:参见《送张秀才谒高中丞》注。博浪沙,在今河南原阳东南。 ② 黄石公:秦时隐士。相传张良刺秦始皇不中,逃匿下邳,于圯上遇老人,老人授以《太公兵法》,曰:"读此则为王者师矣。后十年兴。十三年孺子见我济北,谷城山下黄石即我矣。"后十三年,张良从汉高祖过济北,果见谷城山下黄石,取而祠之。世称此圯上老人为黄石公。 ③ 徐泗:徐州与泗州。

【译文】 张良少年未能得志时,为求刺客而不顾破产败家。从沧海公那里得到一名壮士,用金椎狙击秦始皇在博浪沙。这次刺秦报仇行动虽未成功,其名声却因此震动天下。其逃匿追捕曾经过下邳,怎能说他的智勇有疵瑕?

今天我怀古来到圯桥上,更加钦羡张良的雄姿英发。桥下只有碧绿的流水,而不知黄石公如今在哪。我站在桥上叹息张良这样的英雄逝去,徐、泗两州从此便变得萧条、空乏。

月夜金陵怀古

【题解】 宋蜀本题下注:"金陵。"此诗为开元十四年(726)李白东游金陵时所作。

【原诗】 苍苍金陵月,空悬帝王州①。天文列宿在,霸业大江流。渌水绝驰道②,青松摧古丘③。台倾鸡鹊观④,宫没凤皇楼⑤。别殿悲清暑⑥,芳园罢乐游⑦。一闻歌玉树⑧,萧瑟后庭秋。

【注释】 ① 帝王州:指帝都。谢朓《入朝曲》:"江南佳丽地,金陵帝王州。" ② 驰道:天子行道。《宋书·孝武帝本纪》:"(大明五年九月)丙申,初立驰道,自阊阖门至于朱雀门,又自承明门至于玄武湖。" ③ 古丘:指六朝帝王陵墓。李白《登金陵凤凰台》:"吴宫花草埋幽径,晋代衣冠成古丘。" ④ 鸡鹊观:楼观名,在金陵。 ⑤ 凤皇楼:在金陵凤台山上,南朝宋元嘉时建,有凤凰集此,故名。 ⑥ 清暑:殿名,在台城内。 ⑦ 乐游:乐游苑,此指金陵覆舟山。据《元和郡县图志·江南道润州上元县》:"覆舟山,在县东北一十里……宋元嘉中改名玄武山,以为乐游苑。" ⑧ 玉树:指《玉树后庭花》,陈后主所作。

【译文】 莽莽苍苍的金陵月,空照着这六朝帝王的古都。天上的星宿方位依然未变,历代帝王的霸业早已付之大江的滚滚东流。清清的流水已阻断当年天子的驰道,青松翠柏拥立在埋葬六朝帝王的古丘。台城内还依稀可辨倾塌了的鸡鹊观,残破的宫墙内再也寻不到那凤凰楼。还有清暑殿更不知今在何处,乐游芳苑已经一无所有。一阵阵《玉树后庭花》的歌声,伴着萧瑟的秋风使人生愁。

金陵三首

【题解】 这三首诗与前一首为同一时期的作品。

其 一

【原诗】 晋家南渡日①,此地旧长安。地即帝王宅,山为龙虎盘②。金陵空壮观③,天堑净波澜④。醉客回桡去⑤,吴歌且自欢。

【注释】 ①"晋家"句:晋愍帝建兴四年(316),刘曜攻入长安,晋室南渡。次年司马睿称晋王,又于次年即帝位,改元建武,都金陵。史称东晋,对南渡前称西晋。 ②"地即"二句:这二句一作"碧雨楼台满,青山龙虎盘"。《太平御览》引《吴录》中诸葛亮对孙权所说:"秣陵(即金陵)地形,钟山龙蟠,石城虎踞,此帝王之宅。" ③金陵:金陵山,即钟山。《元和郡县图志》载:"钟山……古金陵之山也。邑县之名,皆由此而立。" ④天堑:天然沟壑,指长江。《隋书·五行志》中引孔范的话说:"长江天堑,古以为限隔南北,今日北军岂能飞渡耶?" ⑤桡(ráo):船桨,此借指船。

【译文】 晋朝南渡以后,在这里建都,代替了旧日的长安。这里的地形是人间帝王的住宅,山势则为虎踞龙盘。而今钟山却枉有壮丽的景象,长江天堑也变得清波平静不起波澜。游客在沉醉中归去,欢乐的吴歌在江上遍传。

其 二

【原诗】 地拥金陵势①,城回江水流。当时百万户,夹道起朱楼。亡国生春草,离宫没古丘。空余后湖月②,波上对瀛洲。

【注释】 ①金陵:金陵山,即钟山,见前一首诗注。 ②后湖:即玄武湖。

【译文】 地形凭借钟山的龙盘之势,绕城有江水横流。当年六朝的权贵,夹道筑起座座朱楼。而今荒败的王宫长满了野草,旧日的离宫别馆已到处是凄凉的古丘。只有那玄武湖上的明月照着清波,像是照耀在海上的瀛洲。

其 三

【原诗】 六代兴亡国①,三杯为尔歌。苑方秦地少,山似洛阳多②。古殿吴花草,深宫晋绮罗。并随人事灭,东逝与沧波。

【注释】 ① 六代:六朝,指在金陵建都的东吴、东晋、宋、齐、梁、陈。②"山似"句:王琦注:"《景定建康志》:洛阳四山围,伊、洛、瀍、涧在中。建康亦四山围,秦淮直渎在中,故云'风景不殊,举目有山河之异'。李白云:'山似洛阳多。'许浑云:'只有青山似洛中。'谓此也。"

【译文】 面对见证了六朝兴亡的古都,三杯酒后让我为你献上一支歌。论宫苑你比长安少,比山水你和洛阳差不多。残破的古殿中曾生长着吴王喜爱的花朵,幽深的宫墙中曾有晋代后妃们住过。这些都与前朝的繁盛一起消失,可叹的往事早已付与长江东逝的碧波。

秋夜板桥浦泛月独酌怀谢朓

【题解】 板桥浦,遗址在今南京西南。谢朓(464—499),字玄晖,南齐诗人,诗风清俊秀丽,为李白所景仰。此诗为李白开元十四年(726)游金陵时所作。

【原诗】 天上何所有,迢迢白玉绳①。斜低建章阙②,耿耿对金陵。汉水旧如练,霜江夜清澄③。长川泻落月,洲渚晓寒凝。独酌板桥浦,古人谁可征④。玄晖难再得,洒洒气填膺。

【注释】 ① 玉绳:星名。 ② 建章:宫名,南朝宋时建。谢朓《暂使下都夜发新林至京邑赠西府同僚》有"玉绳低建章"的诗句。 ③汉水、霜江:此皆指长江。谢朓《晚登三山还望京邑》有"澄江静如练"的诗句。 ④"独酌"二句:言谢朓有《之宣城郡出新林浦向板桥》诗。

【译文】 夜半天上何所有? 只有遥远的玉绳星白光闪闪。继而又斜挂在建章宫门前,低低地对着钟山。寒江夜来显得更加清澈,静水依旧像一条素练。天将晓时川流不息的长江水像要把落月也泻到大海,沙洲上还凝结着夜里的秋寒。我独自酌酒在板桥浦,寻找着古人描写这里的诗篇。可惜谢朓这样的诗人再也不能见到,洒酒江上惆怅填满胸间。

金陵新亭

【题解】 新亭,遗址在今南京西南。据《世说新语·言语》记载:"过江诸人每至美日,辄相邀新亭,借卉饮宴,周侯中坐而叹曰:'风景不殊,正自有山河之异!'皆相视流泪。唯王丞相愀然变色曰:'当共戮力王室,克复神州,何至作楚囚相对!'"此诗为李白晚年在金陵怀古而作。

【原诗】 金陵风景好,豪士集新亭。举目山河异,偏伤周顗情①。四坐楚囚悲②,不忧社稷倾。王公何慷慨③,千载仰雄名。

【注释】 ① 周顗(yǐ):题解引《世说新语》中的周侯。其字伯元,东晋元帝时官至尚书左仆射。 ② 楚囚:本指被俘到晋国的楚人钟仪,此借指处境窘迫者。《左传·成公九年》:"楚子重侵陈以救郑。晋侯观于军府,见钟仪,问之曰:'南冠而絷者,谁也?'有司对曰:'郑人所献楚囚也。'" ③ 王公:题解引《世说新语》中的王丞相。其名导,字茂弘。

【译文】 当年金陵风光美好之时,过江的豪杰名士便集会在新亭。周顗举目山河不同于长安,禁不住叹息伤情。在坐之人相视流泪,皆如楚囚一般悲伤,而不念国土已被他国占领。只有王丞相站出来慷慨陈词,使得千载之下的人还仰慕他的雄风大名。

过彭蠡湖

【题解】　宋蜀本题下注:"寻阳。"彭蠡湖,即今鄱阳湖。此诗为上元元年(760)李白在寻阳、豫章一带时作。

【原诗】　谢公入彭蠡①,因此游松门②,余方窥石镜③,兼得穷江源。前赏迹可见,后来道空存。而欲继风雅,岂唯清心魂。云海方助兴,波涛何足论。青嶂忆遥月,绿萝鸣愁猿。水碧或可采④,金膏秘莫言⑤。余将振衣去,羽化出嚣烦⑥。

【注释】　①谢公:指谢灵运,其有《入彭蠡湖》诗三首。　②松门:山名,见《寻阳送弟昌岠鄱阳司马作》注。　③石镜:在松门山上。　④水碧:即水晶。《山海经·东山经》:"耿山,无草木,多水碧。"郭璞注:"亦水玉类。"　⑤金膏:指道士所炼仙药。　⑥嚣烦:指尘世。

【译文】　我因为读了谢灵运《入彭蠡湖》诗,所以今日来游松门。既能观看松门山上的石镜,又打算将江水的源头探寻。前者当然有胜迹可以看见,后者却像谢公《入彭蠡湖》诗中所说"九派理空存"。我本来只是想仿照前人的诗情雅兴,哪里是为了追求净化心魂?松门山的云海曾助我的游兴,彭蠡湖的波涛怎比其变化入神?那挂在青峰之间的远月实在令人难忘,还有那绿萝间传出的令人悲伤的猿啼。山中或有水晶可以开采,可能还有隐居炼丹的真人。我将整衣随他而去,羽化成仙而脱离凡尘。

入彭蠡,经松门,观石镜,缅怀谢康乐,题诗书游览之志

【题解】 此诗与前一首大同小异,当为一诗而二种传本。宋蜀本此诗题下注云:"二篇或同或异,故并录之。"这里只存原诗而不作注译。

【原诗】 谢公之彭蠡,因此游松门。余方窥石镜,兼得穷江源。将欲继风雅,岂徒清心魂。前赏逾所见,后来道空存。况属临泛美,而无洲渚喧。漾水向东去,漳流直南奔。空蒙三川夕,回合千里昏。青桂隐遥月,绿枫鸣愁猿。水碧或可采,金精秘莫论。吾将学仙去,冀与琴高言。

庐江主人妇

【题解】 宋蜀本题下注:"宿松。"庐江,唐郡名,即庐州,今安徽合肥。此诗为李白寄寓庐江时为房主人妇而作。诗中用了《孔雀东南飞》《艳歌行》《乌夜啼》三首乐府诗。

【原诗】 孔雀东飞何处栖,庐江小吏仲卿妻①。为客裁缝石自见②,城乌独宿夜空啼。

【注释】 ①《古诗为焦仲卿妻作》(《孔雀东南飞》)序曰:"汉末建安中,庐江府小吏焦仲卿妻刘氏,为仲卿母所遣,自誓不嫁,其家逼之,乃投水而死。仲卿闻之,亦自缢于庭树。时人伤之,为诗云尔。" ②"为客"句:此句用汉乐府民歌《艳歌行》诗意。诗中云:"兄弟两三人,流宕在他县。故衣谁当补,新衣谁当绽?赖得贤主人,揽取为我袒。夫婿从门来,斜柯西北眄。语卿且勿眄,水清石自见。"

【译文】 您可能就是《孔雀东南飞》中的主人公,庐江小吏焦仲卿妻又来到这里。您又像《艳歌行》中的贤主妇,为客裁缝不怕丈夫猜疑。您又像台城的乌鹊,夜夜独宿空啼。

陪宋中丞武昌夜饮怀古

【题解】 宋蜀本题下注:"江夏。"宋中丞,名若思,天宝十五载(756)六月,以监察御史为御史中丞,曾救李白出狱。此诗为至德二载(757)秋,李白陪其至武昌而作。武昌,故址在今湖北鄂州。

【原诗】 清景南楼夜,风流在武昌。庾公爱秋月,乘兴坐胡床①。龙笛吟寒水②,天河落晓霜。我心还不浅,怀古醉余觞。

【注释】 ①庾公:指东晋大臣庾亮,此以拟宋若思。《世说新语·容止》:"庾太尉在武昌,秋夜气佳景清,佐吏殷浩、王胡之之徒登南楼理咏。音调如道,闻函道中有屐声甚厉,定是庾公。俄而率左右十许人步来,诸贤欲起避之。公徐曰:'诸君少住,老子于此处兴复不浅。'因便据胡床,与诸人咏谑,竟坐,甚得任乐。"胡床,可折叠之坐椅。 ②龙笛:指笛,以其声似龙吟水中,故名。

【译文】 当年在气佳景清的秋夜,诗人们聚会在武昌的南楼。庾公因喜爱秋月,乘兴坐在胡床上谈笑,其乐悠悠。秋晓的寒霜像银河落地,笛声像龙吟水中鸣啾啾。我的兴致也不算浅,怀古作诗有美酒。

望鹦鹉洲悲祢衡

【题解】 鹦鹉洲,遗址在今湖北武汉汉阳西南长江中。祢衡,东汉末名士。祢衡曾作《鹦鹉赋》,后被黄祖杀害,埋于汉阳西南江中沙洲上,后人因此称其为鹦鹉洲。此诗为李白乾元二年(759)流放夜郎遇赦回到江夏时作。

【原诗】 魏帝营八极①,蚁观一祢衡。黄祖斗筲人②,杀之受恶名③。吴江赋鹦鹉④,落笔超群英。锵锵振金玉,句句欲飞鸣。鸷鹗啄孤凤⑤,千春伤我情。五岳起方寸,隐然讵可平。才高竟何施。寡识冒天刑。至今芳洲上,兰蕙不忍生。

【注释】 ①魏帝:魏武帝曹操。 ②黄祖:刘表部将,任江夏太守。斗筲(shāo)人:谓小人。 ③"杀之"句:据《后汉书·文苑列传》载,祢衡少有才辩,而尚气刚傲。建安初来许昌,曹操欲见之,祢衡自称狂疾不往。曹操闻祢衡善击鼓,于是召其为鼓史。后祢衡往见曹操,着布单衣、疏巾,持三尺梲杖,坐曹军营门,以杖击地大骂。曹操大怒,将祢衡送到刘表处,借黄祖之手杀掉祢衡。 ④"吴江"句:黄祖长子黄射为竟陵太守,与祢衡友善。一次黄射大会宾客,有人献鹦鹉,黄射举杯到祢衡面前说:"愿先生赋之,以娱嘉宾。"祢衡揽笔而作,文无加点,辞采甚丽。 ⑤鸷鹗(zhì è):猛禽,喻黄祖。孤凤:喻祢衡。

【译文】 魏武帝治理的是整个天下,在他眼里,祢衡只是一只蚂蚁。黄祖则是一个斗筲的小人,杀掉祢衡遭到千古的骂名。祢衡曾在吴江即席写作《鹦鹉赋》,落笔便压倒在座的群雄。字字铿锵如金玉,句句飞动似云龙。不幸这只孤凤竟死在恶鹰的啄击之下,这一千古悲剧使我伤情。如同五岳在胸中,心中的起伏怎能平?祢衡才高为什么得不到施展?只因见识短浅而丧失了性命。直到今日鹦鹉洲上,再也不见兰蕙的踪影。

宿巫山下

【题解】 宋蜀本题下注:"巫峡。"巫山,见《上三峡》注。李白于开元十三年(725)出蜀,乾元二年(759)流放遇赦,两次经过巫山与三峡,此诗不知为哪次经巫山而作。

【原诗】　昨夜巫山下，猿声梦里长①。桃花飞渌水，三月下瞿塘②。雨色风吹去，南行拂楚王③。高丘怀宋玉④，访古一沾裳。

【注释】　①猿声：见《早发白帝城》注。　②瞿塘：瞿塘峡，见《上三峡》注。　③楚王：指楚怀王。宋玉《高唐赋》中说楚怀王游高唐时梦见一妇人，说："妾在巫山之阳，高丘之岨。旦为朝云，暮为行雨。朝朝暮暮，阳台之下。"　④宋玉：楚大夫，相传为屈原弟子，传世作品有《高唐赋》《神女赋》等。

【译文】　昨夜船行到巫山下面，在哀鸣的猿声中进入了梦乡。这次是在桃花落满清水的三月，进入了这具有神话色彩的瞿塘。积雨的浓云忽被江风吹走，一定是到巫山之阳去会楚襄王。高丘山下我又怀念起写《高唐赋》的宋玉，在这儿怀古又勾起了我泪滴满襟的感伤。

金陵白杨十字巷

【题解】　白杨，即白杨路，王琦《李太白全集》注引《六朝事迹》："白杨路，《图经》云，县南十二里石山冈之横道是也。"

【原诗】　白杨十字巷，北夹湖沟道①。不见吴时人，空生唐年草。天地有反覆，宫城尽倾倒。六帝余古丘，樵苏泣遗老②。

【注释】　①湖沟道：王琦注认为当是潮沟道。《明一统志》载："潮沟，在应天府上元县西四里，吴赤乌中所凿，以引江潮，接青溪，抵秦淮，西通运渎，北连后湖。"　②樵苏：砍柴割草，以充燃料。

【译文】　白杨路上的十字巷，北面穿过的就是吴大帝修凿的潮沟渠道。这里再也看不见东吴时代的英雄人物,遍地空长着我大唐时代的幽草。由于历史上的天翻地覆,这些前代的宫墙也随之崩塌倾倒。六朝的帝王霸业就只剩下片片荒凉的古丘,在古丘上砍柴割草又触动了遗老对前朝的哀悼。

谢公亭

【题解】 谢公亭,又称谢亭。故址在今安徽宣城敬亭山麓。此亭为纪念曾任宣城太守的谢朓而建,谢朓曾与范云在此送别。宋蜀本在此题下注:"盖谢朓、范云之所游。"此诗为天宝十二载(753)李白作于宣城。

【原诗】 谢亭离别处,风景每生愁。客散青天月,山空碧水流。池花春映日,窗竹夜鸣秋。今古一相接,长歌怀旧游。

【译文】 谢亭曾是谢朓与范云离别之处,我每当看到这里的风景就不禁生愁。主客分别,已是青天皓月,人去山空,只见碧水清流。池畔的杂花映着春天的朝阳,窗外的竹林,夜里在秋风中鸣个不休。我与古人息息相接,长歌一曲纪念谢公与范云的此地之游。

纪南陵题五松山

【题解】 南陵,县名,在今安徽。五松山,见《宿五松山下荀媪家》题解。此诗为李白天宝十三载(754)在南陵时作。宋蜀本题下注:"一作《南陵五松山感时赠别》。山在铜坑村五里。"

【原诗】 圣达有去就,潜光愚其德。鱼与龙同池,龙去鱼不测。当时板筑辈,岂知傅说情①。一朝和殷人,光气为列星②。伊尹生空桑③,捐庖佐皇极。桐宫放太甲,摄政无愧色。三年帝道明,委质终辅翼④。旷哉至人心,万古可为则。时命或大谬,仲尼将奈何。鸾凤忽覆巢,麒麟不来过⑤。龟山蔽鲁国,有斧且无柯⑥。归来归去来,宵济越洪波。

【注释】 ① 傅说(yuè):殷时贤相。传说其当初曾筑板墙于傅岩之野,帝武丁夜梦到傅说,访得,以其为相,殷得以大治。 ② 列星:《庄子·大宗师》:"傅说得之,以相武丁,奄有天下,乘东维,骑箕尾,而比于列星。"陆德明《庄子音义》:"傅说死,其精神乘东维,托龙尾,乃列宿,今尾上有傅说星。"尾,即尾宿。 ③ 伊尹:商汤时贤臣,名挚,曾辅佐商汤伐夏桀。《水经注·伊水》:"昔有莘氏女采桑于伊川,得婴儿于空桑中。言其母孕于伊水之滨,梦神告之曰:白水出而东走。母明视而见白水出焉,告其邻居而走,顾望其邑,咸为水矣。其母化为空桑,子在其中矣。莘女取而献之,命养于庖,长而有贤德,殷以为尹,曰伊尹也。" ④ "桐宫"四句:据《史记·殷本纪》载:帝中壬即位四年,去世。伊尹乃立太丁之子太甲为帝。即位三年,乱德不遵商汤遗教,于是伊尹将他放逐到桐宫。三年,伊尹摄政当国。帝太甲悔过反善,于是伊尹又迎帝甲而归还其政权。于是诸侯皆归殷,百姓得以安宁。 ⑤ "鸾凤"二句:仲尼即孔子,其名丘,字仲尼。《孔子家语》:"孔子自卫将入晋,至河,闻赵简子杀窦犨鸣犊及舜华,乃临河而叹曰:'……丘闻之,刳胎杀夭,则麒麟不至其郊;竭泽而渔,则蛟龙不处其渊;覆巢破卵,则凤凰不翔其邑。何则?君子违伤其类者也。'" ⑥ "龟山"二句:孔子《龟山操》:"予欲望鲁兮,龟山蔽之;手无斧柯,奈龟山何!"据《琴操》说:"季桓子受齐女乐,孔子欲谏不得,退而望鲁龟山,作此曲,以喻季氏若龟山之蔽鲁也。"

【译文】 圣人的贤达去就从来即有选择,有时他们会隐藏真才实德。如果鱼和龙生活在同一池中,总有一天龙要离去,而鱼则无法测知龙的取舍。当初和傅说一起筑墙的人,谁也不知他是一个贤者。一旦身居殷朝的相位,其精神便化为天上的星宿,永不陨落。伊尹本来生在干枯的空桑里,送给庖丁养大而成为商汤王的辅佐。他曾将殷的天子太甲放逐到桐宫,自己摄政而毫无愧色。三年后太甲悔过而懂得了治国之道,又还政于他,终于完成了辅臣的职责。至圣至贤的人心胸太开阔了,实在可以作为千古的楷模。命运和世道有时也和圣贤过不去,这使得孔子也无可奈何。鸾凤的巢都被覆灭,那麒麟还怎能降临经过？鲁国已被龟山遮住，圣人也无力回天，空有斧头却无斧柄。归去吧，归去吧，我恨不得今宵就能够渡过洪波。

夜泊牛渚怀古

【题解】 题下自注："此地即谢尚闻袁宏咏史处。"牛渚，即牛渚矶，又称采石矶，在今安徽马鞍山。李白多次游此，不知此诗写于何时。

【原诗】 牛渚西江夜，青天无片云。登舟望秋月，空忆谢将军①。余亦能高咏，斯人不可闻②。明朝挂帆席，枫叶落纷纷。

【注释】 ① 谢将军：指谢尚，为晋朝镇西将军。据《世说新语·文学》记载，谢尚屯守牛渚时，乘月夜泛江，听到运粮船中有吟咏诗歌之声，甚有情致，所吟咏的五言诗又是其所未闻，于是派人去问，原来是袁宏在吟咏自己所作的《咏史诗》。当时袁尚微贱，正为人佣载运租，方始为谢尚识拔。② 斯人：指谢尚。

【译文】 深夜我来到长江上的牛渚矶，青天上没有一片云。我登舟望见一轮秋月，不禁想起当年在这里赏识袁宏吟诗的谢将军。我也和袁宏一样能高声吟咏，可惜再也不会遇到谢将军那样的人。明天早晨就要扬帆远去，江边纷纷飘落的枫叶令人伤心。

姑熟十咏

【题解】 姑熟，又作姑孰，古城名，即今安徽当涂。此诗为李白晚年经当涂而作。

姑熟溪①

【原诗】 爱此溪水闲,乘流兴无极。漾楫怕鸥惊,垂竿待鱼食。波翻晓霞影,岸叠春山色。何处浣纱人,红颜未相识。

【注释】 ① 姑熟溪:即今当涂姑溪河,又称姑浦。东连丹阳湖,穿过当涂,西入长江。

【译文】 我喜爱这溪水的清幽,兴致无边在水中漫游。荡起船桨怕惊动鸥鹭,垂下钓竿待鱼上钩。水波翻映出朝霞的鲜艳,两岸远望春山重重。不知是哪家的女子在水边浣纱,见到生人,年轻的脸上露出了害羞。

丹阳湖①

【原诗】 湖与元气连,风波浩难止。天外贾客归,云间片帆起。龟游莲叶上,鸟宿芦花里。少女棹轻舟,歌声逐流水。

【注释】 ① 丹阳湖:原址在当涂东南,周围三百里。因秦置丹阳县而得名,今湖已围垦,仅存湖中运粮河。

【译文】 湖水与天相连,风吹波浪浩浩荡荡无止境。贾客们的商船好像来自天外,片片白帆在云间航行。小龟游戏在莲叶之上,鸟儿宿在芦花丛中。少女们荡起轻快的小舟,湖上歌声伴着流水声。

谢公宅①

【原诗】 青山日将暝,寂寞谢公宅。竹里无人声,池中虚月白。荒庭衰草遍,废井苍苔积。唯有清风闲,时时起泉石。

【注释】 ① 谢公宅:遗址在当涂县青山南,为谢朓任宣城太守时建。

【译文】 青山已在暮色笼罩之中,谢公宅里一片寂静。竹林里的人声已经消逝,水池中映出的白月尚模糊不清。庭院里到处是衰败的荒草,厚厚的苍苔已积满在废井。只有这里的清风还是那样悠闲自在,时时在泉石间奏起秋天的乐声。

陵歊台①

【原诗】 旷望登古台,台高极人目。叠嶂列远空,杂花间平陆。闲云入窗牖,野翠生松竹。欲览碑上文,苔侵岂堪读。

【注释】 ① 陵歊(xiāo)台:宋孝武帝刘骏所建,遗址在当涂城北五里的黄山上。

【译文】 为瞭望旷野而登上古台,台高使我望尽周围的一切景物。重峦叠嶂在天边排列,杂花绿树在平原上相间密布。闲云有时飘入窗内,窗外是翠绿的野生松竹。我又想读一读碑上的文字,无奈厚厚的苍苔已使碑文一片模糊。

桓公井①

【原诗】 桓公名已古,废井曾未竭。石甃冷苍苔②,寒泉湛孤月。秋来桐暂落,春至桃还发。路远人罕窥,谁能见清澈。

【注释】 ① 桓公井:相传为东晋大司马桓温所筑,遗址在当涂城东六里的白纻山上,井已不存。 ② 甃(zhòu):井壁。

【译文】 筑井的桓公早已成为古人,而废井则未曾有一天枯竭。石壁的苍苔带着霜冻,井下的寒泉中浸着一片孤月。梧桐暂时在秋风中凋落,井边的桃花要等明春再开放。可惜这里偏远人迹罕至,人们怎能发现它的明澈清冽?

慈姥竹①

【原诗】 野竹攒石生,含烟映江岛。翠色落波深,虚声带寒早。龙吟曾未听,凤曲吹应好。不学蒲柳凋,贞心常自保。

【注释】 ① 慈姥竹:原产当涂慈姥山,故名,专供宫廷制箫管。

【译文】 慈姥竹丛丛野生在石边,掩映着江岛,在一片烟霭间。翠叶有的已落入江波中,枯枝在风中的声响已让人早早感到了秋寒。据说慈姥竹制作的笛子可以发出龙吟,如果制成凤笙吹出的曲调恐怕会更加悠扬婉转。希望你不要学水边早凋的蒲柳,而要保持青竹的节操,坚贞不变。

望夫山①

【原诗】 颙望临碧空②,怨情感离别。江草不知愁,岩花但争发。云山万重隔,音信千里绝。春去秋复来,相思几时歇。

【注释】 ① 望夫山:在今安徽马鞍山采石古镇西北滨江处。 ② 颙(yóng)望:仰首远望。

【译文】 仰首远望身临碧空,永远是那充满离别之苦的面容。江草青青不知什么是忧愁,岩花也只管斗艳争红。远征的夫婿远隔千山万水,永远是千里音信不通。春去秋来一年又一年,像这样的苦苦相思何时能停!

牛渚矶①

【原诗】 绝壁临巨川,连峰势相向。乱石流洑间②,回波自成浪。但惊群木秀,莫测精灵状③。更听猿夜啼,忧心醉江上。

【注释】 ① 牛渚矶:见《夜泊牛渚怀古》注。 ② 洑(fú):漩涡。 ③ 精灵:《异苑》记载,晋温峤至牛渚矶,闻水底有音乐声,水深不可测。燃犀照之,见水族覆火,奇形异状,或乘车马,着赤衣帻。

【译文】　绝壁俯临大江,远峰连绵丛立相望。江中乱石在漩涡里打转,回波相撞又激成巨浪。我只能惊叹山上树木的秀美,而无法测知水底的精灵有多奇形怪状。更有那黄昏时刻的猿啼使我忧心加重,只好以酒浇愁在江上。

灵墟山①

【原诗】　丁令辞世人②,拂衣向仙路。伏炼九丹成③,方随五云去。松萝蔽幽洞,桃杏深隐处。不知曾化鹤,辽海归几度。

【注释】　①灵墟山:在当涂城东三十里。传说为辽东人丁令威成仙化鹤处。　②丁令:即丁令威,见《送李青归华阳川》注。　③九丹:道家传说有九种仙丹,炼成服用后,欲升天则去,欲留人间亦任意。

【译文】　丁令威辞别了世人,整顿衣冠来到这灵墟山。隐居炼得九丹成功,方随五彩祥云而升天。这松柏云萝遮蔽的幽洞,丁令威就曾栖身在这桃杏之间。不知他成仙以后,曾几度化鹤回辽东家乡探看。

天门山①

【原诗】　迥出江上山,双峰自相对。岸映松色寒,石分浪花碎。参差远天际,缥缈晴霞外。落日舟去遥,回首沉青霭。

【注释】　①天门山:指当涂城西南三十里长江两岸的东、西梁山,二山夹江似天门,故称。

【译文】 江面上高高丛立着群山,有两座山峰隔江相对,像两扇敞开的大门。江岸掩映在冷翠的松林之间,浪花被乱石撞得碎裂纷纷。天际辽远群山起伏参差,在晚霞中若隐若现。江中的航船随着落日远去,回首天门山已埋入层层的青霭。

十三、闲　适

与元丹丘方城寺谈玄作

【题解】 元丹丘,李白友人,见《元丹丘》题解。方城寺,一般认为是在今河南叶县西南的方城山中。故认为此诗为天宝十载(751),李白到石门访元丹丘时,同游方城寺而作。宋蜀本题下注:"蜀中。一作《仙城山寺》。"即认为方城寺在四川,宋人薛仲邑《李太白年谱》据此编此诗于开元六年(718)。

【原诗】 茫茫大梦中,惟我独先觉①。腾转风火来,假合作容貌②。灭除昏疑尽,领略入精要。澄虑观此身,因得通寂照③。朗悟前后际,始知金仙妙④。幸逢禅居人,酌玉坐相召。彼我俱若丧,云山岂殊调。清风生虚空,明月见谈笑。怡然青莲宫⑤,永愿恣游眺。

【注释】 ①"茫茫"二句:《庄子·齐物论》:"觉而后知其梦也,且有大觉而后知此其大梦也。" ②"腾转"二句:安旗《李太白全集编年注释》:"风火,代称四大。佛教有四大之说,即地大、水大、火大、风大。地大以坚为性,能负载物;水大以湿为性,能包容物;火大以暖为性,能成熟物;风大以动为性,能生长物。世间之物,包括人身,皆因四大假合而成。假合者,本无实体,借他而有也。" ③寂照:谓心境之安静清明。《楞严经》:"寂照含虚空,却来观世间。" ④"朗悟"二句:前后际,《净影疏》:"有为之法,前后相起。前为前际,后为后际。"金仙,指佛。 ⑤青莲宫:指佛寺,此指方城寺。

【译文】　茫茫如梦的尘世中,唯独我先觉醒。腾转的地、水、火、风四大法轮,合成了我的身体外形。清除掉人生的种种疑问,才能掌握佛家理论的要领。澄清一切私虑来观照自身,才能进入清明安静的心境。彻悟了过去与未来的前际后际,始知佛家理论的要领。我们有幸在这里遇到禅居的僧人,玉液般的清茶体现了主人的热情。交谈中主客皆怅然,难道是因为这里的云山与别处不同? 清风从寂静的夜空中吹来,我似乎听到了明月的谈笑声。这令人安适的仙寺,我愿常常纵情游览在其中。

寻高凤石门山中元丹丘

【题解】　石门山,在今河南平顶山叶县,因东汉逸民高凤曾隐居于此,故又称高凤石门山。此诗为天宝十载(751)秋,李白到石门山访元丹丘而作。

【原诗】　寻幽无前期,乘兴不觉远。苍崖渺难涉,白日忽欲晚。未穷三四山,已历千万转。寂寂闻猿愁,行行见云收。高松来好月,空容宜清秋。溪深古雪在,石断寒泉流。峰峦秀中天,登眺不可尽。丹丘遥相呼,顾我忽而哂①。遂造穷谷间②,始知静者闲③。留欢达永夜,清晓方言还。

【注释】　① 哂(shěn):微笑。　② 造:到。　③ 静者:指达到老庄哲学中清静无为之境者。

【译文】　我来寻幽居山中的元丹丘,并没有事先约定,乘着游兴不知走了多少路程。青翠的山崖离我实在太远,天边的白日已经匆匆西倾。虽然说并未翻过几座山,而好像已经过千回万转,曲折重重。攀行中白云已渐渐敛去,寂寞的暮色中传来了山猿的哀鸣。高大的松枝间已露出一轮明月,照出空谷一片清幽的秋景。深溪两岸还有千年的积雪,断石间的寒泉流水淙淙。山峦秀丽耸入天上,想上眺望,可惜不能登上顶峰。这时忽然听到元丹丘从远处向我打招呼,见面后他顿时露出了笑容。我跟随他到了隐居的深谷里,这时才知道清静无为者的闲情。我留在他那里彻夜畅谈,直到天明才从山中返行。

安州般若寺水阁纳凉喜遇薛员外义

【题解】 安州,即今湖北安陆。薛员外,名义,生平不详。此诗为李白开元间在安陆所写。

【原诗】 翛然金园赏①,远近含晴光。楼台成海气②,草木皆天香。忽逢青云士,共解丹霞裳③。水退池上热,风生松下凉。吞讨破万象,搴窥临众芳④。而我遗有漏⑤,与君用无方⑥。心垢都已灭⑦,永言题禅房。

【注释】 ①"翛然"句:翛(xiāo)然,见《下途归石门旧居》注。金园,指寺中园圃。佛教故事中说,须达长者欲买祇陀太子园为佛住处。太子戏言:"得金布满地中,即出卖与。"须达长者于是拿出金饼布地,周满园中,厚五寸,广十里,买此园地奉施如来,修建佛寺,后人便以金园称佛寺中园圃。②海气:指海市蜃楼。③丹霞裳:仙衣,此喻指李白与薛员外的服装。④搴窥:揭帘而视。⑤有漏:佛教称含有烦恼之事物,漏为烦恼之异名。《大般若经》:"云何有漏法?佛告:善。现世间五蕴、十二处、十八界、四静虑、四无量、四无色,定所有一切堕三界法,是名有漏法。"⑥无方:《庄子·在宥》:"处乎无响,行乎无方。"郭象注:"随物而化。"⑦心垢:佛教语。《四十二章经》:"心垢灭尽,净无瑕秽。"

【译文】 我到般若寺金园中游赏,远近景物一派晴光。楼台亭阁像海市蜃楼一样神妙,园中的草木散发出奇异的芬芳。园中忽然遇到一个高洁之士,一起解衣敞怀到水阁纳凉。池中水退腾发着暑热,松下有清风吹来显得十分凉爽。揭帘观赏园中的花木,探讨禅玄破除人间万象。我用佛法抛弃了一切烦恼,你用老庄学说得到了清静无方。你我的心垢都已净除,于是题诗留念在禅房。

鲁中都东楼醉起作

【题解】 中都,即今山东济宁汶上县,唐时属鲁郡。此诗为天宝五载(746),李白退朝居鲁时作。

【原诗】 昨日东楼醉,还应倒接䍦①。阿谁扶上马,不省下楼时。

【注释】 ① 接䍦:帽名,此用晋山简"倒著白接䍦"事。参见《襄阳曲》注。

【译文】 昨日醉倒在中都的东楼,可能像山公一样把白纱帽倒着戴上了头。不知是谁扶我上的马,更不知下楼是在什么时候。

对酒醉题屈突明府厅

【题解】 宋蜀本题下注:"吴中。"屈突,复姓,其名字不详。明府,唐人对县令的别称。屈突明府,从诗中看,即建昌县令。此诗为上元元年(760)冬,李白写于洪州建昌县。

【原诗】 陶令八十日,长歌《归去来》①。故人建昌宰②,借问几时回。风落吴江雪,纷纷入酒杯。山翁今已醉③,舞袖为君开。

【注释】 ①"陶令"二句:言陶渊明任彭泽县令,上任仅八十余日,便辞官而归。 ② 建昌:唐县名,在今江西修水附近。 ③ 山翁:山简,见《襄阳曲》注。此喻诗人自己。

【译文】　陶令上任八十天,就高唱《归去来》而辞官。建昌县令,我的老朋友,请问你要干到哪一天? 寒风吹着自吴江飘来的雪花,纷纷落到我们的酒杯里面。我这当今的山公已经酣醉,让我舒袖长舞在你的面前。

月下独酌四首

【题解】　此诗题下宋蜀本注曰:"长安。"从诗的内容看,这四首诗当为李白天宝三载(744)春退朝前夕作。

其　一

【原诗】　花间一壶酒,独酌无相亲。举杯邀明月,对影成三人。月既不解饮,影徒随我身。暂伴月将影①,行乐须及春。我歌月徘徊,我舞影零乱。醒时同交欢,醉后各分散。永结无情游,相期邈云汉②。

【注释】　① 将:共。　② 云汉:银河。

【译文】　提酒到花间,独饮无相亲。举杯邀请明月,对着身影成为三人。月当然不会饮酒,身影也只是随着我身。我只好和他们暂时结成酒伴,要行乐就必须把美好的春光抓紧。我唱歌明月徘徊,我起舞身影零乱。醒时一起欢乐,醉后各自分散。我愿与他们永远结下忘掉伤情的友谊,相约在缥缈的银河那边。

其　二

【原诗】　天若不爱酒,酒星不在天。地若不爱酒,地应无酒泉①。天地既爱酒,爱酒不愧天。已闻清比圣,复道浊如贤②。贤圣既已饮,何必求神仙。三杯通大道,一斗合自然③。但得醉中趣,勿为醒者传。

【注释】 ①"天若"四句：酒星，《三国志·魏书·崔琰传》裴松之注引张璠《汉纪》曰："太祖制酒禁，而融书啁之曰：'天有酒旗之星，地列酒泉之郡，人有旨酒之德。'"《晋书·天文志》载："轩辕右角南三星曰酒旗，酒官之旗也，主宴飨饮食。"酒泉，即今甘肃酒泉。古代传说其城下有金泉，泉味如酒。 ②"已闻"二句：《三国志·魏书·徐邈传》："平日醉客谓酒清者为圣人，浊者为贤人。" ③斗：古代酒器。

【译文】 天如果不爱酒，就不可能酒星罗列在天。地如果不爱酒，就不应该地名有酒泉。天地既然都喜爱酒，那我爱酒就无愧于天。我先是听说酒清比作圣，又听说酒浊比作贤。既然圣贤都饮酒，又何必再去求神仙？三杯酒可通儒家的大道，一斗酒正合道家的自然。我只管得到醉中的趣味，这趣味不能向醒者相传。

其 三

【原诗】 三月咸阳城，千花昼如锦①。谁能春独愁，对此径须饮。穷通与修短②，造化夙所禀。一樽齐死生，万事固难审。醉后失天地，兀然就孤枕。不知有吾身，此乐最为甚。

【注释】 ①"三月"二句：咸阳借指长安。城，一作"时"。这两句一作"好鸟吟清风，落花散如锦"，一作"园鸟语成歌，庭花笑如锦"。 ②穷通：指命运的通达与困穷。修短，指寿命的长短。

【译文】 三月里的长安城，春光明媚，千花似锦。谁能如我春来独愁？对此美景应把酒痛饮。富贵与长寿，本来就造化不同，各有天分。酒杯之中自然死生没有差别，何况世上的万事根本没有是非定论。醉后失去了天和地，一头扎向了孤枕。沉醉之中不知还有自己，这种快乐何处能寻？

其 四

【原诗】 穷愁千万端,美酒三百杯。愁多酒虽少,酒倾愁不来。所以知酒圣,酒酣心自开。辞粟卧首阳①,屡空饥颜回②。当代不乐饮,虚名安用哉。蟹螯即金液③,糟丘是蓬莱④。且须饮美酒,乘月醉高台。

【注释】 ①"辞粟"句:言伯夷、叔齐义不食周粟,饥死首阳山事,见《行路难》注。 ②"屡空"句:言颜回安于贫穷事。颜回,孔子弟子。《论语·雍也》:"子曰:贤哉,回也! 一箪食,一瓢饮,在陋巷。人不堪其忧,回也不改其乐。"《史记·伯夷列传》:"回也屡空,糟糠不厌。" ③蟹螯:蟹的大爪。《世说新语·任诞》:"毕茂世云:一手持蟹螯,一手持酒杯,拍浮酒池中,便足了一生。" ④糟丘:见《襄阳歌》注。

【译文】 无穷的忧愁有千头万绪,我有美酒三百杯。即使酒少忧愁多,美酒一倾愁不再回。因此我才了解酒中圣贤,酒酣心自宽慰。不食周粟,饿死首阳山的有伯夷、叔齐;经常断粮,忍饥挨饿的有颜回。人生在世不饮酒行乐,要那死后的虚名又有何用? 糟丘就是蓬莱仙山,蟹螯就是金液仙水。尽管饮那美酒,乘着这美好的月光在这高台上来个酩酊大醉。

春归终南山松龙旧隐

【题解】 终南山,又称南山,属秦岭山脉。松龙,当为山中地名,今已不能确指。此诗当为天宝三载(744)李白退朝后归终南山作。或许为别人作品窜入李白集中,现已无据可考。

【原诗】 我来南山阳,事事不异昔。却寻溪中水,还望岩下石。蔷薇缘东窗,女萝绕北壁。别来能几日,草木长数尺。且复命酒樽,独酌陶永夕。

【译文】 我回到终南之阳的松龙,处处与我离开时没有什么不同。再看一看山间溪中的流水,望一望岩下石头的踪影。蔷薇依傍在东窗下,女萝在北壁攀绕而生。我不知离别这里已有多久,山间的草木已长高数尺,枝叶茂盛。还是先把酒杯拿出来,独饮陶醉在这长夜之中。

冬夜醉宿龙门,觉起言志

【题解】 宋蜀本题下注:"洛阳。"龙门,在今河南洛阳。此诗为开元二十二年(734)李白游龙门时作。

【原诗】 醉来脱宝剑,旅憩高堂眠。中夜忽惊觉,起立明灯前。开轩聊直望,晓雪河冰壮。哀哀歌《苦寒》①,郁郁独惆怅。傅说板筑臣②,李斯鹰犬人③。飙起匡社稷④,宁复长艰辛。而我胡为者,叹息龙门下。富贵未可期,殷忧向谁写⑤。去去泪满襟,举声《梁甫吟》⑥。青云当自致,何必求知音。

【注释】 ① 苦寒:指古乐府《苦寒行》。此乐府诗题多为表现行役苦寒的内容。 ② 傅说:见《纪南陵题五松山》注。 ③ 李斯:见《翰歌行赠邠州长史兄粲》注。 ④ 飙起:骤然而起。飙,一作"欻"。 ⑤ 殷忧:深忧。写:倾诉。 ⑥ 梁甫吟:见《梁甫吟》题解。

【译文】 在醉意中解下宝剑,为解除旅途的疲劳而在这高堂上卧眠。半夜忽然惊醒,起身站在明灯前。清晨开窗向外直望,大雪落在结冰的大河中多么壮观。唱起《苦寒行》这一哀歌,发泄一下我的孤独与伤感。傅说是修筑板墙的下臣,李斯起初猎狐兔牵鹰犬。他们一旦骤起成为国家的栋梁,哪能永远处于困苦艰难? 至今我又有什么作为? 只好叹息在这龙门间。富贵既然尚未有指望,心中的深忧又向谁倾谈? 我泪流满襟离开这里,高唱着《梁甫吟》直奔向前。我的青云之志一定能够实现,何必一定要找到知音推荐!

寻山僧不遇作

【题解】 此诗的写作时间与地点皆不可考,所寻山僧也不知为谁。

【原诗】 石径入丹壑,松门闭青苔。闲阶有鸟迹,禅室无人开。窥窗见白拂,挂壁生尘埃。使我空叹息,欲去仍徘徊。香云遍山起[①],花雨从天来[②]。已有空乐好,况闻青猿哀[③]。了然绝世事,此地方悠哉。

【注释】 ① 香云:此用佛典。《华严经》:"乐音和悦,香云照耀。" ②"花雨"句:从佛经《楞严经》:"即时天雨百宝莲华,青黄赤白,间错纷糅。" ③ 青猿:王琦《李太白全集》注:"青,当作清。"

【译文】 石径曲折伸入丹色的山谷,寺门关闭,门外青松上布满青苔。清静的石阶上留着鸟迹,禅室无人,门不能打开。我隔着窗户望见室内白色的拂尘,挂在墙上也落满了尘埃。看到此景我不禁叹息,想要离去却仍在禅房外徘徊。香云遍山涌起,山雨夹着花朵从天上纷落下来。已欣赏了佛家的空乐之妙,又听到了猿啼的悲哀。只有全然断绝世事,才能真正体会到这里的清幽悠哉。

过汪氏别业二首

【题解】 别业即别墅。汪氏,据王琦引《宁国府志》载胡安定《石壁》诗序说"余尝览李翰林《题泾川汪伦别业》二章,其词俊逸"看,此汪氏当为汪伦。汪伦,参见《赠汪伦》题解。此诗为天宝十四载(755)秋,李白漫游宣城一带时所写。

其 一

【原诗】 游山谁可游,子明与浮丘①。叠岭碍河汉,连峰横斗牛②。汪生面北阜,池馆清且幽。我来感意气,捶炰列珍羞③。扫石待归月,开池涨寒流。酒酣益爽气,为乐不知秋。

【注释】 ① 子明:指陵阳子明,汉朝人。据《列仙传》载,其好钓鱼,一次钓"得白鱼,腹中有书,教子明服食之法。子明遂上黄山采五石脂,沸水而服之"。浮丘:指浮丘公,传说为黄帝时仙人。 ② 斗牛:指二十八宿中的斗宿与牛宿。 ③ 捶:屠宰的意思。炰:此指炙烤食物。

【译文】 游山谁可以同游?只有陵阳子明与浮丘公。重山叠岭挡住了银河,连峰翠嶂横拦住斗牛星。汪生的别墅面对北山,池塘亭馆幽雅而清静。我来此更感到主人的情真意切,杀猪烤羊陈列着珍肴佳羹。扫清石径静待着明月,开掘池塘将寒泉引入池中。酒酣更觉意快气爽,饮酒作乐已忘记了秋夜的寒冷。

其 二

【原诗】 畴昔未识君①,知君好贤才。随山起馆宇,凿石营池台。星火五月中②,景风从南来③。数枝石榴发,一丈荷花开。恨不当此时,相过醉金罍④。我行值木落,月苦清猿哀。永夜达五更,吴歈送琼杯⑤。酒酣欲起舞,四座歌相催。日出远海明,轩车且徘徊。更游龙潭去,枕石拂莓苔。

【注释】 ① 畴昔:往昔,以前。 ② "星火"句:火指心宿第二星,每年阴历五月间黄昏,心宿在天正中。按节气为夏至,季节为仲夏。 ③ 景风:指夏至以后的南风。《史记·律书》:"景风居南方,景者言阳气道竟,故曰景风。" ④ 金罍(léi):古代酒器,形似尊,错以金纹。《诗经·周南·卷耳》:"我姑酌彼金罍。" ⑤ 吴歈(yú):吴歌。《楚辞·招魂》:"吴歈蔡讴,奏大吕些。"王逸注:"歈、讴,皆歌也。"

【译文】 过去和你不相识,就听说你喜欢结交贤才。你的别墅中随着山势建起楼阁,凿石营造池塘亭台。大火在天正中的五月里,仲夏的风从南方吹来。数枝石榴吐着如火的花朵,丈把高的荷叶中有莲花盛开。我恨不得在这个时候赶到你的别墅,同饮共开怀。但我这次相访已是树叶凋落的深秋,月色昏暗,猿声悲哀。盛情的宴会通宵达旦,玉杯美酒又伴着吴歌慷慨。酒酣时正要起舞尽兴,四座相催的歌声已经唱了起来。太阳从天边的云海中升起,车马仍在别墅内徘徊。大家又相约一起到龙潭一游,枕石望山,拂去石上的青苔。

待酒不至

【题解】 此诗的写作时间与地点已不能详考。此诗待酒写景,酒酣抒情,诗酒一体,情景交融。

【原诗】 玉壶系青丝,沽酒来何迟。山花向我笑,正好衔杯时。晚酌东窗下,流莺复在兹①。春风与醉客,今日乃相宜。

【注释】 ① 流莺:飞行行迹不定的黄莺之类的鸟。

【译文】 打酒的玉壶系着青丝带,打酒的人儿为什么迟迟不见回来? 山花正朝着我微笑,恰好相对举杯开怀。晚来饮酒在东窗之下,流莺又鸣叫在窗外。醉人的春风与醉酒的诗人,今日才得两相畅快。

独 酌

【题解】 此诗亦不知写于何时何地,从诗中有"玉堂"一语看,可能是天宝初李白待诏翰林时作。诗中仍是表达"独酌无相亲"的孤独感。

【原诗】 春草如有意，罗生玉堂阴[①]。东风吹愁来，白发坐相侵[②]。独酌劝孤影，闲歌面芳林。长松尔何知，萧瑟为谁吟。手舞石上月，膝横花间琴。过此一壶外，悠悠非我心[③]。

【注释】 ① 罗生：罗列而生。《楚辞·九歌·少司命》："秋兰兮麋芜，生兮堂下。"王逸注："环其堂下，罗列而生。"玉堂：汉代有玉堂署，即后世翰林院，此借指翰林院。 ② 坐：因而，由于。 ③ 本诗宋蜀本注："一本云：春草变绿野，新莺有佳音。落日不尽欢，恐为愁所侵。独酌劝孤影，闲歌面芳林。清风寻空来，碧松与共吟。手舞石上月，膝横花下琴。过此一壶外，悠悠非我心。"

【译文】 春草似乎有心意，罗列生长在这玉堂之阴。春风把春愁吹来，因而染白了我的双鬓。独饮无伴只好相劝我的孤影，悠闲的歌声对着春花烂漫的芳林。高大的松树你又知道什么？萧瑟不停是为谁歌吟？石上月光下挥手起舞，花间里弹着横在膝上的琴。除了这一壶酒，还有什么更能契合我的悠悠真心？

友人会宿

【题解】 此诗仍为饮酒题材，写作时间、地点不详。

【原诗】 涤荡千古愁，留连百壶饮。良宵宜清谈，皓月未能寝。醉来卧空山，天地即衾枕。

【译文】 为了涤荡千古的忧愁，而留连这百壶美酒。皎洁的月光使人不能入眠，这良宵美景更让我们清谈的兴浓不休。醉倒就卧在空山里，把天地当作被褥和枕头。

春日独酌二首

【题解】 此二诗亦为表现饮酒题材者，创作时间与地点不详。安旗先生主编《李白全集编年注释》认为似是开元二十五年（737）李白居安陆时所作。

其 一

【原诗】 东风扇淑气①，水木荣春晖。白日照绿草，落花散且飞。孤云还空山，众鸟各已归。彼物皆有托，吾生独无依②。对此石上月，长歌醉芳菲。

【注释】 ① 淑气：佳气。 ② "彼物"二句：陶渊明《咏贫士》："万族各有托，孤云独无依。"

【译文】 东风煽动着春来的佳气，春水春树沐浴着春日的光辉。骄阳照耀着绿草，落花纷纷在空中飘飞。孤云在日暮时还归空山，众鸟也已归巢栖息。这些万物皆有托付，唯独我生来却无所依。对着这映在石上的月光，高歌沉醉在芳菲里。

其 二

【原诗】 我有紫霞想①，缅怀沧洲间②。且对一壶酒，澹然万事闲。横琴倚高松，把酒望远山。长空去鸟没，落日孤云还。但悲光景晚，宿昔成秋颜③。

【注释】 ① 紫霞：借指方外。陆机《前缓声歌》："轻举乘紫霞。" ② 沧洲：指隐居者所在。见《江上吟》注。 ③ 宿昔：此为早晚之意，谓时间之短暂。《晋书·裴楷传》："虽车马器服，宿昔之间，便以施诸穷乏。"

【译文】　我常缅怀那些隐居于沧洲间的高士，也常缅怀乘紫霞而作方外游的梦想。现在只能暂且对一壶美酒，看淡世间万事，忧愁全忘。横琴在膝上倚着高松，举杯把远山眺望。归鸟在长空中渐渐消失了踪影，孤云也随着落日飘还山上。只是悲伤这时节已晚，转眼间又换成一派秋天的景象。

金陵江上遇蓬池隐者

【题解】　此诗宋蜀本题下注云："时于落星石上以紫绮裘换酒为欢。"落星石又称落星墩，在金陵城西。蓬池隐者，姓名不详。蓬池，在今河南开封。这首诗为天宝十二载(753)，李白在金陵遇蓬池隐者时作。

【原诗】　心爱名山游，身随名山远。罗浮麻姑台^①，此去或未返。遇君蓬池隐，就我石上饭。空言不成欢，强笑惜日晚。绿水向雁关^②，黄云蔽龙山^③。叹息两客鸟，徘徊吴越间。一语一执手，留连夜将久。解我紫绮裘，且换金陵酒。酒来笑复歌，兴酣乐事多。水影弄月色，清光奈愁何。明晨挂帆席，离恨满沧波。

【注释】　① 罗浮：山名，在广东东江北岸，为道教名山。麻姑台：在罗浮山南的麻姑峰上，位于今广东惠州西北。　② 雁关：雁门山，在南京东南。③ 龙山：在南京西南。

【译文】　由于心爱游历名山，身体便不怕名山遥远。刚刚到过罗浮山麻姑台，归途中尚未回到家园。我有幸在这里遇到你这位蓬池隐者，一起在落星石上就餐。枯燥的空谈没有什么欢乐，强作欢颜日已将晚。澄绿的江水流向雁门，弥漫的黄云遮住龙山。可叹我俩就像游荡无依的飞鸟，徘徊在这吴越之间。我们两人拉着手在一起攀谈，久久地在夜色中留连。脱下我身上的紫绮裘，且把金陵美酒来换。酒来欢笑又唱歌，酒酣兴浓尽开颜。月色在碧波中弄影，清光怎能把忧愁驱散？明天早晨就要扬帆启程，离愁别恨已在大江的碧波中洒满。

月夜听卢子顺弹琴

【题解】 卢子顺,生平不详。此诗的写作时间与地点也无考。

【原诗】 闲夜坐明月,幽人弹素琴。忽闻《悲风》调,宛若《寒松》吟。《白雪》乱纤手,《绿水》清虚心①。钟期久已没②,世上无知音。

【注释】 ①“忽闻”四句:《悲风》《寒松》《白雪》《绿水》皆琴曲名。② 钟期:指钟子期。《列子·汤问》说,俞伯牙善于弹琴,钟子期善于听琴。俞伯牙弹琴,志在高山,钟子期说:“善哉,峨峨兮若泰山。”志在流水,钟子期说:“善哉,洋洋兮若江河。”俞伯牙要表达的内容,钟子期都能听出来。

【译文】 清静的夜里坐在明月下,听着幽人卢先生弹奏起古琴。忽然听到《悲风》的曲调,又好像是《寒松》的声音。《白雪》的指法使你纤手忙乱,《绿水》的音节确实让人养性清心。可惜钟子期早已死去,世上再也找不到那样的知音。

青溪半夜闻笛

【题解】 宋蜀本题下注:“秋浦。”故青溪应是清溪之误,清溪在秋浦。此诗为李白天宝十三载(754)游秋浦时所作。秋浦,在今安徽池州。

【原诗】 羌笛《梅花引》①,吴溪《陇水》情②。寒山秋浦月③,肠断玉关声。

【注释】 ① 羌笛:古代流行于西北地区的一种竹笛,原出于古羌族,故称。《梅花引》:古曲名。 ② 陇水:即《陇头水》,古乐府横吹曲。《乐府诗集》卷二十五《陇头歌辞》:“陇头流水,鸣声呜咽。遥望秦川,心肝断绝。”

③"寒山"句:此句宋蜀本注:"一作空山满明月。"

【译文】　羌笛声声吹起《梅花引》的曲子,让人在这吴溪仿佛听到陇头流水般感伤。又使这月光下的秋浦寒山,响遍令人肠断的边关之声。

日夕山中忽然有怀

【题解】　宋蜀本题下注:"庐山。"为李白天宝九载(750)秋隐居庐山时所作。

【原诗】　久卧名山云,遂为名山客。山深云更好,赏弄终日夕。月衔楼间峰,泉漱阶下石。素心自此得,真趣非外借。鼯啼桂方秋①,风灭籁归寂。缅思洪崖术②,欲往沧海隔。云车来何迟③,抚己空叹息。

【注释】　① 鼯(wú):鼯鼠,又称大飞鼠,其前后肢之间有宽而多毛的飞膜,故能在林间滑翔。　② 洪崖术:成仙术。洪崖,见《下途归石门旧居》注。　③ 云车:此指仙车。

【译文】　因为长久地游赏名山的白云,便成了名山的客人。这深山中的白云更加美好,使我一直观赏到日没时分。月亮悬挂在楼间露出的远峰上,清泉冲刷着阶下石块的苔痕。素心只能从这里得到,真趣更非从外面引进。我遥想那洪崖成仙的方术,欲到那蓬莱仙境,隔绝世尘。为什么仙人的云车迟迟没来接我?抚胸叹息空自烦闷。

夏日山中

【题解】　此诗所作时间、地点无考。一说作于开元间隐居安陆时,一说作于至德元载(756)六月隐居庐山时,皆无据。

【原诗】 懒摇白羽扇,裸袒青林中①。脱巾挂石壁,露顶洒松风。

【注释】 ① 袒(tǎn):露臂。

【译文】 天热得连白羽扇都懒得摇动,我只好裸胸露臂纳凉在青林中。脱下头巾挂在石壁上,再让裸露的头顶沐浴一下松风。

山中与幽人对酌

【题解】 此诗的写作时间、地点不详。

【原诗】 两人对酌山花开,一杯一杯复一杯。我醉欲眠卿且去①,明朝有意抱琴来。

【注释】 ① "我醉"句:此用陶渊明故事。《宋书·陶渊明传》记载,陶渊明喜欢喝酒,来访者无论贵贱,有酒就摆出共饮。如果陶渊明先醉,就对客人说:"我醉欲眠卿可去。"其真率如此。

【译文】 我们两人在盛开的山花中对饮,一杯一杯尽开怀。我醉欲眠你可自行离去,如果余兴未尽,明天早晨可以抱着琴再来。

春日醉起言志

【题解】 此诗前人或认为是天宝四载(745)李白居东鲁时的作品,或认为是开元间居安陆时所作。

【原诗】 处世若大梦,胡为劳其生。所以终日醉,颓然卧前楹①。觉来眄庭前②，一鸟花间鸣。借问此何时，春风语流莺。感之欲叹息，对酒还自倾。浩歌待明月，曲尽已忘情。

【注释】 ① 前楹：厅前的柱子。 ② 眄（miǎn）：斜视。

【译文】 人生在世如一场大梦，有什么必要辛劳终生？所以我整天沉醉在酒里，醉倒就如一堆烂泥卧在前庭。醒来向庭院中看去，一只鸟儿正在花间飞鸣。请问这已是什么时候？春风只顾与流莺细语。对此我真想发一通感慨，但还是对酒自饮自倾。高歌一曲邀请天上的明月，曲终又使我沉湎忘情。

庐山东林寺夜怀

【题解】 东林寺，在庐山西北麓，东晋太元九年（384）高僧慧远所建。此诗一说为天宝九载（750）李白在庐山时作，一说为至德元载（756）十月李白在庐山时作。其创作时间难于确定。

【原诗】 我寻青莲宇①，独往谢城阙②。霜清东林钟，水白虎溪月③。天香生虚空④，天乐鸣不歇。宴坐寂不动⑤，大千入毫发⑥。湛然冥真心，旷劫断出没⑦。

【注释】 ① 青莲宇：指庙宇，即佛寺。 ② 谢：辞别。 ③ 虎溪：溪名，在东林寺前。 ④ 天香：见《安州般若寺水阁纳凉喜遇薛员外乂》注。 ⑤ 宴坐：安闲地坐在那里。 ⑥ 大千：大千世界，佛家指广大无边之净土。 ⑦ 旷劫：指时间旷久。劫，见《僧伽歌》注。

【译文】 我为了寻访佛家名寺，而辞别了繁华的都城。东林寺的钟声像秋霜一样凄清，虎溪的流水像明月一样清净。奇妙的香味到处弥漫，如同来自天堂的音乐也响个不停。我放松地静坐在禅堂一动也不动，大千世界整个

进入了我的毫发之中。将那真心深深地掩没在佛法里,让它千古万世永不
浮升。

寻雍尊师隐居

【题解】 雍尊师,名字、生平不详,尊师是对道士的尊称。此诗写作时
间不能确定,可能是李白早年在蜀中作。

【原诗】 群峭碧摩天,逍遥不记年。拨云寻古道,倚树听流泉。花暖
青牛卧,松高白鹤眠。语来江色暮,独自下寒烟。

【译文】 群峰陡峭上摩碧天,逍遥世外不用记年。拨开浓云寻找古老的山
间古道,倚树听那淙淙的流泉。温暖的花丛中卧着青牛,高高的松枝上有白
鹤在眠。与雍尊师交谈一直到江水已笼罩在暮色里,我只好独自走下烟云
弥漫的寒山。

与史郎中饮听黄鹤楼上吹笛

【题解】 史饮,一作"史钦",其生平不详。郎中,官员,为朝廷各部所属
的高级部员。黄鹤楼,古迹在今湖北武汉。此诗为乾元元年(758)五
月,李白被长流夜郎,路经江夏(今湖北武汉)时写。

【原诗】 一为迁客去长沙①,西望长安不见家。黄鹤楼中吹玉笛,江
城五月落《梅花》②。

【注释】 ① 迁客:被贬谪之人。去长沙,用汉代贾谊事,见《金陵送张十一
再游东吴》注。 ②《梅花》:即《梅花落》,古代笛曲名。

【译文】 　一旦成为贬谪之人，就像贾谊到了长沙，日日西望，不见长安不见家。黄鹤楼上传来了一声声《梅花落》的笛声，使这五月的江城又见到纷落的梅花。

对　酒

【题解】 　此诗为李白晚年流落金陵时作，时间大约在上元二年(761)至宝应元年(762)之间。

【原诗】 　劝君莫拒杯，春风笑人来。桃李如旧识，倾花向我开。流莺啼碧树，明月窥金罍①。昨日朱颜子，今日白发摧。棘生石虎殿②，鹿走姑苏台③。自古帝王宅④，城阙闭黄埃。君若不饮酒，昔人安在哉。

【注释】 　① 金罍：古代酒器，参见《过汪氏别业》注。　② "棘生"句：石虎，字季龙，后赵国君。《晋书·佛图澄传》："季龙大享群臣于太武前殿，澄吟曰：'殿乎，殿乎，棘子成林，将坏人衣。'季龙令发殿石下视之，有棘生焉。"　③ 姑苏台：遗址在今苏州，吴王阖闾所建。《汉书·伍被传》："昔子胥谏吴王，吴王不用，乃曰：'臣今见麋鹿游姑苏之台也。'"　④ 帝王宅：指金陵。

【译文】 　劝你不要拒绝这杯酒，这和煦的春风在笑人不知享受。你看这桃李如同旧相识，满树的花朵向我盛开，让我看个够。流莺在绿树丛中飞鸣，明月正笑着向酒杯里瞅。昨日里的红颜少年，今日已变成了白发老头。荆棘曾生遍石虎的殿内，姑苏台上已到处有野鹿奔走。这自古帝王宅的金陵，城内也满目是黄埃与古丘。你如果不饮酒作乐，还要做什么？请看过去的帝王豪杰今日还有没有！

醉题王汉阳厅

【题解】　王汉阳,即诗中汉阳令,名字不详。汉阳,在今湖北武汉。此诗为乾元元年(758)李白流放夜郎路经汉阳时作。

【原诗】　我似鹧鸪鸟,南迁懒北飞。时寻汉阳令,取醉月中归。

【译文】　我如同一只鹧鸪鸟,一直向南迁徙而不向北飞。而今为了找寻汉阳王县令,大醉一场在月下回归。

嘲王历阳不肯饮酒

【题解】　王历阳,《历阳典录》称:"王利贞,和州历阳县丞,即太白集中所称王历阳。"此说可供参考,但其既为县丞,非为县令,一般不得用其县名作为代称。历阳,即今安徽马鞍山和县。

【原诗】　地白风色寒,雪花大如手。笑杀陶渊明[1],不饮杯中酒。浪抚一张琴,虚栽五株柳[2]。空负头上巾[3],吾于尔何有。

【注释】　[1] 陶渊明:此拟王历阳。　[2] "浪抚"二句:《宋书·陶渊明传》:"潜少有高趣,尝著《五柳先生传》以自况……不解音律,而畜素琴一张,无弦。每有酒适,辄抚弄以寄其意。"　[3] 头上巾:此指儒士所披头巾。陶渊明《饮酒》诗:"若复不快饮,空负头上巾。"

【译文】　寒风吹着地上的白雪,雪花大得像人手。可笑你这当代的陶渊明,却不能饮这杯中酒。只像陶渊明那样空抚一张无弦琴,虚栽门前五株柳。白白辜负头上的儒巾,你我之辈还有什么话头?

独坐敬亭山

【题解】 敬亭山,在宣州西北郊。此诗为天宝十二载(753)秋天,李白在宣州时作。

【原诗】 众鸟高飞尽,孤云独去闲。相看两不厌,只有敬亭山。

【译文】 众鸟都已向远处飞尽,孤云也悠闲地独自归还。只有这默默无语的敬亭山,和我相对相看而不相厌。

自　遣

【题解】 此诗的写作时间、地点均不详。

【原诗】 对酒不觉暝,落花盈我衣。醉起步溪月,鸟还人亦稀。

【译文】 饮酒不知不觉天色已晚,我衣服上已被落花沾满。醉中起来在月下沿着小溪散步,人迹稀少鸟也归还。

访戴天山道士不遇

【题解】 戴天山,又名大匡山、大康山,在今四川江油,李白早年曾在此山中读书,这首诗即当时所写。

【原诗】 犬吠水声中,桃花带露浓。树深时见鹿,溪午不闻钟。野竹分青霭,飞泉挂碧峰。无人知所去,愁倚两三松。

【译文】 山泉流水声透过阵阵犬吠,桃花带着露水盛开。幽深的树丛里时而有野鹿跑过,静静的溪边午间没有钟声传来。飞泉挂在远处的碧峰,野竹浮现于山间的青霭。没有人知道道士的去向,我只好失意地在两三株松间徘徊。

秋日与张少府楚城韦公藏书高斋作

【题解】 楚城,唐旧县名,贞观八年(634)废县并入浔阳(今江西九江)。此诗为上元元年(760)秋,李白于浔阳所作。韦公,名字、生平无考。张少府,名字不详。少府为唐时对县尉的习称,其或为浔阳县尉。

【原诗】 日下空亭暮,城荒古迹余。地形连海尽,天影落江虚。旧赏人虽隔,新知乐未疏。彩云思作赋,丹壁问藏书。查拥随流叶①,萍开出水鱼。夕来秋兴满,回首意何如。

【注释】 ① 查:通"槎",水中浮木。

【译文】 日落时空亭一片沉寂,荒城中随处可见残破的古迹。地形低洼好像连着大海,天际的光影在江面上模糊不清。老朋友虽然远隔千里,新知友情深厚也很快乐。看着天上的彩云构思作赋,进入丹壁的室内参观韦公的藏书。木槎拥着落叶流荡在水中,鱼儿游在初开的萍间。晚来满载秋兴而归,回味刚才的游赏又有什么感想?

十四、怀　思

秋夜独坐怀故山

【题解】 宋蜀本题下注："去长安后。"此诗当为李白在待诏翰林院时怀归而作。

【原诗】 小隐慕安石①，远游学子平②。天书访江海，云卧起咸京③。入侍瑶池宴④，出陪玉辇行。夸胡新赋作⑤，谏猎短书成⑥。但奉紫霄顾⑦，非邀青史名。庄周空说剑⑧，墨翟耻论兵⑨。拙薄遂疏绝⑩，归闲事耦耕⑪。顾无苍生望，空爱紫芝荣⑫。寥落暝霞色，微茫旧壑情⑬。秋山绿萝月，今夕为谁明。

【注释】 ① 小隐：谓隐居山林。王康琚《反招隐诗》："小隐隐林薮，大隐隐朝市。"安石，指谢安，其出化前曾隐居东山。详见《永王东巡歌》其二注。② 子平：指东汉向长，其字子平。据《后汉书·逸民列传》载，其终生隐而不仕，男女婚嫁后，弃家远游五岳名山，不知所终。 ③ 咸京：指长安。④ 瑶池宴：谓天子举行的盛宴。《穆天子传》三："天子觞西王母于瑶池之上。" ⑤ "夸胡"句：扬雄《长杨赋》序："上将大夸胡人以多禽兽。" ⑥ "谏猎"句：《史记·司马相如列传》谓司马相如"常从上至长杨猎，是时天子方好自击熊罴，驰逐野兽，相如上疏谏之"。 ⑦ 紫霄：指皇宫。梁简文帝《围城赋》："升紫霄之丹地，排玉殿之金扉。" ⑧ "庄周"句：《庄子》中有《说剑》篇，谓赵文王喜剑，剑士三千日夜相击，死伤者岁百余人，如是三年。庄子受太子悝之请去说服赵王。其言剑有天子之剑、诸侯之剑、庶人之剑，而赵王所爱为无所用于国事的庶人之剑。赵王听后，三月不出宫门，剑士皆服毙。　　⑨"墨翟"句：《墨子》有《公输》篇，言公输般为楚王造云梯而攻宋，墨子去说服公输般，"公输般九设攻城之机变，子墨子九距之"。于是使公输般屈服，使楚王放弃攻宋。　　⑩ 拙薄：性拙才薄。疏绝：被君王疏远。　　⑪ 耦耕：古代耕地，左右二人各执一耜，相偶而耕，故称耦耕。⑫ 紫芝：谓商山四皓所作《采芝操》。　　⑬ 微茫：隐约、模糊。

【译文】　　我曾仰慕谢安的东山小隐，也曾学向子平的样子远游五岳。为访道家的天书我走遍江海，卧隐山林时受诏进京，被天子起用。进入皇宫陪同天子一起参加御宴，又经常随从天子的玉辇出外巡行。为了天子向胡人夸示富有，我像扬雄那样去作赋；为劝诫天子不要贪于狩猎，我又像司马相如那样上书。我的这些做法只不过是遵奉天子的意愿，并不是要求青史留名。倘若庄子在世，他的《说剑》也无人理睬；墨子生在当今，也耻于发表他的《非攻》。我当然是由于性拙才浅才受到天子的疏远和抛弃，那就只好回归田园参加耕种。细想自己并非没有济苍生的愿望，也不是空求商山四皓《采芝操》歌颂的高士的空名。当这太阳落山满天彩霞的时刻，我眼前又隐约出现了旧日隐居山林的情景。不知遮满绿萝的秋山上空的那一轮明月，今宵是为谁而明？

忆崔郎中宗之游南阳，遗吾孔子琴，抚之潸然感旧

【题解】　　崔宗之，见《崔郎中宗之》题解。南阳，即今河南南阳。孔子琴，又称夫子样琴，按孔子所用琴尺寸、样式制作之琴。此诗大致为天宝十载（751）李白重到南阳、追忆亡故的旧友崔宗之而作。

【原诗】　　昔在南阳城，唯餐独山蕨①。忆与崔宗之，白水弄素月②。时过菊潭上③，纵酒无休歇。泛此黄金花，颓然清歌发。一朝摧玉树④，生死殊飘忽。留我孔子琴，琴存人已没。谁传《广陵散》⑤，但哭邙山骨⑥。泉户何时明⑦，长归狐兔窟。

【注释】　①独山：山名。在今河南南阳。　②白水：在河南，源于嵩山，流经南阳。参见《南都行》注。　③菊潭：唐代县名，在今河南内乡西北。④摧玉树：指崔宗之去世。玉树：时人比喻崔宗之。杜甫《饮中八仙歌》："宗之潇洒美少年，举觞白眼望青天，皎如玉树临风前。"　⑤《广陵散》：古琴曲名。《世说新语·雅量》："嵇中散临刑东市，神气不变，索琴弹之，奏《广陵散》，曲终，曰：'袁孝尼尝请学此《散》，吾靳固不与，《广陵散》于今绝矣。'"　⑥邙山：即北邙山，在洛阳北郊，为东汉以来达官名流墓葬之地。⑦泉户：黄泉之下。

【译文】　当初在南阳城，最好的美食是独山蕨。曾与崔宗之一起，在白水河边赏玩秋天的明月。有时到菊潭县境，终日纵酒无休歇。面对菊溪水面漂浮着的朵朵黄花，醉中高歌震山野。一朝被世人称为玉树的崔宗之摧折去世，从此便成了渺茫飘忽的生死之别。崔宗之留给我一张夫子琴，可惜琴在人已绝灭。有谁还能把《广陵散》传给人世？我只有对着邙山下的白骨哭声欲绝。不知你崔宗之在地下何时再见光明，而这样长久地处于狐兔窟穴？

忆东山二首

【题解】　东山，参见《东山吟》题解。此以东晋谢安出仕前隐居之地借指自己在东鲁所居之地。这首诗是李白天宝初在京待诏翰林时作。

其　一

【原诗】　不向东山久，蔷薇几度花。白云他自散，明月落谁家①。

【注释】　①"蔷薇"三句：施宿《会稽志》载："东山在上虞县西南四十五里，晋太傅谢安所居也……其巅有谢公调马路，白云、明月二堂遗址……下山出微径，为国庆寺，乃太傅故宅，旁有蔷薇洞，俗传太傅携妓女游宴之所。"

【译文】 东山我很久没有回去,不知蔷薇洞旁的蔷薇又开过几次花。环绕白云堂的白云是不是仍旧自聚还自散？明月堂前的明月不知落入谁家？

其　二

【原诗】 我今携谢妓,长啸绝人群。欲报东山客①,开门扫白云。

【注释】 ① 东山客：指隐者。

【译文】 我现在携领东山歌妓,长啸一声远离世人。准备告诉东山的隐者,为我打开蓬门,扫去三径上的白云。

望月有怀

【题解】 此诗写作时间、地点不详,诗中表达了对月怀人之情。

【原诗】 清泉映疏松,不知几千古。寒月摇轻波,流光入窗户。对此空长吟,思君意何深。无因见安道①,兴尽愁人心。

【注释】 ① 安道：即戴安道。此用王子猷雪中访戴安道事。见《秋山寄卫尉张卿及王征君》注。

【译文】 清泉映出株株枝叶稀疏的古松,不知已在这里生长了几千年。寒月照着流荡的溪水,流萤的光芒闪烁在窗前。对此我不禁发出长叹,因为它引起了我对你的深深思念。在这美好的月光中我无法见到你这戴安道,游兴虽尽,心中却又被一种别愁充满。

对酒忆贺监二首并序

【题解】 贺监,即贺知章。此诗为天宝六载(747)李白游会稽时悼念贺知章而作。

【原序】 太子宾客贺公于长安紫极宫一见余,呼余为谪仙人,因解金龟换酒为乐。没后对酒,怅然有怀,而作是诗。

其 一

【原诗】 四明有狂客①,风流贺季真②。长安一相见,呼我谪仙人。昔好杯中物,翻为松下尘。金龟换酒处,却忆泪沾巾。

【注释】 ① 四明:山名。在今浙江宁波。 ② "风流"句:贺季真,即贺知章,其字季真。据《新唐书》载,陆象先曾对别人说:"季真清谈风流,吾一日不见,则鄙吝生矣。"

【译文】 四明山中曾出现过一个狂客,他就是久负风流盛名的贺季真。在长安头一次相见,他就称呼我为天上下凡的仙人。当初是喜爱杯中美酒的酒中仙,今日却已变成了松下尘。每当想起用金龟换酒的情景,不禁就悲伤得泪滴沾巾。

其 二

【原诗】 狂客归四明,山阴道士迎①。敕赐镜湖水,为君台沼荣②。人亡余故宅③,空有荷花生。念此杳如梦,凄然伤我情。

【注释】 ① 山阴道士:见《送贺宾客归越》注。 ② "敕赐"句:《新唐书·贺知章传》:"天宝初,病,梦游帝居。数日寤,乃请为道士,还乡里,诏

许之,以宅为千秋观而居。又求周宫湖数顷为放生池,有诏赐镜湖剡川一
曲。” ③故宅:据王琦《李太白全集》注引《会稽志》,唐贺秘监故宅在会稽
县东北三里,遗址今已不存。

【译文】 狂客贺先生回到四明,首先受到山阴道士的欢迎。御赐一池镜湖
水,让您游赏在山光水色之中。想到这些就感到人生渺茫如一场大梦,使我
凄然伤情。

重忆一首

【题解】 此诗应题为《访贺监不遇》,《重忆》可能是宋人编李白诗集时
所定。

【原诗】 欲向江东去,定将谁举杯^①。稽山无贺老^②,却棹酒船回。

【注释】 ①将:与。 ②稽山:即会稽山。

【译文】 我乘船欲往江东去,要寻找酒中好友一起举杯。中途听说会稽山
中已没有了贺老先生,我立刻掉转船头而回。

春滞沅湘有怀山中

【题解】 沅江、湘江在今湖南,流入洞庭湖。此诗为上元元年(760)春,
李白流夜郎途中遇赦,返途至巴陵(今湖南岳阳)一带而作。

【原诗】 沅湘春色还,风暖烟草绿。古之伤心人,于此肠断续。予非
怀沙客^①,但美采菱曲。所愿归东山^②,寸心于此足。

【注释】　① 怀沙客：指屈原。《史记·屈原列传》："乃作《怀沙》之赋。于是怀石，遂自投汨罗以死。"　② 东山：见《东山吟》题解。

【译文】　湘江、沅江两岸已经回到春天，暖风吹得春草绿遍。自古以来伤心流落之人，到此都悲肠寸断。我并非要像屈原那样在此赋《怀沙》而沉江殉君，只是沉醉于采菱人优美的歌唱。如果能够回到东山小隐，那才是我内心的愿望。

落日忆山中

【题解】　此诗创作时间、地点无考。从诗的内容看，可能是在长安待诏翰林时，思念山中隐居生活而作。

【原诗】　雨后烟景绿，晴天散余霞①。东风随春归，发我枝上花。花落时欲暮，见此令人嗟。愿游名山去，学道飞丹砂②。

【注释】　① 余霞：谢朓《晚登三山还望京邑》："余霞散成绮。"　② 飞丹砂：指炼丹。

【译文】　雨后的景物一派新绿，明净的天空飘散着如锦的晚霞。东风又已随春归来，吹开了千枝万树花。临近日暮看着地上的落花，不禁让人感叹这易逝的年华。我现在多么向往去游遍天下的名山，并在那里学道炼丹砂。

忆秋浦桃花旧游，时窜夜郎

【题解】　秋浦，在今安徽池州。夜郎，唐代夜郎郡，治所在今贵州正安县西北。李白于至德二载(757)十月被长流夜郎，未至，中途遇赦而还。此诗写于乾元二年(759)长流夜郎途中。

【原诗】 桃花春水生,白石今出没。摇荡女萝枝①,半挂青天月。不知旧行径,初拳几枝蕨②。三载夜郎还③,于兹炼金骨④。

【注释】 ① 女萝:又称松萝,藤类,寄生攀援于树。 ②"初拳"句:蕨初生状如拳状。陆佃《埤雅·释草》:"蕨初生无叶,可食,状如大雀拳足。" ③ 三载:指其流放期限。《新唐书·刑法志》:"特流者三岁纵之。" ④ 炼金骨:指炼丹以求长生。

【译文】 又是那绿色的春水映着灿红桃花的时刻,不知现在水中还有没有白石出没。还有那挂在青天上的一弯新月,和那在春风中摇荡的女萝。更不知当初经常走过的山间小径边,初生如拳的蕨菜又长出几棵。三年后我从夜郎回来,一定要在那里去过学道炼丹的生活。

十五、感　遇

越中秋怀

【题解】　此诗为至德元载(756)秋游剡中时所作。诗写越中山水美丽如画,自己老大徒伤的悲哀以及浮游江湖的决心。越中,唐时之越州,又谓之会稽郡,隶江南东道。

【原诗】　越水绕碧山,周回数千里。乃是天镜中①,分明画相似②。爱此从冥搜③,永怀临湍游④。一为沧波客⑤,十见红蕖秋⑥。观涛壮天险⑦,望海令人愁。路遐迫西照,岁晚悲东流。何必探禹穴⑧,逝将归蓬丘⑨。不然五湖上,亦可乘扁舟。

【注释】　①天镜:湖面。　②画:一作"尽"。一本首四句为:"蹈海思仲连,游山慕康乐。攀云穷千峰,弄水涉万壑。"　③冥搜:搜访于幽冥之地。④临湍游:一作"林端幽"。　⑤沧波客:称隐居江湖者。　⑥红蕖:红荷花。　⑦"观涛"句:《水经注》:"(浙江)水流于两山之间,江川急濬,兼涛水昼夜再来,来应时刻,常以月晦及望尤大,至二月八月最高,峨峨二丈有余。"⑧探禹穴:《水经注》:"昔大禹即位十年,东巡狩,崩于会稽,因而葬之……山东有湮井,去庙七里,深不见底,谓之禹井,云东游者,多探其穴也。"此为景仰古圣贤之举。　⑨逝:一作"誓"。蓬丘:蓬莱仙山。

【译文】　越水环绕着碧绿的青山,蜿蜒回转千万里。那光洁如镜的湖面,分明是在图画中。爱这美丽的景色去搜访幽冥,深恋着登山临水逍遥游。自从浪迹走江湖,已十次见到荷花入秋。看那惊涛骇浪奔腾壮观,极目大海沧茫,使人生愁。前程遥遥叹夕阳日暮,年岁已老悲逝川东流。何必仰慕圣贤的功名? 不如到蓬莱仙山遨游。不然也可在那江湖之上,泛一叶扁舟。

效古二首

【题解】　此二首作于天宝三载(744),时李白被谗去朝。第一首写待诏时受恩幸的情景,"生世如转蓬",发出人生无常的感叹。第二首非是"夸蛾眉而嗤丑女",乃以比群小之妒谗贤能。

其　一

【原诗】　朝入天苑中①,谒帝蓬莱宫②。青山映辇道③,碧树摇烟空。谬题金闺籍④,得与银台通⑤。待诏奉明主⑥,抽毫颂清风。归时落日晚⑦,蹀躞浮云骢⑧。人马本无意,飞驰自豪雄。入门紫鸳鸯⑨,金井双梧桐⑩。清歌弦古曲,美酒沽新丰⑪。快意且为乐,列筵坐群公⑫。光景不可留,生世如转蓬⑬。早达胜晚遇,羞比垂钓翁⑭。

【注释】　①天苑:禁苑也。《旧唐书·地理志》:"禁苑,在皇城之北,苑城东西二十七里,南北三十里,东至灞水,西连故长安城,南连京城,北枕渭水。"　②蓬莱宫:即大明宫。《新唐书·地理志》:"大明宫在禁苑东南……日东内……龙朔三年始大兴葺,曰蓬莱宫。"　③辇道:谓阁道可以乘辇而行者。　④金闺:即金门。《解嘲》:"历金门,上玉堂。"《汉书》应劭注曰:"籍者,为尺二竹牒,记其年纪、名字、物色,悬之宫门,案省相应,乃得入也。"　⑤银台:《唐六典》:"大明宫……紫宸殿……殿之东曰左银台门,西曰右银台门。"《旧唐书·职官志》:"翰林院,天子在大明宫,其院在右银台门内。"此句谓入侍翰林。　⑥待诏:《资治通鉴·唐纪》天宝十三载:"上即位,始置翰林院,密迩禁廷。延文章之士,下至僧、道、书、画、琴、棋、数术之工皆处之,谓之待诏。"胡三省注:"其待诏者,有词学、经术,合练僧、道卜、祝、术、艺、书、弈,各别院以廪之,日晚而退。其所重者词学……王者尊极,一日万机,四方进奏,中外表疏批答,或诏从中出。"　⑦日:一作"花"。　⑧蹀躞(dié xiè):小步行。浮云:良马名。　⑨紫鸳鸯:鸳鸯类,其色多紫。　⑩金井:言其木石美丽,价值金玉。　⑪新丰:在长安东,产美酒。　⑫列筵:四座。　⑬转蓬:蓬随风飘忽不定。　⑭垂钓翁:谓垂钓渭水滨之吕尚,老而遇周文王,年已八十。

【译文】　清晨来到禁苑,在蓬莱宫拜谒君主。青山掩映着辇道,碧树在烟空中摇曳。我侥幸名题金门,入侍翰林中。听奉圣主召唤,挥笔歌颂盛世清风。归来时日落西山天色已晚,身跨浮云骏马慢步而行。人与马本来没有骄纵之意,揽辔驰骋,自是英杰豪雄。进门后看见紫色鸳鸯,华美的井栏旁栽着两棵梧桐。歌声清幽,古曲高雅,杯中美酒出自新丰。心意快慰就寻欢作乐,筵中四座皆是王公。光阴一去不可挽留,人生在世如同转蓬。早岁通达胜过暮年的知遇,莫要比吕尚那垂钓老翁。

其　二

【原诗】　自古有秀色,西施与东邻①。蛾眉不可妒,况乃效其颦②。所以尹婕妤③,羞见邢夫人。低头不出气,塞默少精神④。寄语无盐子⑤,如君何足珍。

【注释】　①东邻:即东家子,古之美女。宋玉《登徒子好色赋》:"天下之佳人……莫若臣东家之子。东家之子,增之一分则太长,减之一分则太短,著粉则太白,施朱则太赤,眉如翠羽,肌如白雪,腰如束素,齿如含贝。嫣然一笑,惑阳城,迷下蔡。"　②颦:促额,病痛之貌。《庄子·天运》:"西施病心而颦其里,其里之丑人见而美之,归亦捧心而颦其里。其里之富人见之,坚闭门而不出;贫人见之,挈其妻子而去之走。彼知颦美而不知颦之所以美。"　③"尹婕妤"句:《史记·外戚世家》褚先生补:"武帝时,幸夫人尹婕妤……尹夫人与邢夫人同时并幸,有诏不得相见。尹夫人自请武帝,愿望见邢夫人,帝许之。即令他夫人饰,从御者数十人,为邢夫人来前。尹夫人前见之,曰:'此非邢夫人身也。'帝曰:'何以言之?'对曰:'视其身貌形状,不足以当人主矣。'于是帝乃诏使邢夫人衣故衣,独身来前。尹夫人望见之,曰:'此真是也。'于是乃低头俯而泣,自痛其不如也。" ④塞默:犹沉默,不作声。 ⑤无盐:丑女名。战国时,无盐邑有女名钟离春,极丑无双,后被拜为王后。见《列女传》。

【译文】 自古就有绝代佳人,那就是西施和东家子。天生的蛾眉岂能嫉妒,更何况还要仿效她捧心颦眉!所以,尹婕妤羞于见邢夫人,低着头不敢大声出气,没精打采,默不作声。奉劝无盐丑女:似你这样的人不足为奇。

感寓二首

其 一

【题解】 此诗萧本、王本列为《古风五十九首》其十六,误。林兆珂云:"以比贤者虽厄,终当见用于时,不久沦落耳。此亦太白自负之词。"

【原诗】 宝剑双蛟龙①,雪花照芙蓉②。精光射天地,电腾不可冲③。一去别金匣,飞沉失相从。风胡殁已久④,所以潜其锋。吴水深万丈,楚山邈千重。雌雄终不隔,神物会当逢⑤。

【注释】 ①"宝剑"句:谓干将、莫邪事。详见《梁甫吟》注。 ②"雪花"句:谓剑之光华。越王勾践召薛烛相剑,越王将宝剑取出,薛烛手振拂扬,其华如芙蓉始出。 ③不可冲:即不可挡之意。 ④风胡:即风胡子,春秋时善相剑者。殁:死。 ⑤神物:指干将、莫邪,具有神通之物。

【译文】 宝剑如一双蛟龙,剑面铸着芙蓉般的花纹。其精光照射天地,剑光电腾,上不可挡。一旦飞出金匣,雌雄二剑各自分离。善相剑的风胡子久已不在,因此它们才潜其锋芒,不再出现于世。虽然中间隔着万丈吴水和千重楚山,但像干将、莫邪雌雄二剑这样的神物,终当有一天会相逢合。

其　二

【题解】　此诗萧本、王本列为《古风五十九首》其八,误。此诗为太白感事而讽之作。清人唐汝询云:"此刺戚里骄横,而以子云自况也……所谓绿帻,必有所指。"此诗当作于天宝初在京之时。

【原诗】　咸阳二三月①,宫柳黄金枝。绿帻谁家子,卖珠轻薄儿②。日暮醉酒归,白马骄且驰。意气人所仰,冶游方及时。子云不晓事,晚献《长杨》辞③。赋达身已老,草《玄》鬓若丝④。投阁良可叹,但为此辈嗤⑤。

【注释】　① 咸阳:秦汉都城,此代指长安。　②"绿帻"二句:此用汉董偃事。董偃少与其母以卖珠为生,随其母出入于汉武帝的姑母馆陶公主家,后为公主所近幸。一次,汉武帝到公主家,董偃头戴绿帻出拜,武帝称他为主人翁。绿帻,贱人之服。　③"子云"二句:汉代辞赋家扬雄,曾向皇帝献《长杨赋》。不晓事:不通达时务。杨修《答临淄侯笺》:"修家子云,老不晓事,强著一书,悔其少作。"　④ 草玄:扬雄晚年曾作有《太玄经》。⑤ 投阁:用扬雄事。王莽时,甄丰父子因得罪王莽而被治罪。事牵连扬雄,派人收扬雄,时扬雄校书天禄阁,闻之大恐,从阁上自投而下,几死。此辈:指董偃之流。

【译文】　二三月的咸阳城,宫柳发出像黄金一样的嫩枝。有一个戴着绿头巾的家伙,原本是卖珠子的轻薄少年。日暮之时,他醉酒而归,骑在白马上,一副盛气凌人的样子。他冶游所到之处,人们都仰而避之,害怕他的气焰。扬子云老不晓事,到了晚年还献什么《长杨赋》。赋到了皇帝手中时,扬雄已老,满头白发还在写《太玄经》。他的投阁之举实在令人叹息,只落得个为此辈小儿嘲笑的悲惨下场。

拟古十二首

【题解】 此组诗非一时一地之作,内容亦不统一,反映的思想也很复杂。有写离别行旅之凄苦;有叹遇合之难;有感慨怀才不遇,人生苦短,既欲及时行乐,又要早建功名。或借题发挥,或直抒胸臆。颇得《古诗十九首》韵味。

其 一

【原诗】 青天何历历①,明星白如石②。黄姑与织女③,相去不盈尺。银河无鹊桥④,非时将安适。闺人理纨素⑤,游子悲行役。瓶冰知冬寒⑥,霜露欺远客。客似秋叶飞,飘飘不言归。别后罗带长,愁宽去时衣。乘月托宵梦,因之寄金徽⑦。

【注释】 ① 历历:分明可数。 ② 白如石:一作"如白石"。 ③ 黄姑:星名,即河鼓。《太平御览》引《大象列星图》:"河鼓三星在牵牛北……昔传牵牛织女七月七日相见者,则此是也。" ④ 鹊桥:《淮南子·逸文》:"乌鹊填河成桥而渡织女。" ⑤ 纨素:白色细绢。 ⑥ "瓶冰"句:《淮南子·说山训》:"见一叶落而知岁之将暮,睹瓶中之冰而知天下之寒。" ⑦ 金徽:王琦注:"当作微。"金微,指金微都督府,唐贞观二十一年(647)置。此指边关。

【译文】 浩瀚的夜空,群星闪耀。黄姑织女,咫尺之遥。银河之上无喜鹊,不是七夕,可如何渡桥? 闺妇织锦于屋内,游子悲叹在行道。瓶水结冰可见冬寒,远行的游子身受严霜凄露之苦。游子如同风中的秋叶,飘零四方,无处可归。分别后,人因忧愁瘦损,罗带日长,衣裳渐宽。趁着月色托之魂梦,把我的思念传到边关。

其　二

【原诗】 高楼入青天,下有白玉堂①。明月看欲堕,当窗悬清光。遥夜一美人②,罗衣沾秋霜。含情弄柔瑟,弹作《陌上桑》③。弦声何激烈,风卷绕飞梁④。行人皆踯躅⑤,栖鸟去回翔。但写妾意苦,莫辞此曲伤。愿逢同心者,飞作紫鸳鸯。

【注释】 ① 白玉堂:喻指富贵人家的宅邸。 ② 遥夜:长夜。 ③《陌上桑》:古相和歌曲,汉乐府名。 ④ 绕飞梁:《列子·汤问》:"昔韩娥东之齐,匮粮,过雍门,鬻歌假食。既去而余音绕梁欐,三日不绝,左右以其人弗去。" ⑤ 踯躅:踏步不前。

【译文】 高楼耸入青天,下有白玉厅堂。明月似欲下落,窗户上悬着它的清光。长夜之中美人难眠,锦罗衣衫沾上了秋霜。含情脉脉拨弄琴瑟,弹奏一曲《陌上桑》。寄情深浓弦声凄切,风卷琴声绕梁不绝。行人感怀皆停步倾听,入栖的鸟儿又辗转回翔。表达的是我心情的悲苦,所以才有那曲调哀伤。希望能够遇到知音,比翼双飞,做一对紫鸳鸯。

其　三

【原诗】 长绳难系日,自古共悲辛。黄金高北斗①,不惜买阳春。石火无留光②,还如世中人。即事已如梦,后来我谁身。提壶莫辞贫,取酒会四邻。仙人殊恍惚③,未若醉中真。

【注释】 ①"黄金"句:《新唐书·尉迟敬德传》:"王曰:公之心如山岳然,虽积金至斗,岂能移之?" ②"石火"句:刘昼《新论》:"人之短生,犹如石火,炯然以过。"《法苑珠林》:"石火无恒焰,电光非久停。" ③ 迷离:难以捉摸。

【译文】 长绳难系西飞的白日,自古以来人们就为此而悲辛。黄金堆积高过北斗,不惜买得阳春的光阴。石头上的火花转瞬即逝,正如世间短命的人。往事流逝已如梦境,死去转世又会变成什么人? 提起酒壶,不要说贫,取酒设宴邀请四邻。仙人的事情实在渺茫,不如豪饮大醉才是真。

其　四

【原诗】　清都绿玉树①,灼烁瑶台春②。攀花弄秀色,远赠天仙人③。香风送紫蕊,直到扶桑津④。取掇世上艳,所贵心之珍。相思传一笑,聊欲示情亲。

【注释】　① 清都:天帝居处。《列子·周穆王》:"王实以为清都紫微,钧天广乐,帝之所居。"　② 瑶台:《太平御览》引《登真隐诀》:"昆仑瑶台,西王母之宫,所谓西瑶上台。"　③ 天仙人:谓得道者。　④ 扶桑津:日出之处。

【译文】　清都的绿色玉树,闪耀着瑶台艳丽的春光。折花欣赏那秀美的颜色,遥遥赠给天上的仙人。馨香的和风带着紫色的花蕊,一直飘飞到日出的扶桑。采掇世上的艳色,珍重中心的真诚。相思时传去一笑,聊以告知我想念的深情。

其　五

【原诗】　今日风日好,明日恐不如。春风笑于人,何乃愁自居。吹箫舞彩凤①,酌醴脍神鱼②。千金买一醉,取乐不求余。达士遗天地,东门有二疏③。愚夫同瓦石,有才知卷舒④。无事坐悲苦⑤,块然涸辙鲋⑥。

【注释】　① 舞彩凤:《列仙传》:萧史者,秦穆公时人,善吹箫,能致孔雀、白鹤于庭。此处言歌舞之盛。　②"酌醴"句:言酒肴之美。嵇康《杂诗》:"鸾觞酌醴,神鼎烹鱼。"曹植《仙人篇》:"玉樽盈桂酒,河伯献神鱼。"

③ 二疏：谓疏广、疏受叔侄。汉宣帝时，疏广为太傅，兄子受为少傅，朝廷以为荣。在位五年，广谓受曰："吾闻知足不辱，知止不殆，功遂身退，天之道也。今仕宦至二千石，宦成名立，如此不去，惧有后悔。"受叩头曰："从大人议。"即日叔侄俱移病，上书乞骸骨，皆许之，并赐黄金。广既归乡里，日令家供具设酒食，请族人、故旧、宾客，相与娱乐。其事见《汉书·疏广传》。 ④ 卷舒：一作"卷施"。 ⑤ 坐：徒也，空也。 ⑥ 块然：孑然独处之状。涸辙鲋：谓人处穷困之境。《庄子·外物》："周顾视车辙中，有鲋鱼焉，周问之曰：'鲋鱼来，子何为者邪？'对曰：'我东海之波臣也，君岂有斗升之水而活我哉？'"鲋，一作"鱼"。

【译文】　今日风光美好，明日恐怕就不及。春风对人而笑，为何哀愁独居？吹起箫声，似彩凤起舞，斟满美酒，脍好神鱼。不惜千金买来一醉，只图欢乐何论其余？旷达之士遗身天地之间，东宫门外二疏离朝而去。愚人如同瓦石，圣贤才懂得曲伸。不必枉自悲苦，孑然独处，似那车辙里的枯鱼。

其　六

【原诗】　运速天地闭①，胡风结飞霜。百草死冬月，六龙颓西荒②。太白出东方③，彗星扬精光④。鸳鸯非越鸟，何为眷南翔。惟昔鹰将犬，今为侯与王。得水成蛟龙，争池夺凤凰⑤。北斗不酌酒，南箕空簸扬⑥。

【注释】　① 运速：谓四时运行之疾。天地闭：《周易·坤》："天地闭，贤人隐。"孔颖达《正义》："谓二气不相交通，天地否闭，贤人潜隐。" ② 六龙：日神乘车，驾以六龙。此谓天子大驾。颓西荒：指玄宗避安史乱之蜀地。以上四句皆以时令喻时局。 ③"太白"句：《汉书·天文志》："太白……出东方，失其行，中国败。"詹锳云："《新唐书·天文志》：'至德二载七月己酉，太白昼见经天，至于十一月戊午不见，历秦周楚郑宋燕之分。'所谓'太白出东方'者指此。" ④"彗星"句：古人谓彗星见则兵起、大水，光芒所及则为灾。詹锳云："至德二载十一月壬戌有流星大如斗东北流，长数丈，蛇行屈曲,有碎光迸出。此即所谓'彗星扬精光'也。此诗之作当在至德二载十一月顷。" ⑤凤凰:即凤凰池。指中书省。魏晋时中书省掌一切机要,因接近皇帝,时称凤凰池。 ⑥"北斗"二句:《诗经·小雅·大东》:"维南有箕,不可以簸扬。维北有斗,不可以挹酒浆。"《大东序》云:"刺乱也。"太白用此句,旨在刺时世动乱而贤能不被任用。

【译文】 天地闭塞贤人潜隐,胡风为灾化成飞霜。百草凋零于冬天,圣驾奔亡到边远的西荒。太白星出于东方,彗星发出耀眼的精光。鸳鸯本非越地的鸟,为什么又要飞向南方?因为昔日的鹰与犬,而今都做了侯与王。得水的变成蛟龙,争权夺利互不相让。北斗为斗却不盛酒,南箕称箕不能簸扬。

其 七

【原诗】 世路今太行①,回车竟何托②。万族皆凋枯,遂无少可乐。旷野多白骨,幽魂共销铄③。荣贵当及时,春华宜照灼④。人非昆山玉⑤,安得长璀错⑥。身没期不朽,荣名在麟阁⑦。

【注释】 ①太行:刘孝标《广绝交论》:"世路崄巇,一至于此。太行孟门,岂云崭绝。"太行山路最为险峻。 ②回车:回归,回头。何托:无所依托。 ③销铄:熔化,消除。 ④春华:少年时光。 ⑤昆山玉:《韩诗外传》:"玉出于昆山。" ⑥璀错:光彩闪烁貌。 ⑦麟阁:即麒麟阁,汉阁名。《三辅黄图》:"麒麟阁,萧何造……宣帝思股肱之美,乃图霍光等十一人于麒麟阁。"

【译文】 世路艰难如同太行,路不可行,想要回车也无所依托。自古以来万物都要凋零枯死,从来世人难得暂时欢乐。旷野处处堆满了白骨,幽灵孤魂也同沉没。荣华富贵当及时获取,如同春花灿烂开放。世人不是那昆山玉石,怎能如玉光永久闪耀?身死期待声名不灭,早题英名在麒麟阁上。

其 八

【原诗】 月色不可扫,客愁不可道。玉露生秋衣①,流萤飞百草。日月终销毁②,天地同枯槁。蟪蛄啼青松③,安见此树老。金丹宁误俗④,昧者难精讨。尔非千岁翁,多恨去世早。饮酒入玉壶,藏身以为宝。

【注释】 ① 玉露:《岁华纪丽》:"秋露白,故曰玉露。" ② 销毁:毁灭。③ 蟪蛄:即寒蝉。《庄子·逍遥游》:"蟪蛄不知春秋。" ④ 金丹:仙药。

【译文】 满地月色不可扫除,游子哀愁难以倾吐。秋衣已沾上玉露,草丛中流萤飞舞。日月终将毁灭,天地自然也会凋枯。寒蝉在青松树上哀鸣,它怎么能看到此树衰老?即使金丹不会误人,愚昧的人也难以精心研讨。你不是那千岁寿翁,徒然抱怨弃世太早。不如饮酒,醉入这壶中天地,藏身以求自保。

其 九

【原诗】 生者为过客,死者为归人①。天地一逆旅②,同悲万古尘。月兔空捣药③,扶桑已成薪④。白骨寂无言,青松岂知春。前后更叹息,浮荣何足珍。

【注释】 ① 归人:《列子·天瑞》:"古者谓死人为归人,夫言死人为归人,则生人为行人矣。" ② 逆旅:寄宿处。《庄子·知北游》:"悲夫,世人直为物逆旅耳。" ③ "月兔"句:傅玄《拟天问》:"月中何有?白兔捣药。"《搜神记》:"羿请无死之药于西王母,常娥窃之以奔月。" ④ 扶桑:神话中的树名。

【译文】 活的人是世间过客,死去的人为归家的人。天地之间如同一个旅店,可悲呵,人都将化为万古的尘埃。月中白兔徒然捣药,扶桑神木已变成了薪柴。地下白骨寂寞无言,青松岂知冬去春来? 思前想后更加叹息不已,功名富贵不值得珍爱。

其 十

【原诗】 仙人骑彩凤,昨下阆风岑①。海水三清浅②,桃源一见寻③。遗我绿玉杯,兼之紫琼琴。杯以倾美酒,琴以闲素心④。二物非世有,何论珠与金。琴弹松里风,杯劝天上月。风月长相知,世人何倏忽⑤。

【注释】 ① 阆风:《楚辞·离骚》:"登阆风而绁马。"王逸注:"阆风,山名,在昆仑之上。"岑:小而高的山。 ② "海水"句:《太平广记》引《神仙传》:"麻姑自说云:接待以来,已见东海三为桑田。向到蓬莱,水又浅于往者。会时略半也,岂将复还为陵陆乎?" ③ "桃源"句:用陶渊明《桃花源记》事,此谓仙境。见寻:犹相寻。 ④ 素心:本心。 ⑤ 倏忽:很快,忽然。

【译文】 仙人骑着彩凤,刚从阆风山下凡。他曾三次见到海水变浅,我们相遇在桃源。赠我一只绿玉酒杯,还有一把紫琼瑶琴。杯子用来倾注美酒,琴声用以清闲本心。这二物并非人世所有,珍珠金玉不能比拟。在松林里迎风弹琴,在夜晚的清光中举杯遥劝明月。清风朗月是我终生的知己,世间凡人的生命何等短促!

其十一

【原诗】 涉江弄秋水,爱此荷花鲜。攀荷弄其珠,荡漾不成圆。佳期彩云重,欲赠隔远天。相思无由见,怅望凉风前。

【译文】 划船到江中去荡漾秋天的江水,更喜爱这荷花的鲜艳。拨弄那荷叶上的水珠,滚动着却总不成圆。美好的佳人藏在彩云里,要想赠给她鲜花,又远在天际。苦苦相思而相见无期,惆怅遥望在凄凉的秋风里。

其十二

【原诗】 去去复去去,辞君还忆君①。汉水既殊流,楚山亦此分。人生难称意,岂得长为群。越燕喜海日②,燕鸿思朔云③。别久容华晚,琅玕不能饭④。日落知天昏,梦长觉道远。望夫登高山⑤,化石竟不返。

【注释】 ①"去去"二句:化用《古诗十九首》"行行重行行,与君生别离"句意。 ②越燕:越地之燕。《吴越春秋》:"越燕向日而熙。" ③燕鸿:燕地之鸿。 ④琅玕:李周翰注张衡《南都赋》曰:"琅玕,玉名,饮食比之,所以为美。" ⑤"望夫"句:《初学记》载刘义庆《幽明录》曰:"武昌北山上有望夫石,状若人立。古传云:昔有贞妇,其夫从役远赴国难,携弱子饯送此山,立望夫而化为立石,因以为名焉。"

【译文】 走了一程又一程,送你远行又思念你。汉水也会分流,楚山亦非一脉。人生很难如意,哪得长久相伴!越燕向往那海上的太阳,燕鸿只牵挂着朔方的白云。别离日久容颜衰老,琅玕虽美,却不能餐。归梦漫长更觉路遥,登上高山极望丈夫,化成石头千古不返。

感兴八首

【题解】 《感兴八首》非一时一地之作。所言亦多不同。以言男女之情者为多,或述闺思,或叙美人迟暮,也有言神仙之事、写嘉禾野草者。皆有依托,正所谓"感兴"之作。

其 一

【原诗】 瑶姬天帝女,精彩化朝云。宛转入梦宵,无心向楚君①。锦衾抱秋月,绮席空兰芬。茫昧竟谁测,虚传宋玉文②。

【注释】　①"瑶姬"四句：《文选》宋玉《高唐赋》李善注引《襄阳耆旧传》："赤帝女曰瑶姬，未行而卒，葬于巫山之阳，故曰巫山之女。楚怀王游于高唐，昼寝梦见与神遇，自称是巫山之女。王因幸之，遂为置观于巫山之南，号为朝云。"　②宋玉文：指《高唐赋》《神女赋》，均见于《文选》。

【译文】　瑶姬是天帝的女儿，她的魂魄化为五彩朝云。辗转飞入人们的夜梦，并不是有心倾意楚王。锦绣罗被辉映着秋的明月，绮丽席子上空留有兰的芬芳。虚无缥缈谁人知晓？千古空传宋玉的文章。

其　二

【原诗】　洛浦有宓妃①，飘飖雪争飞②。轻云拂素月③，了可见清辉。解珮欲西走，含情讵相违。香尘动罗袜④，渌水不沾衣⑤。陈王徒作赋⑥，神女岂同归。好色伤大雅⑦，多为世所讥。

【注释】　①宓（fú）妃：《史记索隐》引如淳曰："宓妃，伏羲女，溺死洛水，遂为洛水之神。"曹植《洛神赋序》："黄初三年，余朝京师，还济洛川，古人有言，斯水之神名曰宓妃，感宋玉对楚王神女之事，遂作斯赋。"赋中极写宓妃之美及己之爱慕之情，并解玉佩邀以同归。宓妃虽亦含情，然因人神殊类，终掩泣离去。　②"飘飖"句：《洛神赋》："飘飖兮若流风之回雪。"　③"轻云"句：《洛神赋》："仿佛兮若轻云之蔽月。"　④"香尘"句：《洛神赋》："凌波微步，罗袜生尘。"　⑤"渌水"句：《洛神赋》："灼若芙蕖出渌波。"　⑥陈王：即曹植。植曾被封为陈王。　⑦大雅：高尚雅正。

【译文】　洛水有个神女宓妃，飘摇不定如同洁白的雪花飞。薄云轻拂当空的皓月，分明可见她清洁的光辉。解赠玉珮要往西去，含情脉脉怎忍心就此分离？举步轻盈，荡起芳香的尘埃，洛水清碧不沾她的罗衣。曹植白白地写了《洛神赋》，那神女岂能与他同归？喜爱美色有伤风雅，终被世人嘲笑，说是道非。

其　三

【原诗】　裂素持作书,将寄万里怀。眷眷待远信①,竟岁无人来。征鸿务从阳②,又不为我栖。委之在深箧③,蠹鱼坏其题④。何如投水中⑤,流落他人开。不惜他人开,但恐生是非。

【注释】　① 眷眷:心向往貌。信:《东观余论》:"古者谓使为信。"② "征鸿"句:王琦注云:"郑康成《毛诗笺》:'雁者随阳而处。'孔安国《尚书传》:'随阳之鸟,鸿雁之属。'孔颖达《正义》:'日之行也,夏至渐南,冬至渐北。鸿雁之属,九月而南,正月而北。'左思《蜀都赋》所云'木落南翔,冰泮北徂'是也。日,阳也,此鸟南北与日进退,随阳之鸟,故称阳鸟。"③ 箧:箱子。　④ 蠹鱼:蛀食衣物、书籍的虫子。题:王琦注云:"古人谓书签为题……此所云题者乃书札面上手书封题之处。"　⑤ 水中:一作"火中"。

【译文】　扯块白绢写几行情书,想寄给万里外相思的人。苦苦等待那远方的信使,到年终岁尾也不见人来。天上的大雁随着太阳飞,却不肯停下将我的信儿捎带。放到那箱子里,蛀虫又把上面的文字蛀坏。不如投到水中,随波漂流让人拆。不怕有人拆,只恐生出是非来。

其　四

【原诗】　芙蓉娇绿波,桃李夸白日。偶蒙春风荣,生此艳阳质。岂无佳人色,但恐花不实。宛转龙火飞,零落互相失。讵知凌寒松,千载长守一。

【注释】　萧士赟曰:"按此篇已见二卷古诗四十七首。必是当时传写之殊。"注译详见《古风五十九首》之四十七,兹不复出。

其 五

【原诗】 十五游神仙,仙游未曾歇。吹笙吟松风,泛瑟窥海月①。西山玉童子②,使我炼金骨③。欲逐黄鹤飞,相呼向蓬阙④。

【注释】 ① 泛瑟:抚瑟。 ②"西山"句:曹丕《折杨柳行》:"西山一何高,高高殊无极。上有两仙童,不饮亦不食。" ③ 炼金骨:王琦注:"《灵宝经》:'炼骨成金。'" ④ 蓬阙:蓬莱仙阙。

【译文】 十五开始游仙访道,从来未曾停歇。在松林里迎风吹笙,弹琴抚瑟,欣赏海上升起的皓月。西山上的仙童,让我炼成金骨。要追逐黄鹤翱翔,一起飞向那蓬莱仙界。

其 六

【原诗】 西国有美女①,结楼青云端。蛾眉艳晓月,一笑倾城欢。高节夺明主,炯心如凝丹。常恐彩色晚,不为人所观。安得配君子,共成双飞鸾。

【注释】 ① 国:一作"北"。按:此诗与《古风五十九首》之二十七首《燕赵有秀色》文字有出入而寓意相同。注译详见《古风五十九首》其二十七,兹不复出。

其 七

【原诗】 揭来荆山客①,谁为珉玉分②。良宝绝见弃,虚持三献君。直木忌先伐,芬兰哀自焚。盈满天所损,沉冥道所群。东海有碧水,西山多白云。鲁连及夷齐,可以蹑清芬。

【注释】 ① 朅(hé)来：犹云何来。　② 珉：石之似玉者。按：此诗与《古风五十九首》其三十六《抱玉入楚国》文字稍有出入而诗意相同。注译兹不复出。

其　八

【原诗】 嘉谷隐丰草①，草深苗且稀。农夫既不异②，孤穗将安归。常恐委畴陇，忽与秋蓬飞。乌得荐宗庙③，为君生光辉。

【注释】 ① 嘉谷：《说文》："禾，嘉谷也。"陶渊明有"草盛豆苗稀"之诗。首二句同此意。　② 异：辨别，识别。　③ 荐：进献。

【译文】 小苗被丰草隐没，野草深深而禾苗稀疏。农夫既然不加辨别，这孤禾将何处可归？常恐在田野中枯萎，与秋天的孤蓬在风中飘飞。怎么能进奉宗庙，为君主争艳夺辉？

寓言三首

【题解】 安旗《李白全集编年注释》曰："俱待诏翰林后期有感而作。"并系于天宝三载(744)，兹从其说。其一为惧谗之诗，隐括金縢之事以申其意。其二以比兴手法讽刺媚后妃公主以求爵位者，感慨忠臣怀报国之心，尽忠竭力却不被任用。其三为闺思诗，或以为"微刺杨妃"。三首诗含蓄蕴藉，用比兴手法以刺朝中实事，使人感慨系之。

其　一

【原诗】 周公负斧扆①，成王何夔夔②。武王昔不豫，剪爪投河湄③。贤圣遇谗慝，不免人君疑。天风拔大木，禾黍咸伤萎。管蔡扇苍蝇，公赋《鸱鸮》诗④。金縢若不启，忠信谁明之⑤。

【注释】　① 周公:即周公旦。斧扆(yǐ):亦作"斧依"。古代帝王朝堂所用的状如屏风的器具,以绛为质,高八尺,东西当户牖之间。其上有斧形图案,故名。《礼记·明堂位》:"昔者周公朝诸侯于明堂之位,天子负斧依南乡而立。"郑康成注:"周公摄王位,以明堂之礼仪朝诸侯也……天子,周公也。负之言背也。斧依,为斧文屏风于户牖之间,周公于前立焉。"孔颖达《正义》:"以成王年幼,周公代之居位,故云摄王位。"　② 夔(kuí)夔:悚惧貌。此句谓成王恐周公有不臣之心。　③ "武王"二句:武王有疾,周公祷于先王,请以身代。后成王又有疾,周公自剪其爪以沉于河,亦请以身代。史纳其祝册于金縢之匮中。事见《尚书·金縢》《史记·鲁周公世家》。此合其二事而言之。　④ "管蔡"二句:管蔡指武王之弟管叔鲜、蔡叔度。武王使二人监于纣子武庚之国,武王崩,成王立,周公摄政,二人以武庚叛,且散播流言于国,曰周公将不利于孺子。周公诛管、蔡及武庚,而成王犹未知公之意也。公乃作《鸱鸮》之诗,托为鸟言,以喻武庚之恶及己之劳瘁。扇苍蝇,谓散布流言。　⑤ "金縢"二句:成王年长临朝,周公以流言避居东都。秋熟,未获,大风,禾尽偃,邦人恐。成王启匮得书,乃知公之勤劳王家,执书以泣,并拟亲迎周公归国。王出郊,天乃雨,反风,禾则尽起,岁则大熟。事见《尚书·金縢》《史记·蒙恬列传》。縢,缄也。匮以金缄之,故曰金縢。

【译文】　周公摄政,成王悚惧。武王病重了,周公为之祈祷。成王有疾,周公断爪沉河愿以身代。圣明贤达的忠臣遇到小人的谗害,天子也生出疑心来。大风拔下巨树,禾苗仆地东倒西歪。管叔蔡叔散布流言,周公作《鸱鸮》诗篇以抒怀。金縢捆束的匣若不打开,周公的忠诚信义谁能明白?

其　二

【原诗】　遥裔双彩凤①,婉娈三青禽②。往还瑶台里③,鸣舞玉山岑④。以欢秦娥意⑤,复得王母心。驱驱精卫鸟⑥,衔木空哀吟。

【注释】　① 遥裔:摇曳飘荡。　② 婉娈:姣好貌。三青禽:谓三青鸟。《山海经·大荒西经》云:"王母之山……有三青鸟,赤首黑目。"郭璞注:"皆西王母所使也。" ③ 瑶台：西王母之居处。 ④ 玉山：《山海经·西山经》："玉山，是西王母所居也。" ⑤ 秦娥：秦穆公之女，名弄玉。参见《凤凰曲》诗注。 ⑥ 驱驱：辛苦貌。精卫衔木之事，参见《来日大难》诗注。

【译文】 翩翩起舞的彩凤，娇美的三青鸟，在那瑶台来来往往，在那玉山鸣歌喧闹。已经让秦娥感到愉悦，又博得了王母的欢笑。可怜那辛勤的精卫鸟，衔着微木哀吟，填那东海的波涛。

其 三

【原诗】 长安春色归，先入青门道①。绿杨不自持，从风欲倾倒。海燕还秦宫，双飞入帘栊。相思不相见，托梦辽城东②。

【注释】 ① 青门：长安东城门。 ② 辽城东：王琦注："秦置辽西、辽东二郡，因在辽水之西、东而名。在唐时，辽西为柳城郡及北平郡之东境，辽东为安东都护府之地……皆边城也，有兵戍之。"

【译文】 春天到了长安，先染绿了青门大道。绿杨树把持不住自己，随着春风俯仰。海燕还归秦地，相伴飞入帘栊。相思不得相见，寄托幽梦向那辽城东。

秋夕旅怀

【题解】 萧士赟《分类补注李太白诗》认为此诗可能作于李白被放夜郎途中，故詹锳先生《李白诗文系年》将其系于乾元元年(758)，其说可从。诗写旅途中所见秋夜景象，引起诗人思乡之情，词意颇为悲凉哀婉。

【原诗】　凉风度秋海,吹我乡思飞。连山去无际,流水何时归。日夕浮云色,心断明月晖①。芳草歇柔艳②,白露催寒衣。梦长银汉落③,觉罢天星稀。含悲想旧国,泣下谁能挥。

【注释】　①心断:犹心碎。江淹《四时赋》:"思旧都兮心断,怜故人兮无极。"　②柔艳:这里指柔美的花。　③银汉:银河,天河。

【译文】　凉风从深秋的江海上拂过,吹动我的心往家乡归飞。山山相连经过了无数,流水不返何时能归?夕阳西下,浮云一片暮色,独立月下我的心儿欲碎。芳草鲜花日见消歇,已是白露时节,可我还没有御寒的衣被。乡梦绵长啊不觉银河已斜落,一觉醒来,只剩下几颗稀疏的星儿相陪。我满怀悲伤思念故乡,泪流满面,又有谁能伴我痛哭一回?

感遇四首

【题解】　此组诗应作于李白被疏远前后,非一时一地之作。诗写自己怀才不见任用,因生学仙之念这一思想变化过程。或借花以自喻,或借宋玉事以申己意,或以美人颜色寄寓。表现出自己高洁的品性、伟大的理想抱负,以及才能不得施展的悲愤。

其 一

【原诗】　吾爱王子晋①,得道伊洛滨②。金骨既不毁③,玉颜长自春④。可怜浮丘公⑤,猗靡与情亲⑥。举手白日间,分明谢时人。二仙去已远⑦,梦想空殷勤。

【注释】　①王子晋:即王子乔,传说中的仙人名。　②伊洛:指伊水、洛水。　③金骨:仙骨。白居易《梦仙》:"苟无金骨相,不列丹台名。"④玉颜:形容长生不老的容颜。　⑤浮丘公:传说中的仙人名。刘向《列仙传》载,王子乔游伊、洛间,遇道士浮丘公,遂与其上嵩山,后得道成仙。
⑥ 猗靡:犹缠绵。阮籍《咏怀》:"猗靡情欢爱,千载不相忘。" ⑦ 二仙:指
王子乔、浮丘公两位仙人。

【译文】 我爱慕仙人王子晋,他得道于伊洛之滨。仙骨炼成万世不朽,满
面红光永葆青春。道士浮丘公更令人钦羡,情意绵绵愿与他相随相亲。背
倚青天白日向人间挥手,分明是辞别世上的凡人。两位神仙离开我们已十
分遥远,可怜我梦寐以求不过是枉自殷勤。

其 二

【原诗】 可叹东篱菊①,茎疏叶且微。虽言异兰蕙,亦自有芳菲②。
未泛盈樽酒③,徒沾清露辉。当荣君不采,飘落欲何依。

【注释】 ① 东篱:语本陶渊明《饮酒》:"采菊东篱下,悠然见南山。"后因
以"东篱"指种菊之处。 ② 芳菲:此谓芳香。 ③ 泛:浸泡。古人有以
菊泛酒之法,谓之菊花酒。

【译文】 东篱的秋菊令人惋惜,茎儿稀疏叶儿纤细。虽说与兰蕙不同,毕
竟有自家的香气。未被用于浸泡菊酒,徒然沾满清露滴滴。盛开时不被你
采取,飘落后又有何物可依?

其 三

【原诗】 昔余闻常娥①,窃药驻云发②。不自娇玉颜,方稀炼金骨。
飞去身莫返,含笑坐明月。紫宫夸娥眉③,随手会凋歇。

【注释】 ① 常娥:相传她窃服长生不老之药,成仙后驻在月宫。 ② 云
发:秀美的头发。 ③ 紫宫:指皇帝居住的宫苑。

【译文】　当年我听说过常娥的故事,她偷服了仙药乌发永不变白。不以青春的容颜而自矜,却希望炼成仙骨而脱去凡胎。飞离人间一去不返,坐在月宫含笑俯瞰下界的苦海。皇宫里嫔妃们正卖俏邀宠,转眼间色衰便不被人睬。

其　四

【原诗】　宋玉事楚王①,立身本高洁。巫山赋彩云②,郢路歌《白雪》③。举国莫能和,巴人皆卷舌④。一惑登徒言⑤,恩情遂中绝。

【注释】　① 宋玉:战国时楚人,为屈原之后著名的辞赋家,曾为楚顷襄王的侍臣。　② 巫山:在今重庆、湖北交界处。宋玉《高唐赋》曾言及巫山神女朝云与楚王相会之事。　③ 郢:楚国都城名,即郢都。《白雪》:即《阳春白雪》,一种高雅的歌曲,演唱难度很大。　④ 巴人:这里指郢都的普通百姓。宋玉《对楚王问》曾言及有一善歌者在郢都街上唱歌,当其唱通俗歌曲《下里》《巴人》时,有数千人伴随他一起唱;当其唱到高雅的《阳春》《白雪》时,便很少有人能伴他歌唱了。　⑤ 登徒:登徒子,楚大夫。曾对楚王讲宋玉为人“口多微辞,又性好色”。遂使楚王疏远宋玉。参见宋玉《登徒子好色赋》。

【译文】　宋玉侍奉楚王,立身本自高洁。《高唐赋》叙写巫山神女朝云,郢都街头放歌《阳春》《白雪》。全国无人能和,巴人全都卷舌。一旦楚王被登徒子的谗言迷惑,他受到的恩宠于是中道断绝。

十六、写　怀

翰林读书言怀呈集贤院内诸学士

【题解】 这首诗作于李白待诏翰林院期间,一般系于天宝二年(743)。诗写李白待诏翰林院期间不仅曲高和寡,而且受到他人的猜忌,因而产生了离朝还山的念头。

【原诗】 晨趋紫禁中①,夕待金门诏②。观书散遗帙③,探古穷至妙。片言苟会心,掩卷忽而笑。青蝇易相点④,《白雪》难同调。本是疏散人,屡贻褊促诮⑤。云天属清朗,林壑忆游眺。或时清风来,闲倚栏下啸。严光桐庐溪⑥,谢客临海峤⑦。功成谢人君,从此一投钓。

【注释】 ① 紫禁:古时以紫微比喻皇帝的居处,因称宫禁为"紫禁"。② 金门:即金马门,本为汉代宫门之名,这里指翰林院。 ③ 遗帙:残缺的书套。 ④ 青蝇:苍蝇色黑,故称青蝇。点:玷污。 ⑤ 褊(biān)促:气量狭窄,性情急躁。 ⑥ 桐庐:县名。在今浙江。东汉高士严光曾在桐庐境内的富春江边垂钓隐居。 ⑦ 谢客:谢灵运小名客儿,时人称谢客。临海峤:指谢灵运的《登临海峤初发强中作与从弟惠连见羊何共和之》诗。

【译文】 清晨赶赴宫中,晚间在金马门待诏。翻看前人的残卷遗篇,探讨古贤的著述穷尽奥妙。哪怕只有片言与前人暗合,也不禁掩卷而笑。苍蝇玷污白玉轻而易举,《阳春》《白雪》却难以找到同调。我本是疏懒散漫之人,却被目为性急多次遭到嘲笑。天高云淡正值秋空晴朗,不禁回忆起昔日林壑间的游眺。有时清风徐徐吹来,闲倚着栏杆我放声长啸。严光在桐庐溪畔垂钓,谢灵运遍游天涯海角。何时才能功成身退,从此在烟波间投钓?

寻阳紫极宫感秋作

【题解】 此诗作于天宝九载(750)。当时诗人已经五十岁了,故诗中有"四十九年非"之语。诗人仕途连蹇,遂生归山之意,故而此诗也写得萧疏恬淡,与其早年的壮志凌云之作大为不同。

【原诗】 何处闻秋声,翛翛北窗竹①。回薄万古心②,揽之不盈掬③。静坐观众妙④,浩然媚幽独。白云南山来,就我檐下宿。懒从唐生决⑤,羞访季主卜⑥。四十九年非⑦,一往不可复。野情转萧散,世道有翻覆。陶令归去来,田家酒应熟⑧。

【注释】 ①翛(xiāo)翛:象声词。 ②回薄:循环变化。骆宾王《畴昔篇》:"意气风云倏如昨,岁月春秋屡回薄。" ③盈掬:满捧。 ④众妙:一切深奥玄妙的道理。《老子》:"玄之又玄,众妙之门。" ⑤唐生:这里指唐举。唐举,战国时梁人,善相术。 ⑥季主:司马季主,汉代善卜者。 ⑦四十九年非:《淮南子·原道训》:"蘧伯玉年五十而知四十九年非。" ⑧酒应熟:语本陶渊明《问来使》:"归去来山中,山中酒应熟。"

【译文】 何处传来了秋声?原来是风儿吹动北窗的修竹。循环往复,宇宙的变化万古不息,纵然心会其意也难以用手捉住。静坐观察万物的奥妙,独居幽寂以养我浩然之气。白云从南山飘然而来,停在我的房檐下留宿。懒得找唐举相面问命,也不愿向司马季主问卜。我年已半百知道以往的成败,过去的事儿又怎能回复?不羁之情更转疏散,无奈那世道无常反复。一心向往陶渊明的归隐,农家的新酒已经酿熟!

江上秋怀

【题解】 此诗应作于李白被"赐金"放还之际。诗写济世安邦的理想破灭之后壮志难酬的悲哀。诗中用大量的笔墨写景,凄凉肃杀,无一景不悲;诗中用词寒苦惨恻,亦无一语不悲。由此知,李白不惟豪气冲霄,亦有悲泪横流而不能自止之时。

【原诗】 餐霞卧旧壑,散发谢远游。山蝉号枯桑,始复知天秋。朔雁别海裔①,越燕辞江楼。飒飒风卷沙②,茫茫雾萦洲。黄云结暮色,白水扬寒流。恻怆心自悲,潺湲泪难收。蘅兰方萧瑟③,长叹令人愁。

【注释】 ① 海裔:海边。 ② 飒飒:风声。 ③ 蘅兰:香草名。

【译文】 我吞食霞气归卧故丘,长发纷披再也不去宦游。枯桑上山蝉在悲鸣,这才知道已是凉秋。北方的大雁离开了海滨,南方的紫燕辞别了江楼。萧萧秋风卷起了沙尘,茫茫迷雾萦绕着江洲。天边黄云结成暮霭,清清白水涌起寒流。心中凄恻暗自悲伤,泪流满面一发难收。香草正在枯萎,长叹令人哀愁。

秋夕书怀

【题解】 诗题一作《秋日南游书怀》。诗中有"感此潇湘客,凄其流浪情"之语,乃李白流放夜郎途中,遇赦东归后在湖南盘桓期间所作。詹锳先生《李白诗文系年》将其系于乾元二年(759)秋,可从。

【原诗】 北风吹海雁,南渡落寒声。感此潇湘客,凄其流浪情。海怀结沧洲①,霞想游赤城②。始探蓬壶事③,旋觉天地轻。澹然吟高秋④,

闲卧瞻太清⑤。萝月掩空幕⑥,松霜皓前楹。灭见息群动⑦,猎微穷至精⑧。桃花有源水,可以保吾生。

【注释】 ①沧洲:水边,隐者常居之处。 ②霞想:即遐想。 ③蓬壶:即蓬莱。古代传说中的海上仙山。 ④澹然:恬淡貌。 ⑤太清:道家谓天空为太清。《抱朴子·杂应》:"上升四十里,名为太清。" ⑥萝月:藤萝间的月光。 ⑦群动:各种活动。 ⑧至精:指极其精微而不见形迹的存在。

【译文】 北风吹,海雁飞;落南方,携寒声。潇湘客,感此声;心凄凉,流浪情。江海情怀萦绕着沧洲,遐想无穷神游那赤城。开始探寻蓬莱仙境之事,顿觉世俗的天地无足重轻。秋高气爽不妨恬然吟咏,闲来无事正好卧看长空。藤间月光照着虚掩的空幕,松林霜气凝在房前的柱楹。残灯熄灭万籁俱寂,探求至理精益求精。桃花源水奔流不停,在那里才能保全一生。

避地司空原言怀

【题解】 司空原在舒州太湖县(今安徽太湖县)西北。乾元元年(758)初,永王李璘兵败后,李白曾于此避难,诗当写于本年。诗中所表露的修道成仙之愿,反映出诗人当时的心境。

【原诗】 南风昔不竞①,豪圣思经纶②。刘琨与祖逖③,起舞鸡鸣晨。虽有匡济心,终为乐祸人④。我则异于是,潜光皖水滨⑤。卜筑司空原,北将天柱邻⑥。雪霁万里月,云开九江春。俟乎太阶平⑦,然后托微身。倾家事金鼎⑧,年貌何长新。所愿得此道,终然保清真。弄景奔日驭⑨,攀星戏河津⑩。一随王乔去⑪,长年玉天宾⑫。

【注释】 ①"南风"句:《左传·襄公十八年》:"晋人闻有楚师,师旷曰:'不害,吾骤歌北风,又歌南风,南风不竞,多死声,楚必无功。'"杜预注:"南

风音微,故曰不竞也。师旷唯歌南北风者,听晋、楚之强弱。"后用以比喻敌
对双方中力量较弱、士气不振的一方。李白这里显然以其指李璘一方。
② 豪圣:大圣人。此指肃宗。　③ 刘琨:西晋人,曾为并州刺史。祖逖:
刘琨的好友。两人曾同床共寝,闻鸡起舞。　④ 乐祸:幸灾乐祸。《晋
书·刘琨祖逖传》认为"祖逖散谷周贫,闻鸡暗舞,思中原之燎火,幸天步之
多艰,原其素怀,抑为贪乱者矣"。　⑤ 潜光:隐藏光彩,不愿表现自己的
才华。　⑥ 天柱:天柱山。在安徽潜山。　⑦ 太阶:古星名,即三台。古
人认为太阶平即天下太平。张说《唐封泰山乐章·豫和》:"寰宇谧,太阶
平。"　⑧ 金鼎:道家炼丹之鼎。　⑨ 日驭:太阳。　⑩ 河津:指天河之
津。津,渡口。　⑪ 王乔:即王子乔,参见《凤笙篇》注。　⑫ 玉天:道家
三清之一,即玉清天。

【译文】　南风自古就很柔弱,大圣人以治平天下为己任。刘琨与祖逖素有
壮志,闻鸡起舞在凌晨。虽说有匡世济时之心,终不免被看成幸灾乐祸之
人。我与他们全然不同,掩迹销声于皖水之滨。在司空原选址筑屋,与北面
的天柱山为邻。雪晴万里长空皓月是多么明亮,云散更可远见九江之春。
待到天下太平,方可安顿我身。全家炼丹炼药,容貌岂可长新? 唯愿能够得
道,长保其清真。奔向日边去弄影,在天河的津渡攀摘星辰。随着仙人王子
乔一道而去,长年成为玉清天的嘉宾。

南奔书怀

【题解】　这首诗作于至德二载(757)。诗题一作《自丹阳南奔道中作》,
显为永王兵败后,李白在奔亡途中所作。诗中叙述了自己参加永王幕府
的初衷乃在"过江誓流水,志在清中原",并非有逆志。本诗是研究李白
事迹的重要依据之一。

【原诗】　遥夜何漫漫,空歌白石烂①。宁戚未匡齐②,陈平终佐汉③。
欃枪扫河洛④,直割鸿沟半⑤。历数方未迁⑥,云雷屡多难⑦。天人秉

旄钺⑧,虎竹光藩翰⑨。侍笔黄金台⑩,传觞青玉案。不因秋风起,自有思归叹⑪。主将动谗疑,王师忽离叛。自来白沙上,鼓噪丹阳岸。宾御如浮云,从风各消散。舟中指可掬⑫,城上骸争爨⑬。草草出近关,行行昧前算。南奔剧星火,北寇无涯畔。顾乏七宝鞭⑭,留连道傍玩。太白夜食昴⑮,长虹日中贯⑯。秦赵兴天兵⑰,茫茫九州乱。感遇明主恩,颇高祖逖言。过江誓流水⑱,志在清中原。拔剑击前柱,悲歌难重论。

【注释】 ① 白石烂:乃宁戚《饭牛歌》之辞。其辞曰:"南山矸,白石烂,生不逢尧与舜禅。" ② 宁戚:春秋时卫人,失意为商。一次,他夜宿齐国东门外,喂牛时扣角而歌《饭牛歌》,被齐桓公发现并重用。 ③ 陈平:汉高祖刘邦的重要谋士之一,后官至丞相。陈平未佐刘邦前曾事项羽,事见《史记·陈丞相世家》。 ④ 欃(chán)枪:彗星。古人认为彗星出为祸乱之兆,诗中喻安史之乱。 ⑤ 鸿沟:即今河南贾鲁河,当年曾为楚汉分界。 ⑥ 历数:天数。 ⑦ 云雷:卦象名,兆险难。参见《周易·屯》。 ⑧ 天人:才能超凡的人。这里指永王李璘。 ⑨ 虎竹:兵符。藩翰:国家重臣的代称。《诗经·大雅·板》:"价人维藩,大师维垣,大邦维屏,大宗维翰。" ⑩ 黄金台:燕昭王所建,用以招揽四方贤才。这里用以表示自己是受永王之召而入幕的。 ⑪ 思归:晋人张翰尝为齐王属下。他身居洛阳,见秋风起而思念起自己的家乡吴郡,便辞官归乡。后齐王果败,人皆谓之见机。事见《晋书·张翰传》。 ⑫ 指可掬:《左传·宣公十二年》载,晋楚战,晋败,士兵争相逃离,因攀船被砍断的手指多到可双手捧取。 ⑬ 爨(cuàn):炊。《左传·宣公十五年》:"易子而食,析骸以爨。" ⑭ 七宝鞭:以多种珍宝为饰的马鞭。《晋书·明帝纪》载,王敦派人追赶明帝。明帝将七宝鞭与旅店的老姬,待追兵至,老姬说明帝已远去,并以七宝鞭示之。追兵玩鞭滞留,使明帝脱险。 ⑮ 太白:即金星。昴:二十八宿之一。古人认为太白食昴为兵戎杀伐的天象。 ⑯ 长虹日中贯:即长虹贯日,古时认为这是一种预示人间将遇灾祸的天象。 ⑰ "秦赵"句:喻李亨、李璘兄弟交兵。《史记·赵世家》载,秦、赵之君原系同祖兄弟,后成敌国。 ⑱ "过江"句:用祖逖中流立誓之事。《晋书·祖逖传》:"渡江,中流击楫而誓曰:'祖逖不能清中原而复济者,有如大江!'辞色壮烈,众皆慨叹。"

【译文】 长夜何其漫漫,徒然高歌着《白石烂》。宁戚未做齐臣时不过是个商贩,陈平最终还是做了汉朝的大官。彗星横扫河洛地区,想以鸿沟为界把天下分成两半。大唐气数未尽,眼下还多灾多难。永王执掌着节钺,兵符在手是国家的靠山。我为他起草文书如登上黄金台,美酒满杯佳肴满案。并非因为秋风已起,我早有归山之念。主将之间互相怀疑,永王的大军忽然离散。自从来到白沙洲上,丹阳岸边鼓噪喧天。宾客侍从如云,闻风各自逃难。舟上被砍断的手指可捧,城上用人骨烧饭。匆匆逃出关隘,进退维谷没有成算。形势紧急仓皇南奔,北兵势大无边无沿。环顾没有七宝鞭,可留道边把追兵阻延。太白星夜里吞昴,大白天长虹又把日贯。秦赵相战兄弟相争,茫茫天下从此大乱。幸遇明主知遇之恩,仰慕祖逖当年的誓言。过江时对着流水发誓,此去定要恢复中原。拔剑砍向前面的柱子,悲歌不已难以重言。

上崔相百忧章

【题解】 宋蜀本题下注:"时在寻阳狱。"乃李璘兵败后李白受累入狱期间所作,当系于至德二载(757)。崔相即崔涣。李白在诗中大量用典,申诉自己的冤情,希望崔涣能为他昭雪。全诗感情悲愤,节奏急促,用典切当,在李诗中较为少见。

【原诗】 共工赫怒①,天维中摧②。鲲鲸喷荡③,扬涛起雷。鱼龙陷人,成此祸胎④。火焚昆山,玉石相磓⑤。仰希霖雨,洒宝炎煨。箭发石开⑥,戈挥日回⑦。邹衍恸哭⑧,燕霜飒来⑨。微诚不感,犹赘夏台⑩。苍鹰搏攫⑪,丹棘崔嵬⑫。豪圣凋枯,王风伤哀⑬。斯文未丧,东岳岂颓⑭。穆逃楚难⑮,邹脱吴灾⑯。见机苦迟,二公所咍⑰。骥不骤进⑱,麟何来哉⑲。星离一门⑳,草掷二孩㉑。万愤结缉㉒,忧从中催。金瑟玉壶㉓,尽为愁媒。举酒太息,泣血盈杯。台星再朗,天网重恢^㉔。屈法申恩^㉕,弃瑕取材^㉖。冶长非罪,尼父无猜^㉗。覆盆傥举^㉘,应照寒灰^㉙。

【注释】 ① 共工:古代传说中的人物。他与颛顼争夺帝位,怒而触不周山,折天柱、绝地维。参见《列子》《淮南子》等。赫怒:勃然震怒。 ② 天维:天的纲维,喻国家的纲纪。 ③ 鲲鲸:鲲鱼。因其长千尺如鲸,故又称鲲鲸。 ④ 祸胎:祸根。枚乘《上书谏吴王》:"福生有基,祸生有胎。" ⑤ 磓(duī):坠落。 ⑥ 箭发石开:李广出猎,见草中石以为虎,遂发箭射之。箭入石,连箭翎都隐没不见。事见《史记·李将军列传》。 ⑦ 戈挥日回:挥戈回日。《淮南子·览冥训》:"鲁阳公与韩构难,战酣,日暮,援戈而挥之,日为之反三舍。" ⑧ 邹衍:战国齐人。 ⑨ 燕霜:《初学记》引《淮南子》:"邹衍事燕惠王尽忠。左右谮之,王系之。仰天而哭,五月,天为之下霜。"后以"燕霜"为蒙冤之典。 ⑩ 夏台:又名均台,在今河南禹州市南。夏台为夏代狱名,《史记·夏本纪》载,桀曾囚汤于夏台。此处代指监狱。 ⑪ 苍鹰:汉景帝时中郎将郅都,行法严酷,不畏贵戚,时号"苍鹰",事见《史记·酷吏列传》。 ⑫ 丹棘:古时大理寺植棘,因借指大理寺。 ⑬ 王风:本为《诗经》十五国风之一。其音哀以思,后用为王道衰微之象征。 ⑭ 东岳岂颓:东岳,泰山。《礼记·檀弓》载,孔子将死时作歌曰:"泰山其颓乎!"李白这里是反用其意。 ⑮ 穆逃楚难:穆,穆生。汉代鲁人。楚元王刘交对其非常尊重,因知穆生不好酒,故每次宴会时都专为其设醴(一种低度甜酒)。后刘交的孙子刘戊即位,忘设醴,穆生知其意怠,恐遭不测,遂称病而去。事见《汉书·刘交传》。 ⑯ 邹脱吴灾:邹,邹阳。西汉文学家,齐人。初从吴王刘濞,尝上书谏濞勿起兵叛汉,濞不听。邹阳恐累己,遂去吴赴梁。 ⑰ 二公:指穆生、邹阳二位。咍(hāi):笑。 ⑱ 骤进:速进。宋玉《九辩》:"骥不骤进而求服兮,凤亦不贪喂而妄食。" ⑲ 麟何来哉:《孔子家语》载,有人获麟,孔子往观,掩泣而归,说:"麟之至,为明王也。出非其时而见害,吾以是伤焉。" ⑳ 星离:如天星分散,形容骨肉分离。 ㉑ 二孩:指李白的孩子平阳、伯禽。 ㉒ 结绠:郁结不解。 ㉓ 金瑟:精美的瑟。玉壶:玉制的酒壶。 ㉔ 天网:法网。恢:宽大。 ㉕ 屈法申恩:放宽刑罚,弃小过,重大节。 ㉖ 弃瑕取材:不计较缺点、过失而录用人才。　㉗尼父：孔子的尊称。《论语·公冶长》："子谓公冶长：可妻也。虽在缧绁之中，非其罪也。"　㉘覆盆：反扣的盆子。覆盆傥举，希望能够重见天日，昭雪冤狱。"傥"同"倘"。　㉙寒灰：死灰。

【译文】　安禄山像上古的共工那样狂怒，把大唐帝国搅得地覆天翻。鲲鲸在大海中翻腾震荡，雷霆般掀起万丈狂澜。朝中君臣相猜，终于种下了今日的祸胎。安史之乱犹如大火焚烧昆仑，玉石俱碎难逃此灾。我仰告苍天快降大雨，浇灭这叛乱的火海。精诚所至李广能箭发石开，鲁阳挥戈连日神也不得不徘徊。邹衍含冤而大哭，盛夏的燕国竟被寒霜覆盖。我的忠诚却感动不了上苍，至今犹被囚禁在夏台。狱吏们都像苍鹰搏击般凶狠，狱墙插满了荆棘。即使是大圣人也要憔悴，如今我才体会到《王风》的伤怀。然而老天毕竟未丧斯文，泰山巍然岂会崩坏？穆生逃离楚国免遭日后之难，邹阳劝说吴王也脱去了祸灾。而我却见机苦迟，二位定会讥笑书生愚呆。良马不会骤进求用，出非其时麒麟又何必出来？一家人星散各处，仓促间也没安排好二孩。悲愤万端郁结胸中，忧伤不已令人伤怀。弹琴饮酒，怎能解愁？举杯长叹，杯中斟满的分明是血泪之酒！崔大人台星高照，网开一面您高抬贵手。放宽刑罚法外开恩，不计过失让我重新得救。公冶长无罪，孔仲尼信任依旧。让倒扣的盆子重见天日，我死灰复燃依然抖擞！

万愤词投魏郎中

【题解】　此诗有"狱户春而不草"等语，亦为寻阳狱中所作。诗写安史乱中，自己与家人离散、身陷囹圄的不幸遭遇，希望当权者能为自己昭雪冤狱。

【原诗】　海水渤潏①，人罹鲸鲵②。譬胡沙而四塞③，始滔天于燕齐④。何六龙之浩荡⑤，迁白日于秦西⑥。九土星分⑦，嗷嗷凄凄⑧。南冠君子⑨，呼天而啼。恋高堂而掩泣⑩，泪血地而成泥。狱户春而不草，独幽怨而沉迷。兄九江兮弟三峡，悲羽化之难齐⑪。穆陵关北愁爱子^⑫，豫章天南隔老妻^⑬。一门骨肉散百草，遇难不复相提携。树榛拔桂，囚鸾宠鸡。舜昔授禹，伯成耕犁^⑭。德自此衰，吾将安栖。好我者恤我，不好我者何忍临危而相挤。子胥鸱夷^⑮，彭越醢醯^⑯。自古豪烈，胡为此繄^⑰。苍苍之天，高乎视低。如其听卑^⑱，脱我牢狴^⑲。倪辨美玉，君收白珪^⑳。

【注释】　① 渤潏(jué)：水势沸涌貌。　② 罹(lí)：遭受。鲸鲵：海中大鱼，比喻恶残不义之徒，诗中指安禄山。　③ 蓊(wěng)：聚集。　④ 燕齐：今河北、山东一带。　⑤ 六龙：古代天子车驾为六马。马高八尺曰龙，故六龙指皇帝车驾。　⑥ 白日：古人以帝王为日象，此指唐玄宗。　⑦ 九土：九州之土。九土星分，指山河破碎。　⑧ 嗷嗷：本为雁哀鸣声，诗中喻百姓哀愁声。　⑨ 南冠：南国的帽子。南冠君子，春秋时楚人钟仪被晋国俘房后仍戴着楚国的帽子。事见《左传·成公九年》。　⑩ 高堂：指父母。　⑪ 羽化：长翅膀，指成仙。　⑫ 穆陵：在今山东沂水县北。　⑬ 豫章：今江西南昌市。　⑭ 伯成：即伯成子高，尧时诸侯。尧传位于舜，舜传位于禹，伯成子高辞官归耕。禹问其故。答曰："昔尧治天下，不赏而民劝，不罚而民畏。今子赏罚而民且不仁，德自此衰，刑自此立，后世之乱自此始矣。"参见《庄子·天地》。　⑮ 子胥：伍子胥。鸱(chī)夷：皮袋子。伍子胥屡谏吴王，被装进鸱夷投于江中。事见《史记·伍子胥列传》。　⑯ 彭越：汉初大将。醢醯(hǎi xī)：剁成肉酱。《汉书·黥布列传》载，刘邦杀死彭越后，"醢之，盛其醢遍赐诸侯"。　⑰ 繄(yī)：语气助词。　⑱ 听卑：《吕氏春秋》："天之处高而听卑。"　⑲ 牢狴(bì)：牢狱。狴，狴犴。杨慎《升庵全集》："俗传龙生九子……四曰狴犴，形似虎，有威力，故立于狱门。"　⑳ 白珪：白玉制成的礼器。

【译文】　大海汹涌翻腾，百姓落难喂了长鲸。浓烟滚滚风沙弥漫四方，这滔天大祸源起于燕齐之地。皇帝的车驾多么浩荡，不得不离开长安向西而行。九州山河分崩离析，难民在战乱中惨惨凄凄。我好比南冠君子钟仪，在狱中呼天抢地。思念父母掩面而泣，血泪坠地化成稀泥。春天虽到但狱门并不长草，我独自愁怨昏昏迷迷。兄长在九江啊贤弟在三峡，我不能生翅成仙去与他们相聚。穆陵关北的孩子令人发愁,南昌之南的老伴又与我隔离。一门骨肉不得团圆,大难中不能互相救急。拔出桂树栽上荆棘,囚禁鸾凤宠爱山鸡。当年舜禅位于禹,伯成子高便回家去种地。世风日衰,我该到何处栖息?喜欢我的人对我十分体恤,不喜欢我的人为何忍心乘危相欺?伍子胥葬身于鸱夷,彭越被剁成了肉泥。自古以来的豪杰,这样做又何必?悠悠苍天啊,你居高临下,要能听到我在下面的申诉,那就赶快把我解救出牢狱。如果能够辨识美玉,请你魏郎中将我这白珪收起。

荆州贼乱临洞庭言怀作

【题解】 此诗作于乾元二年(759)。当时安史之乱尚未彻底平息,荆州又被康楚元、张嘉延等乱贼攻破,造成严重的破坏。诗人对此感伤不已,写下此诗表达自己对迅速平息战乱的渴望。

【原诗】 修蛇横洞庭①,吞象临江岛。积骨成巴陵②,遗言闻楚老。水穷三苗国③,地窄三湘道④。岁晏天峥嵘,时危人枯槁。思归阻丧乱,去国伤怀抱。郢路方丘墟⑤,章华亦倾倒⑥。风悲猿啸苦,木落鸿飞早。日隐西赤沙⑦,月明东城草。关河望已绝⑧,氛雾行当扫⑨。长叫天可闻,吾将问苍昊⑩。

【注释】 ① 修蛇:长蛇,大蛇。《淮南子·本经训》:"尧乃使羿……断修蛇于洞庭。"高诱注:"修蛇,大蛇。吞象三年而出其骨之类。" ② 巴陵:山名。《元和郡县图志》:"昔羿屠巴蛇于洞庭,其骨若陵,故曰巴陵。" ③ 三苗:我国古代部族名。《史记正义》:"三苗之国,左洞庭而右彭蠡。" ④ 三湘:今湖南湘江流域。 ⑤ 郢路:今湖北荆州一带。 ⑥ 章华:章华台,春秋时楚国离宫名。故址在今湖北监利西北。 ⑦ 赤沙:赤沙湖,在湖南华容县南。 ⑧ 关河:关山河川。 ⑨ 氛雾:雾气。诗中比喻乱贼。 ⑩ 苍昊(hào):苍天。

【译文】 巨蛇横陈在洞庭湖畔,在江岛边将大象一口吞掉。吐出象骨堆成巴陵,告诉我这个传说的是楚国的遗老。三苗国在水的尽头,三湘道旁水多土少。岁月峥嵘又到了年末,困境中的人显得多么苍老。战乱不已我思归不得,远离故土忧伤满怀抱。郢都已成了废墟,章华台早就倾倒。悲风中猿啼多么哀苦,叶落雁飞秋来得太早。夕阳隐没在赤沙湖,明月映照着东城草。望断关山河川,妖雾该被清扫。我仰天长啸,老天你可知道? 老天啊我在问你,你可知道?

览镜书怀

【题解】 据诗中"自笑镜中人,白发如霜草"等句来看,本诗当为李白暮年之作。詹锳先生《李白诗文系年》将其系于宝应元年(762),可从此说。诗写晚年的凄凉,充满了哀伤。

【原诗】 得道无古今,失道还衰老。自笑镜中人,白发如霜草。扪心空叹息,问影何枯槁。桃李竟何言,终成南山皓①。

【注释】 ① 南山皓:即商山四皓。

【译文】 得道便无所谓古今,失道终不免衰老。自照自笑镜中之人,满头白发就像霜草。扪心空自叹息,我的形影为何这般枯槁? 桃李何必多言? 早晚会变成商山四皓。

田园言怀

【题解】 从诗中"贾谊三年谪"来看,当亦白帝遇赦东归后在湖南盘桓期间所作,姑系于乾元二年(759)。该诗通过对贾谊、班超命运的对比,流露出李白晚年对出处进退的看法。

【原诗】　贾谊三年谪①，班超万里侯②。何如牵白犊③，饮水对清流④。

【注释】　① 贾谊：西汉人，曾受汉文帝信任。后遭朝臣诋毁，被贬为长沙王太傅。事见《史记·贾生列传》。　② 班超：东汉人，因从军西域，晚年被封为定远侯。事见《后汉书·班超列传》。　③ 白犊：《淮南子·人间训》："昔者宋人好善者，三世不解，家无故而黑牛生白犊。"　④ 饮水：《高士传》载巢父牵犊饮于颍滨，见其友许由洗耳，问他为何如此。许由说："尧欲召我九州长，恶闻其声，是故洗耳。"巢父说："子若处高岸深谷，人道不通，谁能见子？子故浮游，欲闻求其名誉，污吾犊口。"便牵牛往上游水清处饮之。

【译文】　贾谊急于仕进被贬到长沙三年，班超离家万里才封了个定远侯。这怎能比得上牵着白牛犊的巢父，饮水于清清的河流！

江南春怀

【题解】　萧士赟《分类补注李太白诗》认为此诗乃"太白流离湘楚之诗"。以诗中"天涯失乡路，江外老华发"等语相印，其说可从。诗中流露出归隐田园、不复仕进之意。

【原诗】　青春几何时，黄鸟鸣不歇①。天涯失乡路，江外老华发②。心飞秦塞云，影滞楚关月。身世殊烂漫③，田园久芜没。岁晏何所从，长歌谢金阙④。

【注释】　① 黄鸟：本为鸟名。《诗经·小雅》中亦有《黄鸟》诗，朱熹《诗集传》认为"民适异国，不得其所，故作此诗"。李白诗中之"黄鸟"，显为一语双关。　② 江外：江南。　③ 烂漫：放浪不受拘束。江淹《赠炼丹法和殷长史》："身识本烂熳，光曜不可攀。""烂熳"即"烂漫"。　④ 金阙：指皇宫。

【译文】 青春能持续多久？黄鸟啼个不停。浪迹天涯找不到归乡之路，我已满头白发仍在江南飘零。心儿随着白云飞向秦川，月光照着我滞留在楚地的身影。一生放浪形骸，田园已杂草丛生。年来将往何方？放歌辞别那金碧辉煌的宫廷。

十七、咏　物

听蜀僧濬弹琴

【题解】　詹锳先生《李白诗文系年》认为此诗乃天宝十二载(753)李白在宣城期间所作,其说可从。诗写蜀僧濬弹琴技艺之高妙,令人心旷神怡。《唐宋诗醇》称此诗"累累如贯珠,泠泠如叩玉,斯为雅奏清音"。确实,此诗在唐代诗歌描写音乐的佳作中亦堪称上品。

【原诗】　蜀僧抱绿绮①,西下峨眉峰。为我一挥手,如听万壑松。客心洗流水,遗响入霜钟②。不觉碧山暮,秋云暗几重。

【注释】　① 绿绮:琴名。傅玄《琴赋序》:"司马相如有琴曰绿绮。"诗中以"绿绮"形容蜀僧濬的琴很名贵。　② 霜钟:《山海经·中山经》说,丰山上有九钟,霜降则鸣。

【译文】　蜀僧濬怀抱着绿绮琴,从川西的峨眉峰飘然降临。他为我挥手弹奏,我仿佛听到万山的松涛阵阵。游子的心像被流水洗过,带有霜气的钟声里融入了此琴的余音。不知不觉暮色笼罩了青山,空中布满了层层暗淡的秋云。

鲁东门观刈蒲

【题解】　本诗作于天宝五载(746),当时李白在山东游历。诗写农民劳作情景,诚如陆时雍《唐诗镜》所评:"古而雅。"反映了诗人亦有体察民情、关心民生的一面。

【原诗】 鲁国寒事早①,初霜刈渚蒲②。挥镰若转月,拂水生连珠。此草最可珍,何必贵龙须③。织作玉床席,欣承清夜娱。罗衣能再拂,不畏素尘芜。

【注释】 ① 寒事:指秋冬的物候。陆倕《以诗代书别后寄赠》:"江关寒事早,夜露伤秋草。" ② 刈(yì):割。蒲:一种水草。 ③ 龙须:龙须草,可编席。

【译文】 鲁国的秋天来得早,初霜时便开始割蒲。挥镰就好像转动弯月,掠过水面生起串串连珠。蒲草最可珍贵,何必看重那龙须草?织成草席铺上玉床,清静的夜晚躺在上面多么欢娱。罗衣能够再次拂净,不必担心会沾上尘土。

咏邻女东窗海石榴

【题解】 詹锳先生《李白诗文系年》系此诗于开元二十五年(737),可从。萧士赟《分类补注李太白诗》认为此诗为"君子在野,思见君子尽心事之"之作。然就诗本身来看,当为一首咏物之作。

【原诗】 鲁女东窗下,海榴世所稀①。珊瑚映绿水,未足比光辉。清香随风发,落日好鸟归。愿为东南枝,低举拂罗衣。无由一攀折,引领望金扉②。

【注释】 ① 海榴:海石榴。《太平广记》载,新罗多海红并海石榴。② 金扉:华美的门窗。

【译文】 山东女儿的东窗外,有一株世上罕见的海石榴。大海碧波中映现的珊瑚,也比不上它光耀枝头。清香随风散发,日落好鸟宿留。愿做海石榴的东南枝,垂首轻拂邻女的罗衣。可惜无法去攀折高枝,只能伸颈翘望那华美的窗扉。

南轩松

【题解】 安旗《李白全集编年注释》系此诗于开元十五年(727),诗借孤松自喻,写孤松潇洒高洁、顽强挺拔的品性,并希望它上冲千尺、直干云霄,表现了诗人崇高的理想和远大的抱负。

【原诗】 南轩有孤松,柯叶自绵幂①。清风无闲时,萧洒终日夕。阴生古苔绿,色染秋烟碧。何当凌云霄,直上数千尺。

【注释】 ① 绵幂(mì):枝叶茂密。

【译文】 窗南有棵孤傲的青松,枝叶是多么茂密。清风时时摇着它的枝条,潇洒终日多么惬意。树阴下老早就长满绿苔,秋日的云雾到此也被它染碧。何时才能枝叶参天超越云霄,直上千尺巍然挺立?

咏山樽二首

【题解】 诗为天宝十三载(754)李白在宣城一带时所作。第一首诗题一作《柳少府山癭木樽》。在此期间李白又有《赠柳圆》《赠秋浦柳少府》等诗,可见本诗中所咏之山樽即柳圆宴上所见。

其 一

【原诗】 蟠木不雕饰①,且将斤斧疏。樽成山岳势,材是栋梁余。外与金罍并②,中涵玉醴虚③。惭君垂拂拭,遂忝玳筵居④。

【注释】 ①蟠木:屈曲之木。 ②金罍:一种饰金的酒器,后泛指酒盏。③玉醴:玉液,指美酒。 ④玳筵:即玳瑁筵,豪华的筵会。

【译文】 蟠木不用雕饰,且让它远离斧锯。制成的酒杯自呈山岳之势,其材作栋梁也有余。外观与金杯无异,内盛着美酒清澈见底。愧承您的赏识,让我在这玳瑁筵上列席。

其 二

【原诗】 拥肿寒山木①,嵌空成酒樽②。愧无江海量,偃蹇在君门③。

【注释】 ①拥肿:隆起,不平直。《庄子·逍遥游》:"吾有大树,人谓之樗。其大本拥肿而不中绳墨,其小枝卷曲而不中规矩。" ②嵌空:凹陷。③偃蹇(jiǎn):安卧。

【译文】 本为凹凸不平的寒山之木,利用它的凹陷做成酒樽。我自愧没有海量,醉卧贵府难以出门。

初出金门寻王侍御不遇,咏壁上鹦鹉

【题解】 诗题一作《敕放归山留别陆侍御不遇咏鹦鹉》,当为天宝三载(744)离开长安前的作品。诗中流露了自己怀才遭忌,不得不归山的孤愤。

【原诗】 落羽辞金殿①,孤鸣托绣衣②。能言终见弃③,还向陇山飞。

【注释】 ① 落羽:羽毛摧落。比喻失意。陈子昂《落第西还别刘祭酒高明府》:"莫言长落羽,贫贱一交情。" ② 绣衣:汉唐以来,御史衣绣衣。此指王侍御。 ③ 能言:指鹦鹉能言,借以自喻。张华《禽经注》:"鹦鹉,出陇西,能言鸟也。"

【译文】 羽毛摧落离开了金銮殿,独自哀鸣来投奔王侍御。鹦鹉能言到底被主人抛弃,还是飞回家乡陇西。

紫藤树

【题解】 诗似以紫藤自喻,借紫藤挂于云木,写自己理想抱负得以实现,并希望自己能荫庇万物,给人们带来欢乐。

【原诗】 紫藤挂云木①,花蔓宜阳春。密叶隐歌鸟,香风留美人。

【注释】 ① 紫藤:蔓生木本植物,可供观赏。

【译文】 紫藤缠挂在大树上,花蔓在春天里多么美丽。小鸟在密叶里欢唱,美人留恋它的香气。

观放白鹰二首

【题解】 安旗《李白全集编年注释》系"其一"于开元二十三年(735)。诗写秋风中胡鹰之秋毫洁白如雪,百里可见。极尽夸张,但别具情致。"其二"被认为是高适诗(参见詹锳先生《李白诗论丛》),译文从略。

其 一

【原诗】 八月边风高,胡鹰白锦毛。孤飞一片雪,百里见秋毫①。

【注释】 ① 秋毫:鸟兽在秋天新生的细毛。

【译文】 八月里边塞秋高气爽,胡鹰长出雪白的新毛。孤飞在长空宛若一片白雪,百里之外还能看见这白鹰的秋毫。

其 二

【原诗】 寒冬十二月,苍鹰八九毛①。寄言燕雀莫相啅②,自有云霄万里高。

【注释】 ① 八九毛:未经驯服的野鹰,剪去其羽,仅剩八九毛,使其不能远飞。 ② 啅(zhào):这里为嘲笑意。

观博平王志安少府山水粉图

【题解】 詹锳先生《李白诗文系年》系此诗于开元二十五年(737),今从其说。诗写李白观画感受,使读者亦如身临其境,表明在咏物题画等方面诗人亦有相当高超的技巧。

【原诗】 粉壁为空天,丹青状江海。游云不知归,日见白鸥在。博平真人王志安①,沉吟至此愿挂冠②。松溪石蹬带秋色③,愁客思归生晓寒。

【注释】 ① 博平:地名。在今山东聊城。 ② 挂冠:《后汉书·光武帝纪》载,逄萌见王莽篡汉,便解冠挂在城东门而去。后世因以"挂冠"指代辞官。 ③ 石蹬:石阶。

【译文】 墙壁雪白正可作天空,用丹青绘出江海。浮云不知归还,白鸥日日长在。博平真人王志安,沉吟画前欲辞官。秋色笼罩着松溪和石阶,拂晓的凉意使愁客想把家还。

题雍丘崔明府丹灶

【题解】 这首诗是李白天宝四载(745)游梁宋期间所作。此时李白对道教兴趣正浓,故诗中表现了对服药求仙的向往。同时,诗人还认为从政与成仙并非不可调和,表现了与众不同的情趣。

【原诗】 美人为政本忘机①,服药求仙事不违。叶县已泥丹灶毕②,瀛洲当伴赤松归③。先师有诀神将助④,大圣无心火自飞。九转但能生羽翼⑤,双凫忽去定何依⑥。

【注释】 ① 美人:此指品德美好的人。 ② 叶县:今河南平顶山叶县。丹灶:炼丹用的炉灶。 ③ 赤松:赤松子,传说中的仙人。 ④ 神将助:葛洪《抱朴子》:"古之道士合作神药,必入名山……若有道者登之,则此山神必助之为福,药必成。" ⑤ 九转:九转丹。道教谓经九次提炼、服之能成仙的丹药。《抱朴子》:"九转之丹服之,三月得仙。" ⑥ 双凫:《后汉书·方术列传》载,王乔为叶县令时,每朔望朝觐时乘双凫飞来。后以"双凫"用为地方官的典实。此诗中指崔明府。

【译文】 有德能者为政本无机心,服药求仙亦并行不悖。叶县的丹灶已经泥好,该在瀛洲与赤松子结伴而归。先师有诀神必将相助,圣人无心任炉火自飞。服下九转丹能生翅成仙,崔明府乘凫忽去将依何地?

观元丹丘坐巫山屏风

【题解】 元丹丘是一位道士,与李白交往密切。此诗写作的时间,当在天宝中。诗写观画所感,令人如临其境。

【原诗】 昔游三峡见巫山,见画巫山宛相似。疑是天边十二峰①,飞入君家彩屏里。寒松萧飒如有声,阳台微茫如有情。锦衾瑶席何寂寂②,楚王神女徒盈盈。高咫尺,如千里③,翠屏丹崖粲如绮。苍苍远树围荆门,历历行舟泛巴水。水石潺湲万壑分,烟光草色俱氤氲④。溪花笑日何年发,江客听猿几岁闻。使人对此必缅邈⑤,疑入嵩丘梦彩云。

【注释】 ① 十二峰:指巫山十二峰。 ② 瑶席:用瑶草编成的座席。屈原《九歌·东皇太一》:“瑶席兮玉瑱。” ③ 如千里:谓善画者在咫尺之内可以表现千里空间。彦悰《后画录》:“(展子虔)长远近山川,咫尺千里。” ④ 氤(yūn)氲:浓盛貌。 ⑤ 缅邈:遥远。

【译文】 当年游三峡时见过巫山,如今看见这幅屏风画上的巫山又仿佛回到了从前。我怀疑是不是天边的巫山十二峰,飞进你家的屏风里边。寒松摇曳若有声,阳台依稀可见如有深情。锦衣瑶席多么寂寞,楚王和神女当年的热恋也是徒然。小小屏风咫尺千里,青山红崖如同锦绣灿烂。苍苍远树掩映着荆门,巴水上的行舟历历可见。万壑间水漫石滩,烟光里草色新鲜。日光下溪畔的山花是何年盛开?江客听猿始自哪年?令人在画前心胸高远,我真疑心自己是在梦中遇到了神仙。

求崔山人百丈崖瀑布图

【题解】 此诗用大量的笔墨铺写渲染崔山人的《瀑布图》。写其气势飞腾,气韵流动。诗的最后用"幽缄傥相传,何必向天台"收束,表现出崔山人画技之高超无以复加。

【原诗】 百丈素崖裂,四山丹壁开。龙潭中喷射,昼夜生风雷。但见瀑泉落,如潨云汉来①。闻君写真图,岛屿备萦回。石黛刷幽草②,曾青泽古苔③。幽缄傥相传④,何必向天台。

【注释】 ① 潨(cōng):急流。 ② 石黛:古代妇女用以画眉的青黑色颜料。 ③曾青:矿产名,色青,可用作颜料。 ④ 幽缄:密封的信件,这里指崔山人的画轴。

【译文】 百丈苍崖崩裂,四山红壁排开。龙潭水流喷射,日夜如生风雷。只见瀑布飞落,如急流从银河泻下来。听说你画了一幅写生,上面的岛屿萦回。石黛刷出了幽草,曾青染上了苍苔。如蒙你把藏画传给我看,我又何必再去游览天台!

见野草中有名白头翁者

【题解】 此诗当为李白晚年之作。诗以野草中的白头翁草起兴,抒发自己晚年的失意情怀。《唐宋诗醇》称此诗"结意刻深,却有风致",对其评价颇高。

【原诗】 醉入田家去,行歌荒野中。如何青草里,亦有白头翁①。折取对明镜,宛将衰鬓同。微芳似相谄②,留恨向东风。

【注释】 ① 白头翁:野草名。其根部有白色茸毛,故称白头翁。 ② 微芳:细微的芳气。这里指白头翁。

【译文】 到田家去我喝得大醉,归来时在田野里边歌边行。为何青青的草丛中,也有草名叫"白头翁"?折取回来对着镜子一照,真跟我的衰发相同。白头翁似在笑我,年华已逝,徒留遗憾空对东风。

流夜郎题葵叶

【题解】 此诗写于长流夜郎途中,即乾元元年(758)。诗人在流放途中见到葵叶,触景生情,遂写下此诗抒发自己盼望能获释返归故园的心情。

【原诗】 惭君能卫足①,叹我远移根。白日如分照②,还归守故园。

【注释】 ① 卫足:向日葵向日,影可庇护其根,故曰卫足。《左传·成公十七年》:"鲍庄子之知不如葵,葵犹能卫其足。" ② 白日:比喻朝廷。

【译文】 见你能卫足,我心生惭愧,可怜我被拔根迁往远方。青天白日如能光顾,我定要返回我的家乡。

莹禅师房观山海图

【题解】 詹锳先生《李白诗文系年》系此诗于开元二十二年(734),今从其说。诗写莹禅师的山海图,流露出李白对神仙生活境界的向往。

【原诗】 真僧闭精宇①,灭迹含达观②。列障图云山③,攒峰入霄汉。丹崖森在目,清昼疑卷幔。蓬壶来轩窗,瀛海入几案。烟涛争喷薄,岛屿相凌乱。征帆飘空中,瀑水洒天半。峥嵘若可陟,想像徒盈叹。杳与真心冥,遂谐静者玩。如登赤城里④,揭涉沧洲畔⑤。即事能娱人,从兹得萧散。

【注释】 ①真僧：戒律精严的僧侣。精宇：僧侣的住所。 ②灭迹：从世俗社会中消失行迹。 ③障：用以遮蔽视线的一种屏幕。 ④赤城：传说中的仙境。 ⑤揭涉：提起衣裳过河。

【译文】 高僧闭门不出，绝俗人迹把玄机来参。屏风上画着云山，高峰插入霄汉。山崖历历在目多么绚烂，好像是白天卷起了窗幔。蓬壶来到窗前，瀛洲跃然几案。烟涛汹涌翻腾，岛屿若隐若现。船儿驶向天边，瀑布泻自天半。山峰仿佛不难登攀，可这毕竟是想象，令人兴叹。杳冥与禅心契合，可以与静者共同赏玩。好像登临赤城仙境，提起衣裳涉水到沧洲之畔。面对此图让人心旷神怡，从此可以放浪其间。

白鹭鸶

【题解】 这是一首咏物诗。通过吟咏白鹭，表现了诗人高洁的情怀。当是李白中年以前的作品。

【原诗】 白鹭下秋水①，孤飞如坠霜。心闲且未去，独立沙洲傍。

【注释】 ①白鹭：鸟名，生长于南方。

【译文】 白鹭落在秋江上，孤飞好像那天上落下的秋霜。心闲没有离去，独立在沙洲之旁。

咏桂二首

【题解】 一作《咏槿二首》。从两首诗的内容来看，前一首确为咏槿之作，后一首则为咏桂之作。诗人通过吟咏槿、桂不同众芳的品格，表现自己不愿趋炎附势的操守以及冰清玉洁的内心世界。当为李白中年以前的作品。

其　一

【原诗】　园花笑芳年^①，池草艳春色。犹不如槿花，娉娟玉阶侧^②。芬荣何夭促^③，零落在瞬息。岂若琼树枝，终岁长翕赩^④。

【注释】　① 芳年：美好的岁月。　② 娉(pián)娟：形容花木秀美动人。　③ 芬荣：芳香的花。　④ 翕赩(xī xì)：鲜艳茂盛。

【译文】　园花盛开于最好的季节，池草在春天里多么鲜艳。但它们比不上槿花，亭亭玉立在阶前。不过槿花的寿命何其短促，凋落就在瞬间。哪比得上琼枝玉叶，一年到头总是那么光鲜？

其　二

【原诗】　世人种桃李，多在金张门^①。攀折争捷径^②，及此春风暄^③。一朝天霜下，荣耀难久存。安知南山桂，绿叶垂芳根。清阴亦可托，何惜树君园。

【注释】　① 金张门：权贵之门。金，指金日磾；张，指张安世。金张两家子孙相袭，七世荣显。后因以"金张"指显宦人家。　② 捷径：这里指取巧的门路。　③ 暄：温暖。

【译文】　世人栽桃种李，多选择权贵之门。将来走捷径好攀高枝，春风及时送暖多么宜人。有朝一日天寒霜降，荣华富贵难以久存。哪知终南山的桂树，枝干繁茂绿叶垂根？绿阴下正可栖身，为何不把它种进先生的花园？

白胡桃

【题解】　这也是一首咏物之作,写作年代已难以确考。

【原诗】　红罗袖里分明见,白玉盘中看却无。疑是老僧休念诵,腕前推下水精珠①。

【注释】　① 水精:即水晶。

【译文】　分明在红罗袖里把它看见,却又消失在白玉盘。是不是老和尚停下诵经,把水晶珠脱下了手腕?

巫山枕障

【题解】　枕障即枕屏,一种设在榻边的小型屏风。诗写枕障上所画的朝云,引发了诗人的一连串遐想。

【原诗】　巫山枕障画高丘,白帝城边树色秋。朝云夜入无行处,巴水横天更不流①。

【注释】　① 巴水:即巫山下所流经之水。

【译文】　巫山枕屏上画着高丘,白帝城边秋色已染上江树的枝头。朝云夜来不见踪影,巴水横陈不再奔流。

庭前晚开花

【题解】 诗之作年不详。王琦本以其"语尤凡俗,不类太白"而置于《诗文拾遗》。诗以庭前晚开花,喻己迟暮晚成,当为触景生情之作。

【原诗】 西王母桃种我家①,三千阳春始一花。结实苦迟为人笑,攀折唧唧长咨嗟。

【注释】 ① 西王母桃:《汉武内传》:七月七日王母至,侍女以玉盘盛仙桃七颗,大如鸭卵,形圆青色,以呈王母。母以四颗与帝,三颗自食。桃味甘美,口有盈味。帝食辄收其核,王母问帝,帝曰:"欲种之。"王母曰:"此桃三千岁一生实耳,中夏地薄,种之不生。"帝乃止。

【译文】 西王母的桃树种在我家,经过三千个春天才开花。结果太晚被人讥笑,攀折嘲弄令人感慨叹息。

宣城长史弟昭赠余琴溪中双舞鹤,诗以见志

【题解】 宣城,唐郡名,州治宣城县,即今安徽宣城。李昭,李白从弟。琴溪,在今安徽泾县东北,传为仙人琴高控鲤之所。此诗借描写鹤的洁白,表达了诗人向往高洁的志节。作于天宝十二载(753)。

【原诗】 令弟佐宣城,赠余琴溪鹤。谓言天涯雪,忽向窗前落。白玉为毛衣,黄金不肯博①。当风振六翮②,对舞临山阁。顾我如有情,长鸣似相托。何当驾此物,与尔腾寥廓。

【注释】 ① 博:换。 ② 六翮(hé):羽茎,指鸟翼。

【译文】 任宣城郡佐吏的弟弟送给我一对琴溪鹤。以为从天涯飞来了两片雪,忽然间在我的窗前飘落。洁白的羽毛好似玉石,即使是黄金又岂肯交换! 它们迎风振动羽翼,在山阁前双双起舞。满怀深情地回头看我,声声长鸣似把自己相托。什么时候驾上双鹤,与你一同腾飞去看天宇寥阔?

十八、题　咏

题随州紫阳先生壁

【题解】 这首诗作于开元二十七年(739)冬。唐时随州又称汉东郡,属山南东道,在今湖北随州。紫阳先生即道士胡紫阳,随州人。尚黄老,元丹丘为其弟子之一。传说他早年得道。天宝初卒,年六十二。李白有《汉东紫阳先生碑铭》。诗中先写紫阳先生的仙态,次写紫阳故宅,最后表明诗人愿相携登仙的心愿。此诗写人写景都颇细腻,体现出诗人遗世独立,对仙道生活的向往。

【原诗】 神农好长生①,风俗久已成。复闻紫阳客②,早署丹台名③。喘息餐妙气,《步虚》吟真声④。道与古仙合,心将元化并⑤。楼疑出蓬海⑥,鹤似飞玉京⑦。松雪窗外晓,池水阶下明。忽耽笙歌乐,颇失轩冕情⑧。终愿惠金液⑨,提携凌太清⑩。

【注释】 ① 神农:即所谓炎帝。始居于随州北百里之厉山,也称列山氏。教民耕农,尝百草以辨别药物。 ② 紫阳客:谓紫阳真人周义山。 ③ 丹台:指仙界。相传紫阳真人周义山入蒙山,遇仙人美门子,乃乞长生要诀。美门子曰:"子名在丹台玉室之中,何忧不仙?" ④《步虚》:道观所唱之《步虚词》,言众仙缥缈轻举之美。 ⑤ 元化:即造化。陈子昂《感遇》曰:"古之得仙道,信与元化并。" ⑥ 蓬海:指仙山蓬莱,居于海中。 ⑦ 玉京:道家称无为之天为玉京,即群仙所居之处。 ⑧ 轩冕:轩,泛指高车驷马;冕,达官贵人所戴之冠冕。此指官位爵禄。 ⑨ 金液:传为仙家上等药,服之可立登天。 ⑩ 太清:道家谓天空为太清。《抱朴子·杂应》:"上升四十里,名为太清。"

【译文】 自神农即好长生,这风俗久已养成。又听说紫阳真人周义山,早被仙界登记上了姓名。闭藏喘息以妙气为餐,缥缈轻举诵唱《步虚》之词。得道与远古仙人一脉,潜心同天地自然一体。楼如蓬莱仙山出碧海,鹤似展翅高飞往玉京。窗外雪映苍松如昼,台阶之下池水闪亮晶莹。笙歌乐奏使我顿然陶醉,官位爵禄又算何物? 希望你送我金液仙药,相携云游太清。

题元丹丘山居

【题解】 此诗作于开元二十二年(734)。诗写元丹丘山居悠然自得、飘然无为之态。表达了诗人厌弃世俗之污浊,羡慕世外桃源生活的情趣。

【原诗】 故人栖东山①,自爱丘壑美。青春卧空林②,白日犹不起。松风清襟袖,石潭洗心耳。羡君无纷喧,高枕碧霞里。

【注释】 ① 东山:东晋谢安,有大志。尝因时机未熟,高卧东山不起,以待时变。后泛指隐居之所,此指嵩山。 ② 青春:大好时光。

【译文】 老友栖身嵩山,只因爱这山川之美。大好的春光,却空林独卧,白日高照也不起。松风徐吹,清除襟袖中的俗气;石潭水清,洗净心耳里的污垢。羡慕你啊,无忧无虑,静心高卧云霞里。

题元丹丘颍阳山居 并序

【题解】 此诗与上首诗为同时之作。思想感情亦颇一致。颍阳,在今河南登封市西七十余里。诗中极写元丹丘山居之佳,前后上下,触目旷远,山岭云月,尽收眼底,奇松异石,比比皆是,朝晖夕阴,气象万千。王琦说此诗"尽丘壑之美",又说"逸情所寄,不即此可见欤"。

【原序】 丹丘家于颍阳,新卜别业,其地北倚马岭①,连峰嵩丘,南瞻鹿台②,极目汝海③。云岩映郁,有佳致焉。白从之游,故有此作。

【原诗】 仙游渡颍水,访隐同元君。忽遗苍生望④,独与洪崖群⑤。卜地初晦迹,兴言且成文。却顾北山断,前瞻南岭分。遥通汝海月,不隔嵩丘云。之子合逸趣,而我钦清芬⑥。举迹倚松石,谈笑迷朝曛⑦。终愿狎青鸟⑧,拂衣栖江濆⑨。

【注释】 ①马岭:山名,在今河南新密南。 ②鹿台:山名,在今河南临汝。山有台若蹲鹿,故名。 ③汝海:即汝水。称其大,故言海。在颍水之南。 ④苍生望:百姓之望。有"安石不肯出,将如苍生何"之典。 ⑤洪崖:仙人名,相传尧时已三千岁。 ⑥清芬:喻德行高洁。 ⑦曛:日落时余光。 ⑧青鸟:传说中之神鸟。喻元丹丘。 ⑨濆(fén):沿河高地。此指颍阳山居。

【译文】 渡过颍水,作神仙之游,携手丹丘,共寻佳境。突然忘却了济世之志,独与洪崖般的人游处。新筑的居所远离人间,乘兴谈论即是佳文。北顾山峦拦住了视野,前望南岭山脉纵深。遥遥连通汝水之月,连绵的白云远接嵩丘。丹丘子喜隐逸之趣,我也钦仰德行高洁。举步漫游,依倚松石;谈谈笑笑,沉迷于晨光暮霭中。更想与神鸟游戏,潇洒拂衣住在江边。

题瓜州新河饯族叔舍人贲

【题解】 此诗作于开元二十七年(739)暮春。瓜州,镇名,在今江苏扬州境内。新河,指润州刺史齐澣(huàn)在瓜州浦开凿的伊娄河,又称瓜州运河。李贲,高宗子许王素节之孙,嗣巴国公。诗中盛赞齐澣所凿之运河,言其泽被后世,功在千秋。流露出自己年近不惑、尚无建树,徒伤老大的悲哀。在这种心境下送别,自是怆然。

【原诗】 齐公凿新河①,万古流不绝。丰功利生人,天地同朽灭。两桥对双阁,芳树有行列。爱此如甘棠②,谁云敢攀折。吴关倚此固③,天险自兹设。海水落斗门④,潮平见沙沉⑤。我行送季父,弭棹徒流悦⑥。杨花满江来,疑是龙山雪⑦。惜此林下兴,怆为山阳别⑧。瞻望清路尘,归来空寂蔑⑨。

【注释】 ①齐公:指齐澣。 ②甘棠:召公于农忙时,在棠树之下听讼决狱,百姓各得其所,后人思其德美,爱其树而不敢伐,因作《甘棠》诗。此借召公之甘棠喻齐公之政绩。 ③吴:一作"美"。 ④斗门:泄洪闸门。 ⑤潮:一作"湖"。沉(jué):水从孔穴疾出。 ⑥弭:止。徒:但,只。流悦:流连赏心悦目之事。 ⑦龙山:在今安徽马鞍山当涂县。 ⑧二句用阮籍、阮咸叔侄事。喻族叔李贲与己。林下兴:谓竹林七贤之游兴。山阳:七贤聚游之地。在今河南焦作修武县。 ⑨寂蔑:犹寂寞。

【译文】 齐公开凿新运河,河水万古流不绝。伟业丰功恩泽百姓,可与天地共存。两座桥各对一座亭阁,芳树整齐排成行。人们爱此树如爱甘棠,无人敢攀敢折。吴关依此河而坚固,天险因此而设立。海水进入闸门,潮平时水从沙中流出。我来送别叔父,停下船桨暂时寻找欢乐。暮春的杨花满江飘来,恰似龙山的片片雪花。正留恋此林下的情兴,怆然却作山阳之别。远望你离去的清尘,独自归来,无奈又倍觉寂寞。

洗脚亭

【题解】 此诗开元十四年(726)秋季作于金陵。王琦于此诗题下注:"诗乃送行之作,题内似有缺文。"洗脚亭,即诗中之洪亭,在金陵。诗写送别时之处的景物,既见出所送之远,又借以表达分别时的痛苦心情。"回首泪成行"便自然而然。

【原诗】　白道向姑熟①,洪亭临道旁。前有吴时井,下有五丈床②。樵女洗素足,行人歇金装③。西望白鹭洲④,芦花似朝霜。送君此时去,回首泪成行。

【注释】　① 白道:大路。人行多,草不能生,遥望白色,故称。姑熟:即今安徽当涂县。　② 床:井栏。　③ 金装:金饰之马鞍,此谓马。　④ 白鹭洲:长江中洲名。

【译文】　大路直通姑熟,洪亭临于道旁。亭前有吴时的水井,井边围着五丈的栏杆。打柴女在此洗濯白皙的脚,行路人在此停马歇息。向西遥望白鹭洲,芦花瑟瑟如早晨的白霜。草木摇落,此时送你归去,频频回首,眼泪成行。

劳劳亭

【题解】　詹锳先生《李白诗文系年》说此诗“为去朝以后所作,不知确在何年,姑系于此(按指天宝八载〔749〕)”。此诗情景交融,若合一契。写分别之苦,很有情致。

【原诗】　天下伤心处,劳劳送客亭①。春风知别苦,不遣柳条青。

【注释】　① 劳劳亭:在今江苏南京,古新亭南,为古送别之所。吴时置亭在劳劳山上。

【译文】　天下最伤心的地方,就是这送别的劳劳亭。春风也会意离别的痛苦,不催这柳条儿发青。

题金陵王处士水亭

【题解】 题下自注:"此亭盖齐朝南苑,又是陆机故宅。"此诗开元十四年(726)作于金陵。诗写处士亭的清静幽美,主人的高雅不俗。表达了作者热爱自然、厌烦世俗的思想感情。

【原诗】 王子耽玄言,贤豪多在门。好鹅寻道士①,爱竹啸名园②。树色老荒苑③,池光荡华轩④。北堂见明月⑤,更忆陆平原⑥。扫拭青玉簟⑦,为余置金尊。醉罢欲归去⑧,花枝宿鸟喧。何时复来此,再得洗嚣烦⑨。

【注释】 ①"好鹅"句:《太平御览》引何法盛《晋中兴书》:"王羲之性好鹅,书《道德经》换取山阴道士好鹅十余只。" ②"爱竹"句:王子猷见一士大夫家有好竹,径造林下讽啸良久。见《世说新语·简傲》。 ③荒苑:指王处士水亭。荒,一作"秀"。 ④华轩:楼上饰有文彩的构栏。 ⑤"北堂"句:北,一作"此"。此句本陆机《拟明月何皎皎》:"安寝北堂上,明月入我牖。照之有余辉,揽之不盈手。" ⑥陆平原:陆机尝做平原内史,故后世称陆平原。 ⑦拭:一作"地"。簟(diàn):竹席。 ⑧罢:一作"后"。 ⑨再:一作"更"。

【译文】 王先生热衷道学之深奥,门庭多有贤达豪杰聚集。羲之好鹅寻访道士,子猷爱竹,名园竹下啸咏不止。苍郁的树色使荒芜的南苑更显古老,池水波光荡漾着彩绘构栏的倒影。北堂落下皎洁的月光,更让我想起了陆平原。扫净青玉般的席垫,为我摆上华丽的酒樽。喝醉后我想归去,花枝上的宿鸟喧闹,似殷勤挽留。什么时候能重来此地,让我再次清洗尘世的嚣烦?

题嵩山逸人元丹丘山居并序

【题解】 此诗作于天宝九载(750)。诗中盛赞元丹丘寄情山水,遗世独立,不慕世俗富贵欢乐的高尚品质。并用"尔能折芳桂,吾亦采兰若"作比以自况,表明自己与元丹丘具有相同的高洁情操。

【原序】 白久在庐、霍①,元公近游嵩山,故交深情,出处无间。岩信频及②,许为主人。欣然适会本意,当冀长往不返,欲便举家就之。兼书共游,因有此赠。

【原诗】 家本紫云山③,道风未沦落。沉怀丹丘志④,冲赏归寂寞⑤。朅来游闽荒⑥,扪涉穷禹凿⑦。夤缘泛潮海⑧,偃蹇陟庐霍。凭雷蹑天窗,弄景憩霞阁。且欣登眺美,颇惬隐沦诺。三山旷幽期⑨,四岳聊所托⑩。故人契嵩颍,高义炳丹臒⑪。灭迹遗纷嚣,终言本峰壑。自矜林湍好,不羡市朝乐。偶与真意并,顿觉世情薄。尔能折芳桂,吾亦采兰若⑫。拙妻好乘鸾,娇女爱飞鹤。提携访神仙,从此炼金药⑬。

【注释】 ① 霍:指霍山,在江南庐州境内。 ② 岩信:指隐居者所写的信。 ③ 紫云山:在今四川江油。传有紫云结其上,故名。 ④ 沉:一作"况"。丹丘:神仙居处。 ⑤ 冲:虚。 ⑥ 闽荒:指越中。 ⑦ 禹凿:即禹穴,在今浙江绍兴。 ⑧ 夤(yín)缘:攀附。 ⑨ 三山:谓传说中海上三仙山:蓬莱、方壶、瀛洲。 ⑩ 四岳:东岳泰山、西岳华山、南岳衡山、北岳恒山。 ⑪ 炳丹臒(huò):鲜明若丹青。 ⑫ 兰若:幽兰与杜若。泛指香草。 ⑬ 金药:金丹,仙家上等药。

【译文】 我家原本在紫云仙山,崇尚仙道的风气还没有消散。我也久仰神仙的居处,怀虚赏道思归寂寞。后来游赏越中,跋涉会稽山,探寻禹穴。凭借着舟桨泛大海,登上高耸入云的庐山、霍山。驾着雷电踏上天庭,在美景中嬉戏,在霞阁中憩息。欢娱于登高眺望美景,满足于栖隐诺言的实现。登览海上三神山其期旷缈,四岳等名山姑且聊以寄身。老友与嵩山颍水精神相合,高义鲜明若丹青烨然。灭迹人间,遗弃尘嚣,发言玄远,不离山峰沟壑。自矜山林溪水的美好,不慕市井京都的欢乐。偶或悟得仙道真义,便顿觉世间人情的浅薄。你能攀折芳草桂枝,我也能采摘兰花杜若。我的妻子喜欢乘鸾飞翔,女儿爱好驾鹤云游。我们一同寻仙访道,从此去提炼那仙家的金药。

题江夏修静寺

【题解】 此诗作于乾元元年(758)。题下自注:"此寺是李北海旧宅。"李邕曾任北海太守,时人称李北海。诗中通过对李邕旧宅的描述,赞扬李邕风姿高美。慨叹李邕身后落寞寂寥,也露出自伤的情感。江夏,郡名,唐开元年间名为鄂州,州治江夏县,在今湖北武汉。

【原诗】 我家北海宅,作寺南江滨。空庭无玉树①,高殿坐幽人②。书带留青草③,琴堂幂素尘④。平生种桃李⑤,寂灭不成春。

【注释】 ① 玉树:佳树。以树代人,此指李邕。 ② 幽人:隐士,此处指修静寺僧人。 ③ "书带"句:《三齐记》:"郑玄教授于不其山,山下生草,大如薤,叶长一尺余,坚刃异常,士人名曰'康成书带'。" ④ 堂:一作"台"。幂:覆盖。 ⑤ 种桃李:谓授门生。

【译文】 我家李邕的故宅,已经变成寺庙坐落在长江边。庭院空空,已无佳树;高堂之上端坐着的是寺僧。青青的书带草虽然还在,但琴堂已覆上了尘埃。一生遍种桃李,死后却冷落寂寞,了无春意。

改九子山为九华山联句并序

【题解】 此诗作于天宝十三载(754)冬季。系李白、高霁、韦权舆三人联句而成。诗共四联,首联和尾联为李白所作,诗句自然生动,意象开阔,浑然天成。体现了诗人热爱自然,向往在这种环境下生活的情感。九子山,即九华山旧名,在今安徽池州青阳县。《太平御览》引《九华山录》曰:"此山奇秀,高出云表,峰峦异状,其数有九,故号九子山焉。李白因游江汉,睹其山秀异,遂更号曰九华。"联句,赋诗时人各一句或数句,合而成篇。始于汉武帝柏梁体。

【原序】 青阳县南有九子山,山高数千丈,上有九峰如莲华。按图征名①,无所依据。太史公南游,略而不书。事绝古老之口②,复阙名贤之纪。虽灵仙往复,而赋咏罕闻。余乃削其旧号,加以九华之目。时访道江、汉,憩于夏侯回之堂,开檐岸帻③,坐眺松雪,因与二三子联句,传之将来。

【原诗】 妙有分二气④,灵山开九华。(李白)层标遏迟日⑤,半壁明朝霞。(高霁)积雪曜阴壑,飞流喷阳崖。(韦权舆)青荧玉树色⑥,缥缈羽人家⑦。(李白)

【注释】 ① 征:验证。 ② 绝:一作"出"。 ③ 岸帻(zé):帻,发有巾曰帻。岸帻,微脱其巾而露额。 ④ 妙有:谓一也。言大道运彼自然之妙一,而生万物。参见《文选》孙绰《游天台山赋》李善注。 ⑤ 层标:山峰层叠。迟日:春日。语出《诗经·豳风·七月》"春日迟迟。" ⑥ 青荧:色青而有光荧。 ⑦ 羽人:仙人。

【译文】 自然之大道运生出阴阳二气,使灵秀的仙山开出九朵莲花。层层叠叠的山峰挡住了春天的太阳,半山壁中闪耀着灿烂的朝霞。积雪映照着阴暗的沟壑,飞流的溪水喷在向阳的山崖。树色青青透着光晕,缥缈朦胧处是仙人之家。

题宛溪馆

【题解】 此诗作于天宝九载(750)秋季。诗中描写宛溪的清澈,月光下的白沙、秋风中的绿竹,表现出诗人对宛溪的热爱赞美之情。最后用东汉高士严光之典,暗示自己"浮云富贵"的高尚节操,也不逊于严光,无愧高士之名。宛溪,水名,在今安徽宣城。

【原诗】 吾怜宛溪好,百尺照心明①。何谢新安水②,千寻见底清。白沙留月色,绿竹助秋声。却笑严湍上③,于今独擅名。

【注释】 ①"百尺"句:一作"久照心益明"。 ②谢:逊。新安水:又称浙江。水至清,深浅皆可见底。 ③严湍:即浙江七里濑汉高士严光垂钓处。严光曾与东汉光武帝同游学,及光武帝即位,便隐姓埋名,光武屡诏不就,垂钓浙江中,后人名其垂钓处为严陵濑。详见《后汉书·逸民列传》。

【译文】 我爱美丽的宛溪,清澈的河水照得我心里澄明。哪里稍逊新安江水?极深处都清澈见底。洁白的沙滩笼着月色,绿竹摆动,助长秋的声息。可笑那严光垂钓的石坛,为何至今还独擅清美的名气?

题东溪公幽居

【题解】 此诗作于天宝二年(743)春季。通过对居地环境的描写来表现人,写出了杜陵贤士的清正廉洁、高雅绝俗。东溪,当是杜陵一带水名,东溪公应为此地隐士。

【原诗】 杜陵贤人清且廉①,东溪卜筑岁将淹②。宅近青山同谢朓③,

门垂碧柳似陶潜。好鸟迎春歌后院,飞花送酒舞前檐。客到但知留一醉,盘中只有水精盐④。

【注释】 ① 杜陵:在长安东南二十里。 ② 卜筑:择地建筑。 ③ 青山:在安徽马鞍山当涂县。齐时宣城太守谢朓筑室于山南,绝顶有谢公池。唐天宝间改为谢公山。 ④ 水精盐:《金楼子》:胡中白盐,产于山崖,映日光明如精,胡人以供国厨,名君王盐,亦名玉华盐。

【译文】 杜陵贤士清正廉洁,在东溪畔筑屋已经多年。宅地如谢朓一样靠近青山,门垂碧柳,又像那陶潜。美丽的鸟儿在后院唱着迎春的欢歌,落花伴着酒香在前庭飞旋。有客到来就让他开怀一醉,盘中菜肴只有水精盐。

十九、杂　咏

嘲鲁儒

【题解】 此诗作于开元二十五年(737)。诗中描写鲁儒的服饰及举止形态,讥其迂腐不堪,学无所用,未足与论经国济世之策。

【原诗】 鲁叟谈《五经》①,白发死章句②。问以经济策③,茫如坠烟雾。足著远游履④,首戴方山巾⑤。缓步从直道,未行先起尘⑥。秦家丞相府⑦,不重褒衣人⑧。君非叔孙通⑨,与我本殊伦。时事且未达,归耕汶水滨⑩。

【注释】 ①《五经》:指《诗》《书》《易》《礼》《春秋》。 ②"白发"句:言鲁儒生至皓首之年仅知死守章句而已。 ③经济策:经国济世之策。 ④远游履:汉时人所着之履。 ⑤方山巾:《后汉书·舆服志》:"方山冠,似进贤,以五采縠为之。"上二句言鲁儒处唐世而犹着汉时的服装。山,一作"头"。 ⑥"未行"句:意指汉时服装宽袍大袖,行动不便。 ⑦秦家丞相:指李斯,为秦相时,黜儒术罢百家。 ⑧褒:大裾。褒衣人,即指儒生。 ⑨叔孙通:汉时博士。高祖定朝仪,征鲁诸生三十人,有两生不肯行,以叔孙通所为与古不合。叔孙通笑曰:"若真鄙儒也,不知时变。"参见《史记·叔孙通列传》。 ⑩汶水:在今山东境内,源于泰山,流经古鲁国。

【译文】 鲁地老叟谈论《五经》,白发皓首只能死守章句。问他经国济世的策略,茫茫然如同坠入烟雾。脚穿远游的文履,头戴方山的头巾。沿着直道缓缓迈步,还没抬脚,已掀起了尘土。秦相李斯不重用儒生,你也不是达于时变的通儒叔孙通,和我原本就不是同流。什么时事都不晓得,还是回到汶水去躬耕吧。

惧 谗

【题解】 安旗《李白全集编年注释》系此诗于天宝二年(743)。詹锳先生云:"白与知章相处不及半载,其被谗自当在知章去朝以后。"贺知章去朝在天宝三载(744),由诗中"行将泣团扇"句知,此时李白已被谗。故暂定此诗作于天宝三载。诗中举晏子二桃杀三士、魏姝惑于郑袖被劓二典,化屈原"蛾眉"句意,说明妒之危害贤能极大。最后用班婕妤《怨歌行》之意,表达出被谗言所害,亦将有"泣团扇"的忧虑。

【原诗】 二桃杀三士①,讵假剑如霜②。众女妒蛾眉③,双花竞春芳④。魏姝信郑袖⑤,掩袂对怀王。一惑巧言子,朱颜成死伤。行将泣团扇⑥,戚戚愁人肠。

【注释】 ① 杀三士:晏子用两只桃子杀死三个士子。详见《梁甫吟》注。② 讵:表反问。假:借。 ③ 众女:指群小人。语出屈原《离骚》:"众女嫉余之蛾眉兮,谣诼谓余以善淫。" ④ 竞:一作"竟"。 ⑤ "魏姝"句:《战国策·魏策》:"魏王遗楚王美人,楚王说之。夫人郑袖知王之说新人也,甚爱新人,衣服玩好择其所喜而为之,宫室卧具择其所善而为之,爱之甚于王。王曰:'妇人所以事夫者,色也;而妒者,其情也。今郑袖知寡人之说新人也,其爱之甚于寡人,此孝子之所以事亲,忠臣之所以事君也。'郑袖知王以己为不妒也,因谓新人曰:'王爱子美矣,虽然,恶子之鼻,子为见王则必掩鼻。'新人见王,因掩其鼻。王谓郑袖曰:'夫新人见寡人则掩其鼻,何也?'郑袖曰:'妾知也。'王曰:'虽恶,必言之。'郑袖曰:'其似恶闻君王之臭也。'王曰:'悍哉!'令劓之,无使逆命。" ⑥ 泣团扇:汉成帝时,班婕妤被赵飞燕夺宠,作《怨歌行》以自伤。其辞曰:"新裂齐纨素,皎洁如霜雪。裁为合欢扇,团团似明月。出入君怀袖,动摇微风发。常恐秋节至,凉飙夺炎热。弃捐箧笥中,恩情中道绝。"

【译文】 用二桃便可轻杀三士,哪里还要假借利剑如霜?平庸的女子妒恨美丽的蛾眉,竞相争占春之芬芳。魏国美女轻信郑袖,遮掩其鼻面对楚王。可怜被花言巧语的郑袖迷惑,美女便落得死伤的下场。班婕妤一曲《怨歌行》为团扇哭泣,悲凉凄切使人惆怅。

观 猎

【题解】 此诗作年未详。诗写太守傍晚乘闲打猎的情形。写出太守的清俊、威严和勃发的豪气。

【原诗】 太守耀清威,乘闲弄晚辉。江沙横猎骑,山火绕行围①。箭逐云鸿落,鹰随月兔飞。不知白日暮,欢赏夜方归。

【注释】 ① 山火:打猎者烧草以驱逼禽兽之火。

【译文】 清俊威严的太守,乘着闲暇,驰骋于傍晚的余晖。江边的沙滩上,猎马纵横;驱赶禽兽的山火,旋绕环围。利箭追逐着云中的鸿雁一起坠落,雄鹰紧随着月下的兔子疾飞。不知不觉夜幕降下,我们欢快地欣赏这奇景,至夜方归。

观胡人吹笛

【题解】 此诗作于天宝十二载(753)。诗中将所听之曲与所见之景、心中之情,巧妙地融合在一起,表达了诗人被放逐的苦冈心情和对唐玄宗的眷恋之情。

【原诗】 胡人吹玉笛,一半是秦声①。十月吴山晓,《梅花》落敬亭②。愁闻《出塞》曲③,泪满逐臣缨。却望长安道,空怀恋主情。

【注释】 ①秦声:秦地之乐曲。 ②《梅花》:笛曲,亦称《梅花落》,属乐府之《横吹曲辞》。敬亭:山名,在今安徽宣城。 ③《出塞》:古乐府名,亦属《横吹曲辞》。

【译文】 胡人吹奏着玉笛,大多是秦地的音声。十月吴山的清晓,一曲《梅花》落到敬亭。愁苦中听到《出塞》的乐曲,泪水顿流,沾湿了我的帽缨。回头遥望那通往长安的大道,可叹我空怀眷恋君主的衷情。

军 行

【题解】 詹锳先生以此诗为王昌龄《塞上曲》第二首,译文从略。诗中写战后的疆场、战士们的心理。通过"铁鼓声犹震""血未干"表现出战士们浴血奋战、杀敌报国的英雄气概。

【原诗】 骝马新跨白玉鞍①,战罢沙场月色寒②。城头铁鼓声犹震,匣里金刀血未干。

【注释】 ①骝(liú):赤马黑鬃曰骝。 ②沙场:胡三省《通鉴注》:"唐人谓沙漠之地为沙场。"

从军行

【题解】 此诗写一汉家大将带兵突围的英武形象,从侧面反映了诗人欲报效国家、建功立业的愿望。《从军行》为乐府相和歌辞,多述军旅辛苦。

【原诗】　百战沙场碎铁衣,城南已合数重围。突营射杀呼延将①,独领残兵千骑归。

【注释】　①呼延:为匈奴姓氏。匈奴姓氏有四:呼延氏、卜氏、兰氏、乔氏。以呼延氏最贵。

【译文】　身经沙场百战,铠甲已破碎,城池南面被敌人重重包围。突进营垒,射杀呼延大将,率领残兵千骑而归。

平虏将军妻

【题解】　此诗隐括平虏将军休妻故事,表现了弃妇对旧情的留恋和被"逐"出的忧怨。写作时间盖当赐金放还之际,最早在天宝三载(744)。

【原诗】　平虏将军妇①,入门二十年。君心自不悦,妾宠岂能专。出解床前帐,行吟道上篇。古人不唾井②,莫忘昔缠绵③。

【注释】　①"平虏"句:《玉台新咏》载刘勋妻王宋《杂诗二首并序》:"王宋者,平虏将军刘勋妻也,入门二十余年。后勋悦山阳司马氏女,以宋无子出之。还于道中,作诗二首:'翩翩床前帐,张以蔽光辉。昔将尔同去,今将尔共归。缄藏箧笥里,当复何时披。'''谁言去妇薄,去妇情更重。千里不唾井,况乃昔所奉。远望未为遥,踟蹰不得往。"　②不唾井:程大昌释上第二首云:"常饮此井,虽舍而去之千里,知不复饮矣,然犹以尝饮乎此,而不忍唾也。况昔所尝奉以为君子者乎!"　③缠绵:谓欢好也。

【译文】　我是平虏将军的老妻,入门都已二十年。将军心里早不愉悦,对我的宠爱哪能专一?临走前解下伴我同来的帷帐,走在归途,吟诵怨诗二篇。去井千里,古人尚不忍吐,世人莫忘了昔日的恩爱缠绵。

春夜洛城闻笛

【题解】 此诗作于开元二十三年(735)李白客居洛阳时。诗人因听到《折杨柳》笛声,生发了对故乡的思念之情。洛城即洛阳。

【原诗】 谁家玉笛暗飞声①,散入春风满洛城。此夜曲中闻《折柳》②,何人不起故园情。

【注释】 ① 玉笛:玉制或镶玉的笛子。 ②《折柳》:古曲名,即《折杨柳》。内容多叙离愁别情。人们临别时折柳相赠,"柳"暗指"留"。

【译文】 是谁家的庭院,飞出幽隐的玉笛声?融入春风,飘满洛阳古城。临别之夜听到《折杨柳》的乐曲,谁又能不生出怀恋故乡的深情?

嵩山采菖蒲者

【题解】 此诗作于开元二十二年(734)。诗中隐括武帝遇仙食菖蒲以求长生的事。叹惜武帝妄求神仙,终不觉悟。

【原诗】 神人多古貌①,双耳下垂肩。嵩岳逢汉武,疑是九疑仙。我来采菖蒲②,服食可延年。言终忽不见,灭影入云烟。喻帝竟莫悟③,终归茂陵田④。

【注释】 ① 人:一作"仙"。 ② 采菖蒲:《神仙传》:"汉武上嵩山,登大愚室,石起道宫,使董仲舒、东方朔等斋洁思神。至夜,忽见有仙人,长二丈,耳出头巅,垂下至肩。武帝礼而问之,仙人曰:'吾九嶷之神也。闻中岳石上菖蒲一寸九节,可以服之长生,故来采耳。'忽然失神人所在。帝顾侍臣曰:'彼非复学道眼食者,必中岳之神,以喻朕耳。'为之采菖蒲服之,经二年,帝觉闷不快,遂止。时从官多服,然莫能持久,唯王兴闻仙人教武帝服菖蒲,乃采服之不息,遂得长生。" ③喻:告知。 ④茂陵田:汉武帝墓地,在今陕西咸阳兴平茂陵村。

【译文】 神仙多呈远古的相貌,双耳下垂能至肩。在嵩山遇到汉武帝,武帝疑心他是九疑山的神仙。他告诉武帝:我来采摘菖蒲草,食之不辍,能长生不老。话刚说完,人已不见,身影消失在茫茫云烟。本是暗示汉武帝,可他竟然不觉悟,最终归宿便在茂陵这块墓田。

金陵听韩侍御吹笛

【题解】 此诗作于上元二年(761)。诗中盛赞韩云卿吹笛技艺之高妙。用笛曲来表现他的倜傥不羁、潇洒清峻。韩侍御即韩云卿,韩愈叔父。曾官监察御史、礼部郎中,在文学上颇负盛名。李白说他"文章冠世"。

【原诗】 韩公吹玉笛,倜傥流英音①。风吹绕钟山②,万壑皆龙吟。王子停凤管③,师襄掩瑶琴④。余响渡江去,天涯安可寻。

【注释】 ①倜傥:不羁貌。 ②钟山:即紫金山,又名蒋山,在今江苏南京城东。 ③王子:指传说中的仙人王子乔。《列仙传》:"王子乔者,周灵王太子晋也。好吹笙作凤凰鸣。"参见《凤笙篇》注释。 ④师襄:春秋时卫国乐官,又称师襄子。传说孔子曾从其学琴。

【译文】 韩公吹奏着玉笛,倜傥不羁中流出清峻的音响。风吹笛音,环绕着钟山,千谷万壑,都似龙在引吭。仙人王子乔停吹凤凰曲,连那师襄也把瑶琴掩上。袅袅的余音飘过长江,天涯海角哪里可寻?

流夜郎闻酺不预

【题解】 此诗作于至德三载(758)。据《旧唐书·肃宗纪》：至德二载十二月戊午朔,下制大赦,改蜀郡为南京,赐酺五日。李白却不在被赦之列,故心情忧愤而作此诗。诗用"北阙圣人"与"南冠君子"之对比,表达出诗人的幽愤,又用"汉酺"一事,表明希望早得放归的心情。酺,言王德布于天下而聚饮食。夜郎,县名,在今贵州遵义正安县西北。

【原诗】 北阙圣人歌太康①,南冠君子窜遐荒②。汉酺闻奏钧天乐③,愿得风吹到夜郎。

【注释】 ① 北阙：指朝廷。太康：太平安康。 ② 南冠君子：指罪囚。用《左传·成公九年》钟仪事。见《淮南卧病书怀寄蜀中赵征君蕤》诗注。窜：放逐。遐荒：远方荒僻之地。 ③ 汉酺(pú)：汉时之酺,此代唐。钧天乐：天庭仙乐。

【译文】 朝廷的大人们在歌颂盛世的太平安康,我一个罪囚却被放逐到遥远荒僻的地方。闻道朝廷大赦赐酺,奏钧天乐章,多希望那东风把这消息吹到夜郎。

放后遇恩不沾

【题解】 此诗作于乾元元年(758)。遇恩,指乾元元年十月册立太子,大赦天下。而李白又不受其惠,诗中表现了流放的孤苦,以及希望能再受起用的心理。

【原诗】 天作云与雷①,霈然德泽开。东风日本至②,白雉越裳来③。独弃长沙国④,三年未许回。何时入宣室,更问洛阳才⑤。

【注释】　①"天作"句：《周易·解》："象曰：雷雨作，解，君子以赦过宥罪。"首二句用其意。　②日本：武后时改倭国为日本国。　③越裳：《韩诗外传》："成王之时，越裳氏重九译而至，献白雉。"东风、白雉二句皆言远人蒙恩泽之意。　④"独弃"句：谓贾谊被贬为长沙王太傅三年。⑤"宣室"句：宣室汉未央宫前殿正室。此句指汉孝文帝于宣室招见贾谊，问鬼神之事。洛阳才：贾谊是洛阳人，故称。

【译文】　天象作云雨雷鸣，开启盛大的恩德。东风从遥远的日本吹来，越裳氏也奉献白雉唱颂歌。而我却如贾谊被放逐长沙，谪居三年归不得。什么时候能重新回到朝中？任那帝王将鬼神之事问我。

宣城见杜鹃花

【题解】　此诗作于天宝十四载（755）暮春，时李白在宣城郡。子规鸟、杜鹃花均为思乡、凄恻之情的象征。

【原诗】　蜀国曾闻子规鸟①，宣城还见杜鹃花②。一叫一回肠一断，三春三月忆三巴③。

【注释】　①子规鸟：一名杜鹃，蜀中最多，暮春则啼，啼声似曰"不如归去"，闻者凄恻。　②杜鹃花：又名映山红，以二三月杜鹃鸟鸣时盛开，故名。　③三巴：指巴郡、巴东、巴西。此代李白故乡蜀中。

【译文】　在遥远的故乡，曾听到子规鸟凄恻的鸣啼，如今在异乡宣城，又看到盛开的杜鹃花。子规鸣叫悲转，使人愁肠寸断。暮春三月，这鸟鸣花开的时节，游子正思念他的故乡三巴。

白田马上闻莺

【题解】 此诗作于天宝元年(742)五月。诗中用黄鹂食桑椹、蚕老于桑叶等物候特征,表达了游子思乡的感情。白田,地名,在宝应县。唐时淮南道楚州有安宜县,改元宝应时,改安宜县为宝应县(今江苏扬州宝应县)。

【原诗】 黄鹂啄紫椹①,五月鸣桑枝。我行不记日,误作阳春时。蚕老客未归,白田已缫丝②。驱马又前去,扪心空自悲。

【注释】 ① 黄鹂:即黄莺,一名仓庚。椹:桑果,生青,熟则紫色。 ② 缫(sāo)丝:把蚕茧浸在热水里,抽出蚕丝。

【译文】 黄鹂鸟啄食着紫色的桑椹,五月里鸣叫在桑树枝。走啊走,我已不记得是什么时日,误以为现在还是阳春。桑蚕已老,游子尚未还归,白田这地方已开始缫丝。驱马继续前行,抚胸长叹空自悲伤。

暖 酒

【题解】 此诗王琦本置入《诗文拾遗》,按云:"《庭前晚开花》及此首,语尤凡俗,不类太白。"

【原诗】 热暖将来宾铁文①,暂时不动聚白云。拨却白云见青天,掇头里许便乘仙②。

【注释】 ① 宾铁:出自波斯的一种铁,坚可切金玉。 ② 掇头:掉转头。

【译文】 烫热拿来的酒壶,上有宾铁的花纹,一时不动,似凝聚着白云。吹去白云才见到青天一样的碧酒,喝了它,刚转头就飘飘然如同升仙了。

三五七言

【题解】 安旗《李白全集编年注释》系此诗于至德元载(756),此依其说。诗人以寒鸦自比,表达了无限惆怅的心情。"三五七言",胡震亨《唐音癸签》说:"三五七言始郑世翼,李白继作。"郑世翼,荥阳人,官扬州录事参军,贞观中因谤被放。

【原诗】 秋风清,秋月明。落叶聚还散,寒鸦栖复惊①。相思相见知何日,此时此夜难为情。

【注释】 ① 寒鸦:《本草纲目》:"慈乌,北人谓之寒鸦,以冬日尤盛。"鸦,一作"乌"。

【译文】 秋风凄清,秋月明朗。风中的落叶时聚时散,寒鸦本已栖息,又被明月惊起。期盼着相见,却不知在何日,这样的时节,这样的夜晚,相思梦难成。

杂 诗

【题解】 此诗写传说中蓬莱仙山上的玉树、灵仙,表达诗人求仙得道的愿望,亦从侧面表现出对世俗的厌弃。

【原诗】 白日与明月,昼夜尚不闲①。况尔悠悠人,安得久世间。传闻海水上,乃有蓬莱山②。玉树生绿叶,灵仙每登攀。一食驻玄发,再食留红颜。吾欲从此去,去之无时还。

【注释】　①尚：一作“常”。　②蓬莱山：《列子·汤问》：“渤海之东……其中有五山焉：一曰岱舆，二曰员峤，三曰方壶，四曰瀛洲，五曰蓬莱。其山高下周旋三万里，其顶平处九千里，其上珠玕之树皆丛生，华实皆有滋味，食之皆不老不死。”

【译文】　白日与明月，昼夜相继出没，不得清闲。何况尘世众生，哪能永久留在人世间！传说那大海之上，有座蓬莱仙山。山上珠玕树绿叶丛生，又常有神仙登攀。吃了玉树的果实，便可留住黑发，再吃就可永驻红颜。我便要寻此山而去，从此不再归还。

二十、闺　情

寄远十二首

【题解】 《寄远十二首》非一时所作。安旗《李白全集编年注释》以为是开元十九年(731)前后,李白旅居洛阳、南阳等地时作。其时,白妻为许氏,居于安陆。这一组诗或直述或借景物、人事写两地相思之苦,表情达意真切细腻,写景状物也传神动人。

其 一

【原诗】 三鸟别王母①,衔书来见过。肠断若剪弦,其如愁思何。遥知玉窗里,纤手弄云和②。奏曲有深意,青松交女萝③。写水落井中④,同泉岂殊波。秦心与楚恨⑤,皎皎为谁多。

【注释】 ①三鸟:即三青鸟,传说中西王母的使者。 ②云和:乐器名,如筝稍小。 ③"青松"句:《诗经·小雅·頍弁》:"茑与女萝,施于松柏。"喻伉俪之情。 ④写:同"泻"。此二句谓两情如泉水泻入井中。 ⑤"秦心"句:李白远游在外,妻许氏居于安陆,相隔遥远,故云。

【译文】 三青鸟辞别王母,给我衔来妻子的信。见信思人,柔肠寸断如剪丝弦,这哪里能慰藉我深切的思念? 遥想家乡,玉窗里,妻子的纤手一定正弹奏着云和。曲中传出不尽的思念,婉转缠绵,像女萝盘绕着青松。两情如泉水泻入井中,同源的泉水,波纹怎能不同? 秦地眷恋心,楚地相思恨,明明白白,是谁更深切?

其 二

【原诗】 青楼何所在①,乃在碧云中②。宝镜挂秋水,罗衣轻春风。新妆坐落日,怅望金屏空。念此送短书,愿因双飞鸿。

【注释】 ① 青楼:指显贵之家。《南齐书·东昏侯纪》:"世祖兴光楼,上施青漆,世谓之青楼。"此指安陆许氏所在。许氏为相门之女,故云。② 碧云中:言其遥远。

【译文】 妻子住的青楼在哪儿? 我抬眼望那遥遥无际的碧云。妆镜映出秋水般的月亮,春风轻拂她的罗衣。穿上鲜艳的衣裳,在落日的余晖里等待;看着空空的锦屏,涌起惆怅。想到这些,就写封短信,让双飞的鸿雁,带去我的思念。

其 三

【原诗】 本作一行书,殷勤道相忆。一行复一行,满纸情何极。瑶台有黄鹤①,为报青楼人。朱颜凋落尽,白发一何新。自知未应还,离居经三春。桃李今若为②,当窗发光彩。莫使香风飘,留与红芳待③。

【注释】 ① 瑶台:用美玉砌的台。言其华丽壮美。 ② 若为:犹如何。此句询问故园桃李今春开花情况。 ③"莫使"二句:意谓好自护持,待己归来。

【译文】 原本要写一行字,表达深切的相思。写了一行又一行,写满一纸情仍未尽。玉砌的台上有黄鹤飞,它能带信慰藉青楼人。红颜衰,白发生。我知道,归还无期,而分离已经三个春秋。故园桃李,花开如何? 一定会在窗前争奇斗艳。不要使那花香随风飘散,留住烂漫花开把我等待。

其　四

【原诗】　玉箸落春镜①,坐愁湖阳水②。闻与阴丽华③,风烟接邻里④。青春已复过,白日忽相催。但恐荷花晚,令人意已摧。相思不惜梦,日夜向阳台⑤。

【注释】　① 玉箸:泪双垂如玉箸。　② 湖阳:县名,在今河南南阳。③ 阴丽华:汉光武帝之后,南阳新野人,称光烈阴皇后。光武帝尝言:"仕宦当作执金吾,娶妻当得阴丽华。"　④ 接邻里:湖阳与新野不及百里,故有邻里之称。　⑤ 阳台:亦称阳云台,在巫山,为宋玉《高唐赋》中地名。此代所思之地。

【译文】　双垂如玉的泪,落在梳妆的镜上,因这湖阳水生出忧愁。听说湖阳与阴丽华的故里风烟相连,若为邻里。大好的春光匆匆逝去,忽觉时光催人年老。担心秋风吹寒,荷花凋零,心悲不自胜。让这相思情,融入睡梦中,日夜兼程,奔向那遥远的阳台。

其　五①

【原诗】　远忆巫山阳②,花明渌江暖。踌躇未得往,泪向南云满。春风复无情,吹我梦魂断。不见眼中人,天长音信短。

【注释】　① 此诗与乐府《大堤曲》多所相同,当是一诗之两传者。　② 巫山:在今重庆。宋玉《高唐赋》中妇人谓楚襄王曰:"妾在巫山之阳,高丘之岨。"此指妻许氏所在之地。

【译文】　怀念那遥远的巫山,想必渌江变暖,鲜花争艳。我心意踌躇,不能前往,向着那南去的白云,泪流涟涟。无情的春风,又将我思归的魂梦吹散。恍惚中不见了心上的人儿,天长地阔,音信苦短。

其 六

【原诗】 阳台隔楚水,春草生黄河①。相思无日夜,浩荡若流波。流波向海去,欲见终无因②。遥将一点泪,远寄如花人。

【注释】 ①"阳台"二句:一作"阴云隔楚水,转蓬落渭河"。 ②"欲见"句:一作"定绕珠江滨"。

【译文】 阳台被楚水遥遥隔开,萋萋的春草生在黄河岸边。相思之情不分昼夜,溶于浩荡东流的水间。水波投入大海的胸怀,我思念亲人,却终不能相见。遥把我的相思之泪,寄给远方花一样的爱人。

其 七

【原诗】 妾在春陵东①,君居汉江岛。百里望花光,往来成白道②。一为云雨别③,此地生秋草。秋草秋蛾飞,相思愁落晖。何由一相见,灭烛解罗衣④。

【注释】 ① 春陵:汉县名,故城在今湖北枣阳,为汉光武帝刘秀故里。安陆在春陵之东,故称春陵东。 ② 白道:大路。 ③ 云雨:谓巫山云雨。④"何由"二句:一作"昔时携手去,今时流泪归。遥知不得意,玉箸点罗衣"四句。

【译文】 我住在春陵东,你住在汉江岛。相隔百里,望尽了春花,来来往往,中间踩成了大道。自从作巫山云雨别,这里便暗暗生出秋草。秋草中秋蛾飞舞,落日余晖里更添相思烦恼。如何才能再得相见?轻解罗衣,莫让烛光照。

其 八

【原诗】 忆昨东园桃李红碧枝,与君此时初别离。金瓶落井无消息①,令人行叹复坐思。坐思行叹成楚越②,春风玉颜畏销歇③。碧窗纷纷下落花,青楼寂寂空明月。两不见,但相思,空留锦字表心素④,至今缄愁不忍窥。

【注释】 ① 金瓶落井:喻行人杳无音信。乐府《估客乐》古辞:"莫作瓶落井,一去无消息。" ② 楚越:言相去甚远。《庄子·德充符》:"自其异者视之,肝胆楚越也。" ③ 销歇:本指花之凋零衰落,此指容颜衰老。 ④ 锦字:指情书或情诗。前秦窦滔与其妻苏蕙音间,苏因织锦为回文诗寄滔,滔感其妙绝,乃具车迎之。见《晋书·列女传》。

【译文】 忆往昔,东园桃李花开烂漫,红满绿枝,正是我们最初分离的时刻。金瓶落井,一别无音讯,叫我坐也相思,行也叹息。相思叹息我们已楚越遥隔,春风徐吹,只恐玉颜衰残,碧纱窗前春花纷纷飘落,青楼上空明月寂寞高悬。两不相见,唯有相思,徒留锦字情书表达心意,可我至今封住它,不敢窥视。

其 九

【原诗】 长短春草绿,缘门如有情。卷葹心独苦①,抽却死还生。睹物知妾意,希君种后庭。闲时当采掇,念此莫相轻。

【注释】 ① 卷葹(shī):草名。《尔雅·释草》:"卷施草,拔心不死。"《艺文类聚》引《南越志》云:"江淮间谓之'宿莽'。"

【译文】 长长短短碧绿的春草,顺着台阶生长,仿若有人情。卷葹草虽中心良苦,抽去了它的心,却依然生存。看到它,你就了解了我的心,希望你把它种到院子中。闲暇时去采摘几棵,时常惦记着它,不要辜负我的深情。

其 十

【原诗】 鲁缟如玉霜①,笔题月支书②。寄书白鹦鹉,西海慰离居③。行数虽不多,字字有委曲。天末如见之④,开缄泪相续。千里若在眼,万里若在心。相思千万里,一书直千金。

【注释】 ① 鲁缟:鲁地所制丝织品之精白者。 ② 月支:汉时西域国名,故地在今甘肃西部。 ③ "寄书"二句:祢衡《鹦鹉赋》:"惟西域之灵鸟……痛母子之永隔,哀伉俪之生离……放臣为之屡叹,弃妻为之歔欷。" ④ 天末:天边,天际。

【译文】 鲁缟像玉霜一样,精细洁白,上面写下月支文。让白鹦鹉带上它去慰藉久别的爱人。行数虽然不多,字字句句意切情真。远在天边的爱人啊,如果见到它,读来便会泪涔涔。你虽在千里之外也如在我的眼前,就算再走万里也如在我的心中。相思深情连着千万里,情书一字值千金。

其十一①

【原诗】 美人在时花满堂,美人去后余空床。床中绣被卷不寝②,至今三载闻余香③。香亦竟不灭,人亦竟不来。相思黄叶落④,白露湿青苔⑤。

【注释】 ① 原注:"此首一作《赠远》。" ② 卷不寝:一作"更不卷"。 ③ 闻余:一作"犹闻"。 ④ 落:一作"尽"。 ⑤ 湿:一作"点"。

【译文】 美人在时,有鲜花满堂;美人去后,只剩下这寂寞的空床。床上锦绣衾被卷起,无人入寝,至今三年犹存馨香。香气经久不消,而人竟也有去无回。这黄叶飘零,更增添了多少相思?露水已沾湿了门外的青苔。

其十二

【原诗】 爱君芙蓉婵娟之艳色,若可餐兮难再得①。怜君冰玉清迥之明心②,情不极兮意已深。朝共琅玕之绮食③,夜同鸳鸯之锦衾。恩情婉娈忽为别④,使人莫错乱愁心⑤。乱愁心,涕如雪,寒灯厌梦魂欲绝,觉来相思生白发。盈盈汉水若可越,可惜凌波步罗袜⑥。美人美人兮归去来⑦,莫作朝云暮雨兮飞阳台⑧。

【注释】 ① 若可餐:陆机《日出东南隅行》:"鲜肤一何润,秀色若可餐。" ② 此句谓志行品德高洁。 ③ 琅玕:传说中仙界玉树,为凤凰所食。 ④ 婉娈:缠绵。 ⑤ 错:同"措",安置。莫错,无处安置。 ⑥ 可惜:何惜。此句出曹植《洛神赋》:"凌波微步,罗袜生尘。" ⑦ 来:语助词。 ⑧ "莫作"句:一本缺"暮雨兮"三字。

【译文】 爱你芙蓉般美丽的容貌,秀色可食,世间难再寻;爱你冰玉般高洁的品行,情虽不尽,恩爱意尤深。早晨与你共食玉树的仙果,夜晚与你同盖鸳鸯锦衾。情投意合何等缠绵,却又忽然离别。使人心愁意乱,涕泪如同雪落。寒灯绰绰梦魂难成,梦醒后顿生白发。清盈的汉水如可跨越,何惜涉过江水、湿了罗袜?归来吧,我的爱人,不要做朝云暮雨飞在阳台。

长信宫

【题解】 长信宫,《汉书》:赵飞燕姊弟从自微贱兴,逾越礼制,浸盛于前。班婕妤失宠,稀复进见。赵氏姊弟娇妒,婕妤恐久见危,求供养太后长信宫,上许焉。《三辅黄图》:长信宫,汉太后常居之。《通灵记》:太后,成帝母也。后宫在西,秋之象也,秋主信,故宫殿以"长信"为名。安旗《李白全集编年注释》系此于天宝二年(743)。诗借班婕妤事以自伤。言君主昏庸,不分忠奸贤愚,因而使忠臣贤士受冷遇排挤。

【原诗】 月皎昭阳殿①,霜清长信宫。天行乘玉辇②,飞燕与君同③。更有欢娱处,承恩乐未穷。谁怜团扇妾④,独坐怨秋风。

【注释】 ① 昭阳殿:《西京杂记》:赵飞燕女弟居昭阳殿。 ② 天行:皇帝出行。玉辇:皇帝所乘。 ③ "飞燕"句:据《汉书》载:"成帝游于后庭,尝欲与婕妤同辇载,婕妤辞曰:'观古图画,圣贤之君皆有名臣在侧,三代末主,乃有嬖女。今欲同辇,得无近似之乎?'上善其言而止。"太白翻用其事,言飞燕与君同辇而行,君昏庸,亲近女色,宠幸便嬖,实为不祥。 ④ 团扇:班婕妤有《怨歌行》,借扇抒怀。见《惧谗》诗注。

【译文】 月光皎洁映着昭阳殿,严霜凄清覆着长信宫。天子出行乘坐玉辇,赵飞燕同车受尽恩宠。更有与君求欢的处所,恩幸使她欢乐无穷。谁还怜惜手执合欢扇的班婕妤? 她孤独落寞,坐在那儿怨恨秋风。

长门怨二首

【题解】 《乐府古题要解》:"《长门怨》,为汉武帝陈皇后作也……及卫子夫得幸,后退居长门宫,愁闷悲思。闻司马相如工文章,奉黄金百斤,令为解愁之词。相如作《长门赋》,帝见而伤之,复得亲幸者数年。后人因其赋为《长门怨》焉。"安旗《李白全集编年注释》系于天宝二年(743)。二首均借陈皇后失宠事以自况,表达其悲哀之情。

其 一

【原诗】 天回北斗挂西楼①,金屋无人萤火流②。月光欲到长门殿,别作深宫一段愁。

【注释】 ① 天回北斗:北斗七星。古人往往据初昏时斗柄所指方向以定季节。《鹖冠子·环流》:"斗柄东指,天下皆春;斗柄南指,天下皆夏;斗柄西指,天下皆秋;斗柄北指,天下皆冬。"此句谓时令已入秋。 ②金屋:武帝幼时,其姑馆陶长公主抱置膝上,问曰:"儿欲得妇否?"指左右长御百余人,皆云不用。指其女阿娇问好否,帝笑对曰:"好! 若得阿娇作妇,当作金屋贮之也。"见《汉武故事》。

【译文】 北斗七星高挂在西楼,寂寞的金屋只有萤火流动。月光若照到长门宫殿,在这凄凉的深宫后院,又会生出许多哀愁。

其 二

【原诗】 桂殿长愁不记春①,黄金四屋起秋尘②。夜悬明镜青天上③,独照长门宫里人。

【注释】 ① 桂殿:指长门殿。不记春:犹不记年,言时间之久长。 ② 四屋:四壁。 ③ 明镜:指月亮。

【译文】 桂殿哀愁的生活,长久得已记不清过了多少年。屋内四壁,已积起秋的尘埃。夜里青蓝的天上高悬着镜子一样的明月,只照射着长门宫里那孤寂的情怀。

春 怨

【题解】 安旗《李白全集编年注释》系此诗于天宝二年(743)。诗拟代思妇口吻,写丈夫去后闺中人朝思暮想,在大好春光中饱受相思之苦煎熬的情形。

【原诗】 白马金羁辽海东①,罗帷绣被卧春风。落月低轩窥烛尽②,飞花入户笑床空③。

【注释】 ① 辽海：古辽东郡地，方千有余里。南临大海，故文人多称为辽海。曹植《白马篇》："白马饰金羁，连翩西北驰"。 ② 轩：窗户。 ③ 萧子范《春望古意》："落花徒入户，何解妾床空。"李白化用其句。

【译文】 白马戴着金鞍，载着我的夫君，到辽海之东去了。春光明媚的季节，罗帷绣被内，我依然忧思不起。昨晚夜半的月光钻过窗户，看蜡烛渐渐燃尽，今天纷飞的落花来到屋里，笑我独守空床。

代赠远

【题解】 安旗《李白全集编年注释》系此诗于天宝十一载(752)，诗题一作《寄远》。以拟代口吻，写丈夫的英武豪侠，欲于边塞建功立业的气概，和闺妇忧虑、相思而化为怨恨这一心理变化过程。

【原诗】 妾本洛阳人，狂夫幽燕客①。渴饮易水波②，由来多感激。胡马西北驰，香鬃摇绿丝。鸣鞭从此去，逐虏荡边陲。昔去有好言，不言久离别。燕支多美女③，走马轻风雪。见此不记人，恩情云雨绝④。啼流玉箸尽⑤，坐恨金闺切。织锦作短书，肠随回文结⑥。相思欲有寄，恐君不见察。焚之扬其灰，手迹自此灭。

【注释】 ① 幽燕客：古燕赵之地，其俗尚气节，任侠好义。 ② 易水：在今河北保定。燕太子丹送荆轲刺秦王，即此易水。陶渊明《拟古》："渴饮易水流。" ③ 燕支：同"焉支"，山名，在今甘肃山丹县东南。 ④ 云雨：用"朝云暮雨"之典。 ⑤ 玉箸：眼泪。 ⑥ 回文：参见《寄远十二首》其八诗注。

【译文】 我本是洛阳人，夫君是幽燕的豪杰。他渴饮易水波涛，从来慷慨侠义。闻说胡马在西北驰骋骚扰，香鬃绿丝迎风飘。夫君扬鞭从此去，要驱除胡虏镇边陲。离去的时候，他好言抚慰，说这不是长久的离别。燕支其地美女众多,催马奔驰轻如风雪。身处此地就忘记了故人,往日的恩情就这样断绝。眼泪流尽,独坐深闺怨恨凄切。织出文锦写封短信,愁肠随着回文成结。相思使我寄去此情,又怕夫君不体谅我的心意。烧掉信,扬其灰,使我的手迹从此消失。

陌上赠美人

【题解】 宋蜀本题下注:“一云《小放歌行》,一首在第三,此是第二篇。”此诗作于天宝二年(743)。诗写骏马、彩车、美人、红楼,充满喜悦之情。语言精练,辞气爽朗,露出得意的神态。

【原诗】 骏马骄行踏落花,垂鞭直拂五云车①。美人一笑褰珠箔②,遥指红楼是妾家③。

【注释】 ① 五云车:《真诰》:“赤水山中学道者朱孺子……八月五日,西王母遣迎,即日乘五色云车登天。”五云车为仙人所乘。 ② 褰:揭开。珠箔:珠帘。 ③ 红:一作“青”。

【译文】 骏马矫健,踏着地上的落花;鞭儿挥舞,驾着五彩云车。美人一笑,揭开那珠帘,遥指远方,红楼隐约就是我家。

闺 情

【题解】 安旗《李白全集编年注释》系此诗于天宝十一载(752)。诗以代言体写幽州女子思念夫君的感情。

【原诗】 流水去绝国,浮云辞故关。水或恋前浦,云犹归旧山①。恨君流沙去②,弃妾渔阳间③。玉箸夜垂流,双双落朱颜。黄鸟坐相悲,绿杨谁更攀④。织锦心草草,挑灯泪斑斑。窥镜不自识,况乃狂夫还。

【注释】 ①"流水"二句:张协《杂诗》:"流波恋旧浦,行云思故山。" ② 流沙:《元和郡县图志·陇右道甘州张掖县》:"居延海,在县东北一百六十里,即居延泽。古文以为流沙者,风吹流行,故曰流沙。"流,一作"龙"。 ③ 渔阳:即幽州,今北京一带。 ④ 绿杨:即绿柳。古人折柳送别,又折柳寄远。

【译文】 像流水离开家乡,像浮云辞别故园。流水或许还眷恋流经的河域,浮云依然回归它升起的旧山。可恨你,去到流沙之地,把我抛弃在这渔阳间。多少个不眠夜,玉颜上泪流涟涟。树上的黄莺也为我而悲,绿柳空垂,我哪能再折攀?织着锦丝心里忧愁,燃起灯火眼泪斑斑。对镜自视都已不认识自己,更何况我那狂夫从远方归还!

代别情人

【题解】 诗写离别前后情感,侧重写别后由相思到失望的感情变化。以流水、桃花起兴,兴中有比。诗中又大量运用比喻,极为贴切。

【原诗】 清水本不动,桃花发岸傍。桃花弄水色,波荡摇春光。我悦子容艳,子倾我文章。风吹绿琴去①,曲度《紫鸳鸯》②。昔作一水鱼,今成两枝鸟。哀哀长鸡鸣,夜夜达五晓③。起折相思树④,归赠知寸心。覆水不可收,行云难重寻。天涯有度鸟,莫绝瑶华音⑤。

【注释】 ① 绿琴:即绿绮琴,为司马相如之琴。 ② 曲度:犹度曲。 ③ 语出汉乐府《孔雀东南飞》:"中有双飞鸟,自名为鸳鸯。仰头相向鸣,夜夜达五更。" ④ 相思树:《文选》左思《吴都赋》刘渊林注:"相思,大树也,材理坚邪,斫之则文,可作器,其实如珊瑚,历年不变,东冶有之。" ⑤ 瑶华音:对他人书翰的美称。

【译文】 清清的河水,平静得似乎不流动。桃树开花,就在这河岸旁。桃花倒映,染红了水色,微波涟漪,摇荡着春光。我喜欢你如花的容颜,你倾心我的才华文章。风儿送去绿琴的悠扬,度曲名叫《紫鸳鸯》。我们往昔同处,如在水中的游鱼;而今分离,成了分栖的孤鸟。哀伤的声音,是鸡在悲鸣,夜夜都叫到五更天。夜不成眠,起身去折相思树;遥赠给你,让你知道我的心意。覆水不能再收起,天上的行云难再找寻。天涯有往来的飞鸟,千万别断绝你我相思的音讯。

代秋情

【题解】 诗用自然景象极写别后的凄凉、寂寞与悲哀的心情。情景交融,十分完美。

【原诗】 几日相别离,门前生稆葵①。寒蝉聒梧桐②,日夕长鸣悲。白露湿萤火,清霜零兔丝③。空掩紫罗袂,长啼无尽时。

【注释】 ①稆(lǔ):同"秜",谷物等不种自生者。葵:开大花之草本植物。稆葵,此泛指杂草。 ②寒蝉:蔡邕《月令章句》:"寒蝉应阴而鸣,鸣则天凉,故谓之寒蝉也。" ③兔丝:即菟丝,亦名女萝、蔓草。多生于荒野古道中。

【译文】 别离的时间不过几日,门前已生出萋萋野草。梧桐树上寒蝉聒噪,日日夜夜悲吟不绝。露水沾湿了萤火,清冷的秋霜凋零了菟丝。紫罗衣袖空掩面,久久哭泣,岂有尽时。

对 酒

【题解】 安旗《李白全集编年注释》系此诗于开元十四年(726)。诗写少年冶游情景。写吴姬着笔不多,但其天生丽质,花容月貌,一览无余。

很可见出李白刻画人物之工。

【原诗】 蒲萄酒①,金叵罗②,吴姬十五细马驮③。青黛画眉红锦靴④,道字不正娇唱歌。玳瑁筵中怀里醉⑤,芙蓉帐里奈君何。

【注释】 ① 蒲萄酒:据《太平寰宇记》载:西域有之,太宗自损益造酒,酒成,凡有八色,芳香酷烈。 ② 叵罗:胡语之酒杯。 ③ 细马:骏马之小者。 ④ 青黛:古画眉颜料,其色青黑。红锦靴:唐代时装。《图画见闻志》:"唐代宗朝令宫人侍左右者穿红锦勒靴。" ⑤ 玳瑁筵:谓名贵之筵席。

【译文】 葡萄美酒,金色叵罗。吴地少女年方十五,小巧的马儿把她驮。青黛描秀眉,还穿着红锦靴,吐字音不正,娇羞唱着歌。华贵筵席上,醉在你怀里,芙蓉锦帐里,又能奈你何?

怨 情

【题解】 诗中新人、故人应有所托,李白以自况。似作于李白受排挤出朝之后。

【原诗】 新人如花虽可宠,故人似玉犹来重。花性飘扬不自持,玉心皎洁终不移。故人昔新今尚故,还见新人有故时①。请看陈后黄金屋②,寂寂珠帘生网丝。

【注释】 ① "故人"二句:语本江总《闺怨篇》:"故人虽故昔经新,新人虽新复应故。" ② 陈后黄金屋:用汉武帝陈皇后事。参见《长门怨》题解及诗注。

【译文】 新人美丽如花,固然值得宠爱;故人高洁似玉,也是从来贵重。花性飘扬不能久持,玉心高洁始终不移。往昔的故人也很娇艳,只是如今才衰老,可见新人也有衰老时。请看陈皇后住的黄金屋,凄凉寂寞,珠帘结网丝。

湖边采莲妇

【题解】　李白自创乐府新辞,《乐府诗集》以之入《清商曲辞》。此诗可看作小姑与大嫂的心理对白。诗的语言纯朴自然,极富生活情趣。

【原诗】　小姑织白纻[①],未解将人语[②]。大嫂采芙蓉,溪湖千万重。长兄行不在,莫使外人逢。愿学秋胡妇[③],贞心比古松[④]。

【注释】　① 白纻:《乐府古题要解》云:"质如轻云色如银,制以为袍余作巾,袍以光躯巾拂尘。"白纻为吴地所出。　② 将:与。　③ 秋胡妇:用秋胡妻受其丈夫之辱投河而死事。参见《陌上桑》诗注。　④ "古松"句:范云《寒松诗》:"凌风知劲节,负雪见贞心。"李白化用其句。

【译文】　小姑织着白纻,还不知道与人说话。大嫂采摘莲花,溪水湖泊连绵千万重。长兄远游不在家,大嫂莫要与外人相见。我愿学那秋胡的贤妻,忠贞之心可比古松。

怨　情

【题解】　诗写独居深闺的美人的相思之情。用"卷珠帘""颦蛾眉""泪痕湿"等形态稍加勾勒,一个活生生的思妇的形象便出现在我们面前。语言简炼而蕴含无穷。

【原诗】　美人卷珠帘,深坐颦蛾眉[①]。但见泪痕湿,不知心恨谁。

【注释】 ① 颦(pín)：皱眉。

【译文】 美人卷起珠帘,深闺独坐还皱着蛾眉。只见玉颜上泪痕斑斑,不知她心里究竟恨的是谁。

代寄情人楚辞体

【题解】 诗写别后相思,层层推进,情亦渐进渐深。最后一句情至深切,无以复加。题作楚辞体,诗中不但语用楚语,气象亦全然楚辞体。足见李白精熟于楚辞,且受其影响之深。

【原诗】 君不来兮,徒蓄怨积思而孤吟。云阳一去①,以远隔巫山绿水之沉沉②。留余香兮染绣被,夜欲寝兮愁人心。朝驰余马于青楼,恍若空而夷犹③。浮云深兮不得语,却惆怅而怀忧。使青鸟兮衔书④,恨独宿兮伤离居。何无情而雨绝⑤,梦虽往而交疏。横流涕而长嗟,折芳洲之瑶华⑥。送飞鸟以极目,怨夕阳之西斜。愿为连根同死之秋草,不作飞空之落花。

【注释】 ① 云阳:王琦注:"当作'阳云'。""《子虚赋》:'于是楚王乃登阳云之台。'孟康注:'云梦中高唐之台,宋玉所赋者,言其高出云之阳也。'琦按:诗意正暗用《高唐赋》中神女事,知'云阳'为'阳云'之误为无疑也。" ② 以:一作"已"。 ③ 夷犹:《楚辞·九歌·湘君》:"君不行兮夷犹。"王逸注:"夷犹,犹豫也。" ④ 青鸟:借指使者。 ⑤ 雨:一作"两"。 ⑥ 芳洲:《楚辞·九歌·湘君》:"采芳洲兮杜若。"王逸注:"芳洲,香草丛生水中之处。"瑶华:一种麻的花,色白如瑶,花香,传说服食可致长寿。

【译文】 你不来啊,我只是徒劳蓄积幽怨和思念,独自长悲吟。如同阳云之台的一别啊,远隔巫山绿水,音信渺渺沉沉。你留下的余香啊,浸染着锦绣衾被。夜晚想要入眠啊,生出忧思愁我心。早晨驱马到青楼,心情恍惚而犹豫。天上的浮云深不可测啊,归来只是惆怅,心焦如焚。让青鸟带去我的情书吧,可怜我独宿而与你分居。多无情啊,作巫山云雨之诀别,梦里常追随着你,却不得相会。涕泪长流不断啊,更深深地嗟叹。采摘芳洲上的瑶花啊,聊作安慰。天上的飞鸟渐渐消失了,怨恨夕阳西斜。宁愿做连根同死的秋草啊,不愿做那空中飘忽不定的落花。

学古思边

【题解】 此诗以女子口吻写思妇思边的心情,寄寓了诗人深切的同情。

【原诗】 衔悲上陇首①,肠断不见君。流水若有情,幽哀从此分。苍茫愁边色,惆怅落日曛②。山外接远天,天际复有云。白雁从中来,飞鸣苦难闻。足系一书札,寄言叹离群③。离群心断绝,十见花成雪。胡地无春晖,征人行不归。相思杳如梦,珠泪湿罗衣。

【注释】 ① 陇首:《通鉴地理通释》:"秦州陇城县有大陇山,亦曰陇首山。"陇首即陇头。《陇头歌辞》:"陇头流水,鸣声呜咽。遥望秦川,心肝断绝。"前四句本此。 ② 曛:日落余晖。 ③ 叹:一作"难"。

【译文】 心含悲哀登上陇头山,愁肠寸断,不能与你相见。流水似也有人情,从这儿开始,变得幽咽悲哀。边塞凄旷苍茫使人生愁,落日的余晖中,惆怅难挨。山峦耸立上接高阔的天空,遥遥的天际又有浮云。洁白的大雁从那云中下来,边飞边发出让人不忍听闻的悲苦叫声。脚上系着一封信札,悲叹离居的哀怨。分离让人悲痛欲绝,纷飞如雪的落花,我已十次看见。胡人那地方没有春光,游子远行归路艰难。相思的深杳如同梦境,晶莹的泪珠沾湿了锦罗衫。

思　边

【题解】　题一作《春怨》。安旗《李白全集编年注释》系此诗于天宝二年（743）。诗写思妇思边，景中寓情。

【原诗】　去年何时君别妾，南园绿草飞蝴蝶。今岁何时妾忆君，西山白雪暗秦云①。玉关去此三千里，欲寄音书那可闻。

【注释】　① 西山：与上文"南园"对举，泛言之辞。秦云：秦地之云。

【译文】　去年什么时候你离开了我？是南园的绿草中有蝴蝶飞舞之时。今年什么时候我思念你？是西山皑皑的白雪被秦地游云遮掩之际。玉关离这儿遥遥三千里，要寄封情书，你也难得见。

口号吴王舞人半醉

【题解】　此诗作于天宝七载（748）。"口号"即"口占"。吴王，即吴王李祗，时任庐江太守。王琦按："吴王，即为庐江太守之吴王也。以其所宴之地比之姑苏，以其美人比之西施，乃席上口占，以寓笑谑之意耳，若作咏古，味同嚼蜡。"

【原诗】　风动荷花水殿香，姑苏台上见吴王①。西施醉舞娇无力，笑倚东窗白玉床。

【注释】　① 姑苏台：《太平广记·奢侈》："吴王夫差筑姑苏台，三年乃成，周环诘屈，横亘五里，崇饰土木，殚耗人力。宫妓千人，又别立春宵宫，为长夜饮。造千石酒钟，又作大池，池中造青龙舟，陈妓乐，日与西施为水戏。"见：一作"宴"。

【译文】 微风吹动荷花,送来满殿清香,姑苏台上可见摆宴的吴王。西施般的美人酒醉起舞娇软无力,微笑着倚靠在东窗下的白玉床上。

折荷有赠

【题解】 此诗与《拟古十二首》其十一,文字稍有出入,盖为一诗之两传。安旗《李白全集编年注释》系此诗于开元十七年(729),时李白二十九岁。注译详见《拟古十二首》其十一。

【原诗】 涉江玩秋水①,爱此红蕖鲜②。攀荷弄其珠,荡漾不成圆。佳人彩云里,欲赠隔远天。相思无因见,怅望凉风前。

代美人愁镜二首

【题解】 此组诗写思妇面对丈夫所赠之镜的所思所感,表达了别后的悲凉和相思之苦。

其 一

【原诗】 明明金鹊镜①,了了玉台前。拂拭皎冰月,光辉何清圆。红颜老昨日,白发多去年。铅粉坐相误②,照来空凄然。

【注释】 ① 金鹊镜:《太平御览》引《神异经》曰:"昔有夫妻将别,破镜,人执半以为信,其妻与人通,其镜化鹊,飞至夫前,其夫乃知之。后人因铸镜为鹊安背上,自此始也。" ② 铅粉:涂面之妆品。《韵会》:"铅粉,胡粉也,以铅烧炼而成,故曰铅粉。"

【译文】 明亮的金鹊镜,摆在清净的妆台前。拂拭皎洁胜过冰月的镜面,光辉何等的清朗团圆！然而镜中人儿的红颜，却比昨日更加衰老，白发又多于去年。艳妆粉饰掩盖不了衰老，照着金鹊镜，空怀凄然。

其 二

【原诗】 美人赠此盘龙之宝镜①，烛我金缕之罗衣②。时将红袖拂明月③，为惜普照之余辉。影中金鹊飞不灭，台下青鸾思独绝④。藁砧一别若箭弦⑤，去有日，来无年。狂风吹却妾心断，玉箸并堕菱花前⑥。

【注释】 ① 美人：此指丈夫。盘龙：镜上所刻画之图。 ② 烛：照亮。③ 明月：此指镜。 ④ 青鸾：范泰《鸾鸟诗序》曰："罽宾王结罝峻祁之山，获一鸾鸟，王甚爱之。欲其鸣而不能致也。乃饰以金樊，飨以珍羞。对之愈戚，三年不鸣。其夫人曰：'尝闻鸟见其类而后鸣，何不悬镜以映之。'王从其言，鸾睹形感契，慨然悲鸣，哀响中宵，一奋而绝。" ⑤ 藁砧（gǎo zhēn）：妇人谓其夫之隐语。 ⑥ 菱花：镜子。以菱花面平能成光影，故谓之。

【译文】 爱人赠给我画着盘龙的宝镜，映照我绣着金丝的锦罗衣。常用那红袖拂拭如明月的宝镜，为的是让它的余辉照射得更远。镜影中金鹊双飞不落，妆台前的我却如独自愁思的青鸾。离别的光阴飞逝如箭，只是分别有定日，谁知归来是何年！狂风吹我忧肠寸断，晶莹的泪珠串串坠落在菱花镜前。

赠段七娘

【题解】 安旗《李白全集编年注释》系此诗于开元十四年（726）。诗人见到段七娘的美丽轻盈，却无法亲近她，因而生出深深的忧愁。语言直率，感情表露大胆明白。

【原诗】　罗袜凌波生网尘①，那能得计访情亲。千杯绿酒何辞醉，一面红妆恼杀人②。

【注释】　①"罗袜"句：语出曹植《洛神赋》："凌波微步，罗袜生尘。"言神女步履轻盈，行于水上，若生尘。　②恼：撩拨，引逗。

【译文】　你凌波般的微步荡起尘埃，我无法亲近你诉说情怀。喝它千杯美酒何辞一醉？你红妆娇艳，撩起我的愁思来。

别内赴征三首

【题解】　此组诗作于天宝六载（743）。诗写李白应征入朝将与妻子分别时的情景。或以为此诗写于至德元载（756）应永王璘征聘之时。

其　一

【原诗】　王命三征去未还，明朝离别出吴关。白玉高楼看不见，相思须上望夫山。

【译文】　就要往赴王命之征，我不知何时归还，明天将与你分离走出吴关。白玉高楼上难见我的踪影，相思的时候，你就登上那望夫山。

其　二

【原诗】　出门妻子强牵衣，问我西行几日归。归时倘佩黄金印①，莫见苏秦不下机②。

【注释】　①倘：同"倘"，如果，倘若。黄金印：《初学记》引卫宏《汉旧仪》："列侯,黄金印,龟钮,文曰印。丞相、将军,黄金印,龟钮,文曰章。"
② 苏秦不下机:据《战国策·秦策》,苏秦说秦王,书十上而说不行,去秦而
归。至家,妻不下纴,嫂不为炊,父母不与言。

【译文】 出门离家,妻子牵衣不舍,问我西去入朝何时能回。回来我若得
登高位,你不要像见到了苏秦,不下织布机。

其 三

【原诗】 翡翠为楼金作梯,谁人独宿倚门啼①。夜泣寒灯连晓月,行
行泪尽楚关西。

【注释】 ①"谁人"句:一作"卷帘愁坐待鸣鸡"。

【译文】 翡翠的高楼金制的楼梯,是谁独居,倚门在哭泣? 夜里坐守孤灯
望着窗外的明月,行行泪流尽,情系楚关西。

秋浦寄内

【题解】 此诗作于至德元载(756)。诗诉离情别绪及得信后的心情。
秋浦,县名,即今安徽池州。

【原诗】 我今寻阳去①,辞家千里余。结荷见水宿②,却寄大雷书③。
虽不同辛苦,怆离各自居。我自入秋浦,三年北信疏。红颜愁落尽,
白发不能除。有客自梁苑④,手携五色鱼⑤。开鱼得锦字,归问我何
如。江山虽道阻,意合不为殊。

【注释】 ① 寻阳:即江州,唐时属江南西道,今江西九江。 ② 结荷:结
荷为屋。 ③ 大雷书:指鲍照赴江州任上写的《登大雷岸与妹书》,诉说旅

途苦辛及离家的别绪。其中言"栈石星饭,结荷水宿,旅客贫辛,波路壮阔"。 ④ 梁苑:亦称梁园。指宋州,在今河南商丘附近。 ⑤ 鱼:指信。汉乐府《饮马长城窟行》:"客从远方来,遗我双鲤鱼。呼儿烹鲤鱼,中有尺素书。"

【译文】 我到寻阳去,离家千里有余。结荷为屋在水上住宿,寄出诉说离愁的家书。我们辛苦虽不相同,但同经凄怆的分别,如今各自独居。自从到了秋浦,三年来家信稀疏。容颜衰老,白发增了许多。有位游子自梁苑那儿来,手里拿着五彩的鲤鱼。剖开鲤鱼得到你的书信,问我现在过得如何。路途阻隔虽然遥远,两地相思之情却如此相同。

自代内赠

【题解】 此诗至德元载(756)作于秋浦,其妻宗氏居梁苑。诗以妻子的口吻,写出深幽的离愁别绪,传达出妻子对丈夫的忠贞之情。

【原诗】 宝刀截流水,无有断绝时。妾意逐君行,缠绵亦如之。别来门前草,秋巷春转碧①。扫尽更还生,萋萋满行迹。鸣凤始相得,雄惊雌各飞。游云落何山,一往不见归。估客发大楼②,知君在秋浦。梁苑空锦衾,阳台梦行雨③。妾家三作相④,失势去西秦。犹有旧歌管,凄清闻四邻。曲度入紫云⑤,啼无眼中人。女弟争笑弄,悲羞泪盈巾⑥。妾似井底桃⑦,开花向谁笑。君如天上月,不肯一回照。窥镜不自识,别多憔悴深。安得秦吉了⑧,为人道寸心。

【注释】 ① 巷:王琦注:"'巷'当是'黄'字之讹。"王说是。此句一作"春尽秋转碧"。 ② 估客:商人。大楼:山名,即今安徽池州大龙山。 ③ "阳台"句:用宋玉《高唐赋》中梦神女事。谓因相思而梦中得见。 ④ 三作相:宗楚客三次为相。 ⑤ 曲度:曲调。 ⑥ 此处一本无"女弟争笑弄,悲羞泪盈巾"二句。 ⑦ 井:庭院中天井。 ⑧ 秦吉了:王琦注:

"《桂海虞衡志》：秦吉了，如鹦鹉，绀黑色，丹咮黄距，目下连项有深黄文，项毛有缝，如人分发。能人言，比于鹦鹉尤慧，大抵鹦鹉声如儿女，吉了声则如丈夫，出邕州溪洞中。"

【译文】 用宝刀去劈流水，不会有水流中断的时候。我的情意追逐着你前行，缠绵悱恻，像那不断的流水。门前的野草，别后秋天枯黄春来变得碧绿，扫除尽它又生长出来，茂茂盛盛铺满了路途。我们情投意合，欢乐的生活刚开始，却彼此分离南北各一。像浮云一样飘落到哪座山上？一去便再也没见他回来。有个商人从大楼山那儿来，我才知你落脚秋浦。我在梁苑这儿拥着锦被守空床，常梦到在巫山阳台与你相会。我家曾三为相门，失势后离开了西秦。我还存有过去的乐管，乐曲凄怨惊动了四邻。悠扬的曲调飞入天空紫云中，如泣如诉却见不到心中的爱人。妹妹们争着嘲弄我，我又悲又羞泪水涟涟。我像那深深庭院中的桃树，开出娇艳的花朵可向谁欢笑？你像天上的皓月，却不肯用清光照我一次。镜中已认不出自己，因为分别后我变得日益憔悴。如何能得只秦吉了鸟，借它那高亢声音，道我的衷心？

秋浦感主人归燕寄内

【题解】 此诗与上一首为同年所作，时为深秋。草木摇落，诗人目送胡燕辞归故里。燕眷恋华屋而人却不得归，此时此景，悲何以堪！

【原诗】 霜凋楚关木，始知杀气严①。寥寥金天廓②，婉婉绿红潜。胡燕别主人③，双双语前檐。三飞四回顾，欲去复相瞻。岂不恋华屋，终然谢珠帘。我不及此鸟，远行岁已淹。寄书道中叹，泪下不能缄。

【注释】 ① 杀气：寒气。《礼记·月令》："（仲秋之月）杀气浸盛。"② 金天：秋天。秋于五行属金，故称金天。 ③ 胡燕：燕之一种。《酉阳杂俎》："胸斑黑，声大，名胡燕，其巢者有容匹素者。"

【译文】 寒霜凋零了楚关的树木,才知道寒气肃杀。寥落空廓的秋天,隐去美丽清婉的绿叶红花。胡燕辞别了主人,成双成对在屋檐叽叽喳喳。将离去,还不时回头,飞走了,又前望后瞻。难道不眷恋这华美居处?最终辞别了珠玉门帘。我连这胡燕都不如,离家云游已整一年。寄信的路上深深哀叹,涕泪横流,不忍封这信笺。

送内寻庐山女道士李腾空二首

【题解】 此诗作于乾元元年(758)春季。"内"指其妻宗氏。腾空,宰相李林甫之女,幼超异,生贵而不染,入庐山,居屏风叠之北,居处为昭德观。诗写其妻欲往庐山寻访女道士,赞扬她不以富贵为荣,反乐道爱仙的品性,也流露出自己的向道之情。

其 一

【原诗】 君寻腾空子,应到碧山家。水春云母碓①,风扫石楠花②。若恋幽居好,相邀弄紫霞。

【注释】 ① 云母碓:王琦引白居易自注其诗云:"庐山中云母多,故以水碓捣炼,俗呼为云碓。" ② 石楠花:叶似枇杷且小,叶背无毛。正二月间开花。

【译文】 你要寻找李腾空,应到碧山中的道观。水碓春捣着云母,风吹动着石楠花。若留恋这深山幽居的美好,便相邀游戏于紫云霞。

其 二

【原诗】 多君相门女①,学道爱神仙。素手掬青霭,罗衣曳紫烟。一往屏风叠②,乘鸾著玉鞭③。

【注释】 ① 多：推重，赞美。相门女：李白妻宗氏系宗楚客之女，楚客在武则天及中宗时曾三次拜相。 ② 屏风叠：在庐山。 ③ 著玉鞭：一作"不著鞭"。

【译文】 赞美你这相门之女，崇尚学道爱好神仙。白玉般的素手捧起青霭，锦罗衣衫连带着紫色的云烟。同往屏风叠去，乘青鸾，执玉鞭。

赠　内

【题解】 此诗作于开元十五年（727）酒隐安陆时期。时李白与故相许围师孙女结婚，遂留居安陆。詹锳先生云："疑是初婚后与其妻戏谑之词。"

【原诗】 三百六十日，日日醉如泥。虽为李白妇，何异太常妻①。

【注释】 ① 太常妻：《后汉书·儒林列传》："（周泽）复为太常，清絜循行，尽敬宗庙。常卧疾斋宫，其妻哀泽老病，窥问所苦。泽大怒，以妻干犯斋禁。遂收送诏狱谢罪。当世疑其诡激，时人为之语曰：'生世不谐，作太常妻，一岁三百六十日，三百五十九日斋。'"《汉官仪》此下云："一日不斋醉如泥。"

【译文】 一年三百六十日，日日大醉如烂泥。你虽是我李白的妻子，与周太常妻又有何异？

在寻阳非所寄内

【题解】 此诗作于至德二载（757）李白初入寻阳狱时。寻阳，今江西九江。"非所"，囹圄称为非所。诗写自己下狱后，妻子奔走营救以及自己的感激之情，又写出了自己获罪入狱的悲哀。

【原诗】 闻难知恸哭,行啼入府中。多君同蔡琰①,流泪请曹公。知登吴章岭②,昔与死无分③。崎岖行石道,外折入青云。相见若悲叹,哀声那可闻。

【注释】 ① 多:赞许,此感激意。蔡琰:《后汉书·列女列传》:"陈留董祀妻者,同郡蔡邕之女也,名琰字文姬,博学有才辩,又妙于音律……祀为屯田都尉,犯法当死,文姬诣曹操请之。时公卿名士及远方使驿坐者满堂。操谓宾客曰:'蔡伯喈女在外,今为诸君见之。'及文姬进,蓬首徒行,叩头请罪,音辞清辩,旨甚酸哀,众皆为改容。操曰:'诚实相矜,然文状已去,奈何?'文姬曰:'明公厩马万匹,虎士成林,何惜疾足一骑,而不济垂死之命乎!'操感其言,乃追原祀罪。"当时李白妻宗氏居豫章(南昌),曾代白营求权贵。② 吴章岭:山名,在今江西庐山市北。其山"乱石磬牙,颇亦险峻"。③ 昔:安旗《李白全集编年注释》云:"疑当作'惜',以音形俱近误也。"

【译文】 听说我入狱,你痛哭着到官府中。感激你啊,如同蔡琰,流着泪为夫君向曹操求情。登上吴章峻岭,叹惜活着与死没有区分。山路崎岖险峻,遥遥伸入青云,相见时若悲泣叹惋,那哀怨的声音怎堪听闻!

南流夜郎寄内

【题解】 此诗作于乾元二年(759)三月。诗写因流放而与妻子离居的痛苦,以及不得妻子音信的悲哀。

【原诗】 夜郎天外怨离居①,明月楼中音信疏。北雁春归看欲尽,南来不得豫章书②。

【注释】 ① 天外：喻极远。 ② 豫章：郡名，即洪州，治所在今江西南昌。时李白妻宗氏寓此。

【译文】 天外遥远的夜郎，我悲叹与你分离独居。明月高楼中的你，音信稀疏。看着春天北归的大雁，渐渐将要飞尽。南流以来，没收到你的家书。

越女词五首

【题解】 《越女词五首》作于天宝六载(747)。此组诗是李白在越地会稽一带所作。诗中描写越女美丽的容貌和姿态，语言清爽，不假雕饰，而极有情致。题材和语言受南朝民歌影响甚大。抓住越女一二特点，略加勾勒，便情采斐然。

其 一

【原诗】 长干吴儿女①，眉目艳星月。屐上足如霜，不着鸦头袜②。

【注释】 ① 长干：地名，在今江苏南京南。吴：吴地，今长江下游江苏南部、浙江北部一带。儿女：此指女儿。 ② 鸦头袜：即叉头袜。着时拇趾与其余四趾分开。

【译文】 长干里吴地的姑娘，眉目清秀，娇艳可比明月。木屐上那双不穿袜子的脚，细白如霜。

其 二

【原诗】 吴儿多白皙①，好为荡舟剧②。卖眼掷春心③，折花调行客④。

【注释】 ① 吴儿：此指吴地女子。 ② 剧：游戏。 ③ 卖眼：王琦注：

"卖眼,即楚《骚》'目成'之意。梁武帝《子夜歌》:'卖眼拂长袖,含笑留上客。'" ④ 调:嘲笑。

【译文】 吴地的女孩白皙如玉,好做荡舟的游戏。投去含情的目光,掷去春心,折来鲜花嘲弄行路客。

其 三

【原诗】 耶溪采莲女①,见客棹歌回②。笑入荷花去,佯羞不出来。

【注释】 ① 耶溪:即若耶溪,在今浙江绍兴。 ② 棹歌:划船时所唱之歌。

【译文】 若耶溪中采莲的少女,见到行客,唱着歌儿把船划回。嬉笑着藏入荷花丛,假装怕羞不肯出来。

其 四

【原诗】 东阳素足女①,会稽素舸郎②。相看月未堕,白地断肝肠③。

【注释】 ① 东阳:唐县名,即今浙江金华。 ② 素舸:木船。 ③ 白地:犹俚语所谓"平白地"。

【译文】 东阳那儿有个白皙如玉的女孩,会稽这儿有个划木船的情郎。看那明月高悬未落,平白地愁断肝肠。

其 五

【原诗】 镜湖水如月①,耶溪女如雪。新妆荡新波,光景两奇绝②。

【注释】 ①镜湖：一名鉴湖、庆湖,在今浙江绍兴会稽山北麓。若耶溪北流入于镜湖。 ②景：同"影"。

【译文】 镜湖的水清明如月,若耶溪的少女洁白如雪。新妆荡漾湖水,水光倒影奇美两绝。

浣纱石上女

【题解】 此诗作于天宝六载(747)。诗的题材、语言风格与《越女词》相似。此诗写若耶溪少女的洁白美丽,语言清新爽朗。浣纱石,王琦注："《一统志》：浣纱石,在若耶溪侧,是西施浣纱之所。或云在苎萝山下。"

【原诗】 玉面耶溪女,青蛾红粉妆①。一双金齿屐②,两足白如霜。

【注释】 ①青蛾：黛眉。 ②金齿屐：屐下有铁齿者。金为饰辞。

【译文】 面如美玉的若耶溪少女,青黛涂蛾眉,红粉来化妆。穿双金齿屐,两脚白皙如玉霜。

示金陵子

【题解】 此诗作于开元十四年(726)。魏颢《李翰林集序》谓太白"间携昭阳金陵之妓,迹类谢康乐,世号为李东山"。诗描写了金陵女子娇柔艳美的情态和诗人啸傲林泉的生活。诗题一作《金陵子词》。

【原诗】 金陵城东谁家子,窃听琴声碧窗里。落花一片天上来,随人直渡西江水。楚歌吴语娇不成,似能未能最有情。谢公正要东山妓^①,携手林泉处处行。

【注释】 ① 要:同"邀"。东山妓:东晋名士谢安每游东山,常以妓女自随。

【译文】 金陵城东是谁家的女儿,偷偷倾听碧纱窗里悠扬的琴声?她像天上的一片落霞,跟随情人一起渡过西江的流水。用吴语唱楚歌,声娇字不正,似能非能最是有情。谢安正要邀请东山之妓,携着手儿,一起在林泉间漫行。

出妓金陵子呈卢六四首

【题解】 此组诗作于开元十四年(726),诗中表现了自己颇类谢安的携妓遨游生活。卢六,名字不详。

其 一

【原诗】 安石东山三十春^①,傲然携妓出风尘。楼中见我金陵子,何似阳台云雨人^②。

【注释】 ① 安石:谢安字安石。东山:在今浙江绍兴,晋谢安所居之地。三十春:谢安高卧东山,历年不仕,始有仕进志,时年已四十余矣。(见《晋书·谢安传》)此盖非实指,以言时之长久。 ② 阳台云雨人:谓巫山神女。

【译文】 谢安隐居东山三十春秋,潇洒地携着歌妓超脱凡尘。在青楼若见到我的金陵歌妓,比比巫山神女,哪个更美?

其 二

【原诗】 南国新丰酒①,东山小妓歌。对君君不乐,花月奈愁何。

【注释】 ① 新丰:镇名,即今江苏丹阳新丰镇。王琦注:"梁元帝诗:'试酌新丰酒,遥劝阳台人。'陆放翁《入蜀记》:'早发云阳,过新丰小憩。'李太白诗云:'南国新丰酒,东山小歌妓。'又唐人诗云:'再入新丰市,犹闻旧酒香。'皆谓此地,非长安之新丰也。"

【译文】 喝着南国的新丰美酒,听东山的小歌妓吟唱。可你总是闷闷不乐,鲜花明月对你的愁绪也无可奈何。

其 三

【原诗】 东道烟霞主①,西江诗酒筵②。相逢不觉醉,日堕历阳川③。

【注释】 ①"东道"句:谓东道主乃栖于山林中人。 ② 西江:指长江。 ③ 历阳:县名,治所和州,在今安徽和县。历阳川应指历阳所临之长江。

【译文】 栖隐烟霞中的东道主,在长江岸边摆下饮酒赋诗筵。朋友相逢,千杯不觉醉,日头已落入历阳河川。

其 四

【原诗】 小妓金陵歌楚声,家僮丹砂学凤鸣①。我亦为君饮清酒,君心不肯向人倾。

【注释】 ① 丹砂:李白家奴。魏颢《李翰林集序》称白"饮数斗,醉则奴丹砂抚《青海波》"。学凤鸣:谓吹笙。

【译文】 金陵的歌妓唱着楚地的歌谣,家僮丹砂吹笙作凤鸣。我也为你喝下这清醇的酒,可你的心事总不肯说给人听。

巴女词

【题解】 此诗为开元十三年(725),李白去蜀途中,行至巴地,拟民歌之作。诗用水如箭、船若飞与问"郎几岁归"的心情进行对比,隐隐露出告别家乡远游的丝丝悲痛。

【原诗】 巴水急如箭①,巴船去若飞。十月三千里,郎行几岁归。

【注释】 ① 巴水:指三峡中的长江水,因处在三巴之地,故名。王琦注:"唐之渝州、涪州、忠州、万州等处,皆古时巴郡地。其水流经三峡下至夷陵。当盛涨时,箭飞之速,不是过矣。"

【译文】 巴地的长江水,急湍奔流快如箭,巴水上的船儿顺水漂流疾若飞。十个月时间走过三千里,郎今一去,何年能回?

二十一、哀　伤

哭晁卿衡

【题解】　此诗作于天宝十二载(753)。晁衡,或名朝衡。日本人,原名阿倍仲麻吕。开元五年(717),年二十,留学中国。卒业后留唐做官。大历五年(770)卒于长安。天宝十二载,衡与日本遣唐史藤原清河等人同船返日,在海上遇风,与别的船失散,漂流到安南(今越南),后又辗转回到长安。当时误传晁衡遇难,李白听到这一消息,写此诗以志悼念。诗中将晁衡比作明月,用"白云愁色"写自己深切哀痛。卿,是对朋友的尊称。

【原诗】　日本晁卿辞帝都,征帆一片绕蓬壶①。明月不归沉碧海,白云愁色满苍梧②。

【注释】　①蓬壶:蓬莱、方壶,传说中为东海中仙山。　②苍梧:山名,指今江苏连云港云台山。据说此山自苍梧飞来,故名。此指晁衡溺海的地方。

【译文】　日本朋友晁衡辞别了长安帝都,乘一片风帆绕过蓬莱方壶。一去不归的友人啊,像明月沉入了碧海,天上的白云也带着哀愁笼罩着青山苍梧。

自溧水道哭王炎三首

【题解】 此组诗作于天宝十四载(755)。溧水,在今江苏南京溧水,东注入太湖,一名濑水,又名永阳江、中江。王炎,李白旧友,白尝送其游蜀(参《剑阁赋》)。及其死,白作诗挽之。诗中追忆王炎高洁的品行、超人的才干和远大的抱负,为其有才不得用、有志不得施展,而寄寓了无限的痛惜和悲哀。

其 一

【原诗】 白杨双行行,白马悲路傍。晨兴见晓月,更似发云阳①。溧水通吴关,逝川去未央。故人万化尽②,闭骨茅山冈③。天上坠玉棺④,泉中掩龙章⑤。名飞日月上,义与风云翔。逸气竟莫展,英图俄夭伤。楚国一老人,来嗟龚胜亡⑥。有言不可道,雪泣忆兰芳⑦。

【注释】 ①发云阳:谢灵运《庐陵王墓下作》诗:"晓月发云阳,落日次朱方。"云阳、朱方均为地名。李白用其意。 ②万化:万物变化,犹言死。 ③闭骨:埋骨。茅山:在今江苏镇江句容。 ④玉棺:饰玉之棺。此句用王乔事,参见《赠王汉阳》诗注。 ⑤龙章:即龙衮,衮龙之服,以此喻文采炳焕。 ⑥龚胜:汉朝人。《汉书·王莽传》:"拜楚国龚胜为太子师友祭酒,胜不应征,不食而死。"又《龚胜传》:"(胜死)有老父来吊,哭甚哀,既而曰:'嗟乎,薰以香自烧,膏以明自销。龚生竟夭天年,非吾徒也。'遂趋而出,莫知其谁。"此以龚胜喻王炎,以楚老自喻。 ⑦雪泣:拭泪。

【译文】 白杨肃立,双双列成行,白马也含悲立于路旁。清晨赶路披星戴月,恰似谢灵运朝发云阳。溧水连通吴关,河中流水奔流不息。旧友仙逝,埋葬于茅山冈。天上落下饰玉的棺椁,黄泉将美丽的灵魂掩藏。英名高悬于日月之上,道义同风云齐飞扬。才志纵放竟不得施展,抱负宏远却中途夭伤。我像楚国的那个老者,前来痛悼龚胜的死亡。心中话儿难以倾吐,频频拭泪追忆兰花的芬芳。

其 二

【原诗】 王公希代宝,弃世一何早。吊死不及哀,殡宫已秋草①。悲来欲脱剑②,挂向何枝好。哭向茅山虽未摧,一生泪尽丹阳道③。

【注释】 ① 殡宫:坟墓。此二句说王炎死已久,坟上已生秋草,而自己未能尽初死之哀。 ②"悲来"句:《史记·吴太伯世家》:"(延陵)季札之初使,北过徐君。徐君好季札剑,口弗敢言。季札心知之,为使上国,未献。还至徐,徐君已死,于是乃解其宝剑,系之徐君冢树而去。" ③ 丹阳道:溧水,两汉时乃丹阳郡之地,故曰丹阳道。

【译文】 王炎是世代少有的英才,可惜去世太早。我痛悼亡灵不及新哀,坟地已暗暗生出秋草。含悲而来,解下腰中剑,却不知挂在哪个树枝好。面向茅山悲泣欲绝,将我一生泪,都洒在那丹阳古道。

其 三

【原诗】 王家碧瑶树,一树忽先摧。海内故人泣,天涯吊鹤来①。未成霖雨用②,先夭济川材。一罢《广陵散》③,鸣琴更不开。

【注释】 ① 吊鹤:《晋书·陶侃传》:"后以母忧去职,尝有二客来吊,不哭而退,化为双鹤,冲天而去。"后因以为吊丧。 ② 霖雨用:谓担当大任。《尚书·说命》:"若济巨川,用汝作舟楫;若岁大旱,用汝作霖雨。" ③《广陵散》:琴曲名。《晋书·嵇康传》:"康将刑东市……顾视日影,索琴弹之,曰:'昔袁孝尼尝从吾学《广陵散》,吾每靳固之,《广陵散》于今绝矣!'"此以喻王炎之死。

【译文】 王家的碧瑶树林中,有一棵忽然先倒了。海内的旧友为之哭泣,天涯的白鹤也来凭吊。还没在大旱之岁作霖雨用,却先夭折了渡河的舟楫材。一曲《广陵散》弹罢,玉琴从此便不再启开。

哭宣城善酿纪叟

【题解】 此诗作于上元二年(761)。诗借酒悼亡,确如杨慎所言"不但齐一死生,又且雄视幽明矣"。李白浪漫豪放,为他人不可企及,或正在此。此诗一作《题戴老酒店》:"戴老黄泉下,还应酿大春。夜台无李白,沽酒与何人。"

【原诗】 纪叟黄泉里,还应酿老春①。夜台无晓日②,沽酒与何人。

【注释】 ① 老春:纪叟所酿酒名。唐人称酒多有"春"字。 ② 夜台:《文选》陆机诗"送子长夜台",李周翰注:"坟墓一闭,无复见明,故云长夜台,后人称夜台本此。"晓日:《杨升庵外集》:"《哭宣城善酿纪叟》,予家古本作'夜台无李白',此句绝妙,不但齐一死生,又且雄视幽明矣。昧者改为'夜台无晓日',夜台自无晓日,又与下句'何人'句不相干。甚矣!世俗不可医也。"杨说极是。

【译文】 纪老在黄泉里,还会酿制老春美酒。只是夜台没有朝日,你老卖酒给何人?

宣城哭蒋征君华

【题解】 蒋华,为李白友人。事迹不详。征君,为朝廷征聘而不就者。诗中哀悼蒋华的去世,把他比作司马相如。

【原诗】 敬亭埋玉树①,知是蒋征君。安得相如草②,空余封禅文③。

池台空有月，词赋旧凌云。独挂延陵剑④，千秋在古坟。

【注释】 ① 敬亭：即敬亭山，在今安徽宣城。埋玉树：《世说新语·伤逝》："庾文康亡，何扬州临葬，云：'埋玉树著土中，使人情何能已已！'"② 安：一作"果"。 ③ 封禅文：《史记·司马相如列传》："相如既病免，家居茂陵，天子曰：'司马相如病甚，可往从悉取其书，若不然，后失之矣。'使所忠往，而相如已死，家无书。问其妻，对曰：'长卿固未尝有书也。时时著书，人又取去，即空居。长卿未死时，为一卷书，曰有使来求书，奏之。无他书。'其遗札书言封禅事。奏所忠，忠奏其书，天子异之。"空：一作"仍"。④ 延陵剑：用吴公子季札挂剑于墓树事，参见《自溧水道哭王炎三首》其二注。

【译文】 敬亭山上埋葬着玉树，我知道这是好友蒋华的坟墓。如何能得到司马相如的华章？空留下了封禅一纸奇文。池台之上徒有明月高悬，你的辞赋也曾豪气凌云。我只能在你墓地的树上，挂把延陵宝剑，让它千秋万代，陪伴古坟。

附录　宋蜀本集外诗补遗

菩萨蛮

　　平林漠漠烟如织,寒山一带伤心碧。暝色入高楼,有人楼上愁。　　玉阶空伫立,宿鸟归飞急。何处是归程,长亭连短亭。

(宋咸淳本《李翰林集》)

忆秦娥

　　箫声咽,秦娥梦断秦楼月。秦楼月,年年柳色,灞陵伤别。　　乐游原上清秋节,咸阳古道音尘绝。音尘绝,西风残照,汉家陵阙。

(宋咸淳本《李翰林集》)

戏赠杜甫

　　饭颗山头逢杜甫,头戴笠子日卓午。借问何来太瘦生,总为从前作诗苦。

(《本事诗》)

寒女吟

　　昔君布衣时,与妾同辛苦。一拜五官郎,便索邯郸女。妾欲辞君去,君心便相许。妾读蘼芜书,悲歌泪如雨。忆昔嫁君时,曾无一夜乐。不是妾无堪,君家妇难作。起来强歌舞,纵好君嫌恶。下堂辞君去,去后悔遮莫。

（《才调集》）

会别离

　　结发生别离，相思复相保。如何日已远，五变庭中草。渺渺天海途，悠悠汉江岛。但恐不出门，出门无远道。道远行寄难，家贫衣复单。严风吹雨雪，晨起鼻何酸。人生各有志，岂不怀所安。分明天上日，生死誓同欢。

（《才调集》）

初　月

　　玉蟾离海上，白露湿花时。云畔风生爪，沙头水浸眉。乐哉弦管客，愁杀征战儿。因绝西园赏，临风一咏诗。

（《文苑英华》）

雨后望月

　　四郊阴霭散，开户半蟾生。万里舒霜合，一条江练横。出时山眼白，高后海心明。为惜如团扇，长吟到五更。

（《文苑英华》）

对　雨

　　卷帘聊举目，露湿草绵绵。古岫披云霭，空庭织碎烟。水红愁不起，风线重难牵。尽日扶犁叟，往来江树前。

（《文苑英华》）

晓　晴

野凉疏雨歇,春色偏萋萋。鱼跃青池满,莺吟绿树低。野花妆面湿,山草纽斜齐。零落残云片,风吹挂竹溪。

（《文苑英华》）

望夫石

仿佛古容仪,含愁带曙辉。露如今日泪,苔似昔年衣。有恨同湘女,无言类楚妃。寂然芳霭内,犹若待夫归。

（《文苑英华》）

冬日归旧山

未洗染尘缨,归来芳草平。一条藤径绿,万点雪峰晴。地冷叶先尽,谷寒云不行。嫩篁侵舍密,古树倒江横。白犬离村吠,苍苔上壁生。穿厨孤雉过,临屋旧猿鸣。木落禽巢在,篱疏兽路成。拂床苍鼠走,倒箧素鱼惊。洗砚修良策,敲松拟素贞。此时重一去,去合到三清。

（《文苑英华》）

邹衍谷

燕谷无暖气,穷岩闭严阴。邹子一吹律,能回天地心。

（《文苑英华》）

入清溪行山中

轻舟去何疾,已到云林境。起坐鱼鸟间,动摇山水影。岩中响自合,溪里言弥静。无事令人幽,停桡向余景。

（《文苑英华》）

日出东南隅行

秦楼出佳丽,正值朝日光。陌头能驻马,花处复添香。

(《文苑英华》)

代佳人寄翁参枢先辈

等闲经夏复经寒,梦里惊嗟岂暂安。南国风光当世少,西陵演浪过江难。周旋小字挑灯读,重叠遥山隔雾看。直是为君餐不得,书来莫说更加餐。

(《文苑英华》)

送客归吴

江村秋雨歇,酒尽一帆飞。路历波涛去,家唯坐卧归。岛花开灼灼,汀柳细依依。别后无余事,还应扫钓矶。

(《文苑英华》)

送友生游峡中

风静杨柳垂,看花又别离。几年同在此,今日各驱驰。峡里闻猿叫,山头见月时。殷勤一杯酒,珍重岁寒姿。

(《文苑英华》)

送袁明府任长江

别离杨柳青,樽酒表丹诚。古道携琴去,深山见峡迎。暖风花绕树,秋雨草沿城。自此长江内,无因夜犬惊。

(《文苑英华》)

送史司马赴崔相公幕

峥嵘丞相府,清切凤凰池。羡尔瑶台鹤,高栖琼树枝。归飞晴日暖,吟弄惠风吹。正有乘轩乐,初当学舞时。珍禽在罗网,微命苦犹丝。愿托周周羽,相衔汉水湄。

(《文苑英华》)

战城南

战地何昏昏,战士如群蚁。气重日轮红,血染蓬蒿紫。乌鸟衔人肉,食闷飞不起。昨日城上人,今日城下鬼。旗色如罗星,鼙声殊未已。妾家夫与儿,俱在鼙声里。

(《文苑英华》)

胡无人行

十万羽林儿,临洮破郅支。杀添胡地骨,降足汉营旗。寒阔牛羊散,兵休帐幕移。空余陇头水,呜咽向人悲。

(《文苑英华》)

鞠歌行

丽莫似汉宫妃,谦莫似黄家女。黄女持谦齿发高,汉妃恃丽天庭去。人生容德不自保,圣人安用推天道。君不见,蔡泽嵌枯诡怪之形状,大言直取秦丞相。又不见,田千秋才智不出人,一朝富贵如有神。二侯行事在方册,泣麟老人终困厄。夜光抱恨良叹悲,日月逝矣吾何之。

(《文苑英华》)

题许宣平庵壁

我吟传舍诗,来访真人居。烟岭迷高迹,云林隔太虚。窥庭但萧索,倚柱空踌躇。应化辽天鹤,归当千岁余。

（《太平广记》）

题峰顶寺

夜宿峰顶寺,举手扪星辰。不敢高声语,恐惊天上人。

（《侯鲭录》）

瀑　布

断崖如削瓜,岚光破崖绿。天河从中来,白云涨川谷。玉案敕文字,世眼不可读。摄身凌清霄,松风拂我足。

（《唐诗纪事》）

断　句

举袖露条脱,招我饭胡麻。
野禽啼杜宇,山蝶舞庄周。

（《苕溪渔隐丛话》）

阳春曲

茉苡生前径,含桃落小园。春心自摇荡,百舌更多言。

（《万首唐人绝句》）

舍利佛

金绳界宝地,珍木荫瑶池。云间妙音奏,天际法蠡吹。

(《万首唐人绝句》)

摩多楼子

从戎向边北,远行辞密亲。借问阴山候,还知塞上人。

(《万首唐人绝句》)

春　感

茫茫南与北,道直事难谐。榆荚钱生树,杨花玉糁街。尘萦游子面,蝶弄美人钗。却忆青山上,云门掩竹斋。

(《唐诗纪事》)

殷十一赠栗冈砚

殷侯三玄士,赠我栗冈砚。洒染中山毫,光映吴门练。天寒水不冻,日用心不倦。携此临墨池,还如对君面。

(《砚笺》)

普照寺

天台国清寺,天下为四绝。今到普照游,到来复何别。楠木白云飞,高僧顶残雪。门外一条溪,几回流岁月。

(咸淳《临安志》)

钓 台

磨尽石岭墨,浔阳钓赤鱼。霭峰尖似笔,堪画不堪书。

(《舆地纪胜》)

小桃源

黟县小桃源,烟霞百里间。地多灵草木,人尚古衣冠。

(《舆地纪胜》)

题窦圖山

樵夫与耕者,出入画屏中。

(《方舆胜览》)

赠江油尉

岚光深院里,傍砌水泠泠。野燕巢官舍,溪云入古厅。日斜孤吏过,帘卷乱峰青。五色神仙尉,焚香读道经。

(《全蜀艺文志》)

清平乐令二首

禁庭春昼,莺羽披新绣。百草巧求花下斗,只赌珠玑满斗。　日晚却理残妆,御前闲舞《霓裳》。谁道腰肢窈窕,折旋消得君王。

禁帏秋夜,月探金窗罅。玉帐鸳鸯喷沉麝,时落银灯香炧。　女伴莫话孤眠,六宫罗绮三千。一笑皆生百媚,宸游教在谁边。

(《绝妙词选》)

清平乐三首

烟深水阔,音信无由达。惟有碧天云外月,偏照悬悬离别。
尽日感事伤怀,愁眉似锁难开。夜夜长留半被,待君魂梦归来。

鸾衾凤褥,夜夜常孤宿。更被银台红蜡烛,学妾泪珠相续。
花貌些子时光,抛人远泛潇湘。欹枕悔听寒漏,声声滴断愁肠。

画堂晨起,来报雪花坠。高卷帘栊看佳瑞。皓色远迷庭砌。
盛气光引炉烟,素草寒生玉佩。应是天仙狂醉,乱把白云揉碎。

(《尊前集》)

桂殿秋二首

仙女侍,董双成,汉殿夜凉吹玉笙。曲终却从仙官去,万户千门惟
月明。

河汉女,玉练颜,云軿往往在人间。九霄有路去无迹,袅袅香风生
佩环。

(《能改斋漫录》)

连理枝二首

雪盖宫楼闭,罗幕昏金翠。斗压阑干,香心澹薄,梅梢轻倚。喷宝猊
香烬麝烟浓,馥红绡翠被。

浅画云垂帔,点滴昭阳泪。咫尺宸居,君恩断绝,似遥千里。望水晶
帘外竹枝寒,守羊车未至。

(《尊前集》)

阙　题

素面倚栏钩,娇声出外头。若非是织女,何必问牵牛。

(《唐诗纪事》)

断句二则

焰随红日去,烟逐暮云飞。

绿鬓随波散,红颜逐浪无。因何逢伍相,应是想秋胡。

(《唐诗纪事》)

断句一则

玉阶一夜留明月,金殿三春满落花。

(《千载佳句》)

上清宝鼎诗二首

朝披梦泽云,笠钓青茫茫。寻丝得双鲤,中有三元章。篆字若丹蛇,逸势如飞翔。还家问天老,奥义不可量。金刀割青素,灵文烂煌煌。噀服十二环,奄见仙人房。暮跨紫鳞去,海气侵肌凉。龙子善变化,化作梅花妆。赠我累累珠,靡靡明月光。劝我穿绛缕,系作裙间珰。挹子以携去,谈笑闻遗香。

人生烛上花,光灭巧妍尽。春风绕树头,日与化工进。只知雨露贪,不闻零落近。我昔飞骨时,惨见当涂坟。青松霭朝霞,缥缈山下村。既死明月魄,无复玻璃魂。念此一脱洒,长啸登昆仑。醉着鸾皇衣,星斗俯可扪。

(《李太白诗卷》墨迹)

上清宝典诗

我居清空表,君处红埃中。仙人持玉尺,废君多少才。玉尺不可尽,君才无时休。

(《东观余论》)

桃源二首

昔日狂秦事可嗟，直驱鸡犬入桃花。至今不出烟溪口，万古潺湲二水斜。

露暗烟浓草色新，一番流水满溪春。可怜渔父重来访，只见桃花不见人。

（《舆地纪胜》）

栖贤寺

知见一何高，拭眼避天位。同观洗耳人，千古应无愧。

（正德《南康府志》）

题楼山石笋

石笋如卓笔，悬之山之巅。谁为不平者，与之书青天。

（《遵义府志》）

阙　题

庭中繁树乍含芳，红锦重重翦作囊。还合炎蒸留烁景，题来消得好篇章。

（王琦辑注《李太白全集》附录）

菩萨蛮

举头忽见衡阳雁，千声万字情何限。叵耐薄情夫，一行书也无。　泣归香阁恨，和泪淹红粉。待雁却回时，也无书寄伊。

（《尊前集》）

别匡山

晓峰如画碧参差，藤影风摇拂槛垂。野径来多将犬伴，人间归晚带樵随。看云客倚啼猿树，洗钵僧临失鹤池。莫怪无心恋清境，已将书剑许明时。

（光绪《重修江油县志》）

太华观

厄磴层层上太华，白云深处有人家。道童对月闲吹笛，仙子乘云远驾车。怪石堆山如坐虎，老藤缠树似腾蛇。曾闻玉井金河在，会见蓬莱十丈花。

（光绪《重修江油县志》）

独坐敬亭山其二

合沓牵数峰，奔来镇平楚。中间最高顶，仿佛接天语。

（《宛陵郡志备要》）

秀华亭

遥望九华峰，诚然是九华。苍颜耐风雪，奇态灿云霞。曜日凝成锦，凌霄增壁崖。何当余荫照，天造洞仙家。

（《青阳县志》）

炼丹井

闻说神仙晋葛洪，炼丹曾此占云峰。庭前废井今犹在，不见长松见短松。

（《宛陵郡志备要》）

宿无相寺

头陀悬万仞,远眺望华峰。聊借金沙水,洗开九芙蓉。烟岚随遍览,踏屐走双龙。明日登高去,山僧孰与从。禅床今暂歇,枕月卧青松。更尽闻呼鸟,恍来报晓钟。

(《重建无相寺碑记》)

咏方广诗

圣寺闲栖睡眼醒,此时何处最幽清。满窗明月天风静,玉磬时闻一两声。

(《南岳总胜集》)

咏石牛

此石巍巍活象牛,埋藏是地数千秋。风吹遍体无毛动,雨打浑身似汗流。芳草齐眉弗入口,牧童扳角不回头。自来鼻上无绳索,天地为栏夜不收。

(宋苏易简书《石牛碑》)

南山寺

自此风尘远,山高月夜寒。东泉澄彻底,西塔顶连天。佛座灯常灿,禅房花欲然。老僧三五众,古柏几千年。

(《秦州直隶州新志》)

篇目索引

T

W

后记

　　此书是在《李白诗全译》基础之上修订而成。

　　1994 年，我与几位同门师兄合作编写了《李白诗全译》。全书以"题解""原诗""注释"和"译文"为体例。"题解"依据《李白全集校注汇释集评》一书做了一定删改，"注释"则改为简约的今注。此书的重点是"译文"，希望能用现代诗的形式，串解诗意，普通读者据此可对一诗的义旨、情感脉络有大致的了解。当然诗无达诂，我们的理解也不过是一家之言而已。至于原诗的形式之美，编写者很难用现代诗的形式传达出来。周作人在《安得森的〈十之九〉》一文中讲过中文翻译外国文学作品的困难："中国用单音整个的字，翻译原极为难；即使十分仔细，也止能保存原意，不能传本来的调子。"其实这也同样存在于中文古今的翻译。古诗充分利用了汉字形声义统一的特性，创造了世界上独一无二、具有独特魅力的诗体。诗体中的五言、七言和对仗等形式美，近体诗所表现出的声律美，在其他民族的语言文学中很难找到对应的形式，在现代汉语中也罕有其匹，这给翻译造成极大困难。伽达默尔在《真理与方法》中说："在对某一文本进行翻译的时候，不管翻译如何力图进入原作者的思想感情或是设身处地把自己想象为原作者，翻译都不可能纯粹是作者原始心理过程的重新唤起，而是文本的再创造。"对文本内容的翻译都是一种再创造，独具特色的传统民族文学形式如何转换，更是一个难题。《哥伦比亚中国文学史》即承认，"李白于探索意义和声音之间""特别令人拍案叫绝的措辞"是"难以转译"

的。我们在翻译李白诗时也有同样的感受。

《李白诗全译》与《杜甫诗全译》作为联璧,1994 年由河北人民出版社出版,距今已近三十年。网上所传"李白诗今译",多出此书。然书早已售罄。今有凤凰出版社愿意再版,我与师兄们又对全书做了一定的修改。因本书不仅仅是翻译李白诗,还对李白诗进行题解和注释,故接受出版社建议,改为现名。

感谢凤凰出版社给了此书再次面世的机会,感谢如嘉的精心编辑。

2023 年 11 月 12 日